JE TE VEUX !
RIEN QU'À MOI...

DU MÊME AUTEUR

Saga « *Je te veux !* »
3/6 tomes

1 - Loin de moi…
1ère édition : Reines-beaux - 2015 / Réédition en 2018 : autoédition

2 - Près de moi…
1ère édition : Reines-beaux - 2016 / Réédition en 2018 : autoédition

3 - Contre moi…
1ère édition : Reines-beaux - 2016 / Réédition en 2018 : autoédition

4 - Avec moi…
Autoédition - 2018

5 - Rien qu'à moi…
Autoédition – 2019

6 - Parce que c'est toi…
Autoédition – Prochainement.

Saga « *À votre service !* »
2 tomes
2018-2020

Je te veux !

-5-

... rien qu'à moi

JORDANE CASSIDY

AUTOÉDITION
1ère édition

Le Code de la propriété intellectuelle interdit les copies ou reproductions destinées à une utilisation collective. Toute représentation ou reproduction intégrale ou partielle faite par quelque procédé que ce soit, sans le consentement de l'Auteur ou de ses ayants cause est illicite et constitue une contrefaçon sanctionnée par les articles L335-2 et suivants du Code de la propriété intellectuelle.

Ce livre est une œuvre de fiction. Les personnages et les situations de ce récit étant purement fictifs, toute ressemblance avec des personnes ou des situations existantes ne saurait être que fortuite et indépendante de la volonté de l'auteur.

L'auteur reconnaît que les marques déposées mentionnées dans la présente œuvre de fiction appartiennent à leurs propriétaires respectifs.

Avertissement sur le contenu : cette œuvre dépeint des scènes d'intimité explicites entre deux personnes et un langage adulte. Elle vise donc un public averti et ne convient pas aux mineurs. L'auteur décline toute responsabilité pour le cas où le texte serait lu par un public trop jeune.

SUIVRE MON ACTUALITÉ :

PREMIÈRE ÉDITION – Disponible en numérique et papier.
ISBN : 978-2-9566003-7-4
Autoédition – OCTOBRE 2019 -Tous droits réservés.
Nuance Web, 368 Chemin de la Verchère, appt 428, 71850 Charnay-lès-Mâcon
© 2019 Jordane Cassidy, pour le texte et l'édition.
© 2019 Nuance Web, pour la couverture.

Ethan a décidé de tout arrêter avec Kaya. Rompre de façon abrupte semblait être la meilleure solution sur le moment pour lutter contre les sentiments amoureux qu'il éprouvait pour elle et pour la tenir définitivement à distance, mais tenter de l'oublier devint vite aussi douloureux pour lui que de l'aimer, comme le lui avait prédit Oliver.

En proie à la fois à ses convictions liées à son passé et aux sentiments vivifiants que Kaya instille malgré tout en lui, Ethan se sent désormais perdu. Mais lorsque le destin s'acharne à les mettre à nouveau l'un face à l'autre pour le Nouvel An, seul l'instinct trouve un écho à ses questions, seul son cœur vient à guider ses actes...

1
INSTINCTIF

— Maman, tout va bien ?
— Ethan, viens dans mes bras. Je sais que ça ira mieux après. Viens me faire un câlin. Toi seul peux me comprendre et me soulager. Tu le sais, ça ! J'ai tellement de chance d'avoir un fils...

La main de sa mère sur sa chevelure, sa tête contre le chemisier, et puis le retour de l'angoisse. Il était contre elle. Ethan se réveilla en sursaut, le corps en sueur. Les rêves avec sa vraie mère s'amplifiaient depuis quelque temps. Il se passa les mains sur le visage et laissa échapper un gros soupir de soulagement en réalisant qu'il était à l'abri, loin d'elle. Même si ce rêve pouvait paraître anodin, voire légitime pour un fils faisant un câlin à sa mère, il n'en était rien pour lui. L'angoisse d'une suite lui tiraillait le subconscient. C'était sournois. L'innocence de l'enfant, puis le trouble de l'adolescent et enfin la rapide dégringolade vers la réalité du monde adulte. Il pouvait revivre cette période autant de fois dans sa tête, de façons différentes, le résultat restait aujourd'hui le même : sa mère l'avait trahi. Elle avait trahi le fils qu'il était. Il avait espéré exister à ses yeux depuis son plus jeune âge, mais il s'était fourvoyé. Elle n'avait jamais vraiment regardé son fils comme tel. Elle s'était perdue dans ses sentiments, ses rêves, et l'avait entraîné dans sa chute. Il n'était finalement ni plus ni moins qu'un homme parmi tous les hommes qui faisaient sa vie. Avec le recul, il ne savait ce qui le rendait le plus amer dans l'histoire : sa faiblesse d'être entré dans son jeu avec l'espoir d'un retour d'amour ou le fait qu'elle n'ait pas su le guider comme une mère aurait dû le faire.

Il se leva d'un bond du lit et fonça prendre une douche. Une fois ses derniers vêtements au sol, il se regarda un instant devant la glace : barbe de deux jours, visage éprouvé et blafard. Sa mine faisait peur à voir. Kaya laissait malgré elle des séquelles sur lui bien plus apparentes qu'il ne l'aurait pensé. En même temps, il ne se sentait pas la force de donner le change. Il avait encore espoir de se forger une nouvelle carapace ces prochains jours. Fermer Abberline Cosmetics pour la semaine intermédiaire des fêtes de fin d'année était finalement une bonne idée, même s'il n'avait pas prévu sa mésaventure avec Kaya. Il n'aurait pas à enfiler son masque imperturbable dans l'immédiat. Il soupira en se fixant devant le miroir. Il contempla ses prunelles marron foncé comme s'il cherchait en elles une réponse à cette douleur qui ne lâchait pas son cœur depuis des années.

Il n'y a pas de réponse à espérer.

Cette éternelle question « Pourquoi as-tu agi comme ça avec moi, maman ? » resterait en suspend. Ou bien il y avait tant de raisons possibles à son comportement que les énumérer résumerait sa tristesse quant à ses compétences de mère. Sylvia n'était en rien une mère. Il lui avait fallu du temps pour l'admettre, pour comprendre quel était le rôle d'une vraie mère. L'amour si particulier de Sylvia avait fini par détruire l'homme qu'il était, au point de ne plus arriver à se reconstruire normalement, au point de douter de toute relation avec les femmes et de douter de ce qu'il vivait avec Kaya. Sa mère restait sa mère. La personne qui comptait le plus à ses yeux, mais elle était aussi sa plus grosse désillusion, son plus gros chagrin, sa plus grande erreur.

Il ouvrit le robinet de la douche et se laissa partir sous la vapeur de l'eau brûlante contre sa peau. Il avait besoin de penser à autre chose, mais il finissait toujours par ruminer encore et encore. La présence d'Oliver après avoir quitté Kaya lui avait fait du bien. Il avait mangé son brownie avec rage, comme s'il mangeait toute la goujaterie qu'il avait eue envers la jeune femme, pour se punir de ce qu'il lui avait fait. Oliver l'avait contemplé en silence et avec dépit, le voyant ingurgiter ce chocolat tant détesté d'ordinaire. Il était resté auprès de lui, le temps nécessaire pour s'assurer que tout était OK. Sans doute avait-il perçu tout son mal-être à ce moment-là, autant à cause de sa décision pour Kaya que pour l'enfer dans lequel il se retrouvait enfermé ? Mais sortirait-il un jour de cet enfer ? Aussi bien Oliver que lui en doutaient. Ethan avait ensuite bu un grand verre d'eau puis lui avait souri, fier de sa prouesse, alors que toute sa posture montrait toujours sa peine.

— Alors ? Envie de vomir ton brownie maintenant ? lui avait alors demandé son ami, entrant dans son jeu sans être pour autant dupe de son désarroi.

— Non, je le garde en moi ! Je lui dois bien ça…

Ethan avait baissé les yeux et son semblant de légèreté avait disparu. La réalité était là. Il se sentait nul, inutile, maudit.

— Ethan, je pense que tu devrais en parler à ton père ou à ta mère.

— Pourquoi donc ? lui avait-il alors demandé, surpris de le voir les évoquer.

— Parce que ça ne va pas. Regarde-toi. Tu manges une pâtisserie au chocolat alors que tu détestes ça. Parce que tu fais mine de sourire, mais tes yeux dégagent à eux seuls toute la désolation de ton âme. Tu es tiraillé, meurtri, perdu et je ne sais pas comment t'aider. Je ne sais pas si ma présence t'est vraiment efficace devant le vide de ton désespoir et je doute que tu arrives à balayer cette histoire avec Kaya aussi facilement. Charles ou Cindy trouveront peut-être des réponses, des solutions à cette nouvelle épreuve, tu ne crois pas ?

— Ce n'est rien, ça va passer. Elle a juste mis le doute en moi, mais je l'ai constaté à temps, donc tout va bien. Kaya ne m'atteindra pas outre mesure.

Ethan avait regardé alors son assiette vide. Il avait tenté de se montrer fort et déterminé devant Oliver et son air désolé. C'était il y a deux jours. Cette assurance apparente était maintenant loin derrière lui. Aujourd'hui, c'était le réveillon de la nouvelle année et il avait toujours ce masque fissuré à montrer à ses amis. Il aurait dû prendre l'avion hier pour retrouver ses parents pour les fêtes, mais il ne l'avait pas fait. Il avait changé ses plans à la dernière minute. Il pouvait prétendre fuir la psychanalyse de Cindy, mais la vérité était tout autre. Il avait fallu d'une phrase prononcée par Simon et toutes ses nouvelles résolutions pour combattre le moindre regret, la moindre incertitude concernant Kaya avaient volé en éclat.

Il était passé au Sanctuaire le lendemain de leur dispute voir Simon et Barney, pour aider au ravitaillement de la soirée spéciale du réveillon avant son départ pour les USA. À son arrivée, Simon l'avait vite acculé de remarques concernant son teint d'outre-tombe et sa cause. Ethan se trouva surpris quand Simon lui expliqua qu'il avait croisé Kaya par hasard le matin et l'avait invitée à passer la soirée du réveillon au Sanctuaire avec eux. Elle lui avait alors dit que tout était terminé entre Ethan et elle.

— Franchement, je suis resté comme un con quand elle m'a dit que chacun de vous deux avait pris la tangente et que vous étiez à présent deux parfaits inconnus. Je n'ai pas tout compris à votre histoire, mais une chose est sûre : je ne compte pas mettre fin à mon amitié avec elle à cause de toi ! Moi, j'aime bien Kaya et je ne vois pas pourquoi je la sacrifierais pour toi. Donc, comme tu pars chez tes parents pour le 31, j'ai insisté pour qu'elle vienne quand même ! Voilà ! Et si tu n'es pas content, c'est pareil !

Simon avait croisé les bras pour la forme, montrant son intransigeance malgré sa faible constitution et Barney avait haussé les épaules en réponse à Ethan qui n'avait su quoi dire. Comment pouvait-il lui en vouloir ? Kaya les avait tous charmés. Lui, y compris. Il n'était pas prévu qu'il soit présent à cette fête, vu qu'il avait son avion à prendre le soir-même, donc rien de gênant. Et pourtant, cette idée d'être le grand absent n'avait cessé de le tarauder au point d'annuler finalement son vol pour les États-Unis. Tout son être criait son désir de la revoir. Juste l'observer de loin. Juste adoucir ses remords. C'était le pire paradoxe auquel il faisait face : l'éloigner de lui pour se protéger, mais finir par vouloir la garder toutefois dans son périmètre afin de soulager sa conscience. Deux jours sans la voir et il ne supportait déjà plus cette abstinence. Il avait beau saluer sa décision de prendre le large, il finissait toujours par douter de son bien-fondé et de ce qu'il souhaitait vraiment. L'allusion de Kaya par Simon avait mis à mal sa résolution de tout arrêter définitivement. Il n'arrivait pas à réellement faire une croix sur elle pour l'instant ni à savoir ce qu'il attendait réellement d'elle. Et ses cauchemars avec sa mère l'aidaient encore moins à trouver un répit à ses tourments. Kaya pouvait le conduire aux mêmes souffrances que Sylvia. Elle pouvait jouer avec son cœur, lui faire croire à la parfaite idylle, jusqu'à ce que la vérité éclate et que le rêve devienne cauchemar : être le seul, avec ses rêves de sentiments réciproques. S'enchaîneraient l'impression de trahison, puis les regrets, la colère, l'amertume et encore et toujours cette souffrance au final, cette même crainte, vicieuse et lancinante, à se retrouver avec la poitrine déchirée à cause de son amour. Kaya et Sylvia, les deux faces d'une même pièce de monnaie qu'il faisait tourner comme l'on joue la chance de l'insolence. Malheureusement, l'insolence n'est pas forcément gagnante. On prend aussi des risques inconsidérés et on souffre. Dans son cas, les deux faces le mettaient à mal. Pourtant, il ne pouvait s'empêcher de penser que Kaya était plus douce et sincère que sa mère, qu'elle ne jouerait pas avec ses sentiments, malgré leurs oppositions.

Il se frotta la tête énergiquement avec son shampooing, tentant d'effacer toutes ces considérations qui lui comprimaient le cerveau. Il allait devenir fou s'il continuait ainsi. Il n'avait finalement rien dit à ses parents au sujet de Kaya. Il avait une nouvelle fois gardé tout pour lui et n'avait pas écouté Oliver. C'était sans doute un de ses plus gros défauts, mais il n'aimait vraiment pas montrer ses faiblesses ni les ressentir. En parler, c'était comme crier à l'aide et donner raison à son mal. Il refusait de matérialiser ses appréhensions. Ce serait le début de la chute du mur qu'il avait érigé pour se défendre de toute intrusion dans son cœur. Un comportement blessant pour ceux qui tentent de le comprendre, mais qui découlait de ce qui s'était passé avec Sylvia et dont il en avait fait une philosophie : ne plus être gentil, ne plus être influençable, ne plus être impuissant. Pourtant, sous cette douche matinale, cette philosophie n'avait plus vraiment de sens. Il était toujours les trois à la fois, gentil, influençable et impuissant, perdu à jamais. Il sortit de la douche avec un sentiment de détresse extrême, le rongeant toujours un peu plus, sa solitude et lui. Il s'habilla dans un état second, puis alla dans le salon. Il regarda la pièce vide de toute présence et se toucha la poitrine. Tout allait bien en apparence chez lui et pourtant, Tchernobyl à côté de son cerveau, c'était de la rigolade. Le paraître était loin de la vérité de l'être. Il regarda la pendule de la cuisine et ferma les yeux. Autant d'heures le séparant de sa nouvelle rencontre avec Kaya, autant d'heures où il allait encore hésiter à aller au Sanctuaire, autant de temps à se torturer un peu plus mentalement sur ce qui était de l'ordre du bon pour lui ou pas. Et malgré cela, il savait que même si son esprit ou sa raison tentait de mettre une barricade à ses envies, son cœur le conduirait à cette fête au Sanctuaire, car c'était plus fort que lui. Il regrettait déjà sa rupture. Deux jours et il n'arrivait pas à faire abstraction de quoi que ce soit.

Kaya soupira un grand coup pour se donner du courage. Elle avait hésité longtemps à venir au Sanctuaire. Y aller. Ne pas y aller. Elle ne se sentait pas d'attaque pour affronter les amis d'Ethan ni faire comme si tout allait bien alors qu'elle avait subi il y a deux jours la plus grosse humiliation de sa vie. Elle était rentrée ce jour-là comme une flèche chez elle et s'était cachée sous sa couette tout le reste de la journée. Elle avait réfléchi encore et encore, avait tenté de comprendre les raisons d'un tel revirement de la part d'Ethan, toutes ses questions sans réponses qui pouvaient justifier son attitude, puis elle s'interrogea sur elle-même, sur ses choix, sa naïveté, sa bonté. Elle se détesta de ne pas être plus méfiante, d'avoir fini par l'écouter. Puis les larmes se tarirent. Ses questions se résumèrent à une évidence : rester seule pour ne plus souffrir. Elle avait regardé un moment le cadre où elle était avec Adam, ne sachant plus quoi penser de sa vie. Tout ce qu'elle savait, c'était qu'elle avait bien merdé et qu'elle se sentait une nouvelle fois minable. L'invitation de Simon le lendemain matin ne l'aida pas à trouver une sérénité. L'enthousiasme de son nouvel ami à l'idée de passer la soirée de la Saint-Sylvestre avec elle avait fait plaisir à la jeune femme, mais il l'obligeait aussi à ressasser sa mésaventure avec Ethan. Même sans la présence de M. Connard à cette fête, Simon incarnait l'existence même de la relation qu'elle avait eue avec Ethan. Il était la preuve que tout cela n'était pas qu'un cauchemar, mais une réalité aussi amère que honteuse à ses yeux. Elle hésita donc beaucoup à rappeler Simon pour décliner son offre. Entre moments de complète déprime et sursauts spontanés pour se remotiver à aller une nouvelle fois de l'avant, Kaya passa deux jours épuisants psychologiquement.

En regardant, ce soir, l'entrée du Sanctuaire, elle ne sut si finalement elle avait réellement atteint le stade de folie masochiste avancée. Le videur à l'entrée ne fit aucune obstruction à son passage et très vite elle retrouva le petit groupe à l'intérieur dans leur coin habituel. Tout le monde était bien sapé et très vite Simon la serra dans ses bras. Barney lui fit la bise, puis vint le tour d'Oliver, Sam et BB. Oliver s'étonna de la voir. Sam se frotta les mains, alarmant BB sur la suite de la soirée. Après quelques minutes où elle ne se sentit pas à sa place, Oliver lui frotta le dos avec un sourire pour la rassurer sur la bienvenue de sa présence en ces lieux.

— Kaya, je voulais juste te dire que je suis désolé pour Ethan. Je suis au courant.

— Tu n'y es pour rien, Oliver… lui déclara-t-elle à demi-voix. Ethan est ce qu'il est et… le restera.

— Laisse-moi deviner… Un connard ?

Oliver lui sourit et elle ne put s'empêcher de le lui rendre tant ses mots trouvaient en elle un écho affligeant. Elle baissa les yeux, navrée et le cœur toujours plus meurtri de parler de leur rupture, si tant est qu'ils fussent réellement ensemble.

— Moi, ça m'arrange qu'il ne soit pas là, Kaya ! fit Sam avec un grand sourire. Je t'avais dit que s'il t'embêtait, j'étais là ! Je peux être maintenant ton premier choix !

Il fit un clin d'œil complice, comme pour la conforter sur le cas incurable d'Ethan.

— Allons manger ! lança Barney. Il n'est pas là, alors profite à ton aise, Kaya. Ne t'inquiète pas. Ethan est notre ami, mais votre histoire ne regarde que vous, donc cela ne change rien pour nous. Kaya hocha la tête, avec un sourire reconnaissant. Tous montèrent à l'étage. Kaya put constater que les travaux du toit étaient finis. Elle déglutit au souvenir de la dernière fois où elle était montée ici. C'était avant leur dispute au cimetière. Il s'est battu pour elle et elle avait soigné sa main. Elle serra la mâchoire, l'envie de pleurer lui pressant la gorge. Elle regretta soudain d'être venue. Tout dans cet endroit lui rappelait Ethan et sa propre faiblesse à avoir cru en lui.

Qu'on ne me parle plus jamais de confiance…

Des clients du club avaient pu réserver pour manger et danser en ce même lieu et beaucoup étaient déjà présents à attendre à leurs tables que le service commence autour d'un apéritif. Kaya se plaça en bout de table, ne se sentant pas tellement à l'aise. Elle se retrouva face à Oliver et à côté de Sam, ravi de pouvoir faire râler un peu plus BB face à lui.

— Super ! J'arrive juste à temps !

Tous tournèrent la tête vers la voix familière qui venait d'interrompre les salves de grimaces de Sam à Brigitte pouvant la faire enrager. Kaya écarquilla les yeux alors qu'Ethan souriait timidement.

— Qu'est-ce que tu fous là ? demanda Sam, surpris. Tu ne devais pas passer ton réveillon chez tes parents.

Simon leva les yeux de dépit. Oliver secoua sa tête négativement, soufflé par la venue à l'improviste, pas si surprenante que cela de son ami, en fin de compte.

— Non, j'ai dû changer mes plans, donc quitte à faire la fête, autant venir ici la faire avec vous. S'il y a de quoi manger pour vous, il y en a pour moi !

Ethan alla chercher une chaise qu'il déposa en bout de table à côté de Kaya et Oliver. Kaya resta tendue, ne sachant comment réagir. Elle chercha de l'aide à sa panique grandissante dans le regard d'Oliver aussi désolé qu'elle. Ethan regarda subrepticement Kaya. Il détailla ses vêtements rapidement, puis son visage à la fois tendu et mélancolique. Elle osait à peine jeter des coups d'œil dans sa direction. Cette froideur lui fit mal. Il n'aimait pas cette ambiance glaciale et peu ravie qu'elle instaurait entre eux. Il regarda alors Oliver qui le fixait avec lassitude. Ethan baissa alors les yeux, mal à l'aise, sachant très bien qu'il amenait une tension malvenue et qu'il ne tenait pas ses résolutions concernant Kaya. C'était malheureusement un choix que lui-même avait beaucoup de mal à comprendre. Tout ce qu'il savait, c'était qu'un certain soulagement avait pris forme en lui lorsqu'il était arrivé et l'avait aperçu. C'était ainsi et ce simple détail le confortait sur sa présence ce soir.

— Simon, je peux récupérer des couverts pour moi ? demanda-t-il pour tenter de garder une cohérence à son attitude non belliqueuse. J'aimerais éviter de manger avec mes doigts.

— Euh, oui… Viens avec moi.

Ethan se releva et suivit Simon. Une fois devant l'établi du traiteur faisant le service pour la soirée, Simon attrapa le bras d'Ethan, agacé.

— À quoi joues-tu ? Tu ne devais pas venir ! Qu'est-ce que tu fous là ?!

— Charmant accueil, dis-moi ! Ça fait plaisir ! s'esclaffa Ethan, désabusé par le ton agacé de son ami.

— Ne fais pas l'innocent ! Si tu voulais voir Kaya, il y avait d'autres moyens pour la revoir que de venir si tôt après votre séparation, et par surprise qui plus est. Si je ne t'avais rien dit à propos de la présence de Kaya ce soir, tu ne serais pas là, pas vrai ? Tu cherches quoi ? La dispute ? Tu veux foutre en l'air la soirée de tout le monde, c'est ça ? Je me demande si de nous deux ce n'est pas toi le plus idiot ! Vive le mec intelligent !

Ethan encaissa le reproche sans broncher. Il regarda au loin la table et Kaya, mutique et refermée sur elle-même.

— Je ne ferai pas d'esclandre, Simon. Promis. Je ne cherche rien et n'attends rien non plus…

Simon soupira, devant l'absence de panache habituel de son ami. Ethan ne semblait pas heureux et cela lui fit mal de constater que cette rupture avec Kaya l'affectait bien plus qu'il ne voulait le montrer. Même ses réponses étaient ternes, manquaient de saveur. Sur ces propos, Barney vint les rejoindre.

— C'est soir de fête, Ethan. Tu comptes nous faire un feu d'artifice avec Kaya ? lança Barney avec un petit sourire nonchalant, tout en récupérant des tranches de pain.

— Eh bien vu l'accueil à mon arrivée, je vais repartir, je pense. Je suis visiblement loin d'être le bienvenu. Je vois où sont mes amis ! s'énerva Ethan. Vive votre soutien !

Barney lui fit barrage de son corps pour l'empêcher de mettre les voiles et continuer la discussion, même si l'ambiance n'était pas idyllique.

— Ethan, pourquoi es-tu là ? demanda Barney, plus sévèrement. Tu ne passes jamais le réveillon du Nouvel An avec nous. Pourquoi as-tu annulé tes plans et surtout quels sont ceux que tu as du coup pour ce soir ?

Ethan baissa les yeux. Simon s'agita, perdu quant à l'attitude à adopter envers son ami, puis soupira.

— Je me demande toujours quand je vous vois ensemble si vous vous aimez ou si vous vous détestez ! ajouta-t-il plus doux. Vous êtes durs à suivre, sérieux !

Ethan ne broncha pas. Lui-même pouvait la détester d'en arriver à l'aimer ! Tout était très confus pour lui aussi.

— Je ne me remettrai pas avec Kaya. Nous sommes… incompatibles. Promis, je resterai dans mon coin. Je suis désolé. Je sais que mon arrivée est maladroite, mais je ne voulais pas vous embêter. Tout ira bien.

Ethan regarda Kaya discuter au loin avec Sam. Elle semblait se relâcher un peu. Son cœur était partagé entre la jalousie à voir Sam comme nouvel allié de Kaya et la joie de pouvoir la retrouver à nouveau.

— Ethan, commenta Barney, je ne sais pas comment vous vous êtes séparés, mais son teint blême depuis ton arrivée me fait douter de la suite. Si c'était réellement fini, il te suffisait de lâcher l'affaire et de partir aux States ! Tu es resté ici alors que tu devrais être avec ta famille. Donc, tu peux nier toute compatibilité entre vous, on sait très bien ce que tu veux ! Tu n'es pas là pour être avec nous, mais pour être avec elle. Tu n'as pas tout réglé avec Kaya, pas vrai ?

Ethan soupira. Leur mentir n'amènerait rien de bon dans l'ambiance de cette soirée. Et ils avaient bien raison sur les causes de sa présence parmi eux.

— Je voulais juste m'assurer… qu'elle allait bien. Je vous assure que c'est tout.

Barney s'étonna de son aveu, mais finalement lui sourit. Il admettait qu'il s'inquiétait pour elle.

— Et tu penses que ta présence va l'aider à se détendre ? demanda Simon, sceptique. S'il te plaît, ne l'accule pas ce soir. Ne joue pas au connard. Laisse-la, quelle que soit la raison de ta venue. Ne fais rien ce soir pouvant la pousser à partir. Je lui ai promis qu'elle s'amuserait avec nous, donc ne gâche pas ma promesse. C'est tout ce que je te demande. Fais-le pour moi.

Ethan acquiesça, même s'il doutait de pouvoir lui assurer la bonne tenue de cette soirée.

— Je ne ferai rien qui aille dans le sens d'une dispute. Je n'en ai jamais eu l'intention.

Barney lui tapa l'épaule et Simon lui proposa son poing auquel Ethan répondit par le contact du sien. Ils regagnèrent alors la table et très vite, Ethan constata que Kaya ne masquait pas son envie de le fuir.

— Vous avez échangé vos places ? demanda-t-il à Sam, Kaya n'étant plus à côté de sa chaise.

Sam lui sourit d'un air complice.

— Oui, la chasse est ouverte ! Et je la mets à distance de tes griffes de rapace ! Tu n'as plus rien à voir avec elle, après tout ! Et puis Simon va bouder si sa grande copine n'est pas près de lui, donc on a échangé les places !

Ethan ne répondit rien. Il retrouva sa chaise, la mâchoire serrée. Il tenta de regarder Kaya, mais Sam faisait rempart. Sans doute une assurance pour éviter la dispute entre eux semblait pertinente, mais il n'aimait pas l'idée de la voir si loin de lui et encore moins avoir Sam comme prétendant. Il savait que cette soirée s'annoncerait difficile. La séparation, deux jours plus tôt, avait été extrêmement violente dans ses mots et Kaya ne risquait pas de l'accueillir avec joie. Les propos de Barney résonnaient au fond de lui comme une ritournelle. Il était bien là pour Kaya et pour rien d'autre. Il voulait la voir. Tous ses freins sautaient devant l'envie, le besoin qu'elle suscitait à ses yeux. Il regrettait amèrement d'avoir été aussi dur, si distant, si humiliant. Il n'arrivait pas à se raisonner, à faire de l'acceptation de leur rupture un objectif. Oliver savait qu'il n'y arriverait pas. Encore une fois, il était celui qui réalisait trop tard les choses qu'on lui mettait sous les yeux. L'avertissement de Simon restait d'actualité et tous ses amis semblaient s'être ligués contre lui pour éviter tout conflit. Il était finalement la bombe à retardement que tout le monde tentait de désamorcer. Une belle image que tous avaient de lui et qui n'était pas si fausse que cela. Il se sentait extrêmement sensible à tout ce qui touchait Kaya.

Le repas se passa dans un calme convivial. Ethan resta à sa place et parla peu. Toutes les conversations étaient dirigées vers les facéties de Simon pour détendre l'atmosphère. Le changement de place que Kaya avait demandé discrètement à Sam la soulagea. Devant l'évidence du trouble-fête de service qu'il était, Ethan préféra rester discret et aida Barney à la gestion du service des clients lorsque les employés éprouvèrent des difficultés. Retrouver une casquette de boss l'aidait à moins ruminer son statut de troubleur d'ambiance. Kaya l'espionna de temps en temps pour voir à quoi il jouait. Une méfiance qu'elle ne s'expliquait pas, mais qui restait ancrée en elle, telle une vilaine habitude à attendre que la vacherie de son bourreau ne vienne l'écrabouiller en une fraction de seconde. Pourtant, rien ne vint. Ethan n'alluma aucun brasier. Il resta présent, mais réservé. Il ne l'ignora pas, mais ne la chercha pas non plus. À tel point que Kaya regretta presque de ne pas être davantage son centre d'attention. Elle trouvait cela louche, mystérieux, peu habituel et s'inquiéta parfois de son comportement bien trop mesuré par rapport à ce qu'il était vraiment, avant de se renfrogner et de se rappeler leur dernière discussion.

Lorsque la fin du repas arriva, tous descendirent vers la piste de danse. Ethan resta assis dans son coin. Oliver vint le rejoindre et lui claqua son verre contre le sien.

— Vas-y, balance ton reproche, toi aussi. Je suis prêt. Tu ne m'as rien dit pendant le repas, donc ça doit te brûler la langue. J'ai déjà eu celui des autres ; je suis paré.

— Tu veux une réprimande de ma part ? répondit Oliver, amusé. Intéressant... Avoue quand même que tu fais fort. Ne fais surtout aucune résolution pour la nouvelle année, car là, tu es vraiment un cas irrécupérable. Craquer en deux jours, je crois que c'est une première chez toi ! Tu as plus de persévérance d'habitude !

Oliver but une gorgée de sa vodka orange, le sourire toujours aux lèvres.

— Je n'ai rien à te reprocher... continua-t-il, malgré la grimace que lui renvoyait Ethan. Je constate juste que tu ne la quittes pas des yeux. Pour quelqu'un qui n'est plus censé la voir et doit l'oublier, tu es mal parti. C'est tout ce qu'il y a à remarquer.

— Je sais. Merci.

— Ne sois pas bourru. Ça prouve que tu es vraiment accro. C'est très mignon !

Ethan le fusilla du regard alors qu'Oliver se retint de rire.

— Je ne suis pas accro et il n'y a rien de mignon ! C'est une catastrophe ! Je sais bien que je n'ai aucune volonté, que je dois paraître ridicule de ne rien lâcher, mais ça me bouffe ! J'ai l'impression de devenir dingue !

Ethan râla un peu plus face à ce qu'il était obligé d'admettre devant son ami. Un large sourire se dessina sur le visage d'Oliver, en voyant à quel point son ami tentait de garder une attitude sensée vis-à-vis de quelque chose qu'il n'arrivait plus à contrôler.

— Tu sais, au lieu de le nier, tu devrais l'admettre. Au lieu de fuir, tu devrais foncer. Je sais que je t'ai déjà dit cela au gala de la nouvelle gamme et que vous vous êtes engueulés juste après, mais regarde… Vous avez avancé tous les deux malgré tout. Vous avez pu partager de nouveaux moments ensemble. Je comprends tes craintes, Ethan. Crois-moi. Tes doutes sont légitimes et ta peur de te ramasser et de souffrir est tout à fait normale. Mentir sur cela serait malvenu. Je reste cependant convaincu que tu as encore beaucoup à gagner en t'accrochant, en persistant avec elle. Je ne sais pas comment te dire… Avec elle, tu es juste différent, plus épanoui.

Il posa sa main sur son bras pour rassurer Ethan. Ce dernier fixa cette main amicale et finit par se courber un peu plus à l'évocation de l'idée insidieuse de bonheur avec Kaya que lui soufflait Oliver.

— Oliver, je vais me ramasser immanquablement si je continue ! L'amour mène à la souffrance.

— Tu te ramasses déjà ! Si tu voyais ta tête ! Je retrouve l'ado taciturne qui me gonflait à l'époque. Je te mettrais des claques tellement tu es déprimant ! Tu n'arrives même pas à tenir deux jours loin d'elle sans tirer la tronche. Regarde-toi ! Ce n'est pas un reproche, juste un constat sur le fait que parfois, les sentiments sont tellement forts qu'on ne peut pas faire autrement. Cela devient une forme d'instinct. Même si on sait que la chute peut être terrible, on reste et on se bat pour qu'elle n'arrive pas. Et je pense qu'avec Kaya, depuis le début, c'est ton instinct qui te pousse à t'accrocher à elle. C'est lui qui te fait insister encore et encore. C'est aussi lui, au-delà de ton cœur, qui a guidé tes pas ici, encore ce soir. Ose me dire que je me trompe ! Avec elle, ça devient viscéral. Vous êtes deux charges électriques contraires s'attirant indubitablement.

Ethan regarda ses chaussures. Cette attirance qu'il avait depuis le début pour Kaya trouvait un écho aux propos d'Oliver. Une alchimie, une attraction inévitable, qui le poussaient toujours un peu plus vers elle. Plus il s'obstinait à vouloir donner un sens à ce dont il ne trouvait aucune forme concrète de réponse, plus il se trouvait démuni. Plus il la repoussait et refusait l'évidence de ses sentiments, plus il se sentait vide. Oliver avait raison : il se contenait. Son sang bouillait dans ses veines. Il tentait de réfuter vainement ce que son corps entier voulait exprimer haut et fort.

— Donc d'après toi, je devrais suivre mon instinct, même si je finis par me vautrer ? Je l'ai déjà fait avec ma mère et…

— Ethan ! l'interrompit Oliver. Tu as toujours fonctionné à l'instinct. C'est ton instinct qui a fait que tu es patron de ta propre entreprise et qu'elle évolue dans le bon sens. C'est aussi lui qui t'a poussé à faire confiance à Charles et Cindy, et même à Eddy. Tu n'as d'ailleurs jamais écouté mes mises en garde concernant Eddy et son influence. Tu as continué à garder ta ligne de conduite et suivre ce fameux instinct tel un fil d'Ariane qui guide ta vie. Alors, continue ! Ne recule pas et ne te bride pas ! Si tu aimes ce qu'il se passe avec elle, profite ! Pour Sylvia, ton instinct était celui de l'enfant qui n'a jamais obtenu l'amour auquel il aurait dû avoir droit. L'adolescent que tu étais n'a pas eu le recul nécessaire pour repousser l'inévitable. Aujourd'hui, quel mal aurais-tu à vouloir répondre à l'instinct le plus primaire de l'homme adulte que de vouloir une femme auprès de lui ? Kaya n'est pas ta mère. Tu n'as aucune crainte d'entrer dans un tabou. Pour la douleur, ça, c'est le problème de tous les couples… Tu n'as certes aucune garantie et je pense que l'on est tous voués à souffrir : c'est le propre des relations humaines. Ne te fige pas dans ton passé, tente l'avenir.

Ethan regarda avec tristesse la piste de danse. Il avait eu ces mêmes mots pour Kaya, lors de leur dispute au cimetière. Il voulait qu'elle cesse de rester tournée vers son passé et qu'elle regarde maintenant l'avenir. Il était en fin de compte comme elle, il craignait son futur, il craignait de faire les mêmes erreurs dans son passé, l'ayant conduit à être ce qu'il était. Il était comme elle, figé dans un présent fait d'illusions et d'une fausse stabilité. Il devait lui aussi changer son fonctionnement et avancer. Il devait vivre.

— J'ai perdu toute crédibilité auprès d'elle… J'ai été odieux il y a deux jours et je ne vois pas comment je pourrai recoller quoi que ce soit maintenant. Elle ne me croira plus. Je foncerai dans un mur blindé.

Il s'enfonça dans son canapé, la mine complètement abattue et garda ses yeux rivés sur le couple dansant. Son impuissance le rongeait devant le spectacle qu'il avait devant lui. Il surveillait chacun des gestes de Sam, chacune de ses attitudes, avec jalousie. Sam jouait avec Kaya en tentant de la faire tournoyer avec plus ou moins d'adresse. Ethan n'aimait pas voir son ami lui sourire et plaisanter avec elle depuis le début de la soirée. Il n'aimait pas cette complicité pouvant très rapidement changer de tonalité et aller vers quelque chose de plus intime. Il connaissait son ami et ses talents de Casanova. Il savait que Sam pouvait autant déconner qu'être sérieux si une ouverture s'offrait à lui. S'il venait à arriver à cette finalité, que ferait-il ? Il lui était difficilement supportable de rester sur le banc de touche à constater les faits avec impuissance. Il s'inquiétait à l'idée de la voir maintenant avec un autre qu'Adam ou lui. Il n'avait pas autant ramé jusque-là pour se faire doubler de la sorte. Oliver put cerner chez Ethan un certain désarroi, doublé d'une colère palpable dans sa façon de faire tressauter les muscles de sa mâchoire.

— C'est marrant que tu te mettes des freins tout à coup ! déclara alors Oliver en regardant Kaya danser maladroitement. En général, tu ne tournes pas autour du pot quand tu veux quelque chose, quand tu as un objectif à atteindre. Tu te fiches bien de ce dont l'autre en face pense... ça aussi, c'est une manifestation caractéristique de ton instinct ! D'ordinaire, tu ne demandes pas l'avis des autres et deviens un véritable éléphant dans un jeu de quilles.

Ethan le fixa tout à coup, ses propos trouvant un écho familier. Oliver lui fit un sourire entendu. Ethan regarda à nouveau la piste et se leva, pris d'une nouvelle lucidité.

— Tu as raison. Ce n'est pas moi ! Je me fourvoie dans mes doutes et mes peurs. Je dois avancer !

— À la bonne heure ! ironisa un peu Oliver.

— Avec Kaya, je laisse effectivement parler mon instinct, mes pulsions et mes envies sans retenue ni honte. Si j'aime être avec elle, c'est parce que je peux être moi, sans masque ni fard. Je ne me bride pas et je ne m'enterre pas dans ce que j'ai bâti pour me protéger. Je me sens tellement libre. Je dépasse tout ça juste pour être avec elle. Elle me met à nu et il n'y a plus qu'elle et moi, et notre petite bulle. Plus de tricheries. Plus de mirages. Et j'aime ça. J'aime qu'elle vienne chercher cet homme-là en moi, même si cela m'effraie. Il n'y a plus de voiles, plus de limites… et si on n'a pas de limites, on peut tout se permettre… Ce qui veut dire que je n'ai pas à avoir peur d'être un parfait connard ce soir, puisque c'est pour défendre ma liberté, pour satisfaire mes désirs ! Merci, Oliver !

Ethan lui sourit avant de foncer sur la piste de danse sans plus attendre. Sans crier gare, il attrapa Brigitte par la taille, qui se trouva surprise de cette intervention, mais surtout de son attention soudaine pour elle. Sam se calma instantanément et Kaya se raidit. Simon regarda Barney, inquiet. Son arrivée semblait louche pour tout le monde, mais le pire indice ne laissant présager rien de bon était son sourire serein et son air déterminé. Il se balança alors en rythme avec Brigitte qui devenait de plus en plus rouge en le sentant contre elle.

— Ethan… euh…, tu es sûr de vouloir danser avec moi ? demanda BB, complètement déstabilisée par son attitude aux antipodes de ses habitudes avec elle.

— Tout à fait ! lui répondit-il avec un sourire plus ou moins franc, alors qu'il jetait un regard vers Sam et Kaya.

Barney et Simon assistèrent à la scène de façon tout aussi incrédule que les autres. Sam fixa un instant Ethan qui fit tournoyer à son tour Brigitte. Kaya tenta d'éviter de l'observer. Elle ne souhaitait pas rentrer dans son jeu qui risquait fortement de se retourner contre elle, au vu du sourire qui ne quittait pas son visage et qu'elle ne connaissait que trop bien. Il avait été plutôt discret et distant jusque-là, mais son arrivée sur la piste semblait montrer le réveil du monstre qu'il pouvait être parfois. Il préparait quelque chose ; elle en était certaine. Son mode « connard » était enclenché. Elle pouvait le sentir à des kilomètres, comme une habitude à laquelle on l'avait éduquée.

— Parfait ! dit Sam, dans un élan de normalité. Pendant que BB danse avec Monsieur Surprises et Mystères, ça te dit Kaya de reprendre là où on en était ? Je suis sûr qu'on peut faire mieux que ces deux petits joueurs !

Il lui tendit la main dans un geste chevaleresque et Kaya lui sourit. Peu importait ce que faisait Ethan et avec qui, elle ne devait pas se priver de continuer à s'amuser. Elle accepta donc l'invitation. Ethan fulmina intérieurement de les voir maintenant danser l'un contre l'autre.

Tu veux jouer à ça, Sam. Très bien. On va jouer !

Il se colla un peu plus à Brigitte et observa subrepticement Sam qui plaisantait avec Kaya. Brigitte rougissait à vue d'œil et ne savait plus trop quoi penser de son attitude envers elle, mais elle comprit aussi très vite qu'il était toutefois tendu et avait l'esprit ailleurs.

— Ethan, tu es vraiment sûr de vouloir danser avec moi ? J'insiste, mais je te connais assez pour savoir que si tu dois danser avec une femme, c'est dans un intérêt bien particulier. Tu as toujours quelque chose de bien précis en tête. Tu ne fais pas ce genre de choses par plaisir.

Ethan la contempla un instant et constata le doute sur son visage. Elle avait raison ; il se servait d'elle comme alibi, mais n'avait pas d'autres plans pour l'instant pour trouver une ouverture avec Kaya.

— Quelle méfiance ! N'es-tu pas contente que je danse avec toi ? demanda-t-il en tentant de rester courtois.

— Bien sûr que si, voyons ! lui répondit-elle vite, pour ne pas le froisser. Mais tu n'as jamais dansé avec moi avant, donc il est normal que ça me surprenne.

— Il y a un début à tout… Profite !

Suite à sa réponse laconique, il jeta un œil vers Kaya avec une petite lueur nostalgique dans les yeux. Brigitte regarda l'objet de son attention soudaine et baissa les yeux. Il lui était aisé de comprendre ses réelles intentions. Elle n'en doutait plus. Il était en train de danser dans le seul but de surveiller Kaya de plus près. BB ressentit un pincement au cœur, tant sa déception fut grande. Elle se doutait que les miracles ne risquaient pas d'arriver entre lui et elle, mais chaque vague d'espoir pouvait être aussi agréable sur l'instant que douloureuse après. Cette fois, son enthousiasme fut vite contrebalancé par une énorme tristesse de n'être qu'un jouet, un faire-valoir entre ses mains, un moyen pour accéder à autre chose de plus convoité.

— C'est vraiment fini entre Kaya et toi ? tenta-t-elle toutefois de demander avec hésitation, malgré la peur de sa réponse et le peu d'espoir qui subsistait en elle.

Ethan reposa son regard sur BB avec surprise et serra les dents.

— Avant de finir quoi que ce soit, il faudrait que quelque chose ait commencé. Elle n'a jamais été ma petite amie.

— Tu es… différent quand tu es avec elle et du coup, tu le deviens aussi avec nous. Ethan, on se connaît depuis un moment maintenant et je vois bien que tu es perturbé dès que cette fille est dans ton périmètre.

La poitrine d'Ethan se serra à ses propos. C'était la deuxième personne à lui faire état de son changement de comportement ce soir.

C'est donc si visible que ça ?

— Et ça ne te plaît pas ?

Brigitte rougit à nouveau, à l'idée de devoir exprimer ce qu'elle ressentait le concernant.

— Tu sais bien que je te suivrai, quelles que soient les circonstances… répondit-elle alors dans un souffle, entre gêne et timidité. Si ça peut soulager ta conscience… Mais ce soir, tu danses avec moi parce qu'elle te perturbe encore. Tu veux être avec elle, et non danser avec moi juste par sympathie ou autre chose. Je me trompe ?

Ethan ne sut quoi répondre. Parfois, il avait l'impression

qu'elle lisait en lui comme dans un livre ouvert. Elle était effrayante de perspicacité avec lui et ce soir, elle en montrait toute son ampleur. Il savait que BB n'était pas indifférente à ses charmes et sa loyauté était même parfois très déstabilisante. Il n'aimait pas qu'une femme puisse le coller ou s'enticher de lui ; cela allait contre sa raison. Avec Brigitte, il y avait toujours cette retenue qui le faisait hésiter. Il y avait des signes, mais en même temps elle les cachait vite sous son masque de femme d'affaires ou sous celui de femme froide. Dans le meilleur des cas, elle jouait la carte de l'amitié. Et encore cette fois, il ne savait jusqu'où considérer ses mots. Elle pouvait être très vite timide quand il s'agissait d'elle et ses sentiments pouvaient porter plusieurs interprétations. Était-ce un reproche ? De la jalousie ? Un avertissement ? Le silence d'Ethan obligea BB à se rattraper dans sa demande. Elle ne souhaitait en aucun cas une nouvelle dispute avec lui et elle pouvait sentir que tout son corps dégageait déjà une tension qu'il avait du mal à contenir. Le souvenir de leur dernière altercation lors du gala de *Magnificience* était encore vif.

— Désolée d'être méfiante, continua-t-elle, mais je ne veux pas que tu souffres. Et je vois bien que c'est le cas quand elle est là. Tu n'as pas décroché un mot de la soirée. Tu es renfermé et distant depuis ton arrivée. Je m'interroge sur ce qui est bon pour toi ou pas, et notamment avec Kaya… Je refuse que tu te serves de moi pour amplifier ta souffrance éventuelle. Je ne veux pas être ce catalyseur !

Ethan observa le visage de BB inquiet et doux. Sa bienveillance lui faisait du bien. En d'autres circonstances, sans doute Brigitte aurait pu être une femme à aimer, mais sa vie en avait décidé autrement et il savait qu'il ne l'aurait pas rendue heureuse. Elle s'inquiétait trop souvent pour lui. Cependant, il était heureux d'être compris de la sorte, d'être soutenu. Brigitte était sans doute celle qui le comprenait le mieux en cet instant, à propos des réactions qu'il avait face à Kaya. Elle était dans le même état de questionnements sur ce qui était bon pour lui. Sans trop réfléchir aux conséquences de son acte, il déposa un baiser sur son front. Brigitte resta complètement pétrifiée. Son baiser était tout aussi improbable que sa danse et elle finissait vraiment par croire à un rêve, une hallucination ou quelque chose de la sorte. Tout était inhabituel. Elle se sentit rougir comme une tomate et cacha son visage le plus possible pour ne pas trop se trahir. Ethan réalisa que son geste avait alors été instinctif, qu'il l'avait fait comme si c'était normal, logique, évident.

Instinctif. Un mot qui prenait maintenant tout son sens et le soulagea. Il sourit alors par-dessus sa tête, heureux. Il était sur la bonne voie. Il en était certain. Il ne devait ni avoir peur ni honte. Il devait assumer ce qu'il était. Il la fit tournoyer une nouvelle fois pour la rassurer et ne pas la mettre plus mal à l'aise.

— Ne t'inquiète pas. Je vais bien. Kaya m'énerve…, mais je vais bien. Dansons et profitons !

Il lui offrit un sourire franc auquel Brigitte répondit avec douceur et soulagement. C'était la première fois qu'Ethan faisait un pas vers elle de façon plus intime, de sa propre initiative. Et elle savait que ce baiser était sincère, que ce geste était tellement rare qu'il fallait le chérir.

— Ne gâchons rien, dans ce cas ! lui déclara-t-elle, plus sereine. Je suis vraiment contente de danser avec toi. Je veux profiter de la rareté de ce moment ! Montre-moi tes talents de danseur et vends-moi du rêve !

Ethan fit une moue gênée, ne sachant comment réagir au compliment ni à ce bonheur si dérisoire à ses yeux qu'une simple danse.

— Tu vas vraiment finir par me faire regretter d'être venu te chercher, avec toutes les fadaises que tu débites… grommela-t-il, ne voulant s'épancher plus sur leur discussion plutôt complice.

Vends-moi du rêve... N'importe quoi !

Brigitte se mit à rire légèrement, heureuse malgré tout de le voir plus détendu à présent et de pouvoir partager une discussion plus familière avec lui.

— Sam ! Pardon ! Désolée ! Je suis vraiment désolée pour ton pied !

Ethan tourna aussitôt la tête en entendant Kaya se confondre en excuses. Brigitte regarda également ce qu'il se passait et ne put s'empêcher de pouffer. Sam se frotta le pied, tout en tentant de se tenir en équilibre sur une jambe.

— Ça va ! Ce n'est pas grave ! relativisa Sam, tout en ne masquant pas la douleur sur son visage. Ça arrive à tout le monde ! Mais je suis obstiné, donc on finira cette danse coûte que coûte !

Sam reposa son pied et reprit Kaya dans ses bras. Il lui souffla quelques mots dans l'oreille, qui finalement firent rire Kaya, au grand dam d'Ethan qui assista à la scène, désarmé, et sentit à nouveau sa colère ressurgir par tous les pores de sa peau. Kaya lui répondit aussitôt, puis Sam lui rendit un sourire et lui fit un câlin. Ce fut le geste de trop pour Ethan ; sa patience arrivait à son terme. Il lâcha à la hâte Brigitte et fonça sur Sam et Kaya. D'un geste sec, il attrapa le bras de son ami pour l'éloigner de sa princesse et lui colla son poing dans la figure. Sam tituba en arrière avant de tomber au sol.

— Ne la touche pas ! Je t'interdis de la coller comme ça !

Les invités cessèrent de danser. Tout le monde se figea et regarda les deux hommes. Ethan avait le regard mauvais, celui prêt à massacrer le premier venu aux moindres faux pas en sa direction. Aussitôt, Barney s'interposa entre les deux hommes. Simon pesta en voyant qu'Ethan n'avait pas tenu sa promesse. Stupéfaite par le changement d'attitude soudain d'Ethan, Brigitte se précipita sur Sam pour voir s'il allait bien et vérifier l'état de sa mâchoire. Kaya resta choquée par l'attaque. Elle visa alternativement la mâchoire de Sam et le regard furieux d'Ethan qui contenait difficilement sa colère.

— Ethan, calme-toi ! tenta de tempérer Barney. Se battre ne réglera rien.

— Mais t'es malade ! cria Sam, tout en se massant la mâchoire. Qu'est-ce qui te prend ? On ne faisait que danser !

— Ne te fous pas de ma gueule ! répondit Ethan en essayant de contourner Barney et en le montrant de son index, d'un air vindicatif. Tu crois que je ne te vois pas venir avec tes gros sabots ! Vas-y ! Drague-la ! Et ça se dit « mon pote » !

— Non, mais je rêve ! rétorqua Sam, sidéré. Et toi, tu fous quoi avec BB ? Tu sais très bien qu'elle a des sentiments pour toi et tu te sers d'elle pour atteindre Kaya ! Tu crois que je n'ai pas remarqué ton petit jeu ?! Tu crois que je n'ai pas vu comment tu lui as fait un bisou sur le front alors que d'habitude, tu l'ignores. C'est moi qui devrais te mettre mon poing dans ta gueule pour te foutre de ses sentiments comme ça ! Tu n'as même pas les couilles de lui dire clairement que ça ne se fera jamais entre vous ! Tout comme tu n'as pas les couilles de dire à Kaya que tu es venu parce que tu regrettes !

— Ne fais pas de suppositions sans savoir ! siffla Ethan, peu amène à accepter l'évidence.

— Ça suffit ! s'interposèrent Kaya et Brigitte en chœur.

Le regard des deux hommes se tourna vers les deux jeunes femmes tout aussi en colère l'une que l'autre.

— Son baiser était sincère ! Tu ne sais pas ce qu'on s'est dit, alors cesse de faire ton jaloux ! déclara Brigitte à Sam qui se releva. Il me remerciait !

— Tu es naïve, BB ! grommela Sam, peu convaincu.

— C'est la vérité ! rétorqua Ethan pour sa défense. On parlait de... Kaya.

Son assurance s'effondra aussitôt que sa gêne apparut à l'annonce du prénom de la jeune femme. Kaya se trouva tout aussi gênée de savoir maintenant qu'elle était dans leurs discussions, mais retrouva aussi vite son flegme et la raison de ne pas s'attendrir davantage pour lui.

— Ethan, tu n'es qu'un imbécile ! s'emmêla Kaya. Cela ne justifie pas ton action d'après ! On était en train de danser ! Il n'y a rien de mal à danser et s'amuser. C'est quoi ton problème ? Comment peux-tu frapper ton propre ami ? Tu es complètement malade ! Il te manque vraiment une case dans ton QI de connard égoïste ! Tu n'as aucun droit sur ce que je décide de faire et avec qui ! Mêle-toi de tes affaires ! On n'a plus rien qui nous lie ! Est-ce clair ?

Ethan s'agita et pesta devant ses mots, puis passa la main dans ses cheveux. Il encaissa avec mal la colère de Kaya. D'un geste rapide, il lui attrapa alors le bras et l'attira hors de la piste de danse. Surprise, Kaya tenta de ralentir leur progression. En vain. Simon voulut empêcher Ethan de se retirer avec elle, mais Barney le retint du plat de sa main contre sa poitrine.

— Qu'est-ce que tu fais, Barney ? Il faut la soutenir !

— Non, il faut les laisser. Ethan a besoin de la retrouver.

Barney offrit un regard doux à Simon, comme s'il faisait appel à son sens logique et à sa perspicacité. Simon soupira et lâcha l'affaire…

— J'espère que tu as raison…

— Qu'est-ce que tu fais ? Lâche-moi ! cria-t-elle tout en essayant de se défaire de sa poigne.

Ethan ne lui répondit rien et la guida vers une porte réservée pour le staff. Il entra sans hésitation et força Kaya à en faire de même. Très vite, elle réalisa qu'elle se trouvait dans ce qui semblait être le bureau de direction du club. Ethan claqua la porte derrière eux et la poussa contre celle-ci.

— Lâche-moi ! Tu me fais mal ! gémit-elle, tout en fermant à moitié les yeux devant son regard chargé de colère.

— Je te déteste ! lança-t-il. Tu m'énerves ! J'essaie de prendre sur moi, mais il faut toujours que tu arrives à me faire sortir de mes gonds. Ça devient un sport chez toi ?

— Ne t'inquiète pas ! C'est réciproque ! Combien de temps vas-tu encore me pourrir la vie ?

Il planta son regard dans le sien et se tut. Les prunelles de Kaya s'humidifièrent de plus en plus devant leur silence de plomb où chacun gardait sa position agacée face à l'autre. L'annonce des larmes au bord des yeux de Kaya oppressa la poitrine d'Ethan et il ne tint plus. Il l'encercla de ses bras et déposa à la hâte ses lèvres contre les siennes. Une fois. Puis rapidement une deuxième fois.

— Qu'est-ce que tu...

Kaya tenta de se débattre, mais Ethan la retint fermement contre la porte pour limiter ses gestes. Il insista en cherchant une troisième fois ses lèvres contre les siennes. Il échoua lorsqu'elle bougea légèrement et l'obligea à lui caresser alors son nez de sa bouche. Il sourit devant cette esquive pleine de charme. Ce n'était pas grave. Son nez eut droit aussi à un baiser. Il n'était pas rancunier et aimait son nez. Elle tourna alors la tête complètement et il sourit à nouveau. Elle ne l'insultait pas, ne le repoussait plus et il en était heureux. Elle gardait juste le silence et c'était déjà un pas vers la paix. Il embrassa alors délicatement sa joue, puis le bord de ses yeux, léchant au passage les larmes qui ne demandaient qu'à fuir loin de son visage. Il l'embrassa autant de fois que cela lui sembla nécessaire pour calmer son besoin de se la réapproprier et la rassurer sur ses intentions. Ses baisers demeuraient doux, tendres, comme s'ils disaient toute la détresse à vouloir être acceptés comme de tendres attentions, et non comme une provocation de plus à vouloir la faire enrager. Ils couvraient tout son visage comme pour effacer chaque trace de douleur. Il s'en voulait d'en être arrivé à cette conclusion à nouveau conflictuelle avec elle. Il ne souhaitait rien de tout cela. Sa colère avait laissé place à une lourde déception de ne plus être considéré comme un amant ou un confident, de ne plus avoir aucune crédibilité à prétendre à quoi que ce soit auprès d'elle. Pourtant, il se refusait de reculer. Il voulait encore lutter et la convaincre que tout n'était pas si irrémédiable entre eux.

Ethan déposa ensuite un baiser dans son cou et elle se crispa, sans doute prise d'un chatouillement qui le fit rire involontairement. Il insista avec un second baiser à la base de son cou. Kaya commença alors à s'agacer et lui fit de gros yeux méchants comme avertissement. Ethan ne put s'empêcher de sourire et retrouva ses lèvres avec hâte. Sa bouche claqua encore plusieurs baisers brefs sur les lèvres de la jeune femme disant qu'il aimait cela encore et encore. Kaya ne put s'empêcher de rougir au fur et à mesure et calqua sa respiration plus calme sur celle de l'homme qui lui faisait face. Bientôt, chacun trouva un répit dans le regard de plus en plus doux de l'autre. Le duel chargé de rage l'instant d'avant se transforma au fur et à mesure en tendre envie d'armistice. Kaya capitula finalement en souriant à ses tentatives de douceurs et d'attentions, les baisers d'Ethan réveillant en elle les picotements délicieux que son cœur manifestait maintenant à chaque fois qu'ils se réconciliaient. Ethan avait besoin de poser son angoisse en se rassurant contre ses lèvres et de temporiser leur tristesse à ne pas savoir communiquer avec des mots. Kaya se laissa aller doucement et accepta de plus en plus ses baisers jusqu'à y répondre favorablement, l'appel devenant de plus en plus compliqué à ignorer. Ethan grogna, heureux de retrouver sa princesse contre lui et leur complicité. Il réclama vite sa langue et

Kaya la lui offrit sans résistance, éprouvant elle aussi l'envie de retrouver sa douce étreinte. Son cœur gonflé à bloc, Ethan posa alors ses mains sur le visage de sa belle et ponctua la cadence entre petits baisers et jeux polissons avec leurs langues. Kaya avait chaud et se complaisait dans cette réconciliation qui lui faisait malgré tout un bien fou. Apaisé, Ethan posa son front contre le sien pour lui parler.

— Pardon… déclara-t-il, d'une voix émue et les yeux fermés.

— Quoi ? lui fit-elle répéter, incrédule et complètement chamboulée par son approche douce.

— Pardon, Kaya.

2
EFFRAYANTE

Kaya crut rêver en l'entendant répéter son pardon.

— Ce n'est pas auprès de moi que tu dois t'excuser, mais auprès de Sam ! Il ne méritait pas ton poing dans la figure ! Il ne faisait rien de mal.

Ethan se recula légèrement et se redressa fièrement.

— Non, non. Ce n'est pas auprès de lui que je m'excuse, mais bien auprès de toi. Lui n'a eu que ce qu'il méritait. On ne touche à mon... à mes affaires !

— Tu allais dire « mon jouet » ? lui fit remarquer Kaya, peu enthousiaste à revenir sur ce sujet.

Ethan lui montra une mine faussement innocente tout en sachant que son lapsus serait mal vu.

— Pas du tout !

— Je ne suis pas un objet ni tes affaires ! D'ailleurs, je ne suis rien à tes yeux qu'une pauvre cruche que tu dupes à souhait ! J'ai compris, donc sois gentil et oublie-la, la pauvre cruche !

Kaya réalisa qu'elle s'était laissée aller sous ses baisers une nouvelle fois, oubliant les mots durs qu'il avait eus à son égard. Elle déglutit et sentit ses larmes revenir devant sa faiblesse à ne plus réussir à lui tenir tête et à ne se laisser guider que par son corps et son cœur sans cesse mis à mal par Ethan. Elle devait rester distante.

— Kaya... Tu ne comprends pas ! Je m'excuse pour ce que je t'ai dit il y a deux jours. Je me fous de Sam. Si c'était à refaire, je le referais sans hésiter !

Ethan souffla, agacé de devoir s'expliquer sur son attitude. Il la regarda avec plus de douceur et de regrets.

— Kaya, pardon de t'avoir blessée de la sorte. Je ne pensais pas un traître mot de ce que je t'ai dit l'autre jour. Je suis désolé.

Kaya baissa les yeux, à la fois touchée et surprise de l'entendre revenir sur ses paroles blessantes avec autant d'insistance. Elle ne savait plus que croire, elle n'arrivait même plus à mettre de l'ordre dans ses sentiments. Une nouvelle larme glissa sur sa joue. Seule l'impression d'être un pantin dans ses mains restait vivace en elle. Finalement, elle était bien ce jouet entre ses doigts. Il la blessait et elle restait seule, comme une idiote ; il revenait avec des excuses et elle se sentait déjà prête à lui pardonner.

— Depuis quand tu t'excuses aussi vite... souffla-t-elle, maintenant blessée et amère par ses bonnes intentions peu normales pour le connard qu'il pouvait être. D'ordinaire, il faut aller chercher ton pardon au fond de ta gorge ! Pourquoi te croirais-je ? Pourquoi revenir sur ta décision ? Pourquoi changer à nouveau de registre avec moi ?

Ethan soupira et la reprit dans ses bras, pour temporiser à nouveau sa colère. Il posa son menton sur son épaule et inspira un grand coup. Kaya se laissa faire, ne sachant comment réagir et surtout restant complètement perdue par l'attitude ambiguë d'Ethan. Une certaine lassitude l'envahit entre ses actes alternant rejet et possession et ça influait sur son propre comportement. Sa raison lui disait de ne pas le croire, son cœur, lui, battait la chamade dès qu'Ethan se collait à elle.

— Pourquoi ? fit Ethan, d'un ton plus badin. Aaaah ! J'ai cherché « pourquoi » longtemps. Pourquoi ci ? Pourquoi ça ? Pourquoi moi !... Mais j'en reviens toujours au même point. Je pense que la seule réponse, c'est parce que j'ai plus fort que moi en face ! lui répondit-il avec un petit sourire. Parce que c'est toi, parce que ma douce ennemie me manque, parce que j'étais un indécis qui a trouvé certaines réponses et parce que c'est plus fort que moi ! Je pensais que te rejeter réglerait mes problèmes, mais je me suis trompé.

— Pfff ! C'est ça ! Continue ! Essaie de noyer le poisson avec des réponses bizarres ! Tu te moques encore ! Tu ne fais que jouer avec moi, encore une fois. Je me laisse attendrir par tes manigances et ensuite je prends le revers en pleine face ! Ça t'amuse peut-être, Ethan, mais moi, je suis lasse. J'en ai marre.

Ethan effleura alors son oreille gauche de ses lèvres, ce qui fit instantanément accélérer le pouls de Kaya qui se sentit encore plus vulnérable, plus à fleur de peau.

— Pardon, Kaya. J'ai déconné, je sais. Je te promets de ne plus jamais recommencer. Je ne souhaite aucune vengeance ni ne prévois aucun plan futur pour te mettre encore plus à mal. J'ai été odieux, mais je n'en pensais pas un mot.

Le cœur de Kaya se serra. Elle avait envie de le croire, mais sa peur d'être déçue primait avant tout.

— Je te le jure... ajouta-t-il, triste et suppliant contre son cou.

Ethan la serra un peu plus contre lui et inspira un grand coup, soulagé de la sentir à nouveau dans ses bras. Se sentant tiraillée, Kaya détesta être si touchée par ses mots si inhabituels dans sa bouche. La douleur de la trahison lors de cette dispute restait cependant vive. Elle voulait comprendre...

— Alors pourquoi tu m'as dit tout ça si tu n'en pensais rien ?

Ethan caressa son dos avec douceur, voyant bien au ton de sa voix que la blessure sur son cœur par ses horribles mots avait besoin d'être pansée. Il plongea un peu plus sa tête dans son cou et s'y cacha.

— Tu... tu as touché mes cicatrices... murmura-t-il comme un aveu déchirant.

Kaya écarquilla les yeux et se sentit tout à coup coupable. Elle se détacha légèrement de lui pour lui faire face. Ethan n'osa pas la regarder dans les yeux.

— C'était donc ça ! Je savais qu'il y avait quelque chose de louche ! Je croyais que…

Elle soupira avant de reprendre.

— Si ça ne te plaisait réellement pas, pourquoi ne m'as-tu pas repoussée avec plus de conviction ? Je veux dire, tu ne caches pas tes désapprobations d'habitude. Je n'aurais pas insisté. Se consoler, ce n'est pas forcer l'autre à faire ce qu'il ne veut pas et ce n'est pas être conciliant pour faire plaisir à l'autre. Il doit y avoir un consentement mutuel.

Ethan ne sut quoi répondre. Le problème ne venait pas du consentement mutuel. Il avait tout accepté parce qu'il le voulait. Le problème venait de ce qui se jouait derrière. Parler de ses cicatrices, de ce qu'elles représentaient et tout ce que cela induisait dans son comportement lui était difficilement envisageable. Lui-même, à ce moment-là, avait été pris en étau entre l'envie de voir Kaya effacer cette limite qu'il s'imposait et celle de la conserver coûte que coûte. Devant son silence, Kaya se sentit mal. Elle devenait la cause de leur terrible dispute et finalement n'avait récolté qu'un outrage en réponse à celui qu'elle avait fait en bravant les interdits d'Ethan.

— Je suis désolée.

Ethan se trouva tout à coup surpris par son air navré et ses excuses.

— Kaya, ce n'est pas une question de consentement. Ce n'est pas l'acte qui me gêne…

Il se mit à rire, effaré par son impuissance à mettre des mots sur ses pensées et, pire que tout, par la façon si simple de Kaya à se tenir responsable de tout.

— Kaya, tu as touché mes cicatrices de tes lèvres. Aucune femme ne s'est jamais permis d'en avoir ne serait-ce l'idée ! Et toi, tu… tu me laisses croire que tout est possible avec une facilité déconcertante !

Devant l'air troublé de la jeune femme, il se recula et commença à faire les cent pas avant de revenir vers elle. Il devait trouver le courage et les mots qui convenaient.

— Tu es effrayante, Kaya. Tu ne te rends pas compte à quel point tu arrives à faire plier ton petit monde avec un naturel effarant. Et j'ai beau résister, je finis toujours par craquer et le retour de bâton est terrible pour moi.

Il passa ses mains sur son visage, visiblement fatigué par ses luttes intérieures.

— Le contrecoup de notre journée ensemble a été très dur. Personne n'arrive à m'amadouer comme tu le fais. Je suis resté comme un con à voir que de nous deux celui qui était le plus influençable, c'était moi ! Celui qui ne maîtrisait rien, c'était moi ! Tu n'as pas à être désolée, car dans l'histoire, celui qui ne gère pas, c'est moi. Je suis le seul responsable. Je ne pensais pas que ça irait aussi loin. Je ne savais même pas ce que j'attendais réellement de cet accord à part le fait que je voulais creuser les incidences de ce mélange entre attirance et restriction entre nous. Je me disais que ça pouvait marcher parce que tu incarnes la facilité. Pas de sentiments, pas de propositions d'avenir, du sexe et du jeu, du défi permanent, de la découverte. Tu m'intrigues. J'aime la curiosité que tu fais naître en moi. Je t'ai donc fait une proposition qui semblait cohérente, mais elle s'est retournée contre moi. Je t'ai laissé toucher mes cicatrices et ouvrir une partie de moi que je ne veux pas dévoiler, alors ça m'a énervé. Ça m'a énervé, car je l'ai toutefois voulu. Vraiment. Ça m'a énervé d'être si faible, de ne pas réussir à refuser quoi que ce soit, mais en même temps d'avoir apprécié ton envie de me soulager.

Kaya se mit à rougir. C'était sans doute la première fois qu'Ethan lui parlait aussi ouvertement de ses sentiments. Elle en était heureuse, mais ne savait elle-même plus trop quoi penser de leur relation.

— Kaya, si j'ai accepté que tu embrasses mes cicatrices de tes lèvres, que feras-tu la prochaine fois ?

L'air inquiet d'Ethan lui transperça le cœur. Kaya ne sut quoi répondre à sa demande. Tout ce qu'elle savait, c'était qu'elle n'avait jamais pensé mettre un tel désordre dans sa tête, ni le faire autant douter au point de faire ressortir son mode connard par réflexe défensif et la blesser en réponse. Kaya s'esclaffa, abasourdie par ce qu'elle pouvait lui inspirer. Elle ne s'estimait pas dangereuse et pourtant, pour Ethan, elle l'était. Elle pensait bien faire, mais elle lui faisait peur.

— Très bien ! déclara-t-elle alors, complètement vidée de sa vitalité. Je ne... te toucherai plus. Je comprends. Tu n'as pas à t'inquiéter de la suite. Finalement, cette proposition de réconfort n'était pas envisageable. On a fait le test et on a pu en voir les limites. C'est bien.

Elle se décolla ensuite de la porte, le visage sensiblement marqué par toutes ces épreuves.

— Je... suis fatiguée. Je pense que je vais rentrer.

Ethan tiqua à ses derniers mots et paniqua.

— Certainement pas ! Tu restes là ! On n'en a pas fini !

— Quoi ? l'interrogea-t-elle alors, ne sachant que rajouter de plus à leurs retrouvailles.

— Je n'ai pas dit que je voulais arrêter notre petit deal ! Je dis juste que ça m'avait... surpris et que sur le coup, j'avais préféré reculer.

Il leva son index vers elle et posa son autre main sur sa hanche.

— Mais maintenant, je suis là ! Devant toi ! J'ai réfléchi, j'ai encaissé et je suis prêt ! Tu m'as décontenancé cette fois-là, mais tu ne me décontenanceras plus ! Tu peux tester toutes les méthodes que tu veux, je ne reculerai pas. Viens là ! dit-il alors en retournant son index pour l'inviter à venir vers lui. Touche-moi autant que tu veux, j'accepterai tes caresses avec courage et en apprécierai chaque effet puisque c'est censé me réconforter, me faire du bien ! Tu as le devoir de me consoler, donc j'ai hâte de voir comment tu vas t'y prendre. Tu l'as dit toi-même : « Le plus efficace est d'aller là où ça fait le plus mal ». Donc, éradique ce qui me ronge et va jusqu'au bout ! Même s'il y a un côté effrayant à cela, je reste curieux de voir ce que je vais encore devoir découvrir avec toi !

Kaya écarquilla les yeux, incertaine de bien comprendre le discours qu'il venait de lui tenir.

— Quoi ? Tu veux… que je continue de te toucher finalement ?

— Tout à fait ! Tu as été très efficace la dernière fois, au point de me surprendre en un point auquel je ne m'attendais pas. Recommence !

Kaya en tomba presque la mâchoire, effarée par la conclusion à laquelle il avait abouti.

— Je te l'ai dit, Kaya : « je ne fuirai pas ». Même pas peur ! Viens me montrer de quoi tu es capable ! À la guerre comme à la guerre !

La jeune femme voulut rire, mais s'étrangla devant son nouveau défi. Alors que tout semblait aller contre eux, il retournait la situation à son avantage en claquement de doigts.

— Ethan, je ne sais pas si c'est une bonne idée. On n'arrive même pas à se parler…

— On y arrive ! Sur le tard, mais on vient de s'expliquer.

— On n'arrête pas de se disputer ! Et c'est toujours puissance dix !

— Oui, mais on finit par se rabibocher ! Kaya, on est peut-être incompatibles, on a deux forts caractères et de l'extérieur, on a peut-être du mal à nous suivre, mais tous les deux, on avance quand même. Avance avec moi.

Il ouvrit alors ses deux bras pour qu'elle vienne contre lui et qu'ils fassent la paix. Kaya ne put s'empêcher de sourire devant ce geste si lourd de sens entre eux. C'était toujours ainsi qu'ils signaient l'armistice jusqu'à la prochaine bataille. Elle se mordit la lèvre et décida de s'avancer vers lui. Son regard bienveillant soulagea Ethan jusqu'à ce que la douceur dans ses yeux fasse place à de la sévérité. Elle leva sa main et la claque partit sur sa joue. Ethan garda la tête tournée sur le côté, tant l'impact le laissa sur le carreau. Il laissa tomber ses bras immédiatement et se tut, partagé entre colère et déception d'avoir cru en un moment de paix entre eux, d'avoir cru que Kaya accepterait ses excuses. La jeune femme continua de le fixer, la poitrine se levant et se rabaissant sous l'adrénaline du moment si électrique qu'elle venait de relancer. Ses yeux se radoucirent pourtant au fur et à mesure devant le silence d'Ethan. Ce dernier se toucha la joue puis la contempla, tentant de cerner le vrai du faux au fond de ses yeux. Elle lui attrapa alors les mains pour qu'il ouvre à nouveau ses bras et alla doucement se blottir contre lui. Ses bras encerclèrent la taille d'Ethan et son visage alla s'écraser contre son torse. Ethan resta figé un instant, incapable de comprendre ce qui venait de se passer.

La gifle, puis le câlin ?

Finalement, il sourit devant son étreinte. Qu'importait la bataille tant que le résultat était là : elle acceptait son câlin. Il méritait bien sa gifle, si c'était pour avoir ce geste de réconfort derrière. C'était bien du Kaya tout craché et rien n'était simple avec elle.

— J'ai la joue qui me picote... Je suis sûr que je suis écarlate !

— Tant mieux ! Je suis bien contente que tu aies mal.

Ethan leva les yeux, même si c'était de bonne guerre après ce qu'il lui avait fait.

— Très bien. Je vais aussi gérer cette déconvenue... J'ai le câlin derrière, pour soulager.

— Même avec mon visage contre ta poitrine ? Tu es sûr que je te soulage, là ?

Ethan s'étonna de sa demande, puis sourit.

— De la rigolade ! Je te dis, je suis prêt ! Tu peux penser me torturer et me tester autant que tu veux, cela se finira en cure de bien-être. J'ai mérité ta punition. Je ne t'en veux pas et même ta seconde attaque, tu peux la réitérer, je la prendrai comme un véritable câlin et non comme une provocation. Le but est le réconfort en touchant là où ça fait mal, donc je garde un esprit optimiste concernant notre petit arrangement. Tu en veux d'autres, des preuves ?

Kaya se recula un peu et fit une moue méfiante.

— Comment ça ?

— Je te veux, Kaya... lui chuchota-t-il avec un grand sourire. Laisse-moi me faire pardonner et te consoler comme il se doit. Je t'ai blessée, maintenant laisse-moi réparer le mal que tu as subi par ma faute...

Kaya se mit à rougir et baissa les yeux instantanément, morte de honte devant sa demande.

— Ce n'est pas un peu malsain, ton truc ?

— Les câlins après une bagarre, c'est malsain ? Tu trouves ?

— On ne va pas faire ça ici ! bredouilla-t-elle. Les autres nous attendent...

— Je m'en fiche des autres, Kaya. Et ici ou ailleurs, ça aussi je m'en fous si c'est pour répondre à notre besoin réciproque de réconfort. Moi, j'ai bien aimé dans notre petit local à l'orphelinat !

Le sourire coquin d'Ethan fit encore plus rougir Kaya, qui se souvint vite de tout ce qu'elle avait pu ressentir contre la porte, puis sur la table de cette pièce exiguë. Il la serra alors un peu plus contre lui et rit à son oreille, heureux de reprendre plus sereinement leur relation. Il se trouva soulagé d'avoir pu exprimer ses sentiments et surtout de pouvoir trouver une légitimité pour qu'elle ne fuie pas plus loin de lui.

— Donc, on met vraiment en place ta proposition de réconfort mutuel ? demanda Kaya, éprouvant le besoin de mettre les choses au clair et tentant de gagner du temps.

— C'est ce que je viens de dire, oui...

Kaya se détacha alors de ses bras et releva son menton, bien appliquée à faire état de son avis sur tout cela.

— Très bien ! Mais j'ai des conditions à formuler. Je pense qu'il y a des détails à soulever et méritant concertation.

Ethan souleva un sourcil, perplexe sur ce qu'elle avait en tête.

— Des détails méritant concertation ? Comme ?

— Comme des clauses pour lesquelles on s'engage tous les deux !

Ethan pouffa devant sa réponse.

— Je rêve où tu me parles de contrat ? T'es sérieuse, là ?

Kaya garda sa posture assurée et ne cilla pas.

— Je suis sérieuse. Il ne s'agit plus d'un contrat de fausse petite amie pour faire signer un contrat à Laurens. Nous n'agissons plus sous les mêmes conditions ; il nous faut donc établir un nouvel accord en adéquation avec le nouvel... objectif visé !

Kaya se racla la gorge, réalisant qu'elle devenait comme Ethan : une personne avec des objectifs à réaliser.

— Il y a des restrictions que l'on doit mettre clairement sur papier, continua-t-elle donc, pour qu'il n'y ait pas de surprises ou d'incidents, comme pour exemple notre dernière dispute qui fut la résultante de ce manque de communication entre nous. Donc, pour ne pas froisser l'autre inutilement, il faut qu'on établisse un code de conduite à respecter !

Ethan posa sa main sur sa tête et se mit à rire devant l'invraisemblance de tout cela. Ils repartaient sur un contrat, comme au début. Il avait l'impression de reculer de trois cases alors qu'il ne demandait qu'à avancer, même si la proposition de Kaya paraissait légitime, logique.

— Et c'est quoi ces restrictions ? s'alarma-t-il, s'attendant à tout et n'importe quoi avec elle.

Kaya alla au bureau et attrapa une feuille et un stylo. Ethan la suivit à contrecœur et s'assit sur le fauteuil. Il savait que quoiqu'il arriverait, il accepterait tout et n'importe quoi pourvu qu'elle reste près de lui. Une sourde angoisse le saisit. Il l'invita à s'asseoir sur ses genoux tandis qu'elle écrivait en en-tête « Code de conduite dans le cadre du réconfort mutuel entre Kaya Levy et Ethan Abberline. ». En sous-titre, elle spécifia la teneur du contrat : "Chaque partie s'engage à consoler l'autre de ses blessures, ses tristesses et déceptions". Ethan se frotta les yeux entre son pouce et son index, imaginant déjà les difficultés qu'il allait rencontrer avec ce fichu code de conduite. Il observa Kaya s'appliquer à faire son premier tiret.

— Très bien. Première clause. On est tous les deux d'accord. « Pas de sentiments ».

Elle ratifia « pas de sentiments » à côté de son premier tiret. Ethan ne broncha pas, même s'il savait déjà que ce premier point était compromis de son côté. Il ne pouvait le contester puisque c'était un point qui les séparerait indubitablement. Il y avait Adam d'une part et il était loin de la voir complètement énamourée de lui d'autre part. C'était un point sur lequel lui-même devait se pencher. Voulait-il rester ainsi à cacher ses sentiments ? Souhaitait-il qu'elle ressente la même chose pour lui ? Comment y arriver dans ce cas ? Une certaine tristesse lui serra le cœur en réalisant tout le chemin qu'il avait encore à parcourir. Car au-delà de son instinct auquel il répondait maintenant sans retenue, son objectif était bel et bien de pousser Kaya à aimer être avec lui comme lui, il pouvait aimer être avec elle.

— Cette clause entraîne donc des points à mettre à jour ! continua-t-elle, toujours concentrée sur son programme de permissions et de restrictions. Petit « A. », nous ne sommes pas en couple. Cela va de soi ! Pas de vrai ni de faux petit(e) ami(e) ou de flirt aux yeux de tous. Petit « B. », cela n'entraîne donc « pas de mots doux », « pas de main dans la main » ou autre chose que ferait un couple, puisque nous ne sommes pas un couple.

Ethan encaissa difficilement cette restriction. Il avait l'impression d'être à nouveau bridé dans ce qu'il voulait.

— Je t'ai déjà tenu la main. Est-ce utile cette mention ? commenta-t-il, tentant de faire sauter ce petit « B. » parfaitement agaçant. Tu n'en es pas morte.

— Ethan oui, ça se justifie puisque, vu le petit « C. », en dehors de nos séances de réconfort, il n'y a rien entre nous, nous sommes deux parfaits inconnus. Donc, pas de raisons de jouer au couple si on n'en est pas un. On ne reste ensemble que dans ce but, non ?

Ethan soupira, réalisant bien que ce contrat allait vite le gonfler. Il préférait encore le premier contrat de fausse petite amie pour faire plier Laurens. Il avait plus de largesse.

— Mais je peux te tenir la main lors de nos « séances » comme tu dis ? Ça rentre dans le cadre du réconfort. Si je décide de vouloir aller au cinéma avec toi dans un cadre de réconfort, pour te changer les idées par exemple, je peux vouloir te tenir la main pour que tu ne te sentes pas seule, abandonnée ou déconsidérée !

Kaya le regarda, pas dupe.

— Bah quoi ? C'est vrai ! Le réconfort, ce n'est pas que le sexe ! C'est toi qui l'as dit ! Je n'invente rien.

— Et tu prends pour argent comptant tout ce que je te dis maintenant ?

Ethan se mit à rire.

— OK, donc si tu préfères que je ne t'écoute pas, on peut aussi déchirer ce contrat et...

— Non ! le coupa-t-elle tout en l'empêchant de se saisir du papier en s'étalant dessus. C'est bon, OK. Pendant les séances de réconfort ! OK.

Ethan sourit, heureux d'avoir gagné quelques parcelles de terrain.

— Pfff ! J'ai l'impression de programmer des rendez-vous chez le psy ! commenta-t-il tout en se nichant dans son cou.

— Arrête de râler. Une fois ce code de conduite établi, tout roulera comme sur des roulettes.

— Et on ne peut pas le reporter à plus tard ? lui demanda-t-il tout en glissant ses mains sous son charmant petit chemisier blanc.

— Ethan ! Non ! C'est important.

Elle retira sa main baladeuse, puis elle écrivit les sous-parties adéquates sur le papier.

— Maintenant concernant le contrat en lui-même, au vu de ce qu'il s'est passé avec tes cicatrices, on ne force pas l'autre et on ne devient pas conciliant si l'on n'en a pas envie. J'y tiens ! Je ne veux pas finir par me faire insulter après avoir forcé un interdit.

Ethan attrapa une de ses mèches de cheveux et joua avec en l'entortillant autour de son doigt.

— Tu ne m'as pas forcé à quoi que ce soit et je n'ai pas été conciliant non plus. J'ai juste été surpris, une fois revenu sur Terre. Mais bon, si ça te fait plaisir de l'écrire...

— Parfait ! Donc, je note ! Par ailleurs, si l'un de nous estime qu'il a été assez réconforté et s'il souhaite cesser le contrat, il doit prévenir l'autre partie sans attendre et l'arrangement prendra fin sans contestation ni harcèlement pour continuer de la partie restante.

Ethan fit mouliner sa main dans un geste concédant ses propos sans pour autant se sentir vraiment impliqué par ceux-ci. Il avait l'impression qu'on lui imposait un règlement comme à un des gamins de l'orphelinat. Il soupira tout en grimaçant sur ces considérations. Kaya inscrivit donc cette nouvelle clause malgré le peu d'enthousiasme d'Ethan, plus occupé à enregistrer chaque détail de son visage, de sa nuque ou de ses cheveux. Il glissa à nouveau ses mains sous le chemisier de la jeune femme, tout en gémissant d'impatience.

— C'est bon ? On a fait le tour ? demanda-t-il alors, bien plus intrigué par la suite de son investigation manuelle que par ce fichu code.

— Parlons du service après-vente... continua-t-elle, concentrée sur sa feuille.

— Oui... parlons du SAV... fit-il tout en léchant le lobe de son oreille. Aucune restriction. Du sexe encore et toujours, si nécessaire !

Kaya détacha son oreille de la bouche inquisitrice d'Ethan.

— Comment ça, aucune restriction ? Je ne veux pas faire tout ce que Monsieur désire. J'ai mes limites !

— Les limites sont faites pour être franchies ! lui susurra-t-il en déposant un baiser léger sur sa nuque et remontant ses mains sur sa poitrine enfermée par son soutien-gorge.

— Il y a des trucs que je ne veux pas ! C'est non négociable ! insista-t-elle, sévèrement.

— Comme ?

— Comme des trucs sado-maso par exemple ! répondit-elle vite, gênée par le sujet.

Ethan se mit à sourire.

— Ose dire que ma petite claque sur les fesses n'a pas complètement libéré ton orgasme la dernière fois ! Je garde mes claques, juste pour voir la jouissance sur ton visage ! Mais je ne jouerai pas avec un fouet si c'est ce à quoi tu penses...

Parler de choses plus coquines, tout en subissant les assauts câlins d'Ethan et l'écouter de sa voix grave murmurer tout cela dans le creux de son oreille, mettait à mal les résolutions de Kaya. Une douce chaleur, sensuelle et envoûtante, se manifesta progressivement dans son corps et au creux de son ventre. Elle déglutit un peu plus et Ethan ne rata pas une miette de ses réactions. Il la taquina davantage en laissant effleurer ses lèvres contre sa joue et laissant siffler sa respiration brûlante contre elle. Elle commençait à perdre le fil de ses objectifs et Ethan se délecta de voir chaque résistance sauter sous ses caresses. Il glissa ses doigts sous son soutien-gorge et attrapa ses tétons qui durcirent instantanément.

— Je peux quand même taquiner tes tétons ? demanda-t-il alors tout en embrassant sa tempe. Ce n'est pas trop violent pour toi, dis-moi ?

Kaya ferma les yeux et retint sa respiration quand elle sentit son autre main descendre le long de son ventre, sortir de sous son chemisier et se nicher entre ses cuisses par-dessus son pantalon. Ethan appuya sur son sexe et Kaya lâcha un léger spasme sous l'effet.

— Ça m'a l'air d'aller, donc les tétons restent d'actualité. OK. Quoi d'autre ? Est-ce que je peux chercher ton réconfort avec des jouets vibrants ou stimulant ton corps, dans une quête de bien-être faisant oublié... tes mauvais moments ?

Il déposa un baiser près de sa bouche et Kaya rouvrit les yeux. Elle le contempla quelques secondes et encouragea son acte en cherchant sa bouche pour l'embrasser. Elle posa sa main sur sa joue et l'embrassa avec peu de retenue. Ethan fut ravi de la voir enfin plus réceptive et sourit entre ses lèvres. Leurs langues se retrouvèrent et très vite, l'oxygène leur manqua devant le besoin de retrouver l'autre contre soi. Ethan déboutonna rapidement le chemisier de la jeune femme, puis la repositionna mieux sur ses genoux pour qu'elle lui fasse face.

— Et je peux embrasser toutes les parties de ton corps, Kaya ? lui demanda-t-il maintenant, sans attendre la réponse à la question précédente et impatient de pouvoir caresser son corps avec le sien.

Ne se sentant pas à l'aise, Kaya se leva pour se mettre à califourchon sur lui avant de retrouver ses lèvres. Ethan sentit son cœur exploser devant son initiative. Une position chère à ses yeux, si belle en promesses, diablement efficace pour le rendre fou. Le chemisier de Kaya tomba vite.

— Oui, embrasse ! lui répondit-elle succinctement tout en retrouvant ses lèvres. Et tes mains aussi… partout !

Ethan gémit à l'annonce de ses autorisations licencieuses auxquelles il avait droit. Ethan retira aussi sa chemise et son maillot de corps à la hâte.

— Toute entière à moi, alors ? lui demanda-t-il en dégrafant son soutien-gorge et fonçant sur son téton impatient de retrouver sa langue.

Kaya inspira un grand coup devant le plaisir non dissimulé que ce contact lui procura. Elle se redressa légèrement et lui caressa les cheveux, se laissant aller devant cette délicieuse agression sur son sein. Ethan déboutonna le pantalon de la jeune femme avec maladresse, extrêmement pressé d'être en elle.

— Tout entière… confirma-t-elle, en baissant la tête et le regardant droit dans les yeux.

— Dans toutes les positions possibles donc… l'interrogea-t-il non sans crainte d'être restreint dans tout ce qui se bousculait en lui.

Kaya tenta difficilement de mettre de l'ordre dans son esprit déjà complètement parti dans un nuage de volupté pour énumérer les positions possibles qu'elle connaissait…

— Oui… lui déclara-t-elle dans un état second alors que la main d'Ethan se glissa sous son pantalon pour envahir malicieusement ses fesses de ses doigts curieux.

Son exploration descendit plus bas, le long de la raie de ses fesses et Kaya se déconnecta instantanément.

— Non ! Pas tout ! s'exclama-t-elle alors, le rose aux joues.

Ethan se stoppa net, surpris par son revirement soudain.

— Pas de sodomie ! ajouta-t-elle, comme un cri du cœur avant de se raviser par timidité. Je… je sais que tu la pratiques, puisque ça m'a valu mon deuxième renvoi de boulot, mais c'est non !

Ethan resta muet un instant alors que Kaya le fixait, rouge de honte. Il sourit alors en voyant son air décidé malgré sa gêne sur le sujet. Il se blottit un peu plus contre elle pour sonder ses prunelles vert noisette.

— Ça te fait peur ? lui demanda-t-il tout à coup, moins emporté et plus curieux par ce sujet.

— Je… non, ce n'est pas la question... C'est juste que ça n'entre pas dans mes priorités…

— Donc, ce n'est pas un non catégorique.

— Ça l'est ! Et puis tu n'es pas mon petit ami, donc il y a certaines choses que je garde pour moi et celui qui partagera tout le reste de ma vie. On n'est pas ensemble, donc pas de sodomie !

— Mmmh… Si j'étais ton petit ami, ce serait donc envisageable ?

— Ne cherche pas des pistes qui n'existent pas ! C'est niet !

— Et il y a d'autres trucs « niet » ?

— Oui ! répondit-elle alors, après réflexion. Pas de fellation !

— Quoi ! s'offusqua tout à coup Ethan. Je suis contre ! Du sexe sans fellation, c'est comme un cheeseburger sans fromage ! Inconcevable !

— Inconcevable, c'est tout à fait le terme ! Il y a des choses qui relèvent du très intime et pour moi, ça en fait partie ! Tu scindes le sexe des sentiments amoureux, alors moi aussi dorénavant ! Tu n'es pas mon petit ami, il n'y a pas d'amour entre nous, donc pas de fellation !

— Je la veux ! Et pas besoin d'excuses pour faire ce genre de chose ! Je veux ma petite gâterie ! On n'a pas encore le cas qui s'est présenté, mais ce n'est pas pour autant que je ne l'espère pas !

— Non, il faut des limites ! Et pour moi, ça marque la limite entre toi et l'homme que j'aime ! Je réserve certaines choses à Adam ! Je ne vais pas te mettre au même niveau que lui ! Voilà !

Ethan s'esclaffa devant sa façon de le rabaisser parce qu'il n'était pas son fiancé et ne pouvait prétendre à tous les privilèges « d'un membre premium » !

— C'est dégueulasse ! Moi, je t'ai fait un cunnilingus ! Là, t'as rien dit ! T'as pas bronché, que je passe ma langue par-dessus ce qu'avait fait ton super Adam !

Kaya se leva tout en cachant sa poitrine de son bras, peu contente de la tournure de la conversation. L'attaquer sur sa relation avec Adam avait tendance à l'énerver.

— C'est comme ça ! trancha-t-elle sèchement. À prendre ou à laisser !

Ethan se leva à son tour, le regard sévère.

— Tu peux écrire ton code... je te ferai changer d'avis.

— Pfff ! Dans tes rêves !

— Tu me supplieras ! déclara-t-il d'un ton condescendant.

— Là, c'est toi qui supplies, on dirait !

— Tu crois ça ?

— C'est certain ! répondit-elle avec défi.

Ethan quitta l'affrontement visuel en silence et commença à fouiller un peu partout dans la pièce. Kaya resta intriguée, ne sachant ce qu'il pouvait maintenant comploter pour la faire taire et montrer qu'il gagnerait ce duel.

— Qu'est-ce que tu cherches ? À quoi tu joues ?

Ethan fouilla les tiroirs du bureau, les boîtes et toutes les planques possibles...

— De quoi te faire dire « Encore Ethan ! D'accord ! Je raye

cette clause ! »...

Kaya rougit à nouveau, curieuse de connaître ce qu'il avait en tête pour la faire fléchir, mais apeurée aussi par ce dont il était capable pour atteindre ses foutus objectifs.

— ... et je l'ai trouvé ! continua-t-il avec un petit sourire. Je savais bien que Barney et Simon n'étaient pas des anges au boulot !

Il secoua alors avec malice l'étui de préservatif qu'il venait de sortir d'un tiroir de meuble. Kaya loucha dessus, comprenant que leurs petits désaccords ne changeaient en rien la donne sur les envies d'Ethan.

— Très bien... On en était à « craquera ou craquera pas », c'est ça ? ajouta-t-il avec une lueur de défi dans les yeux. Viens là que je te fasse oublier qui tu es !

Kaya s'esclaffa, sidérée par son assurance.

— Prétentieux ! Ça va, les chevilles ?

Ethan lui sourit, déterminé comme jamais.

— Tu verras ! Je vais tout faire pour que tu te délectes de nos galipettes !

— Signe d'abord ce papier ! lui déclara-t-elle tout en montrant du doigt le contrat sur le bureau.

Ethan avança alors lentement vers elle, le regard prédateur. Par instinct, Kaya recula un peu.

— Pourquoi caches-tu ta poitrine avec ton bras ? lui demanda-t-il, plus séducteur. Montre-moi... Je veux tout voir ! À moins que là aussi, il y ait des parties interdites à ma vue ?

— Idiot... souffla-t-elle, en voyant qu'il se moquait bien de ces clauses et de leurs conséquences.

— Alors montre ! commenta-t-il d'une voix plus chaude.

Kaya baissa son bras, le rose aux joues, et Ethan contempla avec un petit sourire le spectacle. Il lui attrapa une de ses mains.

— J'ai le droit de la tenir, là ? On est bien à une de nos

« séances » ? Rassure-moi ?

— Arrête de me chambrer ! répondit-elle d'une petite voix, en n'osant pas le regarder. Ce n'est pas drôle.

Ethan porta alors la main de Kaya à sa nuque, ce qui obligea la jeune femme à se coller à lui. Celle-ci ne put dévier son regard plus longtemps et se trouva vite happée par les yeux de braise qu'il lui offrait, alors que son visage restait concentré sur les moindres réactions de sa princesse. Très vite, elle se trouva désarmée, telle une proie entre les serres d'un rapace. Son cœur battait la chamade et la tension sexuelle entre eux se manifesta aussitôt. Un simple regard transperçant le sien et allant percuter directement son cœur, et elle savait qu'elle n'attendait maintenant qu'une chose : qu'il la fasse sienne une nouvelle fois. C'était déconcertant d'être si sensible à ses changements d'humeur, à ses manigances et à son charme. Elle était toujours dans le doute et l'angoisse dès qu'il commençait quelque chose, car elle ne savait jamais comment elle allait survivre au raz-de-marée Ethan. Et à chaque fois, son cœur répondait à ses assauts avec entrain et bonheur. Chaque nouvelle tentative la rendait plus vivante, chaque défi qu'il lançait la forçait à malmener son cœur jusqu'à réaliser qu'en réalité, ses contrariétés devenaient des moments de pur soulagement. Et plus elle passait de temps avec lui, plus ces moments de soulagements la rendaient dépendante.

Délicatement, Ethan attrapa son autre main et la porta aussi à son cou, puis il serra Kaya en l'encerclant de ses bras. Ils se contemplèrent ensuite en silence quelques instants. Un silence où tout se disait : envie de l'autre, bonheur d'être ainsi corps contre corps, attente et frustration de ne pas avoir plus, mais aussi besoin de temporiser encore pour mieux profiter de chaque instant. Ethan posa son front contre celui de Kaya et ferma les yeux. Surprise, celle-ci constata qu'il restait timide dans ses actes.

Il attend quoi ? Il n'est pas si hésitant d'habitude ? Il fonce !

Kaya soupira, complètement désabusée par sa propre attitude. *Et moi, je suis pathétique ! J'en viens à être frustrée qu'il n'aille pas plus vite.*

Ethan prenait le temps de jouer avec ses nerfs. Pas de baiser, pas d'étreinte musclée pour passer à l'acte. Il se contentait de rester ainsi, contre elle.

— Quelque chose ne va pas ? demanda-t-elle maintenant, sceptique de ce qu'il faisait et trop impatiente de ne pas savoir ce qu'il avait en tête.

Ethan ne lui répondit pas et garda ses yeux fermés. Il frotta de son nez le sien dans un geste tendre où leurs souffles se mêlaient. Le besoin de contact se fit ressentir dans ce tout petit geste, mais aucun des deux n'osait aller plus loin. Ethan semblait vouloir profiter de cette simple étreinte tandis que Kaya se refusait à faire le premier pas pour répondre à un éventuel souhait tordu de se montrer impatiente de coucher avec lui. Exprimer son envie sexuelle se résumait à dire qu'elle ne pouvait plus se passer de lui : c'était hors de question ! Pourtant, son impatience fut prise au dépourvu lorsqu'il laissa glisser son pouce le long de sa colonne vertébrale et fit frissonner sa peau instantanément. Ses doigts vinrent faire des petits cercles par-dessus son pantalon pour remonter à nouveau le long de son dos. Kaya frémit une nouvelle fois quand la main d'Ethan atteignit le creux entre ses omoplates et caressa enfin sa nuque. Sa libido revint à la charge devant cette impression d'être à sa merci, sa main jouant contre son cou. Il n'y avait aucune force, aucune possession vive et violente dessus. Pourtant, il restait le maître de son emprise, quelle que soit l'option choisie. Cette position si naturelle au premier abord était cependant lourde de sens pour Kaya qui sentait par ses petites caresses dans son cou, tout son besoin de la posséder, de mettre une assurance sur l'ascendance qu'il pouvait avoir sur son désir. Elle pencha alors un peu la tête en arrière, se décollant ainsi du front de son partenaire. Ethan laissa tomber un peu plus son visage contre son cou, trouvant dans son geste une excuse pour se coller un peu plus contre elle. Il inspira profondément et la serra fort dans ses bras. Kaya apprécia cette étreinte avec un apaisement évident, n'attendant finalement que cette envie de fondre contre lui, de ne faire plus qu'un. Elle glissa sans attendre sa main dans les cheveux d'Ethan en appuyant bien sur ses caresses. Ce simple geste poussa ce dernier à continuer un peu plus son exploration en glissant une nouvelle fois sa main dans le pantalon de la jeune femme. Kaya se cambra et il put alors serrer fermement une de ses fesses. Devant cette délicieuse sensation, Kaya s'agrippa à lui comme si sa vie dépendait de sa bienveillance à la sauver de son trépas. Un désir de plus en plus lancinant la rongeait de l'intérieur et elle n'arrivait plus à contenir le moindre signe de frustration. Très vite, elle baissa sa tête pour trouver les lèvres d'Ethan qui ne refusa pas son baiser. Leurs langues s'entremêlèrent sans gêne, augmentant un peu plus la sensualité de leurs caresses et l'entrain à vouloir posséder l'autre. Comme le déclencheur qu'il fallait pour passer à la vitesse supérieure, Ethan porta alors Kaya vers le bureau et l'obligea à poser ses fesses sur le plan de travail. D'un geste rapide, il dégagea ce qui se trouvait dessus et s'étala sur Kaya, impatient d'arriver enfin aux choses sérieuses. Les jambes de la jeune femme s'enroulèrent autour de lui sans attendre, accentuant la pression de son bassin contre celui de son partenaire. Ethan gémit à l'idée de retrouver enfin sa princesse contre lui. Toute sa frustration se libérait à chaque nouveau mouvement de l'un d'eux.

— Putain, ce que tu m'énerves, Kaya ! Ce n'est pas possible d'être aussi agaçante ! lui déclara-t-il doucement, tout en la couvrant de baisers sur le visage avant de retrouver sa bouche et ne plus s'en défaire.

Sans retenue, il attrapa son sein d'une de ses mains et glissa sa langue dans sa bouche. Kaya gémit à son tour, pour le plus grand bonheur d'Ethan.

— Toi aussi, tu m'énerves ! Tes mains sont un véritablement agacement pour mon corps ! Va falloir... trouver une solution !

Ethan se mit à rire, ravi de pouvoir partager aussi aisément un tel moment avec elle.

— Si tu savais à quel point j'adore agacer ton corps de mes mains !

Sa main quitta son sein et fonça droit dans son pantalon et se glissa sous sa culotte. Kaya se raidit, prise d'un doux tremblement en sentant les doigts d'Ethan agir tel un baume sur ce fameux fourmillement si important au niveau de son entrejambe qu'était son clitoris.

— Oh merde ! lâcha-t-elle dans un souffle quand ses doigts dévièrent pour s'enfoncer en elle.

Ethan ne put s'empêcher de sourire devant ses réactions alors qu'elle se dandinait sous lui pour arrêter ce chatouillement qui ne cessait de la rendre folle.

— Tant que ça ? commenta-t-il, un brin moqueur.

— Je te déteste, Ethan Abberline ! lui déclara-t-elle en réponse, le regard brillant de plaisir.

Ethan se précipita sur ses lèvres pour donner le change à ses propos. Elle pouvait le détester autant qu'elle le voulait tant que c'était de cette façon si douce. Elle pouvait même le traiter de connard, pourvu qu'il puisse continuer à la taquiner de la sorte.

— Es-tu sûre de toujours vouloir signer ce code de conduite, Princesse ? Tu ne tiendras jamais la route face à mes mains réconfortantes !

— Je n'ai pas encore dit mon dernier mot, Abberline ! Je n'ai encore rien fait sur toi avec mon petit corps ! Crois-tu que je vais rester là à subir tes caresses sans me défendre ? Je n'ai encore rien fait de mes mains, moi !

Ethan se releva légèrement, surpris par ses mots si prometteurs et son air mutin. Il rougit légèrement, en laissant divaguer son esprit sur toutes les surprises dont elle était encore capable avec lui, puis se mit à rire légèrement en devinant que son propre calvaire était loin d'être fini, que son cœur et ses sentiments allaient être mis encore à rude épreuve.

— Kaya… dit-il alors en posant son front contre sa poitrine. Voilà pourquoi je te dis que tu es effrayante !

3
COMBLÉ

Kaya écouta Ethan l'embrasser dans le cou, avec un grand sourire. La musique du club résonnait contre les murs acoustiques et faisait écho aux booms-booms des battements de son cœur. Elle regardait le plafond sans trop le voir. Toute sa concentration était dirigée sur les bienfaits qu'Ethan administrait encore à son corps.

Ils avaient vite laissé tomber leurs derniers vêtements. La bagarre avait commencé avec le jeu du « celui qui arriverait à faire fléchir l'autre en premier ». Des stratégies de force, de domination et des pièges malicieux à l'aide de leurs corps respectifs avaient stimulé leurs ébats, chargés de plaisirs et d'assouvissement. Des objets et papiers avaient même fini par tomber du bureau sous leur impulsivité à vouloir gagner l'autre, entre tendresse et détermination. Puis finalement, le doux conflit continua debout durant quelques minutes. Ethan n'arrivait pas à se satisfaire de cette position semi-allongée sur le bureau ; il voulait avoir accès à toutes les parties du corps de sa partenaire. Pouvoir toucher ses fesses d'une main et un sein de l'autre était aussi grisant que salvateur. Il avait réellement cette impression de la posséder et pouvait savourer de ne plus être entravé par quoi que ce soit. Une liberté bienvenue après la ratification de ce code dont il se fichait bien.

Leurs baisers reflétaient le match qui se dessinait avec leurs mains : conquérants, avides et implacables dans leurs effets. Après un bref moment où elle le força à s'asseoir sur le fauteuil pour lui montrer qu'elle pouvait, elle aussi, avoir des arguments pouvant le faire craquer, Ethan l'avait allongée au sol afin de reprendre un minimum le contrôle. Et c'est ainsi que leur moment de réconfort s'acheva. Le bureau d'un côté, le fauteuil de l'autre, leurs vêtements au milieu et leur plaisir enfin assouvi. Une nouvelle fois, leur partie de jambes en l'air avait été diablement agréable. Kaya ressentait encore quelques engourdissements au niveau des jambes, mais ce n'était rien comparé à la chaleur qui brûlait encore dans ses veines et qui ne perdait pas en force. Et visiblement, son partenaire ne semblait pas faiblir de désir non plus. Ses lèvres retrouvèrent les siennes rapidement pour se rassasier encore et encore de baisers. Sa soif paraissait inextinguible. Même après avoir atteint l'extase, il continuait ses attouchements et ses baisers coquins, comme si rien ne devait se finir. Il avait été aussi très gourmand en baisers la dernière fois, lors de la journée anniversaire de la mort d'Adam. Il semblait prendre pour acquis que le service après-vente devait être fait de multiples baisers pour s'assurer que le réconfort était vraiment cinq étoiles jusqu'au bout. Kaya pouffa entre ses lèvres.

— Tu vas vraiment les user à force ! contesta-t-elle, alors qu'il en rajoutait encore un nouveau, puis un second.

— Tes lèvres sont douces… argumenta Ethan, tout en fermant les yeux et exigeant gentiment de retrouver sa langue plaintive.

Un nouvel instant de douceur les emporta tous les deux. Peu importait ce qui se passait autour ; ils répondaient à leurs envies. Kaya caressa instinctivement les cheveux déjà bien ébouriffés de son amant, ce qui entraîna un soupir lascif de ce dernier. À bout de souffle, Ethan se détacha un peu d'elle pour effleurer sournoisement sa bouche dans un petit sourire aussi tendre qu'attentif. Il lui caressa ensuite une mèche de cheveux, puis reposa ses lèvres contre celles de la jeune femme, comme un appel qu'il ne pouvait ignorer. Il répéta son baiser plusieurs fois tout en appuyant à chaque fois un peu plus fort. Kaya se mit à rire et finalement le poussa sur le côté pour retrouver un peu de liberté. Un sourire s'étira sur les lèvres d'Ethan, heureux comme jamais d'être repoussé d'une telle façon.

— Tu sais quoi ! C'est la première fois que je me retrouve nue sous un bureau ! déclara-t-elle réellement amusée par cette situation pour le moins incongrue.

— Whouaaa ! Encore une première fois que je t'offre ! Ma parole, mais c'est que tu y prends goût ! ironisa Ethan, amusé et fier d'apporter quelque chose d'inédit dans sa vie.

Kaya se mit à nouveau à rire.

— J'avoue que tu me surprends. La moto, le toit d'immeuble, le super câlin sur et sous le bureau... J'expérimente plein de choses grâce à toi !

Ethan inspira profondément, une lueur nouvelle dans ses yeux à l'écoute de ces mots. Si elle se trouvait ravie de découvrir le monde sous un autre regard par son intermédiaire, il pouvait en dire autant à son sujet. Il avait l'impression d'être un nouvel homme.

— Parfait ! Je vais pouvoir donc rayer certaines mentions de ton code au titre de l'apprentissage ! déclara-t-il, heureux de revenir dans le vif du sujet. Et notamment tout ce qui concerne le sexe ! La découverte de la première fois sur plein de choses coquines... ça me plaît !

Il lui jeta un sourire carnassier qu'elle s'empressa de repousser de ses deux mains, comme une vilaine idée à vite effacer.

— Il n'y a rien à rayer ! Tout ce que tu as à faire, c'est le signer...

Kaya regarda un peu partout autour d'elle, et le retrouva, froissé, au milieu de papiers et vêtements. Elle s'en saisit, tenta de l'aplatir en étalant bien sa paume de main dessus et lui posa devant le nez.

— Voilà !

Elle attrapa un stylo non loin de là et le lui tendit.

— On peut rajouter aussi « pas d'infidélité pendant la période de l'accord » ! lui déclara-t-elle avec un sourire entendu.

Ethan plissa les yeux, plus aussi heureux.

— Je t'offre une première fois et c'est comme ça que tu me remercies ? En me reservant encore ton code ?

Kaya loucha deux secondes sur lui, puis lui colla un rapide baiser sur ses lèvres.

— Merci, Ethan ! Maintenant, signe ! Je m'engage aussi à faire tous les tests possibles et prendre la pilule pour un accord plus serein.

Ce dernier grommela, peu satisfait de sa façon d'être remercié. Il regarda son stylo comme son pire ennemi et cette triste évidence qu'il ne pouvait reculer.

— Trop tard, t'es en cloque et je t'ai refilé plein de merdes ! Depuis le temps !

— Ah ah ! chantonna-t-elle devant son air bourru. Très drôle. Tu peux râler, ça ne changera rien ! Et puis, ce n'est pas moi qui me tape un répertoire de dingue sur mon téléphone, rempli de gonzesses bizarres qui aiment les hommes en mode connard !

Ethan se mit à sourire devant cette mention.

— J'en connais une devant moi qui s'en contente !

— Ne mélange pas tout ! Elles ont des attentes bien différentes des miennes, je te rappelle.

— C'est vrai... Elles veulent soit un plan cul avec moi, soit parvenir à toucher le gros lot en m'épousant. Toi, c'est plutôt le plan cul de réconfort ! Bref ! Que des « gonzesses » qui veulent des plans cul avec moi ! C'est terrible !

Kaya le poussa à l'épaule alors qu'il riait de sa fierté d'être un homme à femmes.

— En attendant, Casanova, pas de femmes pendant notre accord ! Je veux garder mon hygiène intime intacte !

— Dis plutôt que ça te ferait chier que je fasse certaines choses, que je te fais durant nos « séances », à d'autres femmes pendant nos périodes hors « séances », hum ?

Il lui pinça la joue pour la taquiner un peu plus et s'assurer d'un minimum de jalousie qui le conforterait dans leur relation.

— N'importe quoi ! marmonna-t-elle en le fuyant du regard.

— Donc, le fait que je touche le matin le corps offert d'une femme pour un plan cul régulier, puis toi le soir pour un plan cul réconfort, ne te pose pas de problème tant que j'ai une hygiène propre ?

— Rhaaa ! Arrête de jouer sur les mots et de chercher la petite bête ! Et puis je ne suis pas un plan cul réconfort ! C'est bon ! T'as gagné ! Non, je ne veux pas sentir les lèvres d'une autre quand je t'embrasse ! Ça me paraît normal, logique, humain ! Et je ne souhaite pas de baisers indirects via tes lèvres avec une autre femme non plus ! Ce n'est pas mon fantasme ! Voilà ! T'es content !

Ethan savoura ses mots comme elle pouvait savourer un brownie. Le simple fait de ne pas vouloir le partager lui réchauffait le cœur et le poussait toujours plus vers l'envie de la garder contre lui. Il l'attrapa dans ses bras alors qu'elle boudait d'avoir lâché la vérité. Sentir son dos contre son torse marqué lui fit du bien. Il posa un baiser sur sa tempe et respira fort, heureux de la voir un brin jalouse.

— Tu veux l'exclusivité, c'est ça ? ajouta-t-il alors doucement à son oreille. Je te la donne. OK.

Il la relâcha et se leva, cherchant visiblement ses affaires. Kaya l'observa d'un air perplexe. Elle le vit récupérer son téléphone et pianoter quelque chose, puis il revint s'allonger près d'elle.

— Tiens, c'est mon répertoire « plan cul ». Vas-y ! Efface-le ! Comme ça, tu n'auras plus à craindre quoi que ce soit !

— Quoi ? le fit-elle répéter, incrédule.

Il posa son téléphone dans sa main et déposa un baiser sur son front.

— Efface-le !

— Tu n'es pas sérieux ?!

— Fais-le !

Kaya put lire toute la sincérité de sa démarche dans son regard qui ne la quittait pas. Ethan semblait très serein.

— Oh ! C'est une astuce ! Tu as une sauvegarde ! Tu essaies de m'amadouer encore !

— Du tout ! Zéro sauvegarde. Efface !

Kaya déposa le téléphone au sol à la hâte, cherchant le piège, et regarda l'objet comme une bombe à retardement.

— Pourquoi moi ? Fais-le, toi ! lui dit-elle alors en le repoussant vers lui.

— Tu auras la preuve que c'est fait ! lui répondit-il en le remettant bien devant elle.

— Mais je ne t'ai pas dit que je voulais que tu supprimes ton répertoire ! Juste que tu le mettes en pause le temps de notre accord !

— Tu n'as pas confiance en moi. Du moins, pas sur tout ! Donc, je te prouve de ce côté-là que c'est réglé !

Kaya contempla le téléphone avec suspicion.

— Si je le fais, il ne faudra pas venir pleurer parce que Bichon a perdu tous ces plans cul !

Ethan se mit à rire devant son surnom.

— On a dit « pas de surnoms affectueux » ! C'est le code de conduite, non ? Je te dis, ce contrat, tu ne le tiendras pas !

— Je le tiendrai ! Ne me sous-estime pas !

— Oh non ! Je ne te sous-estime pas ! Je sais très bien à qui j'ai affaire.

Une expression plus douce apparut sur le visage d'Ethan face à cette évidence. Kaya le considéra de façon indécise. Elle trouvait ses réactions vraiment bizarres depuis son pardon.

— Très bien ! J'efface tout ! À jouer avec le feu, on se brûle ! Tant pis pour toi !

Elle attrapa le téléphone et lui sourit de façon mutine.

— Sûr ?

Ethan la fixa avec douceur, mais assurance.

— Fais-toi plaisir ! Tu devras juste compenser derrière.

Il pouffa d'un coup à sa remarque tandis que Kaya le dévisagea.

— C'était donc ça l'idée ! Je savais bien que c'était louche ! Tu me fais effacer tout ton répertoire pour justifier ensuite plus de sexe... Connard ! Je ne comblerai rien d'autre que ce qui est prévu par notre accord : soigner les blessures de l'autre ! C'est tout !

Ethan se mit à rire en la voyant chercher toutes les parades qu'il pourrait monter contre elle.

— Kaya, j'ai follement envie de t'embrasser ! Tu ne marches pas, tu cours !

Cette dernière sentit ses joues s'échauffer sous les propos tout à coup plus tendres d'Ethan. La simple idée d'être à nouveau embrassée follement lui retournait le ventre et son cœur faisait maintenant des bonds dans sa poitrine l'obligeant à poser ses mains contre son plexus, pour se rassurer de ne pas être encore mangée toute crue. Ethan se rapprocha d'elle lentement, tel un félin. Son regard de prédateur la figea sur place tandis qu'il l'enlaçait doucement. Il déposa un furtif baiser sur ses lèvres, puis lui mordit la lèvre inférieure.

— Qu'il y ait répertoire ou pas, je n'appellerai pas une autre fille et je ne répondrai pas à une demande de l'une d'entre elles.

Je n'en ai tout simplement pas envie. Là, actuellement, tout ce dont j'ai envie, c'est de mordre ta lèvre...

Il attrapa doucement de ses dents la lèvre de Kaya une nouvelle fois, avant d'y déposer un nouveau baiser dessus.

— ... et que tu me câlines encore et encore !

La panique gagna le cœur de Kaya devant cette sournoise attaque toute en douceur et tendresse. Elle ne savait plus où se mettre ni quoi faire ou répondre. Seul le regard perçant d'Ethan la scotchait comme une mouche à un adhésif tue-mouches. C'était pire que tout. L'attaquer de la sorte en jouant sur le registre câlin était inhumain. Elle venait de douter de ses intentions, elle le menaçait d'effacer son carnet d'adresses coquines et lui la prenait à contre-pied en jouant presque le mec transi d'amour !

Rhaaaa ! Il m'énerve ! Je le déteste d'être si... d'être trop...

Elle le repoussa de ses deux mains sur son torse et, rouge cramoisi de gêne, se saisit du portable.

— Très bien ! J'efface tout ! Voilà ! C'est fait ! Tu n'as plus rien ! T'es content !

Ethan la contempla, heureux.

— Très !

Kaya loucha sur lui, agacée de le voir si calme et conciliant.

— Viens m'embrasser, maintenant que la clause « pas d'infidélité » est réglée. Et après, je signe ton papier.

Kaya tourna la tête, gênée par l'effet que toute cette mise en scène avait sur son corps. Elle avait chaud, elle se sentait à fleur de peau, son cœur se comportait de façon anarchique et elle n'arrivait même plus à masquer son trouble face au regard caressant d'Ethan.

— Je te déteste ! marmonna-t-elle toutefois, pour marquer le coup et ne pas lui donner entièrement satisfaction.

— Évidemment ! Pourquoi ça changerait ?

Kaya tourna à nouveau la tête vers lui, surprise de sa réponse.

Pourquoi ça changerait ? Bah oui ! Pourquoi ?
Il écarta ses bras et lui sourit avec un petit air de défi.
Pourquoi ?
Elle soupira et retourna se lover dans ses bras, malgré cette honte à ne pas réussir à garder cette distance avec ses sentiments. Elle s'en voulait de ne plus avoir autant de force à le repousser, d'être si réceptive à ses mots et ses attentions, de baisser sa méfiance et croire en quelque chose de plus sérieux entre eux. Elle savait que si elle ne reprenait pas le contrôle, elle serait perdue. Pourtant, ce soir, elle n'avait pas envie non plus de quitter ses bras. Tout comme lui, elle voulait encore prolonger ce moment de paix entre eux. C'était très bizarre. La séparation brutale, deux jours avant, devait en être la cause. Malgré tout, elle n'arrivait pas à expliquer pourquoi elle avait cette impression étrange de relâche plus franche des deux côtés, de complicité plus tendre.

Ethan attrapa alors le stylo et le papier indiquant toutes les clauses précédemment écrites. Il posa la pointe de l'objet maudit sur le code de conduite, puis la regarda un instant. Un sourire bizarre se dessina tout à coup sur son visage et Kaya comprit immédiatement qu'il préparait quelque chose qui n'allait pas lui plaire. Sans attendre, il se dégagea d'elle et fit glisser son stylo nonchalamment sur la feuille. Il griffonna rapidement une énorme signature prenant toute la page, barrant au passage toutes les clauses précédemment écrites avec application par Kaya. Il ajouta à côté un petit cœur au bout de sa signature et inscrivit au-dessous des autres clauses : « Kaya n'est pas mon objet, c'est ma Princesse ». Puis, à côté, il dessina une petite couronne. Devant tous ses gribouillis, Kaya s'alarma.

— Non, mais t'es pas bien ! Qu'est-ce que tu fous ? Ça ne ressemble plus à rien. C'est quoi cette signature ? Et depuis quand on fait des cœurs et des couronnes sur un contrat ?

Elle tenta de lui arracher le papier des mains, mais Ethan se mit à rire devant son agacement et se retourna pour l'empêcher de faire opposition à ses grigris.

— Rends-moi ce papier !
— Attends ! Je n'ai pas fini d'apposer mes clauses !
— Il n'y a rien à ajouter !
— Bien sûr que si ! Je dois écrire que « Kaya s'engage à ne plus mentionner le nom d'Adam pendant nos séances » !
— Certainement pas ! hurla-t-elle presque, en passant par-dessus son dos et en agrippant un bout du papier conflictuel. Lâche ça !

Ethan tira et le papier se déchira en deux. Kaya regarda son bout de contrat avec stupéfaction alors qu'il riait de bon cœur devant son air anéanti. Face à son rire moqueur, cette dernière se fâcha un peu plus et l'écrasa de tout son corps pour se venger, n'ayant plus pour seule envie que de l'étrangler. Malgré les vaines tentatives de sa belle pour lui faire ravaler son rire, Ethan la prit dans ses bras et l'embrassa à nouveau.

— Je te déteste ! Vraiment ! grogna-t-elle contre sa bouche. Tu n'es qu'un...
— Connard, je sais... mais là, excuse-moi, mais c'est juste excellent.
— Il n'y a rien d'excellent ! protesta-t-elle, énervée. Regarde ça !
— On y mettra un bout de scotch et tu le signeras aussi. Je t'autorise à mettre ton gribouillis par-dessus le mien si tu veux ! J'aime bien quand tu es sur moi !

Les sourcils d'Ethan sautèrent pour amplifier son allusion coquine et rajouter de l'huile sur le feu volontairement.

— Pfff ! N'importe quoi ! marmonna-t-elle, le visage une nouvelle fois empourpré.

Devant son air abattu, Ethan retira lentement son bout de papier de ses doigts et posa les morceaux plus loin au sol avant de réclamer à nouveau ses lèvres et de la serrer fort contre lui. Prise dans le tourbillon de ses baisers, la colère de Kaya retomba instantanément. Le charme d'Ethan opérait à nouveau sur elle et elle se laissa lentement porter par ses douces attentions pour se faire pardonner… Elle ne pouvait nier le fait que ses bras demeuraient efficaces dès qu'il fallait l'apaiser. Elle trouvait même cela inquiétant. Elle s'assagissait de plus en plus facilement à chaque fois qu'il se montrait plus câlin. Elle lui pardonnait de plus en plus rapidement ses incartades. Même sa poitrine montrait des signes alarmants dès qu'il manifestait trop de tendresse. Et ses baisers devenaient de sournois plaisirs auxquels elle accédait de plus en plus aisément au point même de vouloir les solliciter.

— Kaya…

— Hum ? marmonna-t-elle alors qu'elle encaissait avec inquiétude un nouveau baiser sur sa joue comme une nouvelle salve de douceur.

Elle ferma les yeux et se laissa aller à ressentir ses lèvres contre sa peau. Il effleura le lobe de son oreille de ses lèvres et souffla légèrement.

— Reste dans mes bras toute la soirée.

Si sa voix grave l'avait faite frissonner sur le moment, elle ouvrit toutefois les yeux en matérialisant mieux le contenu de sa phrase une fois sa douce rêverie effacée.

— Quoi ?

Ethan se détacha d'elle et se tint la tête de sa main, son bras et son coude au sol.

— Je sais qu'une fois sortis de cette pièce, nous devons faire comme si de rien n'était, que c'est dans le code…, mais j'ai encore envie de t'avoir dans mes bras. Ce petit moment de réconciliation ne me suffit pas ! Il m'en faut plus !

Kaya ne put lâcher ses deux prunelles marron chocolat chaud réclamant encore des instants de tendresse. Elle savait que son visage devait être encore rouge pivoine, que son trouble devait être perceptible autant par l'objet de la demande d'Ethan, que par son air sérieux et plein d'espoir à ce qu'elle y réponde favorablement. Même s'il restait hésitant dans le ton de sa formulation, même s'il savait que la réponse pouvait être négative, il l'avait quand même formulée comme une envie lui tenant à cœur. Elle regarda instantanément ses cicatrices. Elle ne les avait pas touchées. Elle n'avait pas osé. Il n'en avait pas fait la demande non plus. En parler était tout aussi risqué et elle s'était même demandé s'il gérait vraiment à son niveau les conséquences d'un contact dessus. Et cette nouvelle demande l'obligea à s'interroger un peu plus sur son mal-être, sur les raisons de vouloir prolonger son réconfort.

— Encore ? Mais… je ne comprends pas. Pourquoi as-tu besoin de plus ? Je n'ai même pas touché tes cicatrices et j'ai même accepté tes excuses. Il s'est passé quelque chose que tu ne m'as pas dit et qui justifie ce besoin plus grand ? Tu veux que je te les touche vraiment ?

Ethan baissa les yeux un instant, puis la fixa une nouvelle fois avec assurance.

— Ce n'est pas ça… Ça n'a rien à voir avec mes cicatrices. C'est le réveillon du Nouvel An. Pourquoi… ne pas faire une exception et marquer le début de cet accord en le fêtant dignement ensemble ?

Kaya resta muette. Elle essayait de cerner les réelles motivations d'Ethan, mais se perdait dans son regard. Ses lèvres l'appelaient encore, ses bras voulaient la serrer encore et elle se contentait de vouloir comprendre pourquoi. Elle baissa les yeux et se sentit mal à l'aise.

Toi aussi, tu aimes être embrassée et être dans ses bras ! C'est peut-être juste une demande légitime et normale de sa part à

vouloir apprécier plus ?
Sans réfléchir davantage, elle se blottit contre lui et se cacha le visage. Elle ne savait quoi répondre, mais ne voulait pas non plus le fâcher et elle savait que son visage pouvait la trahir s'il lisait dans ses yeux. Dire oui adoucirait leurs doutes, leurs peurs et leurs besoins mutuels, mais mettrait à mal leur logique de consolation et ce code qu'ils venaient de mettre en place. En même temps, s'il avait vraiment ce besoin de plus de câlins de sa part, devait-elle le stopper pour autant ? N'était-ce pas son rôle de tenter de percer ce qu'il n'osait réellement lui demander pour mieux vaincre ses angoisses et soigner par sa présence ses plaies incrustées dans sa chair ?

— D'accord... murmura-t-elle sans oser le regarder.

Ethan ferma les yeux et laissa échapper sa hantise du refus dans un long soupir de soulagement. Il embrassa ses cheveux et relâcha la pression.

— Mais, juste pour cette fois ! commenta-t-elle, toujours blottie contre lui.

Ethan sourit et concéda l'exception, tant qu'il trouvait gain de cause pour ce soir. Kaya se releva sans un regard, gênée, et commença à s'habiller sans rien ajouter. Ethan l'observa un instant, heureux de constater qu'il se sentait réellement plus serein depuis une heure. Une sérénité dans laquelle il se complaisait et ne voulait pas se détacher. La voir se rhabiller en silence faisait naître à nouveau la crainte de perdre leur bulle de bonheur. Il se toucha la poitrine, sentant que son cœur réagissait de façon désordonnée dès qu'il commençait à perdre le contrôle que ce soit dans ses désirs ou ses craintes. Il devait se rassurer, et rassurer Kaya pour qu'elle reste toujours plus près de lui. Il ne voulait pas de conflits ce soir. Il ne voulait pas se fâcher ni la fâcher. Il voulait juste ses bras, ses lèvres et être l'objet de toutes ses attentions. Il attrapa les deux morceaux du contrat et les posa sur le bureau. Il ouvrit le tiroir pour prendre du scotch et recolla les deux parties de la feuille sous les yeux curieux de Kaya. Il lui sourit et lui tendit la feuille rafistolée.

— Il ne manque que ta signature, Princesse.

Kaya regarda le contrat scotché et prit son stylo. Un malaise étrange flottait dans l'air depuis qu'elle avait accepté de rester dans ses bras toute la soirée. Elle ne savait plus trop où étaient les limites. Et bizarrement, elle sentait bien qu'il tentait d'adoucir volontairement les choses pour ne pas la refroidir. Cette considération la mettait encore plus mal à l'aise ; elle s'estimait du coup comme celle par qui tout pouvait exploser. Elle le regarda un instant, puis relut son contrat.

Suis-je si instable, au point que tu prennes autant de gants avec moi, ce soir ? Pourquoi es-tu si conciliant, Ethan ? Que cherches-tu ?

Elle soupira, triste de constater qu'elle n'arrivait toujours pas à comprendre les pensées et les sentiments d'Ethan. Elle inscrivit une dernière clause au contrat en silence. Ethan écarquilla les yeux devant cette clause. Elle apposa sa signature en dessous, comme convenu, et lui sourit timidement.

— Il ne reste plus qu'à en faire une copie pour que chacun en ait une version.

La poitrine d'Ethan se soulevait difficilement. Il regarda le contrat et cette dernière clause comme le plus beau cadeau qu'elle pouvait lui faire. Il relisait sans cesse les mots « Kaya s'engage à ne plus parler d'Adam pendant les moments de réconfort sollicités par Ethan Abberline » pour les graver dans son cœur qui se gonflait de bonheur. Sa mâchoire se serra un instant, tentant de retenir le peu de raison qu'il lui restait, mais il ne tint pas. Il prit en coupe son visage et l'embrassa à la hâte. Un baiser sincère, profond que Kaya ne put ignorer. Ethan ne pouvait plus s'empêcher de laisser parler ses sentiments. Il la voulait plus que de raison, il voulait la garder contre lui, rien qu'à lui. Exclure Adam de leurs moments à deux était la plus belle avancée qu'il pouvait espérer. Il avait cet insidieux espoir de croire qu'il était enfin le seul à compter et que le reste n'avait plus d'importance. Quelques mots sur un papier et il était heureux de ce contrat. Il trouvait enfin une utilité à celui-ci. Il pouvait savourer son engagement avec soulagement et retrouver une motivation à vouloir encore plus croire en un eux deux. Leurs langues se chevauchèrent avec impétuosité et le besoin d'Ethan de posséder Kaya se fit à nouveau vivace. Il passa son bras autour de sa taille pour la garder contre lui, pour affirmer son emprise sur le corps de sa partenaire.

— Reste avec moi toute la nuit, Kaya.

Ethan avait eu du mal à prononcer ses mots. Une boule dans sa gorge grossissait, tant son désir devenait lourd, l'empêchant de trouver l'air nécessaire pour respirer. Son cœur réclamait plus que jamais de l'amour. Chacun de ses muscles se contractait à l'idée de ne pouvoir exprimer ce que son corps voulait plus que tout. L'envie de lui dire tout ce que cette simple clause lui inspirait finissait par se bloquer en lui, tant la peur de la réaction de Kaya l'angoissait. Sa voix était devenue encore plus rauque, ses yeux encore plus suppliants. Il ne pouvait déclarer tout ce qu'il avait sur le cœur. Même si ce soir, il arrivait à mettre des mots sur ce qui le bouffait intérieurement, certaines choses ne pouvaient être dites. Il ne pouvait qu'être pendu à ses lèvres, à espérer qu'elle ne prenne pas la fuite devant ses envies de plus en plus marquées.

Kaya fixa ses prunelles marron avec surprise, mais douceur. Les lèvres d'Ethan continuaient à lui caresser délicatement la bouche, comme pour influencer en bien sa demande, comme pour donner du poids à ce qu'elle pouvait avoir à y gagner.

— Kaya, je te veux toute la nuit dans mes bras. Je ne veux pas me contenter de cette soirée avec les autres. Je ne veux rien d'autre que pouvoir t'embrasser et garder ton corps nu pour moi seul. Je te veux dans mon lit, chez moi, contre moi. Je veux une vraie grasse mat' avec toi. Je veux encore parcourir ton corps de mes mains et ce n'est pas durant cette soirée que je le pourrai. Kaya, s'il te plaît... Dis-moi oui... Toute la nuit... toi... et moi.

Ethan posa son visage dans son cou et la serra le plus fort qu'il put contre lui. Son cœur était sur le point d'exploser tant ses sentiments pour elle étaient en train de prendre de la place et tout écraser de sensé sur son passage. Il n'arrivait même plus à contenir quoi que ce soit, ni même à donner un sens, une raison au fait que sa poitrine se comprimait comme jamais devant son envie d'elle. Rien d'autre ne comptait à ce moment-là que son besoin cruel et pourtant si vivant d'être avec elle. Kaya se trouva saucissonnée dans ses bras et grimaça de douleur. Elle le trouvait de plus en plus étrange, à l'opposé de ses habitudes. Elle pensait le rassurer en écrivant cette clause, mais l'effet s'avéra être à l'inverse. Il en voulait encore plus, davantage d'elle. Ses signes de sollicitation de plus en plus imposants la laissaient perplexe. Elle avait de plus en plus la conviction qu'il cachait quelque chose. Malgré tout, sa proposition la troublait au point de se sentir complètement émue et décontenancée. Ses mots résonnaient à ses oreilles comme une douce berceuse où elle imaginait déjà ses fameuses mains parcourir encore et encore chaque centimètre de sa peau sans répit. Elle le visualisait déjà en train d'apposer par ses lèvres sa douceur, avant de la saisir et la laisser K.O une nouvelle fois. Elle se voyait même en redemander. Elle se projetait ensuite sur lui, ondulant contre son bassin et se laissant partir dans des instants d'oubli, de sensualité et de tendresse qui se manifesteraient à travers un regard, un geste, un sourire. Elle déglutit. Son cerveau s'embrumait dans les effluves de volupté que lui incitait cette nouvelle demande d'Ethan.

—Je... je ne peux pas quitter tout le monde. Simon m'a

invitée. On ne peut pas les abandonner. Ce serait malpoli et je suis venue pour Simon à la base. Je ne peux pas lui faire ça.

Ethan resta prostré contre son cou et ne broncha pas. Sa réponse anéantissait tout espoir, toute envie. Seules une énorme frustration et cette impression d'être l'éternel incompris demeuraient au fond de lui. Il avait presque envie de pleurer tant la souffrance de ne pas être entendu, de ne pas voir sa requête aboutir lui faisait mal. Il ne demandait rien d'autre que plus de bonheur et la vie le lui refusait à chaque fois qu'il tentait de le toucher. Il savait que s'il oralisait tout ce qu'il avait en tête, Kaya se poserait trop de questions sur son comportement et qu'elle reculerait si elle devinait ses réels sentiments. Il devait encaisser en silence et paraître détaché. Pourtant, seuls les mots pouvaient faire inverser la donne.

— OK, restons un peu…, mais après tu me suis chez moi ? tenta-t-il alors, hésitant, mais toujours insistant.

Kaya lui frotta le dos et se mit à rire légèrement.

— On peut faire ça. On reste pour les douze coups annonçant le Nouvel An, on embrasse tout le monde et après si tu veux, on rentre et je te fais des câlins pour calmer tes angoisses.

Ethan se redressa tout à coup et la fixa. Un petit sourire s'étira sur les lèvres de sa Princesse. Elle accédait toutefois à sa demande. Ils avaient trouvé un compromis, sans dispute, sans hausser de la voix ou faire des coups bas.

— Toute la nuit ? demanda-t-il en confirmation alors qu'il commençait à sourire, ses yeux se teintant d'une lueur nouvelle, pleine d'espièglerie.

— Je pourrai dormir un peu quand même ?

Ethan s'esclaffa et baissa les yeux, heureux de ce qu'il entendait.

— Oui, quand j'aurai eu mon compte. À toi d'être efficace si tu veux dormir rapidement ! Mais je te préviens, je suis difficile à rassasier.

Il écrasa ses lèvres contre les siennes, ne pouvant contenir la joie qui l'inondait par tous les pores de sa peau. Il n'avait plus de doutes. Il était amoureux. Il était dévasté par un non de sa part et complètement en adoration dès qu'elle acceptait ses demandes. Il se savait complètement à sa merci, mais il arrivait à un stade où il s'en foutait. Tant qu'elle lui donnait ce qu'il voulait. Il savait que ce choix de vie n'était pas forcément une bonne idée, qu'il avait déjà fait cela avec sa mère, à donner tout sans garanties, prêt à tout pour elle, et qu'il était tombé de haut. Malgré tout, il gardait espoir avec Kaya. Il voulait y croire, parce qu'il n'avait plus d'autre choix que d'accepter ses sentiments. Il ne pouvait plus ni les nier ni les refouler. Son seul salut était de vivre avec et de combler tout ce vide en lui.

Kaya posa ses mains sur les joues d'Ethan et après un baiser appuyé, s'éloigna de lui pour finir de se rhabiller. Ethan la regarda faire, complètement subjugué par ce qui se passait entre eux. Il se sentait léger. Plus rien ne pouvait l'atteindre tant que cette femme resterait près de lui. Il récupéra ses affaires et s'habilla tout en jetant des coups d'œil vers Kaya.

— Arrête de me regarder ! fit-elle un peu confuse, devant son regard curieux.

Elle commença à ramasser tous les dossiers répandus au sol et à ranger le bureau pour effacer toutes preuves de leurs ébats.

— Pourquoi devrais-je arrêter ? demanda-t-il alors, fier.

— Parce que ça m'énerve ! lui répondit-elle sèchement, malgré l'amusement qu'elle tentait de masquer.

Ethan pouffa, sachant très bien que cet argument était le seul argument suffisamment pertinent pour l'inciter à continuer. Il soupira de plaisir et la contempla un peu plus, son sourire malicieux ne se décrochant pas de ses lèvres. Kaya tapa une pile de dossiers contre le bureau, pour montrer son agacement et garder une contenance. Elle se rapprocha de lui et l'obligea à tourner la tête en poussant sa joue de la main.

— Regarde ailleurs !

— Pas envie ! fit-il tout en recroisant son regard et sentant son cœur repartir dans une cacophonie qu'il aimait à présent ressentir.

Pinçant ses lèvres dans une grimace agacée, elle l'obligea à se retourner entièrement, puis reprit ses occupations sans être gênée par le regard acéré de son prédateur.

— Kaya, tu peux me bander les yeux si tu veux, mais je resterai toujours tourné vers toi ! lui répondit-il avec un sourire ravi tout en regardant le sol, avant de se retourner et aller la retrouver pour chercher à nouveau ses lèvres.

La jeune femme se sentit partir dans ses bras et ses lèvres chaudes réclamer inlassablement les siennes. Son regard brûlant n'était que le reflet de ses plus profonds désirs et elle ne put le rejeter. Elle passa ses bras autour de son cou et répondit à son envie sans retenue. Ethan appuya sa main contre la nuque de Kaya pour s'assurer qu'elle resterait scotchée à lui, comme les deux morceaux de ce contrat. Il ne voulait rien abandonner. Sa poitrine faisait des bonds de dingue, ses cicatrices étaient en feu, mais ce n'était rien comparé au sang qui coulait dans ses veines comme de la lave en fusion. Il était un volcan prêt à repartir en irruption. Il n'attendait rien d'autre que ressentir cette folie entre eux dès qu'ils couchaient ensemble.

— Kaya... Encore !

Kaya pouffa et recula sa tête pour reprendre un peu d'air.

— Mais que vous arrive-t-il, Monsieur Abberline ? Vous êtes vraiment bizarre, ce soir !

Ethan laissa traîner sa lèvre supérieure le long du menton de sa partenaire dans un grognement. Il savait qu'il se comportait de façon trop engagée, mais il n'arrivait plus à contenir quoi que ce soit. Ses sentiments prenaient le large pour retrouver l'île Kaya sans qu'il puisse arrêter leur course. Ses mains se baladèrent à nouveau sur les courbes de la jeune femme à travers le tissu de ses vêtements, en appuyant plus ou moins fermement sur ses zones érogènes. Kaya lâcha un spasme lorsqu'il agrippa ses fesses et que son bassin alla percuter celui d'Ethan. Ce dernier ne cachait plus son besoin de la voir si lascive.

— Bizarre en quoi ? Parce que j'ai très très très envie de recommencer ? Parce que c'est le moment du SAV ?

Kaya ferma les yeux, se laissant picorer avec plaisir par la bouche insatiable d'Ethan.

— Vous m'inquiétez à ne trouver aucun répit à vos envies.

— Peur de ne pas tenir le choc, Mademoiselle Levy ? demanda-t-il tout en glissant à nouveau sa main sous son chemisier avant de caresser la peau nue de son dos.

Tu ne pouvais pas dire mieux ! Putain, Ethan arrête de me chercher comme ça !

Elle se mit sur la pointe des pieds et écrasa tout son poids sur lui pour tenter de reprendre le dessus sur ses attaques sournoises. Ethan recula de deux pas et se mit à rire entre ses lèvres.

— Monsieur Abberline, j'ai mon hôte qui m'attend, donc vos envies vont devoir rester dans votre boxer et patienter quelques heures !

Elle le quitta aussi sec et attrapa la feuille du code de conduite pour en faire une photocopie dans l'imprimante non loin de là. Ethan se mit à rire devant le challenge qu'elle représentait constamment et sa fâcheuse tendance à le repousser encore et encore. Il l'aimait quand elle craquait, il l'aimait aussi quand elle le repoussait. Il l'aimait tout simplement. Il ne pouvait faire autrement. Tout son être aimait cette femme, avec ses qualités et ses défauts, dans les courbes de son corps comme dans son caractère. Il en était raide dingue et il adorait ça. Il se passa la main sur le visage et finit de se rhabiller. Kaya lui tendit la photocopie du contrat.

— Je préférerais avoir la version originale, s'il te plaît... déclara-t-il en regardant le papier photocopié sans conviction.

Kaya haussa les épaules et lui tendit l'original.

— Pourquoi veux-tu garder l'original ? Il est tout scotché et froissé. Il ne ressemble à rien.

— Justement ! fit-il en le pliant et le glissant dans sa poche. Il nous ressemble plus !

Ethan lui sourit une nouvelle fois de façon tendre et enfila ses chaussures avant de se diriger vers la porte. Kaya regarda sa photocopie terne, sans éclat, et sourit à son tour, admettant volontiers que la photocopie n'avait pas autant de piquant que l'original. Ethan lui tendit la main pour l'inviter à franchir la porte.

— On y va ? lui proposa-t-il de façon cavalière.

Kaya hocha la tête et sortit de la pièce en tapant dans sa main. Ethan secoua la tête, amusé toujours un peu plus par sa provocation.

La galanterie, on repassera ! OK !

— Je dois aller aux toilettes ! lui lança-t-elle tout en criant à l'oreille, la musique étant redevenue assourdissante.

La pudeur également !

Ethan se mit à rire, alors que Kaya ne comprenait pas ce qu'il y avait de drôle dans sa phrase.

J'ai le droit d'aller faire pipi quand même !

— Je t'accompagne ! lui lança-t-il, déterminé comme jamais à être le meilleur des cavaliers.

— Je n'ai pas besoin d'un chaperon, merci !

— C'est non négociable ! Toute la nuit avec moi !

— Et pour aller aux toilettes, tu veux aussi me tenir la main ? argua-t-elle, sidérée.

— Je veux bien enlever ta petite culotte ! lui répondit-il alors, du défi plein les yeux.

Kaya leva les yeux de dépit, puis tourna les talons et fonça faire la queue. Ethan attendit dans un coin, complètement épanoui grâce à ce qu'il vivait ce soir. Il contempla de loin sa princesse en train d'attendre, à regarder tout et n'importe quoi et se demanda comment cette femme arrivait à autant jouer avec ses émotions. Elle l'avait quitté à peine quelques minutes que déjà il ressentait un manque. Elle était toujours dans son champ visuel, mais déjà trop loin de lui à son goût. Il regarda ses chaussures avec angoisse.

T'es vraiment accro, mon gars... Oliver a raison. Qu'est-ce que tu vas devenir ?

Lorsque Kaya revint vers lui au bout de dix minutes, Ethan la fixa un moment.

— Un problème ? Il y avait encore une queue de fou, une fois à l'intérieur des toilettes. C'est incroyable, toute cette file d'attente !

Ethan ne lui répondit pas, mais attrapa son visage de ses deux mains et l'embrassa. Un long soupir soulagé sorti de ses narines quand ses lèvres retrouvèrent celles de la jeune femme, comme si sa douce agonie à l'attendre, à rester loin d'elle, prenait enfin fin. Il demanda vite à approfondir ce baiser, voulant soulager à nouveau ce manque évident de contact entre eux en affirmant chaque mouvement comme un mouvement libérateur. Il passa ensuite une main sur sa taille, puis la seconde, et serra fort, encore et encore. Kaya se blottit contre lui et lui caressa la joue.

— Monsieur se sent mieux ? lui demanda-t-elle, amusée par son empressement à vouloir toujours rester collé à sa bouche.

— Encore, Kaya... lui fredonna-t-il une nouvelle fois à l'oreille, plus impatient que jamais.

Ses yeux marron ébène vinrent chercher ceux de sa partenaire pour plonger un peu plus profondément dans sa conscience. Kaya resta accrochée à ses deux prunelles sombres et sourit devant ce qu'elle pouvait y lire.

— C'est nouveau, ce mode « amant tendre » que tu as enclenché ce soir et que tu ne lâches pas depuis ? Tu n'en as pas besoin avec moi, tu sais !

Ethan se mordit la lèvre dans un nouveau sourire et déposa un petit baiser innocent. Ça y était, il venait de se faire pincer. Il la regarda un instant, cherchant quelle réponse serait la plus pertinente pour ne pas la fâcher ou la braquer.

— Tu me dis ça pour me faire passer un message ? Parce qu'en fait, tu désires vraiment ce type-là en moi ? C'est ça ? Mmmh… Ça peut se négocier !

— Mais pas du tout ! s'alarma la jeune femme, voyant déjà qu'elle venait de s'enfoncer un peu plus. Je ne te demande pas de l'être, je constate que tu l'es déjà !

— C'est ça ! Garde tes forces ! Inutile de te justifier, j'ai compris ! Madame veut de la tendresse !

Kaya s'offusqua, voyant une nouvelle fois qu'Ethan avait retourné ses propos à son propre avantage. Elle pesta, agacée de s'être encore fait avoir. Tout semblait si simple alors que tout était pourtant si compliqué. Malgré cela, un sentiment de normalité ne la quittait pas. Comme si finalement, une certaine routine se dégageait de leurs petites querelles et taquineries. Ethan lui attrapa alors la main pour aller retrouver le petit groupe.

— Allons retrouver les autres et danser !

Kaya regarda sa main dans celle de son bourreau cajoleur et sourit.

— Oui, je dois t'épuiser pour pouvoir dormir ce soir !

4

EXCLUSIF

Tout le monde était assis dans le recoin habituel de la salle, hormis Sam et BB. Un sourire plus ou moins équivoque ponctua leur bienvenue, lorsque chacun vit Ethan tenir fermement la main de Kaya.

— Je vois que vous avez réglé vos problèmes... commenta Simon en plissant les yeux devant leurs mains liées.

Kaya se mit à rougir, gênée.

— On a trouvé un nouvel accord... répondit Ethan en haussant les épaules, sans montrer plus d'enthousiasme.

Il s'affala alors sur le canapé, laissant toutefois échapper un petit sourire, et invita Kaya à en faire de même. Cette dernière regarda autour d'elle et repéra BB et Sam au bar.

— Je ne m'assiérai pas si tu restes ainsi, sans t'excuser auprès de Sam ! Que l'on se soit réconcilié, c'est une chose ; que je pardonne ce que tu lui as fait, ça en est une autre ! Il ne méritait pas ton poing dans la figure !

— On ne va pas revenir là-dessus ! Je ne regrette rien ! Il n'a eu que ce qu'il méritait.

— Il n'avait rien fait de mal !

— Il t'a draguée sous mon nez ! Il t'a serrée dans ses bras ! déclara Ethan en haussant le ton.

— Il m'a dit qu'il était jaloux parce que tu avais embrassé

Brigitte sur le front et que c'est à cause de ça que son pied avait dérapé, m'obligeant à lui marcher dessus accidentellement. Son excuse pour me déculpabiliser m'a fait rire sur le moment. Je sais très bien que j'ai deux pieds gauches. J'ai trouvé cela vraiment touchant et délicat de sa part de prendre la responsabilité de mes maladresses, en me confiant ses déceptions. Je pense que Sam tient à Brigitte bien plus qu'on ne pourrait le penser et ça m'a fait plaisir qu'il me fasse suffisamment confiance pour me confier son secret. Il n'a fait qu'exprimer sa jalousie à ne pas être à ta place, c'est tout !

Et elle pense m'apprendre quelque chose, là ? Je sais bien qu'il en est raide dingue de BB ! Tsss ! Mais ça ne l'empêche pas d'aller voir ailleurs en attendant ! Tu es tellement naïve, Princesse !

— Donc, pour le rassurer, continua-t-elle, je lui ai proposé un câlin en retour. Même si je ne suis pas Brigitte, je voulais quand même être une cavalière digne de lui et lui montrer que je le soutenais dans sa déception ! En quoi est-ce mal ?

Ethan croisa les bras et grommela. Il reconnaissait bien là le caractère altruiste de Kaya. Toujours à aider son prochain comme si c'était normal. Ça ne l'étonnait même pas, il ne supportait pas pour autant qu'elle aille jusqu'à donner d'elle-même, de son corps, pour le bien des autres.

— Tu pouvais compatir sans forcément lui offrir tes bras !

Kaya renifla et croisa les bras. Simon, Oliver et Barney assistaient à la scène en tentant de paraître détachés, mais gardaient leurs oreilles grandes ouvertes pour ne rien perdre du nouveau conflit qui opposait leur ami et sa chérie.

— Je fais pareil avec toi et tu ne t'en plains pas ! argumenta Kaya, peu convaincue.

Ethan écarquilla les yeux et se releva d'un bond, le regard plus dur.

— Nous, c'est différent ! Nous avons un accord ! Et lui, il a quoi ? fit-il tout en le montrant du doigt. Pourquoi aurait-il la même chose que moi, sans accord ? Tes bras m'appartiennent ! Comme le reste !

Kaya s'esclaffa, abasourdie par son attitude.

— Mais ma parole, tu es jaloux ! déclara-t-elle, comme si c'était en fait la seule réponse à donner à toute cette histoire.

Piqué au vif, Ethan eut un mouvement de recul de la tête et tenta de garder un semblant d'assurance.

— Pas du tout ! Je n'aime simplement pas que d'autres aient les mêmes droits que moi, alors que je suis censé être traité différemment.

Il mit ses mains dans ses poches, pour masquer son trouble devant cette argumentation hasardeuse qui ne convainquit pas du tout Kaya. Oliver se retint de rire. Simon et Barney se regardèrent avec un grand sourire complice, heureux d'assister à un spectacle qui valait son pesant d'or : Ethan pris en flagrant délit de jalousie. Et il pataugeait grave face à Kaya !

— Ethan, ce n'est pas parce que je prends quelqu'un dans mes bras que je lui fais tout ce que je fais avec toi. On en a déjà parlé : le réconfort, ce n'est pas que le sexe, c'est aussi une main tendue vers l'autre, un sourire, une attention ou une simple étreinte pour signifier qu'on est là. Et on peut faire cela aussi à ses amis. Il y a une grande différence entre lui et toi, tu ne crois pas ? L'ai-je embrassé ? A-t-il glissé ses mains sous mes vêtements ? Notre réconfort a pris une direction pour le moins bizarre, déroutante, très particulière, mais c'est un accord voulu entre deux parties et je peux t'assurer que tu es le premier homme avec qui je signe ce genre de compromis !

Elle soupira, lasse.

— Je commence à cerner l'homme face à moi et je vois bien que tu as des besoins spécifiques. Je ne comprends pas encore tout dans ton fonctionnement et ne mesure pas encore tout ce que tu attends de moi, mais je peux t'assurer que je ne ferai pas à Sam ce que je fais avec toi !

— Qui sait où sont tes limites ! répondit-il du tac au tac. Qui sait comment il pourrait t'amadouer pour en arriver là où il souhaite te conduire. Tu es parfois si naïve !

Choquée par ses propos, Kaya ouvrit sa bouche, puis fronça les sourcils, maintenant très agacée.

— Sympa, la confiance ! Tu me prends pour qui au juste ? Une idiote ? Une des bimbos de ton répertoire, prêtes à baiser pour se faire entretenir ? J'aime Adam et ce que je fais avec toi, ça me suffit largement ! Je me prends déjà assez la tête comme ça avec toi ! Pas besoin de rajouter un nouvel élément à la donne ! Les bras de Sam ne sont clairement pas les tiens ! Il n'est pas un connard, comme toi ! Donc pas de souci ! Il n'aura jamais ton niveau !

Ethan grimaça à sa moquerie, puis sourit.

— C'est vrai qu'il est loin de m'égaler à ce niveau ! Je suis le meilleur !

Kaya fit une moue dépitée par sa façon de rebondir.

Je rêve ! Il en est fier ! Roi des prétentieux, en plus d'être Roi des connards !

— Ce n'est pas à prendre comme un compliment ! grinça des dents la jeune femme, blasée de son attitude arrogante.

Plus hautain que jamais, Ethan se redressa devant l'idée d'avoir une particularité qui faisait de lui une exception. Compliment ou pas, le connard qu'il était ne devait pas s'en formaliser. Il était ce qu'il voulait être et son cœur se regonfla de bonheur. Tout ce qui comptait n'était pas ce qu'on pensait de lui, mais bien les avantages qu'il en tirait. Et elle affirmait qu'il était bien spécial à ses yeux. Unique. Le meilleur dans sa catégorie. Oliver s'esclaffa et Simon se tapa le front, navré d'avoir un ami aussi pathétique sur ses principes. La fierté d'être un connard était de loin ce qui satisfaisait le plus Ethan et Kaya avait mis le doigt dessus. Ethan passa alors son bras autour du cou de la jeune femme pour la ramener contre lui.

— Aïe ! Doucement ! gémit Kaya sous sa force.

— OK, je veux bien m'excuser parce qu'effectivement, il ne m'arrivera jamais à la cheville ! Mais si vous refaites ça, je l'explose ! Compris ?

Kaya leva les yeux, désabusée par sa menace de gamin.

— Si tu le touches, c'est moi qui explose ta gueule de connard ! répondit-elle alors, peu impressionnée. Tu feras moins le fier, crois-moi ! Et je sais où taper pour que tu t'étales ! On ne touche pas à mes amis !

Ethan se trouva déconcerté par sa répartie. Il se mit à rire, imaginant par quels moyens elle pourrait le massacrer.

Elle en serait bien capable en plus !

— J'aime quand tu me montres autant de tendresse, Princesse ! Tu es si mignonne quand tu grognes ! Grrr ! Miaou !

— La ferme ! rétorqua-t-elle, tout en lui donnant un coup dans le ventre.

Ethan se plia un peu sous la douleur, mais garda ses yeux pétillants de bonheur. Elle n'avait pas frappé la zone interdite. Il avait encore une marge de manœuvre. Simon pouffa suffisamment fort pour que le couple se retourne vers eux. Aussitôt, Barney regarda ses chaussures Oliver but une grande gorgée de vodka et Simon, pris en flagrant délit, regarda également pour donner le change les chaussures de Barney, comme s'il voyait l'objet le plus intrigant au monde. Ethan marmonna, comprenant rapidement que ses amis avaient suivi leur petite discussion et qu'ils n'étaient pas si innocents que ça dans leur jugement.

— C'est ton ami aussi, tu ne peux pas l'ignorer comme ça... se renfrogna Kaya. Arrête de réagir comme si tout n'était qu'un jeu. Un ami, c'est quelque chose d'important. Il n'y a rien de pire que d'être seul...

Ses yeux se baissèrent et une certaine mélancolie apparut dans les yeux de la jeune femme. Ethan le nota immédiatement et comprit vite que l'expérience parlait pour elle. Il regarda à nouveau ses amis sur la banquette, presque en train de siffler pour montrer leur indifférence, et sourit.

— Je ne l'ignore pas ! déclara-t-il calmement. C'est juste que ça m'a énervé qu'il t'approche comme ça alors que moi, je ne pouvais pas ! Ma frustration a explosé. C'est tout. Même les amis peuvent être les pires traîtres ! lança-t-il un peu plus fort, à l'attention de Simon, Oliver et Barney. Surtout quand il s'agit des femmes !

Kaya pouffa et lui chantonna à l'oreille un « Jaloux ! Monsieur est jaloux ! » avant de lui tirer la langue. Ethan pesta, mais retrouva vite de quoi répondre pour ne pas s'arrêter dans ce qu'il jugeait comme complètement inconcevable.

— Tu l'as dit toi-même. Je n'ai pas à être jaloux puisqu'aucun homme n'arrive à la cheville du connard que je suis ! Essaie toujours de me faire dire ce que tu veux, tu n'y arriveras pas !

Il serra avec espièglerie le bout de son nez avec ses doigts, puis posa vite fait sa bouche contre celle de Kaya, avant de lui offrir un énorme sourire satisfait. Il lui attrapa la main sans lui laisser le temps de répondre quoi que ce soit et tous deux se rendirent au bar. Kaya sourit discrètement, voyant finalement que la conclusion de tout ça était qu'il resterait toujours fidèle à lui-même. Alors qu'il la tirait sans ménagement là où il le souhaitait, elle observa son dos, carré, imposant, puis sa nuque et ses cheveux. Ethan était à ses yeux un étalon sauvage. On pouvait tenter de le domestiquer, il finissait toujours par retrouver sa liberté, par faire ce qui lui plaisait, à sa façon. Il se fichait bien de bousculer les codes tant qu'il gardait sa ligne de conduite, tant que son propre plaisir restait intact. Elle admirait cette liberté qu'il prenait à se foutre de ce qui était du convenable ou pas, à garder cette fougue plus ou moins insouciante, à n'en faire qu'à sa tête. Était-ce ça la recette du bonheur ? Contre toute attente, sa philosophie de vie se répercutait aussi sur elle. Elle était heureuse aussi, à voir qu'il prenait de plus en plus compte de ses remarques, qu'il l'écoutait et pouvait suivre ses conseils malgré ses réticences, mais aussi à constater qu'elle commençait à adhérer à son fonctionnement avec plus de compréhension. Sa poitrine se gonfla de bonheur : ils arrivaient à mieux se comprendre malgré leurs caractères opposés.

Brigitte et Sam se faisaient face. Un tube de pommade à la main, BB lui appliquait sans doute de la pommade contre les coups, la même que Kaya avait dû étaler sur Ethan lors de sa bagarre, la dernière fois.

— BB, là ! supplia Sam. Tu vois, mon beau visage est en train de gonfler ! Soigne-moi encore !

— Arrête de faire l'enfant ! Il ne t'a pas touché au front !

— Et alors, tout mon être souffre ! Tu pourrais au moins me donner un bisou guérisseur !

Ethan se posta juste devant Sam et Brigitte en silence, le visage fermé, la mâchoire serrée. Tous deux s'interrompirent et le scrutèrent de la tête au pied, se demandant à nouveau ce qu'il allait tenter de faire contre eux. Kaya donna un coup dans le dos pour qu'Ethan se lance. Celui-ci soupira, levant les yeux.

— Je n'aurais pas dû ! Voilà ! déclara rapidement Ethan, à la fois de façon nonchalante, mais gênée.

Sam et BB le fixèrent sans trop comprendre à quoi il jouait.

— Tu pourrais mettre un peu plus de conviction ! lui souffla Kaya derrière lui. Tu exagères ! Sois plus clair ! Ça ne va pas t'arracher la langue de t'excuser ! Tu l'as fait pour moi, tu peux le faire pour les autres !

Ethan se retourna vers elle, furibond.

— Ça va ! C'est bon ! J'ai compris ! Sam est mon pote et je dois faire la paix ! Je sais ! Pas besoin d'un chaperon pour me dire ce que je dois faire ! Et ce que je te dis, je ne le dis pas forcément aux autres ! C'est parce que c'est toi, je n'ai pas le choix ! Est-ce clair ?

En analysant ses paroles, Kaya se mit à rougir, perplexe.

Je n'ai pas demandé un traitement de faveur, moi...

Ethan refit face à Sam, tout en râlant. Sam loucha sur son ami, attendant la suite. Ethan trépigna sur place quelques secondes avant de lui tendre son poing et tourner la tête en marmonnant un « je te demande pardon ». Brigitte se mit à sourire devant son initiative qui devait lui coûter beaucoup et regarda Sam pour vérifier sa réaction. Ce dernier observa son poing avec attention.

— Me demandes-tu pardon parce que tu as embrassé BB sur le front ou parce que tu acceptes que je prenne Kaya dans mes bras ?

Un sourire plein de malice s'étira sur les lèvres de Sam. BB et Kaya lancèrent un « Saaam ! », dépitées de constater qu'il cherchait encore les histoires, qu'il le provoquait volontairement, alors qu'Ethan prenait déjà beaucoup sur lui.

— C'est pour mon coup de poing ! Ne crois pas que je vais m'excuser du reste ! Je n'ai rien à me reprocher.

— Tu assumes donc ? lui demanda Sam tout en plissant ses yeux, avant que BB lui donne un coup à l'épaule pour qu'il arrête de chercher la petite bête. Sam lâcha un grognement de douleur tout en lui montrant un visage d'innocent incompris, cherchant juste la vérité.

Ethan redescendit son poing et le fixa.

— Et comment que j'assume ! Mes intentions ont été bonnes, autant pour BB que pour Kaya.

Ethan jeta un regard furtif vers BB, gêné de devoir oraliser ainsi ce qu'il voulait toujours nier. Il passa sa main dans les cheveux et souffla.

— Brigitte est… mon amie.

Brigitte écarquilla les yeux devant cet aveu. C'était la première fois qu'il affirmait avoir une telle relation avec elle. Sam considéra ses propos avec gravité, cherchant à savoir jusqu'où il jouait la sincérité. Ethan le comprit et tira ses lèvres dans un rictus montrant son embêtement.

— BB… Tu es très professionnelle, tu es quelqu'un de fidèle et je sais que je peux compter sur toi. J'ai besoin de toi pour différentes raisons, mais toi et moi… on ne sera jamais…

— Je sais, Ethan ! le coupa-t-elle. J'ai compris.

Brigitte lança un coup d'œil à Kaya, puis regarda à nouveau Ethan et lui sourit de façon complice.

— Il y a des choses qui parlent d'elles-mêmes ! ajouta-t-elle. Ne t'inquiète pas. Je ne suis pas ce qu'il te manque et je le sais bien.

Ethan baissa les yeux, puis sourit.

— Tu me manquerais toujours si tu venais à ne plus être là…

Émue, BB se trouva surprise de l'entendre dire ces mots, bien qu'elle sache que les chemins de l'amour ne se rencontreront jamais pour eux. Elle baissa les yeux, heureuse. Elle ne perdait pas tout, et ne doutait pas de la sincérité de ses paroles. Ethan n'était pas homme à dire des fadaises par compassion. Il était toujours franc, direct, et il venait de lui montrer toute la considération qu'elle avait acquise en tant qu'amie. Elle lia ses mains contre sa poitrine, son cœur pris en étau entre la profonde tristesse d'être vraiment rejetée comme amante potentielle et une grande reconnaissance d'être devenue une amie chère à ses yeux.

— Moi aussi, je t'aime ! lui déclara-t-elle timidement, sous le regard attendri de Kaya et celui paniqué de Sam.

Ethan ne répondit rien à sa déclaration. Il se contenta de sourire, sachant bien que cette simple phrase signifiait beaucoup pour Brigitte. Sam souffla, peu heureux de l'entendre prononcer ces mots, même si c'était une façon pour elle de tourner peut-être la page, de ne rien regretter. Il savait qu'elle était blessée. Malgré tout, il pouvait cerner dans son regard une fierté et une résignation heureuse qui le rassura.

— Hé ho ! Vous avez fini vos petits mots doux, là ! rétorqua Sam finalement, pour ne pas tomber dans la tragédie. T'es là pour moi ou pour jouer encore les beaux parleurs avec les femmes, Ethan ?

Ethan leva les yeux et soupira. Brigitte frappa à nouveau le plaignant et Kaya se mit à rire. Il lui retendit son poing de façon nonchalante.

— Kaya est ma Princesse alors, méfie-toi, car la prochaine fois, t'es un homme mort !

Kaya se mit à rougir à nouveau devant l'aplomb d'Ethan à reconnaître tout haut sa possessivité.

« Ma » Princesse ? Vive Monsieur Exclusif !

Sam s'esclaffa.

Il s'excuse vraiment, là, ou il me cherche encore ?

Il visa son poing tendu vers lui, puis grimaça. C'était bien du « Ethan » tout craché. Il tapa malgré tout son poing contre celui de son ami pour conclure l'armistice et clore l'affaire.

— Garde ton avertissement pour toi ! répondit Sam. Je passe pour cette fois parce que tu as parlé à ma BB. La prochaine fois, je te zigouille ta tronche de connard si tu oses la tripoter avec tes lèvres ou autre !

— Tsss ! siffla Ethan tout en retirant son poing aussi vite et en croisant les bras. Tripoter ? Rien que ça ! T'exagères pas un peu ? Et toi, tu as fait quoi à Kaya, hein ?

— Rien de pire que ton geste envers ma BB ! répondit Sam, faussement énervé. Garde tes lèvres vicieuses pour Kaya et ne va pas embêter ma BB !

— Vicieuses ? Vicieuses ! Je ne suis pas vic…

— Parfait ! Et bien moi, je vais danser maintenant ! s'enthousiasma Kaya, prompte à couper court à leurs batailles de coqs et ravie de voir une affaire réglée malgré leurs mots extrêmes.

Elle frotta la tête d'Ethan comme si elle caressait la tête de son chien pour le féliciter et s'éloigna d'eux. Ethan grommela à nouveau suite à sa façon si particulière de le ridiculiser en le provoquant sans cesse. Brigitte se mit à rire de le voir gêné et maladroit devant Kaya.

— Elle t'a à sa botte, c'est incroyable ! signala BB, avec amusement.

— C'est vrai ! ajouta Sam. Où est notre Ethan froid et distant avec les femmes ? Tu lui manges dans la main.

Kaya fit signe à Simon de venir la retrouver sur la piste de danse. Ethan la surveilla un peu avant de regarder à nouveau ses amis.

— N'importe quoi ! rétorqua-t-il, tout en serrant les dents.

— Mais oui ! On y croit ! commenta Sam, toujours aussi querelleur, mais attendri par son joli mensonge.

Ethan se mit à rougir, sachant très bien que depuis qu'il était entré dans ce club, il n'arrivait même plus à masquer quoi que ce soit à ses amis. Oliver, Brigitte ou Sam, c'était pareil. Tous avaient remarqué son changement de comportement dès qu'il s'agissait de Kaya.

— Bon, OK. Mais alors juste un peu... avoua-t-il entre ses dents, tout en évitant leurs regards.

Sam et BB se regardèrent de façon complice.

— Tu n'as pas à avoir honte, Ethan... lui dit posément BB. Quand vous êtes tous les deux ensemble, on voit bien qu'il se passe quelque chose entre vous. Quelque chose de spécial. Je te l'ai dit. Tu agis différemment..., mais ça te va bien.

Ethan fixa BB comme si elle avait dit la pire absurdité au

monde et pourtant, tout son corps se trouvait réceptif à ses mots. Il regarda à nouveau la scène, regrettant déjà de l'avoir laissée partir loin de lui. C'était plus fort que lui. Maintenant qu'il savait qu'il pouvait profiter de ses bras et ses lèvres, il ne voulait plus perdre de temps. Il y avait bien quelque chose de spécial dès qu'il était avec elle. Cependant, il savait aussi qu'il ne devait pas se montrer trop pressant ni collant, qu'il devait garder une distance pour ne pas faire douter Kaya et pour ne pas tomber trop rapidement dans une déception qu'il refoulait au plus profond de son être. Une vague sensation d'impuissance l'envahit. Il voulait, mais n'osait pas. Il désirait, mais ne pouvait laisser parler ses envies entièrement. Sam le contempla, amusé de ses yeux inquiets, rivés sur la piste de danse.

— N'angoisse pas ! souffla Sam. Tout le monde a vu ton sketch avec moi tout à l'heure, donc je doute qu'un autre homme tente quoi que ce soit sur elle, ce soir ! Mais ta jalousie est mignonne !

— Je ne suis pas jaloux, bon sang ! Vous êtes tous soûlants !

— C'est ça ! Et la marmotte met le chocolat dans le papier d'alu ! ajouta Sam, encore plus moqueur.

— Tu l'aimes ? se hasarda à demander Brigitte, de façon douce.

Ethan la regarda une nouvelle fois, choqué par sa question. Brigitte regretta vite sa demande face au regard dur d'Ethan. Pourtant, elle se sentait pousser des ailes depuis qu'il lui avait montré qu'elle lui resterait chère à ses yeux quoiqu'il arrivait. Rien ne lui semblait si grave maintenant, comme si rien ne pouvait effacer cette nouvelle entente entre eux.

— Tu peux nous le dire ! Promis, je ne me moquerai pas ! ajouta Sam. Du moins, j'essaierai !

Brigitte leva les mains comme si elles reflétaient l'innocence. Et Sam lui offrit le sourire le plus faux possible pour montrer toute l'innocence de sa démarche. Ethan plissa les yeux, méfiant.

— On ne lui dira rien, promis ! insista BB, sincère.

Ethan considéra l'un, puis l'autre, et soupira. Il n'avait pas peur d'une trahison. Il n'avait pas peur de leur parler non plus, même si d'ordinaire, il gardait tout pour lui. La seule vérité était qu'il ne savait quoi répondre pour exprimer ce qu'il ressentait. Il regarda à nouveau la piste de danse où Kaya se déhanchait avec joie en compagnie de Simon.

— Je ne sais pas si le mot « aimer » est suffisant pour dire ce que je ressens quand je suis avec elle… Mais s'il s'agit de dire que j'en suis au point où je ne peux plus me passer d'elle, alors oui, je l'aime. S'il s'agit d'avouer que ma vie sans elle est terne et que je m'ennuie, alors oui, je l'aime également. S'il suffit de ressentir puissance dix, tout ce qu'elle me fait vivre pour dire que c'est de l'amour, alors oui, je l'aime toujours ! Mais ce qui est sûr, c'est que tout ça n'est rien comparé à tout ce que mon cœur peut encore exprimer à son sujet !

Brigitte et Sam regardèrent leur ami, interloqués. L'écouter parler ainsi leur semblait totalement irréel. Et pourtant, les yeux perdus d'Ethan contemplant Kaya sur la piste ne permettaient pas le doute quant à sa sincérité. Sa voix avait été posée, même si elle était chargée d'une certaine émotion. Sa posture ancrée au sol démontrait aussi cette assurance malgré ses peurs. Son cœur parlait, ses yeux aimaient. Brigitte se mit à sourire. Voir Ethan prononcer de tels mots était surréaliste, mais magnifique. C'était bien la première fois qu'elle l'entendait avouer une telle affection pour quelqu'un. Elle en était jalouse, mais en même temps savait très bien qu'une telle déclaration ne pouvait qu'être destinée à une personne très particulière à ses yeux. Kaya était cette personne. Depuis le début, elle avait pris une place spéciale dans sa vie. Il n'avait pas su comment interpréter jusque-là tout ce qu'elle déclenchait en lui, mais ce soir, tout semblait ressortir comme un besoin évident d'extérioriser ce qui bouillait dans son cœur. Sam resta pantois plusieurs secondes, complètement halluciné par les mots d'Ethan. Non seulement il ne reconnaissait pas son ami, mais il ne l'imaginait même pas exprimer de si belles choses, avec autant d'aisance et de franchise.

Qui ne serait pas admiratif et attendri par de telles paroles ?
Instinctivement, il tourna la tête vers Brigitte et soupira.
Évidemment, quelle femme ne craquerait pas devant ce poseur ? Il m'énerve !

— Oui bon bah, c'est bon, on a compris ! marmonna Sam, un peu jaloux de ne pas avoir sa répartie. Tu es raide dingue d'elle !

Il attrapa aussitôt la main de BB et fixa les yeux de la jeune femme avec détermination.

— Ne l'écoute pas ! Il nous la joue troubadour des cœurs, mais je peux t'assurer que tout ça, c'est du pipeau par rapport à tout ce que moi, je peux faire ! C'est un Casanova de pacotille, comparé au Don Juan que je suis !

— Don Juan ?

Brigitte avala ses mots avec dépit. Au mieux, elle s'amusait à le voir se justifier de façon pitoyable d'être le meilleur petit ami au monde comparé à Ethan. Elle lui caressa la mâchoire et soupira.

— Il a vraiment cogné fort pour que tu en viennes à débiter autant de conneries, mon petit Sam. Je sais que tu es capable de dire bien mieux pour avoir une femme dans ton lit. Tu ne m'apprends rien. Plus tu chantes la sérénade et plus nous savons, nous les femmes, que c'est bidon ! Ne t'inquiète pas ! Inutile de me le dire, j'avais cerné ta personnalité depuis longtemps. Je ne suis ni surprise ni déçue. Je te connais, tu sais !

Elle lui tapota ensuite la joue en lui souriant et regarda à nouveau Ethan qui n'avait toujours pas changé de sujet d'observation depuis sa tirade.

— Ce ne sont pas des conneries, BB ! Je suis très sérieux ! Je peux être dix fois plus romantique que lui, même mille fois plus !

C'est juste que tu ne le sais pas, car tu n'as pas encore tout vu de moi !

— Heureusement que tu me préviens ! lui dit-elle tout en reportant à nouveau son attention sur lui. Merci pour l'information ! Je serai donc encore plus méfiante sur toutes tes tentatives à venir !

Elle lui fit un clin d'œil amusé et caressa le dos de sa main.

— Tu sais bien que tu es toujours la première à tout savoir sur moi ! lui répondit-il également avec un clin d'œil.

— Je vous laisse ! les interrompit Ethan, tout en amorçant déjà ses pas vers la piste de danse.

Sam et BB l'observèrent un instant avant que Sam ne sourie à nouveau.

— BB ! J'ai toujours mal ! Soigne-moi encore !

BB soupira d'exaspération.

— Commande-moi plutôt à boire ! J'ai besoin d'oublier !

Sam arrêta aussitôt ses facéties et lui sourit sincèrement. Il lui fit une accolade amicale tout en la secouant légèrement comme pour la bercer et la réconforter, avant d'appeler le barman. Pendant ce temps, Ethan se posta devant Kaya, en train de danser avec Simon et Barney. Il posa ses mains sur ses hanches et resta silencieux, malgré son air de reproche. Kaya le détailla des pieds à la tête et leva les sourcils d'un air amusé.

— C'est comme ça que tu danses ? C'est une nouvelle mode que tu tentes de lancer ? lui dit-elle d'un ton moqueur.

— Je t'attends pour assumer ta promesse. Ça devient long !

Elle le jaugea un instant pour comprendre de quoi il parlait, puis s'esclaffa de son impatience.

— Tu n'es pas le seul à qui j'ai fait une promesse ce soir, donc, comme je ne peux pas encore me partager en deux, il va falloir que tu saches me partager !

Ethan fronça les sourcils, récalcitrant à aller dans son sens.

— Je ne partage pas !

Aussitôt, il l'attrapa par le haut du bras et la sortit de la piste afin de trouver la première banquette libre venue. Kaya pesta tout en tentant de se débattre, mais la poigne ferme d'Ethan rendait son bras douloureux. Il s'assit sans ménagement sur la banquette et incita fermement Kaya à en faire autant, tout en la tirant à lui. Tout aussi délicatement, il attrapa les jambes de la jeune femme et les posa par-dessus ses cuisses. Kaya se laissa faire, partagée entre colère et curiosité quant à ses intentions.

Il la fixa droit dans les yeux, puis fondit sur ses lèvres sans plus de concertation. Un baiser empressé, mais doux, vint caresser sa bouche. Une douce sensation d'enveloppement, chaud et délicat, happa Kaya immédiatement. Elle se retrouvait en terrain familier. Ethan posa sa main sur sa joue et réitéra son geste, à la fois avide et appliqué. Intriguée de son comportement si emporté, Kaya loucha sur lui maladroitement et put lire dans ses prunelles une inquiétude dont il devait vouloir faire cesser l'existence par ses baisers. Elle se laissa alors faire, répondant sans mal à sa demande. Ethan réclama rapidement sa langue pour approfondir l'assouvissement de son besoin. Quelque chose d'animal exultait de lui et une tension sexuelle bien connue des deux se manifesta aussitôt entre leurs deux corps. Le ballet de leurs langues affirmait le besoin d'attentions de chacun. Kaya ferma les yeux et se laissa emmener dans la douceur de son baiser, la faisant voyager loin de ce club. Elle passa ses bras autour du cou d'Ethan et tous deux occultèrent progressivement les bruits et toute forme de présence autour, pour se laisser dériver dans la douceur de leurs baisers. La main d'Ethan quitta la joue de Kaya pour se balader le long de la jambe de la jeune femme. Sans attendre, la libido de cette dernière augmenta exponentiellement avec ses caresses.

— Putain, Kaya... Partons... gémit-il entre leurs lèvres.

La requête d'Ethan sonnait comme une supplique que Kaya

avait beaucoup de mal à contredire. Pourtant, la raison restait plus forte que le bouleversement qu'il tentait de soulever en elle pour la faire perdre pied. Elle repoussa son visage gentiment et posa un baiser sur le bout de son nez.

— Ta possessivité est très touchante, mais je suis venue pour m'amuser et profiter de ce réveillon. J'ai d'abord promis à Simon de passer la soirée avec lui et j'en ai vraiment envie. Je peux aussi bien danser avec lui qu'être près de toi, non ? Ethan, profitons tous ensemble de cette soirée, s'il te plaît... Nous avons toute la nuit pour faire ce que tu veux.

Ethan colla son front contre celui de Kaya et soupira. Il n'était pas sa priorité et l'encaissait difficilement. Il voulait être son exclusivité tout comme elle l'était pour lui. Kaya lui caressa les cheveux pour tempérer l'agacement qu'il montrait à la voir repousser ses avances.

— J'aime bien tes amis, tu sais. Ils sont très gentils avec moi et je suis contente de les avoir rencontrés par ton intermédiaire. Tu as beaucoup de chance d'être si bien entouré. Comprends-moi... Je ne veux pas me les mettre à dos, parce que tu monopolises mon attention ou parce que je crée des conflits entre vous. C'est la dernière chose que je veux...

Ethan plongea ses yeux dans ceux de Kaya qui lui sourit tristement. Elle déposa un léger baiser sur sa bouche pour minimiser la gravité de l'agacement plus ou moins feint d'Ethan de ne pas se retrouver seul avec elle, chez lui.

— Je sais que tes amis ne font pas partie de notre arrangement... ajouta-t-elle. Le contrat est clair : on ne se retrouve que pour ce qui est de l'ordre du réconfort et je n'ai donc pas à m'incruster de façon exagérée dans ta vie. C'est même gonflé de ma part de te demander de me laisser m'amuser avec eux maintenant, alors que ce n'est pas dans ce qui était convenu. Je suis peut-être maladroite, mais...

— OK, j'ai compris ! coupa alors Ethan. Tu aimes mes amis. J'ai compris ! C'est bon !

Kaya grimaça, alors qu'il se détachait un peu d'elle. Il passa sa main dans les cheveux et regarda la piste de danse où Simon dansait avec Barney. BB était toujours avec Sam au bar. Ils semblaient plaisanter tous les deux tout en avalant chacun cul sec des verres de téquila.

— Ça ne me gêne pas... déclara-t-il alors. Dans d'autres circonstances, ça m'aurait gêné que l'on joue la bonne amie avec mes amis. D'ailleurs, j'ai toujours mis une distance entre mes conquêtes et mon entourage, amis ou famille. Mais bon, avec toi, je n'ai pas eu le choix. J'ai dû les inclure dans notre projet de signature afin de convaincre Laurens d'investir dans Abberline Cosmetics. Il me serait malvenu de te reprocher maintenant de jouer l'étrangère avec eux. Eux-mêmes semblent t'apprécier au point que je n'ai même plus crédit à m'interposer entre vous. Seulement...

Il tourna à nouveau la tête vers elle et la détailla de la tête aux pieds. Kaya rougit devant cet examen très déstabilisant. Son regard était à la fois doux et carnassier. Il s'allongea à nouveau sur elle, posa doucement ses lèvres sur celles de la jeune femme et souffla de plaisir.

— Ça fait des jours que j'attends que tu acceptes ma proposition de consolation mutuelle, Kaya. Maintenant que tu as dit oui dans ce bureau, que le test de l'autre jour avec l'anniversaire de la mort d'Adam a été validé, je ne tiens plus en place. Je suis pressé. Je ne veux plus perdre de temps. Je veux profiter, moi aussi, de cette soirée. Avec toi. Sans retenue ! Je te l'ai dit : je suis frustré. Encore ! Même après notre passage câlin dans le bureau tout à l'heure.

Il embrassa à nouveau Kaya en appuyant un peu plus ses lèvres contre celles de la jeune femme. Kaya ressentit son empressement, mais aussi la sincérité de ses mots dans son baiser. Elle s'étonna de voir qu'ils parlaient un peu plus de ce que chacun attendait de l'autre. Pas de hausse de ton, pas de dispute. Ils tentaient juste de négocier calmement. Elle sourit devant ce constat. Ethan se montrait doux. Son impatience à atteindre son objectif comme il le voudrait n'engendrait pas un entêtement dans ses décisions comme à son habitude. Il n'imposait pas son point de vue comme unique solution valable. Il restait ouvert à la discussion. Ce comportement fit du bien à Kaya. La lutte se transformait en échange fait de concessions. Ils évoluaient enfin vers quelque chose de plus adulte, plus responsable, moins emporté. Ethan attrapa sa lèvre inférieure avec ses dents et tira doucement en grognant pour augmenter leur supplice à tous les deux et qu'elle craque en sa faveur. Il la contempla tout en tirant toujours un peu plus, jouant avec la douleur qu'elle pouvait y ressentir. Plus il tirait, plus elle se sentait obligée d'avancer vers lui pour ne pas avoir mal. Lorsqu'elle râla pour de bon, Ethan lâcha un rire et arrêta son supplice pour effacer sa douleur par un baiser. Puis, il en réitéra un second, et un troisième.

— OK ! fit Kaya. Je reste un peu avec toi et après j'y retourne. On alterne !

Ethan se recula et s'éloigna d'elle sur une autre banquette perpendiculaire à celle où elle était assise. Ce recul indiquait qu'il n'était vraiment pas ravi de cette alternance et qu'il avait besoin de reprendre son flegme légendaire. Elle l'agaçait et la palpitation chronique de sa mâchoire indiquait que sa proposition allait lui revenir avec fracas dans la figure. Il étendit ses bras sur le dessus de la banquette et croisa les jambes, puis pencha la tête sur le côté tout en plissant les yeux. Son attitude silencieuse, mais digne du connard qui préparait son plan implacable, inquiéta tout à coup Kaya. La légèreté qu'elle avait tenté de mettre entre eux perdait en force. La supériorité de pouvoir qu'elle affichait quelques instants plus tôt dans leur compromis s'effritait sous le regard calculateur d'Ethan. Les lèvres sadiques du persécuteur s'étirèrent alors, signe évident qu'il avait trouvé la répartie pouvant mettre à mal l'argumentation de son contrat.

— On est en séance... déclara-t-il, les yeux perçants. Je demande donc un réconfort auquel j'ai droit. J'ai tous droits de solliciter, pourvu que ça me soulage. Si je te veux Kaya, c'est entièrement. Pas par morceaux ou avec la moitié de ton attention ! Je veux que tu me considères comme je te considère quand on est en besoin de l'autre. Je veux être ta priorité comme tu es la mienne. Mes amis doivent passer après le contrat. Le contrat est prioritaire en termes de promesses à tenir.

Kaya s'esclaffa en réalisant qu'il se fichait bien de sa relation avec ses amis et qu'il préférait son égoïsme. Elle inspira profondément pour reprendre courage et ne pas se laisser déstabiliser par son discours.

— Très bien. Alors, ce soir, je ne suis pas disponible pour un réconfort. Affaire réglée ! Tu veux tout ou rien... eh bien, ce sera rien !

Elle se leva et fronça ses sourcils, avant de partir retrouver Simon et Barney. Ethan pesta, puis lâcha un râle d'insatisfaction à voir qu'il était toujours à fleur de peau dès qu'elle le mettait au défi, à constater qu'elle avait encore gagné et qu'elle se fichait bien de ses demandes insistantes. Complètement chamboulé, il se laissa tomber contre la banquette. Sa tête contre le sofa, il tenta de remettre de l'ordre dans son esprit, mais tout son corps semblait avoir fait un marathon le laissant sans force. Elle était en train de le tuer à petit feu.

Ça devient plus que grave... Je ne vais pas tenir longtemps à ce jeu. Elle me mène vraiment par le bout du nez ! Elle a toujours la répartie pour me contrer et me laisser sur le carreau.

Une insidieuse impression de peur et d'inquiétude coulait dans ses veines. Le moindre faux pas pouvait lui faire tout perdre des promesses faites en cette soirée, dans le bureau du club, avec ce nouveau contrat. Ce contrat ne le protégeait de rien. Il s'en rendait compte à présent qu'elle lui avait tourné le dos. Elle pouvait rester libre de toute contrainte si elle le souhaitait. Il regarda la piste de danse et observa Kaya sourire devant Simon. Elle avait charmé tout le monde. Il savait que l'obliger à quitter les lieux maintenant était un acte purement égoïste. Il savait qu'en faisant cela, il attristerait Simon qui ne lui avait pas caché sa joie de voir Kaya ce soir. Kaya était une femme incroyablement déstabilisante. Elle arrivait à se faire adopter sans difficulté par tous ceux qu'elle rencontrait. Elle avait même influencé sa propre relation avec ses amis et sa famille, en l'obligeant à aller plus vers eux. Une certaine fierté envahit son cœur. Il était heureux de ces prouesses. Malgré tout, ce charme naturel était ce qu'il adorait autant qu'il pouvait l'agacer avec le temps, car chaque nouvelle rencontre qu'elle faisait l'obligeait à partager de leur temps ensemble avec ces nouvelles personnes. Du temps qu'elle ne partagerait plus entièrement avec lui. Du temps qu'on lui volait et qu'il se refusait d'offrir, même par altruisme. Du temps qu'il avait déjà du mal à trouver avec elle...

J'ai dit que je ne partageais pas, Kaya ! Je vais tout faire pour que tu ne perdes pas le temps qui m'est dû. Crois-moi ! Tu vas le comprendre !

Il se redressa d'un bond et alla vers la piste. Kaya remarqua immédiatement s'avancer sa grande stature vers eux, sans aucun sourire. Simon afficha un grand sourire face à sa venue et s'agita un peu plus sous le rythme de la musique. Ethan ignora Kaya, ne lui parla pas, mais resta très avenant avec les autres. Visiblement, il avait opté pour la démonstration du « comment bouder avec classe ». Elle leva les yeux devant ce qu'elle jugeait comme des caprices de gamin.

Pourquoi vas-tu dans de tels extrêmes ? Tu pourrais continuer à me parler quand même...

Pourtant, le fil de la soirée se déroula avec une distance de plus en plus marquée venant d'Ethan. Au bout de deux heures, Kaya serra les dents, de voir qu'elle ne maîtrisait rien de leur relation, qu'il avait raison de croire qu'il avait tout pouvoir sur elle avec ses simagrées. Ethan se laissait porter par l'ambiance et ne réclamait rien à Kaya depuis leur accrochage. Pas même une attention ou un geste pour elle. Rien. La distance d'Ethan laissa Kaya dans une certaine frustration. Elle se voyait mal sauter sur sa bouche alors qu'elle lui avait dit qu'elle ne souhaitait pas de séance de réconfort. Était-il finalement vexé ou jouait-il volontairement l'indifférence pour l'agacer un peu plus et la prendre à contre-pied sur ses attentes ?

Et il y arrive, le bougre !

Kaya ne pouvait s'empêcher d'éprouver une certaine déception. Elle pensait pouvoir tout gérer, lui faire comprendre qu'il n'était pas systématiquement une priorité, et se retrouvait en fin de compte comme une idiote à danser et à ne pas s'amuser autant qu'elle le souhaitait. Le comportement d'Ethan plombait son humeur. Il captait finalement son attention par son indifférence et devenait sa priorité : elle voulait être vue, remarquée. Il était avec elle, dans ce club, mais n'attaquait pas son espace intime comme d'habitude. Il n'agissait pas avec elle de façon ordinaire. Il jouait le détachement, allait et venait dans le club sans un regard pour elle. Elle était une cliente comme une autre.

Tel est pris qui croyait prendre. Je suis vraiment pathétique de désirer son attention maintenant. J'en suis donc arrivée à ce stade avec lui ?

Les douze coups de minuit approchèrent. Il ne restait plus beaucoup de temps et elle espérait que le reste de la nuit ne soit finalement pas sur le même état d'esprit, une fois la soirée finie. Elle qui pensait avoir avancé avec lui dans leur relation en estimant être parvenus à mieux communiquer en début de soirée, déchantait. Elle regrettait que cette nouvelle entente ne se ressente pas davantage alors que leur supposé départ se profilait. En fin de compte, elle ne savait plus vraiment ce qu'elle voulait. Il jouait leur contrat à la perfection. Deux parfaits inconnus hors séance, comme il était stipulé et acté. Il n'avait provoqué aucune dispute ou bagarre, à croire qu'il n'y avait qu'avec elle que tout partait en vrille. Il avait fait de sa soirée une soirée normale dans son club.

Chacun sa vie, chacun ses priorités en dehors de nos « séances ». Tout est donc réellement fini pour ce soir ? Même notre nuit ? Comment dois-je comprendre les choses, Ethan ?

Elle réalisa un peu plus les enjeux que pouvait représenter cet accord de réconfort mutuel et surtout l'influence qu'Ethan exerçait à présent sur elle. Elle avait commis une erreur et avait sous-estimé l'impact de sa décision sur le reste de la soirée. Tout allait bien au-delà d'un moment câlin, bien plus qu'un besoin sexuel ou d'attentions physiques mutuelles. C'était aussi une présence, un regard vers qui se tourner, l'attente d'un geste vers l'autre. Ils en étaient là. Elle regrettait d'avoir énoncé la fin de leur séance de réconfort. Finalement, elle avait scellé le glas de sa soirée qui se devait être agréable.

Ou bien est-ce moi qui interprète tout mal ? Je ne sais même plus ce qui est du normal ou pas dans notre relation.

Elle ne voulait pas s'accrocher à lui et pourtant, elle le cherchait du regard, elle voulait son attention, elle voulait ses provocations la surprenant à chaque fois. Elle restait indécise sur les limites qu'elle devait dresser entre eux. Lorsque le DJ rappela que le décompte du Nouvel An allait commencer, son cœur se mit à battre. La perte de temps à ne pas se réconforter mutuellement allait peut-être enfin cesser. La longue attente allait sans doute prendre fin et calmer ses angoisses une fois ensemble à son appartement. Du moins, c'était bizarrement tout ce qu'elle souhaitait à présent, pour ne pas être totalement déçue.

Tout le monde se retrouva sur la piste de danse et prononça le décompte jusqu'à ce que des « Bonne année ! » fusent de partout. Simon lui sauta au cou, alors qu'elle était dans un état second, attendant sa délivrance. Barney se joint rapidement à lui pour lui faire la bise, mais Kaya resta inerte, comme sonnée. Elle ne voyait pas Ethan et son angoisse gonfla. Sam, bien éméché, embrassa BB sur la bouche avec fougue. Mais là, encore, Kaya eut cette drôle d'impression d'avoir quitté son corps et d'être dans un rêve. Tout lui semblait flou. Oliver vint à elle pour lui faire la bise, mais ses yeux appelaient Ethan inlassablement.

— Bonne année, Kaya ! annonça gentiment Oliver.

Elle lui sourit, mais son cœur était à l'inquiétude. Elle espérait qu'Ethan soit le premier à s'enthousiasmer de la retrouver, mais ce ne fut pas le cas. Elle n'était pas la première à entendre son souhait de bonne année. Il semblait même avoir disparu.

Quelle prétentieuse tu fais ! Tu n'es pas plus importante que les autres à ses yeux ! Tu n'es qu'une proposition pour apaiser ses ténèbres après tout. Qu'est-ce que tu espérais ?

— Bonne année ! lui répondit-elle, sans conviction, cherchant à comprendre comment ils en étaient arrivés au point où cette soirée n'était finalement plus un moment de réconfort.

— Je pense que la seule chose que je puisse te souhaiter, c'est « bon courage » pour cette nouvelle année. Tu vas en avoir besoin avec Ethan.

L'énonciation de son prénom remit Kaya sur orbite et elle considéra enfin Oliver.

— Euh… oui ! se mit-elle à rire timidement. Du courage, il va m'en falloir pour le comprendre et le supporter. Peut-être même que cette année ne sera finalement qu'une étape et que l'année suivante, tout cela n'aura plus de sens. Qui sait où je serai dans un an...

Elle baissa les yeux, sous le regard surpris d'Oliver.

— Quel optimisme ! L'année commence à peine et tu vois déjà la fin entre vous ! T'ai-je dit qu'Ethan était un homme qui ne renonçait pas à ses objectifs ? Je doute qu'il voie une fin entre vous pour l'instant tant que tu auras son attention. Regarde derrière toi !

Aussitôt, Kaya se retourna et vit Ethan, juste derrière elle, les mains sur les hanches et le regard dur.

— Alors comme ça, l'année prochaine, tout cela n'aura plus de sens ? C'est à ça que tu résumes notre rencontre ? Des moments sans plus d'importance dans une vie ? Une étape ? Tu rencontres le pire connard au monde, selon tes mots, et tu résumes cela par un truc qui sera suffisamment anodin pour passer à autre chose assez vite ? On se boude toute la soirée et c'est à cette conclusion hâtive que tu arrives ? Je vais t'en donner du sens, moi ! Je vais même imprégner bien profond en toi le connard que je suis pour que tu rumines cette rencontre pour le reste de ta vie !

Sans ménagement, il écrasa sa bouche contre celle de Kaya et tout à coup, le monde tourbillonna autour de Kaya. Ça sautillait, ça criait, ça dansait, mais seul le baiser d'Ethan comptait et venait la rassurer. Tel un soulagement, le baume « Ethan » agissait sur elle et elle en était contente. Elle réalisa qu'elle avait aussi besoin de son réconfort tout autant que lui. Leur "rupture" avait eu des conséquences bien plus grandes qu'ils ne l'auraient pensé. Ils avaient besoin l'un de l'autre, bien au-delà de leur contrat ce soir. Elle sourit entre ses lèvres et passa ses bras autour de son cou.

— Effectivement, je me suis demandé si tu allais encore continuer à m'ignorer longtemps. Le temps, c'est une distance. Et

la distance éloigne les gens !
— Ça t'a agacée ?
— Tu aimerais ? lui répondit-elle par une autre question, pour ne pas montrer sa réelle inquiétude durant la soirée. Ton orgueil serait grandi par cette victoire...
— Ose me dire que tu ne l'as pas été ?
Kaya s'interrogea alors, surprise par son insistance à vouloir lui faire avouer l'inavouable.
— L'aurais-tu fait exprès pour que je le sois ?
— Et comment ! lui déclara-t-il alors plus fièrement. L'attente ! Voilà la première leçon de ton connard préféré. Tu as voulu partager ton temps avec d'autres ; tu en as donc perdu volontairement avec moi. Tu m'as sacrifié ! Tu as échoué à me consoler tout ça pour être avec les autres. J'espère que je t'ai bien frustrée sur tout ce que tu n'as pas obtenu ! Car moi, je le suis encore plus que je ne l'étais et j'ai franchement l'impression que ça ne t'a fait ni chaud ni froid que je sois en détresse psychologique depuis ce début de soirée.
Détresse psychologique ? Rien que ça ?
— Donc oui, j'espère que tu regrettes bien tes choix !
La stupéfaction marqua le visage de Kaya en réalisant qu'il l'avait bien baladée et qu'il était vraiment incroyable dans son raisonnement. Il ne laissait rien passer qui pourrait le desservir. Il allait même jusqu'à prendre sur lui et jouer une comédie, pour lui enseigner une leçon de morale, teintée d'avertissement.
— Tu as donc fait exprès d'être ultra distant, juste pour me tester ? Juste pour me faire comprendre ta vision des choses ?
Ethan cacha difficilement son air ravi devant la conclusion qu'elle venait d'amener sur un plateau d'argent.
— J'ai appliqué le contrat... lui répondit-il, le ton plus grave. Pas de réconfort, donc pas de considération pour l'autre. C'est ce qui est écrit. C'est ce que j'ai pris en pleine face quand tu m'as

dit : « pas de séance ce soir ! » .Tu m'as rejeté, mes besoins et moi. Tu m'as ignoré, donc j'en ai fait autant. Tu n'as gagné que mon mépris et mon indifférence en réponse, à hauteur du préjudice causé. Voilà où tes clauses t'ont menée ! Et encore, je trouve que j'ai été trop indulgent ! Mon côté connard se ramollit ! J'aurais pu danser avec des femmes devant toi pour enfoncer le clou ! Je ne l'ai pas fait !

Le poing de la jeune femme atterrit sur son bras en réponse. Kaya se contenta de le regarder de façon stupéfaite et agacée, analysant difficilement ce qui le poussait à agir de manière si extrême avec elle.

— S'il faut en arriver à ça pour que tu comprennes que j'ai besoin de nos moments de réconfort, je recommencerai ! Même si tu n'en as pas envie et à chaque fois que je passerai au second plan ! Tu as intérêt à être très convaincante à partir de maintenant, car là, je suis dans une colère énorme de n'avoir pas été pris au sérieux. Je fulmine même ! J'ai besoin d'un très très gros réconfort maintenant et j'ai l'impression que tu ne vois rien et ne me comprends toujours pas !

Kaya baissa les yeux. Était-elle passée vraiment à côté de quelque chose de grave pour qu'il soit aussi dur ? Elle le regarda attentivement pour tenter de lire en lui. Il semblait très énervé, mais plus elle plongeait son regard dans le sien, plus elle y constatait aussi une blessure.

Ethan, pourquoi es-tu si exigeant ? Qu'est-ce qui a changé depuis la dernière fois, pour que tu réclames autant ?

Elle passa sa main dans la tignasse d'Ethan délicatement. Instinctivement, l'énervement d'Ethan diminua, se laissant aller à savourer ce pauvre soulagement qu'elle acceptait de lui accorder.

— En fait, tu as fait ça afin de trouver l'excuse parfaite pour me demander plus ! lui déclara-t-elle plus doucement, avec un petit sourire. C'est ça, la vérité !

Ethan tenta alors de nier par une mimique faussement innocente. Elle pouffa devant sa désinvolture et se hissa un peu plus contre lui pour poser un baiser contre ses lèvres. Son soulagement n'avait d'égal que le bonheur de voir qu'il n'avait pas renoncé à leur nuit ensemble. Ethan se laissa aller et répondit à son baiser volontiers. Tout son être était tremblant à l'idée de retrouver ses lèvres. Il avait dû attendre, ronger son frein sans rien laisser paraître, mais il était heureux. Elle ne s'était pas vexée et semblait accepter l'erreur qu'elle avait commise et son indignation à ne pas avoir été entendu comme il se devait. Elle venait même de l'embrasser. C'était la plus belle récompense qu'il pouvait espérer. Il serra un peu plus son étreinte, et après un regard réciproque où chacun pouvait lire le pardon de l'autre, ils laissèrent leurs langues se taquiner avec empressement.

— Alors, tu penses vraiment que tout ça n'a toujours pas de sens, que l'année prochaine tout sera fini, même après ce baiser ? lui demanda-t-il à bout de souffle, les yeux fermés, et complètement bouleversé par toute cette tension qu'il pouvait enfin relâcher.

— Bonne année, Ethan ! lui déclara-t-elle pour seule réponse, malgré un grand sourire polisson.

— Bonne année, Princesse ! répondit-il séduit, avant de lui dérober un nouveau baiser qui risquait de leur couper une nouvelle fois le souffle.

5

BOULEVERSÉS

Kaya referma un peu plus son manteau lorsque le froid de ce premier janvier vint lui fouetter le visage. Ethan salua les videurs et posa sa main dans le creux du dos de la jeune femme pour la guider vers sa voiture. Les choses étaient allées très vite. Elle avait tout juste eu le temps de dire au revoir à tout le monde qu'Ethan l'avait poussée vers la sortie. L'impatience et la frustration de ce dernier l'avaient conduite à écourter les adieux pour que leur fragile entente ne finisse pas en réelle dispute. De toute façon, elle-même était pressée de quitter les lieux. Tout son corps était sur des charbons ardents. Elle ne savait comment appréhender la suite des événements, mais se trouvait toutefois dans la même fébrilité que lui, à un détail près : il semblait bien plus savoir ce qu'il voulait qu'elle. Il y avait d'un côté l'excitation à imaginer tous les plaisirs qu'elle allait pouvoir ressentir sous ses caresses, de l'autre l'angoisse que tout ne se passe pas pacifiquement et que tout foire, et enfin le doute sur les limites que chacun allait poser sur leur relation de consolation, malgré le contrat déjà bien précis. Et puis, il restait ce mystère quant aux raisons d'Ethan de réclamer plus de câlins, de combler ses manques et calmer ses blessures dont elle ignorait encore tout. Il semblait être, ce soir, dans une détresse dont elle avait du mal à en cerner les raisons et dont à laquelle ne trouvait une justification que dans leur séparation récente. Quant à la question « pourquoi la solliciter, elle spécialement ? », cette interrogation resterait sans réponse encore un long moment. Elle ne trouvait rien en elle, de vraiment valable, pour affirmer être plus spéciale qu'une autre à réaliser ses demandes. Tant d'énigmes influençaient son humeur trop fragile. Ethan pouvait se montrer tellement surprenant que cette imprévisibilité l'effrayait un peu. Elle ne se sentait pas de force à lutter contre lui ni à le rassurer pour autant.

Tous deux marchèrent en silence. Arrivé plus tard, Ethan avait dû garer la Corvette Stingray plus loin. Le silence d'Ethan angoissa un peu plus Kaya. Son estomac se noua. Ils marchaient l'un à côté de l'autre et rien ne semblait montrer qu'ils étaient en mode « consolons-nous mutuellement ». Kaya appréhendait de se retrouver seule avec lui. Une certaine distance était apparue depuis qu'ils étaient dehors. Ethan jeta des coups d'œil furtifs vers elle, de façon amusée. Il aimait voir les expressions de son visage selon les circonstances et il était clair qu'elle n'en menait pas large. Elle réfléchissait à eux indubitablement, à en voir toutes les grimaces qui défilaient sur son visage. Il regarda le ciel. Les quelques étoiles qui montraient le bout de leur nez n'avaient pas fière allure. Il soupira.

— Les étoiles sont timides, ce soir encore !

Kaya regarda instinctivement le ciel, puis s'arrêta. Ses yeux se posèrent ensuite sur Ethan.

— Ce n'est pas grave... les plus belles sont ici ! lui dit-elle nonchalamment, tout en montrant le bracelet qu'il lui avait offert pour Noël, avant de réaliser le sens profond de ses paroles.

Les lèvres d'Ethan s'étirèrent en un grand sourire conquis tandis qu'elle se mit à rougir.

— Enfin, ce que je veux dire, c'est que j'ai la possibilité d'en voir tous les jours grâce à mon bracelet... tenta-t-elle de se justifier maladroitement, morte de honte d'avoir montré l'importance qu'elle accordait à son cadeau.

Il baissa la tête, assommé par la plus belle déclaration qu'elle pouvait lui faire. Son cœur était gonflé à bloc, juste à cause d'une phrase. Il se mit à rire. Séduit au point de se foutre des autorisations ou des interdits, il lui attrapa la main et reprit leur chemin en accélérant le pas.

— Non, c'est vrai, celles dans le ciel ne sont pas les plus belles, Kaya... Celles sur ton poignet sont bien plus étincelantes ce soir, c'est sûr. Pour cette fois, je te laisse avoir raison. Mais il y en a une encore plus brillante à mes yeux. Plus magnifique ! Un jour, je te dirai quelle est la plus belle étoile selon moi... Je te la montrerai !

Il passa devant elle pour l'obliger à accélérer le pas et cacher son sourire attendri pouvant le trahir. Kaya contempla son dos, perplexe, cherchant à percer le mystère de cette étoile si belle dans le ciel à ses yeux, mais haussa ses épaules en conclusion, ne voulant pas faire fumer davantage son cerveau sur ce genre de considérations. Elle se maudit toutefois de lui avoir dit de telles choses prouvant une quelconque affection.

Il va encore s'imaginer des choses... Idiote !

Lorsqu'ils arrivèrent à la voiture, Kaya déglutit. Elle avait encore le choix de reculer. Ethan fit biper la Corvette pour actionner l'ouverture centralisée des portes, puis ouvrit le côté passager pour Kaya, en gentleman attentionné qu'il pouvait être pour elle, dans certaines rares situations. Elle regarda la voiture avec hésitation, puis sourit en synthétisant dans sa tête ce qu'elle souhaitait vraiment. Elle avait juste envie de se retrouver dans ses bras. C'était bizarre. Mais depuis leur journée ensemble pour la soutenir dans ses peines sur l'anniversaire de la mort d'Adam, elle se sentait plus réceptive aux attentions d'Ethan. Il était devenu une bulle de soulagement. Elle se complaisait à rester dans ses bras et à croire que son malheur pouvait être entendu et trouver une consolation. C'était à la fois gênant et salvateur. Elle ne savait plus si par rapport à Adam, ce sentiment était normal, mais la proposition d'Ethan, cet accord en premier lieu incongru, trouvait plus de crédits aujourd'hui à ses yeux. Et le regard d'Ethan lorsqu'elle avait embrassé ses cicatrices avait résonné en elle comme une impression familière : ils partageaient une douleur profonde à laquelle peut-être seul l'autre pouvait être sensible, seul l'autre pouvait suffisamment en comprendre la souffrance pour que l'on s'en sente quelque part soulagé.

Est-ce pour cela que tu m'as choisie plus qu'une autre, Ethan ?
— Merci ! souffla-t-elle en s'avançant pour entrer.

Ses yeux verts noisette croisèrent son regard sombre et il lui sourit timidement. Elle eut alors un temps de pause, complètement happée par ce qu'elle voyait. Ses yeux réclamaient son attention. Ils l'appelaient comme si son corps ne pouvait bouger et que seule elle pouvait venir à lui. Tout son être semblait espérer obtenir quelque chose dont le manque l'anéantissait progressivement. Il déglutit. Comme hypnotisée par sa requête muette, elle se colla à lui. Elle effleura son visage du sien, tout en fermant les yeux. La respiration d'Ethan s'accéléra tout à coup. Son souffle devint plus bruyant. Il l'enlaça lentement et alla chercher un nouveau baiser. Leurs langues se mêlèrent sans attendre. Les mains d'Ethan trouvèrent vite les fesses de Kaya qui lâcha un soupir à la fois surpris et rassasié.

— Ma patience atteint ses limites, Kaya... murmura-t-il tout en attrapant à présent le lobe de son oreille entre ses lèvres. J'ai envie de tellement de choses, putain !

En se cambrant un peu plus dans ses bras, Kaya laissa les mains d'Ethan marquer leur empreinte contre son pantalon. Ethan ferma aussi les yeux en la sentant si ouverte à ses propositions physiques. Il perdait tout self-control et ne savait plus comment retenir tout ce qui se bousculait en lui.

— J'en peux plus... J'ai besoin de t'avoir dans mes bras...
— Ça tombe bien, je suis là pour calmer vos démons, monsieur Abberline ! chuchota-t-elle dans le creux de son oreille.

Ethan grogna tout en parsemant son cou, puis sa mâchoire de petits baisers avant de retrouver ses lèvres. Kaya ouvrit les yeux, pour ne pas se perdre, oublier qu'ils étaient dans une rue, près d'une voiture, et non dans une chambre.

— Kaya... gémit-il.

Il attrapa alors la main de la jeune femme pour la poser contre le tissu de son manteau, au niveau de ses cicatrices, et la fixa droit dans les yeux. Ses prunelles marron avaient pris une teinte ébène. Elles brillaient d'une souffrance perceptible aux yeux de n'importe qui. Kaya se figea devant son geste et son attitude si confondante. Elle regarda sa poitrine, puis sa main par-dessus son manteau avec peur et surprise.

— Je veux que tu me touches... là.

Une douce douleur transperça le cœur de Kaya devant cette demande teintée de supplices, dont il demandait le repos. Il ne quittait pas son regard et semblait décidé à assumer cette demande comme s'il y avait réfléchi depuis longtemps, comme si cette requête était à présent évidente. Une simple phrase, un geste et elle pouvait percevoir tout le désespoir de sa souffrance interminable et tout l'espoir qu'il portait en elle pour le sauver.

— Tu es sûr ? Je ne veux pas te...
— Oui ! la coupa-t-il avec empressement.

Ethan laissa ressortir une telle mélancolie qui le rongeait au plus profond de lui depuis longtemps. Les poumons de la jeune femme manquèrent d'air. Son mal la touchait de plein fouet. Ethan colla son front contre celui de la jeune femme, tentant de tempérer ce qui se bousculait en lui. Son besoin urgent d'elle comprima le cœur de Kaya, tandis que la main de cette dernière tentait maladroitement de soulager le cœur d'Ethan par son simple contact sur son torse. Elle voulait répondre quelque chose à sa demande, ne supportant pas de le voir si blessé, agonisant. Sa vue se troubla. Les larmes montaient, emportées par la compassion à le voir exprimer sa souffrance et aller au-delà de ses peurs les plus profondes pour trouver une accalmie. C'était devenu difficilement supportable pour elle aussi. L'agonie dans laquelle il sombrait l'emportait également. Elle posa délicatement sa seconde main contre sa poitrine et tenta de retenir ses larmes. Ethan appuya un peu plus son torse contre ses mains, et ferma les yeux comme s'il pouvait déjà ressentir un soulagement extrême. Il inspira profondément et sourit. Il semblait heureux. Ils restèrent ainsi, front contre front, un moment, à tenter de soulager cette vague d'angoisse. Lorsqu'Ethan rouvrit les yeux, le flottement entre douleur et malédiction avait disparu. Une nouvelle détermination prit place dans ses prunelles marron. Il l'embrassa d'abord doucement, effleurant ses lèvres, tel un merci timide, puis écrasa sa bouche contre la sienne ensuite, comme si la retenue n'était vraiment pas son style.

— Ne perdons pas plus de temps... déclara-t-il après s'être détaché rapidement d'elle comme si de rien n'était. Tes promesses sont aussi alléchantes que salvatrices...

Il contourna la voiture pour aller vers la place conducteur et Kaya resta inerte, complètement K.O. Un « dépêche-toi ! » la fit sortir de sa torpeur et elle se précipita à l'intérieur tel un automate sans raison, tout son esprit n'arrivant plus à quitter ce trottoir. Le chemin jusqu'à l'appartement se fit en silence. Kaya était dans un état avancé de liquéfaction. Elle n'arrivait pas à effacer de son esprit ses mains sur son torse ni ce moment pour le moins bouleversant où il dépassait ses appréhensions pour lui faire confiance et pour qu'elle le soulage. Elle observa discrètement Ethan. Il semblait avoir retrouvé son aplomb habituel alors qu'elle restait complètement chamboulée. Sa demande l'avait décontenancée. Elle n'arrivait plus à penser à autre chose. D'abord, il lui avait avoué plus tôt dans la soirée avoir été déstabilisé par le contact de ses lèvres contre sa poitrine, et maintenant, il en redemandait. Elle ne comprenait plus son changement d'attitude si radical à leurs sujets. C'était comme s'il n'attendait que ça à présent pour trouver un peu de répit, comme si ces remparts n'existaient plus pour lui, qu'elle seulement y voyait un problème. Pourquoi avait-il maintenant une telle confiance en elle ? Ce moment de réconfort fut bref, dans l'impression d'urgence, mais suffisamment efficace pour qu'il arrive à conduire calmement la Corvette, comme si tout avait disparu ?

Comment fait-il pour paraître si détaché de ce qu'il vient de se passer ? Je suis bouleversée et lui me montre une normalité totalement effarante !

Elle regarda ses mains, à la fois triste et désemparée. Elle ne savait comment réagir à présent. Elle suivait le capitaine selon ses humeurs et ne savait si c'était une bonne chose. Il montrait une partie de lui plus confuse, plus mélancolique. Elle effleurait une tristesse qui semblait sans fin. N'attendait-il pas justement qu'on prenne la barre à sa place pour le sortir de son obligation à rester toujours debout, fiable devant les autres ? Son rôle n'était-il pas finalement de le soulager en prenant les rênes à sa place, en le guidant et le laissant souffler ?

As-tu besoin de relâcher tout ce qui te ronge au plus profond de toi ?

Elle le contempla une nouvelle fois. L'homme arrogant, écrasant le moucheron, tel un éléphant sur une souris, sonnait à présent de plus en plus faux à ses yeux.

Les gens paraissant les plus forts ne sont-ils finalement pas ceux qui sont les plus fragiles au fond ?

La question alors était de savoir si elle se sentait à présent capable de prendre cette barre pour le guider. Avait-elle les épaules suffisamment solides pour supporter ses secrets et sa tristesse au risque de le laisser sur le carreau ? Au risque d'être elle-même blessée aussi dans l'histoire ? Il comptait sur elle. Elle ne pouvait maintenant plus le nier. Depuis le début, il avait cela en tête, comme si elle pouvait être une sauveuse, la prophétie qu'il attendait pouvant le sortir de son malheur.

Une princesse guerrière capable de se métamorphoser en dragon ! Avec des yeux verts noisette et des cheveux... qui puent le shampooing myrtille !

Elle se mit à sourire en se rappelant les mots d'Ethan.
Faut que je change mon shampooing !
Elle pouffa comme une idiote à penser à ce genre de détail alors que l'ambiance était au silence de plomb. Ethan haussa un sourcil en la voyant se marrer toute seule.

— Qu'y a-t-il de drôle ? demanda-t-il alors, intrigué.
— Rien ! Laisse tomber ! Ça n'a pas d'importance.

Ethan fronça les sourcils, vexé de ne pas être dans la confidence. Très vite, Kaya constata qu'il n'en démordrait pas tant qu'il n'aurait pas sa réponse.

— Je pense à mon shampooing ! Voilà ! Content ! déclara-t-elle en soupirant.
— À l'abricot ou à la myrtille ?
— J'envisage celui au kiwi ! lui répondit-elle, espiègle.

Ethan haussa à nouveau son sourcil, tout en grimaçant en imaginant l'odeur du fruit.

— Pourquoi faut-il que tu fasses toujours les choses de manière à me provoquer ? Je te dis que j'aime l'abricot, mais non ! Il faut que tu me mettes de la myrtille, que tu me provoques avec un parfum toujours plus improbable, juste pour me faire chier ! Car je sais que c'est juste dans cette optique, en plus !

— Tu l'as dit toi-même : c'est plus amusant comme ça ! C'est un jeu tellement plaisant de voir ton agacement sur ces petits détails du quotidien. Tu as une petite fossette sur la joue tout à fait charmante qui apparaît à la découverte d'une nouvelle déconvenue !

Elle tripota alors sa joue du bout du doigt afin de l'agacer encore un peu plus. Ethan s'esclaffa sur le moment, surpris de la voir reprendre ses propres déclarations, puis sourit.

Tu aimes jouer ? Putain, Kaya, ne me lance pas dans cette direction, car je risque de faire preuve de beaucoup d'imagination.

Kaya lui pinça alors la joue pour retrouver ladite fossette en question. Ethan râla tout en tentant de se détacher de sa main persécutrice.

— Donc, en gros, tu veux la creuser toujours un peu plus ! Sadique !

Kaya haussa les épaules, acceptant le compliment comme une évidence dès qu'il s'agissait de lui. Elle se sentit alors soulagée de retrouver une ambiance plus légère et sourit.

— Je pense que si je te disais oui à tout, déclara-t-elle alors plus calmement, tu t'ennuierais de moi. Tu aimes quand je te défie.

Ethan pencha la tête et souffla.

— Par moments, je voudrais que tu me dises oui à tout, c'est certain ! Ça me gonfle de te voir rejeter ce que je veux à tout prix. Et parfois, je suis heureux que tu m'aies dit non, car la récompense s'avère effectivement plus belle. Je n'arrive plus à savoir si mes choix en ta présence seront bénéfiques ou pas. Là encore, dans cette voiture, je n'arrive pas à savoir ce qui est le mieux pour avancer sereinement avec toi. Je veux tout, tout de suite, donc je réclame à la hauteur de mon désir, mais je vois aussi que la hâte ne fait que provoquer le doute en toi. Il suffit de voir ton air bouleversé et inquiet depuis que tu es rentrée dans la voiture. Du coup, je recule et je ne sais plus comment réagir.

Ethan regarda droit devant lui. La route semblait être une échappatoire pour ne pas trop dévoiler ses appréhensions la concernant ni voir le jugement de Kaya dans son regard. Celle-ci fixa à nouveau ses doigts, puis les rues par la fenêtre.

— Tu m'as juste surprise...

Elle tourna alors la tête pour voir sa réaction. Ce dernier jeta un œil vers elle et tous deux baissèrent rapidement les yeux. Kaya se mordit la lèvre, agacée de voir que la communication était toujours une épreuve entre eux.

— Je ne m'attendais pas à un geste si franc sur ta poitrine et les mots allant avec. J'ai eu peur de te blesser plus que de te soulager... Tu es d'habitude plus distant à propos de tes cicatrices. Pardon, je ne voulais pas te faire douter de ton attitude. C'est juste que ça m'a bouleversé plus que je ne l'aurais imaginé.

Ethan ne commenta pas. Lui-même était dans cette indécision entre bien-être et peur. Il lui avait assuré qu'il ne reculerait pas, mais de toute évidence, c'était elle qui reculait par peur de reproduire la séparation au restaurant. Devant son silence, Kaya serra la mâchoire.

Je le blesse quoique je fasse finalement...

Elle inspira un grand bol d'air pour se donner du courage et se tourna un peu plus vers lui. Elle devait lui faire part de ce qui n'allait pas dans son sens.

— Je ne sais pas ce que je dois faire ni ce que tu attends de moi, Ethan. Je ne connais pas les raisons de tes blessures, je n'ai aucun moyen de me rattacher à quoi que ce soit de fiable pour avancer avec toi. Tu es hyper changeant. J'ai beaucoup de mal à faire la part des choses et prendre du recul. Je voudrais t'aider, mais je me sens maladroite. Même notre relation est en dents de scie. J'oscille entre rires et larmes, bonheur et déception, doute et soulagement.

Je ne sais pas quel chemin suivre avec toi et encore plus maintenant que j'ai accepté ta proposition...

Devant ses déclarations, Ethan ralentit alors la Corvette et braqua la voiture sur le bord de la route pour s'arrêter en urgence. Il mit les warnings et se tourna vers elle. Il passa sa main sur son visage, de lassitude, mais sentant bien qu'ils avaient tous deux besoin d'éclaircir les choses.

— Kaya, je ne peux pas te dire l'avenir, car moi-même je navigue en eaux troubles avec toi. J'ai peur que tu te braques au moindre faux pas et je n'en ai pas envie. En même temps, en marchant à reculons, je me frustre d'autant plus et quand la coupe déborde, j'explose et je deviens sans doute trop exubérant ou imprévisible et je finis quand même par t'effrayer. Tu ne t'attends pas à mon comportement et tu t'interroges sur qui je suis. Tu me regardes comme si c'était la première fois que tu me voyais et qu'on ne se connaissait pas. J'ai l'impression de revenir en arrière, à la case départ et ça me frustre d'autant plus ! Oui, en fait, je suis frustré à longueur de temps avec toi et je ne sais pas quoi faire pour calmer toute ma frustration.

Il soupira et baissa sa tête rapidement avant de jeter un coup d'œil vers elle. Kaya regarda sans conviction le pommeau de la voiture entre eux deux et ne sut quoi répondre.

— On est ridicule, pas vrai ? lui fit-elle alors, d'une petite voix consternée.

Ethan se mit à sourire tout en la regardant droit dans les yeux.

— On n'arrive même pas à se comprendre... conclut-elle avec apitoiement. Je croyais qu'on avait progressé à ce niveau, mais en fait, je réalise que j'ai encore du chemin à parcourir pour cerner toute ta personnalité.

— Tu es celle qui l'a cernée pourtant le plus rapidement ! répondit-il, le regard attendri.

Kaya l'observa de façon dubitative.

— Ah bon ? Pourtant, j'ai l'impression de voir quelqu'un de différent tout le temps.

— Tu vois bien plus loin en moi que la plupart des gens, Kaya. En me remettant à ma place, tu touches aussi mes faiblesses. Tu vois au-delà de ce qui est du paraître. Je t'assure que tu as le don de toucher dans le mille les parties que je ne souhaite pas montrer de moi ou mettre en avant ce par quoi j'ai peur de décevoir. Tu vises ce qui m'agace ou ce qui est de l'ordre de la vérité avec tellement d'aisance. Je n'arrive pas à te cacher quoi que ce soit. Je finis toujours par craquer. Je ne fais même pas un quart avec les autres de tout ce que je fais avec toi. Tu vas direct là où les autres ne s'aventurent pas et tu fais fi de tout. Tout te paraît normal. Ta naïveté parfois m'effare. Je suis complètement K.O et toi, tu ne réalises même pas que tu as mis un pied dans ma fourmilière.

Une grimace à la fois surprise et sceptique tordit la bouche de la jeune femme.

— Pourtant, tu me caches encore beaucoup de choses ! marmonna-t-elle dans sa barbe.

— J'essaie d'en garder un maximum, mais tu es une adversaire terrible.

Il se frotta alors le bout du nez et lui sourit de façon espiègle. Kaya se mit à rougir, touchée par sa déclaration. Elle le contempla un moment avant de sourire. Un sourire qu'elle n'arrivait pas à réprimer et qui s'agrandissait encore et encore en voyant la gêne progressive d'Ethan.

— Rhhaaa ! Et tu vois, moi, comme un con, j'en viens à être forcé de dire des choses intimes qui ne me ressemblent pas pour calmer tes craintes ! Je te déteste, Kaya ! J'ai vraiment l'impression que tu me mènes à la baguette ! Tu en as encore la preuve !

Kaya se mit à rire alors qu'il se renfonçait dans son siège et croisait les bras d'un air fâché.

— Je suis contente que tu me dises tout ça, même si je doute vraiment de t'influencer en quoi que ce soit. Tu sembles être si indépendant de tout. Rien ne semble t'atteindre. Celui qui mène sa vie comme un chef d'orchestre, c'est bien toi ! Moi, je subis ma vie depuis des années. Je n'ai pas l'impression d'imposer quoi que ce soit, et encore moins à un connard qui pense avoir raison en tout !

Elle fit alors une moue taquine qui fit sourire cette fois-ci Ethan. Il appuya à nouveau sur les warnings et remit la Corvette sur la route.

— Il est temps qu'on arrive. J'ai très envie de goûter tes lèvres, de « t'imposer » mon avis sur la question !

La jeune femme regarda à nouveau ses doigts et se mordit les lèvres. Bizarrement, elle se sentait délestée d'un poids. Ils parlaient. Même si peu de solutions étaient trouvées, ils arrivaient à se confier.

Doucement, pas après pas...

Au bout d'une demi-heure, la voiture arriva au parking de l'immeuble d'Ethan. Il éteignit le moteur et les phares, et passa ses mains dans les cheveux.

— Peut-être qu'au lieu d'attaquer direct sur ce qui est compliqué, comme mes cicatrices, on pourrait commencer par du plus soft, du moins gênant... déclara-t-il alors, avec hésitation.

Kaya haussa un sourcil, cherchant à comprendre son idée.

— J'ai envie d'un massage ! lui dit-il avec un grand sourire.

Kaya pouffa, ne s'attendant pas à un tel revirement de situation.

— Massage de quoi ? répondit-elle tout aussi espiègle.

Ethan s'étrangla un instant, imaginant toutes les possibilités lubriques à ce qu'elle pourrait malaxer avec ferveur. Il laissa tomber sa tête alors que ses mains le maintenaient encore au volant.

— Dis-moi que ta question n'est pas si naïve que ça. Tu me

tortures, pas vrai ?

Kaya haussa une nouvelle fois des épaules.

— Ton œil brille, tu aimes ça ! lui fit-elle avec un clin d'œil.

— Sortons de cette voiture et je vais te faire briller les tiens !

Il se précipita dehors sans attendre. Kaya pouffa et sortit de la Corvette aussi. Il lui tendit la main avec impatience.

— Tu veux me masser la main ? lui demanda-t-elle tout en considérant son offre.

— Tu voudrais ? Donne !

Elle lui donna sa main et Ethan la serra un instant avant de la porter à ses lèvres, tout en ne la quittant pas des yeux. Kaya plongea son regard dans le sien. L'espace et le temps se figèrent immédiatement entre ses attaques teintées de douceurs par ses lèvres baisant sa peau et celles teintées de force par ses dents la mordant juste après. Lorsqu'il inséra tout son pouce dans sa bouche, Kaya retint son souffle. Son pouce venait d'être avalé sans retenue sous ses yeux et tous les muscles de son ventre venaient à jalouser ce que subissait son malheureux doigt. Devant son air concentré, Ethan se mit à sourire.

— Mon massage te plaît ? Tes pauvres mains ont bien besoin de ça.

Il inséra alors son index dans sa bouche et fit tournoyer sa langue autour. La bouche de Kaya devint pâteuse. Elle n'arrivait même plus à prononcer un seul mot. Seul le traitement qu'Ethan administrait sur sa main et ses doigts la tenait éveillée. Elle voulait fermer les yeux, se laisser aller dans les magnifiques sensations tactiles dont il avait le secret, mais les mordillements intempestifs qu'il prodiguait la remettaient sur orbite instantanément, comme un rappel hypnotique l'obligeant à le regarder encore et encore. Elle se mit alors à rougir. La connotation sexuelle était grisante. Son corps entier réagissait avec frémissements à ses caresses buccales. Pourtant, elle se trouvait en même temps gênée d'être scrutée par Ethan de la sorte dans ses réactions. Il prenait un malin plaisir à la faire réagir jusqu'à la pousser à surpasser ses limites.

— Tu sais que tu peux aussi me masser de façon très classique ! déclara-t-elle difficilement, subjuguée par les va-et-vient qu'il faisait sur son doigt. Avec tes mains plutôt que tes lèvres par exemple !

Ethan abandonna sa douce entreprise et lui sourit.

— Avec mes mains ? Kaya, ne me tends pas des perches comme ça, car je pense qu'on va faire ça dans ma voiture ! Si je rajoute mes mains dans l'équation, tu fonds direct. Déjà que...

Un long sourire s'étira sur ses lèvres, heureux de l'embêter ainsi sur sa pudeur feinte. Kaya se racla la gorge, désarçonnée par l'attitude ultra séductrice d'Ethan. Elle voulait maintenant qu'il masse tout ce qu'il voulait, de n'importe quelle manière que ce soit sur elle. C'était évident. L'idée qu'il avait fait germer en elle devenait un arbre énorme dont il fallait absolument cueillir les fruits de la tentation. Elle se lécha les lèvres instinctivement et chercha le peu de raison restante pour ne pas lui dire « la voiture ira très bien » !

— Pardon... fit-elle en retirant rapidement sa main de la sienne et regardant partout autour d'elle pour vérifier que personne ne les avait surpris. Échantillon très convaincant ! Montons à l'appartement. C'est... plus sûr, oui.

Elle baissa la tête, le rose aux joues, et se dirigea vers l'ascenseur. Ethan gloussa, heureux de voir l'effet libidineux qu'il avait sur elle. Complètement perturbée par ce qu'elle venait de vivre, elle appuya plusieurs fois sur le bouton de l'ascenseur.

— Tu sais, une fois, ça suffit ! lui souffla-t-il dans son dos. Serais-tu pressée d'être à la maison ?

— Pas... pas du tout ! Je n'étais pas sûre d'avoir bien enclenché l'appel de l'ascenseur !

— Je pense que l'information a été transmise ! pouffa-t-il

moqueur, alors qu'elle le fusillait du regard.

Les portes de l'ascenseur s'ouvrirent enfin. Comme à son habitude dès qu'elle ne contrôlait plus rien, elle opta pour la fuite en avant et entra en premier. Elle tenta alors d'ignorer le sujet de son trouble en regardant le compteur affichant le numéro d'étage. Ethan masqua difficilement son plaisir de la voir si perturbée par ses avances.

Une raison à vouloir continuer encore et toujours ! Tu me provoques, tu me défies... chacun son tour !

Prudemment, il laissa approcher sa main vers ses fesses et soudainement les pressa, si bien que Kaya sursauta de surprise. Elle se retourna vers lui, prise entre agacement et délectation de subir un nouvel assaut. Ethan feignit l'ignorance avant de lui sourire.

— Encore ? lui demanda-t-il, le cœur palpitant à l'idée de fondre sur elle.

— Quoi donc ? répondit-elle tout aussi innocemment, refusant de lui montrer qu'elle était incapable de gérer ce qui se passait en elle.

Ethan se mit à rire. Le jeu était lancé. Ils se cherchaient et les retrouvailles s'annonçaient tumultueuses. Ethan ne cachait plus son plaisir. La faire craquer devenait sa priorité. Les portes de l'ascenseur s'ouvrirent à nouveau et il se mordit les lèvres dans un immense sourire. Il était même impatient maintenant.

— Après toi ! lui dit alors Kaya naturellement. C'est toi qui as les clés !

D'abord suspicieux, Ethan passa devant elle tout en sortant les clés de sa poche.

Aurais-tu peur que je recommence, Princesse ? Tu es mignonne dans tes tentatives !

Il chercha alors la clé de l'appartement dans son trousseau et tout à coup se figea lorsqu'il sentit une main lui presser une fesse.

Stupéfait, il tourna la tête vers Kaya qui, se mordant les lèvres, regardait le plafond comme si de rien n'était. Il visa sa main toujours scotchée à son postérieur et sourit. Sidéré par la provocation de cette dernière à le chercher sur son terrain, il se gratta un instant le nez et jeta à nouveau un œil vers elle lorsqu'il sentit sa main à nouveau le presser avec vigueur. Sans pouvoir trouver la patience à ouvrir la porte d'entrée, il attrapa Kaya et la prit dans ses bras.

— Tu fais chier, Kaya ! Tu viens de me retirer toute sagesse à attendre d'être rentrés !

Il écrasa sa bouche contre celle de la jeune femme qui se mit à rire devant son empressement. Il enchaîna les baisers de plus en plus passionnés, incitant Kaya à y répondre, emportée par son ardeur. Elle passa ses bras autour de son cou et rit de plus belle entre ses lèvres. Il la colla contre la porte d'entrée et leurs langues se caressèrent sans attendre. Un baiser bienfaiteur pour les deux, même si la hâte de se retrouver les rendait tous deux maladroits dans leurs intentions. La tension fébrile qui les habitait les obligea à temporiser leur envie. Ethan effleura de son nez celui de Kaya encore et encore. Il la contempla plus sagement un instant, voulant s'assurer toutefois que tout était toujours OK de son côté. Kaya n'arrivait pas à décrocher son sourire de son visage.

— Je voulais juste tester ta théorie du massage pour voir si je pouvais être efficace... lui souffla-t-elle alors, mutine. Ça ne semble pas te laisser indifférent visiblement. Je suis contente.

Ethan grogna un peu plus et se laissa aller entre ses lèvres à nouveau. Il aplatit alors un peu plus leurs deux corps contre la porte.

— Tu es en train de court-circuiter tous mes neurones en agissant ainsi, Kaya. J'aime tellement te voir si entreprenante avec moi... C'est inhumain d'agir ainsi. Ta torture ne cesse donc jamais ? Tu es vraiment la nana la plus vicieuse que je connaisse.

— Vicieuse ! s'offusqua Kaya. Rien que ça ! Tu peux parler !

Tout sourire, il ouvrit le manteau de Kaya à la hâte et glissa une main sous ses vêtements, pour atteindre son sein et confirmer les dires de la jeune femme. Les vêtements ne l'empêchèrent nullement d'assouvir ses envies de possession. Il massa encore et encore sa poitrine à travers son soutien-gorge. Le frottement contre le tissu fit poindre les tétons de sa partenaire au point de les rendre douloureux.

— Monsieur Abberline, vous prenez une tangente indécente ! Et vous me parlez après de tortures que j'effectue sans pitié sur vous ? Pas de doute ! Vous êtes pire que moi, comme bourreau pervers, masseur de tétons !

— C'est toi qui es indécente de me provoquer de la sorte. Je me fais justice en te rendant la pareille. Maintenant, je veux sentir tes mains contre mes fesses et je crève d'envie de me frotter nu tout contre toi. C'est malin ! Qu'allons-nous faire de toi, mon érection et moi ? Tsss !

Kaya gloussa à nouveau alors qu'il retrouvait sa bouche pour asseoir un peu plus ses envies. Elle posa ses mains sur ses joues et accepta sans réticence la salve de baisers qu'il lui imposait sans ménagement. Cet empressement agissait directement sur les muscles de son bas-ventre. Elle avait envie, elle aussi, de le retrouver. C'était bizarre. Très bizarre, mais cette légèreté lui faisait un bien fou. Aucune question sur l'après, sur le bien, le mal, sur leurs doutes ou leurs souffrances ou leur principe de réconfort. Juste un peu de frivolité après tant de moments difficiles entre eux.

— Ouvre cette porte ! gémit-elle alors, impatiente.

— Ah ? Tu n'as pas envie de le faire contre ma porte d'entrée ? s'amusa-t-il de lui répondre. Pourtant, je suis sûr que je pourrais très bien te satisfaire !

— Non, j'ai envie de faire coucou à ta chambre ! Tu sais, celle interdite aux femmes, mais où j'ai pourtant dormi et où je me suis frottée à un mâle en rut !

Ethan éclata de rire alors qu'il était déjà en train de déboutonner le pantalon de sa belle amante.

— Et voilà, elle me provoque encore ! Ça devient maladif chez toi, non ?

Sans prévenir, il glissa sa main sous la culotte de Kaya qui lâcha un spasme de surprise en sentant ses doigts froids explorer son intimité déjà brûlante.

— Putain ! Et en plus, ta culotte est trempée, Kaya ! Tout pour me rendre dingue...

Il glissa un doigt en elle alors qu'il écrasait son visage sur son épaule, pour se concentrer à sa tâche alors que son érection ne demandait qu'à s'exprimer librement. Kaya oscilla entre moments de raideur et moments de décontraction totale, allant chercher son plaisir en ondulant son bassin vers la main d'Ethan. Elle ferma les yeux pour ne rien gâcher de son plaisir et Ethan se décomposa au fur et à mesure des soupirs et râles que sa partenaire lâchait dans le creux de son oreille.

— Kaya, je te déteste. Bordel, je te déteste tellement de me retourner le cerveau comme ça.

— Et moi, je déteste tes doigts qui me font perdre tout contrôle ! Un donné pour un rendu, Abberline.

Ethan se redressa pour taquiner à nouveau sa langue. Cela devenait animal. Il la désirait plus que de raison. Il avait besoin de son contact de toutes les manières possibles. Il voulait la sentir se débattre sous ses doigts explorateurs. Il voulait l'entendre exprimer encore et toujours chaque sensation qu'il faisait ressortir du plus profond d'elle. C'était grisant, libérateur, et soulageait son âme meurtrie par le doute de ne pas être à la hauteur, de ne pas lui suffire.

Rapidement, il retira sans prévenir sa main de sa culotte et se recula. Négligemment, il essuya sa main contre son pantalon, le regard brûlant, alors que Kaya se débattait avec sa respiration chaotique, puis il chercha la clé ouvrant sa foutue porte d'entrée. Guidé par une fébrilité amplifiée par cette tension sexuelle lancinante entre eux, il inséra difficilement la clé dans la serrure. Kaya ne bougea pas de contre la porte, complètement alanguie et impatiente qu'il comble à nouveau le vide qu'il venait de laisser. Se pousser, se décaler, c'était prendre le risque de sortir de son champ de vision et d'être oubliée. Elle ne le souhaitait pas. Elle n'avait pas envie d'être rejetée, ni même être laissée dans un coin. Même si elle lui faisait barrage de son corps, même s'il devait la contourner légèrement pour ouvrir cette porte, elle camperait sur sa position et ne le quitterait pas des yeux. Ethan ressentit son regard plein de défiance et d'impatience couler sur lui, ce qui augmenta encore un peu plus sa maladresse. Lorsqu'il tourna enfin la clé marquant l'autorisation de pénétrer dans son antre, il écrasa sans attendre ses lèvres contre celles de Kaya dans un sourire heureux. Il la poussa vers l'intérieur et finit par la plaquer vers l'autre face de la porte. Sans attendre, Kaya passa une jambe autour de sa taille et sentit son érection proéminente. Les baisers qu'il laissa le long de son cou s'ajoutèrent à son envie de ne faire qu'un avec lui. Ses mains fourragèrent la chevelure d'Ethan. Ses yeux la plongèrent dans le noir de l'oubli, de la perdition, ses paupières se fermant lentement. Seuls les caresses, les effleurements, les frottements, corps contre corps la faisaient réagir. Seules ses mains agrippant ses fesses et ses seins comptaient. Ses lèvres s'arrachant aux siennes pour mieux les retrouver avec hargne pimentaient un peu plus son excitation déjà grande. Ethan retira son manteau avec empressement, tout en ne lâchant pas ses lèvres et caressa la peau nue du dos de Kaya sous ses vêtements. Ses doigts se baladèrent le long de la chute de ses reins et glissèrent sous son pantalon, puis sa culotte, obligeant ainsi la jeune femme à rapprocher son bassin contre son érection. La surprise du contact entre leurs deux sexes obligea la jeune femme à ouvrir à nouveau les yeux. Elle lui sourit tendrement alors qu'il tirait lentement du bout de ses lèvres sur sa lèvre inférieure.

— Voilà, Mademoiselle. Vous êtes entrée ! Mais je ne sais pas si j'aurais la force de vous conduire jusqu'à ma chambre. Je suis désolé, mais là, j'ai atteint mon maximum en termes de décence ! Les voisins ne partageront pas la vue de nos ébats, mais ne me demandez pas plus de confort. Ce sera là, ici, tout de suite, contre cette porte. Et je tiens à préciser que même s'ils ne voient rien, ils peuvent entendre ! Et je compte bien vous entendre prononcer votre plaisir, très chère. Je ne veux aucune retenue, maintenant qu'on est à la maison, loin de tout élément perturbateur !

Kaya s'empourpra. Il n'y avait pas de plus belles promesses que celles prononcées à l'instant. Il n'y avait pas plus indécent, plus excitant, plus confondant et pourtant, elle avait hâte de savoir jusqu'à quel point il serait capable de la faire craquer. Ses iris marron l'observaient avec douceur, mais détermination. Elle pouvait y lire cette pointe de défi qui caractérisait tant leur relation, tel un appel implicite à lui dire « qui craquera en premier d'après toi ? ».

Aucune retenue...

Cette idée lui plaisait. Cette idée l'effrayait. Son cœur battait la chamade, son corps tremblait et ce n'était que les préliminaires de quelque chose de plus délicieux. Avec Ethan, elle savait à présent que leurs galipettes pouvaient vraiment être dévastatrices, même si bienfaisantes. Il avait le don de la laisser inerte, complètement perturbée. Elle avait même du mal à se reconnaître quand elle était avec lui. Il la poussait dans ses retranchements, autant qu'elle le faisait avec lui, d'après ses dires. Et pourtant, malgré ses craintes, elle replongeait dans ses bras. À chaque fois, elle se laissait happer par ses mêmes yeux marron qui la réclamaient. Instinctivement, elle l'embrassa doucement puis renforça son étreinte autour de lui. Elle posa ensuite son menton sur son épaule et laissa échapper son soulagement d'accepter cette peur comme une promesse future de bonheur plus que de déception. Il lui avait promis beaucoup de choses ce soir. Un pacte pour réussir leur entente du mieux possible, et elle voulait y croire. Elle avait besoin de cette entente. Avec le recul, elle aimait ces périodes de légèreté, de paix où tout semblait facile. Il avait fait reculer de nombreuses craintes en elle avec le temps. Il avait sacrifié beaucoup pour elle et cette façon de la choyer était un second souffle, la laissant reconnaissante d'être appréciée à sa juste valeur. Ethan sortit ses mains du pantalon de la jeune femme et resserra ses bras autour de sa taille, acceptant ce câlin avec plaisir. Il n'avait jamais autant compris l'intérêt de ces simples câlins que depuis qu'il la connaissait. Ils calmaient son exubérance, ils donnaient le change au manque de mots, ils étaient toute la douceur de Kaya. Il inspira fortement dans son cou, concédant lui aussi au soulagement de Kaya à se retrouver ensemble, sans une once de désastre à venir.

— Je te préviens, lui déclara-t-il doucement, je ne te lâche plus. Tu es la prisonnière de ma forteresse !

Cette dernière balaya alors du regard l'appartement, analysant en détail chaque chose qu'elle connaissait si bien. La stupeur la ramena immédiatement sur terre. Tout était différent et sonnait faux. L'ordre si caractéristique auquel Ethan l'avait habitué n'était plus. Une mini tornade venait de dévaster les lieux.

— Ethan, ton appartement ! s'alarma-t-elle alors, en le repoussant et en l'obligeant à faire face au désastre.

6
ÉLOIGNÉS

— Ethan, ton appartement !
Ethan regarda son appartement nonchalamment, en se frottant la tête.
— Oh ! Oui, c'est vrai ! Euh... Ne regarde pas le foutoir ! Je rangerai... plus tard.
Kaya le dévisagea. Des vêtements traînaient un peu partout dans le salon, la vaisselle sale trônait dans l'évier de la cuisine et sur la table basse du salon, de la paperasse en boule et des emballages de nourriture jonchaient le sol, mais ce qui choquait le plus Kaya était le nombre de cadavres de canettes de bière vides éparpillées un peu partout. Elle avança un peu plus vers le salon et ramassa une bouteille de whisky vide. Elle contempla celle-ci un instant, puis comptabilisa silencieusement tout ce qui avait pu être ingurgité en si peu de temps. Avait-il été seul à ce moment-là ou avait-il invité des amis ? Elle constata qu'un coussin du canapé avait volé à travers la pièce. Une chaise venant de la table à manger avait aussi valdingué. Elle regarda alors Ethan, complètement ahurie alors qu'il cachait difficilement sa gêne.
— Hum... je ne pensais vraiment pas que tu me pardonnerais aussi rapidement au point de venir ce soir ici, sinon j'aurai tout rangé. Pardon. Je ne pensais plus à l'état de l'appartement lorsque

je t'ai proposé d'y venir...
— Qu'est-ce qui s'est passé ?
— Je te l'ai dit... J'ai eu deux jours... assez difficiles.

Il plongea son regard désolé dans ceux de Kaya. Deux jours difficiles... Les deux jours englobant leur séparation.
— Difficiles... à cause de moi ? demanda-t-elle alors, inquiète de la suite.

Ethan baissa les yeux, confirmant les craintes de Kaya.
— Tu as bu tout ça, par ma faute ? Mais c'est...
De l'inconscience.

C'était le mot qui lui venait à l'esprit, mais elle ne le prononça pas, réalisant qu'elle n'avait pas à le juger alors qu'elle-même avait passé deux journées à se morfondre. Le résultat de leur relation les impactait finalement tous les deux bien plus qu'ils ne l'auraient pensé.
— Dis-moi que tu n'as pas été le seul à boire...
— J'essayais... d'oublier notre aventure de toutes les façons possibles, tenta alors de se justifier Ethan maladroitement. Mais, ça n'a pas été concluant. Je ne trouvais pas les bonnes réponses ni de bons choix à faire te concernant. Ça m'a énervé et j'ai envoyé valser quelques bricoles. Mais ça n'a pas d'importance, c'est... passé, donc oublie. Reprenons là où on en était, tu veux ? L'essentiel est maintenant, non ?

Ethan lui lança un regard inquiet, difficilement convaincant. Il ne voulait visiblement pas s'étendre sur ce qui avait pu se passer dans sa tête durant ces deux derniers jours et craignait à présent une réaction colérique de sa part. Kaya balaya la pièce du regard à nouveau et soupira. Elle se trouva soulagée, flattée qu'il se soit trouvé si touché par leur dispute, malgré la froideur qu'il avait eue au moment de la séparation. Pourtant, c'était la culpabilité qui l'envahissait. Elle posa la bouteille sur la petite table du salon, à côté d'autres détritus, et s'approcha de lui en silence. Elle passa ses bras autour de sa taille et posa un petit baiser sur ses lèvres pour adoucir la gravité de la situation. Incertain, Ethan se laissa faire, attendant la suite avec plus ou moins d'inquiétude. Toutefois, cette douceur spontanée lui fit du bien. Kaya, c'était souvent ces petits gestes imprévisibles qui pouvaient atténuer tout ce qui se bousculait en lui. Ce simple baiser était déjà en soi un pansement à ses doutes et ses craintes. C'étaient ces petites considérations qui avaient eu raison de son cœur au point aujourd'hui de reconnaître que ce qu'il ressentait allait au-delà d'une simple curiosité, d'un simple amusement. Il l'aimait, rien que par le tact qu'elle pouvait avoir envers lui quand il ne s'y attendait pas. Kaya contempla alors sa chemise avec regret.

— Tout ça à cause de ces cicatrices. Je n'aurais jamais dû les toucher. Je t'ai bouleversé d'une façon dont je n'aurais jamais pensé. Je m'en rends réellement compte maintenant, en voyant l'état de ce salon. C'est plutôt à moi de m'excuser. Vraiment. Je voulais répondre à ta demande de réconfort, mais je suis finalement indélicate. Je t'ai mis mal à l'aise au point que ça a joué sur ta stabilité émotionnelle, puis ta santé. Dans quel état as-tu dû finir après avoir avalé tout cet alcool ? Ça me rend malade... Je ne voulais pas ça ! Je ne veux pas qu'on souffre à cause de moi !

Ethan soupira à son tour et posa ses mains sur les joues de Kaya, puis l'embrassa doucement.

— Je supporte plutôt bien l'alcool. Je vais bien. Tu es là, c'est tout ce qui compte. Tu es dans mes bras, alors restes-y, s'il te plaît. Ainsi, c'est mieux ! Bien mieux.

Il lui rendit un petit sourire et la serra contre lui. Si quelques minutes plus tôt, son corps s'incendiait à l'idée de la retrouver pour une partie de sexe entre eux, en cet instant, il était bien plus heureux de la trouver dans ses bras et réclamer un simple câlin, une étreinte pleine de tendresse.

— Parle-moi ! lui murmura-t-elle alors. Si ça ne va pas, parle-moi. Je sais que je ne suis certainement pas la mieux placée pour jouer la meilleure confidente, mais je ne veux plus être à l'origine de ce genre de désagrément.

Ethan ferma les yeux. L'exquise idée qu'elle devienne sa confidente le réjouissait autant qu'il souhaitait l'être pour elle. Autant de mots qu'elle prononçait et qui lui réchauffaient le cœur le poussaient à rester collé à elle encore et toujours. Elle se détacha un peu de lui et le fixa de façon sérieuse.

— Te défier, te provoquer, t'énerver, te faire tourner en bourrique, oui, mais je ne veux pas arriver à ce genre d'atteinte qui peut te blesser de façon bien plus profonde. Compris ?

Ethan ne put s'empêcher de sourire. Il la trouvait tellement mignonne, tellement adorable, tel un doudou qu'il pourrait glisser sous son T-shirt, serrer et bercer contre lui au plus près de sa peau encore et encore.

— Kaya, ça veut dire que tu ne me détestes pas autant que tu le dis si la vacherie apparaît sous certaines conditions...

Le regard fier, il soupira, heureux de la prendre à contre-pied dans ses mots. Cette provocation si exquise qu'il aimait exercer sur elle revenait comme une habitude dont il ne se lassait pas. Kaya grimaça, comprenant rapidement à son regard plein de défi qu'il jouait avec ses propos. Elle râla pour la forme et poussa de sa main son visage. Ethan éclata de rire. Il avait fait mouche et il adorait constater son trouble alors qu'elle tentait de le masquer en le fustigeant.

— OK, effaçons ces deux mauvais jours tous les deux, mmh ? lui dit-elle en lui attrapant toutefois l'index du sien pour qu'il ne s'éloigne pas trop d'elle. Rangeons un peu tous les deux ce foutoir. Repartons à zéro !

Elle le lâcha et alla alors dans la cuisine, puis revint avec un sac-poubelle et commença à mettre toutes les ordures dedans, sous le regard paniqué d'Ethan.

— Kaya, tu n'es pas sérieuse, là ! Tu ne vas pas faire le ménage à une heure du matin ! Tu dois t'occuper de moi ! Pas de l'appartement !

Elle retira son manteau tranquillement et le posa sur le dossier du canapé.

— Je m'occupe de toi, Ethan. J'efface toute trace de tristesse, de désarroi. L'ordre dans sa vie aide à mettre de l'ordre dans son esprit !

C'est une blague ! Oui, c'est ça ! Elle me fait marcher !

Ethan déglutit en la voyant faire. Sa générosité allait dans un sens qui le gênait sous tous les angles. Elle n'était ni sa femme de ménage, ni sa psy, encore moins une philosophe comportementaliste. Elle le désarçonnait en agissant toujours de manière inattendue. Si dans les faits, il pouvait vraiment qualifier son action de psychothérapie, il regrettait maintenant amèrement de ne pas être resté dans la voiture avec elle. Et la contredire maintenant ne semblait pas judicieux. Elle semblait vouloir aussi se faire pardonner. Aussi, empêcher toute forme de gestes manifestant sa façon de se faire pardonner risquait de la braquer encore une fois. Conciliant, mais surtout vaincu, il commença alors à ramasser en silence un pull et une paire de chaussettes traînant par terre. Kaya courba son dos pour soulager ses lombaires et, de façon nonchalante, se mit à déboutonner son chemisier. Intrigué, Ethan la regarda s'exécuter avec curiosité.

— Il fait chaud, tu ne trouves pas ? lui déclara-t-elle avec un petit sourire bien trop espiègle pour que ses paroles paraissent anodines.

Elle laissa tomber le chemisier près de son manteau et ramassa à nouveau quelques bricoles alors qu'elle déambulait à présent sous ses yeux en soutien-gorge. Un énorme sourire se vissa sur le visage d'Ethan qui trouva tout à coup sa thérapie bien plus intéressante. Il secoua la tête, sidéré par les appels coquins de sa belle. Sans attendre, il déboutonna son pantalon et le retira. Kaya cessa un instant son rangement et le regarda faire, masquant difficilement sa satisfaction. Elle haussa cependant un sourcil, suggérant être intriguée par son geste pour le moins bizarre.

— Quitte à être chez soi, autant se mettre à l'aise ! lança-t-il en haussant les épaules, malgré un plaisir à peine masqué d'entrer dans son jeu.

— Fais, fais ! fit-elle alors d'un geste de la main, amusée par cette fausse conversation, mais feignant toutefois de ne pas comprendre son sous-entendu sensuel...

Elle ramassa ce qui restait et se rendit vers la cuisine. Derrière le comptoir, elle retira à nouveau quelque chose et revint vers lui avec une éponge. Tranquillement, elle se baissa devant lui et nettoya la table.

— Tiens, tu as perdu ton pantalon en route ? constata Ethan, amusé, tout en lorgnant sa petite culotte et son fessier.

— Oui ! fit-elle en donnant une pichenette à une tache rebelle sur la petite table avec l'éponge. Je me suis dit que tu avais raison. Autant se mettre à l'aise. D'ailleurs, si tu permets, je vais aussi enlever mes bas. Mettre mes pieds à l'air me fera du bien, après avoir autant dansé.

Sans attendre, elle s'exécuta, sous le regard complètement charmé d'Ethan. Jamais on ne lui avait proposé une telle thérapie. Remplacer tout signe de débauche, de décadence dans son salon, par des vêtements retirés annonçant une nuit endiablée, c'était une première. Et la façon dont elle présentait l'affaire ne pouvait que pimenter un peu plus le désir qu'elle insufflait en lui et le réveiller d'une façon tout à fait charmante. Ethan resta inerte, l'observant de loin avec envie et bonheur. Elle retourna tranquillement derrière le comptoir et s'affaira. Il la trouvait tellement séduisante que ranger ne faisait plus partie de ses objectifs. Perdre en une nanoseconde la possibilité de rater un détail d'elle qu'il n'avait pas encore pu voir n'était pas envisageable. Et lorsque tout à coup, il vit le soutien-gorge arriver en boule dans sa direction, sa raison se fit la malle illico. Il attrapa la lingerie ensorcelante dans un état second et se laissa tomber sur son canapé. Il se mit à rire, séché net par ce qui se passait sous ses yeux. Il la savait presque nue derrière ce comptoir, mais ne voyait pas grand-chose. Elle se cachait derrière volontairement. Une douce frustration que la Miss Allumeuse aimait entretenir en jetant de temps en temps des coups d'œil provocateurs en sa direction le saisit. Frustration accompagnant un désir toujours plus ardent, mais aussi une émotion toujours plus douce d'être heureux de l'avoir rencontrée. Ce bout de femme ne cessait de l'étonner, de l'emmener vers des contrées toujours plus déstabilisantes et il aimait ça. Il aimait cette surprise constante lorsqu'il était avec elle, il aimait cette découverte délicieuse de sa personnalité si variée selon les situations. Il aimait Kaya, chaque jour un peu plus. Sa poitrine se gonflait d'amour continuellement pour cette femme. Lorsqu'elle fit tourner autour de son index sa petite culotte, Ethan se mordit la lèvre et plissa les yeux. Elle le regarda alors de son poste retranché, derrière le comptoir de la cuisine, et le sourcil relevé, laissa tomber du bout des doigts sa culotte comme si elle venait d'enlever le vêtement le plus lourd de sa garde-robe. Ethan se lécha les lèvres et se leva sans attendre. Il retira en un seul et même geste sa chemise et son maillot de corps, puis alla la trouver derrière le comptoir.

— Tu triches, Abberline ! Tu as enlevé deux vêtements d'un coup sans rien avoir rangé entre les deux !

Tel un prédateur fonçant sur sa proie, il l'encercla alors de ses bras et dévora ses lèvres sans retenue. La sentir nue contre lui le fit gémir. Il la retrouvait enfin contre lui et le spectacle ne lui permettait plus de se contenir. Ses mains parcoururent le dos de sa belle, appuyant bien sur ses hanches, puis ses fesses. Kaya pouffa entre ses lèvres alors qu'il réclamait encore et encore des baisers.

— Kaya, j'aime faire le ménage avec toi !

Kaya se mit à rire alors qu'il affichait un regard complètement conquis.

— Donc, tu ne regrettes pas d'avoir mis un peu d'ordre dans tout ça.

— J'aime quand tu remets tout en ordre ! ponctua-t-il entre chaque baiser laissé dans son cou. Tu es la plus belle des thérapies. Ta façon de réconforter l'homme en détresse que je suis est juste merveilleuse.

Sans réfléchir, il alla à la rencontre de la langue de Kaya et se laissa porter par son incommensurable désir d'elle. Kaya sourit entre ses lèvres et ils partagèrent volontiers un regard complice. Lentement, il attrapa sa main qu'il enveloppa de la sienne.

— Kaya, pose tes mains partout sur moi…

— Partout… Partout ?

— Partout ! confirma-t-il alors, le regard perçant.

Kaya le considéra un instant, perplexe. Il lui sourit, sachant très bien que cette phrase, cette demande étaient lourdes de sens pour tous les deux. D'habitude, elle lui était destinée et elle était présentée sous forme de question sur les endroits de son corps où elle souhaitait être touchée. Cette fois-ci, les rôles étaient inversés et Ethan avait instauré le jeu de la « question-réponse » sans attendre. Une sourde douleur étreignit le cœur de Kaya, partagée entre peur et gratitude, interrogation et tendresse.

— Tu es sûr ? lui demanda-t-elle, troublée et hésitante. Vraiment partout ?

Il libéra alors son index et son majeur de sa main enveloppée par la sienne et les porta doucement sur sa cicatrice du haut. Tous deux eurent un sursaut au contact de ses doigts contre son torse. Ils se regardèrent surpris de la réaction de l'autre puis sourirent, amusés par la situation assez bizarre entre eux.

— Ne me fais pas peur comme ça ! lui lança-t-elle alors ! Préviens-moi, au moins, que je m'y prépare !

— Je t'ai dit partout ! C'est partout ! C'est toi qui m'as fait peur, idiote, à sursauter pour rien !

Calmement, mais amusé par leur stress mutuel, Ethan reprit son excursion en promenant les doigts de Kaya sur sa cicatrice. La jeune femme, absorbée à la tache, ne broncha plus rien pour ne pas l'effrayer. Se laissant balader par le guide, elle ouvrit la bouche de stupeur par l'exploit qu'ils réalisaient ensemble. La poitrine d'Ethan se soulevait et se rabaissait avec plus d'amplitude, mais il gardait le contrôle. Il finit même par légèrement en sourire, arrivé à mi-parcours, comme s'il était fier de ses exploits, comme s'il était heureux de lui prouver qu'il gérait la tension sexuelle entre eux sans difficulté. Kaya lâcha un petit spasme de joie, en voyant son sourire et ses efforts si bien gérés. Ethan retira leurs mains un instant pour reprendre son souffle malgré tout. Une fois la pression retombée, il se réjouit de la voir aussi soulagée et heureuse que lui. Il baissa un instant la tête et renifla.

— Alors ? Impressionnée ? lui dit-il, majestueux.

Kaya se mit à rire.

— Si tu ne me joues pas la comédie, alors oui ! Très impressionnée et heureuse de partager l'exploit avec toi !

Ethan la fixa avec attention et sérénité. Il leva à nouveau leurs deux mains et reprit sa course lente sur sa cicatrice tout en gardant ses yeux rivés dans ceux de la jeune femme.

— Aucune tricherie. Que du plaisir... Que de l'envie... Et qu'avec toi...

La bouche de Kaya s'assécha tout à coup. Tout en ralentissant son parcours, il se pencha sur elle pour chercher la douceur de ses lèvres. Doux, empreint d'une attention si tendre que chacun des deux en eut le cœur en émoi, leur baiser se prolongea encore et encore, au point que la nécessité d'être étreint par l'autre se ressentit. Ethan lâcha la main de Kaya et encercla sa taille de ses bras. La force de son étreinte appuya un peu plus les deux doigts de Kaya sur sa cicatrice. Pris entre surprise, peur et soulagement, Ethan inspira plus fort sous le contact de ses doigts sur sa peau, déboussolant alors chaque terminaison nerveuse de son cerveau. Tout le corps de Kaya soignait ses blessures profondes, apaisait son mal-être enfoui en lui avec efficacité. Il se sentait si léger quand elle était près de lui. Tout semblait si facile, si naturel. Tel un Éden qu'il ne voulait plus quitter. Avide, Kaya retira sa main de son torse et s'agrippa à son cou. Ethan tituba un peu sous la force de son geste et sourit à nouveau. Il se baissa légèrement et passa ses mains sous ses fesses pour la soulever et la poser sur le plan de travail de la cuisine. La situation aussi érotique qu'excitante fit monter d'un cran leur désir mutuel. Leurs langues ne se lâchèrent pas. Ethan caressa les courbes dénudées de Kaya lentement, laissant au passage un frisson sur la peau de la jeune femme. Elle posa délicatement ses mains sur ses joues et lui caressa sa barbe de deux jours.

— On se laisse aller, Monsieur Abberline ! Ce n'est pas bien ! Vous avez oublié comment il fallait se raser visiblement.

— J'ai eu deux jours… très difficiles ! lui répondit-il tout en riant contre son nez.

Kaya se mit à rire aussi.

— Mais ça va mieux ?

— Ça va extrêmement mieux ! lui souffla-t-il entre ses lèvres. J'ai une princesse dans mes bras. Toute nue, en plus ! Je suis le plus heureux au monde !

— Tant que ça ?!

— Et plus encore ! Toute à moi !

Il déposa plusieurs baisers sur sa bouche, le sourire lumineux pendu à ses lèvres. Ses mains balayèrent du bout des doigts le sillon de la colonne vertébrale de Kaya, qui se cambra un peu plus et lui offrit ainsi un peu plus sa poitrine. Attirée comme un aimant, la bouche d'Ethan alla agacer le téton déjà saillant de Kaya, stimulée par un désir toujours plus vivace. Elle ferma les yeux, savourant cette caresse buccale telle une douce torture, entre douleur, agacement et excitation lancinante. Lorsqu'il s'attaqua à son autre téton, Kaya s'approcha un peu plus du rebord du plan de travail pour aller un peu plus à son contact. Un besoin piquant, obsédant, désarmant, ne la lâchait pas ; elle devait sentir Ethan de toutes les façons possibles. Un « peau contre peau » insidieux, entêtant, si sensuel qu'elle en trouvait une addiction étrange. Ethan semblait y adhérer aussi, ne pouvant s'empêcher de la lâcher pour mieux l'encercler de ses bras au bout d'un certain temps, comme pour s'assurer qu'elle ne s'éloigne pas de son corps trop longtemps, sous peine de mort instantanée. Pris dans un excès de folie soudaine, Ethan se détacha d'elle et lui prit la main pour qu'elle descende de son perchoir et la conduisit avec empressement vers sa chambre. Sans plus d'égards, il la jeta sur son matelas et s'allongea sur elle. Sa langue pénétra sa bouche avec force et avidité. Son souffle s'accéléra. Ses mains devinrent plus conquérantes. Son exigence à vouloir tout contrôler, tout toucher, tout connaître d'elle donnait une nouvelle impulsion au couple qui ne ménageait maintenant plus son envie de ne faire qu'un. Le téléphone sonna tout à coup, mais aucun des deux ne releva ce détail, bien trop occupés à se perdre dans les gestes de l'autre. Ethan glissa à nouveau sa main sur le sexe de la jeune femme qui s'offrit sans gêne à ses doigts. Son besoin irrépressible d'être comblée une nouvelle fois ne faisait plus de doutes. C'était dingue de désirer autant un homme aussi souvent et pourtant, elle aimait cette idée d'interdit qu'Ethan inspirait plus ou moins volontairement. Rien n'était normal dans le couple qu'ils pouvaient former. Parfois, elle s'en plaignait, de vivre de façon si tordue les choses qu'il lui proposait. Puis d'autres fois, elle les préférait ainsi, comme si finalement il n'y avait que comme ça qu'ils pouvaient s'entendre et fonctionner. Les va-et-vient des doigts d'Ethan en elle la menaient au supplice. L'orgasme n'était plus bien loin, tant son désir ne demandait déjà plus qu'à s'exprimer en un feu d'artifice éclatant. Elle accompagna ses gestes du bassin alors que sa langue s'emmêlait dans celle d'Ethan et que ses mains tenaient son visage en coupe pour être sûres qu'elles le gardent bien auprès d'elle. Ethan voyait déjà des millions d'étoiles, mais ce ne fut rien en comparaison de ce qui l'attendait quand Kaya décida de prendre aussi des initiatives coquines. Avec malice, elle glissa sa main sous son boxer et s'attaqua à son membre durci et impatient. Ethan se mit à gémir sous ses caresses et enfonça en réponse ses doigts plus profonds en elle. Une douce bataille commença, où le vaincu serait aussi frustré de ne pas être exaucé que le vainqueur serait heureux de l'être. Le téléphone sonna une seconde fois, mais aucun des deux ne lâcha pour autant sa prise, bien décidés à avoir le dernier mot. Les mains de Kaya coulissèrent lentement sur son pénis et Ethan lança des jurons, envahi par une vague de bonheur le laissant en équilibre tel un funambule sur le fil du plaisir. S'il tombait, l'orgasme serait fulgurant. Il ne voulait pas sombrer avant d'avoir vu dans les yeux de Kaya le bonheur ultime d'être entre ses mains. Quand le téléphone sonna une troisième fois, tous deux s'interrompirent un instant. Les sonneries résonnèrent à nouveau encore et encore alors que leurs yeux fiévreux ne se lâchaient plus.

— Ça insiste drôlement, tu ne trouves pas ? lui déclara-t-elle alors doucement, intriguée.

— Ça doit être pour me souhaiter la bonne année. Ne fais pas attention.

Impatient, il abattit à nouveau ses lèvres contre celles de Kaya.

Celle-ci se laissa à nouveau aller, heureuse. Retrouver Ethan dans un moment intime avait à la fois quelque chose de familier et de nouveau. Ils commençaient maintenant à bien se comprendre et pourtant, elle savait qu'elle n'était pas encore au bout de ses surprises le concernant. Ils n'avaient pas encore abordé ensemble tous les chemins d'une sexualité à deux et elle savait que leur accord allait débloquer certaines choses à ce niveau-là. Elle était à la fois pressée et inquiète. Une sensation étrange la laissant affreusement agitée sous le corps d'Ethan. Ce dernier laissa un chapelet de baisers dans son cou et descendit vers son ventre. Il retira promptement son boxer et se précipita pour trouver un préservatif dans sa table de chevet. Kaya lui sourit timidement, à présent nerveuse comme si c'était sa première fois, comme si elle pouvait encore se louper et lui déplaire, comme si le plus compliqué restait à venir alors qu'elle n'attendait que ça. Il déchira l'emballage de ses dents et Kaya lui prit des mains pour le lui enfiler. Étonné, Ethan se trouva confus par la dualité du comportement de Kaya, oscillant entre moments de timidité et moments de témérité et de familiarité avec lui. Il aimait ces deux versants d'elle, mais ces moments où elle devenait entreprenante le laissaient pantelant à chaque fois et cette fois encore, il ne pouvait s'empêcher de se sentir embarrassé. Cela devait se voir sur ses joues et pourtant, en la regardant s'appliquer consciencieusement à bien passer le préservatif autour de son membre turgescent, une profonde envie de la posséder le domina. Il se trouvait très gêné sur le moment, mais déterminé comme jamais sur le long terme à vouloir la garder contre lui le plus longtemps possible. Le téléphone sonna à nouveau. Tous deux échangèrent à nouveau un nouveau regard compréhensif sur le sujet. L'insistance en si peu de temps paraissait maintenant lourde. On cherchait à le joindre réellement. Malgré tout, décrocher revenait à mettre en pause, voire annuler la suite de leur câlin puissance dix. Impossible pour les deux de l'envisager. Il fonça sur ses lèvres, pour tenter d'éradiquer cette angoisse lui tenaillant le cœur. S'il décrochait, il savait que ce serait fini. Il avait ce mauvais pressentiment que s'il répondait à cet appel, il la perdrait. Kaya ne le quitta pas des yeux alors que la sonnerie résonnait encore dans l'appartement. Ethan comprit à la lecture de son regard que cet appel cassait maintenant l'ambiance entre eux, qu'elle avait perdu le fil de leur volupté. Il souffla contre son front. Il ne voulait pas la lâcher.

— Ethan, tu devrais répondre. Par acquit de conscience. On sera fixé et on pourra continuer, l'esprit tranquille.

Elle lui offrit un petit sourire, même si le cœur n'y était plus. Son cœur se déchirait aussi un peu à l'idée de cesser ce qu'ils s'étaient promis. Ethan se redressa et passa sa main dans ses cheveux, impuissant. Ses prunelles marron brillaient d'une tristesse sans fin alors que le téléphone venait de cesser de sonner. Cette fin de cacophonie résonnait maintenant comme une ouverture à espérer que cela ne recommence pas. Une pensée qui occupa son esprit comme une prière muette afin de pouvoir enfin profiter de Kaya comme il le souhaiterait, sans être dérangé.

— J'ai tellement envie de toi, Kaya. Je n'ai pas du tout envie de faire la discussion avec qui que ce soit.

— Je sais... murmura-t-elle, en accord avec son état d'esprit. Moi non plus. Mais vérifier qui cherche à te joindre réglera les doutes, non ?

Elle se mit alors à califourchon au-dessus de ses jambes. Elle lui caressa quelques mèches et l'embrassa. Ethan ferma les yeux quelques secondes, humant son odeur et la serrant contre lui.

— Je veux juste être près de toi. Pourquoi m'en empêche-t-on ? lui chuchota-t-il dans son cou. Je ne demande pas grand-chose. Juste un peu de répit.

Kaya lui sourit. Elle se trouva touchée par son attention, par sa douceur et par son besoin d'elle si fort. Elle prit son visage entre ses mains et déposa partout de légers baisers.

— Juste être avec toi... susurra-t-il contre sa bouche, le regard doux et suppliant.

Le téléphone sonna à nouveau et la reprise de leurs caresses cessa. Un accablement mutuel naquit devant la malédiction qui les assaillait. Ethan laissa tomber ses bras dans un soupir las. Kaya le fixait, une grimace embêtée sur le visage. Il déposa un dernier baiser appuyé contre ses lèvres et la bascula contre le matelas. Kaya se mit à rire de son geste plutôt violent, mais montrant bien sa colère sous-jacente à être interrompu.

— Je vais régler ça vite fait ! Compte sur moi ! Je te veux, Kaya, et je t'aurai ! Ils commencent tous à me faire chier ! Bordel !

Kaya se mit à rire. Sa vulgarité était aussi touchante que sa frustration. Il disparut de la chambre et alla décrocher le téléphone posé sur un coin du plan de travail de la cuisine.

— Ouais ! lança-t-il froidement.

— Putain Ethan ! Bon sang ! Où t'étais ? Oliver m'a dit que tu étais rentré !

— Charles, je suis occupé. Qu'est-ce que tu veux ?

Tranquillement, Ethan retourna dans la chambre où Kaya l'attendait.

— Je suis à l'hôpital. Ta mère a fait une crise cardiaque.

— Quoi ?

Il s'arrêta net au milieu de la chambre, tentant de mieux assimiler ce que venait de lui dire son père.

— Désolé de t'annoncer ça comme ça, de but en blanc. Nous étions à table. Ta mère venait de découper un gigot d'agneau et nous venions de rire sur ton absence, plaisantant sur les raisons de ton changement de programme pour les fêtes. Tout semblait... bien aller et tout à coup, elle a perdu son sourire et s'est écroulée de sa chaise.

Ethan alla s'asseoir à côté de Kaya, complètement sonné. Kaya comprit vite à son teint blême que quelque chose n'allait pas.

— J'ai eu le réflexe de vite comprendre ce qui se passait pour prendre les devants et entamer les bons gestes. Ton frère a rapidement appelé l'ambulance.

Ethan put entendre Charles souffler dans le combiné. Il était visiblement éprouvé par les derniers faits de sa soirée.

— Comment va-t-elle ? demanda alors Ethan d'une petite voix.

— Ils sont en train de s'en occuper. Elle est au bloc, je n'en sais pas plus. Nous attendons tous la suite, mais je ne te cache pas que nous sommes tous très inquiets. Ta sœur est en larmes, ton frère silencieux. On a tous eu très peur quand c'est arrivé, et là encore, on ne sait pas ce qu'il va advenir de ta mère.

Ethan expira bruyamment et passa sa main sur son visage.

— OK, j'arrive. Je prends le premier avion pour New York.

— Je suis désolé, Ethan, de gâcher ton Nouvel An.

— Qu'est-ce que tu racontes ? On parle de Cindy !

— Appelle-moi dès que tu arrives à l'aéroport.

— Ouais. Appelle-moi dès que tu as des nouvelles.

Ethan raccrocha et posa ses coudes sur ses genoux. Il laissa tomber sa tête un instant, puis la redressa, comme pris dans un nouvel élan de motivation. Il regarda alors Kaya, silencieuse, à côté de lui. Son air désolé et affligé parla pour lui.

— J'ai compris... On annule, c'est ça ? Ce n'est pas grave ! lui souffla-t-elle alors tout en haussant les épaules, pour ne pas le confondre en reproches inutiles. On aura d'autres occasions.

— Pardon... lui déclara-t-il alors, bouleversé. Je dois partir... de toute urgence.

— Si c'est une urgence, alors pas le choix ! lui répondit-elle avec un petit sourire malgré tout déçu.

Il se leva alors, retira sa capote et enfila son boxer. Kaya le regarda faire en silence. Elle observa alors les draps vides de

l'absence d'Ethan.
Bon... J'ai plus qu'à me rhabiller également.
Ethan alla chercher leurs affaires dans le salon. Il lui jeta ses habits sur le lit alors qu'il enfilait son maillot de corps à la hâte. Kaya regarda son soutien-gorge et sa petite culotte avec dépit. Sans un regard pour elle, il chargea un petit sac d'affaires à la hâte et enfila un jean, une chemise et un pull. Kaya descendit du lit avec lenteur, comme si prendre son temps pouvait retarder l'échéance de leur nouvelle séparation. Elle le vit ensuite quitter la chambre et revenir avec une paire de baskets à la main. Il s'assit alors sur le lit pour les enfiler alors qu'elle boutonnait à présent son pantalon. Leur regard se croisa enfin quand il se redressa après avoir lacé sa seconde chaussure. Kaya cachait difficilement sa déception et Ethan lui attrapa alors la main. En un mouvement rapide, il la bascula sur le matelas et s'allongea sur elle. Il cala son visage dans son cou et la serra fort contre lui.
— Cindy vient de faire une attaque.
— Ta mère adoptive ?
— Oui.
— Merde ! Je suis désolée.
Face à l'inertie d'Ethan montrant combien cette nouvelle pouvait l'éprouver, elle lui caressa les cheveux.
— Ça va aller. Garde espoir.
Il se cala un peu plus contre son cou et huma son odeur, comme pour apaiser ses nouvelles peurs.
— Dis... Tu ne m'oublies pas, hein ? lui dit-il alors pour ne pas se laisser envahir par la panique.
— Ça ne risque pas ! Sauf si on passe une année loin l'un de l'autre ! Là, peut-être, je passerai à autre chose et t'oublierai !
Le visage toujours caché dans son cou, il lui pinça toutefois la taille en réponse. Kaya se tordit en deux en poussant un petit cri de douleur, mais rit de bon cœur devant sa boutade et la réaction

d'Ethan en réponse.

— Appelle-moi dès que tu as des nouvelles ou si tu veux un mot réconfortant ! lui déclara-t-elle finalement plus doucement.

— Un mot ne risque pas de suffire, Princesse. Je veux tellement de choses de ta part...

Toute la peine du monde semblait avoir envahi Ethan. Le sort s'acharnait à lui en faire voir de toutes les couleurs. Outre sa relation si difficile avec Kaya, maintenant il risquait de perdre sa mère adoptive. Il ne pensait pas que la nouvelle l'affecterait à ce point et pourtant, il se sentait très mal tout à coup.

— Allez ! Va ! Je fermerai ton appart. Il y a le double de tes clés quelque part ?

— Dans l'assiette du meuble de l'entrée.

— OK.

— OK.

Ils restèrent ainsi une bonne minute, comme si chacun rechargeait les batteries de l'autre avant de se quitter, comme s'il fallait au moins ça pour se rassurer qu'ensemble, ils pouvaient être forts. Une idée assez étrange alors qu'ils n'étaient même pas en couple et pourtant, chacun trouvait en l'autre un courage insoupçonné. Ethan se redressa au bout d'un certain temps et posa ses lèvres sur les siennes une dernière fois, puis la quitta rapidement. Il n'aimait pas s'épancher dans des adieux et il ne devait pas perdre de temps. Il sortit de la chambre sans un regard de plus. Kaya entendit la porte d'entrée claquer et regarda autour d'elle.

— Merveilleuse nuit.

7

SALAUD

Deux semaines étaient passées depuis son départ. Ethan regardait la neige tomber depuis la fenêtre de la chambre d'hôpital où Cindy se reposait tranquillement. Les docteurs étaient satisfaits de son bon rétablissement. Ils avaient dû déboucher une artère obstruée le soir même de son entrée aux urgences. Par chance, Charles avait eu les bons réflexes pour que la situation ne soit pas plus grave. Ethan regarda Cindy, le teint pâle, mais serein, et se passa les mains sur le visage, exténué par les interminables journées auxquelles il faisait face depuis qu'il était retourné aux États-Unis. Pour soulager ses parents, il avait aidé au bon fonctionnement de la maison avec son frère et sa sœur. Mais il éprouvait un manque qui se résumait en un mot : Kaya. Il ne l'avait pas appelée. Dire qu'il n'avait pas eu le temps serait sans doute exagéré. En réalité, il hésitait à le faire. Il savait que le manque serait encore plus grand, le vide actuel plus vaste, les regrets de leur distance plus durs à accepter s'il venait à la joindre. Il soupira, las. Il était encore trop tôt pour rentrer sur Paris ; Cindy n'était pas encore suffisamment bien remise pour qu'il soit tranquille. Elle sortirait dans les prochains jours de l'hôpital, mais une grosse convalescence l'attendait à la maison et il ne souhaitait pas que Charles s'épuise également en compensant l'inactivité de Cindy. Il administrait Abberline Cosmetics le matin depuis une webcam et Brigitte et Oliver, épaulés d'Abigail, géraient pour lui sur place les choses. Ainsi, il restait à disposition de sa famille l'après-midi.

— Tu sembles bien songeur...

Ethan sourit à sa mère de façon douce.

— As-tu bien dormi ? lui demanda-t-il alors.

— Je n'ai pas les ronflements de ton père pour me bercer, donc je dors moins bien. J'ai hâte de retrouver la maison.

Elle lui sourit alors, comme pour lui montrer que même si le corps ne suivait pas forcément, il lui restait la force de l'esprit.

— C'est juste l'affaire de quelques jours. Tout le monde a hâte que tu reviennes.

— Ah oui ? Toi aussi ?

Ethan grimaça devant le sourire mutin de sa mère aimant jouer avec les sentiments si bien cachés de son fils.

— Je suis contente que tu sois là, continua-t-elle. Je suis désolée malgré tout, car je sais que je perturbe ton travail.

— Ne dis pas n'importe quoi ! ronchonna Ethan. Je passerais pour quoi si je t'ignorais ! Je suis peut-être distant, mais pas complètement insensible et égoïste !

Cindy sourit devant ses mots.

— Non, tu n'es en rien égoïste. C'est même tout l'inverse, même si tu préfères renier ta sensibilité !

Ethan baissa les yeux. Sa fameuse gentillesse qui pouvait le blesser n'était plus un secret depuis longtemps aux yeux de sa mère. C'était une lutte qu'ils connaissaient tous deux. Lui, la repoussant, elle le forçant à garder espoir et vivre tel qu'il était vraiment. On toqua soudain à la porte et Charles entra, accompagné de Claudia et Max.

— Salut la dormeuse ! lança Charles avec un petit sourire taquin.

— Maman, on t'a rapporté de quoi lire ! s'écria Claudia. Max n'était pas d'accord sur le genre. Il voulait t'acheter un thriller, mais je lui ai dit qu'il était hors de question de te causer la moindre frayeur, donc ce sera des romans d'amour ! Voilà !

— Maman n'est pas une femme fragile ! rétorqua Max en marmonnant. Arrêtez deux minutes ! Ce n'est pas un bouquin qui va l'achever, surtout après ce qu'elle vient de supporter ! C'est un dragon !

Ethan tiqua à son dernier mot et se mit à sourire.

Un dragon... qui sent la myrtille ?

— Ça ira très bien, merci ! déclara Cindy, reconnaissante et attendrie par l'amour de ses deux enfants.

Claudia posa les livres sur la table de chevet et alla directement s'asseoir sur les genoux d'Ethan qui s'exaspéra de son côté sans-gêne habituel avec lui.

— De quoi parliez-vous ? demanda alors Charles, curieux de voir Ethan silencieux depuis leur arrivée.

— Rien de particulier ! lança un peu trop vite Ethan, tandis que les lèvres de Charles s'étirèrent devant les mystères habituels de son fils.

— Maman, ton fils a la tête ailleurs depuis quelque temps ! déclara Max, taquin. Il n'écoute qu'à moitié ce qu'on lui dit à la maison.

Cindy regarda alors Ethan attentivement.

— Si tu dois rentrer en France, va, je te dis ! Je vais mieux. Ton frère et ta sœur sont là, tu sais.

— Non, ça va. Je vous assure qu'il n'y a pas de souci. Je gère ! répondit Ethan, lui-même à moitié convaincu, alors qu'il venait à repenser à l'absence de Kaya.

— Ton boulot ne peut pas être retardé indéfiniment, ajouta Charles. Si ça te tracasse, retournes-y.

— Oui, rien ne t'empêche de revenir d'ici une semaine, dix jours ! rétorqua Claudia tout en se tournant vers lui.

— Le boulot va bien. Ce n'est pas un problème. C'est juste que... non, laissez tomber ! Ce n'est rien, je vous assure...

Toute la famille fixa alors Ethan, plus qu'intriguée.

— Ethan, dis-nous ce qui te tracasse... annonça alors Cindy, inquiète. Ne tente pas de me ménager si c'est pour que toi, de ton côté, tu ne sois pas bien.

Ethan s'appuya un peu plus sur le dossier de sa chaise, voyant déjà le complot familial naître contre lui pour qu'il parle. C'était toujours ainsi. Ils s'alliaient tous pour qu'il crache le morceau.

— Je vous dis que tout va bien ! Passons à autre chose !

Le téléphone d'Ethan vibra alors et une sonnerie courte retentit. Il regarda machinalement son écran et blêmit en voyant le nom de l'expéditeur.

Kaya...

Elle venait de lui envoyer un second SMS. Le premier était il y a une semaine et il n'y avait pas répondu. S'ils commençaient à échanger ensemble, son besoin de l'avoir près de lui serait trop vivace. Son cœur faisait déjà des bonds énormes dans sa poitrine avec seulement un SMS. Qu'en serait-il s'il entendait sa voix, si elle venait à exprimer ses envies, ses manques ?

Je dois tenir bon...

Incertain toutefois de faire le bon choix, il reposa lentement le téléphone sur la table de chevet, ne voulant pas ouvrir l'objet de la tentation et lire le contenu de tous ses supplices.

— Tu tires une de ces têtes ! lâcha alors Claudia. On dirait que tu as vu un fantôme.

Ethan balaya la chambre du regard, voulant se montrer rassurant auprès de sa famille, mais tout son corps s'agitait intérieurement. Kaya voulait de ses nouvelles. Était-elle en colère de son silence ? Lui manquait-elle ? Elle pouvait aussi lui annoncer la fin de leur accord.

Elle a peut-être trouvé un autre homme en deux semaines.

Une drôle d'angoisse lui serra la gorge. Il ne parvenait pas à la réprimer. L'idée même que tout s'achève entre eux le terrassait à présent. Elle lui manquait maintenant énormément. Il voulait repousser ce besoin loin dans son esprit, mais un seul SMS venait de lui dire qu'il n'était rien sans cette femme, qu'elle était son jour et sa nuit, qu'elle était un maillon essentiel à son bien-être, bien au-delà d'un accord. Il avait besoin de la voir. Immédiatement. C'était pressant, irrationnel. Son cœur la réclamait. C'était tellement évident. Il suffoquait presque de ne pas être auprès d'elle. Il avait besoin de respirer son air et son parfum d'abricot pour s'apaiser.

Même la myrtille ou le kiwi feraient l'affaire !

— Tu es sûr que tout va bien ? demanda Charles devant son silence. Tu devrais peut-être répondre. Ne te gêne pas pour nous.

— Non, ça... peut attendre.

Son cœur se déchirait sur cette éventualité de devoir encore attendre, de devoir perdre encore du temps loin d'elle, mais il n'avait pas le choix. Cindy devait rester sa priorité. S'il venait à voir Kaya, tout le reste pourrait vite devenir secondaire. Il pourrait perdre toute notion de temps et des priorités dans son sourire. Il serra la mâchoire, frustré d'être pris en étau entre sa raison et ses sentiments. Plus son cœur montrait des signes d'impatience à ne pas la revoir, plus sa raison mettait un veto sur celui-ci, et plus il en souffrait.

— Appelle-la ! déclara alors Cindy.

Ethan braqua instantanément ses yeux sur sa mère, incertain d'avoir bien compris ce qu'elle venait de dire.

— Appelle-la ! répéta-t-elle avec un petit sourire.

Ethan ouvrit la bouche pour répondre, mais ne trouva rien à dire de sensé.

— Appeler qui ? demanda alors Claudia, aussi interloquée que Charles et Max.

— Personne ! répondit hâtivement Ethan. Personne.

Il baissa les yeux, sentant bien que son attitude n'avait rien de normal. Cindy soupira, comprenant bien qu'elle avait visé juste et que leur discussion de Noël restait une discussion encore timide à ses yeux.

— Aurais-tu rencontré quelqu'un ? demanda alors Charles, intrigué, mais prudent.

Ethan l'observa, perdu dans ce qu'il pouvait répondre pour nier.

— Ethan, fit alors Cindy, appelle-la. Si ce n'est pas pour toi, fais-le pour la rassurer. Tu étais avec elle le soir du Nouvel An, non ? C'est pour elle que tu es resté à Paris, n'est-ce pas ?

Ethan regarda sa mère avec tristesse.

— Oui... lâcha-t-il comme si le besoin d'évacuer ses secrets devenait urgent à présent.

— Alors, ne repousse pas son intérêt pour toi et appelle-la.

— Est-ce qu'on peut m'expliquer ? hurla Claudia.

— Donne-lui des nouvelles, répondit calmement Cindy tout en ignorant l'agacement de Claudia. Peut-être qu'elle a besoin de toi, qu'elle a besoin de ton épaule.

Cindy lui sourit alors. Ethan comprit vite qu'elle faisait référence à leur discussion sur l'importance du statut de confident dans une relation. Il réalisa qu'il avait été égoïste. Il n'avait pensé qu'à ses propres douleurs sans penser aux siennes. Effectivement, peut-être que Kaya l'appelait non pas pour lui, mais pour elle, pour qu'il la console. Rejeter son appel, c'était nier leur contrat, leur accord. Il manquait à ses engagements de la consoler si elle en ressentait le besoin.

— Tu as peut-être raison. C'est juste que...

— Ça te fera du bien. Le manque est douloureux, mais la moindre parcelle de bonheur adoucit ce vide.

— Mais bon sang ! Quelqu'un va m'expliquer ? s'énerva

Claudia. De qui parlez-vous ?

Ethan baissa les yeux.

— Je ne sais pas ! s'amusa enfin à répondre sa mère. Je ne sais pas qui c'est.

Claudia, Max et Charles l'observèrent, perplexes. Elle savait quelque chose, mais rien en même temps ? Charles fixa alors Ethan.

— Tu as une petite amie ?

— Ce n'est pas ma petite amie.

— Mais c'est une nana qui te plaît ? ajouta Max pour confirmer.

Ethan souffla et secoua sa tête de façon embarrassée.

— Elle s'appelle Kaya.

— Joli prénom ! commenta Cindy, de plus en plus guillerette à l'idée d'en savoir plus sur cette femme mystère.

— Ce n'est pas ta petite amie, mais tu aimerais bien qu'elle le soit ? continua calmement Charles, toujours prudent dans son indiscrétion.

— C'est plus compliqué que ça… murmura Ethan.

— Tu couches avec elle ? demanda Max avec un sourire complice.

Ethan le fixa, gêné comme jamais, alors que d'ordinaire, il ne cachait rien de son statut d'homme à femmes.

— Eh bien, en fait…

— C'est du sexfriend, on a compris ! conclut Claudia en haussant les épaules, comme si c'était un acte normal, évident de nos jours.

— On n'est pas amis ! rétorqua Ethan, las et embarrassé. En fait, c'est tout l'inverse même. Elle est mon ennemie.

Il se mit alors à sourire de façon énigmatique, mélange de tendresse et de regrets, en pensant à leurs douces batailles pour faire plier l'autre. Toute la famille le contempla sans comprendre

quelle relation il pouvait entretenir avec cette fille.
— Attends ! récapitula Max. Depuis tout à l'heure, tu es en train de nous dire que cette femme, ton ennemie, te manque ? Je ne comprends plus rien... Quand on n'aime pas quelqu'un, on est heureux qu'il soit loin de soi, non ?
— Je vous ai dit que c'était compliqué.
— Bah explique ! s'agaça Claudia. Elle est qui pour toi ?
Il regarda Claudia, puis se mit à sourire.
— Ma princesse.
Puis il éclata de rire devant le regard complètement perdu de sa petite sœur.
— Ne te fous pas de moi ! cria Claudia en le frappant.
Ce dernier rit alors de plus belle.
— Mais c'est la vérité. Je ne mens pas !
— Tu as l'air d'avoir rencontré une femme bien intrigante ! constata Charles, heureux de voir son fils séduit par une femme au-delà d'un simple plan cul.
Ethan regarda alors furtivement son téléphone posé sur la table de chevet.
— Oui, Kaya est un vrai mystère pour moi. J'essaie de percer ses codes, de comprendre son fonctionnement, de déstabiliser ses convictions et au final, c'est moi qui perds le contrôle.
Il laissa tomber sa tête en avant, dans un geste désespéré, et lâcha un râle d'agacement. Un long silence s'installa dans la chambre.
— Appelle-la ! répéta alors Cindy. Si tu en éprouves le besoin, ne te retiens pas.
Ethan regarda un point au sol, sans tenir vraiment compte des directives de sa mère.
— Je lui ai demandé qu'elle me console... pensez-vous que je suis devenu fou ?
Tous écarquillèrent les yeux face à sa révélation et à son regard

complètement perdu.

— T'es sérieux ? demanda Claudia.

Il fixa Claudia d'un air désolé.

— Je sais, c'est complètement dingue, assurément surprenant de ma part... mais je n'ai pas trouvé autre chose pour l'approcher et...

— T'es amoureux ?! fit alors Max. Noooon ! Mais oui, c'est clair ! C'est bien la première fois que je te vois si troublé par une meuf !

— C'n'est pas... de l'amour ! Enfin, je ne sais pas... Je ne sais plus vraiment ce que je dois ressentir pour elle. Des fois, je me dis que oui, c'est ça, et d'autres fois, juste que je suis perdu dans mes sentiments.

Un sourire éclatant se dessina sur le visage de Max.

— Mon frère a le béguin pour une fille ! Pas possible !

Cindy et Charles se regardèrent alors, tout aussi surpris par cette éventualité.

— Ne dis pas de bêtises ! protesta Claudia. Il te dit qu'il n'est pas certain de ce qu'il ressent ! C'est sans doute juste une passade, due à la nouveauté !

— Tu souhaites te rapprocher de cette femme plus intimement ? s'assura alors Charles, vraiment étonné de sa démarche.

Ethan se tritura les doigts. Le poids de Claudia sur ses genoux l'étouffait à présent. Il se sentait oppressé aussi bien par toutes leurs questions que par la réflexion à mener pour leur donner une réponse pertinente à ce qu'il ressentait.

— Ce qu'il se passe entre elle et moi n'a rien d'une future annonce de mariage de toute façon ! Ne voyez pas une merveilleuse idylle de conte de fées là où il n'y en a pas ! Donc, remballez votre marchandise ! J'ai signé un contrat avec elle et il n'y a rien d'autre qu'un accord entre deux personnes majeures !

Ce n'est qu'une relation pragmatique ! Voilà. C'est... comme d'habitude ! Qu'une relation « pratique ».

— T'as signé un contrat avec elle ? fit répéter Max, incrédule sur le micmac pour en arriver là. Pour coucher ensemble ? Pour qu'elle te console comme toi, tu vois le mot « consolation » ? Alors que c'est ton ennemie ?

Ethan soupira. Plus il parlait, plus il s'enfonçait dans ses explications pour le moins tordues. Cindy lança un regard complice à Charles qui lui sourit. Ethan rougissait. Il était gêné. Autant de réactions bien rares chez lui pour que cela ne reste anodin et les oblige à croire que les mots d'Ethan ne dévoilaient qu'une parcelle de ce qu'il pensait vraiment de cette relation. Comme d'habitude, Ethan se rattachait à ses convictions quand il partait sur un terrain glissant. Nier l'affect pour ne pas souffrir.

— Dis-lui de venir quand même ici ! proposa alors Charles avec bienveillance.

— Quoi ? Certainement pas ! se leva alors Ethan d'un bond, tout en soulevant Claudia et l'éjectant de ses genoux. Cindy est malade. On est sa priorité. Je ne vais pas faire venir quelqu'un à la maison alors qu'elle est en pleine convalescence ! Ce serait irrespectueux de présenter Cindy dans ces conditions !

— Ne te fâche pas ! Pourquoi tu t'agaces ? Ta mère a été la première à te le proposer.

Ethan souffla. Il n'aimait pas la tournure de cette discussion. La faire venir ici, c'était avouer que leur relation avait un caractère plus important à ses yeux qu'il ne le disait. Il ne voulait pas cela. Cindy et Charles étaient les champions de la psychanalyse et ils étaient capables de retourner leur relation en rencontre de deux âmes sœurs se jurant amour et fidélité pour toute une vie. Charles pinça ses lèvres devant son refus obstiné, comme s'il voyait un gamin capricieux.

— Ethan, Charles a raison.

Ethan regarda alors sa mère et souffla à nouveau devant leur entêtement.

— Fais-la venir. Je vais bien. Tout le monde est là pour aider aux bonnes tâches de la maison et tu veux la voir, non ?

Ethan tiqua. Il voulait la voir. C'était certain. Comme l'eau faisait pousser les plantes. Il avait besoin de ressentir Kaya contre lui ; elle faisait pousser la vie en lui.

— Ce n'est pas ma petite amie ! insista-t-il sévèrement, comme s'ils voyaient tous la rencontre du siècle avec sa fiancée.

— Et alors ? fit Max. Moi, ça m'intrigue. Tu ne la vois pas comme une girlfriend, mais tu as en tout cas un comportement louche avec elle quand même. Tu sembles y être attaché. Je veux comprendre pourquoi !

Ethan leva les yeux et s'attrapa les cheveux, comme s'il plaidait pour une cause perdue. Plus il tenterait de les dissuader de leur idée, plus il renforcerait leur conviction sur ses sentiments pour elle qu'il niait farouchement. Charles hocha de la tête et Claudia se tut. Cindy lui sourit.

— Ethan, viens là.

Ethan soupira, déjà vaincu dans cette bataille impossible contre sa famille. Il s'approcha du lit. Cindy lui attrapa la main délicatement.

— Tout va bien. Ne recule pas. Ne doute pas. Pense à toi, à ton besoin, et appelle-la !

Assis en tailleur au sol, il loucha sur sa main fébrile. Il avait peine à pianoter sur son téléphone portable. Il n'avait pas répondu à ses SMS et n'avait pas écouté sa mère non plus sur le moment. Comme une forme de protestation ultime contre ses parents afin d'avoir le dernier mot, il n'avait pas obéi et avait attendu encore une semaine avant de se décider enfin à l'appeler. Ethan avait hésité. Longtemps. Il avait tourné en rond, inlassablement. Le manque était présent, douloureux, mais la raison pouvait être bien plus forte quand il trouvait des excuses auxquelles se rattacher pour fuir ses sentiments, pour ne pas les montrer aux autres. Tout devenait tellement plus simple : ne pas écouter les conseils de ses parents tel l'ado rebelle qu'il était autrefois, préférer favoriser le bon rétablissement de sa mère plutôt que soulager ses propres douleurs, se dire qu'il rentrerait prochainement sur Paris, se conforter en se disant que la journée avait été compliquée. Pourtant, aujourd'hui, il ne tenait plus. Son corps entier réclamait Kaya. Il avait besoin de se rassurer sur leur relation malgré la distance. Jouer aux abonnés absents n'était plus possible, car lui-même était en train de devenir dingue. Il ne savait même pas quoi lui dire pour se faire pardonner. Peu importait. Il devait l'entendre. Sa poitrine s'affolait maintenant. Le numéro de Kaya était maintenant composé et les secondes les séparant étaient en train de s'égrainer entre joie, angoisse, doute et soulagement jusqu'à ce qu'il puisse entendre distinctement le bruit de l'appareil qu'on décroche.

— Hello Princesse ! dit-il alors, hésitant, mais avec un petit sourire, heureux enfin de la retrouver malgré l'angoisse de sa réaction.

Un silence de quelques secondes s'écoula. Il regarda l'écran de son téléphone un instant, doutant alors d'avoir fait les bons gestes la menant à elle. Un soupir atteignit son oreille finalement.

— N'est pas disponible pour le moment. À trois heures du matin, est en train de dormir. Merci de rappeler à une heure adéquate. N'est plus à une demi-journée près maintenant, pour parler à un connard.

Ethan entendit alors le bip typique indiquant qu'on venait de raccrocher. Il sourit. Il aurait pu se vexer, mais il la reconnaissait cependant bien là, toujours à l'envoyer bouler quand elle était fâchée.

Putain ! Que c'est bon de t'entendre, Kaya !

Elle était sans doute blessée par son absence de réponses ou de nouvelles depuis son départ. Si le cas inverse s'était produit, si cela avait été elle qui l'avait ignoré pendant trois semaines, il l'aurait sans doute pourrie au téléphone également. Pourtant, seul le plaisir de retrouver leurs petites batailles lui restait en tête. Il recomposa donc le numéro.

Comme à chaque fois qu'elle le repoussait, il insistait. Il savait qu'elle l'attendait pour entamer vraiment les hostilités. Ce premier appel n'était que les salutations de rigueur entre eux. De toute façon, il était trop tard pour reculer. L'appeler à trois heures du mat' n'était pas la chose la plus judicieuse qu'il ait eue. Aux USA, il n'était que vingt-et-une heures et il n'avait pas pensé au décalage horaire. Mais peu importait maintenant ! Elle était réveillée et tout ce qui comptait à présent était de l'entendre à nouveau. Comment pouvait-elle lui manquer à ce point ? Croire qu'il pouvait passer ce séjour aux USA en se privant d'elle était une hérésie. Il avait essayé de s'y résoudre, mais finalement ses journées devenaient interminables, sans saveur. Il lui manquait ce grain de folie, ce défi permanent, cette aventure qu'elle pouvait insuffler dans son quotidien. Sa famille ne suffisait pas à masquer son ennui. Il aidait comme il pouvait, mais les faits étaient là : elle n'était pas là. Sa simple présence lui manquait. Il n'avait plus la possibilité de l'embêter à volonté, de venir à l'improviste ou la forcer à faire ce qu'elle ne voulait pas. Il ne pouvait plus la voir souffler, râler, croiser les bras ou le fusiller du regard. Il la cherchait inconsciemment. Le moindre mot, la moindre situation vécue avec elle revenait en écho dans son quotidien américain et ne faisait que confirmer sa douloureuse absence. Entendre sa voix quelques secondes après ce premier appel était une délivrance sans nom. Il se sentait paradoxalement apaisé et excité. Comme l'avait prédit Cindy, cela comblait une parcelle de vide malgré tout. Ce qu'il redoutait depuis trois semaines se manifestait par tous les pores de sa peau : il la désirait contre lui, sans commune mesure. C'était évident. C'était indéfinissable. Il compta les bips la ramenant à lui jusqu'à ce qu'elle décroche. Sans réelle surprise, il tomba sur le répondeur.

Tu veux me faire payer mon silence, Princesse ?

Il se passa la main sur le visage et se frotta la tignasse, amusé. C'était une guerre qu'il aimait mener. Un combat qui lui coûtait beaucoup pour sa fierté, mais qui, en même temps, lui rappelait combien il se sentait vivant avec elle. Il regarda à nouveau son écran et sourit tendrement. Son cœur battait la chamade et se languissait d'elle comme jamais. Il connaissait son numéro par cœur maintenant. Cette troisième tentative avait un goût de doute qu'il voulait repousser tant bien que mal. Retenir chaque chiffre que composait son numéro d'appel l'aidait à croire qu'il ne la perdrait pas. Il appuya avec impatience sur le combiné vert sur son écran une nouvelle fois.

Kaya, ne me fais pas trop languir, s'il te plaît ! Je n'en peux plus !

Les bips retentirent encore. Kaya était partagée entre l'envie irrépressible de lui répondre et celui de l'envoyer vraiment promener. Trois semaines durant lesquelles elle attendait d'entendre sa voix ou d'avoir un minimum de nouvelles de sa part. Trois semaines durant lesquelles elle s'impatientait, feignant l'indifférence de prime abord alors que toute sa raison brûlait d'exaspération. Trois semaines durant lesquelles elle ne se reconnaissait plus. Elle avait fini par identifier ce mal durant tout ce temps : elle avait vécu les mêmes avec Adam, quand ils avaient commencé à sortir ensemble au lycée. Stress, angoisse, excitation, déception, folie. Elle passait d'une humeur à une autre en un quart de seconde et tout ça à cause d'une seule et même personne, cette même personne qui obnubilait son esprit : Ethan. Elle ne voulait se résoudre à croire que ce qui se passait avec Ethan était comme ce qu'elle avait vécu avec Adam, ni même qu'ils étaient à un stade de flirt ou quoi que ce soit y ressemblant. Pourtant, devant cette sonnerie, elle était à la fois hyper heureuse, chose qu'elle avait du mal à admettre, et très en colère d'avoir été ignorée pendant ces trois foutues dernières semaines. Elle restait à fleur de peau d'avoir son cœur et sa raison à la merci de cet homme.

Quelle excuse bidon vas-tu me sortir, Ethan ?

Elle pesta un bon coup. Elle se sentait de plus en plus en rogne, à l'idée de se voir si affectée d'avoir été délaissée.

Il ne peut pas me manquer ! Il ne peut pas me manquer, merde !

Elle s'enfouit alors sous ses couvertures.

Ne pas se laisser submerger par de fausses émotions. C'est un connard ! Il joue avec tes nerfs depuis le début, Kaya ! Ne te laisse pas avoir. Trois semaines ! Il t'a ignoré pendant trois semaines ! Il n'y a rien de sérieux entre nous ! Tu aimes Adam !

Quand la sonnerie du téléphone se tut, un pincement étreignit son cœur. C'était peut-être la seule chance qu'elle avait de l'entendre. Agacée, elle jeta son oreiller, loin de son lit.

Il m'éneeeerve !

Elle s'attrapa la tignasse et grogna, puis secoua ses jambes de haut en bas pour passer ses nerfs.

Comment un homme peut-il me mettre dans un état pareil ? Ce n'est pas possible. Pourquoi l'ai-je rencontré ?!

Elle regarda alors le cadre à côté d'elle où Adam la tenait dans ses bras

— Il te surpasse de large, tu sais… Tu pouvais m'énerver, mais lui, c'est au-delà de l'imaginable.

Elle toucha du bout du doigt le visage d'Adam sur la photo.

Adam avait un pouvoir apaisant sur elle. Il lui suffisait de le voir lui sourire pour que sa sérénité revienne. Pourtant, quand la sonnerie de son téléphone retentit une nouvelle fois, son calme s'évapora instantanément et la panique prit place. Adam s'effaça instantanément de son esprit et son attention dévia vers le téléphone maudit. Elle le fixa avec insistance avant de l'attraper et voir que l'écran illuminé indiquait « M. Connard » dessus.

Répondre ou ne pas répondre...

Elle soupira. De toute façon, elle était réveillée maintenant.

J'ai besoin de l'entendre... c'est vraiment con. Je suis vraiment un cas désespéré de masochisme. Il me manque...

Elle décrocha alors à la hâte.

— Trois semaines ! Monsieur se décide après trois semaines ! Je serai curieuse de savoir quel a été l'élément déclencheur qui t'a fait dire : « Tiens ! Et si je l'appelais ?! »

Ethan inspira fortement. L'entendre à nouveau était comme un bol d'air frais traversant ses narines. Il ferma les yeux un instant pour savourer la douce mélodie de sa voix lui criant dessus.

— Et en plus, tu oses me dire avant de partir : « Ne m'oublie pas ! ». T'es pas gonflé ! Et ne me dis pas que tu ne sais pas écrire des SMS, sinon je te tue si je te croise !

Ethan rouvrit les yeux et sourit. Un bonheur divin lui traversait les oreilles. Elle le pourrissait comme jamais à travers le combiné, mais il était heureux. N'importe qui d'autre aurait trouvé son ton en réponse trop sévère ou aurait opté pour la coupure de l'appel pour ne plus entendre cette furie, mais avec elle, chaque seconde, même les plus vindicatives qui soient, trouvait un écho charmant à ses oreilles.

— Alors ? fit-elle, remontée comme un coucou. Je t'écoute ? Quelle excuse vas-tu me sortir ?

— Attends... je réfléchis ! lui dit-il calmement.

Il put l'entendre alors s'offusquer à travers le téléphone et s'agiter. Il sourit de plus belle.

— Je sais ! L'envie de réveiller mon souffre-douleur préféré à une heure indue de la nuit ? Mmmh... Juste savoir si tu as changé ton shampooing ? Le besoin de me faire traiter de connard ? Qui sait ?

Ethan n'eut pour réponse qu'un long silence, mais il la devinait déjà en train de fulminer et de bouffer son poing, faute de pouvoir le lui coller contre son épaule.

— ... ou peut-être simplement parce que tu me manquais trop... finit-il par dire plus doucement et sincèrement.

Kaya perdit ses mots dans sa gorge. Elle ne s'attendait pas à une si intime déclaration et se sentit rougir tout à coup. Un coup de chaud la saisit au point qu'elle ressentit la nécessité de bouger et calmer l'inconfort dans lequel il la mettait. C'était une réponse à connotation très personnelle et surtout peu habituelle chez lui. Paradoxalement, elle avait souhaité ces mots, mais refusait maintenant de les accepter, d'admettre qu'ils existaient bien et lui étaient réellement destinés. Les entendre, c'était faire ses mots siens. C'était dire qu'elle consentait à croire qu'il était sincère et qu'il éprouvait finalement des sentiments pour elle. Or leur deal avait toujours été « pas de sentiments ». Elle se racla la gorge, gênée. Ethan sentit immédiatement le malaise entre eux. Elle ne savait pas quoi répondre. Il la mettait devant un fait non réciproque à en juger par son attitude tout à coup plus distante.

— Je rigole ! lança-t-il alors, amusé. Tu ne crois quand même pas deux secondes que tes coups de poing pourraient me manquer ? Faudrait être complètement allumé pour apprécier de se faire frapper.

À présent surprise, la gêne fit place à la déception puis à l'énervement. Il jouait encore avec ses nerfs.

— Connard ! vociféra-t-elle entre ses dents.

— Oui, je sais. La seule raison à mon appel était que je voulais juste te rendre un peu chèvre et voir comment tu allais réagir à mon silence. Et je suis content. Trois semaines ont suffi pour te rendre folle de moi. Je vois que je t'ai bien manqué et ça n'a pas de prix ! J'ai réussi à me rendre indispensable à ton équilibre ! Moi, le pire connard au monde ! Celui que tu détestes le plus ! J'augmente la probabilité que l'on soit encore ensemble l'an prochain ! Vivement qu'on se retrouve. Je n'ose imaginer comment tu vas me sauter dans les bras et me faire plein de choses coq...

Un bip retentit dans le téléphone d'Ethan. Puis un autre.

— Allo ? fit-il, incertain.

Le silence de Kaya remplacé par de nouveaux bips confirma qu'elle avait raccroché. Il regarda son téléphone d'un air ahuri, avant de se mettre à rire. Il avait poussé le bouchon loin, mais il était heureux comme jamais. C'était divin. Une sensation d'apesanteur le parcourait et tous ses soucis s'envolaient d'un seul coup, rien qu'avec ce coup de fil. Il l'avait fâchée, mais ne s'agaça pas. Elle l'avait fait taire en raccrochant, mais il en riait plutôt qu'il s'en vexait. Il savait qu'il allait la reconquérir derrière. Peu importaient les moyens, le temps qu'il faudrait pour parvenir à la faire plier ; c'était le jeu. Il pianota un SMS avec un sourire conquis qu'il n'arrivait pas à décrocher de son visage.

Dim.25 Janv.2015 21:12, Ethan
Arrête de faire du boudin. Je te charrie. Ça, par contre, ça m'a vraiment manqué ! J'avais besoin de ma dose ! Faute avouée, à moitié pardonnée, non ? Je peux te rappeler ?

Ethan attendit plusieurs minutes, mais Kaya ne répondit pas. Il souffla pour la forme et reprit son clavier.

Dim.25 Janv.2015 21:25, Ethan
Kaya, tu ne me feras pas croire que tu dors. Je suis sûr que je t'ai bien énervée et que tu es incapable de fermer l'œil à présent, donc parlons un peu tous les deux. S'il te plaît. Je suis content de t'entendre.

Kaya jeta son téléphone sur le lit et cria de rage. Il n'y avait pas de type plus agaçant que lui. Et le pire était qu'il tapait toujours dans le mille. Comment arriver à dormir après avoir eu de telles remarques ? Il la connaissait tellement bien à présent que cela en devenait déconcertant. Combien de fois allait-il encore insister jusqu'à ce qu'elle lui dise « OK, appelle ! » ? Elle savait qu'ils y passeraient la nuit, aussi têtus l'un que l'autre dans leurs objectifs. Elle relut son SMS et sourit.

Moi aussi je suis contente de t'entendre, idiot.

Lun.26 Janv.2015 3:30, Kaya
OK, appelle. Et j'attends tes excuses. Sinon, tu auras perdu ta seule chance de me revoir.

Kaya envoya son SMS avec un air déterminé.

Tu ne me la feras pas à l'envers, Ethan ! Moi aussi, je peux dominer la situation. Non, mais !

Ethan reçut le SMS et se mit à rire. Il se pinça les lèvres et composa le numéro à la hâte. Très rapidement, Kaya décrocha.

— Connard... déclara-t-elle alors doucement, comme seule introduction qu'elle trouva à dire à son appel.

Ethan, toujours assis au sol dans sa chambre, s'allongea et regarda le plafond, soulagé.

— Pardon. J'aurais dû t'appeler avant.

Bizarrement, Kaya se sentit touchée par ses mots, au point qu'un sanglot lui prit la gorge. Elle se rendit compte qu'elle avait vraiment besoin de l'entendre, de se rassurer et qu'il lui manquait réellement. Elle inspira un bon coup pour ne pas se laisser prendre par ses larmes et lui montrer un signe de faiblesse.

— Je te déteste ! lui dit-elle alors doucement.

Ce n'était pas forcément ce qu'elle ressentait, mais elle ne trouva que ça à dire tellement elle s'en voulait d'être si sensible à ses paroles, qu'il ait à présent autant d'impact sur ses réactions.

— Tu me détestes parce que je t'ai manqué ? lui demanda-t-il avec malice, mais tendrement.

Kaya caressa le coin de son oreiller et sourit.

— Parce que t'es un connard qui m'a ignorée pendant trois semaines.

Ethan se mit à sourire, se releva et attrapa son oreiller sur son lit puis le glissa sous sa tête.

— Ça va mieux maintenant que tu m'as dit tous tes mots affectueux habituels ?

— Oui... ça commençait à devenir lourd dans ma bouche.

— J'aurais bien aimé te les extirper d'une autre manière. Par exemple, avec ma langue, mais elle n'est pas assez longue pour traverser l'Atlantique.

Kaya pouffa en s'imaginant la taille de sa langue.

Ethan, le pire serpent à la langue fourchue au monde !

— Heureusement qu'elle est courte alors. Mon intégrité buccale est sauve. Mon Dieu ! Quelle horreur, sinon !

— Le reste l'est aussi ? se hasarda-t-il sur un ton joueur. Il n'y a pas un salaud qui est venu remplacer ton connard attitré ? On m'a dit que les salauds avaient la côte en ce moment.

— Non, un connard, c'est déjà bien suffisant ! Il me prend déjà assez bien la tête comme ça. Tu te rends compte, il va même jusqu'à m'appeler en pleine nuit, en insistant jusqu'à ce que je décroche ! Si ce n'est pas un connard vicieux, perfide, sans scrupules !

— Oui, tu as raison... répondit-il en riant. Quel enfoiré ! Je pense que tu devrais lui dire le fond de ta pensée de vive voix, devant lui, et lui coller la raclée de sa vie !

— Je le ferai quand il daignera rentrer à Paris. Compte sur moi !

— Et pourquoi tu n'irais pas plutôt le rejoindre aux USA ?

Le manque d'air se fit ressentir tout à coup dans la poitrine de Kaya. Elle resta muette un instant, se demandant si elle devait vraiment prendre cette remarque comme une proposition intéressée ou pas.

Non, il est sérieux !

— Je n'ai pas d'argent ni de passeport.

— Les billets, ton enfoiré de connard peut te les payer. Et sa secrétaire peut faire passer ta demande de passeport en demande professionnelle pour accélérer la démarche.

— Je lui dois déjà beaucoup d'argent. Je ne vais pas augmenter ma dette déjà énorme.

— Mmmh... Dans ce cas, on a qu'à dire que c'est un cas exceptionnel, déterminant, dans la bonne conduite d'un contrat passé entre deux personnes... Exigence professionnelle en quelque sorte !

Kaya resta silencieuse, gênée d'être encore une source de dépenses dont il n'avait pas besoin.

— Kaya, je ne sais pas encore quand je pourrai rentrer... continua Ethan doucement, devant son hésitation indéniable.

— Je ne peux pas lâcher mon boulot... souffla-t-elle alors, affectée par ses envies contradictoires.

Il se mit à rire.

— Tu crois ? Tu veux que je t'aide à le quitter ?

— Ethan ! gronda-t-elle, devinant vite de quelle manière il comptait s'y prendre. Je ne rigole pas !

— Moi non plus ! Je suis très sérieux ! Lâche ton boulot et

viens ! Tu en chercheras un nouveau en rentrant.

— Non, mais tu crois que c'est facile de vivre avec des demi-paies depuis deux mois ? C'est certain ! Tous les petits boulots me tendent les bras !

— Mais on s'en fout ! Tu es avec moi, donc pas de soucis de bouffe, de loyer et autres conneries ! Kaya, les dettes que tu me dois peuvent attendre.

Il se redressa et courba son dos. Il se frotta alors l'arête du nez.

— J'ai besoin de tes bras, Kaya. Et s'il faut te prendre en charge pour cela, alors ça me va. Ça ne me gêne pas. Mes bras ne te manquent pas un peu ? Même pas une infinitésimale envie de moi ?

Kaya secoua la tête. Il jouait sur sa sensibilité, sur son côté tendre et séducteur, pour la faire plier. Il lui renvoyait la balle, cherchant à percer les secrets de son cœur et les faire parler pour elle. La proposition d'Ethan était tentante. Trop. Mais elle restait déraisonnable. Son cœur voulait déjà être là-bas avec lui. Elle souhaitait ses bras autant que lui être dans les siens.

Ethan, pourquoi faut-il que tu insistes tout le temps ?

— Je n'ai jamais pris l'avion et je ne parle pas un seul mot d'anglais ! Je vais me perdre dans l'aéroport ! tenta-t-elle de se justifier pour repousser elle-même l'inéluctable issue de cette discussion.

— Tu verras, c'est cool. Tu suis le troupeau. Je te récupérerai à l'arrivée. Promis !

Kaya soupira, hésitante.

— S'il te plaît, Kaya... Mes lèvres sont violettes et il fait très froid chez moi ! Il me faut mon baume pour me réchauffer !

L'insistance d'Ethan était la pire torture qui soit pour Kaya. Elle gémit, se sachant déjà perdue. Il appuyait à chaque fois là où elle était le plus sensible.

— OK ! lança-t-elle, vaincue.

— Oui ?
— Oui ! répéta-t-elle, finalement heureuse.
— Yes ! lâcha-t-il en s'écroulant à nouveau au sol. J'appelle de suite Abigail pour les papiers !
— Euh ! Attends demain ! Ne la réveille pas ! Épargne sa nuit !
— Ah oui, c'est vrai ! répondit Ethan, tellement heureux qu'il en perdait toute notion de temps ou de logique. Tu veux que je t'aide pour ta lettre de démission ?
— Non ! cria-t-elle presque. Je rêve ! Je m'apprête à démissionner de ma seule source de revenus tout ça pour quoi ? Pour un accord bizarre ! Mon Dieu ! C'est un cauchemar. Oui, c'est ça ! Je ne me suis pas réveillée.
— Kaya, dors et rêve avec moi ! Tu me dois une nuit en plus !
— C'est toi qui me la dois ! C'est toi qui m'as fait faux bond !
— Tu veux une nuit avec moi ? confirma-t-il surpris, mais ravi. Vraiment ?
— Euh… eh bien…
— Alors, viens vite ! Mes bras t'attendent. Et pas seulement pour une nuit !

Kaya resta muette. La gêne lui donnait le rose aux joues. Elle s'imaginait déjà dans ses bras et le soulagement certain à y rester. Ethan avait cette faculté en une phrase de désarçonner n'importe qui. Avec elle, c'était par sa douceur inattendue. Plus il en montrait, plus elle en voulait davantage.

— Comment va ta mère ?
— Mieux ! On en reparlera quand tu seras devant moi, dans mes bras, au chaud, à te faire des papouilles !

Des papouilles ? Il a dit des papouilles ? Bordel, je suis fatiguée !

— Il est tard, il faut que je dorme, déclara-t-elle alors, pour ne pas tomber dans le piège de son côté prince charmant. Je travaille dans cinq heures.

— OK, je t'autorise à raccrocher cette fois !
Kaya leva les yeux.
C'est ça, Monseigneur. Votre indulgence est grande !
— Bonne nuit ! lui dit-elle alors.
— Bonne nuit. Rêve bien de mes bras, Princesse ! Je rêverai des tiens !

8

APAISÉS

Il avait fallu à Kaya une semaine pour tout mettre en ordre avant son départ. Donner sa lettre de démission fut l'acte le plus difficile. Elle réalisa à ce moment-là qu'elle était capable de se virer toute seule de son boulot à cause de lui maintenant. C'était tellement pathétique, qu'elle avait honte de ce qu'elle pouvait devenir à son contact : une inconsciente, loin de son caractère habituellement responsable, réfléchi. Elle en arrivait même à prendre les devants avant qu'il ne la fasse lui-même renvoyer. Car s'il y avait bien une chose dont elle était certaine, c'était qu'il trouverait la pire excuse au monde s'il le fallait pour lui faire perdre son emploi afin qu'elle le rejoigne. Il ne reculait jamais devant rien pour atteindre ses objectifs et la distance n'était pas un problème pour arriver à ses fins.

Abigail l'avait contactée à plusieurs reprises pour ses papiers et ce fut Eddy qui fut désigné pour l'amener à l'aéroport, à sa grande surprise. Il n'avait pas dévissé son sourire de tout le trajet. Elle pouvait y lire : « Ça devient vraiment sérieux entre vous, coquine ! Ça ne rigole plus ! Ça va même aux States le rejoindre ! À quand les marmots avec lui ? ». Du coup, elle n'avait pas bronché jusqu'à l'aéroport, ne souhaitant pas en arriver aux justifications improbables avec Monsieur Tatoué. Elle-même en venait à imaginer ce genre de phrases de façon déconcertée. Mieux valait donc se refuser à rentrer dans ce genre de débats inutiles. Elle se savait sur une pente glissante avec Ethan et la folie de le retrouver de l'autre côté de l'Atlantique ne l'aidait guère à se rassurer. Qui serait capable de quitter son boulot, sa petite vie parisienne, pour aller rejoindre un homme avec qui on suivait une relation aussi bizarre que déroutante ? Pour aider un ami, le voyage pouvait être logique. Pour l'amour de son petit ami, cela pouvait paraître évident. Mais pour un homme qui se contente de cinq à sept sous la couette et ne voit que le mot consolation comme possible relation avec une femme, c'était juste de l'inconscience, à défaut d'être de l'insouciance. Et pourtant, elle plaquait tout pour lui, pour le suivre dans ses inepties.

Si le décollage avait été une grosse angoisse pour Kaya, l'atterrissage fut loin d'être une formalité ! Elle vérifia une nouvelle fois si sa ceinture était bien attachée alors qu'elle sentait l'avion perdre de l'altitude. Plus le sol se rapprochait d'elle, plus elle angoissait. En fait, tout l'effrayait. Un territoire inconnu, aucune possibilité de repli, une langue qu'elle ne parlait pas, un avenir avec Ethan pour le moins trouble, des sentiments contradictoires de plus en plus forts. Elle regarda par la fenêtre, mais un grand brouillard cachait la visibilité. Le commandant de bord avait annoncé les choses : il neigeait et il faisait -7 °C au sol. Tout était parfait.

Eurydice qui descend aux enfers...

Elle réajusta son col et se renfonça dans son fauteuil. La descente s'amorçait enfin et son angoisse augmenta encore d'un cran. Elle enfonça ses ongles dans les accoudoirs. Réussir l'atterrissage et ses retrouvailles avec Ethan relevait de l'impossible à présent. Une vieille dame à côté d'elle posa sa main sur la sienne et lui sourit.

— C'est impressionnant les premières fois, puis à la longue on s'y fait. Ne craignez rien.

Kaya tenta d'esquisser un sourire, mais le cœur n'y était pas. Elle s'enfonçait sans retour possible vers l'inconnu. Lorsque les roues touchèrent le sol, elle ferma les yeux et laissa échapper l'air qu'elle avait emmagasiné dans sa poitrine pour tenter de se détendre. Seulement quelques minutes la séparaient à présent de lui. Comment allait-il l'accueillir ? Il lui avait promis de venir la récupérer...

Et s'il m'avait oubliée ?

Elle rouvrit les yeux et la panique se manifesta à nouveau. Une fois l'avion sur le tarmac, elle fut dans les dernières à sortir. La carlingue devenait finalement son seul port d'attache avec sa vie parisienne.

« Suis le troupeau... »

Elle se rappela des mots d'Ethan et lança un sourire timide à l'hôtesse qui lui souhaita un bon séjour. L'anglais arriva rapidement à ses oreilles. Les panneaux indicateurs devinrent du chinois. Son cœur se mit en *stand-by*, comme figé par la peur de continuer. Elle suivit le monde sans savoir où elle allait. Très vite, elle vit un attroupement et comprit que les valises allaient arriver par les tapis roulants. Lorsqu'elle repéra la sienne, elle eut un moment de flottement, se demandant quoi faire maintenant. Elle regarda un peu partout autour d'elle et décida de suivre une famille. De couloirs en portiques de sécurité en passant par la police aux frontières, elle franchit enfin le SAS des arrivées, l'œil hagard, alors que chacun retrouvait un ami ou prenait dans ses bras sa famille. Sa poitrine pesait une tonne maintenant. Elle ne savait plus quoi faire, ni même quoi chercher. Pourtant, elle vit au loin un panneau qui la fit tout à coup sourire, comme un phare dans la nuit qui lui indiquait sa route : « Princesse Pocahontas cherche son John Smith ! ». Puis elle regarda les mains tenant ce panneau et enfin le visage de celui qui le tenait. Un immense soulagement l'envahit au point que ses yeux s'humidifièrent instantanément.

Il était là, un petit sourire fiché sur son visage, mais le regard brillant. Elle avança d'un pas, puis s'arrêta. Le moment tant redouté depuis plus d'une semaine arrivait et elle ne savait toujours pas ce qui était le mieux : jouer les distantes, lui sauter dans les bras, lui serrer la main, lui dire « Tiens ! Salut ! Ça faisait un bail, n'est-ce pas ? » ? Le sourire d'Ethan ne se détachait pas de son visage ; il semblait même impatient maintenant. La poitrine de Kaya se leva et se rabaissa de façon anarchique. Son sourire était comme une flèche empoisonnée dans son cœur. Un venin insidieux se répandait en elle, l'obligeant à se laisser séduire complètement par cet homme. Elle s'avança encore un peu, la valise tirée derrière elle, et s'arrêta à un bon mètre de lui. Tous deux se fixèrent, tentant de contenir au mieux cette excitation des retrouvailles. Ethan leva alors ses bras, pour l'accueillir pour un câlin. Comme à son habitude, il optait pour son choix des armes favori : ses bras ! Kaya grimaça. La tentation était terrible. Pourtant, si elle acceptait si facilement, elle en deviendrait louche dans son comportement. Elle ne voulait pas lui donner ce luxe, surtout après un mois de séparation.

— Où sont tes tresses, Pocahontas ? lui dit-elle alors. Dois-je prendre une voix grave comme John Smith, moi qui viens du vieux continent ?

Ethan baissa ses bras, comprenant bien que le jeu de la négociation avait commencé.

— C'est désuet, les tresses. J'ai un bonnet ! lui lança-t-il fièrement tout en montrant sa poche de manteau. Il fait froid en Amérique. Il neige, même ! C'est plus utile ! Et je t'épargne la voix grave. Je n'ai pas besoin de traumatiser mes oreilles de princesse !

Il retendit ses bras, son panneau toujours à la main, prêt à l'accueillir avec bonheur, son sourire toujours aussi charmeur vissé sur son visage. Kaya loucha sur son panneau, peu convaincue par le fait qu'il ait des critères de prince ou de princesse finalement.

— Tu sais que Pocahontas finit par se marier avec Rolfe ! lui dit-elle, pédagogue. Smith n'a pas été l'homme de sa vie. Le câlin est-il nécessaire du coup ? Je ne suis qu'un élément passager dans ta vie. Mais j'avoue, je serais curieuse de voir à quoi ressemblera ta future moitié ! Mon Dieu ! Elle a intérêt à avoir une sacrée patience pour dompter ton côté sauvage !

Ethan baissa à nouveau ses bras et se mit à rire.

— La liaison de Pocahontas avec John Smith n'a jamais été réellement prouvée. Amant ou pas amant ? Amoureux ou pas amoureux ? Destin ou malédiction ? C'est un mystère emporté avec eux. J'aime bien les mystères... J'espère surtout que mon John Smith ne repartira pas chez lui sans moi ! C'est peut-être là que tout s'est joué dans leur vie ! Imagine, si John n'avait pas été blessé et qu'il n'était pas reparti pour Londres...

Il renifla, fier de sa réplique, et leva une nouvelle fois ses bras pour obtenir son câlin. Son obstination était le moteur essentiel à la réalisation de ses objectifs et Kaya restait le plus beau à atteindre. Cette dernière ne put s'empêcher de sourire devant sa remarque. Avec des « si », elle pouvait refaire un monde effectivement.

— Effectivement, ils auraient peut-être pu finir réellement ensemble si... Ou peut-être pas ! Ils avaient juste peut-être établi un contrat de consolation mutuel et il s'est achevé. Qui sait ?

Elle posa alors dans la main d'Ethan la poignée rétractable de sa valise et passa devant lui, la tête haute avec un petit sourire. Elle n'avait pas craqué. Elle avait réussi à garder de la contenance malgré le chaos de son cœur. Tant qu'elle n'était pas dans ses bras, elle ne succomberait pas aux chants des sirènes d'une addiction trop forte à lui.

Ne pas lâcher prise et rester droite ! Même si tu en crèves d'envie !

Ethan la regarda s'éloigner de lui, amusé par son attitude toujours à la hauteur d'une ultime provocation, à la hauteur du terrible coup de grâce habituel. Mais il se surprit encore plus à réaliser qu'il n'en espérait pas moins d'elle, que c'était vraiment ce jeu qui le faisait triper une fois de plus, comme une éternelle chasse où son gibier le narguait sans cesse. Il voulait ses bras, ses baisers plus que tout, mais il voulait aussi ce jeu de mise à distance dans laquelle Kaya excellait. Avec le temps, il prenait moins la mouche, il s'en nourrissait comme autant de preuves de complicité entre eux.

Kaya avança sans trop savoir où elle allait. Le but était surtout de ne pas tomber dans le piège de ses envies le concernant. Trop de satisfaction auprès de lui la guidait vers une pente glissante qui l'effrayait plus qu'autre chose. Si elle laissait parler son cœur, si sa bienveillance à l'égard d'Ethan se transformait en une affection allant vers l'amour, que ferait-elle ? Que deviendrait alors son amour pour Adam ? Et si elle craquait, pourrait-elle prendre le risque de tout recommencer sans y laisser de nouvelles plumes ?

Dois-je pour autant ignorer ses demandes, ses besoins ? Ne sommes-nous pas dans le cadre d'un réconfort mutuel ? Nos retrouvailles sont-elles considérées comme moment de réconfort ou simple accueil heureux de l'autre ? Ne suis-je pas trop égoïste, à ne penser qu'à moi et mes sentiments ?

Kaya soupira et se tourna vers lui, embarrassée.

J'ai vraiment l'impression de plonger la tête la première vers l'inéluctable brouillard ! Mais je dois répondre à ce contrat, peu importent mes doutes.

Ethan stoppa sa marche derrière elle, se demandant à nouveau quelle frasque elle avait échafaudée pour éviter une étreinte trop affectueuse entre eux.

— Dis, tu ne te moqueras pas, hein ? lui dit-elle alors, avec hésitation.

Ethan resta silencieux, ne comprenant pas où elle voulait en venir. Il se contenta de déchiffrer à travers son regard la pensée de sa belle. En vain. Kaya soupira.

— C'est juste parce que c'est le contrat ! ajouta-t-elle, un peu agacée.

Ethan plissa ses yeux pour cerner la problématique en jeu, mais resta perdu. Lorsqu'il vit Kaya s'approcher, il eut un moment de méfiance. Elle se posta juste devant lui et posa alors son front contre son torse, ses mains sur sa taille. Ethan inspira un grand coup, toujours à l'affût de ce qu'elle mijotait.

— Bonjour les cicatrices ! fit-elle doucement. J'espère que je ne vous ai pas trop manquées ! Pardon... Vous vouliez un câlin et je fais ma fière !

Ethan resta pantois, complètement sidéré par son comportement qu'il trouva finalement adorable. Premier geste de Kaya vers lui. Première attention dédiée à ses blessures les plus visibles. Première inquiétude de Kaya à son sujet. Il vida ses poumons de soulagement. Cette attention valait toutes les étreintes possibles pour des retrouvailles. Juste quelques mots et il était complètement retourné. Son affection pour cette femme ne trouvait plus de limites.

— C'est vrai que c'est un peu bizarre de t'entendre leur parler ! fit-il, un brin moqueur malgré la mise en garde de Kaya sur ces possibles moqueries. Tu veux qu'elles te répondent vraiment ? Je dois prendre une voix spéciale pour cela ?

Kaya redressa sa tête et fronça ses sourcils ; le coup de poing dans le ventre partit sans prévenir. Ethan lâcha un grognement et se plia légèrement sous l'impact avant de se mettre à rire. La chambrer était plus fort que lui.

— Crétin ! vociféra-t-elle avant de récupérer sa valise et de tracer droit devant.

— Kaya, pardon ! répondit-il alors en la suivant avec empressement. C'était tellement inattendu que je n'ai pas pu m'en empêcher.

— Va te faire voir, connard ! Soyez gentil et on vous remerciera !

Ethan se stoppa à ses mots. Ils avaient un sens particulier qui lui faisait mal. Kaya se retourna pour voir pourquoi il ne la suivait plus et s'arrêta aussi. Le visage d'Ethan montra un air contrarié.

— J'aime ta gentillesse, Kaya. Sois gentille autant que tu le veux avec moi. Le plus possible ! C'est vrai, d'ordinaire, je n'aime pas ça. J'évite les gens trop gentils, conciliants. Mais bizarrement, avec toi, j'ai confiance. Je sais que la gentillesse peut anéantir celui qui en fait trop la démonstration.

Kaya le fixa, déconcertée par sa remarque.

— La gentillesse mène à la souffrance ! continua-t-il avec conviction. Maudit est celui qui donne trop. Ne pas être gentil, c'est sauver son âme. Sauf que parfois, on blesse sans vraiment le vouloir, on s'en veut de fonctionner par réflexes d'autodéfense. Pardon, Kaya. Je ne voulais pas te vexer. J'ai juste pris peur de ce soudain élan de gentillesse. Alors j'ai opté pour la plaisanterie et avec toi, j'ai cette possibilité merveilleuse d'être méchant, irritant, vicieux en sachant très bien que tu commences à en avoir l'habitude, à comprendre mon fonctionnement. Tu finis toujours par me pardonner.

Il soupira, se rendant compte qu'il comptait un peu trop sur leurs habitudes.

— Je ne veux pas me fâcher d'entrée avec toi aujourd'hui, Kaya. Je suis trop content de te revoir pour tout gâcher aussi vite et je veux vraiment que tu continues à prendre soin de moi, de mes cicatrices, comme tu le fais d'habitude. Donc, si tu veux leur parler, ça me va ! Si pour toi, c'est plus facile d'aller vers moi comme ça, ça me va aussi, mais s'il te plaît, ne te fâche pas. Pas maintenant, pas au bout de dix minutes. J'aime quand tu me mets à distance, quand on joue à se provoquer, mais je réalise que là, maintenant, ce n'est finalement pas ce que je veux.

Kaya le fixa avec surprise. Il était bien rare qu'il se repente aussi vite et beaucoup d'interrogations lui vinrent en tête en l'écoutant. Pourtant, la seule chose dont elle avait envie, c'était également de ne pas s'engueuler avec lui.

— Tu as été trop gentil, trop souvent ? lui demanda-t-elle alors, éprouvant le besoin de clarifier ses propos. C'est pour ça que tu es si distant de toute manifestation affectueuse ? C'est ta gentillesse qui t'a conduit à avoir ses marques sur la poitrine ?

Devant le silence et la gêne d'Ethan qui se trouva confus de devoir parler de ça, maintenant, au milieu d'un couloir d'aéroport, elle soupira et se rapprocha de lui. Elle lâcha alors la poignée de sa valise, puis passa ses bras autour de sa taille et le serra contre elle. Ethan se laissa faire, à la fois étonné, perdu, mais heureux de son geste.

— Tu sais Ethan, parfois, quand on se voit, Monsieur Connard prend des vacances. Il disparaît... À la place, je découvre un homme plus doux, plus attentif, plus disponible. C'est assez déconcertant, mais pas désagréable. Même si c'est bizarre, j'aime bien quand tu es gentil avec moi. J'ai bien compris que ça te coûte de l'être, mais j'aimerais voir encore de ta gentillesse, s'il te plaît. Surtout après un mois de séparation. J'ai, moi aussi, besoin de ta gentillesse avant tout.

Les paroles douces de Kaya eurent l'effet d'un baume sur les blessures les plus profondes, les plus secrètes d'Ethan. Elle lui demandait l'impossible et pourtant, il voulait la satisfaire. Elle réclamait une part de lui qu'il ne voulait plus montrer et malgré tout, il s'en trouvait heureux. Il passa ses bras autour de son petit corps svelte et la serra également un peu plus contre lui. Il en avait besoin. Ils en avaient besoin tous les deux. Ce long mois sans se voir avait eu raison de leur patience et de leur raison. La frustration et la peur les avaient gagnés malgré eux. Chacun éprouvait l'envie de retrouver à présent la tendresse de l'autre. Même un bref instant. Ethan se mit à sourire en reniflant les cheveux de sa princesse.

— Abricot. Tu as repris ton shampooing à l'abricot ! Putain, que c'est bon de sentir cette odeur !

Kaya se mit à rire contre son torse.

— J'ai pris aussi celui à la myrtille et j'ai aussi acheté celui à la rhubarbe ! Si tu me gonfles trop, tu es averti ! Je n'hésiterai pas à changer !

— OK, je serai très gentil alors ! Et puis, je ne compte pas me détacher de toi, donc tu n'auras pas le loisir de tester d'autres parfums, Kaya…

— Dois-je prendre cela comme un défi ?

Ethan grogna contre ses cheveux.

— Tu peux toujours essayer, mais là, je t'assure que je ne te laisserai pas gagner. Un mois ! Un mois à rattraper ! Il n'est même pas envisageable que tu m'échappes maintenant que tu es là, Princesse.

Kaya se mit à sourire devant sa prévenance. Elle était heureuse de l'entendre dire ces mots, bien que son cœur restât en équilibre sur un fil.

— Tu ne vas pas avoir le choix, pourtant ! Tu vas devoir me lâcher pour conduire ! rétorqua la jeune femme, amusée maintenant par son excès de bienveillance à son égard.

— Mince ! Alors, j'ai intérêt d'en profiter encore un peu ! fit-il en la serrant un peu plus contre lui et posant son visage contre son épaule.

La douceur prenait enfin place entre eux et la tension

redescendait. Les craintes se dissipaient.

— Kaya, je tiens à te prévenir. Je vais t'embrasser ! murmura-t-il dans son cou. D'accord ou pas, j'en peux plus. Donc, tu as dix secondes pour t'y préparer !

— Dix secondes ? répéta-t-elle tout en pouffant. Que Monsieur Connard est aimable ! Je cerne toute votre gentillesse dans cet acte de diligence tenté d'ordre et d'obligation !

— Tu vas sentir ma gentillesse, ma douceur et toute ma joie, même !

Sans attendre, il se détacha de son épaule et prit le visage de Kaya dans ses mains. Kaya eut du mal à se retenir de rire.

— Encore trois secondes ! lui dit-elle, amusée. Je peux fuir ?

— Même pas en rêve ! Trop tard !

Il se pencha sans attendre vers ses lèvres. Kaya posa alors ses doigts sur la bouche affamée d'Ethan et se mit à rire légèrement, devant son regard surpris.

— Voilà ! Vous m'avez embrassé, Monsieur Abberline ! Mes doigts vous remercient.

Ethan loucha sur ses doigts arrogants, refusant de lui offrir son véritable salut. Une grosse déception était en train de poindre à présent en lui, avec la réelle impression qu'elle repoussait ses avances depuis son arrivée. D'un côté, elle refusait ses demandes et de l'autre, elle revenait pour se faire pardonner.

À quoi joues-tu, Princesse ? Qu'est-ce que tu cherches ? Qu'est-ce qui t'arrive ?

Il la lâcha et serra la mâchoire. Il attrapa ensuite la valise de Kaya sans un mot et reprit le chemin de la sortie en silence. Kaya réalisa vite qu'il n'était pas content de sa blague. Elle s'étonna aussi de le voir lâcher l'affaire si facilement.

— La voiture est garée un peu loin, j'ai eu du mal à trouver une place. Tiens ! Prends mon bonnet. Il fait très froid dehors. Tu n'es pas assez couverte.

Kaya baissa les yeux. Il était agacé. Son ton était devenu plus sec, plus grave, plus directif. Elle le sentait et pourtant, il restait prévenant. Finalement, c'était elle qui ne faisait aucun effort à être gentille avec lui. À trop vouloir se protéger de ses émotions, elle bafouait celles d'Ethan. Elle attrapa son bonnet alors qu'il continuait à avancer sans la regarder.

— Ethan…
— Quoi ?

Il continuait de marcher sans la regarder. Kaya s'arrêta. Cette nouvelle ambiance ne lui plaisait pas. Ils ne voulaient pas s'engueuler, mais ils avaient quand même plombé l'ambiance. Voyant qu'elle ne suivait plus, Ethan se retourna et s'arrêta. Kaya enfila le bonnet en silence et le fixa.

— Là, c'est mieux pour m'embrasser ! Je veux dire, sur la bouche… Tu ne crois pas ? Avec ton bonnet sur la tête, c'est mieux, non ?

Ethan dévisagea Kaya un instant. Elle essayait de sauver les meubles comme elle le pouvait. Il était énervé. Il ne voulait pas l'être, mais sa frustration était plus forte devant ses indécisions à souffler le chaud et le froid. Pourtant, en la voyant avec son bonnet sur la tête et son air timide et indécis, il ne pouvait que la trouver mignonne. Son cœur était prêt à tout lui pardonner et répondre au moindre de ses souhaits. Cependant, il ne souhaitait pas non plus être un pantin à son service. Il se rapprocha d'elle et sourit tout à coup. Il leva ses mains vers son visage et tout à coup, lui enfonça le bonnet.

— Bof ! lui lança-t-il tout en reprenant sa route, non sans masquer un petit sourire revanchard. Ça me rappelle une nana complètement bourrée qui a failli me dégueuler dessus ! Niveau envie, on repassera !

Paniquée à présent, Kaya retira son bonnet en toute hâte et

regarda son dos s'éloigner avec sa valise. Elle s'empressa de le suivre non sans être déçue, malgré la mention de leur soirée chez Richard. Lorsqu'elle arriva à son niveau, Ethan ne put s'empêcher d'esquisser un nouveau petit sourire. Ils sortirent de l'aéroport en silence. Kaya, triste d'avoir été si maladroite et agacée d'être si changeante sur ce qu'elle voulait avec lui, n'osa plus tenter quoi que ce soit d'autre. Ethan, lui, continua à jouer les indifférents pour lui donner une nouvelle leçon sur sa façon d'aborder les retrouvailles. Lorsque les portes s'ouvrirent, Kaya put sentir aussi bien le froid glacial que la fin du monde pour son petit corps. Elle avait prévu des vêtements chauds, mais ne pensait pas affronter un froid polaire. Le vent s'infiltrait dans les moindres interstices de ses vêtements pour venir frigorifier ses membres. Le réflexe premier fut de remettre son bonnet, puis de serrer les bras contre sa poitrine. Ethan la regarda. Il neigeait un peu. Le plus gros était passé quand il l'avait attendue à l'intérieur. Ils marchèrent tous deux un moment avant d'atteindre la voiture : un pick-up énorme, un monstre inconnu en France. Elle regarda Ethan, puis la voiture, se demandant comment l'équation était possible entre les deux.

— C'est la voiture de mes parents. Ils ne vivent pas à New York. Ils ont une maison à une heure et demie d'ici, à New Haven. Cette grosse carcasse est bien utile !

Il tapa sur le capot avant d'aller ouvrir la porte arrière de la benne du pick-up. Le véhicule était composé d'une double cabine, permettant d'avoir une assise derrière le conducteur et le passager. Kaya se trouva ridiculement minuscule à côté.

— Ils conduisent tous ça ici ? demanda-t-elle, ébahie.

— Beaucoup d'habitants en dehors des grandes villes, oui.

Kaya alla le rejoindre à l'arrière pour voir comment c'était fichu sous la benne. Ethan y glissa sa valise et la poussa bien au fond, puis se redressa. Il regarda alors Kaya, complètement perplexe par ce qu'elle voyait.

— Ne t'inquiète pas, ta valise ne prendra pas la neige. Le couvre-benne est solide.

— On peut y mettre beaucoup de choses à l'arrière, la vache ! C'est un paquebot, ton truc !

— Oui, je peux y mettre plusieurs cadavres, ni vu ni connu.

Il lui offrit un grand sourire alors qu'elle écarquillait les yeux devant son propos aussi scabreux que surprenant.

— T'as intérêt à être sage avec moi, sinon...

Il mima un couteau sur sa gorge avec son doigt et lâcha un « couic ! » résonnant comme un avertissement. Kaya déglutit un instant en regardant l'intérieur de la benne.

— Tu es vraiment flippant, parfois ! lui déclara-t-elle alors, tentant de retrouver un semblant de contenance.

— C'est peut être ça, la solution pour que tu sois totalement à ma merci... lui chuchota-t-il à l'oreille. Je te séquestre en t'enfermant là-dedans, te violente tel un serial killer, je te force à faire mes quatre volontés contre ta survie, jusqu'à ce que ça devienne un automatisme pour toi de répondre à mes désirs et que tu ne puisses plus te passer de moi ! Mais oui ! Tu n'accepterais plus d'interposer un foutu doigt entre mes lèvres et les tiennes et tu te jetterais sur moi pour m'embrasser dès que je te l'ordonnerai ! On essaie ?

— N'importe quoi ! bredouilla-t-elle doucement. Pas besoin d'aller à de tels extrêmes...

— Ah oui ? murmura-t-il. Pourtant, tu ne te jettes pas à mon cou. Je cherche donc des solutions un peu plus tordues, digne d'un connard !

Il haussa les épaules de façon désinvolte, mais ne cacha nullement son reproche.

— Peut-être est-ce parce que tu me fais peur ? lança-t-elle alors d'une toute petite voix.

Tous deux se fixèrent un instant alors qu'ils étaient encore penchés sous la bâche.

— Je ne t'ai pourtant pas encore enfermée dedans !

— Oui ! s'esclaffa-t-elle, déconcertée par sa remarque. C'est vrai. Tu n'es pas encore allé dans cet extrême ! À croire que j'anticipe ! Je redoute toujours le pire avec toi... C'est vrai ! Ce n'est pas comme si tu ne m'avais pas déjà enfermée dans un coffre de voiture !

Ethan se mit à sourire à ce merveilleux souvenir et leur premier baiser.

— Puis-je faire une suggestion ? déclara-t-il tout en regardant le fond de la benne.

Kaya hocha la tête, tout en ne le quittant pas des yeux.

— On saute l'étape de la séquestration dans le coffre et des violences et on passe direct au plus intéressant. Qu'en penses-tu ?

Il tourna la tête vers elle, insufflant dans son regard la confiance qu'il voulait qu'elle ait sans hésitation.

— Ça peut m'éviter quelques désagréments, mais ne retirera pas toutes mes angoisses te concernant... souffla-t-elle, gênée.

— OK, et bien, je te laisse gérer. Comme ça, tu peux juger si c'est effrayant ou pas et tu peux arrêter quand tu veux. Kaya, n'hésite pas. Ne doute pas. Ce sont nos retrouvailles. Je ne comprends pas ! De quoi as-tu peur ? Qu'est-ce qui te freine tout à coup, bordel ? Pourquoi refuses-tu de m'embrasser ? Qu'est-ce que j'ai fait ? Je veux bien faire des efforts, être conciliant, mais là, je suis paumé par ton comportement. Je ne veux pas renoncer.

Kaya put lire alors dans ses prunelles marron une détermination silencieuse teintée d'une certaine imploration à se voir enfin exaucée. Il sentait sa distance. Il sentait son appréhension, mais restait conciliant. Elle se devait de lever les doutes qui l'assaillaient. Elle ne devait pas penser. Ne pas réfléchir et prendre ce qu'offrait cette journée. Il avait raison. Elle devait prendre sur elle.

Lentement, elle approcha ses lèvres de sa bouche. Le contact fut doux. Immédiatement, Ethan lâcha un soupir de soulagement. Il voulait plus. Ce n'était pas assez pour combler toute la frustration cumulée et tout le désir qui ne demandait qu'à s'exprimer. Malgré tout, il n'avait pas d'autre choix que d'accepter ce que voulait bien lui offrir Kaya. Quelque chose la bloquait et il ne devait pas aggraver le problème. Il devait la rassurer. Le baiser fut chaste. Chacun se regarda avec la terrible impression d'avoir raté l'essentiel. Kaya savait que ce n'était pas assez. Même elle, ne trouvait pas satisfaction. Elle avança à nouveau son visage vers Ethan et déposa un second baiser sur ses lèvres.

— De quoi as-tu peur, Kaya ? lui chuchota-t-il alors, entre leurs lèvres. Regarde. Tout va bien, non ? Il n'y a rien de mal dans ce baiser, non ?

La jeune femme baissa les yeux une nouvelle fois.

— En fait, c'est moi le problème, pas toi. J'ai peur de moi...

Ethan se trouva confus sur le moment, puis s'esclaffa.

— Ah ? Toi aussi finalement, tu te fais peur ? Tu vois que j'ai raison quand je dis que tu es effrayante ! Tu l'admets enfin !

Il éclata de rire cette fois.

— Elle arrive même à se faire peur toute seule maintenant ! Excellent !

Devant son rire malvenu à ses yeux, Kaya se vexa. Elle se sentait perdue dans ce qu'elle avait le droit de ressentir en sa présence et il ne trouvait rien de mieux à faire que de se moquer d'elle encore une fois. L'agacement s'accentua et elle arma son bras pour la contre-attaque.

— Ce n'est pas drôle ! Je suis sérieuse !

Elle le frappa aussitôt. Ethan leva le sien pour faire bouclier à ses assauts, mais rit de plus belle.

— Avoue que c'est drôle quand même !
— Pas du tout ! Je suis en panique totale depuis un mois ! Il n'y a rien de drôle !
Ethan contra cette fois sa nouvelle attaque et lui bloqua les bras pour mieux la serrer contre lui. Ses yeux devinrent plus doux.
— Qu'est-ce qui t'effraie chez toi ? Dis-moi... Parle-moi... Je peux être ton journal intime...
Kaya hésita, puis rougit. Répondre à cette question était difficile tant son problème était personnel, intime. Il mettait en avant des non-dits entre eux, des possibilités écartées depuis toujours et la laissait dans une position inconfortable face aux réactions déplaisantes que pourrait avoir Ethan.
— Je ne sais pas comment réagir quand je suis avec toi...
— Kaya, on commence à se connaître suffisamment tous les deux. Tu devrais être plus à l'aise maintenant. Ce n'est pas comme si nous n'avions rien partagé ensemble...
Kaya soupira. Elle s'agita, navrée de ne pas arriver à extérioriser ses appréhensions.
— Hey ! On se retrouve et rien ne se passe comme je l'avais imaginé. J'ai besoin de savoir.
Les prunelles vert noisette de Kaya se figèrent dans le regard marron ébène d'Ethan. La contrariété de Kaya faisait naître à présent celle d'Ethan. Devant sa déception, elle n'eut d'autres choix que de se lancer. Elle ne souhaitait pas le décevoir et pourtant, elle le décevait autant qu'elle se décevait par son inconstance.
— Tout d'abord, j'ai été agacée que tu ne me donnes pas de tes nouvelles rapidement après ton départ pour New York. Ensuite, j'ai été en colère que tu prennes ton appel au bout de trois semaines avec autant de légèreté alors que moi... moi..., j'étais inquiète et je n'arrêtais pas de penser à ce que tu pouvais faire, à ce qui pouvait se passer de ton côté, avec qui tu pouvais être. Je

me suis dit que ça s'était sans doute aggravé pour ta mère. J'en suis même venue à me dire que tu m'avais oubliée, que finalement ce contrat n'était qu'un passe-temps et que tu avais assez joué avec moi. Tu étais en fin de compte passé à autre chose. Tu m'as toujours dit que j'étais ton jouet et ton silence m'a rappelé au bon souvenir de nos disputes à ce sujet.

— J'aurais dû t'appeler plus tôt, c'est vrai, mais...

Ethan soupira à son tour. Dire la vérité paraissait aussi dur pour lui que pour elle.

— Je t'assure que je ne prends pas ça comme un passe-temps ! reprit-il. En tout cas, plus maintenant. Je te jure que certaines choses ont changé de mon point de vue.

Tous deux se fixèrent. Ethan gardait son air grave, sérieux, ce qui soulagea Kaya et la poussa à continuer.

— J'ai été tellement contente que tu m'appelles... Je t'en voulais de jouer avec mes nerfs, mais j'ai été super excitée quand tu m'as proposé de te rejoindre. J'allais enfin savoir ce que tu faisais, avec qui, comment était ta vie aux États-Unis. Oui, je suis curieuse. J'ai peur de cette excitation anormale en mon sens, mais je ressens le besoin de connaître ton monde. Tu sais beaucoup sur moi, mais je ne sais pas grand-chose sur toi. J'en suis devenue nerveuse, car j'avais hâte de te revoir, mais en même temps, peur que ma hâte soit différente de la tienne. Et cette nervosité ne m'a pas lâchée depuis. Je me suis demandé combien mon absence avait pesé sur toi, si tu étais toujours si investi par notre accord. Et là, une fois devant toi, je n'ai pas su si tu attendais de moi que je te saute au cou ou que je te salue, si nous étions ou non en moment de réconfort. Tu m'as tendu tes bras, mais qu'attendais-tu vraiment comme réponse ? Je ne sais pas où est la bonne mesure entre nous et je ne veux pas non plus que tu croies que je suis amoureuse ou quoi...

Ethan se mit à sourire à cette idée. Une douce lueur d'espoir vint secrètement frapper son cœur tandis que Kaya ne savait plus comment cacher sa honte de dire des choses si intimes sur elle.

— Tu m'as manqué aussi, Kaya. Beaucoup. Énormément même. Et, oui, je veux que tu me sautes au cou, mais je sais que tu ne veux pas le faire, car tu as peur que je te charrie. J'ai aussi très envie que tu fonces sur mes lèvres et que tu m'embrasses encore et encore, mais tu n'oses pas parce que tu penses que je vais me faire des idées. Pourtant, tu en as envie, pas vrai ?

Après quelques secondes de réflexion à se demander quoi répondre, Kaya alla poser son front et ses mains contre son torse. Elle se sentait gênée d'oraliser ses envies. Ethan lui caressa les cheveux et déposa un baiser léger sur sa tête avant de continuer à parler tendrement.

— Je me suis aussi demandé si tu n'avais pas changé d'avis pendant mon absence. Ensuite, je me suis demandé si je te manquais autant que tu me manquais. Mes journées étaient interminables. Il me manquait ma dose de folie. Tu es ma folie et tu n'étais pas là pour me changer les idées. Je me suis dit que si je t'appelais, le manque serait encore plus grand. Je risquais de te bombarder de SMS et d'appels et tu me trouverais lourd à force et tu m'enverrais bouler. Je me suis donc retenu à contrecœur jusqu'à ce que je craque. Ta voix fut une délivrance. La plus belle des consolations. Au point de ne pas envisager de continuer plus longtemps ainsi et de te proposer de me rejoindre. C'était évident. J'ai besoin de te voir plus et, comble du bonheur, tu as accepté ma proposition. J'étais surexcité, moi aussi. Je ne tenais pas en place. J'ai imaginé tellement de scénarii possibles pour nos retrouvailles que je n'en ai pas dormi les dernières nuits. Ma crainte, à moi, c'était que tu reprennes tes distances comme avant, alors qu'on arrivait enfin à se livrer un peu tous les deux. Je ne veux pas reculer, Kaya. Je ne me ferai aucune idée et ne me moquerai pas de toi si tu m'embrasses ou me sautes au cou. Enfin si ! Je me dirai juste que ma princesse est très contente de retrouver son connard ! Et comme je n'attends que ça, tout va bien.

Kaya releva sa tête et contempla ses prunelles marron lui faisant face.

— Comment savoir la juste mesure avec toi ? lui demanda-t-elle alors.

Ethan haussa les épaules.

— Pas de limites entre ennemis ! Tu as oublié ? Tout est permis pour gagner face à l'autre !

Il lui offrit un petit sourire coquin qui fit disparaître les dernières peurs de la jeune femme et l'obligea à sourire également.

— C'est vrai. Pas de limites sauf celles du contrat...

— OK, je déclare la session « réconfort » ouverte ! chantonna Ethan, plutôt amusé.

Il déplaça alors Kaya, perplexe, à quelques mètres de la voiture et revint fermer la porte de la benne. Il se tourna vers elle et tendit ses bras, avec un grand sourire.

— Welcome to the USA, Princess ! s'exclama-t-il alors dans un américain parfait.

Kaya se mit à rire et fonça sur lui pour lui sauter au cou. Ethan la rattrapa sans mal tout en éclatant de rire. Kaya tournoya un peu dans ses bras.

— Vous avez les lèvres violettes sous ce froid glacial. Puis-je les réchauffer, Princesse ?

Kaya afficha un grand sourire soulagé.

— Je croyais que c'était toi qui les avais violettes. C'est ce que tu m'as dit au téléphone ! Mais oui, moi aussi, je n'attends que cela !

Sans attendre, elle bondit sur les lèvres d'Ethan qui pouffa contre sa bouche. Ethan recula d'un pas devant la tornade Kaya. Son baiser fut accompagné d'un autre, puis d'un troisième. Le rire communicatif des deux fut vite remplacé par le besoin d'extérioriser toute la frustration cumulée depuis un long mois. Ethan mordit d'abord la lèvre inférieure de Kaya avant d'aller chercher sa langue pour approfondir son bonheur de la retrouver contre lui. La jeune femme resta accrochée à son cou, le cœur battant à mille à l'heure. Entre baisers désinvoltes et plus profonds, la gêne et les questionnements disparurent. Le souffle chaud, mais de plus en plus rapide de l'un vint alimenter la soif de sécurité recherchée par l'autre. Il n'était même pas envisageable de cesser leurs baisers. Chacun courait après les lèvres de l'autre. Les mains d'Ethan avaient besoin de retrouver le corps de Kaya pendant que celles de la jeune femme prenaient possession de sa chevelure et l'encourageaient dans sa fougue à l'embrasser. Ethan grogna, n'arrivant pas à masquer davantage son plaisir de la retrouver. Il ne lâchait pas ses lèvres, mais n'arrivait pas à combler le vide et la frustration. Cela n'apaisait que partiellement son désir de possession. Il voulait la prendre, là, sur le capot de la voiture, s'enfoncer en elle, la sentir sous ses reins, l'entendre gémir pour lui. Il serra un instant la mâchoire et lâcha un râle mécontent.

— Rhhhaaaa ! Fais chier !

Il retira alors ses bras de sa taille. D'un geste rapide, il enfonça un peu plus son bonnet couvrant la tête de Kaya pour lui cacher le visage. Kaya poussa un cri surpris avant de remettre son bonnet correctement et tenter de comprendre sa réaction soudaine.

— On y va ! lui déclara-t-il pour seule réponse. Si on continue... Tsss... Bref ! Fais chier !

Kaya le dévisagea, perplexe, puis se mit à sourire alors qu'il se frottait la tête, contrarié. Il l'invita d'un geste de bras à aller le rejoindre dans la voiture.

— Regarde-toi ! Tu es gelée !

Le silence prit vite place dans l'habitacle, entre gêne et sourire indécis. Chacun tentait de rester respectable aux yeux de l'autre. Se dévorer sur le parking à -7 °C n'était pas la meilleure des options. Ethan se contenta donc de mettre le chauffage et de remballer une nouvelle fois en lui toute envie d'elle, puis démarra. Les kilomètres défilèrent, mais aucun des deux n'osait regarder l'autre.

— Comment va ta mère ? lui demanda-t-elle alors.
— Mieux. Elle est rentrée à la maison en début de semaine. Les docteurs sont confiants. Elle doit suivre à la lettre un plan de convalescence, mais elle va bien.
— Tant mieux. Je suis contente pour vous.

Kaya lui sourit avec douceur.

— Elle a hâte de te rencontrer. Elle ne pose pas de questions, mais son attitude depuis quelques jours est significative : elle est plus agitée, plus maladroite, trop exubérante, supra maniaque. Ils le sont tous en fait ! C'est la première fois que je fais venir une femme depuis ma première petite amie, donc autant dire que c'est un événement à leurs yeux.

— Ah bon ? Pourtant, je ne mérite pas tant ! Tu leur as dit quoi à mon sujet ? Ils ne pensent quand même pas qu'on est ensemble, je veux dire que je suis ta petite amie ?

— Non, je leur ai spécifié que tu ne l'étais pas. En fait, il m'a été difficile de leur expliquer les choses... fit-il en se grattant la joue. Va dire à ta famille que tu couches avec une femme qui est ta meilleure ennemie, mais qui te sert toutefois de réconfort, que tu as acté un contrat avec elle pour cela, et que tu la surnommes Princesse ! En fait, je crois que ça a un peu plus attisé leur curiosité nous concernant...

Kaya fit de gros yeux en le voyant justifier sa venue et leur relation avec une certaine nonchalance. D'un point de vue concret, cartésien, leur relation était hors norme. Très étrange. Difficilement crédible, concevable. Et pourtant...

— Mon Dieu, qu'est-ce qu'ils vont penser de moi ? s'alarma-t-elle alors en posant ses mains sur ses joues. En fait, ce n'était pas une bonne idée de venir ! C'est vrai ! Tu me présentes à tes parents comme si on allait présenter sa fiancée ! C'est ridicule ! On est loin de tout ça ! Ils ne peuvent que penser ainsi !

Kaya se mit à blêmir à vue d'œil en imaginant l'image qu'elle allait renvoyer aux yeux de la famille d'Ethan.

— Ils vont me prendre pour une folle délurée, avec des principes aussi bizarres que choquants !

Ethan se mit à rire. Si au départ, devoir justifier sa relation avec Kaya à sa famille lui semblait un calvaire, avec le recul il s'en réjouissait. Il avait même hâte de voir quelle réaction tous les membres de sa famille allaient avoir. Hâte de voir dans quelle mesure Kaya allait encore une fois influer sur leur comportement. Car il y avait une chose dont il ne doutait plus, c'était qu'elle les charmerait tout comme elle avait charmé ses amis.

— Et moi, tu as pensé à moi ? rétorqua Ethan, faussement sidéré. Leur fils chéri ramène une folle délurée ! Tsss ! Pas de doute ! Je ne toucherai plus l'héritage ! C'est certain !

— Pfff ! Très drôle ! grommela Kaya.

Ethan lui proposa alors la paume de sa main.

— On est dans le même bateau, donc ne te bile pas ! Si ça ne passe de ton côté, ça ne passera pas non plus du mien, que je te fréquente pour x ou y raisons. On sera tous les deux sur la sellette. Unis devant l'adversité, Princesse ! Tope là !

Kaya regarda sa main. Si ses propos la soulageaient un peu, elle ressentait quand même une angoisse à ne pas être à la hauteur de leurs espoirs. Elle n'avait pourtant rien à leur prouver, ne leur devait aucune explication, car sa relation avec Ethan ne concernait que les deux premiers intéressés, autrement dit eux deux. Pourtant, elle n'aimait pas déplaire aux gens. Elle n'aimait pas qu'on la juge à tort. Elle tapa sur la main d'Ethan à moitié convaincue. Elle devait croire en lui, croire en leur contrat, en leur choix, mais

n'acceptait toujours pas le côté irresponsable de leur affaire.
Même bateau, même galère... Oui, on verra, Ethan.
Elle se mit à observer le paysage, pour ne pas réfléchir davantage à ce flou autour de leur relation. Elle ne devait pas avoir peur. Il lui avait dit les mots rassurants qu'elle espérait. Il avait confirmé la raison de sa présence à ses côtés et son soulagement. Elle devait maintenant affirmer sa position, son volontariat dans le contrat. Elle devait le revendiquer non avec honte, mais avec fierté, comme Ethan semblait le faire.
Profiter, plutôt que cogiter... S'évader, oublier, plutôt que ressasser et se lamenter... Voilà les raisons du contrat !
— C'est impressionnant tous ces immeubles ! déclara Kaya, bien décidée à présent à apprécier chaque moment ici.
Ethan jeta alors des coups d'œil vers elle et sourit. Il retrouvait ces morceaux d'insouciance qu'elle lui offrait parfois, à s'extasier sur peu de choses. Des sushis, un hamburger ou des immeubles, elle agissait à chaque fois avec innocence, comme si elle découvrait tout pour la première fois.
— Ethan regarde, il y a un zoo ! On y ira ? Je suis certaine qu'il est chouette à visiter.
Ethan pouffa alors, en constatant son enthousiasme digne d'une touriste.
— Si tu veux !
— Promis ?
— Promis ! On ira aussi faire les boutiques. Ton manteau n'est pas assez chaud.
Kaya regarda son manteau en grimaçant.
— OK, mais je ne veux pas que tu me paies quoi que ce soit. Ça ira... Garde tes économies. Tu en as déjà assez fait...
Ethan grimaça à son tour. Il sentait le sujet de discorde venir à nouveau.
— OK, on ira dans des boutiques discount pour satisfaire mes

économies et les achats bon prix de Mademoiselle ! Va falloir noter tout ce qu'il y a à faire durant ton séjour...

La voiture longea le bord de mer. Kaya se perdit à contempler l'océan. C'était la première fois qu'elle voyait l'Atlantique. Une première, et elle ne le voyait pas de la France. Le constat était triste. Sa vie ne lui avait jamais permis de voyager, même dans son propre pays. C'était aussi la première fois qu'elle partait à l'étranger. Toutes ces nouveautés dans sa vie depuis peu étaient arrivées grâce à Ethan. Il était en train de changer radicalement son quotidien. Tout était allé si vite. Seulement deux bons mois et pourtant tout semblait plus long, comme une habitude qui s'installait dans sa vie, ponctuant ses journées et ses nuits avec force.

Le bord des côtes américaines fut remplacé bientôt par des plaines plus boisées. De grandes forêts s'imposèrent à eux. La neige couvrait les arbres et donnait un spectacle grandiose au panorama. De nombreux panneaux avec écrit « Park » dessus, signalaient tous ces espaces verts immenses qui organisaient les alentours de New Haven. Ethan bifurqua vers une de ces forêts.

— Tes parents vivent près d'une forêt ?

— Non, ils vivent à l'extérieur de New Haven. Ils aiment la tranquillité. New Haven est réputée parce que c'est ici que se trouve l'université de Yale !

Ethan lui sourit fièrement comme s'il comparait la prestigieuse école à la tour Eiffel.

— J'ai hâte de visiter ! lui répondit-elle tout en riant de son effet qu'elle trouvait pompeux.

Ethan lui sourit et guida la voiture vers un petit passage forestier qui inquiéta un peu Kaya.

— N'est-ce pas dangereux de prendre ces petits chemins plein de neige ? On va finir par se retrouver bloqués, non ?

— Non, le pick-up peut crapahuter sans problème ! Et puis... nous sommes arrivés !

Ethan prit alors un sentier encore plus petit, perdu au milieu des arbres et s'arrêta. Kaya regarda autour d'elle et ne vit aucune maison.

— Il faut continuer à pied ? lui demanda-t-elle alors, incertaine de comprendre.

Ethan l'observa un instant, puis sortit de la voiture sans répondre. Il ouvrit la porte arrière et étala une couverture sur la banquette arrière de la cabine. Il sortit ensuite deux petits coussins planqués sous le siège conducteur et retira son manteau. Il ferma la porte et alla s'asseoir enfin sur la banquette, puis tendit ses bras vers elle.

— Kaya, je n'attendrai pas une minute de plus. J'ai atteint mes limites. Personne ne viendra nous déranger ici, je te le promets. Console-moi ! Vite !

9
APPRIVOISÉS

— Tu redoutais l'intensité de nos retrouvailles en arrivant ici, Kaya ? Laisse-moi te montrer ce qu'il en est de mon côté ! Pas dans une heure, ce soir ou demain, mais dès maintenant.

Kaya observa ses bras avec envie. Ils y étaient. Ce moment fatidique où sa présence aux côtés d'Ethan prenait tout son sens, où le besoin d'attention de l'un égalait celui de l'autre à en donner, afin de soulager mutuellement leurs douleurs profondes, leurs moments de doutes, leurs craintes sur l'avenir. Elle descendit la fermeture éclair de son manteau et le retira en silence. Avec précaution, elle se fraya un chemin entre les deux sièges avant, pour le retrouver à l'arrière. Ethan l'aida à le rejoindre et l'invita à s'asseoir dans un coin de la banquette, un coussin contre son dos et ses jambes sur les siennes. Puis, il se blottit un peu plus contre elle, passant son bras autour de sa taille.

— Dis-moi que tu n'as plus peur, Kaya...

— Non, ça va ! Tes mots tout à l'heure m'ont rassurée. Je ne sais toujours pas comment vraiment être efficace, mais je suis prête à mettre en action notre contrat !

Ethan la fixa avec douceur, puis pouffa en imaginant toutes les façons sensuelles qu'elle pourrait mettre en œuvre pour le satisfaire.

Kaya, ta naïveté dans tes mots me sidérera toujours !

Si pour lui, ce contrat comportait des inconvénients, il restait indéniablement un moyen de la garder près de lui.

— Ooooh, je pense que je vais trouver de quoi encore te rassurer ! fit-il sarcastique alors qu'elle sentait la moquerie dans le ton de sa phrase. J'ai besoin de toute ton attention dorénavant et je suis persuadé que tu vas trouver de quoi satisfaire mon pauvre cœur meurtri. J'ai vécu un calvaire ! Faut que tu m'apaises l'âme et le corps !

— Vraiment ? ironisa Kaya devant le ton badin d'Ethan. Pauvre cœur meurtri ? Rien que ça ?

— Oui ! J'ai déploré ton absence... souvent !

Ethan lui offrit un sourire plus timide. Kaya comprit vite que ses paroles n'étaient peut-être pas si exagérées que ça et qu'il cachait une véritable douleur.

— Par rapport à ce qu'il s'est passé avec ta mère ? Tu avais besoin de moi ? Tu n'étais pas seul, ta famille était là pour te soutenir, non ?

Ethan se redressa, posa ses bras sur le haut de la banquette et soupira. Il regarda le plafond de la voiture, le regard vague.

— Parfois, une personne extérieure à son entourage proche apporte un nouveau souffle, soulage. J'ai vraiment cerné l'importance de la proposition que je t'ai faite, ainsi que notre contrat, à ce moment-là. Chacun était enfermé dans sa douleur et moi, je ne voulais pas les accabler plus qu'ils ne l'étaient déjà. Je ne savais pas comment analyser la mienne... Du moins, je ne savais pas si ce que je ressentais était de la douleur...

Kaya le regarda avec interrogation.

— Pourquoi doutes-tu que, ce que tu ressentais, ne fut pas de la douleur ? C'est ta mère ! Il est normal que cela t'affecte ! Tu dévalorises trop ce que tu ressens. Affirmer une distance sur ses sentiments me paraît impossible. On est tous humains et on a tous une conscience qui nous fait ressentir différentes émotions.

Ethan souffla et se pencha sur elle pour poser quelques secondes son front contre son épaule offerte à lui. Comment pouvait-elle, elle aussi, comprendre le chaos qui l'avait envahi durant ces dernières semaines ? Elle ne savait rien de ses réels doutes, ses blessures.

— Kaya, tu voulais savoir ce que je faisais, avec qui. Crois-moi, il n'y avait rien de folichon. J'ai eu beaucoup de mal à trouver un réconfort à ce qu'il se passait. Quand je suis arrivé à l'hôpital, Charles avait le visage décomposé, Max restait terré dans un silence d'outre-tombe, et Claudia se bouffait les ongles au sang tant le stress débordait de tous les pores de sa peau. Que voulais-tu que je fasse ? Comment imagines-tu que je réagisse ? Ça a été le trou noir de mon côté. Un bug monumental sur la façon dont je devais me comporter.

— Tu n'as pas à rester fort dans de telles circonstances ni à justifier une façon de réagir plus qu'une autre. Tu as le droit d'être inquiet, perdu, meurtri, Ethan. Tu as le droit aussi d'être déconnecté de toute attente, toute logique. Tu aurais dû m'appeler pour soulager tes doutes puisque tu en ressentais le besoin. La distance n'aurait pas dû être une excuse si notre contrat doit vraiment s'appliquer en toutes circonstances. Tout le monde aurait une de ces postures face à un tel drame. Je n'ai jamais aimé l'hôpital. Entre la santé de ma mère, puis celle de mon père et enfin le constat à la morgue du décès d'Adam, je crois que j'ai ce type de lieu en aversion. Je peux comprendre que ce ne fut pas facile pour vous tous. J'ai vécu ces moments de faiblesse, d'impuissance et de trouble avec mon père. Je sais ce qu'on peut ressentir quand on est face à ce type de situation. On essaie d'analyser, de comprendre, mais on n'arrive pas à trouver de réponses. On ne sait pas quel acte pourrait soulager. Tu devais, toi aussi, être très peiné, très marqué par son hospitalisation. C'est ta mère, pas une étrangère. C'est normal !

Ethan retira sa tête de son épaule et plongea son regard dans le sien. Un certain malaise voila ses yeux.

— Sur le papier, elle l'est, oui. C'est ma mère. Mais je ne l'ai jamais considérée comme telle. Elle ne sera jamais comme ma vraie mère. Je n'accepterai pas qu'elle le soit, Kaya. C'est juste au-delà de mes forces.

Le ton d'Ethan était devenu tout à coup plus sec, plus tranchant. Kaya resta soufflée par l'assurance de ses propos. Elle ne comprenait pas la distance qu'il mettait avec sa mère adoptive alors que d'après ce qu'elle avait pu comprendre sa vraie mère n'était pas un modèle de perfection et Cindy semblait au contraire l'être.

— Comment peux-tu dire cela ? N'a-t-elle pas fait beaucoup de choses pour toi ? N'a-t-elle pas sorti l'adolescent que tu étais d'une tourmente ? C'est bien toi qui m'as dit qu'à la rencontre avec les Abberline, tu étais plus « sauvage » et qu'ils t'ont sorti de la rue ?

Ethan détourna les yeux. Parler de sa vraie mère était toujours aussi difficile et justifier ses choix l'était encore plus. Ses muscles se crispèrent instantanément. Il baissa la tête, regardant vaguement un coin du siège avant et serra son poing.

— Kaya, si je ne nomme pas Cindy « Maman », ce n'est pas pour rien. Oui, ils m'ont apporté tout ce dont je pouvais avoir besoin, mais à mes yeux, « Maman » est un mot que j'ai banni. Je n'ai qu'une mère, et c'est déjà une honte à mes yeux. Il est hors de question que j'en ai une seconde ! Avoir une mère, c'est souffrir. La gentillesse mène à la douleur, l'amour à la souffrance. Il ne faut pas croire en l'amour d'une femme. Le rôle de mère n'est qu'un rôle subterfuge.

Les pupilles d'Ethan étaient à présent d'un noir corbeau, froid, acéré. Sa mâchoire pulsait sous ses mots. Les veines de ses tempes

ressortaient. Toute l'horreur de l'évocation de ce mot transparaissait en lui. Kaya resta stupéfaite par tant d'animosité, de sévérité. Elle en perdit ses mots, mais remarqua surtout un détail qu'elle avait déjà entendu...
La gentillesse mène à la douleur...
Toujours le même discours sur la gentillesse. Toujours ce refus d'aimer les femmes. Elle qui avait rêvé d'avoir sa mère auprès d'elle durant toute sa vie ne comprenait pas le rejet si virulent de ce rôle et de ce mot chez Ethan.

— Ethan, Cindy Abberline te considère pourtant comme son fils, non ? Où vois-tu un subterfuge dans ce qu'elle fait ? Tu as eu une seconde chance. Pourquoi la rejettes-tu si fermement ? Je n'ai pas eu ce luxe et je regrette quelque part de ne pas avoir eu une mère pour me guider, m'élever, partager et rire avec moi. Je ne doute pas que ta vie avec ta vraie mère ait pu être difficile, que ton rapport avec eux ait pu être parfois conflictuel, mais...

Kaya baissa les yeux et regarda son torse se soulevant et se rabaissant avec rythme et force. Son pull cachait ses cicatrices. Elle éprouva le besoin de poser sa main sur lui pour assurer sa position de réconfort. Elle avait maintenant l'impression d'être mise à distance, comme si finalement il demeurait inaccessible.
Je n'arrive pas à te comprendre, Ethan. Aide-moi... Je ne peux pas t'aider si je ne comprends pas...
Elle ne voulait pas perdre le lien si infime soit-il qui les unissait. Il ne devait pas se braquer contre elle. Ils le faisaient souvent face aux mots vindicatifs ou blessants de l'autre d'ordinaire, mais cette fois-ci, ils se devaient d'aller au-delà. Elle devait temporiser les choses pour que ça ne monte pas plus et finisse en dispute.

Lentement, elle leva sa main vers lui et posa le bout de ses doigts sur son torse. Toujours à cran, Ethan la regarda faire, fixant le bout de ses doigts, et ferma les yeux lorsqu'ils le touchèrent à travers son pull. Entre révulsion à ce contact et besoin étrange d'être entendu, il tenta de calmer toute la hargne qui brûlait son cœur.

— Ethan, tout va bien... lui chuchota-t-elle. Tu es avec moi. Je ne veux pas te juger. J'essaie juste de te comprendre. Si tu veux que j'apaise ton âme et ton corps, je dois comprendre ce qui t'abîme.

Ethan rouvrit les yeux et perçut son inquiétude. Abîmé. C'était ce qu'il était. Il n'y avait pas de mot plus proche de la vérité. Kaya lui sourit timidement.

— Dis-moi ce que tu as ressenti en arrivant à l'hôpital... Je suis persuadée que Cindy Abberline compte à tes yeux d'une façon bien particulière. C'est juste que ton passé altère ton jugement sur pas mal de choses et notamment sur ce qui est de l'ordre de la parentalité. Mais rien n'est immuable. Regarde-nous... Tous les deux, on avance et pourtant, c'était très mal barré !

Kaya pouffa alors en repensant à leurs premières rencontres, ce qui fit redescendre instantanément toute pression chez Ethan qui s'esclaffa également. Tout en l'enlaçant, il cogna son front contre celui de Kaya et poussa un peu plus son torse contre la main de la jeune femme. Kaya se sentit rassurée ; le contact n'était pas perdu.

— Je ne la rejette pas en bloc. Cindy est devenue un maillon important de ma vie et, pour être honnête, ce sont mes convictions sur son statut de mère qui m'ont justement ébranlé durant sa convalescence. Ça m'énerve, c'est vrai. Tout ça me rend fou de colère. Je ne te demande pas de me comprendre, mais pour moi, le mot « maman » est une injure. Le rôle de mère et de père m'est devenu très vite étranger. Ma vraie mère n'a pas eu le comportement adéquat de mère et comme je te l'ai déjà dit, je n'ai jamais connu mon vrai père. Mon beau-père n'était pas un tendre avec moi et ne m'a jamais considéré comme son fils. De mon côté, mon arrivée chez les Abberline n'a jamais été faite avec l'idée d'avoir de nouveaux parents. Je n'en voulais plus. Je n'en désirais pas. Je ne voulais même pas en entendre parler. Je voulais juste croire à une autre vie que celle des Blue Wolves. J'aspirais à voir autre chose. Et lorsque je leur ai demandé de m'adopter, c'était par pure revanche sur ma vraie mère. Pour lui prouver que le statut de parent, c'était bidon, que n'importe qui pouvait avoir l'étiquette de père ou de mère, une étiquette factice qu'on vous colle sur le front sans pour autant avoir ce lien si particulier avec son enfant. Comme cela avait été le cas entre elle et moi. Il n'y a rien d'autre que des étiquettes que l'on colle aux gens. Elle n'a eu que le renvoi de bâton en acceptant que les Abberline soient mes tuteurs, sans chercher à me récupérer ni même trouver une once de courage pour me le dire en face. Je me suis senti tellement humilié qu'il fallait que je me venge. Elle m'a renvoyé dans la face ma position de gamin sans famille en m'attribuant un tuteur. Je n'étais qu'un gosse dans ses pattes, un poids à ses pieds. Elle a détruit toute estime en moi et toute estime sur le rôle de mère. J'ai donc grandi, évolué avec cette rancœur, avec cette idée que les femmes étaient toutes fausses, menteuses, manipulatrices. Cela s'est vérifié avec toutes mes relations sexuelles par la suite. Toutes vénales, toutes intéressées, toutes hypocrites. J'ai enchaîné les conquêtes, mais le même constat à chaque fois apparaissait : elles ne donnaient que si tu donnais toujours plus. Il n'y a pas d'amour, pas d'affection, pas de sincérité dans les relations hommes femmes. C'est un jeu de dupes où le vainqueur sera celui qui profitera le plus de l'autre. Voilà quelle est ma conclusion, celle de toute ma vie ! De l'enfance à maintenant ! Quand tu t'es pointée devant moi, en chantonnant à tue-tête ton méga amour pour ton fiancé défunt, ça a été le pompon ! La pire mauvaise foi à mes yeux ! Oser me faire croire que l'amour pouvait aller au-delà de la mort ! Quelle connerie ! L'apothéose de l'arnaque sentimentale !

Kaya grimaça devant l'évocation de son amour pour Adam. Elle-même aujourd'hui doutait du bien-fondé de ses mots au regard de ce qu'elle faisait avec Ethan. Elle n'arrivait même pas à lui en vouloir de douter. Elle aussi avait cette impression déplaisante d'être hypocrite, menteuse, voire arriviste avec lui et envers la mémoire d'Adam. Elle n'osait même plus le regarder en face. Elle ne valait pas mieux et elle ne doutait plus de l'intérêt d'un contrat à ses yeux. Il n'y avait que ce genre de procédé qui le protégeait et pouvait le contenter.

Pas de sentiments, pas d'amour... ça peut se comprendre de son point de vue.

Ethan remarqua son silence à l'évocation d'Adam. Elle, d'habitude si emportée quand on bafouait son amour pour son fiancé, se taisait. Un silence éloquent, accompagné d'une fuite dans son regard qui semblait la blesser malgré tout.

— Kaya, les femmes ne m'ont jamais fait de cadeaux. Ma mère biologique a détruit bien plus que l'enfant qui était en moi. Elle a usé de mon amour, ma confiance et ma naïveté. Je lui ai tout donné, mais ça n'a pas suffi pour être aimé comme j'aurais dû l'être à mes yeux. On ne peut pas me demander de voir le statut de mère avec bienveillance, alors que ma mère a mis un chaos énorme en moi. On ne peut pas me demander de croire en l'amour alors que toutes les femmes que j'ai pu rencontrer ne valaient pas mieux que ma mère biologique. Ma mère était une putain. Une toxico. Elle n'a pensé qu'à elle, à sa fuite vers tout ce qui pouvait lui faire oublier sa vie misérable. Elle n'a jamais été une mère. Elle était au pire une enfant devenue trop vite maman. Mais ce que la plupart des gens qualifient de « sens maternel », je ne l'ai finalement jamais connu. Et l'arrivée des Abberline dans ma vie n'a fait que me rendre plus méfiant envers la gent féminine. La révélation de Michèle à l'orphelinat sur mes premiers cadeaux de Noël par les Abberline en est la preuve. Je ne voyais que corruption, manipulation. Cindy voulait m'approcher, me toucher, me percer à nu avec ses yeux de psychologue et elle n'a pas obtenu ce qu'elle voulait pendant longtemps. J'ai grandi plus auprès de Charles que d'elle. C'est lui qui m'a éduqué. J'avais bien plus confiance en lui qu'en elle et j'ai partagé bien plus avec lui qu'avec elle. Et pourtant, je sais aussi que beaucoup de situations partagées avec Charles venaient des idées de Cindy pour m'amadouer, pour me rendre plus confiant envers eux. Je ne lui en veux pas, car oui, j'ai toujours été heureux et aujourd'hui, j'arrive à m'ouvrir un peu plus à elle. Je sais qu'elle ne veut pas me faire souffrir et elle sait quelle distance elle doit adopter avec moi si elle veut garder cette confiance qui a mis du temps à s'établir. Elle sait qu'elle n'aura jamais d'effusions de bons sentiments avec moi, qu'elle ne me prendra jamais dans ses bras et n'entendra jamais le mot « Maman » de ma bouche. Un accord tacite a été passé entre nous. Je l'accepte dans mon quotidien, mais c'est une forme de respect mutuel qui existe entre nous. Pas un rapport maternel ! C'est ainsi. Et ça le restera !

Le cœur d'Ethan s'emballa à nouveau après cette nouvelle tirade. Sa poitrine était repartie dans un mouvement de va-et-vient conséquent contre la main de Kaya. Ses yeux se voulaient convaincus et convaincants. Pourtant, devant le silence de Kaya et le contact de sa main contre sa poitrine, la coquille qu'il tentait de garder intacte se fissurait. Il le savait. Sa rencontre avec Kaya avait changé beaucoup de choses en lui. Son discours qu'il se répétait devant elle pour se convaincre et la convaincre, ces mots qu'il voulait comme unique façon de vivre lui faisaient mal. Le visage de Kaya face à lui entaillait chaque morceau d'engagement pour lequel il se démenait depuis des années. Sa douceur dans son regard, la chaleur de sa main contre son torse, son silence respectueux et compatissant lui montrait que sa tirade tenait difficilement. Elle lisait en lui et ne voyait pas ses mots, mais la vérité en dessous. Il ne la duperait pas et il devait arrêter de se duper aussi. Un coup de vent, et le château de cartes s'effondrerait. Et il savait que ce vent venait de Kaya. Il le ressentait depuis leur première rencontre. Elle bouleversait tous ses codes. Elle mélangeait toutes ses idées. Elle l'affaiblissait. Ses yeux s'humidifièrent. Il sentait toutes forces lui échapper, tout mental se faire la malle. La coquille se brisait encore et les morceaux tombaient. Ses remparts s'écroulaient alors que l'autre main de Kaya venait maintenant lui caresser la joue. Il savait qu'il devait se reprendre, mais il était fatigué de lutter.

— Quand je l'ai vu dans son lit, si pâle... je suis resté comme un con... commenta-t-il alors, d'une petite voix meurtrie. Je n'ai pas voulu croire ce que je voyais. Elle a toujours été forte. Elle a toujours gardé confiance. Là, elle ne souriait plus. Elle semblait épuisée. Je n'ai pas voulu croire que c'était elle. Je n'ai pas voulu croire qu'elle était si mal en point. Ce n'était plus la femme qui retournait toutes mes méfiances à son avantage, ce n'était plus la femme qui tentait de me corrompre avec ses lasagnes ni celle qui essayait de me sortir les vers du nez jusqu'à ce que je lâche l'affaire. Elle n'était plus que l'ombre d'elle-même...

Les yeux de Kaya se remplirent de larmes alors qu'Ethan n'arrivait plus à retenir celle à présent qui coulait sur sa joue.

— Elle avait des tuyaux partout et des cernes sous les yeux.

Il laissa échapper un sanglot alors que doucement, les lèvres de Kaya vinrent caresser les siennes pour l'aider à extérioriser, à soulager le souvenir angoissant qui l'assaillait.

— Qu'est-ce que j'aurais dû faire ? murmura-t-il difficilement. Je ne voulais pas ça. Si j'avais été plus ouvert avec elle, peut-être que son cœur...

— Ethan, si son cœur est faible, ce n'est en rien de ta faute. Ta position ferme dans la relation que vous avez ne changera pas son état de santé. C'est un ensemble qui a conduit ta mère à faire une crise cardiaque. Ce n'est pas de ta faute. Et je suis persuadée qu'elle ne t'en veut pas. Je ne la connais pas, mais une maman, une vraie, aime ses enfants quoiqu'il arrive, quel que soit leur caractère.

Kaya lui sourit gentiment et planta son regard dans le sien pour le rassurer.

— Tu as une maman, Ethan. Une vraie. Et les larmes que tu me montres prouvent que tu le sais, même si c'est effrayant à envisager. Il n'y a pas de honte à avoir d'aimer celle qui a donné son temps pour ton bien-être. Je t'envie beaucoup et j'ai hâte de les rencontrer. Et je suis sûre que tes parents sont loin d'être des connards sans nom comme leur fils !

Ethan s'esclaffa devant sa moquerie alors qu'elle ne cachait pas son rire.

— Franchement, c'est impossible qu'un père et une mère digne de ce nom puissent avoir un gosse aussi impertinent ! renchérit-elle. Je suis certaine qu'ils ne cautionneraient pas le quart de toutes les misères que tu m'as faites !

Ethan fronça les sourcils, partagé entre rire et agacement alors qu'il se dévoilait de façon peu habituelle à elle. Il essuya rapidement les traces humides sur ses yeux et lui lança un regard plus assuré.

— Ça y est ? Tu as fini ? C'est comme ça que tu me réconfortes ?

— Bah quoi ? Je pense être objective en disant que…

— Stop !

Aussitôt, il fonça sur sa bouche. Il écrasa encore et encore ses lèvres sur les siennes. Kaya se mit à gémir, à moitié amusée et gênée par son attaque. Plus elle bougeait, plus les mains d'Ethan bloquèrent la tête de la jeune femme en la saisissant en étau. Il avait besoin de ce contact, besoin d'asseoir sa supériorité alors qu'il venait de lui montrer ses faiblesses. Ses baisers étaient empressés, sauvages, ne laissant aucun répit pour respirer. Bientôt, la langue d'Ethan se glissa impétueusement dans sa bouche, sans demander d'autorisation, et le cœur d'Ethan chavira. Tout le temps perdu loin d'elle devait être rattrapé. Plus de gêne ni d'hésitation. Encore moins de politesse. C'était devenu un geste essentiel à son équilibre. Kaya était sa bouée qui le gardait à la surface et le conduisait vers les beaux rivages. Il avait besoin de sa sirène pour nager et non pas couler.

Kaya posa ses mains sur celles d'Ethan ne lâchant toujours pas ses joues. Elle les caressa délicatement pour tenter de calmer son ardeur soudaine. Elle réalisait pleinement son besoin de possession, son besoin d'être rassuré en dominant leur baiser. Il avait besoin d'elle et uniquement d'elle. Elle y trouva même une fierté à être si convoitée. Il exprimait son souhait de la garder rien qu'à lui, rien que pour lui. Ethan se calma au fur et à mesure, sous les caresses patientes de Kaya. Il ne stoppa pas pour autant ses baisers contre ses lèvres, mais relâcha la pression autour de ses joues.

— Kaya, en as-tu envie autant que moi ? J'ai tellement envie de te toucher et de sentir ta douceur sur moi. S'il te plaît, fais-moi du bien. Prends soin de moi.

Kaya lui sourit alors tendrement. Après cette discussion, elle pouvait percevoir un homme qu'elle ne connaissait pas encore, mais qui répondait à certaines de ses parties sombres. Ethan était un homme blessé au-delà de ses cicatrices. Il était égratigné dans son cœur. Il était dans un esprit de contradiction constant finalement. Ne pas être touché, mais n'attendre que ça au plus profond de soi. Ne pas vouloir de mère, mais être éprouvé par la bienveillance de Cindy au point d'en laisser couler des larmes. Ne pas s'attacher aux femmes, mais réclamer malgré tout de l'attention auprès d'elle. Elle se rendait compte que sous l'iceberg contre lequel elle se cognait, il y avait un autre monde qu'il refusait de montrer, sauf par moments, quand il arrivait à être en confiance avec elle.

Kaya déposa un baiser léger sur ses lèvres et se déporta sur lui, se mettant à califourchon sur ses genoux. Ethan ne s'opposa pas et glissa ses doigts dans ceux de la jeune femme. Un long silence s'ensuivit avant que Kaya ne parle.

— Je suis allée au cimetière avant de partir. Je voulais prévenir Adam, lui dire au revoir.

Ethan l'écouta attentivement, bien que le fait de reparler d'Adam après une telle discussion lui déplaisait ; elle avait signé la clause de non-évocation de son fiancé. Il attendit toutefois la suite qui mit du temps à venir.

— Je me suis assise devant sa tombe et voilà ! C'est tout !

Tout à coup, elle se mit à sourire fièrement. Ethan montra un visage perplexe.

— Tu vois ! Je progresse !

Elle bomba sa poitrine, manquant de peu de se cogner la tête contre le plafond du pick-up. Ethan demeura silencieux, réfléchissant à ce qu'elle attendait de lui après cette révélation.

— Je n'ai pas pleuré... continua-t-elle, se rendant compte qu'elle devait approfondir sa remarque.

Son regard se porta vers leurs doigts entrelacés. Une ombre de nostalgie parcourut ses yeux.

— Pour être franche, je ne savais pas quoi dire ou faire devant la tombe. Je partais pour un autre pays et voilà. Il n'y avait rien à justifier ou s'excuser. Pour la première fois, je ne me suis pas sentie coupable. Je n'éprouvais pas de remords à partir et à le laisser seul. Plus que tout, j'avais très envie de partir. J'avais envie de voir d'autres choses que mon quotidien, découvrir d'autres villes que Paris que je connais par cœur. Je voulais sortir de ma bulle, respirer un autre air. En réalité, tu m'offres une bouffée d'oxygène qui me pousse à en réclamer d'autres. C'est à la fois flippant, mais salvateur. Et cette fois, cette bouffée d'oxygène est un grand bol d'air frais qui m'épanouit vraiment. Tu me fais vraiment du bien. C'est sans doute incroyable pour moi de reconnaître qu'un homme comme toi arrive à de tels exploits, mais c'est pourtant un fait. Je voulais te rejoindre. Alors, je me suis posée devant sa tombe, j'ai regardé son nom gravé sur la stèle et rien ne s'est produit. Je me suis rendu compte que finalement, je n'attendais plus autant de lui.

Instinctivement, elle caressa de son pouce la main d'Ethan.

— Tu vas rire... Je ne voyais qu'un bout de pierre avec son nom dessus. Il était là, là-dessous, sans être vraiment là. Je me rends compte que j'étais effectivement trop tournée vers le passé. Il est dans mon cœur, mais ma vie continue sans lui. Adam était mon soleil. Tout ce qui se passait dans ma vie dépendait de lui. Je sais que je dois me résoudre au fait que mon astre ne brillera plus jamais. Mon soleil s'est éteint, mais c'est très dur de graviter dans un univers si froid, si stérile et sombre. À certains moments, je me suis dit : « À quoi bon ? ». Sauter dans la Seine ou m'ouvrir les veines m'a souvent effleuré l'esprit. Le seul hic, c'est que je ne suis pas aussi courageuse que cela. Alors, à part me raccrocher au passé, je ne voyais pas trop ce qu'il me restait comme option. Et tu es arrivé et...

Elle tenta de cerner alors la réaction d'Ethan. Ce dernier ne disait rien. Il l'observait avec indulgence, même si sa mâchoire semblait se crisper un peu à l'idée qu'elle ait pu penser au suicide.

— Je suis contente de te connaître même si tu es un type agaçant, déroutant, plein de surprises. Je suis contente d'être venue. Je me sens un peu nue, mais j'ai l'impression de revivre un peu à ton contact et je comprends un peu mieux ta demande de réconfort. Je comprends qu'on est finalement deux âmes perdues dans l'univers, qui décident de se serrer les coudes pour être un peu plus fortes. Du moins, c'est comme ça que je le vois à présent. Je ne sais pas du tout comment envisager les prochains jours, mais je suis contente d'être avec toi.

Ethan regarda le pouce de Kaya faire des demi-cercles sur sa main. Elle tentait de calmer ses angoisses, révélées dans ce geste répétitif. Combien de fois avait-il, lui aussi, pensé mettre fin à ses jours, ne trouvant aucune solution à ses maux ? Ils étaient plus similaires qu'il ne l'avait pensé. Ils avaient besoin l'un de l'autre bien plus qu'à cause d'une simple attirance physique. C'était plus profond que cela. Il s'en rendait compte depuis quelque temps. Ce qu'il cherchait en Kaya se révélait de plus en plus à lui : c'était une partenaire de souffrance. Il l'avait poursuivie sans relâche, car il sentait qu'elle pouvait le comprendre. Elle était le mur dont il avait besoin pour rester debout et il se manifestait également comme le sien. Sa volonté d'être avec elle prenait tout son sens à présent. Il en était tombé amoureux, car ils avaient les mêmes attentes et les mêmes exigences de la vie. Juste du bonheur et de l'amour. Juste avoir une personne à côté de soi pour partager ses joies et ses peines. Il tourna alors sa main pour prendre celle de la jeune femme et la serrer. Un sourire à la commissure de ses lèvres dévoilait sa satisfaction à entendre les mots de Kaya. Son cœur se gonflait de soulagement et de bonheur de réaliser que tout n'était pas vain entre eux, que son instinct l'avait guidé vers le bon choix.

— Et moi, je suis content que tu sois là. Tu m'as choisi... Pour une fois ! Effectivement, c'est à marquer d'une croix sur le calendrier. Tu m'as préféré à lui. Tu as préféré le pauvre type que je suis, le connard de ces dames au merveilleux Saint Adam. Ce soir, c'est pluie d'étoiles filantes ! C'est presque du miracle, ça !

— Heeey ! s'agaça Kaya face au ton ironique d'Ethan. Ne te moque pas de moi ! J'essaie de faire des efforts, mais ne vois pas non plus une attirance ou un amour pour toi ! Ne t'emballe pas, Roméo ! J'aime Adam et ça ne changera pas ! C'est juste que je tente de vivre un peu plus que de survivre maintenant et tu m'y aides bien.

Ethan se mit à rire. Ils en étaient toujours au même point, mais il ne pouvait s'empêcher d'être heureux de leur complicité qui ne cessait de grandir.

— Je ne pense rien, je ne me fais aucune idée. Rien. Comme tu me l'avais dit ! Comme je te l'ai promis au gala ! Je note juste ce grand exploit !

Il fit alors sauter ses sourcils, comme ultime provocation. Son sourire provocant obligea Kaya à se défendre et elle poussa ses épaules contre la banquette. Ethan se mit à rire à nouveau et la serra alors dans ses bras. Le menton sur l'épaule d'Ethan et bloquée par son étreinte, Kaya souffla, même si au final, elle était heureuse de retrouver ses bras.

— Tu m'énerves ! protesta-t-elle.

— Évidemment ! répondit-il, telle une délicieuse rengaine, tout en lui caressant le dos.

— Évidemment… répéta alors Kaya, la mine boudeuse. T'as intérêt de bien me consoler !

Ethan écarquilla les yeux devant sa remarque inattendue. Touché plus qu'il ne le pensait, il posa ses lèvres sur son épaule et respira fort son parfum d'abricot sur la pointe de ses cheveux. Il se sentait heureux. Serein. Il ne pouvait s'empêcher de sourire devant ce flot de belles phrases qu'elle lui offrait. Un baume sur son cœur meurtri plus tôt qui lui réchauffait le corps. Il l'aimait chaque seconde un peu plus. Elle débloquait ses nœuds si douloureux dans son corps avec une telle aisance. Elle se montrait même reconnaissante et là, elle désirait qu'il s'occupe d'elle. Son cœur battait fort dans sa poitrine. Il avait envie de lui dire des mots doux, mais ils restaient bloqués au fond de sa gorge. Il savait qu'il manquait de courage. Pourtant, l'envie de briser la glace restait tenace.

— Je ferai tout ce que tu veux, Princesse. Parce que moi aussi, j'en ai envie. J'ai très envie de me fondre en toi.

— Pourquoi faut-il toujours que tu rapportes tout acte de réconfort à un acte sexuel ? C'est fou, ça !

Ethan se mit à sourire, bien qu'expliquer la raison à cela ne l'enchantait guère. Faire le parallèle entre Kaya et sa mère biologique ne lui plaisait pas. C'était très confus. S'il savait que sa demande de réconfort avait pour origine la relation qu'il entretenait avec sa mère, il se refusait aujourd'hui de croire que celle qu'il avait avec Kaya aurait la même finalité.

Les conditions sont différentes... Oui... Kaya ne se moque pas de moi. Elle peut me donner sincèrement. Je le sais. Je le sens... Et pourtant, je doute. Kaya, j'ai tellement peur de me tromper sur ton compte.

Ethan serra un peu plus Kaya dans ses bras. Il avait vraiment besoin de se rassurer. Il voulait croire aux inepties de Cindy sur l'amour, sur la vie de couple, sur ce qu'on gagne à être amoureux. Il aimait déjà tous ces détails que Kaya lui offrait et dont il se repaissait avec joie en silence. Il pouvait sentir chaque vibration dans son corps dès qu'elle se montrait affectueuse avec lui. Toutes ses sensations si agréables quand son amour était récompensé par de l'affection. Pourtant, il avait peur de tomber dans les mêmes erreurs qu'il y a vingt ans. Il avait cru en ces moments de bonheur, mais finalement ils n'étaient rien. Juste des illusions, des choses qu'il s'était imaginées et qui avaient brisé tout son être quand la vérité avait éclaté. Il soupira.

— Pourquoi le sexe ? Parce que j'aime ça. Et parce qu'avec toi, j'aime vraiment, vraiment ça.

Kaya se mordit les lèvres, tentant de réprimer un sourire qui ne lâchait pas son visage. Ethan l'embrassa dans le cou, heureux de sa réponse. Il aimait tout et ne voulait plus retenir ce qui le bouleversait dès qu'elle était dans ses bras.

— Kaya, tu m'as terriblement manqué… souffla-t-il contre son cou.

Son souffle vint dans son cou tel un frisson. Kaya ferma les yeux, sentant son échine se cambrer sous les mots délicieux qu'elle venait d'entendre. Elle avait besoin de retrouver cette sensualité entre eux, ce côté ardent, sauvage, désinhibé dès qu'ils étaient ensemble. Elle se détacha un peu de son étreinte et rouvrit les yeux. Son désir était en train de faire bouillir tout le sang dans son corps qui avait besoin d'attention, de douceur. Son corps réclamait Ethan.

Leurs regards se retrouvèrent alors et leurs bouches se frôlèrent à nouveau. Ils restèrent un instant à se fixer, le visage à quelques centimètres l'un de l'autre. Le bout de leur nez se touchait légèrement, puis ils effleurèrent leurs lèvres une nouvelle fois. Le désir augmenta de chaque côté alors que leurs sourires trouvaient un écho timide, mais heureux sur le visage qui leur faisait face. L'attente devenait trop douloureuse : ils étaient dans un état bien trop avancé de manque pour reculer ou refuser quoi que ce soit.

Leurs bouches finirent par s'aplatir l'une contre l'autre. Ethan glissa immédiatement ses mains sous les vêtements de Kaya alors qu'elle prenait son visage en coupe pour l'embrasser par touche. Ethan grogna, ne masquant pas son plaisir à la caresser enfin. Leurs langues s'entrelacèrent vite, leurs salives se mélangèrent avec impudeur. Le besoin de ne faire qu'un devenait urgent. Rapidement, Ethan exhorta Kaya à retirer le haut de ses vêtements. Kaya ôta son pull et son T-shirt d'un même geste et se dépêcha ensuite d'aider Ethan à en faire autant. Sans hésiter, il se mit torse nu devant elle et jeta ses vêtements sur les tapis du pick-up. Leurs souffles devenaient plus forts, plus irréguliers. Ethan voulait tout, tout de suite. Il plongea dans son cou pour lui dévorer la jugulaire. De petits spasmes de la part de Kaya ponctuèrent ses assauts. Les mains baladeuses d'Ethan arrivèrent sans mal à bout des agrafes de son soutien-gorge. Kaya se mordit les lèvres en réalisant qu'un nouveau cap était franchi et que les délices de ce moment allaient encore s'accentuer. La délivrance de sa poitrine fut recueillie avec plaisir par une main d'Ethan qui empoigna son sein sans vergogne. Leurs bouches se retrouvèrent alors pour asseoir leur soif de l'autre. Sans attendre, Kaya déboutonna son propre jean et se plia en deux pour le retirer malgré l'espace exigu de la cabine. Ne supportant pas de la voir plus longtemps loin de sa peau, Ethan ne perdit pas une seconde pour la récupérer rapidement dans ses bras et l'embrasser encore et encore. Sa respiration devenait capricieuse. Son cœur brûlait d'envie pour elle. Il balada ses longs doigts encore et encore sur sa croupe, voulant s'assurer que rien n'avait changé en un mois, que sa belle lui était restée fidèle jusque dans les moindres détails. Les mains chaudes d'Ethan avaient un effet déconcertant sur la raison de Kaya qui partait à présent en lambeaux. Elle ne voulait être plus que sensation dans ses bras. Contre toute attente, sans manifester aucune crainte ni appréhension, Ethan attrapa la main de la jeune femme et la colla sans ménagement contre sa poitrine, sur ses cicatrices. Kaya sortit de sa torpeur et paniqua en voulant retirer sa main.

— Ethan, qu'est-ce que tu fais ? Je ne veux pas te faire mal.
— Tu me fais du bien, Kaya. Pas du mal. Juste du bien. Reste contre moi…

Il décala sa main plaquée entièrement contre sa poitrine vers son cœur. Déstabilisée, Kaya fixa la main gauche de son amant sur la sienne et l'observa. Ethan semblait complètement transporté par le moment. Il posa ses lèvres sur sa bouche à nouveau pour affirmer sa volonté de la posséder, mais Kaya bloqua sur sa main sentant les battements erratiques du cœur de ce dernier.

— Ethan, ton cœur bat fort. Tu es sûr que tout va bien ? Je ne veux pas te blesser. Je ne veux pas que tu regrettes ou que tu sois perturbé. Je ne veux pas que tu fasses des efforts inconsidérés si…

— Chuuuut ! l'interrompit-il doucement avec son index. Tout va bien. Je peux t'assurer que si mon cœur s'affole, ce n'est pas à cause de ta main sur mes cicatrices. Enfin, si ! Mais pas dans un sentiment négatif.

Il regarda alors leurs deux mains, l'une contre l'autre sur sa poitrine, avec un petit sourire.

— J'aime bien sentir ta petite main froide sur moi. Je crois même que j'en suis au stade où j'ai besoin de la sentir sur moi. Je ne crains plus tes mains comme avant. J'ai juste envie que tu me touches et qu'on se fasse du bien mutuellement. Je veux apprécier la douceur de ta peau sur moi, Kaya. J'ai besoin que tu ailles au-delà de la surface. Je réalise que j'ai besoin que tu m'exorcises en profondeur, que tu creuses en moi pour… pour me soulager encore un peu plus. Mon cœur s'affole parce que mon envie de toi a atteint un stade de frustration inimaginable. Je suis complètement fasciné par ce que tu arrives à faire sortir de moi. Tu m'as apprivoisé. Au-delà de toute logique, je veux que tu me touches sans retenue. Je veux découvrir encore. Découvre avec moi…

Kaya regarda leurs deux mains sur son cœur et se mit à rougir. Jamais leurs discussions n'avaient atteint un stade aussi intime que depuis qu'ils étaient passés sur la banquette de ce pick-up. Chacun évoquait ses envies et ses états d'âme avec plus de facilité que d'habitude. Leurs désirs se manifestaient par des mots, des demandes, des souhaits non contenus. À croire que cette séparation d'un mois leur avait permis de réfléchir un peu mieux aux points positifs et négatifs de leur relation. Pourtant, Kaya s'en trouva gênée. Une telle aisance dans leur comportement respectif était bizarre. Elle ne savait comment réagir à cela. Ethan lâcha la main de Kaya sur sa poitrine et alla de nouveau encercler sa taille de ses deux bras avant de réclamer ses lèvres une nouvelle fois. Kaya ferma ses yeux. Elle pouvait sentir le cœur d'Ethan frapper contre ses doigts. La chaleur de ses lèvres l'enveloppait dans une douce torpeur. Une sensation de bien-être si agréable la berça. Leurs langues se chevauchaient, mais seule la douceur de cet instant comptait. Ethan la coucha alors sur la banquette et embrassa sa poitrine. Ses tétons se dressèrent de façon désinvolte sous les jeux d'aspirations et de succion d'Ethan.

— Kaya... J'ai envie de préliminaires avec toi. J'ai envie de t'embrasser et de te caresser partout, mais... j'ai aussi très très envie d'être en toi. Alors...

Il plongea son regard dans celui de sa belle. Les yeux brillants de Kaya indiquaient qu'elle aussi avait atteint ses limites de patience.

— Tu as un préservatif ? lui demanda-t-elle alors.

Ethan la contempla en silence. Il avait une impression de déjà vu.

— As-tu fait les examens adéquats pour prendre la pilule ? lui demanda-t-il alors.

— Tu les as faits, toi ?

— Oui. J'en ai profité pendant que j'étais à l'hôpital. Tu as un homme merveilleusement clean devant toi !

Son sourire fier déteignit alors sur Kaya qui secoua la tête de dépit. Ethan se redressa et sortit un papier d'analyse de sa poche pour lui montrer.

— Regarde ! Tout bon ! Cent pour cent naturel et brut de pomme ! Et je dois dire que je me suis langui aussi d'arriver à ce moment où je pourrais enfin éviter de courir après les pharmacies pour acheter ses maudits bouts de latex ! Alors, dis-moi que je vais pouvoir éjaculer en toi sans être ralenti dans mon plaisir par une capote...

Kaya grimaça.

Alors, je ne suis qu'un réceptacle à semence donc ?

Elle imaginait déjà son vagin comme le goulot d'une carafe à décanter. Elle avait fait les examens, elle aussi. Pourtant, devant cette idée peu flatteuse et face aux circonstances dans lesquelles ils étaient — à l'arrière d'un pick-up au milieu de nulle part —, son envie de lui répondre « oui » s'évapora.

Je fais comment moi pour me nettoyer après ? Lui, il ne se pose pas la question, il aura largué sa sauce ! Et puis, ce n'est pas une raison pour ne plus en mettre !

— Non, je ne les ai pas faits ! Tu m'as ignoré pendant des semaines, alors je me suis dit que c'était fini. Inutile d'avoir des frais médicaux pour quelque chose qui n'avait plus de lendemain. Et la dernière semaine, je n'ai pas arrêté de courir à droite à gauche, donc je n'ai pas vu le médecin ! Par conséquent, préservatif obligatoire !

Ethan grimaça à son tour.

— Tu te rends compte du risque que l'on prend si la capote perce !

— Merci ! Je ne suis pas idiote ! Je suis la première concernée si un mini connard venait à s'immiscer dans mon ventre !

— Je ne veux pas de gosse ! Jamais je ne serai père ! Que les choses soient claires ! s'énerva Ethan.

— Moi, non plus, je ne veux pas de gosse ! Plutôt mourir que d'être enceinte de toi ! Maintenant, j'irai chez le docteur dès que possible. Donc, tu as deux solutions : ou c'est diète jusqu'à ce moment-là, ou tu mets un préservatif et tu fais attention !

Le regard dur et le ton sec de Kaya firent infléchir les réticences d'Ethan. Celui-ci renifla tout en la fixant avec dédain. Il était hors de question de reculer. Sans rien dire, il se pencha vers l'avant de la voiture et sortit un préservatif de la boîte à gants. Il en décacheta l'étui plastique et le sortit sous le regard plutôt soulagé de Kaya.

Un petit mensonge, ce n'est pas la mort. Il survivra ! Au moins, il a prévu quand même au cas où...

Kaya lui prit des mains et lui sourit, un sourcil relevé.

— Je préfère le faire ! On ne sait jamais... Je ne voudrais pas que la capote soit mal mise et perce !

Ethan hallucina devant cette provocation toute en finesse.

— Parce que tu crois que tu vas m'apprendre quelque chose ? De nous deux, je suis celui qui en a le plus touchées, si tu veux mon avis.

— De nous deux, je suis la plus consciencieuse, vantard ! lui dit-elle tout en lui enfilant délicatement le préservatif autour de son sexe.

— Vantard ? Non, pragmatique !

— Ah oui ? Alors, montre-moi combien tu sais mettre la pratique à ton service ! Au travail !

Elle l'attrapa alors par la nuque et le força à se coucher sur elle pour l'embrasser.

10

EMBOURBÉS

La buée s'était collée aux vitres du pick-up. Une chaleur moite avait envahi l'espace. Accéder à plus de plaisir fut compliqué, l'espace étant réellement exigu. Pourtant, Ethan ne lâcha rien de ses envies. Il alterna toutes les positions possibles pour pouvoir satisfaire leurs caprices réciproques. Les plus inconfortables les firent rire tous les deux, les plus agréables les firent basculer ensemble vers plus de volupté. Si bien qu'au bout d'un moment, lorsque le plus grand des plaisirs fut atteint, tous deux se retrouvèrent exténués, mais aussi meurtris par les courbatures et autres brûlures dues aux frottements contre la moquette du pick-up ou contre la banquette. Pourtant, Ethan ne se détacha pas de Kaya d'un millimètre. Il la gardait dans ses bras comme le plus merveilleux des trésors et même plusieurs minutes après leurs galipettes, il ne pouvait se résoudre à cesser ses caresses et ses baisers. Le service après-vente prenait des allures de second round qui firent sourire Kaya.

— Je pense que mes lèvres ne sont plus violettes maintenant ! Je dirai même qu'elles doivent être bien rouges, bien gonflées !

Ethan se mit à sourire en louchant sur sa bouche et rajouta un baiser dessus, pour la forme.

— Tu n'en veux plus ? lui demanda-t-il doucement. Moi, j'en

veux encore...

— Il l'embrassa à nouveau, jouant avec sa langue sur ses lèvres.

— Tellement douces... tellement agréables... Kaya, embrasse-moi encore !

Kaya pouffa entre ses lèvres. Ce côté insatisfait avait un côté mignon chez lui. Elle posa sa main sur sa joue et l'embrassa. Ethan se mit à gémir et lâcha un énorme soupir de satiété. Sa langue réclama pourtant encore celle de la jeune femme et Kaya ne se fit pas attendre pour la lui offrir. Ethan resserra un peu plus son étreinte.

— Avoue quand même que c'est le pied quand on est ensemble, non ?

Kaya se mit à sourire devant sa remarque, puis grimaça.

— Non, tu n'as pas pris un méga pied vu que Monsieur n'a pu se vider en moi, mais dans une capote !

Ethan la fixa, interloqué. Il s'esclaffa un instant, tentant de comprendre si elle blaguait ou s'il avait vraiment dit un truc qui l'agaçait, puis soupira.

— Avec ou sans préservatif, oui, je prends mon pied. Pourquoi est-ce que je sens du reproche dans tes paroles ?

Il prit un temps de pause avant de s'expliquer.

— Écoute, je ne sais pas ce qui te chagrine dans ce que j'ai pu dire, mais oui, j'ai envie de le faire sans aucune retenue. J'ai... envie de tout explorer, toutes les possibilités qui peuvent s'offrir à nous, et rien que d'y penser, ça me rend dingue. J'imagine un plaisir dix fois plus intense, je me dis que la chute peut être encore plus vertigineuse. C'est à la fois effrayant, perturbant, mais aussi très excitant.

Kaya baissa les yeux, penaude.

— Tu manques parfois de tact. Je ne suis pas un déversoir qui permet d'évacuer ton trop-plein de têtards !

Ethan pouffa devant l'image.

— Tu penses vraiment ça ?
— Tu l'as dit comme si c'était le cas.
— Kaya… souffla-t-il. Tu me sidères.
— Je ne vois pas ce qui te choque, Casanova qui se sert des femmes dans le seul but primaire de satisfaire ses envies sexuelles. C'est bien toi qui m'as dit que pour toi, les femmes que tu fréquentais n'avaient que cet intérêt.
— Kaya, toi et moi, on est bien loin de ça, je t'assure ! se fâcha-t-il alors.
— Vraiment ? Je reprends juste tes mots !
— Évidemment ! Putain, merde ! Tu ne vois pas que…

Ethan se décala d'elle pour prendre ses distances. Cette mise à l'écart déplut à Kaya, mais elle n'en dit rien.

— Kaya, comprends bien que tu… Je n'ai jamais demandé à une femme de me rejoindre aux States, je ne me suis jamais autant langui de retrouver une femme. Je n'ai jamais été aussi loin avec une femme. Tu… tu es spéciale pour moi.
— Il n'y a pas si longtemps encore, tu me considérais comme ton jouet, ton objet… murmura-t-elle, toujours amère à ce sujet. Comment croire que tu ne le penses plus ? Je ne suis qu'un réceptacle pour exprimer ta douleur. C'est bien ça qu'on est finalement l'un pour l'autre. Un réceptacle. On se console mutuellement, on encaisse les mésaventures de l'autre en les minimisant, en tentant d'atténuer les souffrances. Je sais que je devrais m'y faire, mais… je n'aime pas cette idée d'être reléguée au rang d'alternative pratique. Je suis humaine, j'ai aussi des sentiments, j'ai aussi de l'empathie. Je ne comprends pas comment tu peux te détacher de tout ça, aussi facilement. Ça ne te fait rien d'être considéré comme un réceptacle à mes douleurs ? Tu aimes cette idée, de te dire : « la nana se sert uniquement de moi pour calmer ses angoisses et répondre à ses envies, et rien d'autre » ? Tu mérites plus que cela, non ? Moi en tout cas, je ne

pense pas vouloir être renvoyée à cette idée de Kleenex dont on se sert, puis que l'on jette.

Ethan baissa les yeux. Il serra les dents devant sa remarque. Elle lui faisait mal. Effectivement, il ne voulait plus qu'on se serve de lui comme d'un réceptacle. Il s'était promis de ne plus être le pauvre crédule pensant faire le bien et en avoir en retour. Pourtant, Kaya le mettait devant l'évidence. Il lui avait demandé de recommencer ce qu'il ne voulait plus être. Sa proposition se résumait bien à ça et il le savait. C'était la seule solution qu'il avait trouvée pour que Kaya soit avec lui.

— Ça... n'a pas d'importance ce que je pense de moi et de ta façon de me traiter. Tu peux te servir de moi autant que tu veux, tant... que tu me permets de...

Il se racla la gorge, comme si dire certains mots lui était difficilement prononçables.

— ... tant que tu me permets de rester près de toi.

Voilà. Il y était. Il avait dit ce qu'il s'était promis de ne plus jamais faire, ne plus jamais être. Il replongeait dans les mêmes travers qu'il avait eus avec Sylvia. Il s'écœurait. Sa poitrine écrasait son cœur. Il était amoureux de Kaya et en était au même stade que pour sa mère : prêt à tout pour avoir un retour, avoir une reconnaissance, avoir de l'amour et de la douceur. Quitte à se mettre en danger, quitte à se détruire. C'était même évident. Il en était à un stade où il était prêt à tout pour garder Kaya près de lui. Un seul de ces moments passés intimement avec elle pouvait avoir le prix des plus gros sacrifices. Sa respiration se fit plus difficile, tant l'évidence était malgré tout difficile à accepter. Il avait envie de pleurer, blessé par cette lucidité. Il fonçait une nouvelle fois droit dans le mur. Cette fois-ci, c'était pire, car il en avait réellement conscience. Ce n'était pas comme s'il ignorait les conséquences. Mais il aimait. Il aimait, une nouvelle fois. Il avait craqué. Il avait mordu dans le fruit de la tentation et il savait le prix du pêché.

— Je ne suis pas d'accord ! vint l'interrompre Kaya dans ses angoisses.

Elle posa ses mains sur ses hanches, le regard plus dur.

— Je raterais ma mission si je me servais de toi, alors que tu en souffres ! On a dit « réconfort mutuel », pas « blessure » ! On doit se faire du bien, pas du mal ! On doit respecter l'autre ! Ça va dans les deux sens ! Donc, je ne me servirai pas de toi de façon égoïste, si toi, de ton côté, tu n'es pas heureux. C'est le contrat. Rester près de l'autre n'inclut pas le manque de respect pour ton être. Tu es tout aussi humain que moi et je n'aime pas utiliser les gens. Je ne veux pas t'utiliser pour asseoir mes envies ou calmer mes craintes si toi, tu… tu n'es pas… heureux.

Kaya sentit les larmes lui monter.

— Tu n'es pas un objet que je peux utiliser à loisir. Tu es un homme. Tu es Ethan. Tu es peut-être un connard, mais je ne veux pas t'utiliser, tout comme je ne veux pas que tu m'utilises.

Le cœur d'Ethan se gonfla de reconnaissance.

Putain, Kaya, si tu savais à quel point j'ai envie de te dire combien je t'aime…

— Je peux t'embrasser sans penser que je t'utilise ou que tu m'utilises ? lui demanda-t-il alors au bord de l'apoplexie. Non, parce que là, tout ce que je veux, c'est t'embrasser. Ce que je veux, c'est juste tes lèvres, et toi. Et pas le réceptacle, le jouet ou l'objet !

Kaya ravala un peu d'air dans ses poumons pour calmer le sanglot qui la prenait, et hocha positivement de la tête. Ethan se précipita sur ses lèvres et l'embrassa encore et encore. Kaya se mit à rire devant sa précipitation.

— OK, donc, je n'éjaculerai pas en toi si tu estimes que je te vois comme un vide-couilles, promis ! lui murmura-t-il à l'oreille. Je te l'ai déjà dit. Tu n'es pas un objet, tu es ma Princesse. C'est ce que j'ai écrit dans le contrat et je t'assure que je le pense. J'ai été indélicat. Pardon si tu as compris ça.

Il la serra dans ses bras et plongea son visage dans son cou.

— Tu peux te vider en moi, s'esclaffa-t-elle, mais sois juste un peu moins cru, la prochaine fois. Un peu plus de tact, c'est possible ?

Ethan se redressa tout à coup.

— Je peux ? Vraiment ? Par contre, je ne pourrai pas me vider en toi, vu que tu n'as pas passé les examens.

— Je les ai passés. Je t'ai menti. Pardon.

Interloqué, Ethan la fixa. Kaya lui sourit de façon embarrassée.

— Tu te fous de moi ? Pourquoi tu m'as menti ?

— Parce que la situation, le sexe dans un pick-up, tu vois quoi, ce n'était pas le lieu le plus approprié… et tu m'as achevée avec ton envie de déverser ta semence en moi comme si j'étais… Bref ! Je m'excuse de t'avoir menti. J'ai fait les examens. Tout va bien et je prends la pilule. Voilà. Maintenant, habillons-nous ! Tes parents doivent nous attendre !

Kaya s'activa sous le regard ébahi d'Ethan. Elle faisait de sa révélation un tout petit détail, alors qu'ils venaient de se prendre la tête à cause de ça.

— Kaya…

— Aide-moi à trouver ma culotte ! Je ne sais pas où tu l'as jetée !

— Kaya !

— Quoi ?

— Je te déteste !

Elle stoppa sa recherche et l'observa un instant.

— J'en déduis que tu ne m'aideras pas à retrouver ma petite culotte ?

— Déduis-en surtout que là, j'ai envie de tout avec toi à part trouver ta foutue culotte. Il la ramena à lui et l'embrassa avec force.

— Je te déteste, Kaya. Je te déteste ! Je te déteste ! Je te déteste ! lui répéta-t-il comme une récitation qu'elle devait imprimer immédiatement dans sa tête tout en l'embrassant encore et encore. Je vais te parler le plus crument possible pour que je te choque, au point que tu me détestes encore et encore. Je vais te pénétrer encore et encore. Je vais coulisser en toi et me vider les couilles comme jamais. Je vais t'apprendre à me mentir, vilaine princesse. Tu vas être le réceptacle de toutes mes envies. Je vais utiliser ton corps comme bon me semble et...

La paume de la main de Kaya se posa sur son visage et le fit taire instantanément. Elle repoussa sa face de démon vengeur et se détacha de lui.

— C'est ça ! Habille-toi et arrête de faire ton malin avec moi. J'ai autre chose à faire ! J'ai une petite culotte à trouver, donc tes plans diaboliques de connard prêt à se venger, tu peux les garder ! On n'a pas le temps. Tes parents doivent nous attendre et s'inquiéter.

Elle reprit alors sa recherche avec un naturel déconcertant, laissant Ethan sur la touche.

Putain, Kaya, je t'aime. Je t'aime. Je t'aime. Arrête de me rendre fou comme ça !

— Kaya, console-moi durant tout ton séjour.

Kaya se mit à sourire en retrouvant sa culotte.

— C'est ce qui est convenu. Ah ? Culotte trouvée !

— Je ne parle pas de s'accorder certains moments. Je parle H24. Tout le temps.

Kaya cessa de se rhabiller et le fixa, cherchant à comprendre si ses mots étaient vraiment sincères.

— H24 ? On ne peut pas être collés l'un à l'autre H24. Enfin, la consolation ne peut pas être permanente. Qu'est-ce que tu racontes ?

— Elle peut ! affirma Ethan, le cœur gonflé d'un espoir qui lui brûlait la poitrine.

— C'est ridicule ! Tu as des moments plus difficiles que d'autres. C'est dans ces moments que la consolation est la plus nécessaire. Si elle est permanente, son efficacité sera nulle au moment où on en aura vraiment besoin.

— Je suis en souffrance H24, donc console-moi H24 !

— Je ne suis pas en mode consolation H24, désolée. Rhabille-toi !

— Pourquoi ne veux-tu pas l'être ?

— Parce que j'ai aussi besoin d'avoir des moments à moi ! On ne peut pas dédier ses journées entières à quelqu'un.

Kaya lui lança un regard dur qu'Ethan encaissa difficilement.

— Pourtant, tu le fais bien pour ton Adam. Tu es bien H24 en deuil. Je te veux, Kaya. Je veux plus.

Sa colère était en train de prendre forme. L'espoir qui naissait en lui quelques secondes plus tôt se transformait en déception qu'il se refusait d'admettre. Kaya enfila son T-shirt en silence, ignorant ses dernières paroles volontairement.

Gamin capricieux !

— J'ai besoin d'attention ! ajouta-t-il tout en se rendant bien compte qu'il se mettait à découvert pour se faire poignarder.

— Tu peux la trouver par d'autres personnes que moi. Ta famille, tes amis, par exemple.

Elle enfila son pantalon sans plus d'égards alors qu'Ethan restait immobile.

— Ils ne m'apportent pas ce que tu m'apportes.

Kaya souffla, agacée par le tournant de cette conversation.

— Le contrat indique que l'on ne peut obliger l'autre à faire ce qu'il ne veut pas.

— La nature du contrat est de consoler l'autre.

— Et j'y réponds autant que possible.

Elle enfila ses baskets en faisant des gestes secs, signe évident de la tension de leur discussion.

— C'n'est pas assez pour moi.

— C'est ainsi. Si tu n'es pas satisfait, je repars et tu n'auras plus rien. À prendre ou à laisser.

Elle passa vers le siège passager avant sans plus de considération, puis croisa les bras et regarda droit devant elle. Ethan attrapa son maillot de corps à contrecœur.

— Tu serais prête à mettre un terme à notre contrat ? OK... je vois...

Il avait envie d'en rire, mais la déception était perceptible. Ils étaient bien loin de vouloir les mêmes choses.

— Je t'ai dit que j'étais prêt à tout tant que tu restais près de moi, mais je vois qu'on est loin de cette réciprocité...

Sa poitrine lui faisait mal. Ses cicatrices le brûlaient. Il toucha son torse pour faire passer cette désagréable sensation, mais il était blessé. Il était déçu et, pire que tout, alarmé à l'idée de tout perdre, par l'idée du fossé qu'il y avait encore entre eux. Le temps qu'ils venaient de passer ensemble n'était qu'un leurre. Il n'y avait pas de rapprochement, juste des limites.

Toujours et encore des limites.

Kaya se retourna vers lui, folle de rage.

— Je suis prête aussi à beaucoup pour toi, pour t'aider, te rassurer, te soutenir. Ne dis pas n'importe quoi ! Même si tout me semble compliqué, j'essaie de répondre au mieux à tes demandes. Ce que tu me demandes là me paraît idiot ! On ne serait plus dans le cadre d'un contrat ! On serait comme...

Kaya émit une pause qui interloqua Ethan.

— Comme ?

— Comme un couple ! On n'est pas un couple ! Je suis déjà

fiancée ! Je ne peux pas être en couple avec quelqu'un d'autre ! Pourquoi faut-il que tu compliques les choses au moment où on commence à trouver un terrain d'entente ? C'est incroyable ! Plus je t'en donne, plus tu es insatisfait ! Je fais ce que je peux, mais ça ne te suffit jamais !

— Non, ça ne me suffit pas ! En quoi est-ce mal ? s'énerva vraiment Ethan. J'ai envie de plus, et alors ? Je croyais que tu voulais qu'on fonctionne comme deux humains, que tu agissais avec tes sentiments et que j'en fasse autant ! Kaya, j'agis avec mes sentiments et tu les rejettes ! Tu nies ce que je veux, tu nies mon besoin de toi au-delà d'une heure de temps en temps. Oui, je veux plus, et s'il faut être un couple pour cela, et bien soit ! J'assume ! Si c'est le nom qu'il faut donner pour dire que je te veux H24 alors OK, je veux être en couple avec toi ! Je veux que tu sois ma petite amie ! Je serai ce que tu veux, pourvu que tu exauces ce souhait !

— Ne prends pas des mots aussi importants que « couple » ou « petite amie » à la légère ! Tu déformes la profondeur des choses pour les manipuler à ton avantage. On a une définition complètement différente du mot « couple » ou « petite amie ». Pour toi, ce n'est peut-être qu'un mot pouvant t'aider à sortir d'une situation dans laquelle tu t'empêtres. Pour moi, c'est bien plus important. Il y a bien plus dans ces mots qu'un simple objectif que tu veux atteindre. Quand on est en couple, on a des sentiments amoureux pour l'autre ! On est prêt à tout partager. On se donne entièrement à l'autre. On a une confiance aveugle. On ne veut que le bonheur de l'autre ! Toi, tu ne l'envisages pas comme ça. Tu ne veux pas de sentiments, tu ne veux pas t'investir. Tu revendiques même être allergique au mot « amour », « mariage » ou « enfant » ! Donc, n'emploie pas des mots comme ça aussi facilement, pour justifier tes envies. Tu ne comprends pas ce qu'est ma vision du couple. Moi, je sais ce que c'est ! Je suis déjà en couple ! Et je veux garder ce cadeau si précieux.

La lame du couteau qui lacère sa chair revint à son bon souvenir. Ethan serra son T-shirt, tant la douleur dans sa poitrine était lancinante. Outre ses mots durs, c'était l'incrédulité de Kaya sur les paroles qu'il prononçait qui le blessait. Le masque qu'il portait depuis des années l'avait trahi. Kaya ne voyait finalement pas l'homme sous la carapace. Elle ne voyait que le joli cœur, séducteur de ces dames. Celui qu'il faisait semblant d'être, mais qu'il n'était pas en dessous. Elle voulait qu'il exprime ses sentiments, mais encore fallait-il qu'elle les perçoive ? Une profonde amertume l'envahit. En fin de compte, rien ne changeait. Il pensait que Kaya était différente, qu'elle pouvait lire en lui, mais il était maintenant clair que ses efforts pour montrer son véritable être étaient inutiles. Rien ne changerait. Il serait toujours l'incompris. À quoi bon tenter de la convaincre ? Elle ne le croirait pas s'il lui disait le fameux « je t'aime » si propice aux grandes déclarations d'amoureux formant un couple merveilleux. Effectivement, tout cela ne servait à rien. Il n'avait pas le profil pour obtenir ce poste si convoité de l'amoureux. C'était une équation impossible à résoudre. Voilà la conclusion. Chacun est ce qu'il est. Lui, un Dom Juan et elle, la fidèle veuve.

— Parfait ! Je pense que tout est dit ! lâcha-t-il de façon neutre, mais le visage fermé.

Il rassembla ses affaires et se rhabilla en silence. Kaya l'observa faire, puis s'adossa une nouvelle fois à son siège pour ruminer leur discussion dans son coin. Elle n'arrivait pas à comprendre comment ils pouvaient passer du câlin à la dispute en une fraction de seconde.

On ne se comprend finalement pas. Nous sommes vraiment trop différents, Ethan.

Elle regarda une branche par la fenêtre et se laissa dériver dans ses pensées. Leur contrat n'était qu'illusion. Entre aspect pratique et sentiments, elle se sentait perdue. Elle n'arrivait pas à comprendre ses attentes. Toujours plus d'elle, mais sans les inconvénients de l'affect.

Ethan, je n'ai pas les épaules assez solides pour être là pour toi H24, sans laisser mon cœur se manifester de toutes les façons possibles.

Elle repensa à ses mots et soupira.

« Kaya, j'agis avec mes sentiments et tu les rejettes ! Tu nies ce que je veux, tu nies mon besoin de toi au-delà d'une heure de temps en temps. »

Elle porta son pouce à sa bouche pour en ronger l'ongle. En deux phrases, il avait mis le doute en elle et finalement, c'était cela qui l'agaçait le plus. Jouer leur histoire sur le terrain de l'affect.

Est-ce pour cela que la dispute est réellement montée, Ethan ? Quels sont tes sentiments ? Est-ce vraiment eux qui te poussent à vouloir espérer plus de moi ?

Ethan vint la rejoindre devant et démarra la voiture, sans même un regard en sa direction.

Super, et en plus il y a maintenant une ambiance d'outre-tombe !

Elle regarda la branche d'arbre s'éloigner de son champ de vision alors que la voiture entamait sa marche arrière, comme leur relation. Elle jeta un regard vers Ethan qui n'avait pas desserré sa mâchoire, non plus. Il était clairement à cran et gardait pour lui, encore une fois, ce qu'il ressentait à propos de leur nouvelle situation.

Sous l'effet de la colère, Ethan accéléra d'un coup sec sa marche arrière lors d'un virage. Les roues se mirent à patiner sur place, encore et encore. Voyant que la voiture refusait de bouger, Ethan s'agaça un peu plus. Il sortit en trombe du véhicule et tapa dans la roue coincée dans la neige.

— Karma de merde ! cria-t-il tout en continuant de donner des coups de pied sur la roue.

Kaya leva les yeux et sortit à son tour.

Bienvenue en Amérique, Kaya ! Mais ne t'inquiète pas ! Le pick-up peut crapahuter partout sans problème !

11

CURIEUX

Kaya contourna le véhicule pour arriver à hauteur d'Ethan et constater le problème.

— Mais pourquoi es-tu venue ici ? Pourquoi ? Pour pousser une voiture sous un froid glacial, Kaya ! C'est évident ! marmonna-t-elle alors.

Ethan lui lança un regard mauvais. Il n'avait pas besoin de ses commentaires désagréables. Ils venaient de se disputer et il se serait bien passé de cette nouvelle déconvenue. Kaya alla se poster au niveau du capot et posa ses mains sur le pick-up.

— Vas-y ! Je suis prête !

Ethan considéra sa posture un instant et sourit de sa naïveté.

— Kaya, on parle d'un pick-up ! Tu crois franchement que tes muscles de princesse vont faire bouger ce monstre ?

— Aurais-tu une meilleure idée, monsieur QI 580 ? l'interrogea-t-elle amèrement, tout en posant ses mains sur les hanches.

Ethan rit en entendant le nouveau niveau de son QI, puis soupira. Les hostilités étaient bien au rendez-vous. Elle le chambrait sur les classiques de leur relation.

— J'ai une idée, oui, Madame la Princesse... Sinon, il nous faudra appeler un dépanneur.

— Je t'écoute... lui dit-elle alors, tentant de faire abstraction de cet appellatif plutôt mauvais dans sa tonalité.

— On va couper des morceaux de bois assez gros que l'on va aligner derrière la roue embourbée. Toi, tu vas te mettre derrière la voiture, monter sur le pare-chocs et faire un système de balancier de haut en bas en poussant avec tes jambes pour donner une impulsion qui aidera la roue à monter sur les branches et rouler dessus pour sortir du trou. As-tu compris ?

— Et toi, tu accélères ? C'est ça ?

— C'est ça.

Kaya examina la voiture et s'imagina quelques secondes le plan d'Ethan dans sa tête.

— OK. Allons-y.

Tous deux commencèrent à casser des branches suffisamment grosses et longues pour qu'elles ne rompent pas et ne s'enfoncent pas dans la boue. Ethan ouvrit également le couvre-benne pour que Kaya puisse s'accrocher au coffre. Une fois les quelques branches alignées les unes derrière les autres à côté de la roue embourbée, chacun se mit en place. Ethan jeta un coup d'œil à son rétroviseur extérieur pour vérifier que Kaya était bien grimpée sur le pare-chocs du pick-up et qu'elle était prête.

— J'y vais ! lui cria-t-il.

Il accéléra alors doucement. La roue patina.

— Balance ! Plus fort !

— Je fais ce que je peux ! lui répondit-elle tout en forçant sur ses cuisses pour mettre tout son poids vers le bas, les mains sur le coffre.

Le pick-up commença à tanguer de haut en bas. La roue continua à patiner, jetant en arrière de la neige mélangée à la terre. Puis, soudain, la roue agrippa la première branche, ensuite roula sur la seconde, puis la troisième. Bientôt, la voiture recula et s'extirpa de la boue. Rapidement, Ethan sortit de la voiture pour constater l'état du véhicule tandis que Kaya descendait du pare-chocs.

— On a réussi ! s'exclama-t-il.

— Oui, on a réussi.

La joie d'Ethan disparut lorsqu'il vit la boue sur le visage de Kaya et sur ses vêtements.

Aïe ! Ça va être ma fête !

— Ethan Abberline, je te déteste ! Je te déteste ! JE TE DÉTESTE ! Mais pourquoi suis-je venue ici ? Pourquoi ? Mais pour suivre un… un… UN CRÉTIN AVEC DES PLANS À DEUX BALLES ! Je… je savais que ça allait me retomber dessus. ÇA ME RETOMBE TOUJOURS DESSUS AVEC LUI !

Ethan l'observa s'époumoner en silence.

Crétin ? Tiens ? Elle n'a pas dit « connard » ?

— Non, mais regarde-moi ! Regarde dans quel état je suis ! Tu jubiles, n'est-ce pas ? Tu as une belle vengeance ? Un point dans ton camp ? C'est ça ? Tu l'as fait exprès ! Avoue ! Connard !

Ah ? Le voilà !

— Je suis méchante et tu te venges ? Je ne réponds pas à tes objectifs et je le paie ? Va en enfer ! Console-toi tout seul !

Ethan ne put s'empêcher de pouffer en la voyant le maudire de la sorte. Plus elle s'agaçait, plus il finissait par en rire. Un rire qu'il n'arrivait plus à contrôler dès qu'il s'attardait sur la boue qui recouvrait son corps. Il la trouvait ainsi aussi charmante que fidèle à elle-même et à eux. Il s'avança alors vers elle et ne put se retenir de lui attraper le visage et l'embrasser. Tant pis pour la boue ! Tant pis pour l'engueulade d'il y a quelques minutes dans le pick-up ! Tant pis pour la souffrance latente ! Il avait besoin de réduire le fossé qui venait de se creuser entre eux. Il avait besoin de temporiser, de retrouver leur douceur. Il avait juste besoin d'elle. Ses véhémences étaient finalement un baume qu'il était content de sentir sur lui. Même leurs chamailleries n'avaient plus le même sens qu'avant. Elles étaient devenues un moyen de renverser la vapeur, de se soulager la conscience et d'exorciser tout ce qui n'arrivait pas à sortir lors de leurs vraies disputes.

Kaya resta figée, le temps de réaliser ce qu'il venait de faire. Lorsqu'il retira ses lèvres des siennes, toute sa haine contre lui avait disparu. Elle ne savait plus quoi dire. Ethan lui sourit gentiment et tenta de lui essuyer le visage. Il grimaça ensuite en voyant qu'il l'étalait plus qu'il ne l'enlevait.

— Je t'offre un soin d'esthéticienne bio et tu n'es même pas contente ? lui murmura-t-il tout en continuant à lui caresser la joue.

— Parfois, il m'arrive de rêver d'être un homme, juste pour pouvoir te casser la gueule !

Ethan eut un mouvement de recul de la tête devant cet aveu, puis se contenta de sourire.

— Jamais je ne rêverais de devenir une femme ! Mon Dieu ! Le cauchemar ! Entre les crises d'hystérie, les ragnagnas et sautes d'humeur, les « Moi, je suis pour l'amour éternel ! » et les « Oh ! Mon chéri, je suis toujours la plus belle à tes yeux ? »... Quelle vie de merde !

Kaya grimaça devant sa parodie peu flatteuse de la gent féminine, puis finalement se mit à rire en l'imaginant en femme.

— C'est sûr ! Tu serais la pire connasse au monde !

Tous deux pouffèrent alors. Leur sourire s'effaça lorsque chacun commença à fixer l'autre assez longtemps pour que cela soit gênant. Leur dispute s'était un peu dissipée avec cette roue embourbée.

— Avoue que Monsieur QI 843 t'épate avec ses super idées ! lui déclara-t-il doucement, pour enterrer la hache de guerre provisoirement.

— J'avoue. Je suis presque admirative par tant d'ingéniosité pour me pourrir la vie ! lui répondit-elle, gênée de devoir réellement le complimenter pour son plan ayant réussi à les sortir de cette impasse.

— Presque ?

Kaya le fixa un instant et soupira. Elle passa les bras autour de sa taille et ferma les yeux.

— Finalement, on arrive quand même à s'entendre sur certaines choses... Tiens ! Frotte-toi bien à moi ! Il n'y a pas de raison que je sois la seule à être toute sale devant tes parents.

Ethan tiqua à ses mots, se rendant compte qu'il venait de se faire avoir par sa fausse gentillesse, puis accepta la contrepartie de leur réconciliation. Il ferma aussi les yeux et la serra contre lui. Ils avaient besoin tous les deux de cette paix rapidement.

— Évidemment qu'on arrive à s'entendre ! lui répondit-il en lui caressant doucement la tête. Pourquoi tu en doutes ? J'y crois plus que toi, c'est certain. Je trouve même qu'on progresse plutôt bien !

Kaya ne lui répondit pas. Elle laissa un blanc entre eux qui rendit Ethan perplexe sur la suite à donner à ses propos.

— Pardon... finit-elle par dire doucement. Tu sais, pour en revenir à notre dispute dans la voiture, je ne rejette pas tes sentiments, c'est juste que... je n'arrive pas à les percevoir. Je suis perdue sur ce que je dois faire. Que ressens-tu, Ethan ? De quoi souffres-tu ? Tu ne me dis rien de concret. Je dois deviner constamment ou faire avec ce que je sais. C'est très compliqué pour moi. Pourquoi as-tu besoin d'être consolé H24 ? Pourquoi moi, plus qu'une autre ?

Ethan referma un peu plus ses bras sur elle et soupira à son tour.

— Kaya, mes douleurs sont... difficiles à extérioriser. Mes peurs, compliquées à exprimer. Je sais que tu veux des réponses. Je sais que tout notre contrat de consolation te laisse dubitative sur certains points. Je sais aussi que je suis une personne très renfermée sur elle-même dès qu'il s'agit de parler de moi, et notre relation conflictuelle depuis le début n'aide pas à montrer une sincérité dans mes actes ou mes mots. Mais j'essaie. Je t'assure que je fais beaucoup d'efforts. Donne-moi juste un peu de temps. Tout n'est pas très clair, on avance tous les deux en tâtonnant, mais l'essentiel, c'est qu'on avance, non ?

Kaya le fixa un instant, puis sourit. Il essayait. Il était conscient de ses interrogations. Elle posa ensuite doucement ses lèvres sur celles d'Ethan.

— Tu sais, je sens que tu te démènes. Enfin, je veux dire, je vois bien que tu fais des efforts. Même des trucs complètement extravagants pour m'aider et me prouver tes bonnes intentions. Mais j'avoue que ça me perturbe, car tes actes peuvent être par moments très détestables, et la minute d'après, complètement chevaleresques, désarçonnants, voire même attendrissants. Tu me troubles dans tout ce que tu fais. Mais en même temps, je commence aussi à te cerner et j'avoue que je suis contente de pouvoir y arriver. Tu as raison sur un point : il nous faut juste un peu de temps, sans doute, pour s'accorder. Du temps pour se comprendre et aussi, pour se faire confiance. Tu m'as parlé de tes angoisses avec la convalescence de ta mère adoptive et je suis touchée que tu l'aies fait. J'ai senti mon utilité à ce moment-là, mais j'ai aussi perçu l'homme meurtri derrière le connard et... ça me plaît de voir aussi ça !

Ethan eut un nouveau mouvement de recul.

— Tu aimes me voir en souffrance ?

— Oui ! lui répondit-elle en riant. Je me sens moins seule dans mes problèmes et tu parais plus cool, du coup !

— Plus cool ? Tsss ! Qu'est-ce que tu peux m'énerver ! fit-il alors tout en la repoussant. Allons-y ! T'écouter débiter tes âneries va me donner mal au crâne ! Je suis plus cool quand je souffre !

Ce n'est pas vrai ! Elle veut vraiment ma peau !

Kaya sourit alors, tandis qu'il retournait dans le pick-up. La tension était retombée. Ils avaient réussi à se réconcilier sans que chacun y ait perdu un bras ou une jambe dans la bataille. Ils s'ouvraient à l'autre. Ils s'écoutaient davantage. Ils désamorçaient plus vite l'état de crise. Ils progressaient enfin. Chacun se sentit soulagé de ce constat. Au bout de plusieurs minutes, Kaya se tourna vers lui.

— Ça craint quand même pour tes parents ! Ils vont vraiment avoir des doutes sur mes intentions, entre la mention de notre contrat et maintenant mon arrivée dans cet état. Surtout si en plus, ils me comparent à ta première petite amie ou à d'autres femmes avec qui ils t'ont vu, je ne vais jamais faire le poids !

— Tu parles vraiment comme si tu partais à la rencontre de ta belle-famille ! Ne t'inquiète pas. Ils ne m'ont pas vu avec d'autres femmes. Enfin si ! Dans les journaux peut-être, mais je ne leur ai présenté personne officiellement. Il n'y aura pas de comparaison.

— Officiellement ? Tu as dit officiellement ? Ce mot est censé me rassurer ?

Ethan se contenta de sourire.

— Je ne sais pas…

Il se mit à rire de plus belle en la voyant blêmir. Jouer ainsi avec elle était un pur moment de plaisir. Kaya regarda l'horizon, voyant bien qu'il se délectait de la balader. Pourtant, une question la taraudait.

— Et… elle était comment… ta première petite amie.

— C'était une connasse ! répondit-il rapidement, comme une évidence, de façon laconique. Franchement, elle ne méritait pas de venir chez mes parents !

Kaya resta muette devant ses paroles aussi fermes à son sujet.

— Elle m'a trompé avec un de mes potes. Cela m'a confirmé

que les femmes étaient toutes des connasses.

— À chaque fois que tu parles des femmes, je suis incluse dedans, je te rappelle ! Merci ! bougonna alors Kaya.

— De rien ! lui répondit-il du tac au tac. Tu ne te gênes pas non plus pour me traiter de connard, donc on est quitte. Entre connard et connasse, on ne peut que s'entendre ! Enfin, ça, c'est dans la théorie !

Le ton d'Ethan s'était durci. Kaya pouvait sentir de l'amertume, comme si les actes étaient toujours entachés de mauvaises intentions, que les gens bien n'existaient pas, que toutes les femmes avaient croqué la pomme et ne valaient donc pas mieux que le serpent. Elle repensa à ses mots prononcés plus tôt sur le fait que ce serait un cauchemar pour lui de devenir une femme. Son discours trouvait un écho à nouveau sur sa prédisposition à mal considérer le sexe opposé.

— C'est à cause d'elle que tu ne veux plus vivre de sentiments amoureux ? se hasarda-t-elle à lui demander.

Ethan regarda droit devant lui, les mains crispées sur le volant. Il resta silencieux un instant avant de répondre. Il ne voulait plus en ressentir, et pourtant, Kaya était le contre-exemple évident que ses objectifs avaient changé, ses convictions étaient à nouveau ébranlées.

— En partie, mais j'avais déjà ce constat avant.

— À cause de ta mère biologique ?

La mâchoire d'Ethan se serra. Elle palpitait légèrement sous le regard de Kaya, qui se rendait compte qu'elle abordait un sujet délicat pour lui. Mais elle sentait qu'il fallait qu'elle force sa carapace. Se taire et attendre qu'il se livre n'était pas la solution la plus efficace. Elle avait déjà essayé et le constat était qu'il avait peu parlé de lui jusqu'à présent. Le bousculer comme lors de leurs disputes semblait être plus radical quant à un résultat et il venait de lui dire qu'il avait conscience d'être renfermé sur lui dès qu'il s'agissait de parler de sa vie.

— Oui... déclara-t-il toutefois. Ma mère a... changé ma perception sur beaucoup de choses.

— Comme la gentillesse et la confiance...

Kaya posa sa main sur celle d'Ethan tenant le pommeau de vitesse, puis lui sourit de façon complice. S'il y avait une chose dont elle pouvait se satisfaire, c'était de pouvoir maintenant coller des mots à ses maux. Gentillesse et confiance en faisaient partie. Kaya savait que sa mère biologique était le nœud qui faisait barrage à beaucoup de choses concernant Ethan, mais il restait à définir à quels niveaux elle avait agi sur sa vie. Beaucoup de questions auxquelles elle allait devoir le faire répondre tôt ou tard pour qu'ils puissent mieux se comprendre.

— Tu penses que je vais te blesser ? lui demanda-t-elle alors. Comme ta mère ou ta première ex ? Tu penses vraiment que je suis une connasse ou quelqu'un de dangereux pour toi ?

Ethan quitta son regard de la route et jeta un coup d'œil vers elle.

— Tu me blesses déjà... Physiquement et moralement.

Kaya baissa un instant les yeux. Les réponses d'Ethan étaient sans hésitation. Preuve qu'il souffrait réellement de son attitude.

— Et pourtant, tu insistes.

— Oui, j'en viens à croire que j'ai un côté maso ! tenta-t-il de dédramatiser la discussion avec ironie.

Kaya regarda ses mains avec une certaine tristesse à l'écoute de ses mots.

— Je te blesse, donc je ne te console pas... murmura-t-elle avec une pointe de déception dans la voix.

Ethan jeta un nouveau regard vers elle et soupira.

— Si j'insiste, c'est parce qu'au milieu de tes vacheries, il y a quand même du bon. Et puis..., je suis un peu comme toi. Je commence à cerner le personnage et je crois que je m'habitue à toutes tes piques. Je ne m'en étonne même plus, enfin presque plus. Ça rentre dans la mécanique de notre relation. Sans ça, c'est presque bizarre, anormal.

Kaya esquissa un sourire.

— Et je te blesse aussi, par moments, continua-t-il. Donc, à ce compte, je manque aussi à mes devoirs.

— On fait une drôle d'équipe, tu ne trouves pas ? lui lâcha-t-elle alors, avec ironie, au bout d'une minute. On se console et on se blesse. Tout un paradoxe !

— On est un paradoxe depuis le début ! Rien de nouveau à bord ! Et puis, c'est toi la plus bizarre de nous deux !

— Quoi ? s'exclama-t-elle, surprise. Mais non ! Le connard de service, c'est bien toi ! Donc, c'est toi, le plus chiant des deux !

— Voilà autre chose ! En plus d'être un connard, je suis chiant ? C'est la meilleure !

— Et têtu, un vrai acharné, avec tes objectifs !

Ethan la fusilla du regard avant de se radoucir et sourire. Kaya lui en offrit un en réponse.

— Gare-toi, s'il te plaît ! lui ordonna-t-elle alors.

Ethan examina plus attentivement son visage plein de boue séchée entre deux coups d'œil sur la route pour comprendre la raison de sa soudaine demande. Devant son insistance, il s'exécuta toutefois. Une fois à l'arrêt, Kaya détacha alors sa ceinture de sécurité et tenta de s'asseoir sur les genoux de son chauffeur, à sa grande surprise.

— Qu'est-ce que tu fabriques ? râla-t-il pour la forme.

— J'ai... envie d'un petit câlin ! lui répondit-elle avant de se cacher le visage dans le cou d'Ethan.

D'abord déçu par ce geste tendre si improbable, il se sentit vite mal à l'aise, maladroit. Ses joues chauffaient et il savait que le froid n'en était pas la cause. Pour autant, au bout de quelques secondes, il sourit, heureux de son initiative, et la serra contre lui pour accompagner cette charmante demande.

— Kaya, il y a un truc que tu ne m'as pas dit ? demanda-t-il, hésitant. C'est quoi, ça ? Depuis quand tu demandes un câlin ?

— Je n'ai pas envie de me disputer avec toi.

— Moi non plus.

— Je ne veux pas non plus que tu souffres par ma faute.

— Et donc tu câlines ? C'est ça l'idée ?

— Je rétablis l'équilibre, je compense ta souffrance par de la douceur. Je préfère que tu sois en excédent de douceur que de souffrance !

— Mais, pourquoi, tout à coup, là, en plein trajet ?

Il soupira. Cette femme resterait un mystère à vie à ses yeux. Elle pouvait passer de la haine à la tendresse en une fraction de seconde sans qu'il arrive à en comprendre un jour le déclic.

— Laisse tomber... OK, je prends !

Tous deux restèrent ainsi un moment, à profiter de la douceur de l'autre.

— Je veux bien... essayer le H24, reprit Kaya. Mais je ne te garantis pas d'être efficace à coup sûr !

Ethan leva un sourcil, surpris par ce revirement aussi rapide de la part de Kaya.

Mais pourquoi changes-tu d'avis tout à coup ? Quelle mouche t'a piquée ?

— Tu veux être ma petite amie ?

— Certainement pas ! On est dans le cadre d'un contrat et cela me va parfaitement ! C'est juste que... je ne veux pas que l'on se braque pour ne plus avancer ensuite. Je veux arriver à te comprendre. C'est tout... Si le contrat est d'effacer la souffrance de l'autre, même momentanément, alors je dois comprendre ce qui se passe dans ta tête et je le ferai mieux en étant le plus disponible possible pour toi.

Plus de douceur que de souffrance... Kaya, si tu savais comme tu me rends heureux !

Kaya se sentit tout à coup gênée de devoir oraliser ses intentions tandis qu'Ethan affichait de plus en plus un large sourire à l'idée d'être enfin considéré à juste titre.

— C'est juste dans l'idée de bien remplir les clauses du contrat ! Ne t'imagine rien d'autre ! ajouta-t-elle, contrariée, alors que les yeux d'Ethan pétillaient de bonheur.

— J'adore ta dévotion soudaine à vouloir respecter du mieux possible ce contrat ! Donc H24, ça veut dire que là, si je veux poser mes lèvres sur les tiennes, je peux ?

Kaya se montra méfiante, peu convaincue.

— Tu es vraiment en souffrance, là, maintenant, avec ce sourire en coin qui ne te lâche pas depuis que je suis sur tes genoux ?

— Je te l'ai dit : « je suis en souffrance H24 !".

Ethan se mordit la lèvre, bien obligé d'admettre que cela allait être dur maintenant de trouver une raison à chaque moment de consolation qu'il souhaitait. Le mieux était de rester vague sur ses réelles envies. Sa souffrance passait maintenant après son besoin d'être lové contre elle.

— Là, tu souffres ? demanda Kaya, très suspicieuse. Vraiment... Vraiment ?

— Haaaaa ! Tu es vraiment intransigeante, oui ! Vraiment ! Pourquoi faut-il toujours tout justifier avec toi ?

— Parce que c'est comme ça que ça marche ! lui rétorqua-t-elle, pas dupe de l'entourloupe qu'il tentait malgré tout. Le contrat, Ethan ! Le contrat ! Si tu veux que je soigne tes maux, je dois les connaître, savoir leur origine ! Donc, de la douceur pour t'aider à soigner tes maux, oui, mais pour cela, tu dois me parler de ces maux !

Ethan ferma les yeux, le sourire aux lèvres, puis inspira bien fort avant de les rouvrir.

— OK. La raison de mon envie de t'embrasser sur-le-champ est que tu me mets dans un état de manque depuis que tu es sur mes genoux ! Je veux plus qu'un simple câlin ! Donne-moi plus, Kaya. S'il te plaît !

— Monsieur Abberline, je pense que vous déviez vos réelles souffrances vers des souffrances bien plus futiles ! Baratineur !

— Quoi ?! fit-il, faussement offusqué. Comment osez-vous prétendre que mes souffrances actuelles sont futiles, mademoiselle Levy. Sachez qu'elles m'arraaaachent le cœur ! Je souffre terriblement !

Kaya pouffa devant le cinéma d'Ethan, digne d'une tragédie grecque.

— Tu souffres rien du tout ! H24, mon œil !

Ethan se pinça les lèvres. Elle était dure à convaincre.

— Ma poitrine me brûle. J'ai une douleur lancinante dans ma cage thoracique.

Kaya regarda sa poitrine, où sous sa montagne de vêtements se cachaient ses cicatrices. Elle posa sa main dessus lentement.

— Tes cicatrices te font mal ? lui demanda-t-elle doucement.

— Non… C'est en dessous ! lui répondit-il tel un murmure tout en la regardant droit dans les yeux.

— En dessous ? répéta alors Kaya, cherchant la cause de son mal. Les poumons ? Tu as une maladie que tu ne m'as pas dite ? s'agita-t-elle, tout en écarquillant les yeux devant la révélation.

Ethan aurait voulu en rire, mais il était las.

Tu ne comprends jamais rien, Princesse ! Tu es usante !

— Non, c'est plus à gauche ! Patate !

Patate ?

— Tu me fends le cœur en deux à refuser mon baiser ! Je souffre le martyre à attendre désespérément tes lèvres. Tu ne me laisses donc pas le choix ! Comme d'habitude, je dois finir par laisser parler le connard en moi !

Sans attendre, il fonça sur ses lèvres. À leurs contacts, un long soupir de soulagement sortit de ses narines. Il la serra un peu plus contre lui et réitéra son geste une fois, puis deux fois. Kaya se laissa faire. Elle cherchait à le comprendre, mais n'y arrivait pas. Il souffrait. Il ne cessait de le dire. Mais il masquait toujours cela par des pirouettes, des fuites en avant, pour ne pas en parler.

Je te fends le cœur en deux... Bah voyons ! Le bourreau de ses dames a un cœur qui bat pour quoi ? Ne me chante pas la sérénade !

Ethan laissa un dernier baiser sur ses lèvres et sourit. Kaya lui montrait un visage peu ravi, pas dupe de son manège.

— Voilà ! Ça va mieux ! lui dit-il, tout chantonnant.

— Tu te fous de moi, oui ! répondit-elle, tout en ne cachant pas sa colère.

— Pas du tout !

— Si ! Tu me parles de ton cœur que tu n'as pas, pour éviter de me parler du plus important ! Tu m'énerves ! Je ne peux rien faire si tu ne prends pas les choses au sérieux !

Ethan la fixa, incrédule, alors qu'elle était en train de le sermonner.

Je n'ai pas de cœur ? Tu y vas un peu fort ! C'est ainsi que tu me vois ? Que tu vois les choses ?

Ethan lâcha un rire exaspéré.

— Je suis toujours très sérieux avec toi, Kaya.

— Non ! Je veux que tu me dises ce que tu ressens dès qu'il s'agit de tes cicatrices. Je veux savoir ! Tout ! Je veux comprendre l'envers de ces marques. Je sais que c'est ça qui te blesse plus que tout le reste. Je sais que c'est à cause d'elles que tu as des réactions mauvaises auprès des femmes. Je sais aussi que, si tu ne me dis pas ce que tu ressens dès que ça les concerne de près ou de loin, alors je suis inefficace. Et ça m'énerve ! Ce n'est pas l'intérêt de notre deal ! Tu veux que je sois efficace, tout comme tu dois l'être avec moi.

Ethan resta sans voix devant le besoin de Kaya à vouloir autant s'investir pour lui. Quelque chose avait changé dans leur relation. Kaya se montrait plus proche de lui depuis l'anniversaire de la mort d'Adam. Elle voulait être plus à son écoute, même si elle gardait certaines réserves. La poitrine d'Ethan brûla réellement cette fois-ci. L'idée même que sa princesse puisse vouloir s'intéresser à lui, à son vrai lui, lui faisait chaud au cœur. Il se disait qu'il pouvait espérer. Espérer quoi ? Qu'elle l'aime ? Qu'elle ne veuille plus le quitter, malgré la monstruosité sous sa peau ? Il n'avait qu'une envie à présent : se blottir contre elle et ne plus bouger. Sceller cette relation dans une étreinte d'éternité. Les sourcils froncés de sa belle étaient la plus belle preuve de considération qu'elle lui ait faite jusqu'à présent.

— Kaya, pardon. Je… ne sais pas quoi dire d'autre…

Il baissa les yeux. Tout lui raconter maintenant lui était impossible. Il avait une peur bleue de tout perdre entre eux s'il lui disait la vérité. Jouer l'esquive serait un affront de plus qui les enverrait vers une dispute plus grave. Il ne le voulait pas. Hormis demander pardon, il ne voyait pas ce qu'il pouvait faire.

Kaya se trouva surprise par cette nouvelle demande de pardon. Elle savait qu'il ne le disait pas à la légère. Pire que tout, elle savait qu'il était mal à l'aise par sa faute. Était-elle trop brusque avec lui ? Lui en demandait-elle trop d'un coup ? Sa frustration jouait sur son tact.

— C'est moi qui m'excuse… lui répondit-elle finalement. Je ne suis pas en droit d'exiger quoi que ce soit de toi, comme ça. Je me suis emportée à cause de… ma frustration. Pardon.

À son tour, Ethan écarquilla les yeux de surprise. Le visage gêné de Kaya, cherchant la fuite, lui montrait qu'elle n'était pas fière finalement de ses propos. Il posa alors sa main sur sa joue pleine de boue et l'obligea à le regarder droit dans les yeux. Une larme commença à pointer dans le coin de l'œil droit de Kaya.

— Je suis nulle ! Tu me demandes du temps. Tu me dis que tu es conscient d'être peu bavard sur ta vie privée et moi, je te mets la pression juste après. Je suis horrible !

Ethan ferma les yeux un instant et soupira. Le plus horrible des deux était bien lui et l'entendre se corriger ainsi l'agaça.

— Kaya, ta demande est légitime. Ta frustration aussi. On est tous les deux frustrés par l'autre, je pense !

Il se mit à rire légèrement en repensant au nombre de fois où la frustration l'avait gagné.

— Regarde ! Par frustration, j'ai forcé ton consentement pour obtenir tes lèvres, il y a quelques secondes. Je serais mal avisé de te critiquer !

Il posa son front contre celui de Kaya et lui caressa son nez avec le sien.

— Kaya, ta simple présence me fait un bien fou. Ne doute pas de ton efficacité. Être avec toi est déjà le meilleur remède que j'ai trouvé jusqu'à présent !

Les joues de Kaya rougirent devant le compliment et la gentillesse d'Ethan.

— Je suis contente aussi que tu sois là… lui souffla-t-elle alors.

— J'espère bien ! Je veux être indispensable à ton bien-être !

— Ça va être dur, Abberline ! Tu ne remplaceras jamais des sushis, qui sont la fine fleur de mon bien-être !

Tous deux se mirent à rire. L'apaisement était de retour. Le soulagement aussi.

— Allez ! Fine fleur ! Allons affronter ma famille !

12

SOUCIEUX

Monsieur et madame Abberline habitaient dans le quartier d'East Shore. Si la ville de New Haven était connue pour sa plus prestigieuse université américaine, Yale, elle était aussi réputée pour ses maisons à l'architecture Queen Anne, Tudor ou victorienne. Kaya put ainsi en apercevoir plusieurs le long de leur route pour arriver jusqu'à la maison familiale. New Haven était une grande ville. Des parcs, des musées, des restaurants tous aussi appétissants les uns que les autres. C'était une ville active, alimentée par le flux permanent d'étudiants du monde entier venus pour Yale. Ethan lui raconta un peu l'histoire de cette ville, les coins sympas à visiter, l'ambiance qui s'en dégageait, pourquoi il aimait y retourner, bien qu'il ait fait le choix de ne pas y faire ses études universitaires. Il s'estimait français avant tout et New Haven était sa terre d'accueil. Charles était issu d'une famille franco-américaine et la maison était donc un héritage d'une grand-tante du côté de son père. Lorsqu'ils travaillaient, ils y passaient moins de temps, car ils étaient sur Paris. Aujourd'hui, le quartier de East Shore n'était plus leur lieu de villégiature ; leur retraite aux États-Unis était une évidence. Claudia et Max avaient préféré New Haven à Paris et le choix de rester près des parents leur avait paru évident. Ethan était donc le seul à vivre à Paris et à faire les allers-retours pour voir sa famille au complet.

Ethan et Kaya arrivèrent devant une grande maison gris-bleu sur deux étages, aux poutres et au porche blancs, s'inspirant du style victorien. La neige tout autour faisait ressortir le gris-bleu des murs de la maison, lui donnant un côté cosy où l'on a qu'une seule envie : se poster devant son feu de cheminée. De la fumée sortait de la cheminée aux couleurs plus rougeâtres. Ethan lui sourit avec fierté.

— Voilà, nous y sommes ! Prête ?
— Pas du tout !

Kaya continua à examiner encore quelques minutes la maison où Monsieur Connard en chef avait vécu. Il n'y avait pas beaucoup de terrain. Les Abberline vivaient dans un lotissement sans clôtures, mais Kaya put y apercevoir une petite dépendance aux allures de remise ou de garage. Un sapin surplombait le côté droit de la maison et un grand peuplier protégeait la remise à sa gauche. Le porche longeait la devanture de la maison avec son escalier et son entrée sur la gauche. Il y avait trois fenêtres au premier étage et une au second qui faisait office de combles.

— Relax ! Ça va le faire !

Ethan sortit du pick-up et ouvrit le couvre-benne pour en sortir la valise. Kaya le rejoignit vite, le visage marqué par l'inquiétude. Ethan tira la valise à lui, puis la posa sur le sol enneigé. Il referma le coffre et regarda Kaya, de plus en plus pâle. Il ne put s'empêcher de rire devant son silence signalant sa proche asphyxie.

— Bon sang ! Mais respire ! Ce n'est pas la fin du monde ! Pourquoi tu te mets dans un tel état ?
— C'est plus fort que moi ! J'ai peur et j'ai honte ! J'ai honte parce que je suis pleine de boue. J'ai honte parce que je ne sais même pas comment je peux me présenter à eux vis-à-vis de toi. Bref ! Je ne me sens pas du tout à ma place et je le réalise vraiment maintenant.

Ethan la fixa, effaré par ses explications. Jamais il n'aurait pensé la voir dans un tel état parce qu'elle allait voir sa famille. Il l'avait plutôt imaginée très relax, n'ayant rien à perdre ni à prouver, sachant très bien que leur histoire n'était qu'un moment de leur vie. Aujourd'hui, il se rendait compte qu'il s'était trompé. Kaya agissait vraiment comme une petite amie angoissée de faire bonne impression à sa belle famille. En y réfléchissant bien, si Kaya avait eu encore de la famille en vie, comment lui-même aurait-il réagi ? Il savait qu'il aurait douté, qu'il aurait voulu les convaincre, qu'il aurait tout fait pour paraître digne de ses parents. Il aurait été aussi impatient de connaître les origines de Kaya. Connaître sa famille, c'était savoir pourquoi elle avait certaines mimiques sur son visage, certaines attitudes. Ressemblait-elle plus à sa mère ou à son père ? En vérité, il ne s'était jamais interrogé sur cela jusqu'à présent et il réalisait qu'elle devait se poser ce genre de questions maintenant.

Il se redressa alors et lui sourit.

— Kaya, ta place est là où je suis ! C'est tout. Focalise-toi sur moi, et rien d'autre.

Kaya pencha la tête et plissa les yeux, suspicieusement.

Ma place est là où il est ? Et ma liberté, il en fait quoi ?

— Me focaliser que sur toi ? C'est bien gentil, mais je pense que tu obnubiles déjà bien assez mes pensées pour que j'en rajoute une couche en faisant la groupie énamourée ! C'est déjà bien suffisant ! Je veux garder un peu de liberté si tu veux bien ! Je ne suis pas ton toutou qui te suit comme ton ombre !

— Vraiment ? s'étonna alors Ethan, le regard à la fois ravi et plus séducteur.

— Vraiment quoi ? répéta alors Kaya, sentant venir l'agacement devant la suggestion d'être son chien. Oui, je ne suis pas liée à toi par une corde, à ce que je sache.

— La corde ça peut se négocier dans nos moments plus

intimes, mais sinon, tu penses vraiment à moi tout le temps ? J'obnubile vraiment tes pensées ?

Kaya écarquilla les yeux et comprit vite que ses propos allaient se retourner contre elle en le voyant l'enlacer de façon charmeuse. Ils n'étaient pas sur le même sujet de discussion.

— Je te parle de liberté et toi, tout ce que tu retiens, c'est ta place dans mes pensées ?

— Moui... fit alors Ethan en réfléchissant. Si en plus d'être là où je suis physiquement, tu me gardes une place de choix dans ton esprit, ça me va parfaitement ! Pas besoin que tu sois mon toutou, puisque je te contrôle corps et âme. C'est assez réjouissant comme perspective...

Kaya le frappa à l'épaule, bien consciente que maintenant, il se jouait d'elle.

— Ne vois pas d'idolâtrie là où il n'y en a pas ! Je suis surtout toujours sur le qui-vive, oui ! Je m'attends toujours à tout avec toi et encore plus quand tu es à côté de moi ! Du coup, j'essaie d'anticiper toutes tes vacheries et résultat, oui, je me retrouve avec un connard dans ma tête qui me fait tourner en bourrique, en plus de l'avoir physiquement à mes basques ! finit-elle par dire tout en râlant. Car oui, celui qui suit l'autre, c'est toi !

— Dit celle qui a traversé l'Atlantique pour me voir ! rétorqua Ethan avec un grand sourire amusé.

Kaya fronça les sourcils devant la remarque pas totalement fausse.

— Hors de question que je me focalise complètement sur toi ! Point ! lui cria-t-elle maintenant. Sinon je vais devenir folle !

— Si tu veux... Lutte autant que tu veux... Ça ne changera rien au fait que tu m'as dans la peau et c'est tout !

— Arrête de dire n'importe quoi !

Ethan ne put s'empêcher de la serrer fort dans ses bras et de se balancer avec elle tout en riant. Il aimait ce genre de confidences où il se sentait important à ses yeux. Elle marmonnait, mais restait toujours aussi attirante.

— Mais qu'est-ce que tu fais ?! s'agaça un peu Kaya. Lâche-moi ! Je ne veux pas que tu me consoles ! En plus, si tes parents nous voient, ils vont penser quoi ?! Arrête !

Ethan pouffa et réfugia son nez dans le cou de la jeune femme pour y déposer des baisers. Il était heureux. Simplement heureux. Il désirait que rien de cela ne cesse.

— Deviens folle, Kaya ! Ça me va ! Folle de moi ! Je me demande par quelles attentions ça se traduirait et je trouve ça assez excitant, en fait !

— Pfff ! Crétin ! lâcha-t-elle tout en lui frappant la taille cette fois-ci. Revoilà Monsieur "Sexe-et-autres-gâteries" qui s'imagine des choses.

— Hmmmm ! C'est tellement bon le sexe avec toi ! Je ne vais pas m'excuser d'y penser, Princesse !

— Obsédé pervers ! Toi, c'est sûr que quand tu penses à moi, on sait sur quel sujet !

👑👑👑

— Bon sang, Papa ! Tu as vu ?! Il l'a enlacée ! Il lui fait un câlin !

— Calme-toi, Claudia ! Ethan a le droit d'enlacer quelqu'un quand même !

— Max, ne dis pas n'importe quoi ! Ethan n'enlace que moi comme ça !

— Eh oui, tu n'es plus l'exception ! Fais-toi une raison !

Max lança un sourire vache à sa sœur qui le frappa sur le bras, peu satisfaite de connaître une rivale. Les Abberline avaient entendu le pick-up arriver et s'étaient précipités vers la porte d'entrée pour accueillir Ethan et son amie. Autant dire que ce n'était pas un jour anodin pour eux. C'était même une première, si on oubliait le cas de la toute première petite amie d'Ethan. Jamais il n'avait osé présenter à sa famille une autre femme depuis. Cindy, malgré sa convalescence, avait tenu à rendre sa maison parfaite aux yeux de son invitée et n'avait cessé de mettre tout le monde au travail pour que tout soit en ordre. Entre ménage, bricolage, décoration, tri, chacun des membres avait dû mettre la main à la patte pour répondre aux exigences de la reine mère. Aujourd'hui, tout était en place et l'impatience régnait au sein de la maison.

— Bon sang ! Ils arrivent ! s'exclama Cindy, toute guillerette. Vite ! En place ! Il faut paraître le plus décontracté possible.

Ils s'alignèrent tous devant la porte d'entrée, cachant difficilement leur impatience. Ce fut Ethan qui apparut le premier devant la porte, un grand sourire aux lèvres qui s'effaça instantanément en voyant la lignée devant lui.

On voudrait faire plus naturel, on ne pourrait pas ! Mais qu'est-ce qu'ils fichent tous là, alignés de la sorte ?

Il grimaça ensuite tandis que Cindy ne cachait plus son enthousiasme.

— Ne reste pas planté là, devant l'entrée ! La pauvre, elle va mourir de froid dehors !

Kaya, cachée derrière Ethan, apparut alors aux yeux de tous avec un sourire gênée tandis que leur enthousiasme s'effilochait avec la constatation de sa tenue, pleine de boue.

— Bon... Bonjour ! bredouilla Kaya, timidement.

Ethan regarda alternativement sa famille et Kaya, et se rendit compte qu'effectivement, il avait sous-évalué l'impact de la venue de Kaya dans sa famille. À les voir ainsi, il avait l'impression d'avoir ramené le messie. L'enthousiasme de leur entrée avait vite fait place à l'examen poussé de Kaya et aux interrogations sur ce qui devenait le « cas Kaya ». Kaya ne cacha pas sa gêne, en sentant tous les regards braqués sur elle, ce qui mit aussi Ethan mal à l'aise. Il lui attrapa la main pour tenter de la rassurer et la sortir de derrière son dos.

— Voici Kaya ! déclara alors Ethan, plus aussi certain d'avoir fait le bon choix en la faisant venir.

Son cœur battait de façon plus déraisonnable depuis qu'il avait passé le pas de la porte. Il voyait aussi à présent la venue de Kaya comme l'annonce de fiançailles ou de quelque chose d'important, alors qu'il était loin de réfléchir à tout cela quelques instants auparavant. Un sentiment bizarre ne le lâchait pas, comme si chacun des deux jouait sa vie sur cette rencontre pourtant sans prétention à quelques niveaux que ce soit. Ce fut Charles qui réagit le premier.

— Bienvenue Kaya ! Bienvenue chez nous ! Je suis Charles, le père d'Ethan. Tu dois être fatiguée et gelée. Il fait froid dehors.

Il attrapa alors la valise des mains de son fils et les aida à entrer plus franchement dans la maison.

— Mon Dieu, mais que s'est-il passé, Ethan ? demanda alors Cindy, inquiète de l'état de Kaya.

— Pardon pour cette présentation plus qu'impolie ! se précipita de dire Kaya, toujours gênée par cette rencontre.

— On a eu un problème de voiture ! répondit calmement Ethan. Le pick-up s'est embourbé et il a fallu qu'on le sorte de la boue.

— De la boue sur du bitume ? rétorqua Max, sceptique. Vous êtes allés où pour vous embourber ? Les routes sont pourtant bien déneigées ?

Ethan et Kaya se regardèrent, le visage coupable, puis gêné à nouveau.

— Qu'importe ! On est là ! coupa instinctivement Ethan.

— Enchanté ! déclara alors Max à Kaya. Je suis Max, le frère d'Ethan. Et voici Claudia, notre sœur.

Kaya serra la main de Max et sourit en voyant le visage familier de Claudia.

— Comme sur la photo de ta chambre ! fit-elle remarquer à Ethan.

Claudia tiqua à ses mots. Elle avait mis elle-même cette photo dans sa chambre en lui ordonnant de ne pas la changer de place. Mais ce qui la frappait le plus était qu'elle soit entrée dans la chambre de son frère.

— Enchantée ! fit Kaya, tout en tendant sa main.

Claudia regarda la main de Kaya sans trop savoir quoi penser de l'invitée d'Ethan. Elle la serra toutefois avec un salut plutôt méfiant qui ne passa pas inaperçu aux yeux de Kaya.

— Je suis Cindy, la mère d'Ethan. Soit la bienvenue chez nous !

Kaya regarda Cindy, avec un petit sourire timide. Elle voulut lui tendre la main pour répondre à sa parole, mais Cindy la prit dans ses bras et lui murmura à l'oreille :

— Pas de ça entre nous ! Tu es importante aux yeux de mon fils, donc tu l'es pour moi aussi.

Elle se détacha d'elle alors et lui frotta les épaules machinalement avant de voir qu'elle s'était salie de boue.

— Oh mon Dieu ! s'exclama Kaya. Je suis désolée !

— Oh non ! C'est moi qui t'ai enlacée sans réfléchir. Ce n'est rien ! Charles va te conduire à la salle de bain. Tu ne peux pas rester comme ça.

— Suis-moi, Kaya ! intervint Charles. Allons à l'étage ! À moins que cela gêne Ethan ?

Il se tourna vers son fils avec un petit sourire provocateur. Ce dernier, piqué au vif, s'étonna de la réaction de son père, puis s'esclaffa.

— Fais ce que tu veux avec elle. C'est toi le maître des lieux.
— Parfait ! Je vais donc la dévorer toute crue !
Il fit un clin d'œil à Kaya, les joues rougies par la gêne.
— Suis-moi !

Kaya monta les escaliers de la maison, à la suite de Charles. Il fit une pause au premier étage.
— La chambre d'Ethan est au second. Nous l'avons aménagée dans les combles à son arrivée. Ethan avait besoin d'espace et de solitude ; c'était donc la meilleure option pour qu'il ait son « repère ». Tu dors avec lui ? Vous serez tranquilles là-haut.
Charles lui lança un regard entendu qui surprit un peu Kaya.
— C'est-à-dire que... Nous n'avons jamais discuté de ça... En plus, sa chambre a toujours été un lieu interdit aux femmes.
Occasionnellement ne veut pas dire tout le temps...
Charles la dévisagea, étonné par ce revirement.
— Oh pardon, je pensais que lui et toi, vous...
— Eh bien... C'est... compliqué.
Charles la fixa sérieusement, conscient de ses difficultés à comprendre son fils.
— C'est vrai qu'Ethan a des habitudes bien ancrées. On ne change pas les gens comme ça ! Oublie cela ! Je dois surestimer votre relation. Je mise sur des espoirs propres à un père et ça me rend maladroit. Ne te formalise pas de mes préjugés. Pardon.
Il lui tapota l'épaule, dans un geste de bienveillance digne d'un père pour son enfant. Kaya sentit ses joues chauffer face aux attitudes franches de Charles.
— Je suis désolée. Je ne sais pas ce que vous espériez de moi, mais je doute être comme vous l'imaginez...

— Ne sois pas si dure envers toi. On n'a rien imaginé en

particulier. On est juste heureux qu'Ethan nous présente quelqu'un de son quotidien. C'est assez rare. Nous connaissons certains de ces amis, mais il reste très discret quand il s'agit des femmes, d'où nos interrogations et notre enthousiasme certain. Laisse le temps au temps. Je me suis emballé et j'ai manqué de tact. Ne t'inquiète pas. Il n'y a aucun problème. OK ! La chambre d'amis doit être quand même prête ! Allons-y !

— Oh, mais ne vous tracassez pas ! répondit Kaya tout en lui attrapant le bras. Ne vous souciez pas de moi ! Sa chambre peut faire l'affaire. Je dormirai sur son lit et lui dormira par terre ! On trouvera une solution !

Malgré son entrain à ne pas vouloir causer de souci, Kaya réalisa que sa proposition n'était pas à l'avantage d'Ethan et que Charles risquait de voir une impolie face à lui. Elle haussa les épaules.

— Ethan est un dur à cuire... marmonna-t-elle alors.

Charles lui sourit gentiment. Il était vraiment heureux de constater quel type de personne était Kaya et quel genre de relation son fils pouvait entretenir avec elle.

— C'est vrai, c'est un dur à cuire. Il a la peau tannée pour des décennies.

Charles montra un petit sourire à Kaya, qui tiqua.

La peau tannée ? Sait-il pour ses cicatrices ? Sans doute... Mais sait-il toute l'histoire à leur sujet ? Qu'en pense-t-il ?

— Prends la chambre d'amis. Je ne voudrais pas être le complice d'un dos traumatisé par la dureté d'un sol !

Charles déposa sa valise dans la chambre. Il lui montra ensuite la salle de bain pour qu'elle se douche et retire toute la boue sur son visage et ses cheveux. Kaya ne s'attarda alors pas à discuter davantage. La boue séchée lui tirait le visage. Elle avait hâte de se décrasser. Fermer les yeux et laisser l'eau chaude masser sa nuque lui fit un bien fou. Elle avait besoin de se retrouver un peu seule avant de reprendre le vertige des émotions avec ce qui l'attendait au rez-de-chaussée. Elle ne savait pas vraiment où était sa place dans cette maison, mais elle pouvait admettre qu'ils avaient été plutôt accueillants et bienveillants envers elle.

Lorsque le repas arriva, Cindy ne cacha pas son enthousiasme. Elle avait cuisiné ses fameuses lasagnes dont son fils raffolait. Elle avait passé une partie de la journée dans la cuisine, angoissée à l'idée de les rater. Durant des heures, il ne fallait surtout pas entrer dans la cuisine sous peine de se faire engueuler en venant la déranger. Max avait osé ouvrir le frigo pour prendre une petite collation. Il avait alors vite compris au regard courroucé de sa mère que c'était la pire idée au monde. Et s'il cassait un œuf au passage dont elle pouvait avoir besoin ? Et s'il finissait la dernière bouteille de lait ? S'il venait à renverser sa béchamel ? Charles avait entendu sa femme crier à travers la maison contre son fils aîné. Il avait souri en réalisant combien la venue de Kaya était un événement de grande envergure aux yeux de Cindy. Leur invité était un mystère. Ils ignoraient beaucoup de choses, mais sa simple venue sur demande d'Ethan était en soi un miracle.

Cindy avait sorti les beaux couverts, la nappe de la grand-tante, la décoration des grands moments de la famille. Ethan leva les yeux en voyant l'exagération de sa mère qui allait jusqu'au moindre détail.

— Même à Noël, il n'y en avait pas autant ! bougonna-t-il en observant attentivement la table.

— Asseyez-vous tous ! s'enthousiasma Cindy. Ne restez pas plantés comme des piquets, voyons !

Chacun prit une chaise et s'installa en silence. Kaya se sentait mal à l'aise. Ethan lui caressa la cuisse sous la table pour la rassurer. Elle regarda sa main la caressant, puis son visage. Il lui fit alors un clin d'œil complice.

— Tout ira bien ! lui chuchota-t-il à l'oreille. Respire !

— Mangeons vite avant que ça ne refroidisse ! se hâta de dire Charles tout en frappant des mains et attrapant le premier plat devant lui. Sinon Cindy va nous maudire sur trois générations ! Bon appétit !

La majorité des discussions portèrent sur Ethan et Kaya. Ethan restant le plus vague possible, chacun des membres de la famille comprit vite que la personne à cuisiner demeurait Kaya. Pour Max, Kaya était une surprise. Pour Claudia, un élément perturbateur. Pour Cindy et Charles, sans doute le messie. Tous se mirent à parler alors en même temps, impatients de poser chacun sa question à l'invitée mystère. Ethan et Kaya ne cachèrent pas leur surprise en voyant que tous eurent la même intention en même temps. Chacun jaugea l'autre pour savoir qui aurait la primauté de commencer. Ce fut Max qui dégaina le premier.

— C'est plutôt original comme prénom, Kaya ? lui demanda-t-il rapidement, de peur qu'un autre vienne poser sa question sans qu'il ait le temps de prononcer la sienne.

Kaya arrêta de mâcher son morceau de lasagnes et le fixa de façon dubitative.

— C'est un prénom qui a plusieurs significations selon le pays où l'on se trouve ! répondit-elle malgré tout, après avoir avalé sa bouchée. En syriaque, Kaya signifie « belle ». C'est un prénom féminin. Par contre, en Turquie, c'est un prénom masculin qui signifie « falaise » ou « masse rocheuse ». Kaya fait aussi référence à une forêt sacrée d'un des peuples kényans. La forêt de Kaya est considérée comme une source de puissance rituelle. En zulu, Kaya signifie « habitation », « demeure » ou « maison ». Ma mère aimait les différentes significations de ce prénom, car elle voulait que sa fille soit à la fois belle, sacrée et le refuge de quelqu'un. Mais par-dessus tous les pays et les significations qu'il pouvait avoir, celui qu'elle préférait était la signification japonaise : « fleur » ou « pétale », et par extension « splendeur ».

— C'est incroyable ! s'exclama avec admiration Cindy.

— C'est très poétique ! confirma Charles.

Claudia se tut. Ethan observa alors Kaya qui se mit à rougir en repensant à l'origine de son prénom. Il devait admettre que la question de son frère était pertinente et qu'il apprenait encore un nouveau détail de la vie de Kaya qui le touchait. La mère de Kaya avait vu juste en choisissant ce prénom. Il devait admettre qu'à ses yeux, Kaya était tout ce qu'elle espérait. Belle, sacrée, un refuge et la délicatesse d'une fleur...

Enfin, ça, c'est surtout quand elle est amoureuse, car je n'en ai pas encore vu beaucoup la couleur. Moi, elle me frappe !

Il se mit à sourire. Il était content de cet aveu. Cela le confortait sur ce qu'il pensait d'elle.

— Pour moi, Kaya, c'est l'autre appellation du cannabis, de la marijuana ! commenta alors de façon plus terre à terre et moins poétique Max.

Ethan s'étrangla en avalant l'eau de son verre. Tout le monde dévisagea Max.

— Ben quoi ? Vous ne savez pas que c'est aussi l'un des titres d'album de Bob Marley ? Je vous jure que c'est vrai !

— Ouais, on peut le croire ! C'est sûr que tu sais de quoi tu parles ! rétorqua Claudia de façon entendue.

— Oui, je sais de quoi je parle ! Au moins, je fais ta culture ! répondit sèchement Max, tout en lui balançant une mie de pain.

Kaya se trouva confuse par cette révélation qui ne manqua pas de faire rire Ethan. La voir si embêtée par cette signification moins glorieuse valait son pesant d'or.

— Je suis aussi d'accord avec cette signification ! lui murmura-t-il à l'oreille. Une drogue douce qui fait planer !

Il pouffa ensuite et cacha son rire derrière sa main. Constatant que le sujet avait dérapé, Charles posa sa question.

— Vous vous êtes rencontrés de quelle façon ?

Kaya se sentit gênée de leur dire la vérité sur leur début chaotique.

— Elle m'a renversé une flûte de champagne sur mon costume, puis comme ça ne suffisait pas, elle m'a renversé carrément une carafe d'eau sur la tête.

Ethan porta sa fourchette de lasagnes dans sa bouche, sans émettre la moindre colère ou tendresse à ce souvenir. Les Abberline regardèrent successivement Ethan et Kaya et ne surent ce qu'ils devaient en déduire.

— Hum... lâcha Cindy, surprise par cette révélation. Je suis sûre qu'elle s'est vite rattrapée et excusée.

Elle s'essuya la bouche avec sa serviette de table, espérant désamorcer la gêne ambiante. Claudia dévisagea Kaya. Max observait la faille chez son frère pouvant laisser entrevoir un sourire, un signe de plaisir à ce souvenir. En vain. Charles regarda Cindy, certain qu'elle allait tout faire pour montrer que tout était sous contrôle.

— Oui, à la seconde rencontre, elle m'a donné un coup de genou dans les couilles ! ajouta Ethan, le visage toujours neutre, détaché.

Cette fois-ci, tous regardèrent Kaya en se demandant qui était-elle, pourquoi tant de violences, ce qui avait pu se passer entre eux. Kaya se recroquevilla à nouveau et baissa les yeux. Ethan esquissa enfin un sourire ravi.

Petite vengeance, petite boutade, ma chérie !

— C'est... c'est parce qu'il...

Tout à coup, elle sentit sa chaise se tourner et vit Ethan rapprocher son visage face au sien.

— Il... quoi ? Qu'est-ce qu'il a fait, le méchant Ethan ?
Il plongea son regard dans celui de Kaya et attendit. Kaya ne sut si elle devait à présent dire la vérité ou se taire. Qui savait ce que pensaient les Abberline à propos d'Ethan ? Devait-elle les décevoir ?
— Il...
Oh ! Et puis merde ! Il ne m'aura pas !
— Il a été un connard fini ! De la pire espèce ! Le nec plus ultra du connard puissance mille !
Elle lui sourit alors, fière de sa tirade. Ethan pouffa, tout aussi fier de sa fidélité à rétablir la vérité. La famille Abberline resta interdite.
— Il m'a fait virer deux fois de mon job ! argua-t-elle alors pour sa défense.
— C'est vrai ? s'inquiéta alors Cindy, tout en regardant son fils.
— Vous n'imaginez même pas mon plaisir ! se vanta alors Ethan, grand sourire.
— Connard ! ronchonna Kaya à nouveau.
— Ce n'est pas très... sympa, ce que tu as fait ! commenta Charles. Pour quelle raison l'as-tu fait ?
Ethan haussa les épaules.
— La première fois parce qu'elle m'avait renversé mon champagne sur mon smoking et ce n'était pas ma journée. La seconde parce qu'elle s'est immiscée dans une discussion qui ne la regardait pas !
— Tu maltraitais cette fille ! objecta Kaya. Je n'allais pas rester sans rien faire !
— Non, c'est elle qui se maltraitait toute seule ! Elle s'étalait devant moi comme une carpette, tout ça pour que je ne la quitte pas !
— Parce qu'elle t'aimait ! haussa du ton Kaya. N'est-il pas

normal de vouloir faire l'invraisemblable par amour ?
Ethan serra la mâchoire, le regard plus dur.
— Elle m'aimait ? Non, je ne crois pas ! Elle était loin d'être comme toi avec ton Adam ! D'ailleurs, t'es bien la seule à être comme ça ! Aussi... mordue ! Pire qu'un chien serrant un os entre ses crocs !

Kaya recula de sa chaise. Les mots d'Ethan la mirent mal à l'aise. Ethan était amer, ce qui n'échappa pas aux Abberline qui assistèrent à un accrochage en direct sans comprendre comment tout cela avait commencé.
— N'importe qui peut être comme moi... murmura Kaya pour sa défense. Quand on aime, c'est... sans limites. Tu sous-estimes juste les sentiments des autres.
— Je sous-estime ? Parce qu'en plus, c'est moi le coupable ? Les femmes sont toutes des manipulatrices, des...
— Ethan ! Ça suffit !
La voix grave de Charles trancha net les vindicatives de son fils. Ethan regarda son père, le visage marqué par la colère.
— Et en plus d'être coupable, je dois me taire ! Ha !
Il jeta sa serviette de table à côté de son assiette, tout en ne cachant pas son dégoût. Sa mère lui attrapa alors la main.
— Ethan, si tu as fait venir Kaya, ce n'est pas pour te disputer ou émettre des reproches. Calme-toi !
Il soupira, agacé, puis regarda Kaya, les yeux humides, baissés sur son assiette de lasagnes.
— Pardonne mon fils, Kaya. Tu as raison. Il peut parfois être imbuvable et ne pas peser ses mots.
Kaya tenta de reprendre un semblant de confiance en lui souriant, mais le cœur n'y était plus vraiment.
— Mange, Kaya ! lui conseilla Max. Ça va être froid.
— Moi je dis qu'Ethan n'a pas tout à fait tort ! intervint alors

Claudia. On ne peut pas reprocher à Ethan d'être méfiant vis-à-vis des femmes ! Votre exemple de relation est éloquent ! Comment croire aux sentiments quand vous avez deux personnes qui signent un contrat de consolation où chacun se sert de l'autre ? N'est-ce pas là aussi une manipulation de Kaya sur Ethan ? Il ne fait que rendre la monnaie de la pièce en se comportant comme les femmes qui se jouent de tout ! OK, tout le monde était d'accord sur la teneur du contrat. Mais concrètement, Kaya ne donne pas l'exemple non plus, niveau sincérité. J'y vois plus une forme d'égoïsme. Elle montre aussi à Ethan que les femmes sont fausses, superficielles. Elle lui donne raison sur ses préjugés rien qu'en ayant accepté ce contrat !

— Claudiaaa ! lâcha Cindy, affligée par la teneur de ses propos.

— Ben quoi ! Il faut aussi rétablir les choses ! Ethan n'est pas tout le temps le méchant de l'histoire ! Moi, je comprends mon frère. Elles se sont toutes servies de lui et ça continue ! Pourquoi n'aurait-il pas le droit de penser ainsi ? Kaya lui prouve bien que les sentiments ne sont pas forcément la priorité dans une relation !

Kaya sentit le regard transperçant de Claudia la traverser et la clouer au mur. Elle ne cachait pas son hostilité ni son inquiétude quant à la relation qu'elle entretenait avec Ethan. Et le pire dans tout cela, c'est qu'elle ne pouvait lui reprocher quoi que ce soit. Claudia avait raison. Elle ne valait pas mieux que les autres. Elle se servait égoïstement d'Ethan, même s'il en faisait de même. Pour Ethan, c'était une réponse logique au comportement des femmes avec lui. Il avait toujours défendu le fait que les femmes l'avaient trahi, qu'elles n'étaient pas fiables, qu'elles se jouaient des sentiments pour mieux manipuler. Mais elle ? Quelle excuse avait-elle pour se comporter aussi lamentablement ? C'était un fait qui l'avait toujours gênée. Jusqu'ici, Ethan avait défendu leur liberté d'agir comme bon leur semblait pour excuser leurs actes, mais aujourd'hui, elle se trouvait face au jugement qu'elle redoutait. Et elle ne pouvait rien répondre. Même ses sentiments envers Adam se trouvaient corrompus par ses choix de relation avec Ethan. Où était la sincérité dans tout cela ? Où étaient ses sentiments et sa bonne foi ? Elle aurait voulu quitter la table, mais elle ne le pouvait. La honte la submergeait. Le dégoût d'elle-même aussi. Et personne ici ne pouvait la défendre alors qu'elle-même reconnaissait les paroles de Claudia comme pertinentes.

Ethan se trouva surpris de la défense de Claudia tout en fustigeant les actes de Kaya. Pour autant, il n'aimait pas cela. Rendre Kaya coupable des mêmes faits que les autres femmes le perturbait. Si dans les faits, cela pouvait paraître vrai, Kaya se montrait pour autant différente de toutes les femmes qu'il avait rencontrées. Elle restait entière.

— Claudia ! s'agaça Cindy. Comment traites-tu notre invitée ? Sois un peu plus respectueuse ! Tu ne connais rien de leur contrat et de leur relation. Ne juge pas sans savoir.

— Je n'ai pas besoin de savoir pour comprendre que celui qui va souffrir au final, c'est encore Ethan ! répliqua Claudia tout en s'énervant.

— Claudia, ton frère est assez grand pour savoir ce qu'il fait ! objecta Charles, le ton sévère.

— Vous croyez ? Ça ne vous choque pas qu'il signe un contrat de consolation ? De consolation ! Il reproduit ses erreurs, mais tout va bien pour vous ?!

— Claudia, la ferme ! tonna alors Ethan, le visage dur.

Claudia se tut instantanément, meurtrie de voir que son frère ne la remerciait pas de prendre sa défense, mais au contraire la disputait.

— Je suis donc la seule ici à voir la vérité, Ethan ? Tu joues à quoi, là ?

— Claudia... S'il te plaît, arrête !

La voix d'Ethan se fit plus douce, plus implorante, comme s'il voulait juste qu'elle arrête de dire des choses qu'il ne voulait pas entendre. Claudia soupira et céda. Kaya observa Ethan révélant une attitude à la fois reconnaissante, mais blessée. Elle regarda à nouveau son plat de lasagnes et déglutit.

Superbe ambiance pour un repas ! Tout cela à cause de moi..

13
Libre

Kaya se réveilla en sueur. Elle venait de faire le pire des cauchemars. Elle était à table avec toute la famille d'Ethan et le jeu était à celui qui trouverait son pire défaut. Chacun y mettait un malin plaisir à trouver des appellatifs et autres comparaisons dépréciatives pour la décrire, au point que son réveil fut provoqué lorsque ce fut Ethan qui l'acheva avec un « connasse ! » des plus mémorables. Elle se frotta le visage des mains et souffla. Elle était à cran. Ce qu'elle craignait se réalisait : elle ne se sentait pas à sa place aux USA. Elle se retenait de prendre le premier billet en partance pour Paris. Si elle restait, c'était pour Ethan, bien que son cauchemar ne l'ait pas aidée à se convaincre qu'il était un allié. Elle parcourut du regard la chambre d'amis dans la pénombre et se rendit compte qu'elle se sentait seule. Terriblement seule.

Elle se leva alors et alla aux w.c.. Se rendormir la vessie pleine était maintenant de l'ordre du rêve. Lorsqu'elle referma la porte des toilettes derrière elle après avoir fait sa petite commission, elle sursauta en voyant une ombre devant elle. Elle eut un spasme d'effroi, avant de réaliser que c'était Ethan.

— Bon sang ! Tu m'as fait peur, idiot !

Ethan resta silencieux, le visage fermé.

— Qu'est-ce qu'il y a ? chuchota-t-elle alors.

— Réfléchis un peu ! Tu m'as dit que tu étais OK pour le H24 et te voilà à préférer la chambre d'amis !

La voix d'Ethan était chargée d'amertume. Son regard montrant au premier abord sa colère masquait difficilement sa déception de ne pas pouvoir passer du temps avec elle.

— C'était délicat de dire à ton père que nous passons nos nuits ensemble alors que je ne suis pas ta petite amie. En plus, tu ne dors avec personne normalement. Et de toute façon, passer une nuit ensemble ne veut pas dire passer toutes nos nuits ensemble...

Kaya baissa les yeux.

— Écoute, continua-t-elle, il est trois heures du matin. Je suis fatiguée. J'ai eu une grosse journée psychologiquement entre le voyage, ta famille et toi. On en reparle demain. Promis !

Elle lui tapota l'épaule et passa à côté de lui pour se rendre dans sa chambre. La mâchoire d'Ethan palpita sous l'effet de la tension qui grandissait en lui. Il n'aimait pas sa façon d'être distante depuis qu'elle était entrée dans cette maison. Oui, il n'était pas un couple, et alors ? Était-ce une raison pour le négliger ?

Il l'attrapa alors par le bras et la tira à lui pour la charger sur son épaule.

— Ethan, qu'est-ce que tu fais ? s'agaça-t-elle tout en essayant de ne pas crier pour ne pas réveiller la maisonnée.

— Tu dors avec moi ! C'est non négociable ! répondit-il tout en la soulevant. Tu me dois une nuit, je te rappelle ! Celle du Nouvel An !

— Fais-moi redescendre ! Je ne suis pas un sac à patates !

Il se dirigea vers l'escalier menant au dernier étage, vers sa chambre. Kaya leva les yeux de lassitude et soupira. Une fois arrivés, il la déposa lentement et ferma la porte.

— Ethan, tu ne peux pas me forcer constamment à faire ce que toi, tu veux ! Et tout ce que tu veux n'est pas forcément pertinent, judicieux. Il faut aussi tempérer tes ardeurs et... et... relativiser. Il est tard ! Dormons !

Kaya lâcha ce dernier mot avec fatigue. Elle savait qu'elle se battait contre le vent, mais ne pouvait s'empêcher d'espérer qu'il freine un peu ses ardeurs pour qu'elle puisse aussi souffler.

— Tu ne veux vraiment pas de moi, donc ? lui demanda Ethan, sèchement.

— Ethan, ce n'est pas ça... Tu as vu le repas. Tu as vu comment ça s'est passé, non ? On passe pour quoi ? Franchement, j'ai eu l'impression d'être la vilaine qui se sert de toi, d'être une femme futile qui couche avec leur fils ou leur frère, avec pour seul motif un délire absurde de consolation mutuelle. Quand je repense à la tête qu'ils ont tirée, je crois que ça a été mon plus grand moment de honte et de solitude. Entre la folle et la débauchée, il n'y avait qu'un pas à franchir. Je ne vais pas faire comme si tout cela ne m'avait pas affectée, car cela m'affecte encore maintenant. J'ai besoin... de prendre du recul. Je n'ai pas envie d'être plus jugée que je ne le suis actuellement, en étant épiée et jaugée. Je n'ai pas envie de donner du grain à moudre. Je veux juste qu'on m'oublie !

Ethan commença à ne plus tenir en place et à faire les quatre cents pas.

— Je ne veux pas que tu te fâches, Ethan. Je veux juste qu'on y aille lentement et qu'on avise au fur et à mesure.

Ethan lâcha un rire désabusé.

— Pour moi, ça ne va pas assez vite, et tu voudrais que je ralentisse encore ?

Perplexe, Kaya regarda Ethan avec intérêt.

— Qu'est-ce qui ne va pas assez vite à ton goût ?

Ethan stoppa ses pas et souffla.

— Tout ! Ça fait des semaines que je me languis de te revoir. Je crois que tu ne te rends vraiment pas compte de la hauteur de mon attente. Ça fait des heures que je me languis de me retrouver à nouveau dans tes bras, Kaya, que j'attends le moment où on sera enfin à nouveau tranquilles, tous les deux. Et très franchement, ce n'est pas les mots de Claudia qui me donnent envie de ralentir quoi que ce soit !

Il reprit alors ses quatre cents pas, en passant sa main dans ses cheveux.

— Bordel, Kaya ! Pourquoi tu ne comprends pas ?! Pourquoi tu ne vois rien ? Ce qui compte, c'est moi ! Pas les autres !

Il s'arrêta et lui lança un regard déçu. Ils n'étaient pas sur la même longueur d'onde cette nuit non plus. Pouvait-il lui en vouloir après le fiasco du repas ? Même Cindy n'avait cessé de s'excuser auprès de lui le restant de la soirée, voyant bien que Kaya n'était pas à l'aise depuis le repas. Lui-même avait alimenté la situation et depuis il le regrettait. Il avait tenté quelques gestes attentionnés, mais Kaya s'était montrée distante. Lorsqu'elle lui avait annoncé qu'elle dormirait dans la chambre d'amis, ce fut comme si le couteau lacérait sa poitrine une nouvelle fois. Sur le coup, il ne trouva rien à dire. Sa démonstration sur les intentions des femmes l'avait cette fois-ci blessée. Mais depuis il tournait en rond dans sa chambre, tentant de trouver une solution à sa mise à distance.

Il soupira. Peut-être avait-elle raison ? Peut-être que laisser du temps au temps lui ferait mieux avaler la pilule du repas, même si pour lui, il fallait la rassurer par un retour plus intime à leur histoire.

— Tu devrais aller te coucher. Tu as raison. Bonne nuit, Kaya. Et désolé pour le repas. On se voit demain.

Il s'éloigna d'elle et lui tourna le dos. Son cœur brûlait dans sa poitrine, déclenchant une douleur lancinante qui lui était insupportable. Il voulait lui crier tout ce qui le rongeait depuis qu'il savait son amour pour elle. Mais à quoi bon lui dire si elle restait hermétique à ce qu'il tentait déjà de lui montrer de plus simple. Le moindre petit désir restait invisible. Il avait l'impression de pédaler dans le vide. Plus il essayait, plus il s'acharnait, plus il échouait. Une forme de découragement s'abattit sur ses épaules. Il ne savait plus quoi faire. Ils ne marchaient pas à l'unisson. Ils n'arrivaient pas à accorder leurs pas ensemble. Il y avait toujours un décalage au bout d'un moment. L'illusion d'une réussite ne durait qu'un temps... Encore ce soir, le fossé s'était agrandi.

Kaya remarqua l'accablement d'Ethan et regretta son attitude déçue. Malgré la fatigue, elle ne voulait pas se disputer avec lui. Elle s'approcha, l'encercla de ses bras par-derrière et posa sa tête contre son dos.

— Je reste, mais juste pour dormir. Sincèrement, je suis naze. Je n'ai pas la force pour une super consolation. Je ne veux pas que tu te braques, mais juste que tu essaies de me comprendre. Je ne me sens pas très à l'aise avec ta famille. J'ai l'impression d'être un truc bizarre qui arrive dans leur vie sans qu'ils arrivent à en cerner les contours. Et je ne peux pas leur en vouloir, vu que moi-même, je n'arrive pas à définir ma position vis-à-vis de toi. Ne ressens-tu pas ce malaise ? Je ne veux pas faire de faux pas. C'est tout.

— Je t'ai dit de ne pas penser à eux, mais à moi. Tu veux que je te comprenne, mais toi, en fais-tu de même avec moi ? lui demanda-t-il alors, durement. Tu ne me regardes pas. Tu ne m'écoutes pas. Tu ne te fies pas à moi. Tu n'en fais qu'à ta tête.

Kaya relâcha ses bras autour de sa taille, meurtrie par ses propos.

— J'essaie de te comprendre. Mais j'avoue que je nage en eaux troubles. Et je ne peux oublier pas ton entourage dans l'équation. Toi, tu n'as pas ce problème ; je n'ai personne à côté, niveau famille ou amis, qui pourrait te troubler sur la manière dont tu devrais te comporter. Dis-moi ce que je dois comprendre...

— Je pense être clair en demandant un H24.

— Ethan, je passe ma journée avec toi. Je suis H24 avec toi. Maintenant, je te l'ai dit : on ne peut pas se consoler à ta façon H24. On a aussi besoin de moments de répit.

Elle marqua une pause. Ethan resta silencieux. Il en revenait toujours aux mêmes problèmes.

— Je sens qu'il y a autre chose, Ethan. J'ai l'impression que tu attends autre chose de moi, que tu ne me dis pas tout. Je te sens frustré, hâtif, mais surtout inquiet, aux abois. Ta sœur a fait une allusion sur la consolation que je n'ai pas comprise. Et tu l'as fait taire, car tu ne voulais pas que j'en sache plus. Pas vrai ? On dirait que tu as peur que je sache quelque chose ! De quoi as-tu peur, Ethan ?

Ethan ne répondit rien. Il ne savait comment traduire tous les sentiments qui se bousculaient en lui. Mais oui, la peur était là. Celle de la perdre et de ne plus être contre elle limait lentement ses certitudes déjà branlantes. Mais celle qui lui étriquait le cœur était son jugement sur lui si elle venait à savoir pour sa mère biologique et lui. Kaya lui caressa le dos pour tenter de calmer sa colère qu'il contenait encore par ses silences.

— Voilà ce qu'on va faire... fit-elle, dans un élan d'encouragement. On va se coucher tous les deux dans ton lit et on va calmer nos agacements dans un premier temps. Ça te va ?

Ethan haussa les épaules, le dos toujours tourné à Kaya. Lui aussi était fatigué par cette journée et par cette sensation d'enlisement permanent avec Kaya. Malgré tout, il était prêt à dire oui à tout, pourvu qu'il puisse se lover contre elle un peu. Elle lui attrapa la main et le conduisit vers le lit.

— Tout nu ? lui proposa-t-elle alors, l'air coquin.

Ethan haussa un sourcil, perplexe à cause de cette suggestion.

Je croyais qu'elle était fatiguée ?

— Je croyais que tu ne voulais rien faire.
— Ça n'empêche pas le peau contre peau, l'un contre l'autre.
Ethan esquissa son premier sourire depuis quelques minutes passées à bouder.
— Tu n'as pas peur ? lui demanda-t-il alors avec défi.
— De quoi ? s'interrogea-t-elle alors, avec un petit sourire. Du grand méchant loup ? Il va rester couché près de moi, et c'est tout !
— Tu crois qu'il va arriver à cela.
Ethan ne put masquer un petit air charmeur. Son animosité disparaissait face aux propositions de rapprochement de sa princesse. Il commença à serrer Kaya contre lui et glisser ses mains sous son T-shirt. Ses doigts remontèrent lentement le creux de sa colonne vertébrale.
— Il a intérêt ! Sinon je redescends dans l'autre chambre. Donc, oui, il n'a pas le choix !
Ethan grimaça, mais n'attendit pas plus longtemps pour lui retirer le T-shirt et le jeter au sol. Il se pencha sur elle pour lui saisir un téton entre ses dents. Kaya lâcha un spasme de douleur et de surprise. Ethan grogna son plaisir, puis glissa ses mains sous le pantalon de nuit de la jeune femme. Kaya lui caressa le dos doucement, voulant calmer l'agacement de son partenaire. Il guida alors son pantalon et sa culotte vers ses chevilles. Kaya se laissa diriger et retirer ses effets sans protester. Ethan l'observa en silence tandis qu'il se permettait d'embrasser ses cuisses.
— Es-tu sûre de vouloir dormir ? tenta-t-il, tout en laissant traîner ses lèvres sur son ventre.
— Retire ton T-shirt, idiot, et laisse-moi poser mes mains sur ton corps ! Où veux-tu que je pose mes mains, Monsieur H24 ?
Ethan sourit. Il ne put s'empêcher de se blottir un peu plus contre elle et de se réfugier dans son cou.
— Kaya, arrête de m'allumer comme ça... Ne dis pas cette

phrase !

— Ne discute pas ! Caleçon !

Elle s'écarta de lui et lui retira le caleçon sans ménagement. Ethan leva la tête, certain de devenir fou si elle osait vraiment poser ses mains sur lui. Et pourtant, parmi tous les endroits sur lesquels ses mains pouvaient se poser, il n'y avait qu'une seule envie qui le taraudait.

— Je veux tes mains ici, Princesse...

Il attrapa ses mains et les posa sur sa poitrine. Kaya regarda ses cicatrices puis son visage, cherchant à comprendre ses intentions. Doucement, elle bougea ses doigts dessus.

— Ça te soulage ? lui demanda-t-elle alors doucement.

Ethan soupira, puis ferma les yeux.

— Ça me fait dire que ça ne me suffit pas ! J'ai envie que tu me tripotes tout partout !

Kaya pouffa, puis s'étrangla quand il posa tout à coup ses mains sur son sexe qui durcissait.

— Là aussi, c'est pas mal ! fit-il, taquin. Effet instantané !

Elle tenta de retirer ses mains, mais Ethan prit plaisir à insister, tout en gardant un sourire ravi.

— Ethan ! Tu vois ! J'essaie d'être sérieuse et voilà comment tu... tu...

Kaya se mit à rougir en sentant l'érection d'Ethan entre ses mains. Le sourire d'Ethan s'effaça pour une expression plus sérieuse.

— Kaya, et si cette fois-ci, on ne se consolait pas ?

Il libéra les mains de Kaya pour les garder dans les siennes et la fixa avec attention.

— Si on le faisait, juste... pour se faire plaisir ?

Kaya le regarda, incrédule.

— Qu'est-ce que tu racontes ? Le contrat dit que...

— Justement, si on le faisait, cette fois, en dehors du contrat !

la coupa-t-il. Une incartade n'a jamais tué personne. Enfin, si, ça peut arriver, mais là, on ne risque rien, non ?

— On a signé un contrat, c'est pour s'y tenir ! contesta Kaya rapidement. On est ensemble dans un objectif de consolation mutuelle. C'est ce qui était convenu, alors pourquoi veux-tu...

— Parce que j'en ai envie ! la coupa-t-il une seconde fois.

Le silence des deux à la suite des propos d'Ethan mit Kaya dans une gêne évidente. Pourtant, Ethan affichait une détermination inébranlable. Kaya baissa les yeux alors qu'Ethan ne cessait de la fixer. Il lui attrapa alors le bout des doigts avec les siens.

— J'ai envie de le faire dans un autre but que celui de consoler... lui chuchota-t-il alors. J'ai envie de le faire sans avoir à réfléchir au contrat ou à l'idée de bien te consoler de quelque chose. Juste le faire parce qu'on en a envie, parce que c'est... comme ça. Parce que le désir est là, parce que tu me plais et que j'ai envie de toi.

Kaya garda ses yeux baissés. Elle observa les doigts d'Ethan jouant avec les siens.

— Juste pour... être ensemble... continua-t-il doucement. Se faire du bien autrement, sans objectif. Tu ne t'es jamais posée la question de comment cela serait s'il n'y avait pas ce contrat ?

Kaya releva la tête et le regarda enfin.

— Si je commence à mettre des « si », Ethan, je doute de pouvoir rester loyale envers toi et envers moi. Ouvrir de nouvelles portes, c'est prendre des risques qui pourraient foutre en l'air l'équilibre fragile de notre relation actuelle. On a déjà du mal à rester ensemble avec un contrat, alors comment veux-tu qu'on s'en sorte sans cadres ? Tu veux vraiment tenter des choses qui...

— Oui ! Je veux ! l'interrompit-il sans hésitation.

— Mais tu vas arrêter de me couper la parole ! s'agaça-t-elle alors.

— OK, j'arrête.

Il fonça alors sur ses lèvres pour l'embrasser. Il appuya dessus comme si sa vie en dépendait. Son cœur faisait des bonds. Il avait envie de cette parenthèse. Il avait envie de découvrir, de s'émerveiller autrement que par leur contrat. Il ne désirait à présent que ça. Pouvoir faire taire sa famille en faisant disparaître progressivement ce contrat était sans doute une des meilleures solutions à leurs problèmes. Il la serra contre lui et retira lentement ses lèvres. Kaya s'étonna de le voir à la fois si docile à ses demandes et si impétueux dans ses désirs.

— Ethan, je suis sérieuse !

— Moi aussi !

Kaya grimaça devant son aplomb.

— Kaya, juste une fois. Je ne te demande pas de rompre le contrat, juste de ne pas l'appliquer ce soir.

— Et moi, je t'ai dit pas de sexe ce soir, donc la question ne se pose pas.

— OK. Et pour demain dans ce cas ?

— Ethaaaan !

— Bah quoi ? Tu crois qu'une envie passe comme ça ? En plus, je suis curieux. Rien que d'y penser, j'imagine plein de choses !

— Arrête alors d'y penser ! lui cria-t-elle tout en repoussant son visage.

Ethan pinça ses lèvres, peu volontaire à vouloir cesser de s'imaginer une vie à deux, hors contrat. Il n'espérait que ça : se défaire de ses chaînes, de ce contrat, et pouvoir agir librement avec elle. Ne plus se retenir. Pouvoir exprimer tout ce qu'il enfermait avec son cœur. Il la porta alors dans ses bras et l'écrasa sur le matelas.

— Et toi, arrête de te prendre la tête. Savoure !

Il l'embrassa une seconde fois, avec délicatesse. Un baiser. Deux baisers. Il effleura une mèche de ses cheveux, puis laissa ses lèvres dévier vers sa joue où il déposa un nouveau baiser.

— Ne pas se consoler, ça peut être bien aussi ! Ose me dire que tu n'aimes pas ça ? Que tu vois une consolation dans ces baisers ?
Kaya soupira.
— Tu essaies plutôt de me consoler du fiasco du repas. Tu essaies de me le faire oublier !
— Pas du tout ! Je t'embrasse juste parce que j'en ai envie !
— Donc, tu ne veux pas me consoler ? En plus, j'ai fait un cauchemar horrible ! Un remake du repas en plus trash ! Console-moi !
— Je croyais que tu ne voulais pas de sexe ce soir ! rétorqua-t-il avec un grand sourire en voyant qu'elle tombait dans son piège, quelle que soit l'issue proposée.
— Oui ! Non ! Je... Je veux juste que tu me... rassures.
Elle se mit à rougir à ces mots. Ethan lui sourit, même si sa proposition était en train de s'éloigner de leur discussion.
— Que je te rassure de quoi ? Et comment ? lui demanda-t-il doucement.
— Tu sais très bien de quoi... murmura Kaya. De nos choix...
— C'est ce que je fais ! Je te montre qu'on peut aussi exister à deux sans contrat. Du moins, si tu acceptes ma proposition !
Elle devait bien admettre qu'elle avait envie de mettre en pause cette histoire de consolation, mais pour arriver à quoi ? Une relation plus normale ? Une situation de couple ? Sa vie de couple était avec Adam, du moins avec ce qu'il en restait. Si elle sortait du contexte du contrat, cela voulait dire accepter l'inconnu avec Ethan, s'autoriser des dérives toujours plus pernicieuses avec lui pouvant mettre ses sentiments à rudes épreuves. Y était-elle prête ? En avait-elle envie ?

Pas de sentiments, Kaya. On était tous les deux d'accord : pas de sentiments ! Ne tombe pas amoureuse de lui ! Tu feras quoi après ? Il ne t'aime pas. Il ne t'aimera jamais.

Ethan la fixa tendrement. Un regard qui la suppliait une nouvelle fois de fléchir. Une demande pleine de promesses et qui la ferait jouer avec le danger de souffrir un peu plus.

— Alors ? insista-t-il en la voyant silencieuse.

— Ethan, pourquoi me demandes-tu encore l'impossible ? répondit-elle plus contrariée qu'elle ne l'aurait voulu.

— Parce que rien n'est impossible avec toi ! lui répondit-il, tout en lui déposant un baiser dans le cou. Parce que je sais que je ne regretterai rien. Parce que je sais que je ne serai pas déçu. Et je sais que toi non plus.

— Prétentieux ! s'esclaffa-t-elle.

— Tu crois ? Je te le prouve ? répondit-il tout en redressant sa tête au-dessus de la sienne.

Il posa son front contre celui de Kaya. Il éprouvait un besoin de tendresse à donner et à recevoir dont il ne se pensait pas capable. Il y avait juste à la faire capituler, comme à chaque fois, pour ensuite assouvir son désir. Ne pas cesser d'y croire, revendiquer toujours plus son envie, ne rien lâcher, atteindre l'objectif coûte que coûte.

— Tu ne fais que me fatiguer un peu plus avec tes idées saugrenues. Je vais y réfléchir. Je peux dormir maintenant ?

Ethan se décala et la laissa se lover contre l'oreiller et le matelas. Visiblement, la convaincre semblait compliqué. Il regarda un instant le plafond et se demanda ce qu'il pourrait dire pour la toucher. Il ne pouvait pas lui parler de ses sentiments, il ne pouvait pas lui parler avec des mots tendres. Toute idée de relation sérieuse serait balayée par la jeune femme d'un revers de main avec le prétexte du contrat et de ses clauses, ou au pire en brandissant le drapeau Adam comme cause de non-application des faits. Pourtant, Kaya vint tout à coup se blottir contre lui, à son grand étonnement. Elle posa sa main sur son torse et sourit malgré ses yeux fermés.

— Tu sens bon ! lui déclara-t-elle alors au bout de quelques secondes. J'aime ton parfum. Je ne te l'ai jamais dit, mais je trouve que tu le portes bien. Il est comme toi : fort au premier abord, puis plus doux ensuite.

Ethan haussa un sourcil, impressionné par cette révélation sortie de nulle part. Et pourtant, il se sentait touché.

— Fort, puis doux ? C'est comme ça que tu me vois ?

Kaya ouvrit les yeux et se rapprocha de son visage. Elle lui caressa la joue et y déposa un petit baiser.

— Oui ! Du chocolat noir avec du caramel dedans ! Le noir de l'amertume et la douceur du caramel ! Tu es comme un *michoko* ! J'adore ces bonbons !

— Donc, tu m'adores ? lui demanda-t-il à la fois plein d'espoir et taquin.

— N'arrive pas aussi vite à des conclusions infondées. Je n'ai pas dit que tu étais fondant comme les *michokos* !

Kaya se mordit les lèvres, prête à rire, tandis qu'Ethan s'esclaffa de son culot à le remettre à sa place avec peu de délicatesse.

— Je veux être fondant, mais tu m'en empêches ! protesta-t-il alors. Je fonds complètement rien qu'en te sentant me caresser la joue !

Kaya se mit à rire alors qu'elle avait attaqué du bout des doigts des caresses dans son cou.

— Goûte-moi, Kaya ! Tu verras ! Bien meilleur que tes *michokos* !

Kaya pouffa devant la futilité de leur conversation. Ethan se serra un peu plus contre elle.

— Mmm... Tu as le corps tellement chaud, que je fonds déjà. Si tu m'embrasses, je fondrai sur ta langue et tu garderas mon goût toute la nuit ! Goûte ! Ressens ma douceur et mon fondant, Princesse !

— C'est que ce que tu dis serait presque tentant ! Comment fais-tu pour me dire de telles choses ? Tu arrives toujours à rebondir !

— Tu m'inspires dans bien des domaines ! Tu devrais craquer. La gourmandise n'a jamais fait de mal. Dévore-moi, Kaya !

Kaya ne cachait pas son amusement devant les tentatives de séduction de son partenaire pour la faire céder.

— J'avoue que j'ai de moins en moins envie de résister... murmura-t-elle alors, tout en lorgnant sur sa bouche qui n'attendait qu'elle.

Leurs visages se rapprochèrent et leurs lèvres se retrouvèrent pour un baiser suave, délicat. Kaya sentit immédiatement la chaleur d'Ethan contre sa bouche. Il prenait son temps pour caresser ses lèvres de petits baisers, qu'il prolongeait volontiers. Kaya réalisa qu'Ethan lui manquait en fin de compte. Le retrouver contre elle était agréable. Bientôt, leurs langues s'emmêlèrent et la douceur fit place à l'embrasement de leurs corps, laissant émaner une chaleur plus érotique. Kaya ferma les yeux, se sentant ensevelir par cette vague de prévenance et de légèreté qu'insufflait Ethan dans leurs échanges. Très vite, ces simples contacts firent palpiter leurs cœurs. La poitrine de Kaya se gonflait de sensations étranges. Son cœur battait de façon erratique. Par moments, il se serrait dans une douleur exquise qui la laissait entre l'assouvissement et le manque, par d'autres, il l'empêchait de respirer convenablement. Ethan avait plongé, tête la première, dans cette étreinte qu'il ne pouvait plus repousser. Il avait besoin de sentir son corps se frotter contre celui de Kaya, le souffle de cette dernière chauffer son oreille, ses doigts agripper son dos pour qu'il ne lui échappe pas et qu'il soit sa proie volontaire, docile, dédiée entièrement à elle. Il voulait être l'essence de son plaisir et ne plus exister qu'à travers elle.

Il attaqua son cou sans attendre, puis sa clavicule et son sein.

Toucher sa peau de ses lèvres était le plus doux des supplices. À la fois rassasié d'entamer chaque centimètre de sa peau et affamé de ne pas en avoir conquis assez, il ne pouvait que grogner face à cet état d'inachevé qui le frustrait toujours un peu plus. La fougue de ce dernier prenait de plus en plus de place dans leur étreinte. Kaya accueillit ses assauts avec la difficile constatation de son impuissance à résister face à la tornade de sensations qu'il créait avec ses baisers. Elle ne savait plus comment interpréter les émotions qui se bousculaient avec sa peur de l'inconnu. Le regard fiévreux qu'Ethan posa sur elle l'acheva.

— Je veux fondre en toi et ne faire qu'un avec toi, Kaya.

À ses mots, le cœur de Kaya se serra un peu plus. La peur n'était rien face aux promesses qu'il sous-entendait dans ses paroles. Son regard, à la fois doux, suppliant et tellement déterminé quant à l'issue de ces souhaits, terminèrent de la convaincre à capituler. Elle attrapa sans attendre son cou de ses deux mains et le força à l'embrasser. Elle voulait tout ce qu'il voulait. Elle voulait tout et rien à la fois. Elle voulait dormir, mais aussi qu'il la caresse et la fasse rêver. Elle voulait se perdre un peu plus dans ses bras et se laisser porter par le désir qu'il faisait grandir en elle rien qu'en la touchant. Elle voulait Ethan. Malgré la fatigue, le stress de la journée, les angoisses liées à leur relation, elle voulait se rassurer auprès de lui.

— Viens vite ! lui murmura-t-elle, à bout de souffle.

Ethan crut mourir tant ces mots le pénétrèrent de toute part. Il n'en attendait pas autant. Et par de simples mots qui venaient d'avoir l'effet des vagues se fracassant contre un rocher, il était déjà sur le carreau. Comment résister à l'amour quand il vient vous lessiver de la sorte ? Il pensait pouvoir tout supporter, mais en cet instant, il voulait juste fermer les yeux et s'oublier dans ses bras. Être aimé ou ne pas être aimé, qu'importait ! La souffrance était, pour l'instant, de ne pas pouvoir être simplement contre elle.

Si l'amour mène immanquablement à la souffrance, je veux quand même d'abord pouvoir goûter les joies du bonheur simple d'être amoureux... Je suis déjà en souffrance. Je n'ai plus rien à perdre.

Il s'écrasa sur ses lèvres sans attendre. Il sentait que toute raison lui échappait. Il n'arrivait plus à garder ses émotions en lui. Il avait besoin de les exprimer. Il dévala d'une de ses mains le sein puis la taille et la hanche de Kaya, avant de poser sa main sur son intimité. Il ferma les yeux et inspira fortement en réalisant qu'ils allaient enfin être ensemble. Il la caressa lentement tout en l'embrassant langoureusement. Il voulait que cela dure encore et encore. Que ce moment à deux ne s'arrête pas, que chaque geste ne dure pas quelques secondes, mais des minutes, des heures entières, l'éternité. Kaya gémit sous ses caresses. Elle fixait le regard conquis et tendre d'Ethan.

— Sans préservatif ? lui souffla-t-il alors.

Kaya mit en pause son plaisir pour évaluer la situation. La question se posait encore. Était-ce une obligation de dire « oui, ne le mettons pas ? ». En même temps, ils avaient fait le tour des contrariétés que pouvait impliquer l'absence de préservatif...

— Kaya...

— Oui, je sais... Tu ne veux pas de remparts entre nous.

Ethan la fixa un instant et lâcha un sourire furtif, surpris et ravi de voir qu'elle le comprenait pour une fois. Il posa son nez sur le sien et inspira fort une nouvelle fois.

— Pas de limites... murmura-t-il aussi pour lui. Plus de limites. *Comme un couple... Comme tu me l'as décrit...*

— OK, alors on va faire un deal... proposa-t-elle alors. Puisque le contrat implique des limites, on n'a qu'à dire que, ce soir, c'est une soirée hors contrat. Comme tu l'as proposé, ce sera juste pour le plaisir. Mais dès demain, contrat !

Ethan la dévisagea, à la fois incrédule et ébahi.

— Donc ce soir, sans contrat, mais demain avec. Et ce soir, sans préservatif et demain avec ? C'est ça ? la fit-il répéter.

— C'est ça ! À prendre ou à laisser !

Ethan s'esclaffa et secoua la tête. Il devrait pourtant être habitué à ses refus catégoriques qui finalement devenaient des oui avec son insistance. Pourtant, il avait du mal à croire qu'il puisse réussir à la faire changer d'avis à chaque fois.

— Je prends ! lui répondit-il d'une voix grave. Je prends tout ce que tu me donnes !

Il l'embrassa une nouvelle fois et la serra un peu plus dans ses bras. Il lui caressa du bout du nez sa bouche, puis son menton, avant de déposer des baisers dans son cou.

— Ce soir, c'est une soirée spéciale. Je ne vais pas perdre une minute de ce dont j'ai le droit. Prépare-toi !

— Ah non ! protesta Kaya. Petit câlin, je veux bien faire l'effort, mais après je dors !

Sans prévenir, Ethan la pénétra et les mots de Kaya se coincèrent dans sa gorge. Elle serra ses doigts sur les épaules d'Ethan et lui lança un regard assassin auquel il répondit par un petit bisou sur son nez, puis sur ses lèvres.

— Tu es à moi ! Toute à moi ! Rien qu'à moi ! Et... Putain ! T'es brûlante !

Il laissa tomber sa tête dans le cou de sa belle, déjà KO par les sensations qui l'assaillaient. Il n'osait même plus bouger. Rien que le fait de penser à son futur va-et-vient en elle le mettait à mal.

— Tu vas vraiment finir par me tuer... chuchota-t-il.

— Tu perds de précieuses minutes, à marmonner ta pauvre situation d'homme acculé.

Il releva instantanément la tête vers Kaya qui ne cachait pas son intention de le provoquer et de jouer avec lui.

— Tic tac, tic tac ! ajouta-t-elle, tout en feignant la nana qui s'ennuyait presque.

Ethan plissa les yeux. Il devait avoir l'habitude de la voir le narguer de la sorte, mais son cerveau réagissait au quart de tour dès qu'ils partaient sur le jeu de la provocation.

— Toi... Je te garantis que tu vas me détester ! Je vais tout faire pour que tu me cries : « Je t'aime, Ethan. Tu es mon dieu du sexe et je ne veux que toi. Tout le temps ! »

Kaya éclata de rire jusqu'à ce qu'elle sente le premier coup de reins en elle, puis un second et un troisième. Son regard amusé changea et devint vite plus sérieux, plus investi, puis plus fiévreux.

⚜⚜⚜

Ethan caressait la tête de Kaya avec douceur. Il se sentait capable de rester là à la regarder et à la caresser ainsi toute la nuit.

— Si tu fermes les yeux, tu vas t'endormir ! chantonna-t-il.

— Est-ce grave ? marmonna-t-elle.

— Tu me laisserais seul ?

— Si tu me caresses, je m'endors ! Tu sais bien que dès que je suis dans tes bras, j'ai envie de dormir. Si, en plus, je suis fatiguée et que tu me caresses comme si j'étais un chat, alors imagine le risque !

— Va falloir que je te tienne éveillée..., Chaton !

Kaya esquissa un sourire à la mention du mot « Chaton ».

— Ne te sens pas obligé ! répondit-elle, les yeux toujours fermés. Par contre, toi aussi, tu peux fermer les yeux ! Je t'assure que je ne ferai rien de mal pendant ton sommeil. Tu peux dormir serein. Tu n'as rien à craindre.

— Kaya, je n'ai pas peur de dormir avec toi. J'ai peur de perdre du temps.

Kaya ouvrit un œil et zieuta son sourire mystérieux.

— Si je dors, précisa-t-il, c'est du temps perdu. Je ne le passe pas à partager des trucs avec toi.

— Tu partages ton sommeil avec moi.
— Je préfère partager d'autres choses avec toi quand tu es éveillée. Il y a bien plus à partager.

Kaya soupira. Elle posa sa main sur sa joue et regarda le fond de ses yeux chocolat.

— Tu n'apprécieras pas les choses telles qu'elles sont, si ton corps est épuisé et que ton cerveau ne suit plus. Il faut aussi faire des pauses de temps en temps.

Ethan se colla à elle et cacha son visage contre elle.

— J'ai une soirée spéciale avec toi. Je ne vais pas me reposer et perdre ces précieux moments. Ma fatigue peut attendre. Je dormirai si tu me garantis d'avoir un autre moment hors contrat.

Kaya lui caressa les cheveux. Elle trouvait son attitude mignonne. À vrai dire, depuis qu'elle se trouvait dans cette chambre, tout semblait différent par rapport à d'habitude. Ethan se montrait particulièrement câlin, elle le sentait à nouveau plus apaisé même s'il y avait toujours cette hâte à obtenir plus encore. Leur bulle n'éclatait pas et les laissait dans un état de sérénité certain.

— Je vais aux toilettes. Faut que je fasse pipi ! déclara-t-elle alors.
— Quoi ? Encore ! Comment peux-tu changer de sujet comme ça ?

Elle embrassa son bout du nez et sourit.

— Je n'arrive pas réfléchir la vessie pleine !

Elle se détacha et lui passa par-dessus pour retrouver la petite salle de bain jouxtant la chambre.

— T'as pas à réfléchir ! lui cria-t-il. Dis simplement oui !

Ethan souffla, agacé de ramer pour exprimer ce qu'il ressentait. Il n'y arrivait tout simplement pas, paralysé par sa maladresse pouvant suggérer un manque de sincérité ou encore par le fait qu'elle l'envoie bouler à des kilomètres d'elle. Il attendait un déclic, quelque chose qui change leur relation actuelle. Proposer une soirée hors contrat était la meilleure idée qu'il avait eue pour faire tomber les armures. Ils n'arrivaient pas à se lâcher entièrement. Ils n'extériorisaient pas leurs sentiments. Il restait une distance entre eux qu'il sentait et qui le frustrait. Il voulait avancer, mais ne savait pas comment. Il ne voulait plus attendre, il était impatient, il voulait plus.

Bon sang ! Elle en met du temps ! Qu'est-ce qu'elle fabrique ?

Il s'exaspérait à se languir d'elle ainsi. Il se savait à fleur de peau dès qu'il s'agissait de Kaya. Il n'aimait pas le peu de distance qu'elle pouvait prendre avec lui. Il était complètement effrayé à l'idée de reculer encore. Il s'assit sur le lit et se passa la main dans les cheveux, l'air grave.

Je suis pathétique.

Il se caressa la poitrine, sentant le mal-être le saisir.

Kaya, pourquoi tu ne vois rien ? Comment ne pas te faire reculer et, malgré tout, te dire tout ce que je ressens ?

Il soupira et regarda la porte de la salle de bain.

Mais qu'est-ce qu'elle fiche ?

Impatient, il se leva pour l'attendre devant la porte. Lorsque Kaya sortit de la salle de bain, elle sursauta en voyant Ethan juste derrière la porte, l'air irrité.

Deux fois dans la même soirée ! Il le fait exprès ou quoi ?

— Qu'est ce que tu fais derrière la porte ? Tu m'as fait peur ! Ça devient une habitude chez toi de poursuivre les gens jusqu'aux WC ?

— À ton avis ? lui déclara-t-il, plus sèchement.

Il posa sa main contre le chambranle de la porte.

— OK, c'est bon, je te laisse la place ! Ne t'agace pas comme ça ! Va faire ta petite commission ! Tsss !

Ethan fronça les sourcils, puis retira sa main. Il leva la tête et se mit à rire.

— Pourquoi es-tu toujours à côté de la plaque ? déclara-t-il alors, désabusé.

— Quoi ? Ben quoi ? Tu ne veux pas aller aux toilettes ?

Il lui attrapa alors la main et la ramena contre lui.

— Tu as été trop longue... murmura-t-il contre sa joue.

Il glissa ses mains le long de son corps, lentement.

— Mes mains se sont refroidies...

Il laissa alors son index longer le creux de son dos.

— Ton odeur sur moi est en train de disparaître.

Kaya déglutit et se mit à rougir. Elle osa le regarder malgré le risque de ne pas en mener large face à son ton séducteur. Ethan lui caressa de son nez sa mâchoire.

— Tu devrais avoir honte de prendre autant ton temps alors que le mien est en sursis. Dans quelques heures, je serai privé de tant de plaisirs. Tu es inhumaine.

— Une vraie catastrophe ! ironisa-t-elle. C'est à croire que tu n'es pas heureux de ce contrat ! C'est pourtant toi qui l'as proposé.

— C'est toi qui l'as relancé avec tes clauses ! répondit alors Ethan.

— Tu as pourtant accepté de les signer...

— J'étais prêt à signer n'importe quoi pour que tu me pardonnes et reviennes dans mes bras.

Tous deux se jaugèrent, avant que Kaya ne réagisse à nouveau, devant ces nouvelles révélations.

— Serais-tu en train de me dire que tu te fiches du contrat maintenant ? Tu ne veux plus qu'on se console ? C'est ça ?

Ethan soupira.

— Kaya, je veux que tu me consoles, mais pas seulement. Par moments, j'ai aussi envie que tu t'occupes de moi juste parce que je te plais, parce que tu as envie de moi, parce que ton... manque de moi... t'est difficile... à supporter. C'est aussi ça, le H24, pour moi...

Les yeux tristes d'Ethan vinrent frapper en plein cœur Kaya.

— C'est ce que tu ressens ? C'est ça que tu essaies de me faire comprendre ? Tu ne veux plus du contrat ?

— If I asked you for a night off from the contract, it's precisely to break free from these clauses that are frustrating me...

— Ne parle pas anglais, Ethan. Je ne comprends pas ! Tu le sais ! Ne tourne pas autour du pot ! Réponds !

Devant le ton agacé de Kaya, Ethan n'eut pas le choix de se répéter en français.

— Si je t'ai demandé une nuit hors contrat, c'est bien pour sortir de ces clauses qui me frustrent ! L'excuse de la consolation ne me satisfait plus. Tu as raison. Je mérite mieux que ça, et toi aussi.

Kaya ne sut quoi lui dire en retour. Ethan lui avouait que les fondements de leur relation n'étaient plus aussi importants à ses yeux maintenant.

Et si on dépasse les arrangements du contrat, que va-t-il se passer ? Tu veux qu'on soit un couple, Ethan ?

Kaya se détacha de lui, angoissée à l'idée de devoir faire un pas vers ce dont elle se refusait de songer jusque-là.

Je ne peux pas être en couple avec toi, Ethan. J'ai Adam. J'avais Adam... Si je t'ouvre mon cœur, j'efface Adam au passage. Je ne peux pas faire ça.

Elle prit de la distance en reculant. Ethan se mit à rire. Ce qu'il craignait se passait à nouveau. Dès qu'il s'ouvrait à elle, même un peu, elle reculait. Elle ne voulait pas de lui. Les choses étaient claires.

Un contrat, OK. Mais rien de plus.

Il se frotta la poitrine, amer, et commença à s'agiter. Kaya le regarda faire, voyant bien qu'elle le blessait. Mais que dire si leur contrat devenait caduc, si ce qui faisait la raison de leur relation venait à disparaître ? Que resterait-il ?

Que reste-t-il sans ce contrat, Ethan ?

— Ethan, on n'est rien sans ce contrat.

— That's what you think, Kaya. Not me. (C'est ce que tu penses, Kaya. Pas moi.)

— Quoi ? Pourquoi parles-tu anglais ?

— Parce que tu m'énerves ! Ce contrat, c'est juste un bout de papier ! On peut très bien aussi faire sans !

— Qu'est-ce que tu racontes ?! Ce contrat, c'est le fondement de notre relation ! La raison pour laquelle on est ensemble !

— That's what you think, Kaya. Not me. Why do you refuse to see the truth ? All I want is that is for you to want me as I want you! All I want is that for you to feel all that I feel! I want to be Adam! I want to be the air you breathe, I want to be your goal of the day like he was for you. That of yesterday and that of tomorrow. I want to experience what he experienced with you. There's nothing complicated about it! Why do you continually reject my feelings? I don't need a contract to experience this with you. I don't want to be limited in my words, my actions, my thoughts. (c'est ce que tu penses, Kaya. Pas moi. Pourquoi refuses-tu de voir la vérité ? Tout ce que je veux, c'est que tu me veuilles comme je te veux ! Tout ce que je veux, c'est que tu ressentes tout ce que je ressens ! Je veux être Adam ! Je veux être l'air que tu respires, je veux être ton but du jour comme il l'a été pour toi. Celui d'hier et celui de demain. Je veux vivre ce qu'il a vécu avec toi. Ce n'est pas compliqué ! Pourquoi rejettes-tu mes sentiments aussi systématiquement ? Je n'ai pas besoin d'un contrat pour vivre ça avec toi. Je ne veux pas être limité dans mes mots, mes actions, mes pensées.)

— Ne parle pas anglais ! cria Kaya, en colère de le voir s'énerver sans pouvoir le comprendre. Je ne peux pas répondre si je ne comprends rien !

Elle pouvait sentir l'amertume, la colère, la tristesse dans l'intonation qu'il mettait dans ses propos et ça la frustrait d'autant plus de ne pas pouvoir le comprendre. Il la fustigeait, sans pour autant lui permettre de comprendre ce qu'elle avait fait de mal.

— I speak the language I want ! continua-t-il, dans sa lancée. In any case, it makes no difference. You don't understand anything in french either! By the way, I can tell you what you want, you can't go back! (Je parle la langue que je veux ! continua-t-il, dans sa lancée. En tout cas, ça ne change rien. En français, tu ne comprends rien non plus ! Au fait, je peux te dire ce que tu veux, tu ne peux pas revenir en arrière !)

Il avait besoin d'extérioriser tout ce qui le bouffait depuis des semaines. Même si elle ne le comprenait pas, il fallait que ça sorte, que cette amertume s'échappe enfin.

— You took my heart and you're playing with it without considering you how much you hurt me ... I'm an asshole, but you're no better. And worst of all, I can't even hate you. The more you play with my heart, the more I ask for more. (Tu as pris mon cœur et tu joues avec sans te demander à quel point tu me fais mal... Je suis un connard, mais tu n'es pas mieux. Et le pire, c'est que je n'arrive même pas à te détester. Plus tu joues avec mon cœur, plus j'en redemande.)

— Ethaaan ! Parle français ! répéta Kaya, tout en serrant les poings. Tu es lâche !

— I hate you. I hate everything I feel because of you. I hate being in love.

Il a dit « love » ? Pourquoi ce mot ?

Il alla s'effondrer sur le bord du lit, complètement vidé, le regard vers le sol. Kaya resta debout, comme si elle venait de prendre une méchante averse sur la tronche sans avoir eu le temps de sortir son parapluie. Elle regarda Ethan, abattu. Elle venait de prendre une remontrance dont elle ignorait le sens. Elle ne pouvait que la ressentir. Et en contemplant Ethan, il y avait aussi laissé des plumes.

OK. Tu as craché ton venin. On est en froid. Et maintenant ?

Elle soupira. Elle se rendait compte que les mots n'étaient pas leur fort. Français ou anglais, le résultat restait le même. Elle s'esclaffa, écœurée d'en être arrivée à ce stade. Elle savait que ce n'était pas le bon moment, que la fatigue attisait les nerfs, qu'il valait mieux dormir. Mais voilà, ils avaient quand même réussi à retrouver leurs habitudes : se disputer et se bouder. Ils étaient vraiment deux handicapés de la communication. Elle alla alors s'asseoir en tailleur à ses pieds, ne voulant pas laisser son discours sans traduction. Elle tenta de capter son regard, puis sourit.

— Je ne sais pas grand-chose en anglais. Hello ! My name is Kaya ! I love you ! Tu vois, on ne va pas loin avec l'anglais. S'il te plaît, ne me parle pas en anglais. Ou sinon, apprends-moi ! Mais là, on n'avancera pas dans la discussion, même si tu as l'impression que ça t'a soulagé.

Ethan secoua la tête, effaré par sa maladresse.

Comment peux-tu me dire, parmi toutes les possibilités d'exemple, « I love you » avec autant de détachement ?

— You're a stupid girl ! lui répondit-il de façon neutre, les yeux néanmoins vindicatifs.

— Tu m'as traité de « stupide » ? C'est bien ça ? J'ai bien entendu ? Stupid girl ?

Ethan se mit à sourire.

— Ah ouais ! Je t'ai sous-estimée ! Tu comprends en fait !

— Connaaaard ! cria-t-elle tout en le frappant. Ne me traite pas de fille stupide ! C'est toi, l'idiot qui ne veut pas parler français !

— You know the word "girl" too. Well!

Il se mit à l'applaudir ironiquement, avec lenteur. Kaya sentit qu'il se foutait de sa gueule et prenait un malin plaisir à le faire.

— Espèce de connard d'Amerloque ! Je vais te tuer de te moquer de moi ! Pourquoi tu applaudis ?

Elle lui sauta dessus. Ethan para rapidement de ses bras les coups qu'elle lui portait. Il se mit à rire tandis qu'il s'étalait sur le matelas avec elle.

— Tu m'énerves « stupid boy » ! Stupide, toi-même ! Stupide, stupide, stupide !

— Redis-moi « I love you » avec ton accent de merde, pour voir ?!

— Vas-y ! Fous-toi de ma gueule ! Je ne te dirai jamais ces mots, dans n'importe quelle langue ! Crève !

— Tu me l'as pourtant dit tout à l'heure !

— Monsieur reparle français maintenant ? C'était un exemple, stupid boy ! Oh et puis tais-toi !

— It would be necessary to know ! You want me to speak in English or French ? Allez... Répète après moi, Kaya ! Say "I love you" ! I-LOVE-YOU !

Ethan articulait bien chaque mot en prenant bien l'accent adéquat. Kaya se mit à rougir.

— Je... Je l'ai bien dit tout à l'heure ! Tu exagères !

— I love you ! Allez ! I-love-you !

Les joues de Kaya devinrent rouge écarlate. Ethan lui caressa une de ses mèches de cheveux qu'elle balaya d'un geste agacé.

— Tu me dis ces mots avec une facilité déconcertante... se navra Kaya. Ce ne sont pas des mots qu'on dit comme on dit « bonjour » à tout le monde. Que ce soit en anglais ou en français. Il y a un sens important derrière ces mots. Ne me les dis pas avec autant de légèreté.

Ethan invita Kaya à s'asseoir sur le bord du lit avec lui.

— Et toi, tu mets trop d'intérêt sur chaque mot. Tu veux que chaque mot ait un sens. Mais ne crois-tu pas que le fait de simplement les prononcer, c'est leur accorder une existence, c'est leur rendre hommage ? Que les énoncer, c'est accepter ce à quoi ils servent ? Tu as appris « I love you ». Très bien. Mais est-ce une raison pour ne le dire que lorsque tu es amoureuse ? Donc, la personne qui ne trouve pas l'amour n'a pas le droit de les prononcer, même une seule fois ?

Kaya resta interloquée par les propos d'Ethan. Elle n'avait jamais envisagé les choses de cette manière.

— Non, ce n'est pas ce que je voulais dire...

— Kaya, prends les mots tels qu'ils sont, tels qu'ils arrivent. Je ne te fais pas une demande en mariage parce que je te dis « I love you ». On parle juste d'accent et d'anglais sur un mot que tu as toi-même sorti juste avant, non pas parce que tu le penses, mais parce que c'était un exemple. Donc, redis-le-moi, avec ton accent pourri, juste pour que je rigole, et voilà !

Kaya resta gênée.

— Tu veux que je le répète juste pour te moquer de moi... Ce n'est pas mieux.

— Je viens de te le répéter pour que tu le dises bien. À toi de ne pas te planter pour que je ne me moque pas ! Tu veux que je le répète ?

Kaya piqua un nouveau fard. Ethan s'esclaffa en la voyant si mal à l'aise. Il colla son front contre celui de la jeune femme.

— Écoute bien...

Il plongea son regard dans celui de la jeune femme qui rougit de plus belle.

— I love you... À toi de jouer !

— Ce n'est pas un jeu...

— Mais si ! Respire, Princesse ! Vas-y !

— I love you... murmura-t-elle finalement, la voix peu assurée.

Ethan se mit à sourire. Il s'écroula sur le matelas, les bras écartés, le cœur complètement chamboulé. Kaya le dévisagea, ne comprenant pas sa réaction.

— Bah quoi ? Je l'ai mal dit ? Sérieux ? J'ai fait comme t'as dit ! Ethan !

— Ne parle pas anglais, Kaya ! Tu risques de tuer quelqu'un avec ton accent !

Kaya se retira de ses genoux et souffla d'agacement.

— Crétin !

14
Fragile

Ethan se réveilla le lendemain matin, les jambes lourdes. Il avait l'impression d'avoir fait un marathon la veille. Cela n'en était pas loin. Il sourit en repensant à cette folle nuit où il avait pu se lâcher un peu et savourer. Sa relation avec Kaya évoluait doucement, mais elle évoluait quand même. Il arrivait à la convaincre de ne pas se contenter de ce qu'ils avaient. Pouvoir enfin se libérer de leur contrat était en soi la plus grosse avancée depuis le début de leur histoire. Il se sentait plus léger. Retirer ces limites qui lui comprimaient toute envie de s'épanouir était grisant. Il repensa à leur discussion...

— Tu veux vraiment en finir avec le contrat ? lui demanda-t-elle alors, la voix légèrement inquiète. Tu ne veux plus de notre pacte ? Tu veux qu'on arrête tout ?

— Je pense que nous n'avons plus besoin de cela pour continuer à avancer. Kaya, ce qui m'a plu chez toi, c'est cette façon avec laquelle tu m'obliges à sortir de ma zone de confort. J'ai toujours mis des cadres dans ma vie. Parce que ça me rassurait, parce que ça m'évitait des complications, parce que c'était plus facile. Si au départ, ça m'agaçait, aujourd'hui je suis heureux de vivre autre chose, autrement. Je ne suis pas plus rassuré, mais j'ai l'impression de vivre différemment depuis qu'il y a cet accord de consolation entre nous. Claudia a raison. Je n'aurais jamais dû te proposer ce pacte. Il était même hors de question que je console qui que ce soit et encore moins qu'on me console en retour. C'était dans les conditions de vie que je me suis imposées, suite à ma séparation avec ma mère biologique. Et pourtant, je suis passé outre, parce que je sentais qu'avec toi, j'avais cette lourdeur dans ma vie qui s'effaçait un peu. J'ai l'impression d'être plus libre, plus léger, de redécouvrir des choses que j'avais oubliées ou dont on me parlait sans les avoir vécues. Je ne veux pas mettre un terme à nous ; je veux juste évoluer. Est-ce si grave si, par exemple, je te tiens la main ? On n'a pas besoin de toutes ces clauses...

Il lui attrapa la main et la caressa de son pouce.

Kaya avait regardé ses doigts serrer les siens fermement.

— Réfléchis-y, Kaya. On se consolera toujours, mais c'est avec une élasticité des conditions plus convenables, répondant un peu plus à un H24 !

Kaya avait approuvé de la tête sans être vraiment certaine du bien-fondé de cette proposition. Il l'avait ensuite invitée à dormir, voyant bien que ce n'était pas un moment à la réflexion.

Cette nouvelle liberté émise depuis la veille lui donnait des ailes et un espoir encore plus profond sur ce qu'il pouvait encore vivre de merveilleux avec Kaya. Il en était de plus en plus convaincu. Enfin, c'était ce qu'il pensait jusqu'à ce qu'il tâte la place à côté de lui dans le lit, ouvre les yeux et se rende compte qu'une nouvelle fois, espérer une grasse matinée avec sa princesse relevait de l'utopie. Il fronça les sourcils et se releva d'un coup. Il chercha une source de bruit dans la salle de bain, puis sortit du lit, se rendant compte qu'à l'évidence, elle avait disparu.

Sale Princesse entêtée et égoïste ! Je vais t'apprendre à me planter comme ça ! Je veux ma grasse mat' avec toi, bordel de merde ! Est-ce trop demander que de pouvoir seulement savourer ce simple moment ?

Il enfila à la hâte ses vêtements, la rage bouillonnant en lui.

Où est-ce qu'elle s'est encore barrée ? Toute fille normalement constituée devrait être avec son boyfriend en train d'apprécier des moments à deux avec lui. Et elle ? Bah non ! Oui, je sais ! Je ne suis même pas son boyfriend ! Mais quand même !

Il sortit de la chambre en claquant la porte et dévala les escaliers.

Madame préfère être ailleurs qu'avec moi ! Putain, mais merde ! Je veux être sa priorité, madame Je-suis-fatiguée ! Mon cul, oui ! Pourquoi ne dort-elle pas, dans ce cas ? Qu'est-ce qui est donc plus important que moi ?

Il fouilla le premier étage, ouvrant chaque porte comme la salle de bain puis la chambre d'amis, et râla de plus belle en ne la trouvant pas.

Elle va m'entendre, la bourrique ! Il faut toujours qu'elle m'oblige à redevenir un connard sans scrupule ! C'est plus fort qu'elle ! Comment puis-je être doux et attentionné et lui montrer que je tiens à elle dans ces conditions ? Elle m'énerve !

Il descendit les escaliers pour se rendre au rez-de-chaussée et entendit très vite la voix de Kaya dans la cuisine. Elle discutait visiblement avec Cindy.

— Il vous a parlé de son télescope ? s'étonna Cindy.

Ethan s'arrêta net dans le couloir et tendit l'oreille.

— Oui, il m'a dit que c'était un cadeau qu'il n'avait pas osé ouvrir dans un premier temps. Mais je ne l'ai pas vu dans sa chambre, donc ça m'a étonné, car il semblait en parler avec beaucoup d'attachement.

— Effectivement, il y tient beaucoup. Il n'est pas ici, en effet. Il ne t'a pas dit où il était rangé ?

— Non... Je n'ai pas osé lui demander. En fait, j'ai peur de chaque question que je peux lui poser. Il est extrêmement méfiant quand il s'agit de parler de lui.

Kaya se sentait un peu maladroite par cet aveu. Cindy se mit à sourire. Elle n'était pas étonnée de ce qu'elle entendait.

— Ça va venir ! N'aie pas peur de le questionner, même s'il paraît hermétique. Le bousculer peut lui faire du bien aussi ! Il te le dira bientôt. Ethan a emporté son télescope ailleurs..., dans un autre lieu. Je suis contente qu'il se confie à toi. Je vais te dire un secret, mais tu ne le lui répètes pas...

Cindy se pencha par-dessus le comptoir qui les séparait. Kaya posa sa cuillère dans son bol de céréales et se rapprocha d'elle.

— Ethan tient beaucoup à toi. S'il te plaît, n'en doute pas, même s'il se dévoile au compte-gouttes ! Je sais que le repas d'hier t'a fait beaucoup douter sur votre relation et Claudia n'y est pas allée avec le dos de la cuillère. Mais crois-moi, même si c'est compliqué entre vous, il tient à toi.

Kaya accueillit ses paroles avec perplexité. Parler de la profondeur de leur affection mutuelle la gênait, car elle-même ne savait pas trop quelle affection chacun se portait à l'autre. Tenaient-ils vraiment l'un à l'autre ? Dans une certaine mesure oui, ils avaient déjà beaucoup partagé. Mais elle ne pouvait pas affirmer que cette affection était réellement profonde, dans un sens comme dans l'autre. Elle-même ne savait trop quoi penser de sa relation avec Ethan. Mais surtout, elle ne voulait pas décevoir cette mère qui espérait beaucoup de la relation que son fils entretenait actuellement.

— Quand il est venu à Noël, il était tracassé, continua Cindy. Je voyais bien qu'il ne se sentait pas à sa place, qu'il voulait être ailleurs. J'ai réussi à lui arracher quelques mots pour qu'il me dise ce qui n'allait pas. J'ai appris alors ton existence. Je dois dire que j'ai été d'abord très surprise, car Ethan et les filles, ça n'a jamais été un tracas pour lui parce qu'il a toujours eu des relations très superficielles avec elles.

Kaya baissa les yeux. Elle-même ne savait pas trop où se positionner dans son tableau de chasse. Ethan fronça les sourcils, inquiet que sa mère vienne à lui dévoiler leur discussion au sujet du rôle de journal intime qu'il pouvait devenir après de Kaya, mais aussi qu'elle en dise trop sur son passé.

— Mais je vois bien qu'avec toi, les choses sont différentes. Il te considère, Kaya. Il te regarde, te sourit, te répond. Tu existes à ses yeux. Ce ne sont pas des choses qu'il fait d'ordinaire avec les femmes, sauf à la limite, avec Claudia et moi. Mais concrètement, tu lui apportes quelque chose qui capte son attention. Je sais qu'il va s'ouvrir à toi. Parce que c'est toi. À ses yeux, tu es spéciale et ça se voit. On l'a tous remarqué... à part peut-être Claudia ! Et encore, je pense que c'est parce qu'elle a remarqué aussi cela qu'elle est sur la défensive : son frère, c'est son frère !

Kaya se recula, cette fois très gênée. Ethan tendit un peu plus l'oreille, mais resta caché dans le couloir. S'il était prêt à bondir sur sa mère pour l'empêcher de parler en son nom, il était plus attentif aux réponses que Kaya pouvait lui apporter. Cindy n'était pas lui. Kaya pouvait peut-être se détendre et se confier sur leur relation. Sa mère étant psychologue, il savait très bien qu'elle était capable de mener les gens là où elle voulait qu'ils aillent.

— Je pense que vous me donnez beaucoup trop de qualités ! répondit alors Kaya. Du moins que vous allez vite aux conclusions. Tout n'est pas si clair avec Ethan et je ne voudrais pas vous faire croire le contraire. Notre relation repose sur de la ficelle et du scotch. On est très loin d'un lien solide, particulier ou autre chose. On essaie juste de tenir une relation basée sur des besoins définis... Bref ! Vous savez !

Cindy se recula un instant et la jaugea.

— Oui, votre contrat ! Tu sais, je pratique mon fils depuis

suffisamment longtemps pour voir qu'il considère votre relation comme singulière, avec ou sans bout de scotch !

Kaya regarda Cindy avec cette impression d'avoir fait une gaffe, d'avoir été offensante. Cindy réalisa que sa franchise était gênante.

— Écoute, je ne veux en aucun cas te mettre la pression ou te faire croire que je prépare les cartons d'invitation pour votre mariage. Excuse-moi d'être si directe ! Le but n'est pas de te faire peur ou de t'acculer. Je suis maladroite. Seulement..., je veux aussi que tu saches que même si votre relation n'a rien de simple, de défini, hormis votre contrat et que cela semble grotesque, je sais que pour mon fils, tout cela est important. Je sais que le dîner t'a mise mal à l'aise. Claudia aime son frère et de façon très protectrice. Parfois, je la soupçonne même d'avoir un béguin pour lui. Je sais que dans une fratrie, cela semble inconvenant, mais ils ne sont pas liés par le sang, juste par le nom, étant chacun adopté. Tout reste possible et dans la tête de Claudia, Ethan a toujours eu une place à part. Je sais donc qu'elle peut être dure dès qu'il s'agit de protéger sa relation avec son frère. Je m'excuse de son ton agressif.

— Ce n'est pas grave ! Vous n'avez pas à vous excuser ! Je peux comprendre les réticences que ma présence peut inspirer. Je sais bien que tout cela est dérangeant...

— Si, c'est grave ! Ce sont mes enfants ! Pour l'instant, j'observe ma fille, car elle sait aussi qu'avec Ethan, il y a des limites à ne pas franchir...

Kaya tiqua à ses mots. Encore ce mot. Limites...

—... Mais il n'empêche que je ne veux pas que tu penses qu'on te juge sur tes choix avec Ethan ou sur ta personne.

Kaya regarda alors son bol de céréales.

— Je ne me permettrai pas de vous en vouloir d'avoir une piètre opinion de moi. Moi-même, j'ai du mal avec tout ça... Je ne

me sens pas comme une personne honnête ou fréquentable...
Cindy soupira.
— En te voyant ainsi, j'ai l'impression de revoir mon fils à Noël ! Même position recroquevillée devant son bol de céréales face à mes mots. Même attitude défaitiste, troublée, mal à l'aise.
Kaya se redressa instantanément, pour paraître moins affectée par cette discussion et ne pas ressembler à Ethan.
— Kaya, ne te blâme pas de ce que tu vis avec Ethan et ne te laisse pas envahir par le doute. N'aie pas honte de vivre tes choix et tes envies. Cela change du commun des mortels ? Et alors ! Tant que tu es heureuse et Ethan aussi, faites ! Ne vous laissez pas dominer par la peur et les « qu'en-dira-t-on ! ». Fais ce que toi, tu veux ! Et surtout, crois en Ethan ! S'il reste avec toi encore maintenant, au point de te faire venir ici, c'est que tu comptes à ses yeux. N'en doute pas ! Croyez en vous !
Elle se tourna pour déposer une assiette dans l'évier, puis lui fit à nouveau face.
— Je voulais juste te dire ça...
Elle lui sourit alors, comme si finalement cette discussion n'avait jamais eu lieu. Kaya tenta de répondre par un sourire, mais à vrai dire, ses conseils avaient l'effet inverse.
— Ethan m'a dit la même chose. Parfois, je me demande ce que je fabrique avec lui... avoua-t-elle alors. Je me dis que tout cela est tellement insensé et sans fondements solides... Qui s'accommoderait d'un tel contrat, d'une telle relation ?
Cindy lui attrapa la main pour la rassurer.
— Moi, je suis contente de tout ce micmac insensé et sans fondements ! On a pu se rencontrer ! Ce n'est déjà pas si mal, non ? Tu as rencontré Ethan et tu commences à le connaître aussi ! Est-ce vraiment si catastrophique ? Regarde plutôt votre avancée que ce qui reste encore à gravir !
Kaya ne put s'empêcher de sourire. Ethan, caché derrière le

mur, sourit également. Il reconnaissait bien Cindy dans cette façon de voir toujours le verre à moitié plein plutôt qu'à moitié vide.

— Oui, ce n'est pas si mal ! Pour autant, je ne cesse de me demander à quoi tout cela mène. Il veut qu'on essaie sans contrat. Ça me perturbe encore plus ! J'ai déjà beaucoup de mal à nous définir avec un contrat, alors sans... c'est encore plus le trouble pour moi. Je ne sais même pas ce que je veux ou même ressens en l'état actuel des choses et il veut encore modifier des choses...

Ethan baissa les yeux. Lui-même s'interrogeait sur leur avenir, sur ce qui pouvait en découler. Sa seule certitude était qu'il voulait que ça dure. Mais elle ? Il réalisait qu'elle était peut-être plus vacillante à ce sujet que lui. Une nouvelle angoisse lui écrasa la poitrine à l'idée qu'elle cesse tout. Proposer de déchirer le contrat était sans doute une erreur.

— Avant de penser à l'avenir, je pense qu'il faut penser à ce qu'on veut vraiment sur le moment ! répondit alors Cindy, songeuse. On s'inquiète souvent sur l'avenir, sur ce qui pourrait être fait, sur ce qu'il y a à faire, sur ce qui n'a pas de sens et de but, sur ce qui est le mieux aux yeux des autres... Ma crise cardiaque m'a fait réaliser que ce qui compte vraiment, c'est le moment présent. Avoir des projets, c'est bien. Mais si on n'est plus là pour les vivre ou si on ne peut les partager, à quoi bon ?

Kaya haussa la tête à sa remarque et repensa à tous ces projets avec Adam qu'elle n'avait pu réaliser. Sa mort avait effectivement tout stoppé.

— Je pense donc qu'il faut déjà apprécier le moment présent, celui qu'on vit maintenant. C'est lui qui construira ou non l'avenir. Si on n'apprécie pas son quotidien, il reflétera un type d'avenir auquel on aurait pu échapper si on s'était justement attardé au moment présent.

Cindy sortit un verre du placard, puis une bouteille de jus

d'orange du frigo. Elle versa le jus dans le verre, et lui tendit.

— Ne t'inquiète pas ! Contrat ou pas contrat, ce n'est pas important. Ce qui compte, c'est vous deux ! Le reste n'est qu'ajustements. Maintenant, bois ! Il faut des vitamines pour affronter le présent !

Kaya s'esclaffa devant son trait d'humour.

— Mon présent est une tornade qui me chamboule complètement.

— N'est-ce pas mieux que le calme plat et la monotonie ?

— Par moments, je regrette ma monotonie...

Cindy haussa un sourcil de surprise.

— La monotonie a quelque chose de rassurant... ajouta Kaya. On ne se sent pas en danger.

Ethan tiqua à ces mots. Kaya avait peur. Il se rendait compte qu'il n'était pas le seul. Mais à sa décharge, il avait espoir, il voulait y croire depuis leur rencontre, tandis que Kaya avait perdu cette flamme avec la mort d'Adam. Cindy regarda attentivement Kaya. Elle trouvait cette enfant touchante. Elle voyait une femme ayant peur de beaucoup de choses. À quelque chose près, elle trouvait qu'elle ressemblait à Ethan. Peur des sentiments, des relations, de l'avenir. Peur de l'implication, de la souffrance endurée. Elle se mit à sourire. Kaya encercla le verre de ses mains, le regard perdu dans le liquide orange.

— Ethan est si différent de moi. Je ne suis pas du tout comme lui. Lui, il arrive et met tout le monde d'accord. C'est un éléphant dans un jeu de quilles. On ne peut qu'accepter son élan et ce qu'il provoque. On ne peut que constater les résultats de ses actions. Rien ne l'arrête. Il semble si sûr de ce qu'il veut et ne veut pas. Et concernant nous deux, j'essaie de comprendre où il veut aller, mais je n'y arrive pas. Je n'arrive pas à suivre son cheminement de pensée. C'est là que je vois un gouffre entre nous. Il est à mille lieues de ce que je peux penser. Ou plutôt, je suis à mille lieues de comprendre ce qu'il a en tête. À chaque fois, je tombe des nues et tente de comprendre comment on en arrive à ses conclusions ! Il ne dévoile rien, ou bien des fragments qui me troublent encore plus. Je vois bien qu'il essaie de me faire comprendre des choses, mais j'ai l'impression qu'il me parle anglais tout le temps alors que je ne comprends que le français. Je me dis alors : « ben pas grave ! Tu fais un bain linguistique, tu fonces dans le tas en rentrant directement dans son milieu ! » et je me retrouve encore plus paumée. Il se produit l'effet inverse. Je le comprends encore moins. Je ne perçois que quelques mots.

Kaya se sentait abattue. Complètement perdue. Dans l'impasse. Cindy constata que son trouble n'était que justifié en connaissant le caractère et le comportement habituel de son fils. Ethan serra les poings. Cet état de fait, ils le constataient tous les deux depuis un moment. Ils en avaient discuté, mais pour l'instant aucune solution n'avait été trouvée à ce problème. La complexité de l'autre était un frein à leur relation. Il voyait aussi que cette incompréhension de l'autre la blessait. Elle se sentait mal. La tonalité de sa voix, son débit, montrait sa panique, son inquiétude, sa fragilité quant à leur relation. Tout tenait avec des scotchs effectivement. Elle avait raison. Rien n'était réellement solide et les doutes de Kaya amplifiaient maintenant sa crainte que tout finisse en cendres.

— Kaya, ne crois pas qu'Ethan soit un roc. Ne crois pas que tout lui glisse dessus et que tu es la seule à tâtonner. Ethan n'est pas aussi fort que tu le penses. Je dirai même qu'il est aussi incertain que toi sur votre relation, le connaissant. C'est un homme plein de doutes. Mais sa plus grande force, c'est son mental. Il a un mental qui l'oblige à ne pas renoncer. Ethan ne renoncera pas à vous deux ; il cherchera toutes les solutions possibles s'il veut vraiment que ça dure entre vous. Donc, toi aussi, accroche-toi ! Ne te laisse pas ronger par les incertitudes et faites-vous confiance.

Ethan remercia intérieurement Cindy de son soutien. S'il pensait que la fin du contrat allait tout régler, il se rendait compte qu'il était loin de voir la réalité. Du moins, il se voilait la face. Kaya paraissait fragile, indécise, désarmée. Il sentit l'abattement sur ses épaules. La consternation prenait le pas sur son optimisme et sa colère. Il fallait la rassurer coûte que coûte. Lui montrer que leurs bases étaient solides, que tout était fiable, même si lui-même savait que le vent pouvait souffler leur château de cartes et tout effacer. Il devait lui prouver qu'ils pouvaient lutter contre les Dieux et le destin. C'est à ce moment-là qu'il apparut sur le seuil de l'entrée de la cuisine. Lui tournant le dos, Kaya ne le remarqua pas immédiatement. Ce fut Cindy qui marqua une pause la première et comprit au regard de son fils qu'il avait entendu une partie de leur conversation. Elle lui sourit toutefois, ne voulant pas que l'ambiance se plombe.

— Tiens ! Bonjour, mon chéri ! Bien dormi !

Ethan se trouva surpris par la mascarade de sa mère qui ne l'avait jamais appelé « mon chéri ». Il comprit qu'il ne devait pas entrer maintenant dans leur discussion. Le regard insistant de sa mère rendait cela évident. Kaya se retourna subrepticement.

— Oh ! Tu es là ! lança-t-elle un peu paniquée à l'idée d'avoir été entendue.

Ethan accepta l'avertissement de sa mère. Il souffla et joua le jeu.

Kaya, pourquoi es-tu si gênée devant moi ?

— Oui ! J'ai une Princesse qui a quitté le lit ! J'ai froid !

Kaya se montra confuse à l'idée qu'Ethan divulgue à Cindy qu'ils avaient passé la nuit dans sa chambre finalement. Il s'approcha d'elle, attrapa un tabouret et se colla à son dos.

— Qu'est-ce que tu fais ? lui demanda alors Kaya, méfiante.

— Je finis ma grasse mat' ! grogna-t-il tout en l'enlaçant par derrière et posant sa tête contre son dos, ce qui obligea Kaya à faire face à Cindy.

Kaya leva les yeux sur le moment, mais se mit à rougir en voyant Cindy tout à l'écoute des gestes tendres de son fils.

— Tu pourrais la finir dans le lit ! Mon dos n'est pas un matelas !

— Je dors mal si je n'ai pas un parfum d'abricot dans les narines !

— Et tu faisais comment, avant de me rencontrer ?

— Pas de grass' mat' !

— Eh bien, fais comme avant !

— Certainement pas ! Puisque ce n'est pas comme avant !

Kaya leva une nouvelle fois les yeux vers Cindy qui ne put s'empêcher de sourire en écoutant leur petit ping-pong verbal. Étonnamment, elle découvrait son fils sous un autre jour et ça lui faisait plaisir. Il se montrait câlin et tenace, jamais à court d'arguments pour affirmer ses envies. Elle se rendit compte rapidement que son fils voulait arrondir les angles pour atténuer la peur de la jeune femme sur leur relation. La câliner pour mieux la rassurer. Ethan resserra un peu plus son étreinte. Il sourit alors, heureux de gagner cette joute verbale.

— En plus, je n'ai pas beaucoup dormi cette nuit ! Pioouuu ! Quelle nuit !

Les lèvres de Kaya firent un O., en réalisant le côté sans-gêne d'Ethan devant sa mère. Elle se pinça les lèvres, rouge de honte, tandis que Cindy se retenait de rire. Ethan pouffa alors dans son dos, sachant très bien la honte qu'elle ressentait en cet instant. Kaya tenta alors de le déloger, agacée par son manque de discrétion et de pudeur. Ethan rigola de plus belle, parant ses coups.

— Tu m'agaces ! Tu ne peux pas fermer ta grande bouche pour

une fois ! Pourquoi faut-il toujours que tu fasses ton intéressant ? En plus, devant ta mère !

Ethan lui attrapa le poignet, toujours amusé.

— Elle en a vu d'autres ! Il faut bien que je me fasse remarquer pour exister à tes yeux ! La preuve ! Tu n'as aucun scrupule à m'abandonner !

Kaya ne cacha pas de nouveau sa stupeur.

— Abandonner ? Tu exagères ! Je suis juste allée déjeuner !

— Sans moi !

— Parce qu'il faut que je te tienne la main ?

Tous deux se retenaient de rire devant la teneur de leur discussion.

— Et tu ne veux pas aussi que je te mette la cuillère dans la bouche aussi ?!

Ethan pouffa.

— Bien sûr que oui ! répondit-il, tout en provocation et amusement. Elles sont bonnes, tes céréales ? Je peux goûter ?

Il ouvrit alors la bouche, prêt à accueillir avec gourmandise la cuillerée.

— N'importe quoi ! pesta alors Kaya. Tu n'es qu'un gamin !

Ethan garda son grand sourire dans son dos alors qu'elle décida de bouder pour la forme.

— Un gamin qui n'a pas fait sa grasse mat' ! répondit-il aussi vite.

Tout à coup, Ethan se leva de son tabouret, passa son bras sur la taille de Kaya qui se sentit alors porter.

— Qu'est-ce que tu fous ? lui cria-t-elle maintenant sur son épaule. Je t'ai déjà dit qu'on n'était plus à la préhistoire ! Repose-moi !

— Chut ! femme ! Moi emmener toi faire grasse mat' !

— Ethan ! Ce n'est pas drôle ! Je ne veux pas faire de grasse mat' ! Repose-moi ! Tu me mets la honte en plus devant ta mère !

Tu es d'une impolitesse incroyable !

Ethan ne répondit rien à ses remarques et l'emmena à l'étage. Cindy mit quelques minutes à analyser ce qui venait de se jouer sous ses yeux. Elle pouvait encore entendre Kaya crier sur son fils à l'étage. Elle regarda le bol de céréales que sa jeune invitée n'avait pas pu finir et soupira d'aise. Elle remercia la vie de lui avoir laissé une chance de voir cela.

Ethan, tu as l'air si heureux...

— Oh ! Charles ! Charles ! J'ai un truc à te raconter ! Tu ne vas pas en revenir !

Ethan jeta Kaya sur le lit et s'écrasa sur elle sans ménagement.

— Ethan, je n'ai pas envie de dormir ! Lâche-moi. Ça suffit !

La tête plongée contre le cou de sa belle, Ethan inspira un bon coup l'odeur de ses cheveux, puis sourit, n'ayant que faire des jérémiades de sa proie. Réalisant qu'elle s'époumonait pour rien, Kaya se calma, attendant qu'il desserre son étreinte.

— Écoute, ce n'est pas contre toi... C'est juste que je n'ai pas envie de perdre du temps dans un lit alors que j'ai tant à voir dehors ! Je veux visiter un peu les environs. Être ici, c'est insensé pour moi, mais aussi très excitant ! C'est mon premier voyage ! Comprends-moi ! Je veux découvrir plutôt que de rester enfermée. En plus, tu m'as promis qu'on ferait les boutiques pour m'acheter des pulls et qu'on irait au zoo ! Toi, tu voyages souvent, mais pas moi ! S'il te plaît, ne m'en veux pas !

Ethan soupira. Il glissa ses mains sous le pyjama de Kaya et commença à lui faire des bisous dans le cou.

— J'ai encore envie de câlins, Kaya. J'ai envie de vivre une grasse mat' avec toi. La première fois qu'on a dormi ensemble, j'étais fatigué à cause du surmenage du gala. La seconde, je n'ai pas pu rester avec toi parce que je devais aller travailler... et tu m'as quitté dans la foulée avec cette fichue lettre. Je n'ai pas envie d'une troisième frustration. Toi aussi, comprends-moi.

Kaya se trouva surprise par cet aveu. Elle n'avait même pas eu la présence d'esprit de penser à ces moments ratés entre eux. Du moins, en se levant, elle n'avait pas songé à se réveiller ensemble et elle s'étonna de le voir aussi attaché à vouloir passer un matin à deux. Une main d'Ethan glissa sur son sein et commença à le pétrir doucement.

— Pardon... lui souffla-t-elle. Je ne pensais pas que cela avait une importance à tes yeux.

Ethan sortit son visage de son cou et lui fit face. Il lui posa un petit baiser sur le nez.

— Kaya, le matin, le midi, le soir, la nuit... tout le temps ! Chaque moment passé avec toi a son importance. Je pensais que tu l'avais compris... H24 !

— Oui, c'est vrai ! s'esclaffa Kaya. H24 ! C'est juste que je ne m'y habitue pas encore ! Je suis encore sur le moment, l'heure de consolation, le besoin ponctuel alors que toi tu es sur la journée entière, la longueur, la constance.

— Ça ne te rassure pas que je veuille plus qu'un moment, que je te propose de cesser le contrat ? Je te propose pourtant plus de stabilité, de sécurité avec cette liberté de disposer de nous n'importe quand, lorsque nous le souhaitons. Il n'y a pas le stress du rendez-vous, du temps qui passe trop vite, de la disponibilité ou du moment raté. On a plus de latitudes.

— Oui, on a plus de latitudes...

— Mais ?

—... Mais je m'interroge. Si je suis ton raisonnement du H24, ça voudrait dire qu'il faudrait vivre ensemble pour pouvoir le réaliser. C'est d'une part impossible, et d'autre part exagéré !

Ethan se redressa et s'assit sur le matelas.

— Tu trouves ma demande exagérée ? On était d'accord cette nuit pour dire qu'on pouvait aussi être ensemble pas seulement pour se consoler, mais aussi parce qu'on en avait envie. C'était bien, non ? Le test a été concluant, ne penses-tu pas ? Tu trouves cela exagéré que j'aie envie d'être avec toi H24 ? Tu n'en as pas envie, toi ? C'est ça ? Tu n'éprouves pas cette même envie ?

Kaya s'assit également et marqua une pause pour lui répondre.

— Je ne sais pas trop ce que je veux... murmura-t-elle, navrée. J'ai l'impression que plus on se donne de libertés, plus je me perds dans ce qu'on est l'un pour l'autre. Et puis j'avoue que tu me surprends à vouloir plus de latitudes, à me solliciter autant...

— Tu me trouves trop insistant ? Trop demandeur ?

— Je... Non ! C'est juste que tu te comportes différemment depuis quelque temps. Et je me demande ce que tu attends de moi, de nous ? Si on déchire le contrat, on devient quoi ?

— Tu voudrais que l'on soit quoi, toi ? lui demanda-t-il alors.

Cette question le surprit lui-même. Il savait que la réponse pouvait le faire souffrir. Son cœur battait anormalement. Il craignait de n'être que ce qui était prévu : un ersatz, un substitut pour pallier le manque d'Adam. Rien de plus. Et pourtant, il voulait être bien plus. Kaya le fixa, indécise. Elle n'arrivait justement pas à définir ce qu'ils étaient l'un pour l'autre et ne savait ce qu'elle voulait qu'ils soient. Devant son silence, Ethan prit les devants.

— Deviens ma petite amie, dans ce cas. Notre relation aura un nom et proposera une stabilité, un cadre défini.

Kaya écarquilla les yeux, puis regretta d'entendre sa proposition.

— Tu dis ça avec une telle simplicité. Tu règles un problème avec une proposition cartésienne. Tu rationalises tout. Tu as un fait et tout ce que tu vois, c'est par quels objectifs tu peux régler le problème. Tout n'est pas une question de logique, de mathématiques, de méthodes. On ne devient pas un couple juste parce que c'est plus pratique ! On est un couple parce que c'est une continuité qui répond à des sentiments, un attachement, quelque chose de plus profond. Je te l'ai déjà dit !

— Donc, tu ne veux pas ? répondit alors Ethan, la mâchoire serrée par le ton catégorique de Kaya. Tu estimes qu'il n'y a rien de profond chez nous ?

Kaya se trouva surprise par les mots d'Ethan qui ne cachait plus son aigreur et son irascibilité. Elle bredouilla quelques mots qui ne sortirent pas, puis finalement se lâcha.

— Ethan, on est loin d'être un couple qui s'aime. Regarde-nous ! On est... rien.

— Rien ? Vraiment ?

Il secoua la tête, désabusé par cette situation chaotique où chacun se trouvait à un niveau différent de compréhension.

— S'il n'y a rien à voir chez moi, alors pourquoi es-tu venue ?

Il se leva du lit, le regard froid mais sensiblement blessé, puis se dirigea dans la salle de bain. Son envie de grasse mat' s'était envolée en même temps que ses espoirs de couple. Kaya le regarda partir et souffla. Elle venait d'être blessante. Elle le savait. Elle savait aussi que ce qu'elle venait de dire était faux. Il n'y avait pas « rien » entre eux. Il y avait quelque chose quand même. Et c'était bien ce quelque chose qui venait troubler leur routine, faisait qu'ils n'arrivaient pas à se contenter de ce qu'ils avaient. Encore une fois, elle se sentait maladroite. Complètement idiote. Elle repensa aux paroles de Cindy.

Ne pas regarder l'avenir, mais le moment présent... Cela semble pourtant facile. Pourquoi alors je n'y arrive pas ? Parce que tu as peur, Kaya ! Tu as tout simplement peur de vivre quelque chose de bien avec lui...

Elle regarda ses mains. Elle manquait d'assurance, de confiance en Ethan, de sagesse, de tout. Elle avait effectivement abandonné Ethan ce matin. Elle avait délibérément quitté le lit parce que la peur était tellement grande qu'elle ne savait comment gérer ce qu'elle ressentait depuis cette nuit, depuis qu'il avait écarté pour un soir le contrat. Elle avait peur de vivre plus intensément les choses si elle acceptait de s'enlever des limites. Elle avait peur de devenir accro à cette liberté.

Elle se mit à sourire. Comme Ethan, elle se fixait des limites. S'il lui avait dit qu'il aimait retirer ses limites avec elle, de son côté, c'était plus compliqué. Les limites barricadaient les sentiments. Elles l'aidaient à ne pas perdre la raison. Le contrat avait ce côté pragmatique, cartésien, qui l'obligeait à ne pas écouter ses sentiments.

Ethan, tu bouleverses mes sentiments. Tu les malmènes, tu joues avec. Je ne tiendrai pas longtemps si je te laisse plus de latitudes...

Elle entendit l'eau couler dans la salle de bain. Il semblait affecté par ses mots. Elle s'en voulait de le blesser ainsi.

Toi aussi, cette situation te fait souffrir ? Tu tiens réellement à moi, Ethan ?

Elle soupira. Elle se rendait compte qu'elle doutait sans doute trop, et qu'elle refusait de voir certaines vérités comme le fait qu'Ethan voyait leur histoire comme quelque chose de sérieux, même si tout n'était pas clair. Elle gonfla à bloc ses poumons d'air et se leva. Elle n'avait pas le choix. Il avait raison. Ou elle rentrait puisqu'il n'y avait rien, ou elle acceptait qu'il y ait quelque chose entre eux de suffisamment important pour rester et assumer. Assumer quoi ? Des sentiments ? De quels genres ? Elle ne le savait. Mais elle devait les accepter, vivre avec. S'accorder avec elle-même qu'elle était bien avec lui, se résigner qu'il était quand même important à ses yeux, admettre le danger pour son cœur de croire en lui, supporter l'idée que son amour pour Adam risquait d'être mis à mal par ce qu'elle vivait avec Ethan.

    Elle entra alors dans la salle de bain, se déshabilla et le rejoignit dans la douche. Ethan fut d'abord surpris de la retrouver ainsi, mais lui tourna le dos, ayant du mal à encaisser leur désaccord. Elle l'encercla de ses bras et posa sa tête contre son dos.

    — Pardon... J'ai été blessante. J'ai été maladroite dans mes mots. Il n'y a pas rien. Il y a juste quelque chose qu'on n'arrive pas à nommer...

15

Rassurant

— Pardon... J'ai été blessante. J'ai été maladroite dans mes mots. Il n'y a pas rien. Il y a juste quelque chose qu'on n'arrive pas à nommer...

Ethan ferma les yeux et soupira. Il était las de tout ça. Il se tourna alors vers elle.

— Kaya, j'aimerais juste que tu arrêtes de douter de moi, de ce que l'on vit tous les deux. Je ne sais pas comment te rassurer et je vois bien que dès que je te propose de faire un pas en avant, tu as peur de tout ce qui pourrait advenir. J'ai aussi cette peur, mais j'ai vraiment envie de tester des choses avec toi. Je sais que notre situation est bizarre, que notre façon de se fréquenter laisse à redire, mais ça fait maintenant plus de deux mois qu'on se connaît et on est toujours en vie ! On ne s'est pas entre-tués ! Il y a donc de l'espoir, non ?

Kaya baissa les yeux, mais hocha la tête.

— Tu as raison... En fait, j'ai un véritable conflit avec le mot « espoir ». Mes espoirs se sont étiolés avec le temps. Garder espoir, pour moi, c'est devenu utopique quand on a perdu tout espoir, quand la vie s'acharne contre vous. Je suis devenue pessimiste. La mort de mes parents, puis d'Adam, mes dettes, mes petits boulots successifs... C'est vrai. Je vois tout en noir. Je vois le pire plutôt que le meilleur. Ma vie a été conditionnée ainsi. Je suis désolée...

Ethan la fixa un instant.

— Moi aussi, je ne mise plus sur aucun avenir. Pour moi aussi, l'espoir est une idée qui m'indiffère tant je n'y crois plus depuis longtemps. Pourtant, je suis content d'avancer, d'explorer de nouvelles choses avec toi. Mon espoir se réveille et vient à moi dès que tu instilles le défi en moi, dès que la curiosité de la nouveauté s'installe entre nous, dès que tu me donnes une chose à laquelle je ne m'attendais pas et qui me donne du plaisir. J'aimerais faire renaître l'espoir en toi, mais je ne le peux si toi, tu es sur la défensive constamment, si tu refuses d'avancer vers quelque chose de plus prometteur avec moi. DE nombreuses fois, je me suis interrogé sur ma façon de faire. Est-ce que je m'y prends mal ? Est-ce que je fais mal les choses ? Ne veut-elle vraiment pas évoluer dans notre relation ? Kaya, parle-moi ! Je t'ai montrée que tu pouvais voir l'avenir positivement en réglant le problème Barratero. Dis-moi de quoi tu as peur à présent. Qu'est-ce qui bloque ? Dis-moi pourquoi tu ralentis dès que je tente une accélération.

Kaya s'agita. Elle devait lui répondre, mais sa peur se manifestait rien qu'à l'idée d'y penser.

— Je ralentis parce que...

Ethan chercha à nouveau son regard en la voyant hésiter.

— Parce que quoi ?

Kaya remarqua son inquiétude et se sentit mal. Elle ne cacha pas son désarroi. Ses yeux s'humidifièrent.

— Parce que justement, je suis bien avec toi...

— Quoi ? rétorqua alors Ethan, complètement perdu. Tu es bien avec moi, mais tu préfères être distante ?

— Parce que tout est si hésitant entre nous ! Si on vient à

changer quoi que ce soit dans notre pacte, tout risque de mal se finir ! Et je ne veux pas que ça finisse ! Parce que je suis contente de ce que nous avons déjà réussi à obtenir l'un de l'autre et que même si on a encore beaucoup de mal à s'accorder, ce que tu m'apportes me fait du bien et je ne veux pas tout foutre en l'air pour des « et si on faisait comme ça » ! Je préfère me contenter de ce qu'on a acquis déjà si difficilement ! Je ne veux pas... que ça échoue définitivement...

Se rendant compte qu'elle en avait déjà trop dit, elle baissa les yeux à nouveau et les laissa dériver vers un coin de la douche.

— Mais le pire dans tout ça, continua-t-elle plus doucement, c'est que plus le temps passe et plus tu me fais oublier Adam ! Plus mes sentiments pour lui s'éloignent ! J'essaie de les contenir, de les garder en moi, mais tu fais tout pour me signifier qu'avec lui, en faisant évoluer notre relation, je n'ai plus rien de concret, de sincère, de solide à revendiquer le concernant...

Le sanglot lui serra la gorge au point de ne plus pouvoir retenir l'angoisse qui explosait maintenant sous les yeux d'Ethan. Le chagrin la submergea, à l'idée de perdre ce qu'elle avait construit avec Adam.

— Si je cède aux sirènes de la tentation, si je déchire ton contrat, si je deviens même ta petite amie, il se passera quoi ? On va aller jusqu'où comme ça ? Tu crois qu'on va faire encore combien de contrats ou d'accords pour trouver une stabilité ou une solution dans laquelle on peut se complaire ? Pendant combien de temps allons-nous jouer la comédie sur ce que nous sommes ou nous ne sommes pas ? Je ne veux pas perdre Adam ! Je ne veux pas l'oublier et je ne veux pas non plus te décevoir... Je me sens coincée. Dans une impasse. Je suis fatiguée ! Et j'en ai marre de cette situation où même ta famille me regarde comme une personne qui profite de toi et qui n'a aucune reconnaissance sur ce que tu m'apportes.

D'abord sonné par ce revirement de situation, Ethan crut défaillir en la voyant si vulnérable et en se rendant compte qu'il était à l'origine de cette vulnérabilité. Kaya cachait aussi des failles qu'elle dévoilait enfin. Des sentiments le concernant qui n'étaient pas à minimiser. Au contraire ! Son cœur se gonfla de joie. Il comptait pour elle. Ce qu'ils vivaient ensemble comptait réellement à ses yeux au point de craindre une fin, au point de se rendre compte qu'il prenait de plus en plus de place dans sa vie au détriment d'Adam. Il ne put s'empêcher de sourire en voyant qu'ils avançaient finalement dans leurs sentiments mutuels. Il serra ses épaules et soupira.

— Kaya, je n'ai pas de solutions à t'apporter si ce n'est que moi, j'ai encore plus envie d'aller de l'avant avec toi après ce que tu viens de me dire !

Il ne put s'empêcher d'exprimer son bonheur par un petit rire vainqueur que Kaya tenta tant bien que mal de cacher en le repoussant et en écrasant sa main sur le visage de son bourreau.

— Tu m'énerves ! Je savais que j'aurais dû me taire et tout garder pour moi ! Tu vois ! Tu ne m'aides pas ! Au contraire ! Tu enfonces le clou !

Ethan se mit à rire.

— Tu veux un câlin de consolation ? s'amusa-t-il à lui répondre.

— Certainement pas ! D'ailleurs, retire tes sales pattes de moi ! Tu m'énerves trop !

— Il faut bien qu'on se savonne ! On est dans la douche pour ça, non ?

— M'en fiche ! J'extériorise mes peurs et toi, tu t'en amuses ! Tu augmentes mon angoisse ! Tu m'énerves ! Je te déteste ! Je souhaite que l'eau te ramollisse et que ta peau tombe toute seule ! Voilà !

— Aaaah ! Doux mots dans ta bouche ! Ça faisait longtemps que tu ne m'avais pas sorti des vacheries ! OK ! À défaut de te consoler, cette fois-ci, je vais te rassurer...
Il se pencha sur son visage et la fixa avec plein de malice.
— Dis-moi quels endroits de ton corps veulent être rassurés. Dis-moi où je dois poser mes mains pour apaiser tes angoisses et te faire déculpabiliser de me préférer à Adam !
— Ethaaaan ! Je n'ai pas dit ça ! répondit-elle tout en tapant du pied, mais les joues rougies par ses avances très claires.
— Si, tu l'as dit ! Tu as dit que je te faisais oublier Adam ! Donc, si tu l'oublies, c'est parce que mon plan « obnubiler ton esprit » fonctionne ! J'arrive à le remplacer pour certaines choses ! Avoue-le tout simplement ! Ça nous fera gagner du temps !
— Tu ne remplaceras jamais Adam ! Tu ne lui arrives même pas à la cheville ! lui répondit alors Kaya, ne voulant pas céder.
— Pour l'instant, à tes yeux, sans doute ! fit Ethan, pris d'une hardiesse nouvelle depuis quelques minutes. Mais je sais que dans la jauge de comparaison, je grimpe et lui, il descend ! Je me sens tellement heureux de ce constat ! Aaaah ! Monsieur Connard rattrape Saint Adam dans la tête de la Belle. La Bête devient Prince Charmant et Le Prince de ses livres devient insignifiant devant ma merveilleuse personne !

Un énorme jet d'eau lui arriva en pleine figure, le faisant taire immédiatement.
— Tu as besoin de te rafraîchir les idées. Tu divagues, Ethan.
Ethan s'essuya le visage de la main, mais ne dévissa pas son sourire.
— Nie autant que tu veux, Princesse ! Tu ne me feras pas douter de ce que j'ai entendu.
Il leva la tête et lâcha un soupir heureux.
— Si toi, tu n'es pas rassurée, pour moi, ces aveux me font un

bien fou au moral, Kaya.

Ethan lui sourit et lui caressa la joue.

— Je vois bien que tu n'es pas tranquille sur nous, sur notre relation et ce que ça t'apporte. Ma nouvelle mission, en plus de te consoler quand tu en as besoin, sera donc de te rassurer ! On l'avait déjà un peu mentionné à ton arrivée. Je t'avais rassurée, mais cette fois, je vois bien que c'est quelque chose à mettre au même niveau de besoin qu'une consolation ! J'apaiserai donc toutes tes angoisses en affirmant que nous deux, c'est cool ! Si « Kaya » veut dire « refuge », alors je ferai tout pour être les murs de ton refuge et que tu te sentes en sécurité, rassurée. Qu'en dis-tu ? Et tu en feras de même avec moi ! Deal or not deal ?

— Tu veux me rassurer ? Sur nous ?

— Sur tout ! Laisse-moi te rassurer ! J'en ai très envie ! lui souffla-t-il à l'oreille.

Complètement chamboulée par cette nouvelle approche dans leur relation, Kaya ne cacha pas sa prudence. Son angoisse montait même à l'idée qu'il ait pour nouvel objectif de la rassurer. Elle savait à présent comment il comptait s'y prendre, à en juger par ses mains baladeuses, et rien en cela ne l'apaisait. Elle sentait son cœur paniquer à nouveau, son corps frémir. Plus il passait du temps intimement avec elle, plus elle savait qu'elle perdait le contrôle de son cœur et de sa raison.

Elle posa ses deux mains sur son torse, signe de défense qu'Ethan identifia rapidement. Il posa alors son nez contre le sien et la serra un peu plus dans ses bras dans un soupir navré.

— Kaya, ne recule pas ! Il va falloir que tu te décides tôt ou tard à accepter de laisser Adam au passé. Ne lutte pas devant l'inévitable. Tu ne le trahis pas ; tu te contentes de vivre sans lui. Tu n'as rien à te reprocher. Accepte notre relation pleinement. Vis-la à fond, s'il te plaît...

Il croisa ses deux bras sur les épaules de Kaya et les frotta lentement de ses mains pour calmer ses craintes. Kaya ferma les yeux contre lui et regretta d'être si blessante et indécise. Encore maintenant, il était conciliant.

Pourquoi tu n'actives pas ton mode Connard ? Pourquoi es-tu si attentif, si gentil avec moi ? Pourquoi ne rejettes-tu pas fermement la femme que je suis ? Ethan, je ne mérite pas mieux que ces femmes que tu traites avec distance et dédain... Je te blesse et tu le sais. Alors pourquoi es-tu si différent avec moi ?

Les mains d'Ethan commencèrent à dévaler son dos, puis la chute de ses reins lentement. Elles étaient fermes. Il ne le faisait pas du bout des doigts, mais bien avec la paume de ses mains, avec la volonté de la recouvrir de ses caresses et de sécuriser chaque zone de peau qu'elles traverseraient. Kaya se blottit un peu plus contre lui et se laissa aller à ressentir sa douceur malgré ses angoisses toujours présentes les concernant. L'eau chaude l'aidait également à se détendre. Elle avait besoin de faire le vide. La fatigue l'envahissait et avec, des sentiments négatifs naissaient. Elle devait écouter Ethan et arrêter de lutter. Il remonta alors délicatement vers sa nuque qu'il massa minutieusement pour dénouer toute la tension qu'elle cumulait. Commencèrent alors de petits baisers légers sur son visage qu'il tenait en coupe. Les yeux toujours fermés, consumée par son stress et le malaise qui l'écrasait, Kaya se laissa faire toutefois et finit par répondre à ses baisers suaves. Leurs langues se retrouvèrent vite et le manque de l'autre trouva enfin un dénouement heureux en ressentant le vide comblé. Rapidement, la chaleur monta entre eux et les sentiments réprimés émergèrent. Le besoin de l'autre se fit de plus en plus intense. La frénésie n'attendait plus qu'un déclic pour exploser. Ethan, déjà au bout de sa vie tant la frustration trouvait enfin une solution satisfaisante, s'attaqua au corps de Kaya. Ses mains ne suffirent plus à calmer son envie d'elle. Ses lèvres devaient toucher sa peau. Son appétit prenait forme de façon plus sauvage. Il lui suçota un téton, puis le mordit, faisant lâcher au passage un spasme de douleur exquis à Kaya. Puis il passa au second, faisant augmenter la tension sexuelle entre eux. Kaya se laissa prendre au jeu et sentit aussi sa soif de tendresse l'envahir. La crainte et le doute la tiraillaient vers une fuite en avant qui l'éloignerait des péchés incarnés par Ethan, mais cette fois encore, la lutte avait deux faces : pile, lutter contre ses envies d'être plus intime avec lui ; face, lutter contre son deuil et laisser Adam au passé.

Elle regarda alors Ethan embrassant son ventre. Il lui jeta un coup d'œil et sourit tout en descendant lentement vers son pubis. Encore une fois, il voulait lui faire tout oublier. Encore une fois, elle allait vraiment tout oublier.

Faire un choix...

Elle n'avait pas envie de choisir entre Adam et Ethan. Elle n'avait pas envie d'abandonner l'un au détriment de l'autre. Elle ne voulait pas repousser les avances délicieuses d'Ethan pour Adam. Elle répondit alors à son sourire et lui caressa les cheveux. Ethan, attentif à ses moindres humeurs, se releva et la fixa.

— Dis-moi à quoi tu penses ! lui ordonna-t-il, le regard vif. Tu m'as perdu un instant, pas vrai ? Dis-moi pourquoi...

Kaya se trouva désarmée face à sa demande. Il arrivait même à lire en elle maintenant. Elle ne voulait pas remettre sur le tapis son indécision et son manque de courage à choisir. Elle se contenta de balbutier une défense qui ne trouva aucun sens à la sortie de sa bouche.

— Kaya, dis-moi clairement... On doit tout se dire pour que ça marche ! C'est toi-même qui me l'as enseigné !

Les joues rougies par le trouble, elle chercha du regard dans la douche une réponse, et finalement la trouva dans le regard d'Ethan, à la fois inquiet et déterminé. Ses yeux chocolat au lait se fonçaient en leur centre. Elle lui sourit alors, en remarquant le côté brut, sauvage d'Ethan, prêt à tout pour atteindre son objectif qui se manifestait en voyant la couleur de ses yeux changer. Ethan avait cette faculté de ne pas avoir peur. Il fonçait. Elle ne l'avait jamais vu échouer. Il était une source de courage incroyable dans laquelle elle pouvait puiser une force pour avancer plus sereinement.

— Je pensais à la façon dont tu comptais me rassurer... répondit-elle alors, plus confiante. Je me disais que tu étais donc prêt à aller si loin pour que je me sente bien...

Elle montra alors le bas de son corps avec malice, et en particulier son entrejambe.

— Et je me suis dit : « qu'il m'énerve ! », car tu allais réussir ton objectif et que j'allais immanquablement perdre à ce jeu ! Ton regard est une preuve édifiante que je vais être mangée toute crue et, qu'encore une fois, tu allais faire pencher la balance vers toi !

Ethan haussa un sourcil, surpris par ses mots, puis se redressa, tout fier.

— Quand j'ai un objectif, je fais tout pour l'atteindre ! N'oublie pas mon tableau des objectifs sur mon téléphone ! Tu es mon objectif principal ! Effectivement, si tu es entre mes mains, tu vas perdre ! Et Adam... Pfiouuu !

Il mima son pouce en pleine chute, pouce représentant Adam dans la jauge de comparaison des deux hommes. Son sourire goguenard renforça son instinct de vainqueur.

— Tu es à moi ! lui lança-t-il avant de déposer un baiser rapide sur sa bouche. Aucune chance de gagner ! Je compte bien être efficace ! J'ai encore des points à gagner !

Kaya leva les yeux devant son machisme à deux balles, mais

lui offrit un large sourire en réponse. Il la défiait et cela l'amusait. L'envie irrépressible de le contredire la titillait.

— Tu sais quelle va être la suite ! lui déclara-t-elle, ravie. Tu sais que, comme une étrange habitude, je vais avoir envie de te faire échouer, juste pour te renvoyer ton arrogance en pleine figure, même si ton intention est louable !

Ethan se mordit la lèvre, happé par le challenge qui prenait forme sous ses yeux.

— Pfiouuuu ! mima alors Kaya, par le même geste du pouce, représentant cette fois-ci Ethan.

— Vas-y ! Essaie ! répondit-il, heureux de voir le défi démarrer pour de bon. Je suis curieux de voir comment tu vas renverser la vapeur tout en me rassurant sur notre relation !

Kaya minauda et finalement s'exécuta. Elle lui déposa un baiser chaste sur les lèvres.

— Mmmh... Bon début, mais rien de nouveau sous les tropiques, entre nous. Je veux vraiment quelque chose entre nous qui me rassure sur tes intentions à propos de nous.

— Donc, on a changé la cible ? Ce n'est plus moi qu'il faut absolument rassurer maintenant, mais toi ? Je croyais que tu avais été rassuré par mes paroles...

— Oui, mais maintenant, j'en veux encore plus ! lui avoua-t-il tout en l'attrapant à nouveau par la taille et la soulevant. Je veux plein de câlins !

— Plein de câlins ? Donc, j'en déduis qu'on est bien en train de dévier du contrat une nouvelle fois ! On sort du contexte de consolation.

— Je dois bien te rassurer sur l'inefficacité de ce contrat à présent. Je mêle donc la pratique aux mots ! Je te montre qu'on peut dévier facilement du contexte initial et jouer encore plus tous les deux. Rassurée ?

— Humm... À voir ! Pour l'instant, je vois beaucoup de mots,

mais peu de pratique !
— Toi... gronda finalement Ethan.
Il fonça alors sur ses lèvres pour la faire démentir. Kaya ne cacha pas son enthousiasme à l'agacer et passa ses bras autour de son cou, puis répondit à ses baisers par d'autres baisers sur ses lèvres. Le sourire d'Ethan s'agrandit avec la réceptivité de sa partenaire.
— Assez rigolé, beau parleur ! Passons à l'action !
Elle se détacha de lui et attrapa le gel douche qu'elle appliqua sur sa main, puis sur le torse d'Ethan, ses épaules, son ventre et enfin son sexe qu'elle nettoya généreusement au point de rendre tout à coup Ethan à la fois plus nerveux et plus attentif à ses massages.
— Coquine ! lui chuchota-t-il avec un sourire tendu. C'est ainsi que tu te défends ? Mais seras-tu capable d'aller jusqu'au bout ?
Ethan la fixa alors plus sérieusement.
— Kaya, prends-moi dans ta bouche...
Les mots d'Ethan restèrent plusieurs secondes dans les airs, sans réponse. Tout dans l'attitude de Kaya montrait sa surprise, puis sa gêne.
— Je sais que c'était une clause du contrat et que c'est quelque chose de réservé à Saint Adam, mais...
Ethan souffla, exaspéré de devoir demander ce genre de chose. Kaya ne sut quoi répondre à sa crispation. Encore un sujet où elle reculait, elle ne faisait pas l'effort d'aller dans son sens. Encore un moment où la distance s'installait entre eux. Même dans leurs moments plus intimes, ils ne s'accordaient plus comme avant. Ethan attendait plus que ce qu'elle se sentait capable de donner. Le badinage disparaissait et seules de nouvelles tensions demeuraient. Kaya en laissa retomber ses bras le long de son corps. L'affliction la gagnait une nouvelle fois. Elle détestait cette impasse. Elle détestait la réalité de leur relation. Même les

discussions n'aidaient plus à trouver des solutions. L'un voulait avancer, l'autre préférait rester sur ses acquis. Seuls les faits parlaient à présent : leurs attentes respectives avaient changé. Du moins, davantage pour Ethan que pour elle. Il souhaitait plus d'elle, d'eux, et elle passait pour la castratrice de service.

Ethan comprit rapidement que sa demande avait jeté un froid qui ne trouverait pas une réponse favorable. Il se passa alors le visage sous le jet de la douche. Il avait besoin d'effacer cette nouvelle déception au plus vite. Sentir l'eau froide sur son visage pouvait cacher un instant son désarroi. Oublier au plus vite était la solution d'urgence pour ne pas souffrir.

La souffrance est le seul résultat à l'amour, Ethan. Tu es prédestiné à la souffrance. Tu peux la fuir, elle te rattrapera toujours. Tu le sais...

Il se passa les mains sur son visage, faisant abstraction volontairement de Kaya. Se cacher le visage de ses mains était une façon pour lui de ne pas tomber dans la colère et afficher sa douleur. Montrer sa peine était un piège dans lequel il se refusait de plonger. Personne ne devait savoir. Encore moins Kaya. Montrer ses faiblesses, c'était ouvrir une porte dans laquelle pouvaient s'engouffrer encore plus le mal-être et la souffrance. Les gens vous voient tourmenté, ils se sentent mal à l'aise, ne sachant quoi faire, et vous souffrez encore plus de leur inaction, de leur maladresse, de leur manque de sincérité, de leur absence d'amour. Il avait ainsi caché sa détresse émotionnelle à ses amis et sa famille. Bien que Charles et Cindy soient perspicaces et aient réussi à trouver des subterfuges pour calmer ses angoisses, rien n'avait jusqu'ici pu calmer la souffrance de la trahison et celle de l'amour refusé. Un amour ne peut en remplacer un autre. Il avait aussi compris cela. Il ne pouvait pas vraiment en vouloir à Kaya de ne pas trouver une égalité en lui avec Adam. Si on peut changer, intervertir, remplacer facilement dans le cadre du travail, on ne remplace pas les sentiments. Cindy avait raison en disant qu'on ne peut oublier un mort ni les sentiments qu'on peut porter pour ce dernier. Il se rendait compte que sa lutte avait peu d'avenir. Il ne serait jamais à la hauteur, même si elle admettait que ses efforts payaient par moments. La vérité était que même s'il pouvait progresser, la montagne restait impossible à gravir.

Kaya serra ses poings, la rage contre elle montant jusqu'à son cœur. Elle fixa les cicatrices d'Ethan. Finalement, ces cicatrices symbolisaient à elles seules leur passé. Chacun avait ses cicatrices, intouchables, ayant laissé une marque indélébile sur leur peau, leur cœur et leur âme. Deux êtres blessés par la vie et tout ce qui demeurait avec le temps étaient ces stigmates qui les blessaient. Instinctivement, elle posa ses mains sur son torse, sortant Ethan de sa bulle. Il la regarda, interloqué, puis ses mains sur les cicatrices. Elle s'approcha alors de lui et les embrassa doucement. Elle devait garder le cap. Les soigner, les apaiser, les rendre plus belles, plus acceptables. Accepter ce qu'elles étaient : une part d'eux, une part de leur passé, une part de souffrance à atténuer. Elle avait signé pour ça. Elle avait endossé ce rôle parce qu'inconsciemment sans doute, elle savait qu'elle devait entamer cette démarche de résignation à laisser le passé au passé. Elle laissa traîner ses lèvres sur ses balafres. Les soigner, c'était se soigner. C'était faire un pas vers la délivrance de ce poids qui l'accablait, c'était libérer son cœur d'une chape de plomb qui obscurcissait son avenir. Adam la brisait et elle s'en rendait compte. Ethan avait raison. Elle devait se forcer à avancer. Elle posa ses mains sur ses hanches tout en continuant d'embrasser le torse d'Ethan. Ce dernier se laissa faire, incapable de trouver une raison à ce nouveau geste. Tout ce qui était sûr, c'est que son cœur cognait à nouveau dans sa poitrine. Quelque chose était différent. La dernière fois où il avait à la fois senti cette panique et cet apaisement, c'était...

... quand tu as voulu soigner mes cicatrices chez toi.
Les souvenirs de ce jour lui revinrent.
Le jour de l'anniversaire de la mort d'Adam...
Ils étaient ressortis trempés par la pluie. Elle l'avait invité chez elle et c'était le début de la fin pour lui. Un chamboulement qui avait fini par atteindre son cœur et le mettait à mal depuis. Il avait à nouveau cette même sensation. Cette impression d'arriver à un moment où il allait encore perdre plus que la raison. Kaya laissa glisser ses mains sur ses fesses tandis qu'elle dessinait un nouveau chemin avec ses lèvres vers son ventre. La panique s'installa un peu plus chez Ethan. Ce qu'il avait désiré quelques instants plus tôt, il n'en voulait plus à présent. Il ne devait rien redouter, mais l'attitude silencieuse, mais déterminée de Kaya le dissuadait de vouloir continuer dans cette voie.

— Kaya, arrête ! Ne te sens pas obligée de...

Elle lui jeta un regard plus coquin.

— J'ai changé d'avis, Kaya ! Ce n'est pas une bonne idée ! Je t'assure !

Elle se saisit d'une main de son membre et se mit à sourire sadiquement. Ethan eut un petit sursaut de surprise.

— Coquine, tu as dit !

— Oui..., mais non ! C'est bon ! tenta-t-il de dire tout en essayant de repousser son geste.

Elle posa alors son autre main contre son torse et le poussa brusquement contre le mur de la douche. Ethan écarquilla les yeux, stupéfait par la domination qu'elle exerçait tout à coup sur lui.

— C'est bon, tu dis ? On va voir ça !

Elle se pencha sur lui et mit son sexe dans sa bouche. Ethan ferma instinctivement les yeux. Il pria presque intérieurement de ne pas voir le supplice arriver. Et pourtant, les premiers va-et-vient furent une escalade de sensations qu'il ne put contrôler. Il se mit à gémir, submergé par le plaisir. Kaya s'occupait de son cas avec application. Si bien que, très vite, il fit glisser ses doigts dans la chevelure de sa belle partenaire afin de pouvoir mieux gérer les assauts de sa bouche et sa langue. Par moments, il la freinait, au bord de l'explosion, par d'autres, il l'accompagnait dans son entreprise. Ce qu'il ressentait dépassait l'entendement. Ce n'était pas la première fellation qu'il vivait, mais c'était avec Kaya et rien que cela le grisait. Il gérait difficilement la folie qui brûlait son corps. Le plaisir et le bonheur se mêlaient. Il voulait qu'elle arrête son supplice, puis il voulait qu'elle continue. Il perdait toute notion de temps, d'espace, de logique. Il aimait la voir pencher sur lui. Il aimait la voir s'appliquer dans ses gestes pour qu'il ressente un maximum de plaisir. Il aimait que cela soit avec Kaya. Il leva la tête, ressentant à nouveau une poussée de jouissance monter et qu'il devait absolument contrôler. Kaya tourna alors sa langue autour de son sexe et sa raison le quitta définitivement.

— Putain, Kaya ! Je t'aime ! Si tu savais à quel point je t'aime ! J'aime tout !

Kaya se stoppa net et lui donna un coup dans le ventre. Ce dernier se réveilla à moitié de son extase sous la douleur engendrée, mais sourit. Il venait de lâcher le morceau et finalement se trouvait heureux.

— Ne dis pas ça dans un tel moment ! s'exclama Kaya, agacée de sa légèreté. Qui dit ces mots à un moment pareil ?!

Ethan la fixa droit dans les yeux et réitéra ses propos.

— Je t'aime, Kaya. Je t'aime. Je t'aime !

D'abord gênée par son insistance, la jeune femme tenta de lui montrer une nouvelle fois sa désapprobation à dire des mots si profonds dans un tel moment en lui collant un nouveau coup, mais Ethan ne l'entendit pas ainsi. Il se plaqua contre elle et l'embrassa avec force. Surprise, Kaya n'osa plus bouger.

— Je t'aime... répéta alors Ethan. Je t'aime. Putain, qu'est-ce que je t'aime !

— Tais-toi ! gémit alors Kaya, ne sachant comment interpréter sa sincérité.

— Je t'aime ! continua-t-il tout en embrassant sa bouche tendrement

— Ethaaaan ! râla alors Kaya, entre ses lèvres. Ce n'est pas drôle !

— Je t'aime.

Il se mit à sourire, heureux de pouvoir se libérer d'un poids, même si elle le prenait à la plaisanterie. Il pouvait enfin épancher ses émois sans avoir peur. Il sentait son cœur battre comme jamais contre les seins de Kaya. Il l'embrassa encore et encore, puis la pénétra. Il la regarda une nouvelle fois dans les yeux, proche de la jouissance, mais toujours avec l'envie ultime de la provoquer.

— Je t'aime, Kaya !

Il donna un dernier coup de reins et se libéra définitivement de toute retenue. Kaya se crispa alors qu'il posait ses dents contre la peau de son épaule pour gérer son extase.

— Je te déteste, Ethan ! finit-elle par dire, les joues rougies par cette confidence si particulière entre eux.

16
Irritant

Une certaine gêne s'était installée depuis l'épisode de la douche. Si Ethan souhaitait rester collé à Kaya, il n'en fit rien. Son coup d'éclat avec sa déclaration d'amour, malvenue selon Kaya, avait finalement imposé un silence pesant entre eux. Chacun s'était rhabillé dans son coin. Certes, ils se souriaient. Il n'y avait pas de tension latente. Malgré cela, chacun n'en menait pas large. Le « mal » était fait. Kaya ne masquait pas son trouble depuis, ne sachant comment se comporter face à lui depuis qu'il avait prononcé le fameux « je t'aime ». Elle ne savait plus où était le vrai dans ses mots. Était-ce une provocation de plus ou simplement une façon d'exprimer ce qu'il ressentait de façon exagérée ? Pensait-il vraiment que cette phrase si emblématique était celle à dire pour justifier son bonheur du moment ? Elle rougissait dès qu'elle venait à imaginer qu'il avait vraiment dit ses mots pour leur véritable signification. Son embarras était perceptible et Ethan ne voulait pas l'acculer davantage au risque de la braquer. Il se contenta donc de faire comme si de rien n'était. Il était convenu qu'ils aillent faire les boutiques et chacun se prépara avec ce simple objectif en tête.

Claudia s'était imposée à eux durant le repas du midi, prétextant qu'elle avait besoin de s'acheter, elle aussi, deux trois bricoles. Si Ethan n'y vit aucune objection, Kaya garda sa réserve pour elle. Elle avait beaucoup de mal à comprendre la sœur d'Ethan. Claudia n'avait pas caché sa désapprobation quant à leur relation si particulière et elle redoutait un nouvel accrochage, en plus d'une atmosphère lourde entre elles.

Malheureusement, ses doutes se confirmèrent au fur et à mesure du temps qui s'égrainait. Claudia avait proposé un quartier de New Haven plutôt huppé où les vitrines des boutiques de fringues laissaient paraître des mannequins classes, avec des vêtements griffés, loin de son budget et de ce qui avait été convenu entre Ethan et elle qui préférait des trucs plus discounts. Claudia n'avait depuis plus lâché le bras de son frère, le guidant dans les boutiques, lui montrant ce qui lui plaisait, jouant même les stylistes avec lui. Ce manège exaspérait Kaya. Elle n'était pas dupe. C'était du temps qu'elle ne passait pas avec Ethan. Claudia la reléguait au second plan, l'ignorant presque et faisant tout pour que son frère en fasse autant. Et cela marchait. C'était ce qui finalement l'agaçait le plus. Ethan souriait, commentait, acceptait ses facéties sans broncher. Elle ne pouvait nier leur complicité et comprenait la place privilégiée que Claudia avait dans la vie d'Ethan. C'était vraiment la seule femme qui l'apprivoisait et pouvait tout faire avec lui. Ethan était d'une patience et d'une gentillesse incroyable. Jamais elle ne l'avait vu si dévoué envers une femme, hormis peut-être elle, en réfléchissant à certaines de ses attitudes. C'était troublant à observer. Les remparts qu'il dressait constamment n'étaient plus avec Claudia. Il agissait avec naturel et décontraction. Il ne semblait pas sur la défensive et méfiant. Il semblait plus libre d'être lui-même. Quelque part, Kaya se sentait vexée. Et elle savait que Claudia voulait qu'elle en arrive à cet état de fait. Vexée et jalouse, inefficace et inutile à la vie d'Ethan, étrangère. C'était frustrant. Elle ne voulait pas qualifier sa réaction comme de la jalousie, mais elle pouvait reconnaître qu'elle enviait un peu l'attitude qu'Ethan adoptait avec sa sœur. Il semblait si calme, si apaisé. Rien à voir avec leurs éternelles disputes.

C'est ce qui la poussa à prendre un peu plus de distance avec eux. Elle répondait aux attentes de Claudia en s'effaçant ; elle n'avait pas le cœur à lutter. Elle se demandait la raison de sa présence ici, à New Haven, aux États-Unis, auprès d'un homme qui lui restait inaccessible. Elle les laissa donc entrer dans une énième boutique et attendit à l'extérieur. Elle alla s'asseoir sur un banc en face du magasin et regarda les gens qui passaient, tous à leurs soucis et leurs petites joies. Elle tentait de relativiser. Malgré son doute quant à la relation sinueuse qu'elle entretenait avec Ethan, elle essayait de se dire qu'il y avait pire ailleurs. Puis elle observait à nouveau l'entrée du magasin et la boule au ventre réapparaissait.

C'est moi qui devrais être avec lui. Pourquoi je ne m'impose pas ? Pourquoi je cède ma place ?

Elle soupira et regarda ses bottes. Elle avait froid partout. Malgré ses deux pulls, son manteau n'était pas assez chaud et Ethan semblait avoir oublié leurs impératifs de lui trouver des vêtements plus chauds. Une personne vint s'asseoir à côté d'elle, mais elle n'y fit pas attention. Elle restait plongée dans ses déceptions. Elle s'en voulait de ne pas être à la même étape que Claudia. Elle voulait avancer plus vite avec Ethan, le comprendre, être cette légèreté comme l'était Claudia, mais il était clair qu'elle en était encore loin.

— Churros ?

Un paquet de churros apparut alors sous son nez. Des churros fumants, garnis de beaucoup de sucre. L'offre suprême pour la personne frigorifiée et en mal de reconnaissance qu'elle était. Elle refusa cependant, sans même regarder l'homme qui venait en aide à son âme torturée.

— Non merci. Je pense que je pourrais dévorer tout votre paquet si je commence à mettre le nez dedans.

L'homme se mit à rire.

— Toujours aussi gourmande à ce que je vois !

Cette fois-ci, Kaya prêta plus attention à son interlocuteur. Ses yeux s'écarquillèrent lorsqu'elle comprit que ce visage ne lui était pas inconnu, puis elle lui offrit un magnifique sourire !

— Victor ! C'est bien toi !

— On dirait !

— Je ne rêve pas, hein ? Mais qu'est-ce que tu fous ici ?

— Je peux te retourner la question.

Kaya se leva, toujours dans la stupéfaction de retrouver ce vieil ami face à elle. Victor en fit autant, le sourire ravi.

— Tu refuses toujours mes churros ? lui dit-il alors, avec malice. Tu sembles toute déprimée. Ça te réchauffera.

Kaya grimaça et finalement plongea sa main dans le paquet. Elle porta vite un churro à la bouche et gémit de plaisir.

— Ils sont bons, n'est-ce pas ! Les meilleurs de New Haven ! Si tu as l'occasion de te rendre au *Geronimo*, fonce ! C'est à deux rues d'ici. C'est un restaurant mexicain qui propose les meilleurs tacos et... les meilleurs churros ! Mais j'avoue qu'ils ne sont pas moins savoureux que notre rencontre impromptue ! Ça fait tellement longtemps !

Kaya se lécha les doigts pleins de sucre et lui lança un regard tendre.

— Oui, le temps passe si vite ! Si je devais m'attendre à retrouver une connaissance ici, je ne l'aurais pas cru !

— C'est certain ! Tu es bien la dernière personne devant laquelle je pensais me trouver ! Mais je suis content !

— Moi aussi !

Kaya lui attrapa la main pour renforcer le bonheur de ces retrouvailles.

— Je suis ici parce que je travaille pour la Sorbonne à Paris. On fait des partages d'informations avec Yale. Des comparatifs, des innovations, des tests. Bref ! Je viens de temps en temps ici pour des réunions, des bilans, des propositions. Et toi ? Pourquoi es-tu à des milliers de kilomètres de Paris ?

Kaya baissa les yeux, mal à l'aise. C'était tout sauf professionnel.

— Je suis venue rendre visite à quelqu'un.

— Ah bon ? C'est surprenant venant de toi ! Toi qui aimes ta routine, qui n'a jamais quitté Paris et puis... tes dettes...

— Je sais... Moi aussi, je suis toujours surprise de ma... folie ! J'ai l'impression d'être quelqu'un d'autre par moments. Un peu comme si une autre personne dictait ma conduite. C'est un peu déroutant. Je cherche encore à comprendre pourquoi j'en suis arrivée là !

— Ne te pose pas trop de questions. Profite ! New Haven est une superbe ville, très dynamique. Il y a plein de trucs sympas à faire.

— C'est ce qu'on m'a dit...

— Tant mieux si tu as un guide !

Kaya regarda alors vers la boutique où Claudia et Ethan avaient disparu. Son guide l'avait lâchée.

— Je suis très contente de te voir, tu sais !

— Moi aussi... J'ai hésité avant de venir sur ton banc. D'abord, je me suis vraiment demandé si c'était toi, si je n'hallucinais pas. Ensuite, je me suis demandé si je devais faire comme si ce n'était pas toi et tracer ma route ou si j'avais le droit de venir te parler après tout ce temps...

— Tu es venu...

— Oui, je suis venu... parce que malgré tout, je suis heureux de te voir, je veux savoir comment tu vas et ce que tu deviens depuis le décès d'Adam.

Kaya inclina légèrement sa tête sur le côté, touchée par ces mots, puis se laissa aller à le prendre dans ses bras. D'abord surpris, Victor la serra aussi contre lui, heureux de voir qu'elle restait son amie.

— Tu m'as manqué ! dit alors Kaya, soulagée de retrouver un ami.

— Tu m'as manquée aussi.

— Et moi, je vous ai manqué ? coupa alors la voix grave d'Ethan. Ou bien je dois faire un câlin au premier venu pour entrer dans la mode ?

Kaya se raidit tout à coup et s'écarta de Victor. Victor toisa Ethan de la même manière que ce dernier le toisait.

— Ethan, je te présente Victor. Victor, voici Ethan...

— Victor ? Tu connais déjà son prénom. Cinq minutes dehors, hors de ma vue, et déjà ça se câline et ça connaît les prénoms ! Eh bien, je vois que ça va vite à l'essentiel !

— Tu es ridicule ! Ne va pas si vite en conclusion !

— Je t'interdis de me dire ce que je dois penser ! s'agaça Ethan. Tu préfères juste la présence d'un inconnu plutôt que d'être avec nous.

Claudia arriva derrière Ethan, les mains tenant de nouveaux sacs.

— Tu voudrais que je m'intéresse à ta personne alors que, depuis qu'on est parti, tu m'as royalement ignoré ! rétorqua alors Kaya. Tu n'es pas gonflé !

— Tu t'es marginalisée toute seule ! C'est toi qui as décidé de rester dehors à te peler les fesses ! C'est facile de reporter la faute sur les autres. Qu'est-ce qui t'empêchait de regarder les fringues et de faire des achats ?

— Ce sont des boutiques qu'elle aime ! précisa alors Kaya tout en montrant du doigt Claudia. Et tu le sais très bien que je n'ai pas les mêmes critères de sélection en matière de fringues que ta sœur !

— Oooh ! Désolé de ne pas écouter les uniques desiderata de Princesse Kaya !

— Oui, c'est sûr ! répondit Kaya tout en mettant ses mains sur ses hanches. C'est mieux de répondre à ceux de Reine Claudia.

Claudia plissa des yeux devant la remarque désobligeante de Kaya. Ethan se trouva choqué par les propos de Kaya contre sa sœur. Jamais il n'aurait pensé entendre de telles paroles venant d'elle à l'encontre de sa sœur. Cela le troubla autant que le blessa.

— Tu es... jalouse ?! Comment parles-tu de ma sœur ?

— De la même manière qu'elle parle de moi !

Les deux femmes se fusillèrent alors du regard.

— Désolée si tu n'acceptes pas la vérité ! répondit alors Claudia. Tu n'es pas la personne adéquate pour mon frère.

Victor s'esclaffa alors, ce qui fit tiquer Ethan et Claudia.

— Kaya est un ange ! C'est vous qui ne savez pas ce que vous avez en face de vous. Vous ne mesurez pas votre chance.

Le visage d'Ethan s'assombrit. Cet homme se permettait de les juger, mais surtout prétendait en savoir plus qu'eux sur Kaya. Kaya posa sa main sur l'avant-bras de Victor pour lui dire de ne pas en ajouter davantage, comme s'il allait plus envenimer les choses que les atténuer. Son avertissement fut inutile ; ses pressentiments se vérifièrent.

— C'est vrai ? répondit en riant Ethan. Monsieur mesure la chance de connaître Kaya depuis cinq minutes et va nous faire la leçon.

Victor se redressa pour confirmer ses propos, voulant répondre volontiers à l'attaque en règle de l'homme qui doutait de ses intentions.

— Je ne la connais pas depuis cinq minutes. Je pense même que je la connais depuis bien plus longtemps que vous. Et je confirme. Si elle ne vous mérite pas, l'inverse est vérifiable aussi : vous ne la méritez pas non plus. Kaya est un amour et mes câlins et mes churros l'ont effectivement bien réconfortée pendant que vous n'étiez pas là à vous occuper d'elle.

Réconfortée ? Il a dit « réconfortée » ? Je vais le tuer ! Il n'y en a qu'un qui a ce rôle !

— Victor, arrête ! déclara alors Kaya, tout en faisant rempart de son corps entre les deux hommes, sentant bien la colère d'Ethan monter jusqu'à l'inéluctable.

Les mots de Victor ne pouvaient pas être plus blessants aux oreilles d'Ethan. Ethan serra les poings. Il l'attaquait là où il était le plus vulnérable, là où il manquait de confiance, là où il avait beaucoup de mal à réduire la distance.

— Ethan ! cria Claudia, tout en posant sa main sur son torse. Ne rentre pas dans la provocation. Ça ne sert à rien.

Kaya visa la main sur son torse et sa gorge se serra. Ethan ne réagit même pas à ce geste. Il fixait Victor comme l'ennemi à abattre.

— Tu l'as réconfortée ? répéta alors Ethan, pour être sûr d'avoir bien entendu.

Kaya comprit que c'était le mauvais mot à dire. C'était l'objet de leur contrat qui se jouait entre les deux hommes, et ce, malgré les bonnes intentions de Victor.

— Elle semblait si déprimée. Ma victoire fut son sourire !

Victor accentuait les choses volontairement, sachant très bien qu'il ne faisait qu'augmenter la rage d'Ethan. Mais il s'agissait de Kaya et de sa protection.

— Claudia ? C'est ça ? Il y a à deux rues d'ici un restaurant mexicain se nommant le Geronimo. Ils y font des churros à tomber par terre ! Tu peux en acheter pour consoler ton frère de sa bêtise.

Même la douche froide n'était rien par rapport à la gifle que Claudia et Ethan venaient de se prendre. Claudia regarda à présent son frère, inquiète. Parler de consolation entre un frère et une sœur était tout sauf adéquat pour Ethan. Elle voulut attraper la main de son frère pour le calmer, mais elle sut vite qu'il verrait ce geste comme une atteinte à son corps et à son âme, bien plus que sa main sur son torse. Kaya regarda le visage fermé d'Ethan.

— Me consoler ? répéta une nouvelle fois Ethan, dans un état second.

Il se mit à rire alors, mais les deux femmes comprirent vite que ce rire était tout sauf sincère.

— Kaya, on rentre ! trancha-t-il alors, le regard sévère.

— Ethan, ne t'énerve pas ! répondit-elle à son ordre. C'est un malentendu ! Il n'a pas conscience de ses mots.

— Bien sûr que si ! rétorqua Victor.

Kaya le fusilla à son tour du regard pour qu'il se taise.

— J'ai dit : « on rentre ».

Kaya eut l'impression de se retrouver le cul entre deux chaises. Elle comprenait le besoin d'Ethan de l'éloigner pour ne pas sombrer dans l'envie de lui en coller une. Elle admirait déjà sa retenue inédite en pareilles circonstances. Mais en même temps, elle refusait de quitter Victor dans de telles conditions. Ils avaient encore beaucoup à se dire après tout ce temps et Ethan refusait de comprendre son amitié avec Victor. Son hésitation agaça un peu plus Ethan.

— Ethan, continue de faire les boutiques avec Claudia. Je vais attendre avec Victor dans un bar le temps que vous finissiez. Je vous retrouve après.

Elle baissa les yeux, consciente qu'elle blessait Ethan en restant avec Victor, mais il devait aussi comprendre que Victor n'était ni un inconnu ni un ennemi. Ethan serra la mâchoire. Elle

le renvoyait pour rester avec son Victor. Il passait au second plan. Il était relégué en touche et elle le faisait sans empathie pour lui. Victor ressortait vainqueur dans leur guerre et elle confirmait ainsi ses accusations contre le manque d'attention qu'il avait eu pour elle au profit de sa sœur.
— Parfait ! répondit-il tout en essayant d'encaisser la situation le plus dignement possible. Puisque c'est ainsi, reste avec lui durant tout ton séjour ! Il aura une bonne raison de te consoler !

Il attrapa le bras de Claudia sans ménagement et tourna les talons, le regard loin devant. Claudia ne manqua pas de constater que son visage masquait mal la blessure de cet affront.
— Ethan... souffla Kaya, peu heureuse de voir sa réaction si extrême. C'est un ami...
Ethan s'arrêta un instant et tourna légèrement la tête derrière lui.
— Et moi, je suis... rien. Finalement, il n'aura pas grand-chose à consoler, puisqu'il n'y a rien entre nous.
Kaya se vexa en entendant ses mots.
— Très bien ! Puisque c'est ce que tu en conclus ! Bon vent ! Viens, Victor ! J'ai envie de faire les boutiques !
Ethan se retourna entièrement cette fois et pesta. Kaya lui fit un fuck avant d'embarquer Victor loin de Claudia et lui.

Kaya fixa son chocolat chaud entre ses mains. Ils avaient fini par se poser dans un petit café assez coquet du centre-ville de New Haven.
— Je suis très content de passer un moment avec toi malgré ce qui vient de se passer, Kaya.
Kaya sourit à Victor avec bienveillance.

— Je suis heureuse aussi.

— Pardon d'avoir envenimé les choses. Il a un peu raison. Je ne suis peut-être plus aussi légitime d'être encore ton ami. Je ne suis sans doute pas mieux que lui. Je t'ai abandonnée aussi.

Kaya remarqua alors une certaine gêne auprès de son ami.

— Tu sais, je suis vraiment désolé de ne pas avoir pris de tes nouvelles depuis la mort d'Adam... ajouta-t-il.

— Tout le monde a une vie ! déclara Kaya qui ne voulait pas l'accabler pour autant.

— Ce n'est pas une raison ! J'aurais dû venir te voir, voir comment tu allais ! On a tous été lâches.

— Tu as toujours été là pour Adam. Tu étais son ami avant d'être le mien.

— Oui, mais j'ai ignoré sa petite amie et je pense qu'il aurait eu de quoi m'en vouloir s'il avait été encore en vie. Je t'ai lâchée. Je n'ai pas cherché à savoir si tout allait bien pour toi depuis, ne serait-ce au niveau de ton chagrin. Je ne t'ai même pas vue à l'enterrement et je n'ai pas compris. J'aurais dû être auprès de toi. Je me suis dit que tu avais besoin de prendre de la distance et je me suis conforté dans cette idée.

Kaya avala une gorgée.

— J'y étais, à l'enterrement, mais j'y ai assisté de loin. Les parents d'Adam ont refusé que je vienne. Ils me rendent responsable de sa mort et je ne peux pas leur en vouloir, car c'est une réalité. Adam s'est mis à dos pas mal de ses amis qui n'aimaient pas la tournure que prenait sa vie avec moi. D'ailleurs, tu as été parmi les derniers à rester ami avec lui.

— Il y avait pourtant du monde à l'enterrement...

Kaya se mit à sourire amèrement.

— Les amis... On les voit débarquer non pas pour soi, mais souvent pour leur intérêt. J'ai vu au loin Fab et Ludivine. Elle ne cessait de dire qu'ils étaient les meilleurs amis du monde alors que les derniers temps, ils nous avaient ignorés de toutes les soirées qu'ils organisaient.

— Oui, j'ai vu. Ils ne m'ont même pas surpris. Si ça peut te rassurer, je ne leur parle plus non plus !

Kaya posa sa main sur celle de Victor avec sympathie.

— Qu'as-tu fait depuis ? lui demanda-t-il alors, conscient de la lourdeur du sujet. Où en es-tu avec tes dettes ?

Kaya replongea son regard dans son chocolat chaud avec tristesse.

— Le décès d'Adam a été très dur pour moi. Adam était ma béquille, mon indéfectible soutien. Il m'a relevée tellement de fois que de ne plus le voir du jour au lendemain a été difficilement soutenable. Il me manque tous les jours. Sa voix, son sourire, ses petites plaisanteries... Je n'ai jamais ressenti un vide aussi grand. Ma mère et mon père, c'était une chose, mais Adam, c'est bien au-delà.

Les yeux de Kaya firent apparaître de premières larmes qu'elle effaça vite d'un revers de main.

Victor lui serra la main qu'elle lui avait tendue.

— Je me doute... Pourtant, tu te retrouves aux États-Unis ! Ce n'est pas rien !

Kaya s'esclaffa, puis renifla.

— Oui ! L'homme que tu as vu en est la cause ! Il m'énerve ! Je suis vraiment désolée de ce qu'il s'est passé ! Parfois, j'ai honte ! Il est vraiment chiant quand il lance son mode connard frimeur !

— C'est ton petit ami ? s'enquit-il de lui demander. Tu sembles être très proche de lui.

Kaya écarquilla les yeux.

— Non ! Non ! se défendit-elle tout en lâchant sa main et en faisant les essuie-glaces de façon offusquée.

— Il n'y aurait pas de mal que tu refasses ta vie, tu sais ! Ne sois pas si fermée à cette idée !

Kaya fixa alors Victor, prise entre l'évocation du blasphème et la peur qu'il ait remarqué quelque chose entre Ethan et elle.

— Tu... trouverais cela... normal ? l'interrogea-t-elle alors, confuse. Après un an ?

Victor soupira et regarda par la fenêtre du café les piétons au-dehors.

— Kaya, le temps du deuil importe peu. Il n'y a pas de honte à refaire sa vie, à rencontrer d'autres gens.

Il la regarda à nouveau avec un petit sourire.

— Et vu le comportement de ton partenaire de virée, je pense qu'il y a plus entre vous deux que tu ne veux bien me l'avouer.

— Il a été odieux avec toi ! Il ne risque pas d'y avoir plus dans de telles conditions !

— Ne me prends pas pour excuse ! Moi, j'ai surtout vu un homme inquiet, jaloux.

— C'était plutôt un crétin ! Il n'a même pas cherché à comprendre ! marmonna-t-elle, bougonne.

— Voir sa chérie se faire accoster par un autre homme et en plus la voir sourire et discuter avec lui a de quoi agacer tout homme amoureux ! Et je ne parle pas du câlin !

— Il n'est pas amoureux ! le coupa-t-elle. C'est...

Elle soupira.

—... Compliqué !

Victor regarda son air las.

— « Compliqué » ne veut pas dire « impossible » ou « inexistant ». Cet homme tient à toi, c'est évident.

Kaya afficha pourtant une mine attristée.

— Il ne m'a pas retenue quand je suis partie... Lui-même voulait m'abandonner...

Victor s'appuya contre le dossier de sa chaise et examina d'un peu mieux l'attitude de Kaya, visiblement aveugle sur certaines choses.

— Question de fierté ! Je suis même sûr que tu l'as blessé en le plantant devant ce magasin.

— Il n'a qu'à pas se comporter comme un connard ! s'énerva alors Kaya, peu amène à vouloir passer pour la méchante. Si tu savais tout ce qu'il m'a fait endurer !

— Mais tu es toujours avec lui ! s'amusa à lui répondre Victor.

Cette discussion l'amusait. Kaya avait toujours été comme ça, avec des œillères devant les yeux. Victor se souvint du nombre de fois où Adam venait le trouver, dépité par la naïveté de sa petite amie pour certaines attentions du quotidien qu'il avait pour elle et qu'elle ne remarquait pas.

Kaya eut un geste de recul.

— Tu le protèges ou quoi ? Solidarité masculine, c'est ça ? Tu as changé d'avis et tu deviens son allié ?

Victor se mit à rire.

— Sans doute ! Il fait quoi dans la vie, ton connard ?

— C'est le PDG d'Abberline Cosmetics...

Victor écarquilla les yeux.

— Le maquillage qu'on voit partout en publicité sur Paris ? C'est lui ?

Kaya hocha la tête.

— Ma chère ! Tu m'épates !

Kaya pouffa.

— Arrête ! Il n'y a rien de drôle ou d'impressionnant.

— Bah écoute ! C'est le genre de type qui pourrait s'enticher de la première mannequin venue, non ? Qu'est-ce que tu fiches avec un type comme ça ?

— Tu ne me trouves pas assez bien pour le fréquenter ?

— Non ! Ce n'est pas ce que je veux dire ! Tu le sais bien ! C'est juste qu'il est d'un autre monde que le tien, je suppose... Toi, tu es loin d'aimer les strass et paillettes !

— Oui, tu as raison. On a deux univers complètement opposés...

Kaya touilla sa tasse avec la cuillère, l'air songeur.

— Je me demande souvent ce que je fabrique avec lui.

— Mais il n'empêche que tu es venue aux States pour lui ! Non ?

— Oui, je suis venue aux States.... mais je ne suis plus avec lui ! Maintenant, je suis avec toi ! Et c'est très bien !

Victor lui sourit à nouveau, heureux de voir qu'elle n'était pas rancunière de son silence depuis un an.

— Il va falloir pourtant que tu le retrouves tôt ou tard...

— Tu ne veux pas de moi plus longtemps ? s'amusa à lui rétorquer Kaya, l'air faussement triste.

Victor se mit à rire.

— On se reverra ! Cette fois, je te le promets !

Kaya lui sourit, heureuse.

— Je sais qu'il va falloir que je le retrouve ! reprit-elle plus sérieusement. Mais rien que de penser au nouveau conflit qui m'attend, ça m'angoisse. On se dispute souvent. Trop souvent !

Victor se mit à réfléchir.

— Avec ma femme, on se dispute aussi souvent...

— TA FEMME ! s'époumona soudain Kaya, stupéfaite par la surprenante révélation. Depuis quand, tu...

— C'est très récent ! Un mois ! se mit à rire Victor. On s'est rencontrés peu de temps avant la mort d'Adam. Un véritable coup de foudre ! On ne s'est plus lâchés depuis ! Et je vais même être papa bientôt ! Elle est à son quatrième mois de grossesse !

— C'est super ! Félicitations !

— Merci ! Je dois bien avouer que le rôle de mari et de père est quelque chose auquel je ne m'attendais pas si rapidement, mais je suis heureux ! C'est à la fois stressant et grisant ! Un vrai challenge de vie !

Kaya baissa les yeux. Elle repensa aux projets qu'elle avait eus avec Adam.

— Adam voulait beaucoup d'enfants. Tu veux, toi aussi, former une équipe de foot ?

Victor montra sa perplexité puis sourit devant sa question.

— Un déjà, et puis on verra après. Une montagne à la fois !

— Tu as raison ! Prends le temps de savourer... On ne savoure pas assez ce que l'on a...

— Tu devrais prendre ce mantra pour toi. Non pas pour Adam, mais pour Monsieur Maquillage.

Kaya releva les yeux sur lui. Il lui affichait une assurance indéfectible.

— Ethan est un homme complexe et je ne sais pas ce que je veux avec lui. Il me perturbe...

— Si tu hésites, si tu t'interroges, c'est que déjà tout n'est pas dramatique. C'est qu'il y a du positif à être avec lui.

Kaya plongea un instant dans ses pensées.

— Que ferais-tu si tu étais dans mon cas ? Si ta femme était morte et que tu rencontrais une autre femme qui te laisse aussi bien des impressions négatives que positives, et avec qui tu as une relation intime particulière ?

Elle fixa alors Victor, impatiente d'avoir son avis. Victor, cependant, se montra stupéfait.

— Particulière ? Dans quel sens ? Ne me dis pas que tu es tombée sur un Christian Grey qui veut te fouetter ?

Non, juste me fesser ! Mais c'est dans un autre contexte ! Bref !

— Non, non ! Pas de BDSM ! C'est juste qu'on a une relation non pas basée sur les sentiments, mais sur un accord commun.

Victor ne cacha pas sa perplexité face à cette réponse.

— Il m'est difficile d'imaginer une vie sans ma femme, mais pour répondre à ta question, je pense qu'on lutte difficilement face à une attirance qui s'avère être insistante, on lutte difficilement contre des sentiments naissants et on lutte encore plus difficilement quand on a l'impression que l'herbe est plus verte du côté de cette personne. Te dire que c'est bien ou pas de continuer, ce n'est pas dans mes cordes, mais demande-toi tout simplement si ça te fait du bien, si ce type te rend réellement heureuse. Je pense que c'est déjà un bon début. D'autre part, je pense qu'il faut aller au charbon pour ne pas avoir de regrets...

Heureuse ?

Kaya réalisa qu'elle négligeait toutes ses émotions positives concernant sa relation avec Ethan par simple peur de perdre son passé et de ne plus trouver de lendemains paisibles. Depuis le début, elle ignorait consciemment les apports positifs d'Ethan dans sa vie. D'abord par pure dignité, refusant d'être celle qui pourrait avoir tout faux sur l'amour de son fiancé et toutes les considérations sur sa fidélité. Ensuite, par pure crainte d'être blessée et de prendre un revers désastreux en pleine figure. Le genre de déconvenue où la fille du bal du lycée incomprise pourrait aller se rasseoir sur le banc de touche et regarder le beau gosse adulé avec envie, sans pouvoir ni le toucher ni danser ou s'amuser avec lui.

Kaya tourna la tête instinctivement vers la fenêtre et l'extérieur, ne voulant pas que Victor lise sur son visage une quelconque réponse positive à ses propos. Pourtant, elle masquait difficilement sa plus grosse angoisse.

— N'est-ce pas trahir Adam que d'apprécier un autre homme ? Je fais quoi de mon amour pour lui si je me laisse aller dans les bras d'un autre ? Je suis devenue la pire des hypocrites...

Victor comprit vite que son inquiétude n'était pas tant ce nouvel homme dans sa vie, que d'accepter de clôturer son histoire avec Adam.

— C'est réellement le sentiment que tu as ? D'être hypocrite parce qu'un autre homme te séduit ? Kaya... Adam ne reviendra plus et tes projets avec lui sont morts avec lui. Tu ne peux pas rester tournée vers le passé indéfiniment !

— Tu parles comme lui ! se mit à rire légèrement Kaya. Tu parles comme Ethan.

— J'imagine sans mal le poids qu'il supporte. Lutter face à un mort pour obtenir tes grâces doit lui être très compliqué. Comment peut-il rivaliser ? On ne peut concurrencer quelqu'un qui n'existe plus ni se mettre à son niveau et combattre à armes égales ! Comment peut-il vaincre quelque chose dont il n'a jamais connu l'existence ? Kaya, n'importe quel homme que tu viendras à rencontrer à partir de maintenant ne sera jamais Adam et ne serait être un substitut plus ou moins valable. Il va falloir que tu fasses un choix entre ton passé et ton avenir. Tu ne peux pas garder les deux en l'état. Les autres ne seront jamais une copie d'Adam. Tu dois clôturer ce deuil en acceptant que tu aies définitivement perdu Adam, qu'il ne fût peut-être pas non plus l'homme idéal, même si tu projetais ta vie avec lui. Sinon ton avenir avec d'autres hommes risque d'être compliqué si tu compares tes deux vies. Tu dois te décider à un moment donné : veux-tu rester sur ton passé ou avancer vers un autre avenir ?

Les larmes de Kaya apparurent sur le coin de ses yeux.

— Je suis consciente de tout ça, mais... Je ne me sens pas prête à abandonner définitivement Adam. Je sais que je blesse Ethan en agissant ainsi, mais si je fais le grand saut pour Ethan et que finalement je tombe dans le vide, je ferai quoi ? Je me sens déjà si usée par la vie. Je ne me relèverai pas d'une nouvelle chute. Je le sais. Je le sens. Je suis déjà si fatiguée...

Victor soupira et se leva pour la prendre dans ses bras. Kaya laissa aller son chagrin.

— Kaya, te complaire dans le présent et cet entre-deux ne t'aidera pas à te sentir plus à l'aise. La preuve, tu vois déjà que tu blesses Monsieur Maquillage. Tu risques de le perdre et de perdre une occasion de revivre enfin, d'avoir de nouveaux projets, de sentir ton cœur battre à nouveau pour quelqu'un. Serais-tu prête à renier cette éventualité juste pour le souvenir d'Adam ? C'est pour ça que je te demande simplement si tu es heureuse d'être avec lui, car en mon sens, c'est le plus important et je doute qu'en l'état, tu sois seulement heureuse avec Adam et son absence.

Il s'écarta d'elle alors et lui essuya les yeux de ses pouces.

— Où en es-tu de tes dettes ? As-tu trouvé une solution ? C'est ce qui te freine aussi pour aller vers lui ?

— Non ! chuchota-t-elle. Il les a réglées. Toutes !

La stupeur et l'admiration apparurent sur le visage de Victor, puis un sourire soulagé s'esquissa à la commissure de ses lèvres.

— Alors tu as un grand soleil devant toi ! Plus d'orages et de tempêtes ! Donc, fonce ! Quel homme ferait un tel geste s'il n'y avait pas d'affection derrière ?

— Il agit que dans le but d'atteindre ses objectifs. C'est un pragmatique, pas un sentimental.

— Alors, montre-lui le chemin. Tu es la plus sensible des femmes que je connaisse. Transforme-le comme tu as transformé Adam.

— Et vois où ça l'a mené !

— Au bonheur !

Kaya lui offrit un sourire reconnaissant. Son positivisme était réchauffant.

— Je pourrai t'appeler si je chute ? lui demanda-t-elle alors, telle une enfant effrayée, ayant besoin d'un soutien familial.

— Compte sur moi ! Cette fois, je serai là ! Allons nous promener ! Changeons d'air ! Ça nous fera du bien !

17
CONCILIANT

— Tu en as assez fait, Ethan. Je te remercie. Ça suffira pour aujourd'hui...

Ethan donna un nouveau coup de pelle au sol, avec la ferme intention de déblayer toute la neige devant la remise.

— J'ai presque fini, Charles...

— Ethan... Tu as déjà retiré toute la neige du toit de la véranda.

— Cela ne m'a pas fatigué...

Charles posa alors sa main sur le manche de la pelle pour qu'Ethan cesse son activité.

— Passer tes nerfs ainsi ne résoudra pas tes problèmes. Je comprends que tu sois frustré et énervé, que tu aies besoin d'évacuer cela, mais te tuer à la tâche n'est pas une solution.

Ethan regarda l'attitude ferme de son père puis dévia son regard au loin. Charles avait raison une fois de plus. Son corps bouillait de rage. Il ne savait pas à présent ce qui l'agaçait le plus : qu'elle soit avec un autre homme ou qu'elle ne revienne plus du tout. Elle n'avait même pas dénié l'appeler pour rectifier leur dispute ou ne serait-ce lui dire où elle était.

— Je n'arrive pas à calmer ma colère...

— Je comprends. Mais dis-toi que te dépenser ainsi ne la fera pas revenir plus vite vers toi.

— J'ai beau repasser tout ça dans ma tête, je ne comprends pas pourquoi on en est arrivé là.

Charles se mit à sourire et lui tapota l'épaule gentiment.

— Tu te conduis comme quelqu'un qui est dans une vie de couple, Ethan. Toute dispute implique des non-dits à révéler pour mieux se réconcilier. Vous devez avoir des non-dits à avouer, non ?

Il lui fit un clin d'œil.

— Je n'ai rien à lui dire ! C'est elle qui m'a planté pour un autre ! Ce n'est pas à moi de m'excuser !

Charles grimaça.

— En es-tu sûr ? Rien à lui avouer ? Rien à excuser ? En général, les torts sont des deux côtés, tu sais. Il y a toujours de la mauvaise foi aussi !

Ethan pesta devant les remarques moralisatrices de Charles. Il détestait le voir faire ses leçons de vie, comme s'il était incapable de vivre sans. Une voiture arriva alors devant la maison des Abberline et s'arrêta. Très vite, Ethan reconnut Kaya et Victor dedans. Sa gorge se serra, sa poitrine l'oppressait. Kaya affichait une certaine insouciance, ce qui l'énerva davantage. Elle embrassa sur la joue Victor, lui adressa quelques mots et sortit de la voiture, les mains chargées de sacs. Ethan serra sa pelle fermement, ressassant dans sa tête ce baiser malvenu sur la joue. Elle prit un temps de pause, avant de voir Charles et Ethan. Charles regarda son fils et soupira, tandis que la voiture repartait.

— Je vous laisse. Je vais à l'intérieur.

Il tapa gentiment l'épaule d'Ethan et s'éclipsa. Kaya s'approcha alors d'Ethan, le sourire beaucoup moins présent.

— Salut ! dit-elle alors, pour amorcer la conversation.

Ethan la jaugea, puis retourna à son activité sans un mot. Il creusa et jeta la neige, la mâchoire serrée. Il n'avait même pas envie de lui parler. Visiblement, il était le seul à s'être inquiété, à

avoir douté, à s'être énervé de leur dispute.
— Tu ne veux pas me parler ? OK. Alors, je rentre.
Elle fit demi-tour tout en soupirant, déjà lasse de cette nouvelle entrevue écourtée.
— Je vois que tu t'es bien amusée ! railla alors Ethan. L'après-midi a été bonne ?
— Elle aurait pu être différente, c'est vrai, mais je suis contente cependant de ce qu'elle a été !
La réponse sèche et sans regret de Kaya fut la goutte d'eau faisant déborder le vase. Ethan jeta sa pelle au loin avec colère.
— Parfait ! Tu devrais dans ce cas le rappeler et y retourner puisqu'il semble de meilleure compagnie que moi !
— Tu te rends compte à quel point tu es ridicule !
— Ridicule ?!
— Oui, ridicule !
— Oui, forcément, c'est de ma faute ! Tu te barres avec un autre homme, mais tout va bien de ton côté. C'est moi qui déconne ! Je t'avais pourtant dit que je n'aimais pas partager le temps qui m'est dû avec quelqu'un d'autre. Je pensais que tu avais compris la leçon. Je vois que ça n'a pas été concluant.
— Ethan, Victor est un vieil ami. Et toi, au lieu de te comporter en homme civilisé, tu fais le mec possessif ! C'est ridicule !
— Je croyais que tu n'avais plus d'amis ! Il était où tout ce temps ? De toute évidence, je ne suis pas assez possessif et moins intéressant que lui, vu que tu t'es barrée avec !
— Tu l'as bien cherché !
— On devait passer l'après-midi ensemble, Kaya !
— Oui et tu l'as passé avec ta sœur !
— Et avec toi !
— Non, Ethan ! Tu as fait les magasins qu'elle voulait faire, et non ce qui me plaisait à moi ! Elle savait très bien ce qu'elle faisait. Elle ne m'aime pas. Elle t'a donc agrippé le bras et ne t'a

plus lâché. Elle a gâché notre après-midi !
— Tu es jalouse de ma sœur !
— Je ne suis pas jalouse ! Je remarque juste qu'elle a eu gain de cause et que... tu l'as préférée à moi ! finit-elle par dire alors, d'une petite voix. Et c'est toi qui es jaloux de Victor !
— Oui, je suis jaloux ! Le mec se barre avec ma meuf et je devrais faire un grand sourire ?
— Ta meuf ?!
— Oui, ma meuf !
— Je ne suis pas ta petite amie !
— Il est bien là le problème ! Je te console, te rassure, te soutiens, je couche avec toi et je n'ai même pas la possibilité de revendiquer ma position de confident, d'amant ou autre ! Je suis juste un contrat ! Je n'ai pu que me la fermer et te laisser partir ! Un étranger aurait eu le même traitement ! Je suis quoi pour toi ? Un pote ? Une connaissance ? Un pauvre type avec des cicatrices et des souffrances bizarres ? Tu m'as abandonné pour un autre. La première femme à qui je fais confiance papote et sourit à un autre que moi et je ne dois pas réagir ? Tu as préféré me laisser pour un autre, parce que j'ai été... jaloux ? Parce que madame n'a pas eu l'attention qu'elle aurait méritée ? Parce que ma sœur compte tout autant que toi ? Et en plus, c'est de ma faute et il faudrait que je m'excuse ?

Il rapprocha alors son visage du sien, le regard plus dur.
— Va le retrouver puisqu'il est mieux que moi. Visiblement, il t'a couvert de cadeaux vu les paquets que tu tiens. Il t'a bien consolée du connard que je suis... Je suis sûr qu'il baise mieux ! Après tout, si c'est un pote de Saint-Adam, il est forcément aussi merveilleux que lui !

Kaya le gifla. La main était partie toute seule. Elle reconnaissait avoir ses torts, mais elle n'était certainement pas une putain qui couchait avec le premier venu et qui acceptait n'importe quel deal avec n'importe quel homme. La consolation mutuelle, c'était leur pacte, pas le pacte qu'elle avait signé avec un autre. Les larmes lui montèrent aux yeux.

— T'es effectivement qu'un connard, Abberline !

Elle le quitta aussi sec et rentra dans la maison. Jamais le dégoût ne l'avait autant accablée. Elle redoutait son retour, mais elle ne pensait pas qu'il serait aussi amer.

Victor, tu as tout faux sur nous deux !

Elle traversa le couloir et monta direct à l'étage, passant devant Charles et Cindy sans même les regarder. Le couple constata que la réconciliation n'était visiblement pas à l'ordre du jour. Elle ouvrit la porte de la chambre d'amis avec fracas et s'étala sur le lit pour laisser aller son chagrin.

Ethan ramassa sa pelle avec écœurement. Ce qu'il avait sur le cœur venait d'être lâché telle une bombe sur la ville. Il l'avait couvé tout l'après-midi et ça avait éclaté. Il n'était donc rien à ses yeux, qu'un simple passe-temps. Il était la transition vers quelqu'un de mieux que lui. Tôt ou tard, elle trouverait un homme plus intéressant, moins bizarre. Tôt ou tard, il serait le laissé-pour-compte. Comme à chaque fois, il reste celui qui souffre le plus. Le doute n'y était plus. À quoi pouvait-il s'attendre ? N'était-il pas un monstre sans scrupule ? Qui aimerait un monstre ?

Le reste de la journée se passa à distance l'un de l'autre. Même s'ils s'étaient retrouvés durant le repas, aucun n'avait émis un mot. Chacun avait retrouvé son camp retranché une fois le repas terminé : elle, la chambre d'amis, lui la véranda. Il n'avait même pas à cœur de se rendre à sa chambre dans les combles. Trop de souvenirs d'eux deux lui étreignaient la poitrine. Chacun gambergeait. Ils se ressassaient les dernières discussions, cherchaient les failles qu'ils avaient ratées, tentaient de comprendre pourquoi ils n'arrivaient à rien de concret. Kaya était sans doute celle qui regrettait le plus la situation. Devait-elle à présent rentrer à Paris ? Tout était-il réellement foutu ?

« Demande-toi tout simplement si ça te fait du bien, si ce type te rend réellement heureuse »

Kaya repensa aux paroles de Victor. Il avait pris la défense d'Ethan. Il s'était identifié à lui. Cindy avait également eu les mêmes mots...

Tant que l'on est heureux tous les deux, tout va bien... Le sommes-nous vraiment dans de telles conditions qui entraînent systématiquement une dispute ?

Elle regarda le plafond blanc de la chambre d'amis avec tristesse. Oui, en ce moment, elle n'était pas heureuse. Elle n'aimait pas cette distance entre Ethan et elle.

C'est sans doute réellement ça, la réponse à mon choix à faire entre le présent et l'avenir. Qu'est-ce qui me donne réellement de la joie ou de la tristesse ? Du bonheur ou de la mélancolie ? Finir accompagnée ou seule ?

Tous les conseils qu'on lui avait soufflés revenaient à elle. Ceux de Cindy, de Victor, d'Oliver. Chacun ne doutait pas des intentions d'Ethan. Tous s'accordaient à dire que leur avenir pouvait fonctionner si chacun y mettait du sien, si elle avait confiance en Ethan, si elle regardait le verre à moitié plein plutôt qu'à moitié vide. Elle se devait d'être plus positive. Croire en l'avenir...

« Tu as un grand soleil devant toi ! Plus d'orages et de tempêtes ! Donc, fonce ! »

Foncer... Ethan a raison. J'étais plus combative au début. Je n'avais rien à perdre ; j'avais déjà tout perdu... Si j'hésite autant, n'est-ce pas parce que j'ai peur de perdre encore quelque chose, justement ?

Elle se leva du lit et regarda la porte d'entrée avec intérêt.

— Je t'ai dit que je ne souhaitais pas perdre le peu d'acquis qu'il y avait entre nous, Ethan. Mais je ne veux pas perdre ce que je n'ai pas encore acquis non plus ! Tu vas voir, Monsieur Connard ! Je vais te montrer de quel bois je me chauffe !

Je ne vais pas me laisser faire par cet idiot !

Elle chercha alors une feuille et un stylo et commença à gribouiller des notes. Une fois son écrit terminé, elle attrapa le sac qu'elle avait ramené de son escapade avec Victor, puis elle ouvrit la porte et descendit en trombe au rez-de-chaussée. Claudia passait la nuit chez une amie. Max avait invité sa petite amie du moment au cinéma. Quant aux Abberline, ils étaient allés se coucher tôt. Cindy avait besoin de se reposer et Charles préférait la surveiller. Elle devait se ménager et l'arrivée de Kaya jouait sur ses émotions.

Kaya se dirigea vers la véranda où Ethan était allongé dans des couvertures et regardait le ciel. Il ne souhaitait pas retourner dans sa chambre. Il s'était donc dit que regarder les étoiles calmerait ses désillusions et l'aiderait à mieux réfléchir sur son avenir. Lorsque Kaya arriva à la véranda, Ethan lui tournait le dos. Sa tête sur son bras replié, il avait adopté une pose à la fois décontractée, mais refermée sur lui-même, symbolisant bien son état d'esprit meurtri par les derniers événements. Elle s'approcha lentement, inspira un bon coup et se donna du courage.

Allez, Kaya ! Tu peux le faire ! Tu es une battante !

— Tu regardes les étoiles ou tu cherches la pire excuse pour venir te faire pardonner ?!

Elle se mit à sourire. Elle pouvait reconnaître qu'elle y allait un peu fort pour entamer l'armistice. Autant déclarer une seconde guerre entre eux. Mais elle se devait de rester fidèle à eux deux. La provocation était devenue un code de communication entre eux, tout comme certaines phrases ou certains mots. Ethan tourna légèrement la tête vers la personne qui lui parlait, la détailla avec défiance, puis reprit sa position initiale, sans un mot.

— Ton silence en dit long ! Ton QI de moule défraîchie montre que tu as zéro idée pour m'écraser un peu plus ! Tant mieux ! Ça me laisse de quoi contre-attaquer ! À connard, connasse et demie !

Elle sourit fièrement de sa répartie. Ethan ne bougea pas d'un cil face à ses assauts verbaux, mais qu'importe ! Il était tout ouïe et elle le savait. Elle alla s'asseoir à côté de lui, puis s'allongea, le bousculant volontairement au passage. Ethan ne broncha pas, mais elle sentait bien son agacement couver. Il essayait de l'ignorer, de jouer les mecs peu affectés par ses simagrées, mais elle gagnait du terrain.

— Ah non ! fit-elle alors, en regardant le ciel. Je me suis trompée ! Finalement, tu faisais bien du boudin : on ne voit aucune étoile. Le ciel est bien couvert. Il n'y a donc rien à regarder.

Ethan jeta alors un œil par-dessus son épaule, se demandant maintenant à quoi elle jouait réellement.

C'est quoi cette amorce de discussion à deux balles qu'elle me fait ? Elle veut que je me fâche encore ?

Son air trop confiant était annonciateur qu'elle mijotait quelque chose de plus important. On avait juste commencé les entrées. Il soupira et reprit sa position, déjà dépité de ce qu'elle lui préparait. Kaya regarda le large dos à côté d'elle. Ethan avait enfilé un sweat à capuche et avait réfugié sa tête dedans. Cela lui donnait un côté un peu loubard qui la faisait sourire. Elle l'imaginait ainsi à l'époque des Blue Wolves avec son attitude de jeune rebelle. Totalement en adéquation avec son humeur du moment.

— Je disais donc que, pendant que Monsieur Connard se félicitait de cette situation à nouveau chaotique en partie grâce à lui, moi j'ai agi !

Elle s'esclaffa soudainement.

— C'est à croire que je t'ai piqué ton cerveau des jours d'ultra-intelligence ! Incroyable !

Ethan leva les yeux, consterné, mais ne lui montra toujours pas son visage.

— Donc voilà ! J'ai réfléchi ! Moi, je préfère continuer avec le contrat, et toi sans. Par conséquent, je me suis dit : « et si on faisait kif-kif ! ».

Elle passa son bras par-dessus son épaule et lui posa devant son nez la feuille qu'elle avait griffonnée plus tôt.

— Je te propose une nouvelle version de notre contrat ! Qui a dit qu'on devait le garder figé ? On était d'accord à dire qu'on pouvait le faire évoluer. Donc voilà ! J'évolue, mais avec un cadre défini. Comme on a toujours fait !

Ethan posa ses doigts sur ledit papier et commença à en lire le contenu. Le titre avait changé.

Contrat de soutien mutuel... Il n'y a plus de consolation ?

Il continua alors sa lecture en silence tandis que Kaya resta volontairement écrasée sur son épaule.

Les deux parties s'accordent par le présent contrat à :
– se consoler mutuellement
– se soutenir
– se rassurer l'un l'autre
– conseiller l'autre
– faire office de confident le cas échéant

Kaya relut ses annotations en même temps que lui.

— Se faire du bien de n'importe quelle façon, sans raison ? commenta-t-il à voix haute, interloqué par cette clause.

— Oui, on peut aussi se dire que l'on n'est pas obligés d'avoir une raison pour se faire du bien. Comme tu le voulais.

Ethan jeta un œil par-dessus son épaule pour regarder Kaya qui semblait très confiante sur ce qu'elle proposait, comme s'il ne pouvait refuser l'offre. Il examina à nouveau le contrat et soupira.

Il ne voulait plus de contrat, mais il devait admettre qu'elle cédait à ses propositions, même s'ils gardaient un cadre acté.

— Ah ! J'ai oublié une clause ! fit alors remarquer la jeune femme tout en pointant du doigt la feuille. Ajoute mentalement à cela « s'autorise à se tenir la main ou à avoir un geste tendre ou complice si nécessaire, si l'autre partie peut en avoir besoin ».

Ethan jeta à nouveau un regard derrière lui. Kaya lui sourit, avec cet air décidé et ravi, comme si c'était une évidence.

— Et pour le sexe ? osa-t-il alors demander, sachant très bien la discorde derrière. Plus de limites ?

Kaya haussa les épaules.

— Je crois qu'on est effectivement passé au-delà maintenant. J'avoue que tu as été très fort et que, de toute façon, je sais que tu gagneras en trouvant n'importe quelle excuse pour justifier n'importe quoi en rapport avec ça.

— Donc t'es OK pour les fellations ? demanda-t-il tout à coup, affichant enfin un petit sourire surpris.

Kaya le fixa un instant, bien consciente qu'il la testait.

— Disons que je l'entre dans le cadre de discussions à avoir lorsque le moment se trouvera opportun.

Ethan s'esclaffa devant la nonchalance de sa partenaire, soudain plus conciliante. Sans doute trop à son goût.

— J'ai fait la liste de tout ce à quoi nous servons finalement pour l'autre... commenta alors Kaya. Tu as dit vouloir aussi me rassurer, en plus de vouloir me consoler, donc je l'ai noté. Il m'a donc semblé tout comme toi évident que notre contrat actuel était trop restrictif par rapport à ce que nous vivions depuis. J'en ai donc conclu qu'il fallait le mettre à jour ! Faire un contrat V2 !

Ethan s'imagina alors dans dix ans, toujours avec elle, en train de lire la version quatre-vingt-dix de ce contrat avec toujours le même air désabusé.

Elle aura ma peau... Et pourtant, je sais que cela me convient davantage que la situation actuelle...

— Et les mots doux ? Exit du contrat aussi ?

— Ah oui ! J'ai oublié ! répondit-elle alors, plus contrariée. J'aurais dû prendre le stylo pour les rectifications ! Quelle idiote ! Oui, on a dit « pas de sentiments », donc « pas de mots doux ». Ça ne change pas.

Ethan se redressa et se tourna enfin vers elle. Il se mit en tailleur, la feuille à la main, et contempla le contrat.

— Et tu crois que je vais accepter tout ça ? Tu crois que ça suffira pour me ranger à tes côtés et tout pardonner ?

Kaya réfléchit alors à ses propos, puis sourit.

— Tu as raison ! J'ai oublié le reste !

Elle s'élança vers son sac de shopping et en sortit un paquet cadeau.

— Tiens ! C'est pour toi !

Ethan écarquilla les yeux, surpris de voir un cadeau lui étant destiné.

— Alors je sais que tu n'es pas fan des cadeaux, que tu doutes de leur sincérité. En fait, je te l'ai acheté parce que je ne t'avais rien offert à Noël et que l'idée en le voyant m'a semblé opportune. Ça m'a plu. Ce n'est pas vraiment dans l'idée de me faire pardonner de notre dispute, mais juste parce que je me suis dit : « Tiens ! Ça lui irait bien ! ». Du coup, je l'ai pris.

— Tu m'as acheté un cadeau...

Elle hocha alors la tête et lui tendit alors le cadeau, non sans une certaine fierté. Ethan regarda alternativement Kaya puis le cadeau, sans trop réaliser l'exploit qu'il vivait.

— Tu m'as acheté un cadeau ? répéta-t-il, comme si elle n'avait pu dire qu'une bêtise.

— Maintenant, si tu ne veux pas de cadeau ou si tu ne souhaites pas l'ouvrir devant moi, je comprendrais. Je sais que tu es assez réfractaire à ce...

Ethan lui piqua alors des mains, sans lui laisser le temps de finir sa phrase.

— Ça ira ! Je supporterai l'idée !

Kaya regarda alors le paquet repris de ses mains, vautré sur le ventre d'Ethan comme s'il protégeait le plus beau des trésors, puis sourit. Il déballa alors à la hâte l'emballage et en sortit une écharpe qu'il déploya pour l'observer plus attentivement.

— Elle est belle, hein ?! s'enthousiasma alors avec fierté Kaya. Je l'ai essayée au cou de Victor pour essayer de me faire une idée sur toi ! Vite ! Passe-la !

Ethan fronça les sourcils. Victor... Rien que ce nom lui gâchait ce moment.

— Je vois... Non, ça ira !

Il posa froidement l'écharpe au sol devant lui. Il n'arrivait pas à cacher sa jalousie et sa déception.

— Pourquoi ? s'étonna alors Kaya. Je veux te voir avec !

— Je suis sûr qu'elle ira mieux à Victor ! railla-t-il en réponse, devant une Kaya exaspérée par son attitude.

— Tu veux tout savoir ? Très bien ! Je vais te dire ce qu'il s'est passé, vu que tu bloques sur Victor plutôt que sur mon cadeau ! J'ai vu cette écharpe sur un portique dans une boutique. Je lui ai fait essayer pour voir à peu près comment elle lui allait. Vous êtes à quelques centimètres près, à la même taille. Cela m'a permis de me faire une idée de la longueur du tissu et de la meilleure façon de la porter. Manque de pot, il y avait deux exemplaires différents du modèle. Je lui ai donc demandé s'il préférait la noire et grise ou la noire et verte. Il m'a dit la noire et grise, car elle était plus sobre. Voilà !

Ethan regarda alors l'écharpe sous ses yeux.

— Pourquoi tu as pris alors la noire et verte ?

Kaya se dandina avec fierté, un petit sourire sur le coin de la lèvre.

— Parce que je connais Monsieur Connard ! On te dit blanc, tu dis noir ! Victor aime un coloris, il était donc évident que tu détesterais ce coloris et que tu prendrais l'autre, parce que c'est Victor en face !

Elle posa ses mains sur les hanches, avec défi.

— Avoue ! Ça t'épate ! J'ai même anticipé toute excuse de refus futile !

Ethan se mit alors à sourire. Il pouvait reconnaître qu'elle avait vu juste. Il s'apprêtait à refuser cette écharpe juste parce que l'autre l'avait portée. Il attrapa alors son cadeau et la passa autour de son cou. Kaya lui offrit un énorme sourire et se précipita sur lui pour l'aider à l'ajuster sur ses épaules.

— Je savais qu'elle t'irait bien ! s'exclama-t-elle avec bonheur, tout en joignant ses mains devant elle avec ravissement. Elle est superbe sur toi ! Avec le froid glacial de dehors, tu ne pourras qu'être au chaud !

Ethan contempla Kaya qui s'appliquait à ajuster l'écharpe sur lui. Il était bizarrement heureux. Plus détendu. Un cadeau de Kaya, et il était épanoui comme jamais. Elle avait pensé à lui, avait estimé ses goûts et ses réactions. Elle avait donné de son temps pour lui faire plaisir. Il toucha son écharpe douce et sourit.

— Elle te plaît ? insista alors Kaya.

— Ça te pardonne à moitié pour cet après-midi.

Agacée, Kaya posa à nouveau ses mains sur les hanches.

— À moitié ou pas, tu n'es qu'un idiot d'être jaloux de Victor. Il est marié !

— Et alors ? Tu veux que je te dise le nombre de femmes mariées avec qui j'ai couché !

Kaya pinça ses lèvres en désapprobation de sa remarque déplacée.

— Il va être papa et c'est juste un ami ! Et s'il te plaît, j'aimerais que tu arrêtes ta jalousie.

Elle alla alors s'écraser contre lui. Elle passa ses bras autour de son cou, l'obligeant du même coup à accepter son câlin. Surpris, Ethan soupira d'abord, puis accepta de la serrer finalement contre lui.

— Ethan, je te demande pardon pour cet après-midi, mais je pense que tu es tout aussi coupable que moi. Arrêtons de nous chamailler. Je n'ai aucune envie de coucher avec lui.

— Tu t'es confié à lui, pas vrai ?

Kaya ferma un instant les yeux.

— C'est vrai. Ça m'a fait du bien de parler. Il a été à l'enterrement d'Adam, il a connu le déclin de notre couple et il m'a écoutée et conseillée te concernant. Avoir un avis neutre m'a apaisée.

— Donc, je lui dois en plus ce câlin ?

— Ethaaan ! tonna Kaya. Arrête ! Pas du tout !

Ethan souffla et la serra un peu plus contre lui. Il colla sa joue contre ses cheveux.

— Je ne me sens pas rassuré ! Puisqu'on en est à parler contrat, ce contrat ne me rassurera jamais entièrement !

Kaya se détacha de lui et l'observa attentivement.

— Pourquoi ça ?

— Parce qu'il ne me protège de rien !

— Comment ça ?

— Je peux me faire violence concernant Adam. Un adversaire mort, je peux à la limite tolérer ! Mais combien d'autres mecs vont venir encore à toi, sans que je puisse me dire que tu peux te barrer avec ! J'appréhende le mec que tu estimeras mieux que moi, plus intéressant, plus beau, moins connard ou que sais-je ! Tu casseras alors le contrat et, moi, je n'aurai été qu'une transition ! Et je ne suis pas UNE TRANSITION ! Je ne veux pas être un client, un faire-valoir ou un accord ! Je suis ridicule, oui ! Je me suis senti ridicule devant l'autre débile ! Plus débile que le débile ! Un moins que rien, et tu n'as rien vu ! Tu es revenue, certes, mais quand tu rencontreras un autre homme, que feras-tu ? Un jour, tu ne reviendras plus...

Kaya le contempla avec perplexité. Elle remarqua vite qu'il était sincère. Inquiet, mais surtout apeuré, malgré l'expression de son agacement.

— Je n'ai pas recopié la clause concernant l'exclusivité de l'autre, sur le fait de ne pas courir plusieurs lièvres à la fois, mais en même temps, ça me paraît... évident maintenant. Ça n'a pas été le cas jusque-là... Il n'y a pas eu tromperie ou mensonge entre nous concernant une tierce personne donc...

— Victor n'est pas un lièvre à tes yeux aujourd'hui, mais pourquoi ne le deviendrait-il pas à l'avenir ? argumenta alors Ethan. Lui ou un autre ?

— Je peux dire pareil de toi... répondit-elle d'une petite voix. De nous deux, c'est toi le Casanova.

Ethan la toisa un instant, puis prit une grande respiration.

— Tu as effacé le répertoire de mon téléphone, je te rappelle. Kaya, on avait dit « pas de sentiments entre nous », mais je veux retirer cette clause du contrat.

— Quoi ?! réagit-elle alors doucement.

— Je veux que tu tombes amoureuse de moi !

— QUOI ?!

— Tout de suite ! Ne te retiens pas ! ajouta-t-il fermement.

— QUOIII ?!

— C'est simple ! Si tu tombes amoureuse, tu n'auras d'yeux que pour moi, et tu n'iras donc pas regarder ailleurs. Je veux être cette exclusivité-là. J'y ai réfléchi et je veux vivre ce qu'Adam a vécu avec toi. Je veux te voir complètement éprise de moi, te plier en quatre pour mon bonheur, je veux être ton air, ta direction, ton objectif dès le réveil. C'est ça que j'ai dit l'autre jour en anglais.

Je ne veux pas que de ton corps. Je veux ça aussi, maintenant !

Il montra alors de son index le cœur de Kaya avec un regard aussi confiant que conquérant. Kaya regarda le doigt dressé sur sa poitrine avec stupéfaction. La panique l'envahit. Elle porta aussitôt ses mains sur sa poitrine, comme si elle venait d'être mise à nue.

Amoureuse ? De lui ?

— Je suis déjà amoureuse, je te rappelle !

Ethan balaya sa remarque d'un revers de main.

— Tu l'oublies ! Je veux être ta priorité ! Ne pense qu'à moi ! Je veux vraiment obnubiler tes pensées. Je veux ton âme !

Mon âme ? Il se prend pour le diable ?

Kaya voulut en rire, mais son ahurissement freinait toute envie de plaisanter.

— Je te trouve très gonflé ! Donc, moi, je dois faire des choses pour toi, parce que Monsieur le décide. Parce qu'il faut rassurer Monsieur de sa jalousie de ne pas être un dieu à mes yeux ?! Et moi ? Je gagne quoi ?

Ethan croisa alors ses bras, plein de défiance.

— Si cela peut te soulager, je veux bien faire l'effort de mettre des sentiments affectueux pour toi aussi de mon côté !

— L'effort ?

Ethan, je crois que ton écharpe va m'être utile pour t'étrangler ! Et je le ferai sans EFFORT !

— Bon... OK ! C'est maladroit ! Disons que je veux bien être plus tendre et te dire des mots doux en échange.

— Donc, tu veux rayer aussi cette clause ?

— Effectivement.

— TU... veux me dire des mots doux... Toi ?

Kaya pouffa, ayant du mal à imaginer la chose. Ethan s'en trouva tout à coup vexé.

— Tu en doutes ? Tu as peur ?

— Nnn... Non ! Je ne vois seulement pas de quels genres de mots doux tu es capable... Vas-y ! Donne-moi des exemples !

Tout à coup, la confiance inaltérable d'Ethan fondit comme neige au soleil et ses joues s'empourprèrent.

— Euh... je ne sais pas... euh...

Il toussota, cherchant au fond de sa gorge, les mots doux qui lui brûlaient la poitrine depuis un moment.

— Que tu es belle... par exemple !

Kaya plissa les yeux. Son compliment semblait peu naturel, et n'avait rien de doux dans sa voix. Elle essayait de chercher de la tendresse dedans, mais n'y voyait qu'un début d'énumération sans saveur. Devant sa méfiance, Ethan comprit qu'il n'était pas du tout convaincant.

Te dire des mots doux, comme ça, de but en blanc, ce n'est pas facile pour moi... Attends... Laisse-moi un contexte propice...

— Bon, OK, j'avoue que là, comme ça, c'est compliqué... constata Ethan. Mais je peux ! Je t'assure !

L'esprit de Kaya fusait. Elle avait du mal à l'imaginer l'entendre dire des « mon canari des îles » ou des « mon petit beignet au sucre ». Ça lui court-circuitait tout simplement le cerveau. Un étrange malaise s'installa entre eux. La demande d'Ethan était, pour les deux, osée, déstabilisante, impossible.

— Tu veux qu'on se force à faire des choses qu'on ne veut pas, ni toi ni moi... commenta Kaya. On ne peut forcer à aimer sous prétexte de bons procédés ! Il n'y a rien de naturel dans tout ça !

Ethan leva le menton avec défiance.

— Dans la balance de comparaison avec Saint-Adam, tu m'as dit que je montais tandis qu'il descendait. Donc, pour que j'atteigne le sommet, j'en viens à la conclusion qu'il me manque un élément important. Et le cas « Victor » m'a fait réaliser que je devais prendre le taureau par les cornes et dépasser mes a priori sur l'amour. Je veux des sentiments entre nous ! C'est ce qui fait la différence entre tous les mecs dans ta vie passée ou à venir, et moi ! Je veux que tu saches que moi, ça ne me gêne pas si tu souhaites en exprimer me concernant. Je parle de tendresse, d'affection, bien évidemment. Les autres sentiments, je sais très bien que tu les exprimes, même sans ma permission...

Il toussota à nouveau, se rendant compte qu'il parlait beaucoup, se cherchant des arguments plus ou moins foireux, pour plaider sa cause. Sa gêne à vouloir plus sans trop lui en dévoiler sur lui-même le rendait maladroit dans ses mots.

— Si tu ressens des sentiments affectueux envers moi, je ne veux pas que tu les réfutes... continua-t-il. Je veux bien que tu les exprimes et même, tu peux les laisser grandir ! Ça ne me gêne pas. Je prends !

Kaya le fixa de façon dubitative. Elle avait du mal à le croire sérieux. Pourtant, il semblait en phase avec ses dires.

— Je ne compte pas laisser grandir en moi quoi que ce soit ! lui rétorqua-t-elle alors.

— Ta-ta-ta ! Pour l'instant, tu n'en ressens pas la possibilité ou le besoin, mais maintenant que tu sais que tu peux laisser parler ton cœur me concernant, ça va changer !

— Quelle confiance !

Ethan lui sourit avec défi.

— Tu acceptes de rayer ces deux clauses sur l'absence de sentiments et de mots doux, et je signe !

— Et si je refuse ?

Ethan approcha son visage tout près du sien.

— Tu refuserais ma tendresse et mes mots doux ? Tu as peur d'être amoureuse de moi ?

Les joues de Kaya devinrent rouges. Elle repoussa vivement son visage de sa main.

— Peur ? De quoi ? Je ne veux pas être amoureuse de toi !

Ethan attrapa alors le contrat.

— Parfait ! Puisque tu es persuadée que ces deux clauses en moins ne t'atteindront pas, elles peuvent donc disparaître !

Il lui colla le contrat sous les yeux, se leva pour aller chercher un stylo et le lui tendit pour ratifier les dernières clauses dessus. Kaya regarda le contrat avec le vague sentiment d'être tombée dans son propre piège. Cette V2 de leur contrat venait de lui revenir comme un boomerang. Ethan se félicitait intérieurement de ce retournement de situation. Certes, il devait encore composer avec un contrat, mais la donne changeait à son avantage toutefois, et c'est ce qui le confortait à rester optimiste concernant Kaya. Devant l'hésitation de la jeune femme, il lui prit le stylo des mains, raya les clauses inutiles, rajouta les manquantes et signa de son côté « Tendrement, Ethan ».

Kaya déglutit lorsqu'il lui rendit le stylo. Il annonçait son trépas rien qu'avec ce « tendrement » qui lui signifiait que son pauvre petit cœur allait souffrir. Encore. Elle regarda le stylo dans un état second. Elle savait qu'en signant, elle allait au-devant de grands risques pour son amour pour Adam. Ethan avait été clair sur ses intentions. Il ne parlait même pas d'amour sincère le concernant. Il n'y avait qu'elle qui devait trinquer. Tout se jouait de façon pragmatique pour lui. Un nouvel objectif qu'il rajoutait à son tableau. Et elle, elle était une nouvelle fois son jouet, conscient ou inconscient, avec lequel il faisait tout et n'importe quoi, sans se soucier d'une quelconque conséquence. Elle le regarda, indécise et inquiète. Ethan lui sourit alors et posa ses lèvres sur les siennes doucement.

— Dépêche-toi ! J'ai hâte de voir plus de tendresse entre nous !

Il guida alors sa main vers l'emplacement de sa signature. Kaya déglutit à ses mots. Elle posa la mine de son stylo dessus et instinctivement griffonna son nom. Ethan respira plus librement en voyant son autographe sur le papier.

— Bah tu vois, quand tu veux..., Bébé !

Il suffit d'un mot pour que Kaya sorte de sa léthargie.

Bébé... Bébé ?

— Ne m'appelle pas Bébé ! s'écria-t-elle alors, tout en le repoussant.

Ethan se retint de ses mains, pour ne pas partir en arrière, et la dévisagea.

— Tu viens de signer ! rétorqua-t-il alors. On était d'accord pour les mots doux !

— Je ne veux pas que tu m'appelles comme ça !

— Pourquoi ? s'exclama-t-il, perdu.

Kaya se sentit tout à coup plus gênée. Les larmes lui montèrent aux yeux. Ethan ne cachait ni son agacement ni sa déception alors qu'il se voulait de bonne volonté. Il se passa la main dans les cheveux, le visage contrarié.

— Kaya, pourquoi te mets-tu dans un tel état ?

— Je ne veux pas que tu m'appelles comme ça !

— Merci ! J'avais compris... Laisse-moi deviner ! Il t'appelait comme ça ?

Elle hocha la tête, les yeux baissés. Ethan s'allongea sur les couvertures et regarda un instant le ciel nuageux au-dessus de lui. Il avait l'impression finalement de stagner. Le moindre pas en avant s'accompagnait aussi de déceptions. Même le choix des mots doux lui était retiré.

— Je ne me rabaisserai pas à cela, Kaya. Je refuse de laisser à Saint-Adam le monopole de quoi que ce soit !

— Ne l'appelle pas comme ça !

Il se redressa, le regard plus dur, puis retira son écharpe, sous le regard blessé de Kaya.

— Kaya, je veux tout ! Pas des miettes ! Je refuse d'être contraint. J'en ai marre de devoir composer en fonction de tes amis ou amants ! Tu ne me feras pas taire comme ça !

— Parfait ! se braqua alors Kaya. Vas-y ! Dis-le ! Tu ne me feras penser à lui que davantage ! Bon plan pour me faire tomber amoureuse !

Ethan resta alors pantois. Complètement scotché par sa remarque au point de ne plus savoir quoi répondre.
— Vas-y ! insista Kaya. Dis-le ! En fermant les yeux, je pourrai même m'imaginer Adam plus facilement !
Elle ferma les yeux, non sans afficher un sourire ravi, voire extatique. Elle se balança alors et se mit à gémir. Ultime provocation qu'elle avait trouvée pour le faire redescendre sur Terre et revoir ses prétentions. Ethan grinça des dents devant l'affront. Il ne supportait pas Victor, mais Adam, c'était pire que tout niveau jalousie. Il le savait et elle aussi. Elle l'allumait volontairement.
— Vas-y ! répéta-t-elle, les yeux toujours fermés et la voix suave. Redis-le.
Les nerfs à vif, Ethan fonça sur Kaya et la plaqua au sol, l'obligeant à vite revenir à la réalité.
— Espèce de....
— De quoi ?! s'énerva Kaya. Tu l'as bien cherché !
— ET JE DOIS DIRE QUOI ALORS ?
Kaya haussa les épaules.
— Rien ! Je ne t'oblige pas à dire ou faire quoi que ce soit, moi !
Il se retira pour mieux s'éloigner et bouder son impossibilité de dire les mots doux qu'il voulait. Jamais il ne s'était senti aussi frustré. Il touchait enfin du bout des doigts la délivrance et on lui ôtait à la fois toute possibilité d'agir et presque toute envie. Il se sentait pathétique. Il avait envie de mettre ce contrat en miettes.
— You're pissing me off! lâcha alors Ethan. (ça me soûle !) This is going to drive me crazy!

— Arrête de râler en anglais, je ne comprends pas !
— Je suis aux States, je parle instinctivement américain.
— Tu es avec moi ! Donc, tu parles français !
— Je suis avec toi... une bien grande phrase ! Tsss !

Kaya encaissa cette remarque difficilement. Il n'avait pas tort sur le caractère ironique de la situation. Il était à côté d'elle, mais aucun des deux ne pouvait dire en l'instant qu'ils étaient ensemble. Il y avait plus de distance entre eux deux que de rapprochement. Chaque pas vers l'autre se soldait par un recul. Elle regarda alors son contrat qui lui paraissait tout à coup caduc. Des mots sur un papier. Ce n'était que cela. Pouvaient-ils dire que leur relation n'était que des mots sur un papier ? Elle ne se résumait pourtant depuis le début qu'à cela. Un contrat, un accord... pas de sentiments...

Elle observa l'agacement d'Ethan comme une nouvelle preuve de leur incompatibilité latente. Ils essayaient, mais ils se heurtaient à la différence de l'autre. Étaient-ils de réels opposés ? Instinctivement, elle tendit le bras vers Ethan. Elle ne voulait pas tomber dans cette évidence. Elle voulait croire qu'ils étaient plus proches que cela. Ethan observa la main de Kaya serrer son bras, puis l'interrogea du regard.

— Peut-être... que le français n'est effectivement pas approprié... Peut-être que tu peux me le dire en anglais !

Ethan plongea ses yeux dans celui de la jeune femme et y trouva un répit, en plus d'un semblant de solution.

— Babe ?
— C'est comme ça qu'on le dit ? demanda-t-elle, les joues rosies. OK, je veux bien... Ce n'est pas tout à fait pareil. Et puis, ça sonne un peu plus... « toi », tu ne trouves pas ?

Ethan arbora un sourire légèrement désabusé, mais concéda que l'idée n'était pas mauvaise. Il prit sa main posée sur son épaule et la ramena à lui.

— Va-t-on y arriver un jour ? lui demanda-t-il alors, non sans masquer une certaine crainte et lassitude dans sa voix.

Kaya se blottit un peu plus contre lui.

— Je ne sais pas, mais ce soir, on y est arrivés, je pense, non ? Tu as encore des reproches ou remarques déplaisantes à soumettre ?

Ethan la serra un peu plus contre lui.

— Non... Je veux juste que tu restes contre moi toute la nuit.

— Ça peut se faire ! se mit à rire Kaya. Moi, j'ai envie que tu poses tes mains partout sur moi ! C'est faisable ?

Ethan glissa alors ses mains sous les vêtements de la jeune femme.

— Très envisageable ! répondit-il d'un ton plus grave et séducteur. J'ai besoin d'être consolé, d'être rassuré aussi. J'ai besoin que tu me tiennes compagnie...

— Oh ! On ne l'a pas mis sur le contrat celui-là ! s'exclama alors Kaya qui se détacha brusquement de ses bras pour foncer écrire cette nouvelle clause sur le contrat.

— Tenir compagnie ! Voilà ! Ne pas laisser seul ! Super !

Elle retourna ensuite vite dans les bras de son amant avec un large sourire, puis l'embrassa avec joie. Ethan encaissa la fougue soudaine de sa partenaire avec plaisir malgré sa constante surprise à la voir apprécier des détails pour lui si insignifiants. Les vêtements tombèrent rapidement au sol. Le besoin de l'autre devenait urgent. Leurs différends, leurs retraits puis leurs nouvelles avancées avaient maintenant raison de leur frustration. Ethan se rendit compte qu'il avait besoin plus que tout d'être rassuré. Cela devenait plus important que son besoin d'être consolé. Ses sentiments l'obligeaient à revoir ses priorités et sa priorité était le besoin d'affection, de tendresse de la part de Kaya. Il l'aimait à un point tel qu'il ne supportait plus d'être relégué au second plan dans sa vie. Il l'embrassa avec ardeur, relâchant toute son envie de la convaincre à rester près de lui tout le temps, toujours. Il la caressa avec la ferme intention d'imprimer en elle tout sa tendresse, son affection, son amour. Elle devait le savoir par ce biais, à défaut de pouvoir le dire pour l'instant par des mots. Les mots étaient leur faiblesse, mais les gestes étaient leur force.

Kaya se laissa dériver plus rapidement. Elle avait besoin de ressentir la présence d'Ethan contre elle. La journée avait été éprouvante et elle ne désirait à présent que ce répit entre eux. Plus il la caressait, plus elle percevait cette envie de contact charnel. C'était devenu un désir primitif. Elle voulait toute son attention comme il voulait la sienne. Elle ressentait le besoin de le toucher pour se rassurer. Jamais leur contrat n'avait été aussi proche de leur réalité. Lui masser les cheveux, lui caresser le dos, tâter la musculature de ses bras et finir par l'embrasser... Autant de plaisirs qu'elle s'accordait, autant de soulagement à pouvoir se dire qu'elle ne pouvait pas perdre cela dorénavant. Il n'y avait qu'elle qui avait ce luxe et elle en était finalement heureuse. Victor avait mis le doigt sur quelque chose qu'elle se refusait d'accepter, mais qui commençait à prendre du sens pour elle : juste être heureuse. Elle se mit à sourire. Elle pouvait se laisser aller et ne pas regretter : elle trouvait à nouveau un peu de bonheur dans sa vie et ça lui faisait un bien fou. Ethan était devenu une réelle soupape l'aidant à évacuer son top plein de tristesse et de désillusions. Il lui offrait une éclaircie dans son orage permanent.

Après leurs ébats, Kaya s'endormit vite. Ethan se sentait plus serein. Il la couvrit de baisers et de caresses. Il n'arrivait pas à s'arrêter. Il avait besoin d'exprimer toute cette tendresse refoulée depuis trop longtemps. Il lui caressa la joue, vérifiant ainsi son sommeil.

Babe... Pourquoi pas ? Mon trésor ? Mouais... Mon ange... ça fait peut-être trop spirituel... Tu as peut-être raison. Je devrais chercher vers l'anglais. Honey ? Bof! Sugar ? Ah ? Ça, c'est pas mal !

Kaya se mit à gémir. Ethan haussa les sourcils de surprise.

De quoi rêve-t-elle cette fois ? Pourquoi tu ne gémis pas comme ça quand on fait nos galipettes ? J'ai envie de te dévorer à t'entendre gémir ainsi !

Il leva son visage vers le ciel et inspira un bon coup. Il pouvait reconnaître qu'elle avait le chic pour faire ressortir en lui de nouvelles frustrations.

— Vilaine ! chuchota-t-il.

Il ne put alors résister à la tentation de ses lèvres. Le simple contact de sa bouche contre celle de Kaya le rassasiait. Kaya ne bougea pas. Il sourit alors.

— Je t'aime, Babe !

18

PERDANT

Ethan se réveilla avec le sourire. Pour la première fois, il savourait une vraie grasse mat' avec Kaya. Elle n'avait pas disparu, elle était bien là. Son parfum d'abricot dans ses narines lui garantissait sa présence à ses côtés. Il faut dire qu'il ne l'avait pas lâchée depuis qu'il l'avait réveillée pour qu'elle se rhabille et qu'ils montent dans la chambre avant qu'on ne les trouve nus dans la véranda. Il l'avait gardée dans ses bras et avait même poussé le vice jusqu'à l'enrouler de ses jambes afin qu'elle reste contre lui. Elle s'était évidemment plainte de son côté envahissant, mais il ne renonça pas à ses besoins.

À la guerre comme à la guerre ! Tu es à moi !

Il desserra légèrement son emprise et contempla sa silhouette. Il n'avait plus de doutes sur son amour pour elle. Il avait à présent hâte d'avancer vers l'objectif de la faire tomber amoureuse de lui. Son impatience l'encourageait à agir vite. Il avait réussi un coup de maître en effaçant les clauses qui le bridaient pour mieux amener Kaya vers les sentiments que lui-même éprouvait. Il lui avait ouvert une porte ; il ne restait plus à Kaya qu'à la franchir. Il avait encore du mal avec les mots doux. Il avait envie de lui dire plein de trucs, mais rien ne sortait. La seule chose qu'il mourrait d'envie de lui dire était finalement qu'il l'aimait. Lui dire de toutes les façons possibles. Lui crier, lui chuchoter à l'oreille, lui glisser lors d'un baiser entre ses seins ou juste en embrassant ses lèvres, les yeux dans les yeux... Il n'avait que ça en tête. Le dire une fois n'avait fait qu'augmenter sa frustration de ne pas pouvoir lui dire à nouveau. Il usait de subterfuges pour pouvoir lui déclarer ses sentiments, mais rien ne le rassasierait plus que la profonde reconnaissance de ses sentiments par l'intéressée. Il savait que le chemin était encore long, mais il voulait y croire. Il avait ce pressentiment persistant qu'il devait y croire.

Kaya bougea et se blottit contre lui un peu plus avant d'ouvrir enfin les yeux. Lorsqu'elle se rendit compte qu'elle était observée, la jeune femme se cacha un peu plus sous les draps, au grand dam d'Ethan qui refusait de rater le moindre détail de sa partenaire.

— Hey ! Ne te cache pas ! Tu pourrais dire au moins bonjour !
— Bonjour ! répondit-elle sous les draps.
— Ne fais pas ta mijaurée avec moi et regarde-moi quand tu dis bonjour !

Kaya s'agaça et sortit seulement le haut de son visage pour que son interlocuteur puisse voir ses yeux.

— Bonjour ! répéta-t-elle avec insistance.
— Bonjour la Belle au Bois Dormant ! répondit alors Ethan avec un sourire vainqueur. Princesse a bien dormi ? A-t-elle rêvé qu'elle tombait amoureuse de son prince Ethan ?

Kaya plissa légèrement les yeux.

— Pas du tout ! lança-t-elle rapidement. Je ne t'ai même pas vu dans mon rêve.

Ce fut au tour d'Ethan de montrer des yeux vengeurs devant l'affront.

— Serais-tu en train de suggérer que je suis si inefficace que ça, pour que tu ne rêves même pas de moi ?
— Ose me dire que tu as rêvé de moi également ! rétorqua Kaya

— Je rêve de toi toutes les nuits !

— Menteur ! Menteur...

Elle lui pinça la hanche alors qu'il se recroquevillait sous les draps et riait.

— Et toi, tu ne fais aucun effort ! lâcha-t-il comme reproche.

— Pourquoi en ferais-je ! Tombe amoureux et on en reparlera ! répondit-elle alors, boudeuse.

— Tu voudrais que je tombe amoureux de toi ? lui demanda-t-il alors, de façon faussement innocente.

Kaya émit quelques bougonnements avant de répondre.

— Non, certainement pas !

— Pourquoi ça ? l'interrogea-t-il alors, même si cette première réponse le décevait grandement.

— Parce que ça me mettrait très mal à l'aise. Je te ferai souffrir parce que je suis dans l'incapacité de te rendre tes sentiments. Et le but de notre contrat est de ne pas faire souffrir l'autre.

Ethan la fixa, avalant cette réponse difficilement. Même s'il lui révélait la vérité sur son amour, elle le rejetterait et la confirmation d'un malaise serait présente.

Le chemin est encore très long.

Il tentait tant bien que mal de cacher sa déception, mais c'était un nouveau coup de couteau qui tranchait sa poitrine.

— Raison de plus pour que tu sois la première à tomber amoureuse, donc ! lui déclara-t-il pour tenter de trouver une échappatoire à son moment de déprime.

— Noon ! lui répondit-elle. C'est moi qui vais souffrir ! Ce n'est pas mieux ! Je refuse !

Ethan se mit à sourire. Kaya venait de se redresser dans le lit, sous le coup du refus catégorique qu'elle voulait apporter. Ethan put ainsi admirer ses seins à découvert. Il pinça un des tétons avec malice.

— Bon, si tu tombes amoureuse, je ferai mon maximum pour

tomber aussi amoureux. Ça te va ?

Kaya croisa les bras. À la fois par réflexe défensif face à l'invasion des doigts pinceurs de nénés, mais aussi pour montrer son incrédulité.

— Tu dis ça comme si éprouver des sentiments amoureux était une formalité. On ne décide pas d'être amoureux du jour au lendemain. Tu es vraiment incroyable avec ça ! Tu es complètement détaché de la réalité des relations amoureuses et de leur profondeur.

— Moi, je me trouve justement très ouvert, très conciliant !

— Tu es juste trop calculateur !

— J'aime aller à l'essentiel et mon essentiel en ce moment c'est que tu m'aimes follement ! Et j'ai du boulot puisque tu ne rêves pas de moi ! Donc, on repart à l'entraînement !

Il s'écrasa alors sur elle pour se réfugier dans son cou et lui déposer de petits baisers. Kaya se mit à rougir devant ses paroles mignonnes.

— Tu vois ! Tu continues ! On ne s'entraîne pas à tomber amoureux !

Ethan glissa ses lèvres vers la poitrine de Kaya et sourit.

— C'est en pratiquant qu'on finit aussi par aimer. Donc, pratiquons, Princesse !

Kaya leva les yeux, lasse de plaider dans le vide.

Kaya et Ethan arrivèrent à la cuisine, main dans la main. Ethan avait insisté pour la lui tenir, lui rappelant volontiers au passage la nouvelle clause concernant ce sujet. Il ne se fit donc pas prier pour la lui serrer fermement depuis leur départ de la chambre. Il s'en amusait même. Serrant fort, puis réajustant bien leurs doigts entrelacés, vérifiant par des coups d'œil que la main de Kaya était toujours dans la sienne, s'arrêtant en chemin pour tester une autre façon de se la tenir. Si Kaya trouva cela d'abord pathétique, elle finit aussi par s'en amuser. En arrivant dans la cuisine, elle lui proposa même de se tenir la main par le petit doigt, ce qu'Ethan trouva génial. C'est donc fièrement, le sourire magnifique aux lèvres qu'il se présenta devant sa mère. Cindy constata rapidement que l'humeur était au beau fixe par rapport à la veille. Le plaisir partagé n'en fut pas de même pour Claudia qui plongea son nez dans son bol de café au lait pour ne pas voir l'horreur à ses yeux. Kaya perdit de sa bonne humeur face à la présence de Claudia. Elle tenta de se détacher d'Ethan, mal à l'aise, mais ce dernier récupéra sa main aussi vite. Il comprit rapidement pourquoi Kaya redevenait instantanément distante. Le sujet de Claudia restait un sujet de tension entre eux deux.

— Salut ! lança Ethan à sa mère et sa sœur.
— Bonjour vous deux ! répondit avec un grand sourire Cindy. Vous souhaitez manger quelque chose ? Charles a ramené des croissants ce matin !

L'idée réchauffa le cœur de Kaya, légèrement refroidie par le silence de Claudia. Les deux tourtereaux s'installèrent donc au comptoir, Ethan faisant office de tampon entre les deux femmes en froid en s'asseyant au milieu.

— Alors ? fit Cindy. Qu'avez-vous prévu de faire aujourd'hui ? demanda-t-elle à son fils.

Ils n'avaient rien discuté pour l'instant de leur journée. Ethan se tourna vers Kaya pour trouver une réponse à la question de sa mère.

— J'avais pensé aller au zoo. Kaya voudrait le visiter et...

Ethan se tût et se mit à sourire devant l'air ravi de Kaya lorsqu'il mentionna le mot zoo. Elle avait eu un léger sursaut, comme un suricate à l'affût se redressant après avoir entendu un bruit étrange. Cindy constata également le bonheur soudain sur le visage de Kaya.

— Vous allez voir les lionceaux ! s'exclama alors Claudia qui sortit de son silence. Je peux venir avec vous ? Ils doivent être trop mignons !

La bonne nouvelle disparut aussitôt sur le visage de Kaya. Ethan regarda alors sa sœur avec gêne. Lui dire oui, c'était aller au-devant de la colère de Kaya. Lui dire non, c'était se mettre sa sœur à dos.

— Claudia, je t'y emmènerai une prochaine fois. Là, on aimerait être...

— C'est bon ! le coupa alors Kaya. Allons-y ensemble !

Incrédule, Ethan se tourna vers la jeune femme.

— Quoi ? Tu es sûre ?

Non, je ne suis pas sûre, mais je ne veux pas que tu te sacrifies non plus !

— Oui, ça ira... Je peux comprendre sa déception. C'est comme faire miroiter une glace à un enfant et ne pas la lui donner. Des lionceaux ! Qui ne craquerait pas ?

Kaya afficha un léger sourire pour ne pas montrer qu'elle le faisait à contrecœur. Ethan la fixa un instant, cherchant le vrai du faux dans sa décision, mais Claudia l'interrompit dans son analyse.

— Super ! Dans ce cas, je fonce me préparer ! s'exclama-t-elle en se levant de son tabouret.

Elle quitta la pièce, toute guillerette. Kaya souffla doucement. La tension retombait à présent. Cela devenait compliqué pour elle de gérer le cas Claudia. Elle se sentait prise au piège. Elle n'avait pas vraiment eu l'occasion de discuter avec elle et elle savait qu'elle devait crever l'abcès, prouver à Claudia qu'elle n'avait aucune raison de s'inquiéter pour son frère. Si la journée boutique avait été un échec, elle espérait que la journée zoo serait plus fructueuse pour rentrer dans ses grâces. Kaya savait très bien que

Claudia souhaitait s'immiscer entre eux pour mieux les séparer, les mettre à distance. Son intervention sur les lionceaux était une parfaite excuse. Néanmoins, elle devait faire cesser les caprices de la sœur d'Ethan rapidement avant que cela ne devienne imbuvable...

Kaya observa le couple Ethan/Claudia avec fatigue. Tout ce qu'elle ne voulait pas revoir, elle l'avait sous les yeux. Bras dessus, bras dessous, la fratrie déambulait dans les allées du zoo, poussée par une Claudia bien déterminée à garder son trésor pour elle toute seule. Kaya avait beau les observer, elle comprenait difficilement l'attitude de Claudia. Elle la trouvait beaucoup trop possessive pour une sœur. Cindy lui avait mentionné le fait qu'elle songeait à un sentiment amoureux de la jeune femme pour son frère et plus Kaya y réfléchissait, plus elle venait à penser que Cindy avait raison. Elle se comportait comme une fille amoureuse, avec lui. Ethan ne voyait évidemment rien, à part sa petite sœur toute mimi. Mais en les observant à quelques mètres derrière, la scène était claire. Elle voyait un couple. Un couple qu'elle ne formait pas avec Ethan, mais qui fonctionnait avec Claudia. Elle le bichonnait, captait son attention, lui faisait des câlins, posait avec lui pour des selfies. Et Ethan suivait, ne la contredisait pas, jouait le jeu.

Kaya ressentait une forme d'échec en les observant. Elle ne voulait pas se battre contre Claudia, mais elle refusait pour autant de s'effacer devant elle. Elle voulait montrer une légitimité.

Quelle légitimité, ma pauvre Kaya ? Tu es pitoyable de croire que tu peux défendre ton morceau de viande ! Je ne suis que des mots sur un contrat...

Kaya soupira. Elle se sentait invisible et comprenait à présent la réaction d'Ethan vis-à-vis de Victor. Ethan ne l'ignorait pas, mais ne voyait pas le mal de Claudia dans le fonctionnement de leur relation. Il ne se rendait pas compte de ses manigances pour les éloigner l'un de l'autre. C'était sans doute ce qui lui était le plus douloureux : qu'il ne réagisse pas davantage au fait qu'il passe plus de temps avec sa sœur qu'avec elle. Et elle ne pouvait rien dire, sous peine d'être taxée de jalouse, de possessive, de briseuse de fratrie. À vrai dire, que pouvait-elle faire ? Elle qui pensait que leur contrat V2 allait améliorer sa relation avec Ethan se rendait compte de l'inefficacité du contrat. Toute leur relation était basée sur du factice. Il n'y avait rien de réel. Des mots, des clauses, des obligations et devoirs, des accords, des arrangements. C'était à ça que se résumait leur histoire. S'ils venaient à déchirer le contrat, il n'y aurait plus rien. Le château de sable s'écroulerait et les grains s'envoleraient avec le vent. Que pouvait-elle dire à Claudia ? Elle n'était rien d'autre qu'un contrat. Il n'y avait aucune profondeur dans leur relation.

Ce sont les sentiments qui font la sincérité d'une relation...

Finalement, elle comprenait que les contrats avec toutes leurs versions possibles ne changeraient rien à la donne. Il n'y avait pas de racines ancrées au sol pouvant suggérer qu'elle était solide sur ses pieds pour tenir face aux rafales de Claudia. Juste une épine dans le pied d'Ethan, une peccadille. Elle n'était pas une fiancée ni une petite amie pour prétendre à un combat face à un membre de la famille d'Ethan. Elle n'était même pas une amie. Rien qui pouvait lui permettre de vraiment défendre sa position de personne importante aux yeux d'Ethan.

Tout ce temps passé ensemble pour arriver à ce constat désolant...

Elle s'arrêta et regarda le couple devant les lionceaux. Elle aurait dû être à la place de Claudia, au bras d'Ethan. Pourquoi avait-elle accepté sa présence à leur promenade ? Elle avait envie de pleurer, mais les larmes ne coulaient pas. C'était comme si elle s'était infligé elle-même la punition en l'acceptant avec eux. Comme si elle avait donné le bâton pour se faire battre, car elle savait que c'était nécessaire pour voir la réalité en face. La dure réalité.

Tout n'est que faux semblant... Tout n'est qu'illusion...

Ethan jeta un œil vers Kaya en pleine torpeur. Il s'arrêta sur son visage, lui demandant du regard si tout était OK. Kaya lui tourna instinctivement le dos, la larme sortant enfin, mais au mauvais moment. Ethan se détacha immédiatement de Claudia, sentant que ça n'allait pas. Il fonça prendre Kaya dans ses bras et colla son dos contre son torse.

— Parle-moi...

Il n'avait pas besoin de dire autre chose. Il sentait un blocage. Kaya avait gardé le silence depuis leur entrée au zoo. Elle avait pris une distance volontaire. Au départ, il voulait lui laisser de l'espace si elle en éprouvait le besoin, mais à présent, il regrettait de l'avoir lâchée autant.

— Kaya, dis-moi... Confie-toi à moi.

Les bras d'Ethan lui procurèrent un grand soulagement. Elle se rendit compte qu'il lui manquait, que sa présence avait laissé un vide dès qu'il s'éloignait d'elle. Elle ferma les yeux pour remobiliser ses certitudes.

— Ça va. Les lions sont juste magnifiques.

Il la tourna face à lui et lui essuya la larme qui s'échappait de son œil.

— Tu mens très mal.

Il lui sourit et déposa un baiser sur ses lèvres. Tous deux se rendirent compte qu'ils avaient besoin de ce contact doux et sécurisant. Il lui fit ensuite un câlin et la serra fort contre lui, puis il l'emmena vers les lionceaux pour qu'elle puisse les voir de plus près, contre la vitre. Par chance, il n'y avait pas trop de monde et Ethan put se faufiler sans problème pour leur créer un espace proche des animaux. La tristesse fit place à l'émerveillement et à la tendresse sur le visage de Kaya. Les deux boules de poils étaient en train de se chamailler sous ses yeux. Elle se baissa à leur niveau et toucha instinctivement la vitre, comme pour les caresser. Ethan regarda avec tendresse Kaya qui semblait un peu plus apaisée. Il s'accroupit également et la prit contre lui. Il inspira un grand coup dans son cou et se laissa aller un peu. Leur petite bulle se reformait.

— Ils sont beaux ! déclara alors Kaya. Regarde ! Il lui mordille la queue !

Ethan sortit la tête de son cou et observa les deux lionceaux. Il pointa du doigt un des lionceaux.

— Ça, c'est toi, et ça, c'est moi !

— N'importe quoi ! s'offusqua Kaya. Je ne te mords pas la queue !

Très vite, Kaya se mit à rougir en réalisant la bourde qu'elle avait dite. Tout le monde autour avait entendu. Ethan se réfugia à nouveau dans son cou pour rire de son énormité.

— C'est plutôt l'inverse ! grommela-t-elle maintenant que le mal était fait. C'est toi qui m'embêtes tout le temps !

Ethan continua de rire, ressassant sa naïveté touchante par moments.

— Je te déteste ! lui souffla-t-elle, voyant bien que son rire l'enfonçait toujours plus dans la honte.

— Moi aussi, je t'aime ! lui répondit-il instinctivement.

Kaya fixa aussitôt Ethan, étonnée par sa réponse inaccoutumée.

Pourquoi tu ne dis pas tout simplement « moi aussi » comme d'habitude ?

Ethan repéra rapidement le trouble de Kaya, mais en même temps, il n'avait pas forcément envie de justifier quoi que ce soit.

Il lui déposa alors simplement un petit baiser sur la bouche et sourit. Kaya plissa les yeux, sentant finalement le côté fourbe de Monsieur Connard, plus que la sincérité.

— Tu es le Diable ! Tu fais exprès de jouer avec les mots, les sentiments, les situations, simplement dans l'unique « OBJECTIF » de me mettre mal à l'aise. Tu m'énerves ! Et le pire, c'est que tu le fais en toute décontraction. Tranquille ! Pas d'angoisse ! Avec évidence !

Ethan ne sut comment répondre à sa remarque. Elle voyait encore et toujours une provocation là où pour lui, il n'y avait que sincérité. Il ne pouvait lui en vouloir, ils avaient toujours fonctionné ainsi, à se narguer. Aujourd'hui, le boomerang lui revenait en pleine figure.

— OK, OK... lâcha-t-il dans un soupir vaincu. Je te déteste aussi, puisque tu préfères ça... Mais sache que je ne suis pas content ! Je fais des efforts et tu n'en fais aucun ! Si tu étais amoureuse de moi, tu aurais dit « je t'aime » et pas « je te déteste !". Mets un peu de bonne volonté ! Tu es décevante !

Kaya se mit à rougir. Ethan avait retourné la situation en sa faveur une nouvelle fois, devenant l'incompris, la victime de la méchante Kaya qu'elle était.

— Moi, j'essaie de te mettre à l'aise, en montrant que je suis ouvert aux sentiments, et toi, tu rabâches toujours le même discours ! Dans cette optique, on ne va pas arriver à avancer !

Kaya ouvrit la bouche de stupeur. C'était maintenant elle, la coupable, la responsable du déséquilibre de leur relation alors que quelques minutes plus tôt, elle se sentait complètement oubliée. Elle en venait à se demander si finalement, ce n'était pas encore un jeu pour lui. Jouer les distants pour la rendre plus jalouse, pour titiller son cœur et lui faire avoir des réactions de nana énamourée. Claudia devenait son subterfuge.

Elle se leva et le fusilla du regard. Elle se sentait ridicule à présent. Il avait effectivement réussi à souffler le chaud et le froid sur son cœur, mais le résultat à présent était plus vers le froid. Son nouvel objectif le rendait plus connard que connard : idiot ! Elle se rendait compte qu'il était prêt à tout une nouvelle fois pour la faire craquer. Jamais elle ne s'était sentie plus pantin entre ses doigts que maintenant. Il la guidait là où il voulait et elle ne réalisait que trop tard la supercherie.

Jamais je ne tomberai amoureuse de toi, Abberline ! Plutôt mourir que de me faire embobiner par tes manigances !

— Toi, tu es sincère ? Tu fais des efforts ? lui dit-elle alors, amère. Commence déjà par arrêter de forcer les gens et de jouer avec leurs sentiments ! Je vais aux toilettes !

Elle tourna très vite les talons et fonça vers les toilettes les plus proches. Elle avait besoin de décompresser sa rancœur à se sentir encore et toujours aussi manipulable. Ethan la regarda partir sans trop comprendre sa réaction. Il se frotta les cheveux et soupira. Il était vrai qu'il n'était pas si sincère que cela. Il utilisait des voies détournées pour arriver à ses fins au lieu de dire franchement les choses. Mais avait-il le choix ? Il ne savait plus quoi faire pour qu'elle comprenne que de son côté, il était déjà conquis depuis longtemps. Sa sœur s'avança vers lui. Ethan vit ses chaussures, puis releva la tête vers Claudia qui semblait énervée. Il se redressa et attendit sa remarque en silence.

— Pourquoi tu t'acharnes avec elle ? Regarde qui reste planté à chaque fois et qui s'en va. C'est quoi la suite ? Elle te largue ? Largue-la avant de souffrir plus.

Elle le laissa à côté des lionceaux qui continuaient à se chamailler. Ethan regarda les deux bestioles à poil avec tristesse.

— La gentillesse mène à la douleur. L'amour mène à la souffrance. C'est trop tard pour moi, Claudia...

Kaya avait besoin de se rafraîchir le visage. Elle avait l'impression de devenir folle. Elle ne savait plus quoi penser des réactions d'Ethan. Elle se sentait comme enlisée dans des sables mouvants. Dès qu'elle arrivait à extirper un membre, c'était l'autre qui s'enfonçait. À ce jeu, elle savait qu'elle finirait par se faire complètement engloutir. Elle ferma les yeux et se regarda une minute devant le miroir. Claudia apparut derrière, sur le reflet, au moment où elle les rouvrit.

— Rentre à Paris. Tu vois bien que ça ne marchera jamais entre vous.

— Pourquoi n'acceptes-tu pas ma relation avec ton frère ? lui demanda alors Kaya à travers le miroir.

— Je n'ai rien contre toi. Tu ne sais juste pas qui est mon frère et ce dont il a besoin. Tu penses savoir, mais tu ne vois rien et ne le connais finalement pas.

— Et toi, tu sais ce qui est le mieux...

Kaya se retourna pour lui faire face.

— Je le connais depuis plus longtemps que toi... lui rétorqua Claudia tout en haussant les épaules.

— Je sais que je ne connais pas tout d'Ethan et notamment de son passé, mais j'en apprends au fur et à mesure. Un jour, j'en saurai certainement autant, si ce n'est plus, que toi.

— Le problème, ce n'est pas d'attendre que tu saches, le problème, c'est maintenant ! Le mal est déjà fait. Tu le fais souffrir.

— Je le sais... mais on y travaille. Et il ne me fait pas de cadeaux non plus. Mais on apprend de nos erreurs et on avance comme on peut.

— Vraiment ? Combien de fois vous êtes-vous disputés depuis que tu es arrivée ici ?

En y regardant bien, il n'y a pas eu une journée sans dispute.

Kaya baissa les yeux. La remarque de Claudia avait fait mouche. Ils n'avaient fait que se brouiller depuis son arrivée. Les torts étaient partagés, mais elle ne pouvait nier qu'ils se disputaient souvent. Trop, sans nul doute.

Devant le silence de Kaya, Claudia enfonça le clou.

— Votre contrat n'a rien de bon. Il ne vous fait aucun bien. Quand on est au stade où il y a plus d'accrochages que de moments agréables, il est temps de se poser les bonnes questions. Ne viens-tu pas de le quitter à cause d'un nouveau désaccord ? Crois-tu que ce jeu puisse durer encore longtemps sans que vous n'y laissiez des plumes ? Tôt ou tard, il y aura des sentiments et l'un des deux le paiera à cause de la non-réciprocité. Je protège mon frère. S'il n'est pas capable de le faire, alors toi, fais-le. Quitte-le ! Ma famille est aveuglée par la venue d'une femme ici... Un miracle inespéré pour mon frère ! Moi, je vois les choses de façon plus distante. Certes, mon frère tient à toi, puisqu'il t'a présentée à nous. Mais toi, tu ne tiens pas à lui comme lui peut tenir à toi.

Je ne tiens pas à lui comme lui tient à moi ? Elle pense qu'il a plus de sentiments pour moi que moi, j'en ai pour lui ? Elle ne voit donc pas toutes ses manigances ? Monsieur fera des efforts pour m'aimer si je tombe amoureuse de lui ! Si ce n'est pas du calcul, c'est quoi ?! Tsss !

— Vous n'êtes pas dans les mêmes attentes, continua Claudia. Ça se voit. Ça se sent. Vous n'êtes pas sur la même longueur d'onde. Reconnais-le et tout le monde gagnera du temps.

Claudia quitta les toilettes sans attendre de réponses, laissant Kaya avec ses doutes et ses indécisions sur sa relation avec Ethan. Elle ne savait plus ce qui était bon ou mauvais, ce qui était sincère ou pas, ce qui était de l'ordre du mensonge ou de la vérité. Qui croire ? Ethan ? Si Claudia avait raison sur un point, c'était le fait qu'elle ne le cernait pas. Elle ne savait plus quelle personnalité d'Ethan était la vraie, celle qu'elle devait croire. Sur quoi elle devait baser sa confiance tant ses intentions étaient discutables. Devait-elle écouter Claudia ? Elle l'ignorait. Elle soulevait des évidences qu'elle ne pouvait nier, mais elle ressentait aussi beaucoup de jalousie chez la sœur d'Ethan. Ne cherchait-elle pas justement à semer le doute pour mieux gagner le duel qu'elle avait instauré entre elles dès le premier repas de famille ? Il était évident que Claudia cherchait à les séparer. Pouvait-elle alors croire Cindy ? C'était une mère aimante, qui espérait le bonheur de son fils. Était-elle seulement objective ? Quant à elle, devait-elle se faire confiance ? Elle ne savait plus ce qu'il était juste de penser. La seule chose dont elle était sûre, c'était que leur contrat nouvelle version ne changeait pas grand-chose finalement si ce n'était lui apporter de nouvelles problématiques et une vérité : ils n'étaient que des mots sur un contrat.

« Tôt ou tard, il y aura des sentiments et l'un des deux le paiera à cause de la non-réciprocité. »

Claudia a raison. Plus nous avançons, plus il est difficile de faire abstraction des sentiments. Mes sentiments changent et je vais finir par le regretter... Ethan est à mille lieues de savoir combien tout cela me trouble et me fait peur. Est-ce utile de continuer si on en revient toujours à se disputer et ne pas concilier nos sentiments naissants ?

Elle alla donc rejoindre Ethan et Claudia dans un état second. Ethan lui attrapa le bout des doigts pour tenter de renouer un semblant de contact avec elle. Elle regarda alors sa main avec cette drôle d'impression de gouffre entre eux alors qu'il la touchait.

— Pardon... pour tout à l'heure ! déclara alors Ethan, conscient qu'un froid était présent et ne voulant pas d'une énième dispute. Je ne veux pas te forcer à m'aimer, je veux juste que tu

comprennes mes attentes. Je suis allé trop loin.
Tes attentes ? Un amour unilatéral et faussé ?
Kaya le regarda sans vraiment le voir. Elle ressassait son pardon comme un coup de poignard dans son cœur. S'excuser, c'était confirmer le regret d'une querelle. C'était admettre des torts comme des indélicatesses et revenir sur ses positions. C'était se plier au bon vouloir de l'autre, malgré son fort caractère et ses convictions. C'était faire des concessions pour éviter le drame.

Éviter le drame. Ils en étaient là. Tout faire pour ne pas en venir au conflit. Ils ne tenaient même plus compte du bien-être de l'autre ni d'un bonheur à être avec l'autre. Ils ne profitaient plus des choses agréables. Ce n'était plus leur objectif. Le positif était bouffé par le négatif qui prenait de plus en plus de place. Leur préoccupation était à présent de ne pas provoquer ou accentuer une catastrophe. Ce n'était plus se consoler des blessures, c'était éviter de s'en donner de nouvelles. C'était comme être dans une zone démilitarisée entre deux camps en guerre où tout pouvait péter à tout moment.

La tristesse s'accentua sur le visage de Kaya. Elle sentait depuis un moment que quelque chose clochait entre eux et elle réalisait que c'était bien là le problème qui bloquait leur relation : il n'y avait jamais eu de réelle paix entre eux. Juste des guerres, et au milieu, un armistice ou deux avant de repartir au front. Une vraie relation, c'était l'inverse. Une paix permanente, un refuge, un moment de répit auprès de l'autre et de temps en temps une dispute. Ils avaient tout faux. Quelque part, Claudia venait d'éclaircir la vérité sur eux deux.

Comment deux personnes en guerre perpétuelle peuvent-elles trouver une paix durable ?

— Ne t'excuse pas ! dit-elle alors à Ethan, agacée. Je ne veux pas que tu t'excuses ! Je ne veux pas que tu te sentes obligé de le faire pour maintenir une paix déjà fragile entre nous.

— Quoi ? Qu'est-ce que tu racontes ?

Ethan la dévisagea, incertain de comprendre son nouveau délire. Kaya posa alors sa main sur la joue d'Ethan et lui sourit tristement.

— Arrêtons de nous demander pardon, Ethan. Il est évident que les excuses montrent une faiblesse et nous en faisons trop usage. Nous sommes faibles parce que nous devons fléchir devant l'autre pour maintenir l'équilibre précaire de notre histoire, mais surtout nous sommes faibles parce que nous avons conscience de notre échec. Nous n'avons pas de relation stable. Nous ne l'aurons jamais. Nous avons toujours été deux opposés. Si les opposés s'attirent, il n'en reste pas moins que l'incompatibilité demeure. Regarde-nous ! On est rarement d'accord sur quelque chose. Nous cherchons toujours à changer, à négocier, à manipuler, à tirer la couverture à soi pour être satisfait. Il n'y a rien sur quoi nous sommes d'accord du premier coup...

— Bien sûr que si ! objecta rapidement Ethan.

Il réfléchit, mais s'agaça à ne pas vite trouver la preuve de son affirmation.

— Attends ! Donne-moi deux secondes de réflexion !

Kaya lui sourit tout en secouant la tête négativement. Elle lui signifiait ainsi qu'elle avait raison. Réfléchir autant, c'était confirmer son incapacité à trouver sa preuve. Ethan se frotta la tête, peu content de lui donner de quoi alimenter ses propos. Elle lui reprit sa main dans la sienne.

— Nous passons plus de temps à nous disputer qu'à nous consoler. Nous voulons changer l'autre pour se sentir mieux soi-même au lieu d'admettre qu'il faut nous accepter comme nous sommes. Or, nous n'avons pas la même vision des choses. Nous fonctionnons différemment. Nous aurons beau essayer de trouver des parades, on gardera nos convictions. Notre nouveau contrat n'apportera rien de nouveau à notre situation. Nous sommes trop différents pour nous comprendre. Nous avons des attentes différentes, nos propres convictions, nos propres idéaux. Et tout cela ne fusionne pas entre nous. Ça ne s'entrecroise pas ! Ça finit même par se repousser !

— Où veux-tu en venir ? s'inquiéta alors Ethan, conscient qu'elle tentait de lui faire reconnaître quelque chose qu'il refusait de voir.

Kaya jeta un œil sur le côté et se pinça les lèvres. Ses yeux s'humidifièrent.

— Je vais rentrer à Paris. Je pense que c'est le mieux.

— Quoi ?! Pourquoi ? Arrête de dire n'importe quoi ! Qu'est-ce qu'il te prend ?

— J'arrête tout.

— Kaya, qu'est-ce qu'il se passe ? Ce matin, ça allait très bien et maintenant tu veux tout foutre en l'air ? Je t'ai dit pardon !

Elle ouvrit son sac à main et attrapa le contrat qu'ils avaient signé la veille. Elle l'avait gardé avec elle, pensant s'en servir comme preuve dans le cas où Ethan aurait fait des siennes. Elle le déplia, puis le déchira sous les yeux médusés d'Ethan.

— Je suis désolée, Ethan... C'est fini. Arrêtons de nous voiler la face ; ça ne marche pas. Ça ne marchera jamais. Parce que tôt ou tard, l'affect entre en jeu et l'un de nous souffrira.

— Attends, attends, attends ! paniqua Ethan. Je sais que te dire « je t'aime », comme ça, a été maladroit, mais de là à être si radicale, tu...

— Ça n'est pas le problème ! le coupa-t-elle. Certes, tu joues sur les mots, mais c'est surtout qu'on ne voit pas les choses de la même façon. Pour toi, les sentiments sont un tabou, et tu en joues pour obtenir les faveurs des gens, au détriment de la sincérité. Tu manipules leur affect pour obtenir gain de cause. Ça devient même quelque chose de spontané et tu ne réalises pas les désillusions engendrées ! Et moi, c'est quelque chose en quoi je crois. Je crois aux sentiments et être avec une personne qui se fiche de tout ça, ce n'est pas viable. Je ne peux que me sentir mal à l'aise. Je ne peux me fier à toi sans avoir peur d'une déception derrière. Je ne peux que souffrir... Du coup, je me défends pour ne pas tomber dans le piège. Alors on se dispute, on s'engueule, car il n'y a que dans ces moments où l'on est quelque part d'accord. On essaie de trouver des solutions, on trouve un répit, mais nos caractères reprennent le dessus et nous échouons encore et encore.

— Mais je crois aux sentiments ! s'agaça Ethan. C'est juste que... que...

—... Que tu n'as pas trouvé la bonne personne !

Kaya lui sourit à nouveau avec bienveillance. Son attitude à le juger hâtivement le rendait dingue. Il voulait lui dire qu'il était sincère, que son « je t'aime » était spontané, venait du cœur, mais comment lui faire comprendre quand elle-même ne voulait pas entendre réellement ces mots dans sa bouche. Elle lui avait dit le matin même qu'elle ne préférait pas le voir amoureux. Il se sentait prisonnier de ses sentiments. Ils étaient là, mais n'avaient aucun droit à être revendiqués. Il devait rester le connard de service et continuer de porter ce masque de mec froid, sans sentiments. C'était ainsi qu'il avait vécu jusque-là et c'était ainsi que Kaya lui demandait de poursuivre sans même savoir la vérité.

— Ethan, notre relation se base sur des mots sur un contrat. Nous ne sommes que la résultante d'un contrat dictant la bonne marche à adopter, mais nous sommes face à un mur dès que nous tentons d'être nous-mêmes en voulant sortir de ce que dicte ce contrat. Nous ne sommes pas naturels. Nous nous forçons pour un résultat qui n'est pas sain non plus.

— C'est pour ça que je ne voulais plus du contrat ! objecta Ethan pour sa défense.

— Cela ne changera rien au problème, Ethan. Tes attentes me concernant ne sont pas celles que je souhaite réaliser pour toi. J'y vais à reculons. Je ne veux pas être la poupée que tu manipules à ton aise, comme les autres femmes. Je comprends aujourd'hui leur tristesse. Elles sont tombées dans le piège de l'espoir avec toi. Celui de pouvoir avoir une relation normale. Malheureusement, c'est impossible. Tu es comme tu es et je ne veux pas te changer. Je comprends tes réticences à avoir des sentiments, je comprends sincèrement. Mais je ne suis simplement pas celle qui pourra supporter ce type de relation avec toi. Nous avons trop de divergences sur notre façon de vivre pour que ça fonctionne entre nous. Je ne tomberai pas amoureuse de toi. Je ne veux pas d'un sens unique ni que cet amour serve juste à te rassurer. Pardon de te décevoir...

Kaya se dirigea vers Claudia qui avait observé la scène en silence. Elle lui donna un morceau du contrat et un stylo pour qu'elle écrive derrière.

— S'il te plaît Claudia, peux-tu m'écrire votre adresse pour que je puisse la donner au taxi et rentrer ?

Kaya lui sourit timidement, affectée par la décision qu'elle avait finalement accepté de prendre. Claudia prit le papier et le stylo et s'exécuta en silence. Kaya la remercia et les quitta. Ethan demeurait sonné. Il avait l'impression d'avoir pris un énorme somnifère le rendant KO. Il n'avait même plus la force de se battre. Kaya le quittait. Cette fois, il sentait que c'était vraiment la fin. Claudia prit alors son frère dans ses bras.

— C'est mieux ainsi. Tu n'aurais pas été heureux avec elle.

Ethan regarda Kaya s'éloigner tandis que Claudia lui frottait le dos pour le réconforter. Il regardait partir ce qui le rendait heureux.

— J'étais heureux avec elle.

— En te disputant sans cesse ?

Ethan repoussa sa sœur, le visage dur.

— Tu ne peux pas comprendre. J'aime Kaya. Dans les

moments de bonheur comme dans les moments où on s'engueule.

— Où vois-tu de l'amour dans vos disputes ? Elle ne t'aime pas ! Tu es le seul à ressentir ça !

— Et alors ? Je m'en fiche ! C'est mon problème ! Si on se dispute, c'est justement parce qu'on tient à l'autre et qu'on veut que certains problèmes s'effacent pour être encore plus heureux !

Claudia l'écouta et regarda au loin Kaya qui disparaissait. Avait-elle mal vu les choses ?

— Ethan, tu es donc prêt à subir les mêmes désillusions qu'il y a vingt ans. Te rabaisser au nom de ce bonheur tout aussi illusoire ?

Ethan la foudroya du regard.

— Ne me parle pas de ma mère ! cria-t-il alors.

— Tu réagis avec la même naïveté qu'à cette époque pourtant ! Haussa-t-elle le ton.

— Cela ne te regarde pas...

— Ça te touche, donc ça me regarde ! s'énerva sa sœur. Je ne laisserai personne faire du mal à mon frère et cette femme te fait du mal, volontairement ou pas ! Elle devait partir !

Ethan la fixa attentivement, cherchant alors le doute qui venait de s'immiscer dans la carapace indestructible de sa confiance en elle.

— Serais-tu en train d'insinuer que tu as fait quelque chose pour qu'on se sépare ?

Claudia hésita à répondre, sentant sa colère émaner de tout son corps.

— Je ne lui ai dit que la vérité.

Ethan sentit son self-contrôle le lâcher. Il attrapa sa sœur par le col de son manteau.

— Qu'est-ce que tu lui as dit ? C'est toi qui lui as monté la tête ?

— Juste qu'elle et toi, vous n'êtes pas faits l'un pour l'autre.

Elle va te détruire, Ethan ! Elle va te faire souffrir. Elle a simplement ouvert les yeux et il serait temps que, toi aussi, tu les ouvres.

— Je ne t'ai rien demandé ! Mêle-toi de tes affaires !

Ethan lâcha le col de Claudia et l'abandonna, en colère.

19

OUVERT

Si Claudia était rentrée rapidement du zoo, ce fut cependant seule. Ethan l'avait tout bonnement abandonnée. Elle n'aimait pas être en froid avec son frère et elle doutait à présent d'avoir fait le bon choix. Aussi, quand toute la famille remarqua son retour sans son frère à ses côtés, l'impatience et l'inquiétude s'installèrent progressivement. Encore plus lorsque, à vingt-et-une heures, Ethan n'avait toujours pas fait son apparition. Cindy s'inquiéta alors sévèrement de son absence, mais surtout de son silence. Elle avait bien tenté de l'appeler, mais elle tombait systématiquement sur le répondeur. Elle était allée alors réévaluer la situation auprès de Claudia, pour qu'elle lui réexplique une énième fois tout ce qu'il s'était passé. Au départ, elle ne voulait pas embêter Kaya, mais son anxiété avait fini par prendre le pas sur ses résolutions et elle était allée lui demander sa version des faits. Kaya s'était confondue en excuses, mal à l'aise et peu bavarde sur leur rupture, puis elles s'étaient fait des câlins pour ne pas s'infliger davantage de peine. Et Cindy réitéra son manège plusieurs fois. Ne voulant pas augmenter davantage l'angoisse de Cindy, néfaste pour sa santé, et parce qu'elle se sentait en partie responsable, Kaya eut besoin de prendre un peu l'air dehors et s'éloigner. Regarder les étoiles, c'était ce que faisait Ethan lorsqu'il devait réfléchir ou se détendre. Elle pensa alors que c'était peut-être un moyen de relativiser sur ce qui s'était passé entre Ethan et elle.

— Que fais-tu toute seule ici ? fit une voix rauque. Tu vas attraper froid.

Kaya se tourna vers son interlocuteur et sourit timidement.

— J'avais besoin de prendre l'air.

Charles prit place à côté de Kaya sur les marches de l'entrée de la terrasse. Il semblait plus serein que Cindy. Comme s'il savait que son fils allait bien. La nuit était calme. Aucun bruit ne vint interrompre leur contemplation du ciel.

— Vous n'êtes pas inquiet ?

— Tu l'es, toi ?

Kaya se trouva surprise par ce renvoi d'ascenseur. À bien y repenser, non. Elle n'avait pas essayé de le contacter pour, ne serait-ce, rassurer Cindy, elle ne se rongeait pas les ongles, elle était plutôt calme. Elle sourit alors. Finalement, tous deux savaient qu'Ethan était un débrouillard, un invincible... ou bien Charles ne souhaitait pas montrer sa préoccupation et l'accabler davantage.

— Cindy m'a dit que finalement tu rentrais demain à Paris et que c'était en partie pour ça que vous vous étiez disputés...

Kaya se mit à sourire amèrement cette fois-ci.

— Oui, merci pour votre accueil, mais il est préférable que je rentre. Parfois, prendre de la distance est aussi judicieux, que de tenter un rapprochement pouvant faire croire qu'on va avancer dans le bon sens. Je dois vous décevoir, mais je préfère partir.

— Mmm... Je suis sans doute le moins bien placé pour juger votre relation, à Ethan et toi. Néanmoins, même si j'aime mon fils, sache que je peux comprendre ton besoin de t'éloigner de lui. Il a beau être mon fils, j'ai beau vouloir son bonheur avant tout, je sais aussi à quel point il est compliqué à comprendre. C'est un garçon qui cogite beaucoup, mais aussi quelqu'un qui se confie peu.

Kaya regarda attentivement Charles. Il visait juste.

— Vous savez, Monsieur Abberline, je peux comprendre que la confiance peut être compliquée à donner quand on l'a bafouée à plusieurs reprises. Je ne sais pas si je suis digne d'obtenir celle d'Ethan. À vrai dire, le problème n'est pas vraiment là. C'est juste que je ne sais pas à qui j'ai affaire. C'est plutôt ma confiance en lui dont je doute. Ça fait deux mois qu'on se voit régulièrement, mais je n'arrive toujours pas à cerner ses véritables intentions. Il est une énigme pour moi. Il est aussi changeant que la météo. Un coup charmant, un coup provocateur, un autre coup c'est le pire connard au monde. Je sais que dire ça de votre fils ne doit pas vous faire plaisir, mais il a des actes qui peuvent être aux antipodes de ce qu'on peut attendre de quelqu'un. Il me perd. Je ne sais plus où est sa sincérité. Parfois, je pense la saisir et la minute d'après, il me dit quelque chose qui me fait douter.

Charles posa sa main sur le genou de Kaya pour la rassurer.

— Je sais, Kaya. Ne t'inquiète pas. Je connais mon fils. J'ai moi-même mis énormément de temps pour percer sa carapace. Je sais à quel point il peut prendre à revers les sentiments des autres. Et même encore aujourd'hui, je n'arrive pas à le comprendre entièrement. Il est de ceux qui cultivent le mystère et les silences. Il ne dit que ce qui peut le toucher sans gravité. Le reste, il tente de le garder pour lui. Pour être honnête avec toi, Ethan n'agit pas de façon mauvaise. Il agit juste instinctivement. Il ne veut simplement pas souffrir, donc il contre-attaque ou il esquive. Éprouver le moindre sentiment le panique. Il a peur du revers de la médaille de l'amour parce qu'il a déjà beaucoup souffert à aimer sans retour. Du coup, il lutte pour inverser la pression que ces mêmes sentiments exercent sur son cœur. En cela, il emploie une certaine agressivité qui peut le rendre exécrable, blessant. Mais en même temps, ses sentiments ne demandent qu'à s'exprimer, donc par moments, ils agissent sur sa raison et il devient l'homme le plus doux au monde quand il veut.

Kaya observa alors le visage de Charles plus sérieusement. Il souriait avec douceur. Nul doute que c'était un père loyal, aimant et plein d'attentions.

— Retiens juste une chose pour moi, Kaya, à propos de mon fils. Ethan est gentil. À un point que tu n'imagines même pas. C'est cette gentillesse qui fait son être, à la fois touchant et agaçant. C'est elle qui dicte son caractère et tous les actes qui en découlent. Elle le grandit comme elle le blesse. C'est pour lui un défaut plus qu'une qualité. Il tente de la cacher parce qu'il sait ce que cette gentillesse lui coûte. Elle lui a déjà beaucoup coûté au point de vouloir changer toute sa personnalité et renier son être profond... On peut croire à une forme de naïveté à vouloir le bien des autres, mais ce n'est pas le cas pour mon fils. Ethan peut simplement se mettre en quatre pour quelqu'un qu'il aime. C'est un homme entier qui n'aime pas voir le mal autour de lui. Quand il aime, sa gentillesse peut prendre des proportions incroyables. Mais cette gentillesse trop abondante est aussi un problème. Ethan peut faire le meilleur comme le pire à cause de cette gentillesse. Il peut agir de façon dangereuse juste pour quelqu'un. Il peut même accepter de souffrir juste pour le bonheur d'une personne ou le blesser pour le sauver. Quand tu comprendras à quel point elle influence ses actes, tu perceras son mystère. Il se barricade en gestes et propos parfois difficiles ou blessants, mais c'est parce que lui-même souffre pour l'instant du revers de cette gentillesse. Il s'en veut d'être si gentil. Quand il fera la paix avec lui-même, quand il s'acceptera comme il est, avec cette gentillesse comme une réelle qualité et non comme une malédiction ou une maladie destructrice, il pourra apprécier cela avec les autres. Pour l'instant, Ethan s'est juste réfugié dans des certitudes qu'il s'est fixées pour se protéger. Certitudes fausses, mais qui le maintiennent debout. Et je pense que tu bouscules tout cela. Tu rétablis des vérités qui le gênent dans les murs de la défense qu'il s'est construite. Je t'en remercie, car cela ne pouvait venir que d'une femme. Une femme qui touche son être. Ne l'abandonne pas trop vite. Accroche-toi et fais confiance à ton instinct. Ethan avance doucement, mais c'est vers toi qu'il avance.

Kaya analysa les propos de Charles avec attention et une chose lui revint en mémoire.

— Il m'a demandé de rester gentille avec lui à l'aéroport. Mais il dit aussi souvent que la gentillesse mène à la douleur et que l'amour apporte la souffrance...

— Ah ? Tu l'as entendu ? s'étonna alors Charles. Il te l'a dit ?

Il leva les yeux au ciel. Les étoiles demeuraient timides.

— C'est une phrase qui est ancrée en lui comme un mantra, un sortilège qui dévore sa clairvoyance. C'est une phrase qu'on lui a dite il y a longtemps et depuis, il l'a prise pour argent comptant. On ne peut lui en vouloir. Dans un sens, il a raison. La bonté, les sentiments affectueux peuvent avoir un côté dangereux. Cela peut détruire une personne... Ethan est ce type de personne. Ethan a perdu confiance en ce qui est positif. Tu lui apportes ce positivisme des choses, malgré le fait qu'il ait conscience que le côté négatif soit toujours présent. S'il te l'a dit, c'est qu'il est en lutte avec lui-même.

— En lutte avec lui-même ? répéta alors Kaya.

— Ça faisait longtemps que je n'avais pas entendu cette phrase. Intéressant... Oui ! En lutte avec lui-même ! Tout comme toi, tu es actuellement en lutte avec toi-même pour savoir si tu dois réellement quitter Ethan ou pas !

Charles tapota alors le genou de Kaya. Elle rougit alors, ayant l'impression d'être un livre ouvert dans lequel tout pouvait être lu. Charles se releva avec un grand sourire.

— Tu es sur la bonne voie ! lui déclara-t-il alors, visiblement heureux. Tu vas gagner, tu vas le battre !

Le battre ?

Charles rentra et la laissa méditer. Kaya regarda ses genoux, puis ses pieds. Le battre... Donc, dans leur guerre, il devait y avoir un vainqueur...

Celui qui arrive à percer les faiblesses de l'autre...

Elle avait peur de croire cela possible. Tant de fois, elle y avait cru et tant de fois, elle avait échoué. Garder espoir, c'était avancer dans le noir sans savoir ce qui pouvait advenir. Et l'avenir lui faisait encore peur. Certes, il n'y avait plus ses dettes, mais elle gardait en tête sa propre malédiction : celle qui dit que la roue tourne toujours en sa défaveur. Elle savait qu'Ethan pouvait se montrer attentionné, gentil. Mais il y avait aussi ce côté calculateur qui la refroidissait. Et c'était cette partie d'Ethan qui l'effrayait. Elle prenait le pas sur sa personnalité et rendait sa propre confiance en lui fragile... Elle savait qu'en voulant gagner cette guerre, elle pouvait aussi beaucoup souffrir. Se sentait-elle seulement capable de souffrir pour gagner une guerre ? Une guerre qui mènerait à quoi derrière ? Elle regarda, elle aussi, le ciel et soupira.

Ethan, pourquoi faut-il des victimes dans une guerre ?

Cindy sortit alors en trombe de la maison.

— Il a appelé ! s'écria-t-elle alors.

— C'est vrai ? s'exclama Kaya, finalement soulagée.

— Oui, mais...

Cindy sembla embêtée de lui parler. Kaya le comprit rapidement.

— Tout va bien ?

Cindy inspira un bon coup et lui sourit.

— Oui ! Je vais le voir !

— Ah ? OK.

Sans donner plus d'explications, Cindy prit la voiture et quitta les lieux. Kaya regarda Cindy partir avec la nette impression qu'on ne lui disait pas tout.

Ethan était assis sur un banc face au port lorsque Cindy vint s'asseoir à ses côtés silencieusement. Au son de sa voix au téléphone, elle avait su immédiatement que ça n'allait pas fort. Il n'avait pas fait de bêtises, mais le moral n'y était pas. Elle lui avait alors proposé de le rejoindre pour boire un coup. Elle savait qu'il refuserait la discussion. Aussi, même si le subterfuge de la virée pour boire sonnait faux, elle voulait absolument le voir pour se rassurer. Quand elle le vit seul sur ce banc, elle eut mal pour lui. Bizarrement, elle sentait déjà son malaise. Il ne bougea pas au moment où elle se posa à côté de lui. Elle regarda alors ce qu'il ne décrochait pas du regard : le phare au loin. Elle aurait voulu lui tenir la main, mais le froid avait obligé Ethan à les garder dans ses poches.

— Claudia m'a expliqué que Kaya voulait cesser le contrat et rentrer à Paris..., mais... tu veux bien me dire ta version ?

— Il n'y a rien à dire...

— Vraiment ?

Ethan ne répondit rien. Il continua à fixer le phare qui baladait incessamment dans une même ronde sa lumière.

— Écoute, Ethan... Je sais que tu n'aimes pas te confier, et encore moins à une femme, mais je pense que le problème entre Kaya et toi est peut-être là. Si tu veux qu'une relation fonctionne, tu dois t'ouvrir aux autres...

— Je ne peux pas ! la coupa-t-il sévèrement.

Cindy se tourna un peu plus vers son fils et posa sa main sur son bras.

— Ethan, regarde-moi...

D'abord hermétique, Ethan soupira et la regarda droit dans les yeux. Cindy afficha un petit sourire de victoire face à son têtu de fils.

— Je ne suis pas Kaya, donc à moi, tu peux me dire des choses la concernant. Tu avais commencé à m'en parler à Noël. Parle-moi encore de ce qui te bouleverse. Je peux être aussi un journal intime pour toi !

Ethan regarda sa mère adoptive d'abord durement, puis laissa montrer une tristesse en lui.

— Il n'y a rien à dire. Elle ne veut plus de moi. Je ne suis pas comme elle voudrait... Je ne serai jamais quelqu'un d'assez bien pour n'importe qui...

Le cœur de Cindy se serra en l'entendant dire sa plus profonde blessure. Elle ne savait trop quoi faire à part agir comme une mère et prendre la tête de son fils contre elle et le serrer dans ses bras. D'abord surpris, Ethan se laissa toutefois faire.

— Ethan, ne te juge pas sur ce que tu as fait avant, mais sur celui que tu es aujourd'hui.

— Celui que je suis aujourd'hui, elle ne l'aime pas. Alors, elle ne pourra aimer celui que j'ai été...

— Lui as-tu déjà tout dit sur l'homme d'aujourd'hui ? Lui as-tu tout révélé de ce qui t'anime auprès d'elle ?

— Ça ne sert à rien.

— Pourquoi ?

Ethan se redressa et rompit volontairement le câlin.

— Parce qu'elle ne veut pas l'entendre.

— C'est elle qui ne veut pas l'entendre ou c'est toi qui ne veux pas le lui dire ? demanda alors Cindy avec sincérité.

Un moment d'hésitation plana sur le visage d'Ethan qui considérait la remarque de Cindy avec attention.

— Les deux..... concéda-t-il alors.

— Pourquoi as-tu peur de lui parler ?

— Parce que...

Il se mit à sourire en repensant aux propos de Kaya. Finalement, ils se ressemblaient. Ils avaient les mêmes souhaits. Ils avaient les mêmes craintes, les mêmes appréhensions. Ils avançaient avec la peur de tout perdre.

— Je ne veux pas perdre le peu d'acquis que j'ai avec elle.

— Tu te rends compte, remarqua Cindy, que tu es en train de la perdre quand même ? Ta retenue ne change rien au problème. Même si elle refuse de l'entendre, dis-lui les choses. Le regret est pire que la vérité. En lui disant ce que tu as sur le cœur, elle pourra mieux peser le pour et le contre des choses et donc raviser son jugement. Si tu ne lui dis rien, elle ne saura jamais ce que tu penses d'elle réellement.

Ethan baissa les yeux au sol. Il savait que Cindy n'avait pas tort, mais il se sentait incapable de trouver des arguments en sa faveur.

— Que veux-tu que je lui dise ? Si je lui raconte ce que j'ai vécu avec ma mère, elle va me fuir. C'est inévitable.

Cindy considéra sa remarque un instant. Il s'agissait d'un cas moral et éthique qui pouvait effectivement avoir des réactions en réponses aussi diverses qu'imprévisibles.

— Peut-être pourrais-tu commencer par lui dire ce qu'il y a là ?

Elle montra alors du doigt son cœur.

— Ethan, dis-lui ce que toi, tu ressens quand tu es avec elle. Dis-lui pourquoi tu aimes passer du temps avec elle. Je ne parle pas de contrat, mais bien de sentiments. Si tu veux qu'elle tienne à toi, tu dois lui montrer que tu tiens à elle ! Pas juste en étant là, en étant son journal intime ou en la consolant, mais bien en lui faisant part de ce qu'elle provoque en toi.

Ethan regarda l'index pointé sur sa poitrine. Cindy s'était permis de toucher son torse. Elle avait osé l'impensable et la réaction d'Ethan ne sachant s'il devait s'énerver ou ne rien dire interloqua Cindy qui se rendit compte qu'elle était allée peut-être trop loin sans réellement le vouloir. Elle retira vite son doigt, mais Ethan resta bloqué sur l'impact de l'index sur son cœur.

— Pardon ! dit rapidement Cindy.

Ethan ne broncha pas.

— Je lui ai demandé de tomber amoureuse de moi... mais elle a refusé. Elle ne voit en moi qu'un Casanova et ne veut pas être un jouet que je manipule...

Cindy se trouva surprise par son absence de réaction sur son geste, mais aussi par sa révélation.

— Pourquoi lui as-tu demandé de tomber amoureuse ? Tu voudrais vraiment une relation sérieuse avec elle ?

Ethan sortit ses mains de ses poches et commença à se gratter les doigts, signe d'un certain malaise.

— Le contrat me bride. Je veux plus que ce que stipule le contrat.

— Tu veux des sentiments ? Si tu veux qu'elle t'aime, c'est que tu veux des sentiments plus profonds entre vous.

Ethan tourna la tête à l'opposé de sa mère. Il ne souhaitait pas qu'elle lise en lui trop facilement. Cela la fit sourire.

— Tu es amoureux, toi ? C'est ça ? Et tu voudrais la réciprocité.

Ethan resta silencieux. Sa mère lui frotta le dos.

— N'aie pas honte de ce que tu ressens, Ethan. N'en aie pas peur. Tu dois lui ouvrir tes sentiments et ne pas jouer à celui qui n'en a pas pour se protéger. Elle ne pourra voir que le Casanova si tu ne lui montres pas aussi l'homme amoureux.

— La gentillesse mène à la douleur, et l'amour à la souffrance. Aimer, c'est souffrir.

Cindy soupira en entendant ces paroles si familières sortir de la bouche d'Ethan.

— Bien sûr qu'aimer, c'est souffrir. Il y a toujours une part d'incompréhension dans l'amour. On voudrait que tout soit clair aux yeux de l'autre, mais ça n'est pas toujours le cas et ça mine, ça nous plonge dans des désillusions. Mais l'avantage de l'amour, c'est aussi que ça nous rend forts. Ethan, je suis persuadée que tu peux être quelqu'un de très fort quand tu aimes. Tu préfères montrer ta force par le déni, par la prise de distance de tout, mais tu n'as jamais été aussi fort que lorsque tu te dévoiles.

Ethan tourna alors la tête vers sa mère adoptive, surpris par ses propos.

— Ethan, n'aie pas peur de ressentir. C'est l'amour que tu lui portes qui te pousse à te battre pour elle. N'abandonne pas par peur de dévoiler ce que tu ressens. Ne laisse pas tes douleurs du passé dicter ton présent. Ne crois pas que ce que tu as vécu avec Sylvia va se reproduire immanquablement. Kaya semble être une charmante jeune femme, qui a ses doutes, comme toi, mais qui a besoin aussi d'être rassurée. Si tu veux qu'elle se sente en confiance avec toi, si tu veux qu'elle s'attache à toi, ce doit être par autre chose que par des actes. Ce doit être par le partage de sentiments profonds. Si tu lui en dévoiles, puis tu les renies, elle ne te prendra jamais au sérieux. Assume !

Elle posa alors sa main froide sur sa joue.

— Tu es un gentil garçon, c'est vrai. C'est ta réelle force, cette gentillesse. Montre-lui cette partie-là. Ne la renie pas.

Une larme coula sur la joue d'Ethan. Accepter de vivre comme quand il était jeune, avec une insouciance face aux sentiments, lui faisait peur. Sa poitrine et ses stigmates étaient le symbole de la fin de cette insouciance. Il s'était promis de ne plus croire en l'amour, il s'était juré de ne pas capituler ni retomber dans ses travers. Aujourd'hui, on lui préconisait de revenir en arrière et d'accepter ce qu'il voulait renier à tout prix au nom de l'amour pour une femme.

— Et si elle me rejette ? lança-t-il dans un sanglot.

— Kaya n'est pas idiote. Je pense qu'elle tient à toi. Réellement. Seulement, il lui faut le déclic pour qu'elle se sente rassurée pour continuer avec toi. Tu ne peux pas espérer une relation avec une femme en ne mêlant pas les sentiments. Tôt ou tard, ils apparaissent. Tu le sais. D'autres femmes ont fini par t'aimer et c'est toi qui y as mis fin, qui n'as pas offert cette réciprocité des sentiments. Aujourd'hui, avec Kaya, c'est l'inverse qui se produit, mais tu as le même résultat : la personne qui aime souffre et doit faire sa déclaration pour espérer un amour en retour. Si tu veux qu'elle t'aime, montre-lui comment toi, tu l'aimes. Ouvre-lui la porte vers cette possibilité. Et vas-y franco ! Ne passe pas par des chemins détournés qui vont la faire douter. Tu as entendu ma discussion avec elle dans la cuisine. Elle doute de tout. De toi, de votre intérêt mutuel, de votre relation, de vos sentiments. Tu dois mieux la guider et si tu lui fais part de tes sentiments, elle pourra te suivre plus facilement... Je sais que ce que je te dis t'est compliqué à réaliser, que cela te demande de surmonter des peurs, mais il faut que ce soit toi qui fasses ce pas. À ce moment précis, c'est à toi de montrer la voie. Et ne lui impose pas les choses, comme l'obligation de tomber amoureuse ! Tu es vraiment maladroit ! Les sentiments, ça ne se contrôle pas ! On ne décide pas de tomber amoureux en claquant des doigts ! Si tu veux son amour, tu dois le gagner !

— Ça va ! J'ai compris ! la coupa Ethan, qui n'aimait pas cette nouvelle leçon de morale.

Cindy se tût instantanément et se pinça les lèvres en réalisant son emballement à enfin pouvoir avoir de réelles discussions mère-fils avec lui.

— Tu vas y arriver ! lui déclara-t-elle alors pour l'encourager. Si elle est venue ici, c'est qu'elle tient un minimum à toi.

— Elle pense qu'on ne peut être ensemble parce qu'on se dispute tout le temps. Selon elle, on est toujours en guerre et on trouve difficilement des moments de paix.

— Raison de plus pour lui montrer quels moments de paix tu peux encore lui apporter pour renverser la tendance !

Elle lui fit un clin d'œil complice avec un sourire malicieux. Ethan voulut en rire, mais trouva ça aussi navrant que mignon.

— Plus tu lui montreras des moments de paix, plus elle oubliera vos moments de guerre !

Ethan observa alors le phare au loin. Il était un peu sa lumière dans la nuit. Il était loin, mais semblait accessible. Il avait encore beaucoup de distance à parcourir pour l'atteindre, mais il voulait y croire...

— Et si Claudia avait raison ? lança-t-il alors. Peut-être que je fais la même erreur qu'il y a vingt ans. À croire en des sentiments inexistants ?

Cindy regarda le phare qui hypnotisait son fils.

— La chose qui est sûre, c'est que tu as le droit d'aimer, Ethan. Ne te bride pas. Aimer, ce n'est pas un mal. Et Kaya, ce n'est pas Sylvia. Tu n'es pas dans le même contexte. Kaya n'est pas ta famille. Du moins, pas encore ! Un jour peut-être !

Cindy esquissa un petit sourire lorsque son fils la dévisagea en repensant à l'idée de fonder une famille avec Kaya.

— Je ne veux pas d'enfants !

— Et il y a quelques mois, tu ne voulais pas être amoureux ! Ethan, nous changeons tous un peu selon les aléas de la vie. Ne raye pas cette hypothèse que Kaya puisse changer radicalement la tienne.

— Je n'aurais pas de gosses quand même !

— Parce que tu n'es pas prêt ! Un jour, tu le seras !

— Ou pas ! Je ne veux pas être un père incestueux ! Quelle image donner à ses enfants que de dire que j'ai couché avec leur grand-mère !

Le ton d'Ethan monta. Son énervement augmentait.

— Il m'est déjà difficile de le révéler à Kaya sans prendre le risque de la perdre définitivement ! continua-t-il. Comment peux-tu imaginer que je puisse construire ma propre famille ?

Cindy encaissa le flot de colère de son fils sans sourciller. Elle ferma les yeux et soupira. Lorsqu'elle les rouvrit, elle grimaça, puis envoya une pichenette derrière la tête de son fils.

— Tu n'écoutes rien ! cria-t-elle alors, pour répondre à la colère de son fils par la sienne.

D'abord surpris par ce sursaut d'agressivité de la part de sa mère adoptive, d'ordinaire calme et réfléchie, Ethan accusa le coup en râlant.

— Je viens de te dire de ne pas fermer les portes, mais bien de les ouvrir ! Ne t'enferme pas dans tes certitudes et garde ces hypothèses comme réalisables ! Si tu veux avancer avec Kaya, tu dois oublier tes convictions et prendre des risques ! Tu n'écoutes rien ! Sale gosse ! Il va me renvoyer à l'hosto si ça continue !

Ethan fixa Cindy avec stupéfaction. C'est sans doute la première fois qu'il la voyait aussi énervée contre lui au point de lui en coller une. Il voyait dorénavant une espèce de monstre, un peu comme un Gremlins. Tout doux en apparence, mais passé minuit, elle se transformait en monstre terrifiant.

Les bras croisés contre sa poitrine, Cindy continuait de rouspéter, tout en pestant contre son fils. Ethan se mit à sourire. S'il y avait une chose dont il était certain, c'était que Cindy gardait toujours le positif en lui. Tout comme Charles. Il repensa aux larmes de Kaya lorsqu'il lui avait raconté les sentiments contradictoires qui l'avaient traversé lors de l'hospitalisation de Cindy. Il repensa à sa tristesse et aux mots de Kaya.

« Rien n'est immuable. »

« Je suis persuadée que Cindy compte à tes yeux d'une façon bien particulière »

Il se mit à sourire en réalisant que sa relation avec Cindy était effectivement particulière.

Une vraie maman...

— Tu voudrais être grand-mère..., Maman ? lui demanda-t-il alors, gêné par les mots qu'il venait d'employer.

Cindy décroisa les bras lentement, sidérée par ce qu'elle venait d'entendre. Enfin, surtout un mot, plus que le reste.

— Tu as dit... Maman ?

Ethan baissa les yeux, puis tourna la tête à l'opposé de Cindy.

— J'ai déjà une famille, je n'ai pas besoin d'en construire une autre... déclara-t-il pour seule réponse.

Alors qu'il lui tournait un peu le dos, Cindy se lova contre lui et l'encercla de ses bras pour lui faire un câlin. Un câlin d'amour, un câlin de maman qu'elle n'avait jamais pu faire jusque-là. Elle savait qu'elle graverait dans sa mémoire cette soirée si particulière où le mot Maman n'était plus une injure, mais un mot merveilleux pour son fils.

— Alors, débrouille-toi pour l'agrandir de petits-enfants ! grommela-t-elle dans son dos.

Ethan leva les yeux, las.

— Si je n'écoute rien, toi, tu vas trop vite en besogne ! Il faut déjà trouver une mère pour avoir des gosses et au cas où tu l'aurais oublié, la potentielle mère veut me quitter... Putain, je n'en reviens pas d'avoir ce genre de discussion ! Pendez-moi !

Cindy ricana dans son dos.

— Tu vois que tu peux ouvrir le champ des possibilités quand tu veux !

— Ça y est ? C'est le départ ? déclara Charles en la voyant mettre son manteau.

— Oui, merci pour tout ! répondit Kaya, avec une certaine tristesse.

— Quel dommage de repartir si vite ! s'attrista également Cindy. Couvre-toi bien. Il fait encore très froid aujourd'hui. Envoie quand même un SMS à Ethan pour nous dire que tu es bien rentrée.

— Promis !

Kaya enlaça alors les Abberline sans s'étendre davantage en adieux qu'elle détestait faire et quitta le salon pour aller dans le hall et retrouver sa valise. Elle enfila son bonnet, son écharpe et ses gants et attendit Max, qui ne devait plus tarder à la rejoindre devant la porte d'entrée. Malgré la boule dans le ventre à l'idée de partir, elle ne pouvait s'empêcher de se dire que la distance lui ferait peut-être du bien. Avoir un repli, prendre du recul dans un endroit neutre ou plus proche d'elle lui permettrait d'y voir plus clair. Retrouver son chez-soi la rassurait. Elle avait un refuge. Ici, tout était plus compliqué.

Ethan apparut alors dans le hall, à sa grande surprise. Elle ne voulait pas d'une nouvelle dispute avec lui, surtout avec ses parents dans le salon à côté. Et lui dire au revoir ou adieu avec détachement sonnerait faux. Comment rester distante avec un homme avec qui on a partagé tant de choses ?

— On n'est pas obligé d'en venir aux adieux pénibles, tu sais... lui dit-elle quand même. On peut s'épargner ça, je pense...

— C'est moi finalement qui te dépose à l'aéroport. Max ne peut pas.

Ethan mit l'écharpe que Kaya lui avait offerte autour du cou, puis son manteau et son bonnet.

— Ah...

Les adieux attendront finalement...

Elle baissa les yeux, contrariée. La présence de Max était une

garantie de tranquillité plus certaine que celle d'Ethan. Là, elle savait que la dispute d'hier allait encore se prolonger pour n'aboutir à rien de nouveau.
L'ambiance de merde pendant tout le trajet... Pfff !
Ethan lui prit sa valise et ils sortirent vers le pick-up. Il faisait un beau soleil. La neige fondait. Tout l'inverse de leur situation qui était morose, toute grise, avec des couches de non-dits et autres doutes. Chacun prit sa place dans l'habitacle en silence, après qu'Ethan posa la valise derrière. Quitter la maison des Abberline lui faisait un drôle d'effet. Elle ne reverrait plus jamais ces gens pourtant si gentils avec elle. Quelle chance avait-elle de les revoir un jour ? Ethan et elle étaient en train de se quitter pour une durée indéterminée. Elle avait aimé son séjour ici, même si cela avait été dur avec Ethan parfois, mais la conclusion était qu'ils n'étaient sans doute pas faits pour être ensemble. Elle soupira.
Tu tournes juste une page, Kaya. Tu as essayé, ça n'a pas marché. N'aie pas de regrets.
La maison disparut de son champ de vision et seule la route vers l'aéroport comptait dorénavant. Ethan n'avait pas dit un mot depuis. Pourtant, elle pouvait sentir la tension entre eux deux, toujours présente. Il voulait paraître détaché, mais certains gestes ne trompaient pas : impatience à attendre au feu rouge, crispation au volant, le regard partout sauf vers elle. Il bouillait intérieurement. Leur dispute avait été triste. Elle redoutait celle à venir. Bien malgré elle, l'angoisse oppressait sa poitrine. Quittait-elle cette fois-ci Ethan définitivement ? Se reverraient-ils tout en sachant qu'ils étaient dans une impasse ? Ne plus revoir Ethan lui paraissait impensable maintenant. Il avait toujours fait en sorte de la retrouver, de s'imposer à elle, dans sa vie, son quotidien, par tous les moyens. Sa présence était devenue presque habituelle, au point de ressentir un manque pendant ses trois semaines d'absence aux USA. Et maintenant, comment allait-elle gérer cela ?

Tu as essayé, Kaya. Pas de regrets. Tu n'as pas à t'inquiéter.
Elle regarda les champs couverts de neige. Ils avaient quitté la ville depuis cinq minutes maintenant et elle se laissa aller à la contemplation nostalgique du peu d'un pays qu'elle n'avait finalement pas visité.

Quel dommage ! Aller dans un pays et ne pas faire de tourisme. Si ce n'est pas triste...

Elle se laissa absorber par le bord de la route coupant de son goudron des champs enneigés qui ne demandaient qu'à rester tranquilles. Puis, la voiture ralentit et les roues vinrent manger la ligne de démarcation de la route et rouler sur le bord d'un champ avant de s'arrêter. Immédiatement, elle tourna la tête vers Ethan pour comprendre le but de cet arrêt impromptu. Ce dernier avait toujours ses deux mains sur le volant et regardait droit devant lui. Elle déglutit. Cette image, elle l'avait déjà vue. La même position que lorsqu'elle s'était apprêtée à lui dire adieu après le Noël à l'orphelinat. Le même regard dans le vague, mais avec cette inquiétude folle latente. Le même bouillonnement qui allait exploser et qui allait leur faire mal à tous les deux.

— Ethan, s'il te plaît, reprend la route. Inutile de me jouer le coup du pneu crevé ou de la panne, je ne changerai pas d'avis.

— Toi peut-être pas, mais moi oui. J'ai changé d'avis. Je ne veux plus aller à l'aéroport...

20
GENTIL

—... Je ne veux plus aller à l'aéroport...

Le ton laconique d'Ethan agaça Kaya tandis qu'il croisait les bras pour montrer sa détermination à camper sur cette nouvelle position. Kaya ferma les yeux et respira un bon coup. Elle savait que ce moment viendrait. Elle savait qu'il allait tout tenter et qu'il allait tout faire pour l'empêcher d'agir comme il était prévu. Elle rouvrit les yeux, avec l'intention de ne pas céder au chantage.

— OK, ce n'est pas grave !

Elle lui sourit alors. Ethan décroisa ses bras, surpris par ses mots et son sourire trop conciliant.

— Rentre bien ! ajouta-t-elle avant de détacher sa ceinture et de sortir du pick-up.

Ethan paniqua et la chercha du regard à travers les rétroviseurs. Elle sortit la valise de l'arrière de la voiture et alla se poster à quelques mètres devant le véhicule. Ethan s'esclaffa, effaré de la voir se démener à porter sa valise tout en marchant dans la neige.

Elle a osé. Elle réussit encore à m'étonner.

Après une trentaine de mètres loin de lui, elle posa sa valise et s'assit dessus. Puis, elle leva le bras et tendit le pouce vers la route, dans l'espoir d'arrêter un automobiliste. Ethan pouffa.

Elle compte aussi faire du charme avec ses trois tonnes de pulls, son manteau, son écharpe et son bonnet ?

Il fronça ensuite les yeux, convaincu qu'elle pouvait arrêter n'importe quel mec et que la barrière de la langue ne serait plus un problème, en sachant comment elle avait déjà pu le planter. Il imaginait déjà la tête du mec qui s'arrêterait : un sosie de ce Victor ! Il rabâchait la même scène dans sa tête encore et encore. Il revoyait la voiture se garer devant la maison des parents, Kaya avec ce Victor à l'intérieur. Lui qui lui souriait et elle qui lui déposait un baiser sur la joue. Et cette impression d'être l'exclu de tout ça. L'impuissance à regarder le spectacle en silence. La sensation de ne pas exister à ses yeux.

Hors de question de revivre ça !

Son regard s'adoucit et s'humidifia. Il avait mal. Combien d'hommes allaient encore se mettre sur leur route ? Adam n'était donc pas suffisant ? Il n'en pouvait plus de cette jalousie où il était prêt à cogner, à s'en faire saigner ses mains, tout ce qui pouvait venir vers sa princesse pour lui sourire et lui tendre la main.

Oui, je suis jaloux. J'étais là avant ! Et je n'en ai pas honte !

Il détacha alors la ceinture et quitta la voiture sans attendre. D'un pas assuré, il se dirigea vers Kaya qui, dans un premier temps, feint de l'ignorer, mais se ravisa en constatant que son regard dur était les prémices d'un retour à l'action de Monsieur Connard. Sans prendre le temps de virer ses fesses de la valise, il en attrapa les bords et la balança le plus loin possible dans le champ jouxtant la route. La valise alla se fracasser au sol, s'ouvrant et laissant des vêtements çà et là. Kaya manqua de tomber, mais réussit à se rattraper.

— Mais t'es malade ! s'écria-t-elle, effarée par l'état de sa valise et de ses vêtements dans la neige.

Elle se précipita dans le champ pour sauver le peu de vêtements. Elle s'agenouilla alors et réunit en vrac son contenu pour le remettre à l'intérieur, mais Ethan la rejoignit et tenta d'en ressortir tout ce qu'elle rangeait et de le jeter à nouveau au sol.

— Fiche-moi la paix ! Dégage ! s'exclama-t-elle tout en essayant de le repousser.

— Ça t'arrangerait bien, n'est-ce pas ! Même pas en rêve ! lui répondit-il, mauvais.

Elle le fixa un instant, constatant que le mode connard casse-bonbons était bel et bien activé. Il semblait aussi déterminé qu'elle, à avoir le dernier mot. Elle comprit donc que son intérêt était de s'éloigner le plus vite possible de lui.

Tant pis pour les affaires !

Elle laissa donc quelques vêtements au sol et ferma la valise à la hâte.

— Putain ! Je ne peux même plus fermer ma valise ! Le connard ! Il a pété ma valise ! Je n'y crois pas !

Elle essaya de comprendre pourquoi la valise refusait de se fermer et se rendit compte que le mécanisme de fermeture avait rendu l'âme lors de son atterrissage au sol. Elle la frappa alors de ses mains de toutes ses forces, désespérée de sa nouvelle impuissance face au bulldozer Ethan.

— Va en enfer, Ethan. Je te déteste ! Tu n'avais pas le droit ! Tu n'as pas le droit de me retenir contre mon gré !

Elle se leva, le regard à la fois dur et complètement meurtri par ce énième sale coup de la part de celui qui était censé la consoler plutôt que de l'énerver. Ethan se redressa aussi, prêt à l'affronter dans une lutte sans merci. Tout d'un coup, elle fonça sur lui et lui asséna des coups sur la poitrine.

— Je ne veux plus te voir ! Va-t'en ! J'en peux plus de toi... Pendant encore combien de temps vas-tu me pourrir la vie ?

Elle fondit en larmes, les nerfs à bout. Ethan para ses derniers coups et la prit dans ses bras. Elle lui donna encore quelques coups dans les hanches, mais sa volonté de faire mal s'estompait en même temps que sa hargne. Visiblement, plus que la colère, c'était l'échec qui les blessait tous les deux.

— Moi aussi, Kaya, je n'en peux plus de toi, de nous, de tout ça. Mais pour moi, c'est tout l'inverse. Je ne peux pas te laisser partir.

Il colla son visage contre son oreille et la serra un peu plus fort.

— Si tu pars, je ne serai... pas heureux.

Kaya se figea.

Être heureux... Mais l'est-on vraiment, Ethan ?

La peur, l'angoisse, étreignirent le cœur de ce dernier en s'imaginant la perdre définitivement. Il visualisait déjà l'état déplorable dans lequel il serait si elle le quittait. Il repensa à sa rupture avant le Nouvel An, à l'état de son appartement et à sa mine défaite. Sa gorge se noua à l'idée de revivre cela. Le sanglot n'était pas loin, à son grand étonnement. Il sentait qu'il perdait le contrôle de sa raison. Ses yeux s'humidifiaient sans qu'il arrive à en stopper les larmes. La panique s'installait en lui et il n'arrivait pas à la gérer. Les sentiments de tristesse et de détresse se mélangeaient et il ne pouvait plus rien contenir. Il serra encore un peu plus fort Kaya dans ses bras, sa seule option encore viable pour ne pas qu'elle s'éloigne de lui définitivement.

— J'ai besoin de toi, Kaya. S'il te plaît, ne pars pas ! tenta-t-il de prononcer comme ultime requête alors que les mots restaient coincés dans sa gorge.

— Tu peux très bien te passer de moi... lui répondit-elle, le visage caché dans le manteau d'Ethan. Il te suffit de reprendre ta vie d'avant. Tu étais heureux avant aussi...

— Non, je ne peux plus. Je n'y arriverai pas !

Kaya se détacha de lui, les yeux mouillés par les larmes, et le fixa, d'un air désabusé par cette situation qui ne trouvait plus d'issue.

— Ethan, on a essayé et on est dans une impasse.

Tout à coup, elle réalisa son visage dévasté, prêt à craquer, qu'il tentait de cacher du mieux possible.

— On n'a pas tout essayé ! s'exclama-t-il alors, faisant fi de son état, convaincu que rien n'était joué pour eux.

Elle posa sa main sur sa joue, consciente que cette séparation les affectait tous les deux plus que prévu.

— Ethan ! Ouvre les yeux ! On n'y arrive pas ! On s'engueule tout le temps. On joue un jeu qui ne nous mène à rien. On a tenté des arrangements, mais le résultat est le même : ça ne marche pas ! Se consoler, c'est bien sympa, mais au final, ça ne nous aide pas à avancer. On se complaît dans cette position. S'il y a un truc que j'ai compris en signant ce contrat avec toi puis en le cessant, c'est qu'au final, on n'a pas besoin de tout ça. On s'est cherché des excuses, mais concrètement, ça ne changera jamais rien à nos problèmes, à notre tristesse profonde, à nos blessures. La consolation apaise, mais ne guérit pas. On ne peut guérir l'autre ! On est dans un cercle vicieux qui nous blesse plus qu'il nous libère. L'apaisement reste éphémère et quand la vérité retombe, elle nous meurtrit davantage. On se sent plus seul que jamais.

— Je suis d'accord... répondit Ethan, la mâchoire serrée, tout en caressant sa joue à son tour. Mais c'est parce qu'on a besoin d'autre chose maintenant. Du moins, moi j'ai besoin d'autre chose. J'ai évolué dans mes objectifs. J'ai passé l'étape de la consolation depuis un moment. Tu me guéris déjà. Je veux plus. Je veux mieux. Je veux tout. Je te veux, Kaya. Je veux partager plus que des blessures.

Kaya retira sa main du visage d'Ethan.

— Tu parles de l'objectif d'être un couple, que je sois ta petite amie ? Enfin, Ethan, regarde-nous. Où est-ce que tu vois des sentiments et de l'amour là où tout n'est qu'arrangements et accords entre deux parties ? On n'a pas la même vision du couple. Oui, on est capable de s'apprécier. Oui, on peut éprouver de la sympathie, de la compassion, de l'admiration pour l'autre. On peut partager autre chose que nos blessures, mais il n'y a pas de connexion comme on peut le ressentir quand on est en couple. Un couple, c'est avec des sentiments affectifs, de l'amour, une attirance profonde, un manque de l'autre quand il n'est pas là, le besoin d'une présence constante.

— On s'est manqué pendant nos trois semaines de séparation ! intervint Ethan.

— On n'est pas dans cette posture tous les deux ; on est ensemble d'un commun accord suite à un contrat ! rectifia Kaya, d'un air désolé. On est dans la petite combine ! Il n'y a pas d'alchimie, de naturel ! Tout est calculé, adapté, déguisé. Et au final, il y a toujours un point de rupture entre nous deux, un gouffre qui nous sépare tôt ou tard... et je ne vois pas de pont qui puisse nous relier l'un à l'autre. On cumule les tentatives, mais on en revient toujours à la même conclusion que ça ne marche pas : on ne se comprend pas, Ethan !

Ethan se mit à sourire et secoua la tête. Les paroles de Kaya lui faisaient mal. La réciprocité des sentiments était trop loin. Il retira sa main de son visage et recula. Il se sentait seul dans une lutte vaine. Effectivement, il comprenait la raison de leur incompréhension. Elle était toute simple. Ils n'étaient pas au même niveau d'affection ni n'avaient les mêmes attentes, la même perspective de leur relation.

« *Dis-lui, Ethan. Dis-lui ce que tu ressens. Laisse parler ton cœur. Ne cache pas la vérité...* »

Les mots de Cindy lui revinrent en tête. À quoi bon lui dire si c'était pour le dire dans le vide ? Si sa poitrine ne saignait pas de ses stigmates sur sa peau, son cœur saignait par la souffrance qu'il endurait.

La gentillesse mène à la douleur, l'amour mène à la souffrance.

Il y était. Il souffrait comme jamais. Il l'avait redouté. Il savait que ce moment arriverait tôt ou tard, où il n'y aurait pas de retour en arrière possible. L'issue était inévitable. C'était dicté depuis le début que leur relation ne devait être que passagère, mais au fil du temps, il repoussait l'inéluctable. Il voulait continuer. Juste un peu plus. Toujours. Pour lui, le pont devait se construire entre eux. Il n'y avait pas de renoncement possible. Il ne trouvait seulement pas les bons matériaux pour qu'il tienne et ne s'effondre pas à chaque tentative.

Devant l'absence de réponse concrète d'Ethan face à l'évidence, Kaya attrapa sa valise, la porta tant bien que mal dans ses bras, puis commença à se diriger vers le bord de la route. Ethan fixa la neige au sol avec cette impression d'être le point noir qui salit encore une fois le blanc immaculé des choses. Le vilain petit canard qui n'avait pas le droit d'être simplement heureux, d'être aimé et d'aimer. Celui qu'on rejetait, car il ne méritait rien des bonheurs de la vie. Il était voué à subir, à suivre sans rien ressentir, à taire ses envies les plus profondes. Il serra le poing. Le droit ultime de pouvoir aimer sans être rejeté, c'était de se mettre au niveau des sentiments des autres plutôt que d'affirmer pleinement ses propres sentiments. Il regarda Kaya s'éloigner avec cette triste constatation que le bonheur, l'amour, ne pouvait se vivre pleinement. Ils n'étaient vécus qu'en fonction de ce qu'on voulait bien lui donner en retour. Il en avait une nouvelle fois la preuve.

Il se précipita alors vers Kaya et lui fit barrage. Kaya lâcha un soupir las, mais resta à son écoute. Elle posa sa valise et attendit la suite.

— OK, pas de petite amie. OK !

Il sortit alors une feuille de la poche de son manteau.

— Regarde, j'ai reconstitué le contrat de consolation. C'est un nouveau contrat. On peut l'ajuster d'une autre façon pour que ce soit plus plausible. On peut le faire évoluer. J'ai mis consolation en titre, mais on peut mettre sexfriend, sex ennemis, tout ce que tu veux ! Je ne savais pas quoi mettre. Soutien mutuel me plaisait bien aussi, mais on peut trouver mieux, j'en suis sûr ! Comme ça t'arrange ! lui proposa-t-il tout en montrant alors, du bout du doigt, le haut du document. J'ai même remis les clauses : pas de couple, pas de mots doux. On ne se tient pas la main en dehors de nos heures de contrat. On vire les sex toys et compagnies, niveau sexe. Tu vois, comme avant. On peut mettre de nouvelles clauses si tu veux. Je te laisse choisir ce que tu préfères.

Le nouvel enthousiasme d'Ethan fit mal au cœur de Kaya, qui ne comprenait plus l'homme en face d'elle.

— Ethan, c'est toi qui m'as dit que tu ne voulais plus de contrat. Tu ne voulais plus être restreint. Et tu viens aujourd'hui me le proposer à nouveau ? Pourquoi ? Même ma dernière proposition de contrat ne tient pas la route. On a fait le tour ! Les contrats, ça ne marche pas ! On a déjà tout essayé !

— Ce que je pense n'a pas d'importance ! Je trouverai tous les contrats possibles s'il le faut ! Même un contrat en rapport avec Laurens ou un autre pour qu'on continue à se voir ! Si toi, tu préfères remettre des limites, alors on met des limites. Si tu veux qu'on ne se voie que de temps en temps, ça me va aussi... Si tu ne veux pas de sexe, mais juste une oreille... Tu as juste à signer ici.

Il se hâta de sortir de sa poche intérieure du manteau un stylo-feutre qu'il tendit à Kaya. Devant son scepticisme, il l'obligea à prendre le stylo.

— Dis-moi quelles clauses tu veux rajouter... Vas-y ! Écris ce que tu veux !

Il fixa le document en relisant les clauses tandis que Kaya l'observait avec tristesse.

« *Retiens juste une chose pour moi, Kaya, à propos de mon fils. Ethan est gentil. À un point que tu n'imagines même pas. C'est cette gentillesse qui fait son être, à la fois touchant et agaçant. C'est elle qui dicte son caractère et tous les actes qui en découlent. Elle le grandit comme elle le blesse. C'est pour lui un défaut plus qu'une qualité. Il tente de la cacher parce qu'il sait ce que cette gentillesse lui coûte. On peut croire à une forme de naïveté, mais ce n'est pas le cas pour mon fils. Il peut seulement se mettre en quatre pour quelqu'un qu'il aime. Il peut faire le meilleur comme le pire à cause d'elle. Il peut accepter de souffrir juste pour le bonheur d'une personne. Quand tu comprendras à quel point elle influence ses actes, tu perceras son mystère.* »

C'est donc ça, ta véritable nature, Ethan ? Pourquoi te sacrifies-tu comme ça ? Pourquoi deviens-tu si gentil et conciliant au point d'en blesser tout ton être au passage ? Tu es prêt à signer un contrat dont tu ne veux pas, juste pour moi ? Pour que je reste avec toi ? Pourquoi ? Pour me faire plaisir ? Il te suffit de me laisser partir. Aurais-tu peur de la séparation ? Quelle qu'elle soit ? Au point de tout faire pour l'éviter ? Au point de te sacrifier ? Ethan, qui t'a quitté au point que tu aies peur de voir se reproduire cette séparation par la suite ? Qu'as-tu perdu de si important ? Est-ce ta mère que tu regrettes ?

Elle regarda son torse et repensa à ses cicatrices. Des blessures lui ayant entamé sa chair avec une telle violence, une telle horreur. Ethan lui posa le document dans sa main, avec un sourire qu'il voulait complice, mais qui cachait difficilement la vérité sur la portée douloureuse de son geste. Elle regarda le document avec une sensation de tourbillon qui lui faisait perdre tout détachement. Elle réalisait qu'elle souffrait plus pour lui à présent que pour elle. Qui pouvait être capable d'une telle abnégation ? Elle repensa à toutes ses actions : le paiement de ses dettes, ses insistances à vouloir continuer avec elle, ses petites attentions pour elle, telles qu'une barquette de sushis en haut d'un immeuble ou une rose au réveil après une soirée maudite. Si certaines attitudes relevaient d'une bienveillance presque exagérée, certains gestes étaient plus discutables. À commencer par le paiement de ses dettes. Il avait pris un risque énorme en défiant en face à face Barratero, mais au-delà de ça, il avait mis son avenir en suspend. Vider son compte en banque pour quelqu'un d'autre, juste pour son avenir au détriment du sien...

Ethan, pourquoi te sacrifies-tu constamment pour moi ?
Charles aurait-il raison ?

« *Cette gentillesse trop abondante est aussi un problème. Ethan peut faire le meilleur comme le pire à cause de cette gentillesse. Il peut agir de façon dangereuse juste pour quelqu'un. Il peut même accepter de souffrir juste pour le bonheur d'une personne ou le blesser pour le sauver. Quand tu comprendras à quel point elle influence ses actes, tu perceras son mystère.* »

Qui pouvait agir ainsi ? Elle-même pouvait-elle agir de façon aussi insensée pour quelqu'un ? Il n'y avait qu'une personne pour qui elle était capable de beaucoup de choses...

Adam...

Elle releva les yeux vers Ethan, frappée par une interrogation qui lui serra tout à coup le cœur.

« *Il peut seulement se mettre en quatre pour quelqu'un qu'il aime.* »

Elle repensa à ses dettes qu'il avait réglées, puis à sa présence lors de l'anniversaire de la mort d'Adam malgré le décalage horaire et son absence auprès des siens. Elle songea ensuite à sa demande d'être amoureuse...

Et s'il m'avait menti ? Et s'il avait masqué la réalité de ses sentiments ?

— Ethan, m'aimes-tu ? Seuls les gens amoureux se sacrifient pour l'être aimé. C'est seulement par amour qu'on fait des choses insensées. Es-tu... amoureux de moi ?

Ethan marqua un temps de silence, surpris par sa perspicacité soudaine tout comme par la réaction et la réponse à devoir lui donner.

— Non, bien sûr que non ! lui répondit-il de façon lapidaire, après hésitation toutefois. N'importe quoi !

Ethan tenta de rire devant la baliverne que venait de sortir la jeune femme, mais sa réaction sonnait faux. Kaya le fixa droit dans les yeux, cherchant la vérité. Ethan tenta de soutenir son regard pour lui prouver la véracité de ses dires, mais les yeux vert noisette de Kaya étaient une arme redoutable. Il était mal à l'aise. Feindre l'insouciance était peine perdue.

— Oui... finit-il par avouer, droit dans les yeux.

Kaya quitta son regard, tentant de trouver la bonne réaction à avoir devant ce non nonchalant, puis ce oui plus franc. Ethan restait pendu à ses lèvres comme s'il jouait son exécution avec ce simple oui.

— Tu... tu vois ! s'exclama alors Kaya, contrariée. Comment veux-tu qu'on parle de sentiments avec toi quand... quand tu joues autant avec les mots et les situations ! C'est oui ou c'est non ? Je n'ai jamais vu un type aussi confus dans la manière de faire passer ses émotions ! On ne peut pas te croire dans de telles conditions ! Tu es changeant, inconstant, indécis ! Tu m'énerves ! Je suis sérieuse, et toi, tu joues avec le sens profond des mots ! Comme d'habitude !

Ethan déglutit. Il pouvait encore reculer et accepter son jeu sur les mots et les sentiments, comme une futilité de plus. Il pouvait aussi avancer.

« *Même si elle refuse de l'entendre, dis-lui les choses. Le regret est pire que la vérité.* »

Les paroles de Cindy en tête, il serra ses poings et se lança. Jamais il ne s'était senti aussi vulnérable.

— Tu veux du sérieux ? OK ! Oui. C'est oui ! Oui, je t'aime.

Devant les yeux écarquillés de Kaya et sa panique grandissante à révéler la vérité sur ses sentiments, il baissa les yeux. Il avait l'impression d'avoir dit la plus grosse énormité de sa vie. Il se sentait plus misérable que jamais. Kaya resta silencieuse, encaissant la révélation avec difficulté. Est-il vraiment sincère, maintenant ? N'était-ce pas un nouveau subterfuge pour la garder ?

— Je t'aime... répéta-t-il avec peine. I... I love you.

Kaya le dévisagea alors. Ces nouvelles paroles accentuèrent ses doutes.

Ne me dis pas que, ce soir-là, quand tu m'as dit ce mot et me l'as fait répéter, tu le pensais... vraiment ? Et... dans la douche aussi ? Non, tu blagues. Tu joues encore ! Ce n'est pas possible ! Tu ne peux pas m'avoir caché tes sentiments comme ça ! Tu n'es pas sérieux !

— Ti amo... Ich liebe dich. Te amo. Wo ai ni. Saranghe.

Ethan chercha toutes les façons de lui dire.

— Ouhibouki.

— C'EST BON ! J'AI COMPRIS ! s'écria Kaya, complètement abasourdie par le retournement de situation. Tu ne vas quand même pas me faire tous les pays !

— Tu ne sembles pas comprendre ni même me croire, alors...

— Tais-toi ! lui cria-t-elle, maintenant complètement paniquée à son tour. Chut ! Ne dis plus rien !

Ethan se tut alors. Il ne savait plus quoi dire ou faire, de toute façon. C'était la déclaration d'amour la plus pitoyable au monde. Il n'y avait aucune envolée lyrique ou petits papillons autour. Tout était...

Nul. Je suis vraiment nul.

Il était complètement perdu. Elle ne voulait plus l'entendre lui dire la vérité. Le croyait-elle seulement ?

Avec une telle déclaration, il y a plus de quoi rire et fuir, que de s'énamourer en retour !

Il regarda le contrat dans les mains de Kaya et sourit amèrement. Il réalisait que tout était fini à présent. Même revenir en arrière n'était plus possible maintenant qu'elle savait. En lui disant la vérité, il venait de creuser sa propre tombe. Elle aimait Adam et il n'avait aucune chance. Il voulait tellement croire en la suite de leur relation qu'il en avait oublié le reste et surtout qu'elle en aimait toujours un autre.

Tu as une bonne excuse maintenant pour tout arrêter, Kaya. Il n'y a pas de réciprocité des sentiments et j'ai bravé l'interdit entre nous...

Il se mit à rire, pris d'une tristesse sans fin. Il se souvint parfaitement de ses mots...

« *Ne tombez pas amoureuse de moi, Princesse ! Vous perdez votre temps !* »

Ils étaient dans l'ascenseur. Il allait lui présenter ses amis au bureau d'Abberline Cosmetics. Ils venaient tout juste de signer le contrat qui allait tout changer pour eux deux. À cette pensée, Ethan ne put s'empêcher de ressentir du dégoût sur sa propre naïveté à prévenir cette femme alors qu'elle était son pire danger et il le savait déjà à cette époque.

Tel est pris qui croyait prendre.

Elle lui avait répondu avec cet air si provocant : « ... je ne tomberai jamais amoureuse de vous ; je suis déjà amoureuse. Vous n'avez aucun souci à vous faire à ce niveau. » C'était comme si elle avait instillé en lui le challenge de la faire craquer. Et voilà à présent où il en était. Non seulement, elle n'avait pas bougé d'un iota ses considérations envers son fiancé, mais en plus, c'était lui qui s'était fait piéger. C'était lui qui se sentait dépendant, c'était lui qui accusait la faiblesse de l'amour unilatéral.

Kaya le regarda tout à coup rire sans en comprendre la raison, puis s'écrouler au sol, se cachant les yeux sous sa main. Son rire sonnait de plus en plus faux jusqu'à ce que les larmes vinrent se mêler à son rire. Elle avait tout imaginé de leur ultime dispute, mais jamais elle n'aurait pu prévoir ce qui se passait sous ses yeux. Ethan, l'homme de défis et d'objectifs, le roc que rien n'impressionne, le connard qui n'a aucune pitié pour vous, venait de s'effondrer. Toute la carapace venait de tomber sous ses yeux, toutes les murailles disparaissaient pour faire place à un homme complètement démuni et fragile. Elle ne pouvait plus douter à présent. Elle ne pouvait que croire en la véracité de ses sentiments. Son cœur se serra face à la détresse dans laquelle Ethan était. Et elle en était la cause. Elle s'approcha et tomba à genoux devant lui. Elle se sentait à présent maladroite, très gauche, coupable. Pire que tout, elle ne savait comment réagir, quoi lui dire pour stopper sa tristesse, pour le rassurer. Elle ne s'attendait pas à une déclaration d'amour, et encore moins venant d'Ethan.

— Ethan...

Elle tenta de le toucher, mais Ethan effaça rapidement d'un revers de main les marques de son désarroi sur son visage et essaya de reprendre le contrôle.

— Oui, j'ai compris... Tu ne signeras pas ce contrat. Il n'y a plus de contrat, plus de consolation, plus rien de possible... Pas de sentiments ! C'était ce qui était convenu.

Kaya resta silencieuse. Effectivement, elle ne voulait plus du contrat ni d'une consolation consentie entre deux personnes. Paradoxalement à Ethan, elle avait toujours préféré les sentiments aux actes. L'instinct à la stratégie. La sincérité aux calculs. Aujourd'hui, Ethan la mettait face à ses propres sentiments. Lui, le cartésien, le magouilleur, devenait sentimental et agissait avec son cœur plutôt qu'avec son super QI. Et elle, elle se retrouvait à réfléchir sur ce qu'elle pouvait ressentir le concernant et réalisait qu'elle ne savait pas comment interpréter toutes ses émotions vécues avec lui. Que ressentait-elle vraiment pour lui ? La donne changeait-elle maintenant qu'elle savait ce qu'il ressentait pour elle ? Une part de colère l'accabla en réalisant qu'elle devenait un peu la méchante de l'histoire, elle qui aimait un mort plutôt que l'homme vivant en face d'elle. L'ingrate petite princesse qui faisait souffrir un homme qui l'aimait était vraiment détestable. Comment pouvait-elle rester insensible ?

Je ne suis pas insensible, Ethan. Juste perdue...

Oui, elle aimait aussi être avec lui quand tout allait bien, mais pouvait-elle dire qu'elle éprouvait une affection allant vers un amour inconsidéré pour lui ? Elle en doutait. Du moins, il lui était difficile d'affirmer un degré d'affection si élevé que celui qu'Ethan ressentait pour elle, tant tout lui semblait confus et bizarre entre eux. Elle se demanda même comment lui, l'homme aux histoires sans lendemains, avait pu aboutir à une telle situation. Et puis, il restait Adam. Même si elle avait espacé ses visites au cimetière, même si elle reconnaissait se féliciter de pouvoir avancer et prendre de la distance vis-à-vis de sa mort, il n'en demeurait pas moins qu'elle se sentait toujours en deuil, toujours vidée d'une part d'elle-même pour l'instant. Ethan avait eu des effets positifs sur son comportement de veuve éplorée, mais de là à tout abandonner, tout oublier de son passé pour l'aimer, cela lui semblait exagéré. Pouvait-elle aimer quelqu'un d'autre à présent ? Son deuil était-il fini ? Se sentait-elle maintenant capable de tourner définitivement la page pour vivre une nouvelle histoire avec un autre homme ? Victor l'avait encouragé dans ce sens, mais elle redoutait quand même de pouvoir lâcher prise. Elle réalisait à présent pourquoi tous deux n'étaient pas sur la même longueur d'onde. Ethan avait plusieurs pas d'avance sur elle. Il était prêt à franchir des limites auxquelles elle n'osait même pas songer par peur, par honte ou culpabilité. Finalement, Claudia avait raison. Elle n'avait rien remarqué. Il l'aimait plus qu'elle et c'était sans doute la raison pour laquelle ils ne cessaient de se disputer. Il attendait beaucoup plus d'elle, mais n'osait le lui avouer. Elle l'avait bridé avec Adam, avec les contrats successifs, avec ses convictions à son sujet.

Ethan regarda le document dans les mains de Kaya avec nostalgie. Il ne lui restait plus que des souvenirs et des regrets. S'il n'avait pas proposé de sortir du contrat il y a quelques jours, ils n'en seraient pas là aujourd'hui. Il aurait pu rester avec elle et se contenter de leur accord de consolation. S'il avait tu ses sentiments, il y aurait eu encore une chance pour eux deux. Il avait tout foiré. Il ne pouvait s'en prendre qu'à lui-même. Il avait merdé sur toute la ligne. Il avait tout fait échouer. Kaya resterait un objectif inatteignable. Son plus grand échec. De nouvelles larmes vinrent se nicher dans le coin de ses yeux. Il s'était juré de ne plus ressentir d'impuissance face à l'amour, il la revivait avec encore plus de douleur qu'à l'époque de sa mère biologique.

— Il va falloir que tu te fasses à l'idée de ne plus te réfugier dans mes bras quand ça ne va pas... lui déclara-t-il alors, plus pour lui que pour elle, comme pour ancrer les derniers bons souvenirs.

Ethan se mit à rire, mais Kaya put sentir l'amertume dans son comportement. Elle-même savait qu'il avait raison. Tout n'était pas à jeter dans leur histoire. Elle n'aimait pas la direction négative que prenait la discussion, mais ne trouvait rien à répondre. Elle était perplexe, ayant du mal à réaliser tout ce qui se jouait sous ses yeux.

— Tu ne me verras plus sourire à tes provocations... continua-t-il. Tu ne feras plus de taekwondo avec moi ni de moto. Tu ne partageras plus mon plateau de sushis... C'est bête !

Elle pouffa à sa dernière remarque, alors qu'il frottait une nouvelle fois ses yeux, pour ne pas lui montrer ses larmes.

— Je pense que ce qui me manquera le moins, c'est Mario Kart ! lui répondit-elle pour dédramatiser un peu la situation. Au moins, je n'aurai plus à appréhender le tortionnaire dans mon dos !

— Je te promets d'être plus doux la prochaine fois ! Enfin... si tu ne pars pas et restes avec moi...

Ethan baissa à nouveau les yeux, se rendant compte qu'il n'avait pas eu vraiment l'opportunité de montrer tout ce dont il était capable lorsqu'il avait le droit d'aimer. Tout avait évolué très vite et le passage de la haine à l'amour lui avait semblé n'être que l'histoire d'une journée tant ses sentiments avaient vite grandi depuis. Kaya trouva sa remarque mignonne. Le voir si conciliant la touchait immanquablement. Elle s'imagina alors quel homme pouvait être Ethan en tant que petit ami amoureux.

C'est donc pour ça que tu voulais que je sois ta petite amie ? Pour pouvoir me montrer un peu plus tes sentiments ?

Elle se mit à rougir en imaginant la douceur d'Ethan. Elle en avait eu des échantillons, mais l'idée même qu'il soit très attentionné la paniquait plus que ne l'attirait. Comment réagirait-elle s'il devenait aimant ? Si elle le laissait exprimer ses sentiments en tant que petit ami ? Elle savait que si elle allait dans son sens, cela voulait dire accepter de s'éloigner encore un peu plus de son passé avec Adam.

En suis-je capable ?

Elle ne voulait pas blesser Ethan. Elle ne savait pas pourquoi, mais elle restait bloquée, sur ses genoux, à le regarder souffrir. Elle mettait une distance qu'elle-même ne comprenait pas. Elle sentait un blocage qui la paralysait, qui l'empêchait d'aller vers lui.

— Tu pourras me frapper si tu veux, si je suis trop dur ! ajouta-t-il comme si cette seule remarque pouvait la faire changer d'avis.

Kaya fronça les sourcils. Encore une fois, il était prêt à souffrir juste pour pouvoir garder l'autre près de soi.

Tu peux souffrir pour le bonheur de quelqu'un jusqu'à quel point, Ethan ? Pourquoi t'infliges-tu cela ? Souffrir juste pour pouvoir garder quelqu'un près de soi n'est pas sain.

« *Quand tu comprendras à quel point sa gentillesse influence ses actes, tu perceras son mystère.* »

On s'est servi de toi ? On s'est servi de ta gentillesse ? Au point de subir consciemment ? Au point d'en souffrir volontairement ?

Elle repensa à leur discussion à l'aéroport. Elle se souvint de la souffrance qui accompagnait ses mots sur le fait d'être gentil.

« *Bien souvent, on ne voit pas ce que cela représente en don de soi et on n'en a pas le retour à parts égales. Alors, on se prémunit pour ne plus la donner, on dresse un rempart pour se protéger et on devient méchant par réflexe. Mieux vaut blesser qu'être blessé. C'est plus facile de nier notre part de bienveillance pour ne pas souffrir.* »

Les paroles de Charles lui revinrent en écho.

« *Il se barricade en gestes et propos parfois difficiles, mais c'est parce qu'il souffre pour l'instant. Quand il fera la paix avec lui-même, quand il s'acceptera comme il est, avec cette gentillesse comme une réelle qualité et non comme une malédiction ou une maladie destructrice, il pourra apprécier cela avec les autres. Pour l'instant, Ethan s'est juste réfugié dans des certitudes qu'il s'est fixé pour se protéger. Certitudes fausses, mais qui le maintiennent debout.* »

Tu sais que tu souffres dès que tu te laisses aller à la gentillesse. C'est donc pour ça que tu refuses toute affection ? Pour ne pas souffrir. Tu deviens le pire connard au monde, pour ne pas qu'on sache à quel point tu es influençable si tu rencontres des personnes malintentionnées ?

Kaya soupira, attristée par ce qu'elle découvrait. Ethan était un mystère, mais qui, lorsqu'il se dévoilait, entraînait malaise et tristesse. Elle n'avait pas encore toutes les pièces du puzzle, mais elle se rendait facilement compte de la souffrance d'Ethan, pris dans un tourbillon de déception et désillusion. Son cœur se serra. Elle n'aimait pas ce qu'elle découvrait. Elle n'aimait pas imaginer Ethan dans cette situation et ne voulait pas en être témoin. Ce n'était pas ce qu'elle aimait de lui.

— Kaya, juste une question avant de repartir pour l'aéroport... demanda alors Ethan, vaincu.

Kaya sortit de sa torpeur, le cœur battant de pouvoir enfin comprendre un peu mieux Ethan.

— Est-ce que tu... as été heureuse avec moi ?

La poitrine de Kaya se serra davantage à cette nouvelle demande. Même lui, lui posait cette question. Être heureux. Tout simplement. Rien de plus, rien de moins. Être avec quelqu'un qui vous rend heureux.

C'est là ton autre objectif, Ethan ?

Les pièces du puzzle prenaient forme et elle commençait à cerner l'angoisse profonde d'Ethan. Il voulait rendre heureux les gens qu'il aimait. Comme le lui avait confié Charles la veille. Elle pouvait apprécier son réel caractère et caresser ses espoirs les plus enfouis.

Elle repensa à Victor. Il lui avait posé cette question également.

Et toi, espèce d'idiot ? ! Et toi ! Quand vas-tu penser à ton réel bonheur au lieu de penser à celui des autres ?

— Tu n'es qu'un crétin, Ethan Abberline ! Un énorme imbécile doublé d'un idiot avec le QI d'une huître !

Sans réfléchir, elle décolla enfin ses genoux du sol et sauta dans ses bras. Elle ne pouvait le laisser croire le contraire. Oui, on pouvait être heureux avec lui. Oui, il n'était pas si mauvais en soi. Malgré leurs différends, Ethan était un homme bon, bienveillant... Gentil.

Elle sourit alors et ferma les yeux. Ethan était gentil. Oui, extrêmement bon, gentil. Trop gentil même.

Il veut juste rendre les gens qu'ils aiment heureux, peu importe sa souffrance.

Elle comprenait enfin qui il était : un homme meurtri, apeuré, en manque de confiance en lui et surtout voulant seulement être aimé. Il souhaitait juste qu'on le rende heureux en retour de tout ce qu'il donnait. Surpris, Ethan resserra ses bras autour de la taille de Kaya et ouvrit les vannes.

— Je sais que je suis le pire des idiots. Je n'ai pas tout donné, Kaya ! Tu sais, je peux te rendre encore plus heureuse ! C'est juste que je n'ai pas osé. Je ne voulais pas que tu prennes peur et que me fuies si je devenais trop démonstratif. Tu es tellement hermétique au moindre geste d'affection, tu es tellement portée sur ton amour pour Adam, que... que j'ai tout gardé pour moi. Mais si tu me laisses ma chance, je serai comme Adam, même mieux ! Tu verras ! Tu seras la plus heureuse. Je ferai mon maximum pour que ça marche ! On peut construire un pont indestructible !

Il se réfugia dans son cou, emporté par la vague de détresse qui le submergeait à nouveau.

— S'il te plaît, ne pars pas ! Dis-moi ce que je dois faire pour que tu restes. Je ferai tout ce que tu veux !

Kaya ouvrit les yeux et lâcha un soupir agacé. Elle avait beau être dans ses bras, elle n'avait en cet instant qu'une envie, c'était de le secouer comme un prunier. Jamais elle n'avait vu aussi clairement en lui et ce qu'elle découvrait l'énervait. Au lieu de penser qu'il rendait réellement les gens heureux, il s'évertuait à croire que ce n'était pas encore assez. Cette façon de se rabaisser pour obtenir la bienveillance devenait pesante. Elle comprenait mieux cette carapace qu'il endossait pour ne plus être celui qui subit, mais celui qui impose. Son mode connard pour se protéger et ne pas se dévoiler était devenu son mode de vie pour ne plus revivre cette situation, même si aujourd'hui, il craquait devant elle.

« *Ne l'abandonne pas trop vite, Kaya. Accroche-toi et fais confiance à ton instinct. Ethan avance doucement, mais c'est vers toi qu'il avance.* »

Elle réalisait qu'il se dévoilait avec elle. Il lui avait déjà dit qu'il agissait différemment en sa présence, mais jusqu'à présent elle en avait douté ; elle ne voyait pas en quoi elle était une exception. Elle comprenait maintenant pourquoi. Elle se détacha toutefois de lui, agacée de le voir se sous-estimer de la sorte. Le regard dur qu'elle lui lança fit comprendre à Ethan que c'était vraiment fini, que cette étreinte était juste pour être conciliante. Il se toucha les cicatrices, lui rappelant que sa malédiction ne prendrait jamais fin, que tout n'était qu'un éternel recommencement et qu'il était arrivé au niveau de la chute, vertigineuse et brutale. Kaya remarqua son geste sur sa poitrine. Il souffrait. Elle le savait. Il faisait un lien avec ses cicatrices. Même si elle en ignorait toujours la cause, elle savait maintenant que tout était lié. Elle regarda le contrat dans sa main et le serra, puis se leva.

— Tout ce que je veux ? Tu feras vraiment tout ce que je veux ? Tu es prêt à te rabaisser pour me garder ?

Ethan comprit par les questions de Kaya les conditions qu'impliquaient ses paroles. Jusqu'où était-il prêt à aller pour elle ? Il baissa les yeux. Il savait jusqu'où il avait pu aller avec sa mère, juste pour qu'elle l'aime et le considère. Il savait donc qu'il n'aurait pas de limites. Il n'en avait jamais eu, et c'était d'ailleurs son combat de tous les jours, de s'en imposer. Oui, il pouvait devenir l'esclave de l'autre, se mettre à genoux. Il pouvait tout, juste par amour. Et il savait qu'il irait le plus loin possible pour Kaya. Il n'avait plus aucun doute en constatant déjà tout ce qu'il avait changé et fait à cause d'elle.

Devant l'absence de réponse d'Ethan et sa résignation, Kaya leva les yeux au ciel, dépitée par sa passivité. Elle détestait ça. Elle se dirigea vers la voiture et commença à griffonner le document qu'Ethan lui avait donné. Ce dernier, d'abord intrigué, se mit à sourire de façon triste.

Tant que tu le signes... Le reste m'ira, quoiqu'il arrive.

Elle revint au pas de charge, le visage toujours agacé, et lui tendit le document.

— Voilà, j'ai signé ! J'ai mis tout ce que je voulais ! Puisque tu es prêt à tout et n'importe quoi, autant se servir et profiter ! Quitte à être la méchante qui n'aime pas en retour, autant assumer jusqu'au bout mon rôle d'ingrate ! J'ai ajouté quelques clauses comme me servir le petit déjeuner le matin, me masser les pieds à chaque rencontre, me payer une voiture même si je n'ai pas le permis et m'emmener en voyage dans les îles. Rien de bien compliqué en somme pour toi, qui est prêt à tout pour moi, n'est-ce pas ? Maintenant, à toi de voir si tu assumes jusqu'au bout ta proposition et ce qui en découle.

Ethan attrapa le papier avec fatalisme. Il savait qu'il dirait oui à tout, même si Kaya se voulait sarcastique. Il l'avait déjà signé deux fois, juste pour s'assurer qu'elle lui pardonne et revienne, même si les clauses le frustraient. L'ambiance avait été différente, mais le résultat restait le même : il serait le lésé, il prendrait sur lui encore. Même avec les plus extravagantes demandes, il accepterait. Il endurerait...

Jusqu'au point de non-retour.

Il repensa au point de non-retour qu'il avait vécu avec sa mère et s'interrogea sur celui à venir. Qu'est-ce qui viendrait le faire sortir de ce cercle infernal ? Qu'est-ce qui le sauverait ou du moins, lui donnerait un nouveau répit ? Stan n'était plus là pour lui ouvrir la poitrine. Les clauses de Kaya étaient mignonnes, même si elle voulait lui montrer l'exagération et la démesure. En y regardant bien, outre le problème financier suite au règlement de ses dettes qui l'avait obligé à vider son compte, rien ne lui semblait impossible. Il sourit à nouveau, se rendant compte à quel point il était atteint. Il savait qu'il fonçait vers un enfer, et pourtant il fonçait. Il lut alors le papier, puis soudain écarquilla les yeux. D'abord, il vit les grands traits barrant les clauses qu'il avait réécrites concernant les limites à ne pas franchir. Puis il regarda le titre. Le mot « consolation » était marqué d'une grande croix, avec écrit à côté le mot...

« Petit(e) ami(e) »... « Petit(e) ami(e) » ?

Il leva alors la tête vers Kaya pour comprendre, mais la curiosité d'en lire plus était plus forte. Kaya avait rajouté une clause.

Chaque partie s'engage à ne rien cacher de ses sentiments.

Les mains d'Ethan se mirent à trembler. Il lisait encore et encore le bout de papier avec intérêt et chaque mot relu faisait renaître en lui un espoir qu'il pensait étouffé à jamais. Kaya avait signé le papier et il manquait juste sa signature.

Ne rien cacher de ses sentiments... Petit ami... ça veut dire...

Il se leva tout à coup et regarda Kaya de façon incrédule.

— Tu as écrit...

— Petite amie ou petit ami, ça dépend comment on le prend, oui ! lui fit-elle avec un petit sourire.

— Mais, la clause de la voiture à t'offrir... ajouta-t-il, abasourdi et perdu.

— Tu y as cru ? Tsss ! Tu es vraiment un crétin, mais cette fois-ci, avec un QI de mille-pattes ! Tu crois franchement que je suis capable de t'ordonner ce genre de choses ? Pour qui me prends-tu ?

Elle recula et tourna sur elle-même, pour calmer son agacement.

— Ethan, tu n'as pas à faire tout ça pour obtenir l'amour de quelqu'un ! Tu n'as pas à te rabaisser pour plaire ! Tu... peux plaire naturellement, sans te... saigner au passage pour qu'on te considère enfin ! Les gens qui ne sont pas capables de voir tes qualités ne sont tout simplement pas dignes de toi ! Tu ne dois pas attendre d'eux quelque chose que tu n'auras jamais.

Ethan regarda le sol. Ces gens... Et particulièrement Sylvia. Il n'avait pas eu le retour qu'il espérait et il savait à quoi tout cela avait mené. Kaya avait raison. Tout le monde lui avait déjà fait la leçon.

— Je ne veux pas que tu me considères comme ces gens. Ethan, oui, je suis heureuse quand je suis avec toi. Je me suis languie de toi comme tu t'es langui de moi pendant ces trois semaines de séparation. Et mon envie de partir, de rentrer en France, est plus dictée par la déception, la désillusion, l'échec de notre relation, que par ta propre personne. Prendre du recul permet aussi de voir clair, de faire le point. J'avais juste besoin de recul pour comprendre ce qui n'allait pas. Tu n'es pas le seul coupable de nos échecs. Je sais que, moi aussi, je suis fautive, que j'ai du mal à lâcher prise, que mes peurs me rongent comme les tiennes te liment le cœur. On n'est tous les deux pas parfaits et on a tous les deux fait des erreurs. Moi, je suis en train de comprendre les miennes en te voyant agir ainsi.

Elle lui sourit alors de façon complice, mais gênée aussi par cet aveu.

— Oui, j'avais du mal à te comprendre, continua-t-elle, mais ce n'est pas pour autant que tout est mauvais chez toi. Ethan, tu as fait beaucoup pour moi. Le nier serait vraiment injuste et ingrat. Tu as eu tes moments connards, mais tu as eu aussi des moments où ta gentillesse a été sans pareille. Aujourd'hui, en te voyant te plier en quatre juste pour que je reste avec toi, je réalise que tout était pourtant là, devant moi, et je n'ai rien vu ! Je m'en veux, je me sens idiote, car maintenant, tout me paraît clair. Je comprends mieux la personne que tu caches, cette part d'ombre que tu ne dévoiles que par morceaux et qui te fait peur. Je cerne tes appréhensions, tes blessures, ton fonctionnement. Je me rends compte tout simplement que tous tes actes extravagants sont conditionnés par tes peurs que tu tentes désespérément d'étouffer en jouant le rôle de connard insensible. Je ne veux pas te faire peur. Je ne veux pas que tu craignes de souffrir en ma présence ou que tu brides tes sentiments. Et malgré tout, je sais que tu souffres. Je sais que je ne pourrai jamais empêcher ces peurs de naître ni les faire totalement disparaître. Et... et je ne sais pas quoi faire pour que tu sois confiant, que cette peur de la séparation, de la déception de ne pas être à la hauteur te ronge. Et pire que tout, je sais que tu ressens la même chose me concernant. Tu ne sais pas comment calmer mes angoisses de vivre sans Adam, de prendre le risque d'aimer à nouveau, de me dire que le sort d'Adam ne se reproduira pas avec quelqu'un d'autre. Tu essaies tout et n'importe quoi pour que j'avance et vienne vers toi et c'est comme ça que tu te sens obligé d'en faire plus, de faire ressortir tes démons et de raviver des douleurs passées. Je suis désolée, Ethan. Pardon d'être si aveugle et égoïste, de ne pas avoir compris tout ça avant. Finalement, nous nous ressemblons beaucoup. Notre peur de souffrir nous oblige à agir par réflexes défensifs. Nous préférons nier ou fuir plutôt qu'affronter nos vérités. Nous sommes pourtant dans la recherche d'un complément affectif.

Bizarrement, Ethan se sentit soulagé par ces mots. Il avait l'impression qu'on venait de lui enlever un poids qui lui écrasait la poitrine. Même si tout n'était pas réglé, même si l'amour n'était pas réciproque, Kaya le considérait et cherchait à trouver des réponses. Son cœur se réchauffa d'une douce chaleur. Il avait juste envie de la serrer dans ses bras. Elle percevait ses faiblesses. Elle voyait enfin son vrai lui. Plus que n'importe qui. Il avait peur de cette mise à nu, mais il en était aussi content. Il pouvait être lui. Combien de temps n'avait-il pas été lui ? Le vrai Ethan, avec sa propension à vouloir toujours plaire aux autres ?

Les yeux de Kaya s'humidifièrent à cause de son impuissance à pouvoir réellement l'aider et à avoir été aussi maladroite.

— Ce nouveau contrat ne résoudra sans doute pas tout. Mais, moi aussi, je veux... y croire malgré tout. Je veux que ça marche. Je veux qu'on avance parce que même si parfois c'est compliqué, à d'autres moments, tout semble simple avec toi, parce que je me rends compte que je peux être aussi heureuse sans Adam, je peux espérer un autre avenir, plus radieux, grâce à toi. Je peux apprécier la chaleur d'un autre homme sans avoir à penser à autre chose que d'apprécier ce moment ou me dire que ce que je fais est malvenu. Et maintenant que j'ouvre un peu plus les yeux sur toi, que je comprends où était notre problème, je ne peux pas partir sans savoir où tout ça peut nous mener. Je n'arriverai pas à quitter les États-Unis en sachant à quel point la séparation nous sera dure psychologiquement, en sachant que tu as été sincère avec moi et en m'imaginant ce qui aurait pu changer entre nous maintenant qu'on s'est tout dit.

Une larme coula sur la joue de Kaya. Ethan ne put retenir les siennes. Il se sentait vidé, mais heureux. Elle lui sourit et, lentement, leva ses bras vers lui. Un geste que chacun connaissait.

D'ordinaire, c'était lui qui lui tendait ses bras pour se faire pardonner. Il fonça vers elle sans réfléchir et la serra contre lui. Elle referma son étreinte et souffla de soulagement. Se réfugiant le visage dans son cou, Ethan se laissa aller contre elle. Cela faisait des années qu'il n'avait pas versé une larme. La dernière fois, c'était quand sa mère l'avait définitivement abandonné. Il avait caché sa peine aux Abberline et leur avait demandé l'adoption par principe. Mais une fois dans sa chambre, il s'était effondré. L'abandon. Qu'y avait-il de pire ? Il avait voulu jouer et il avait perdu. En l'abandonnant en premier, il avait perdu toute chance de retour en grâce. Même si tout son entourage s'accordait à lui dire qu'il n'était pas fautif, il se sentait coupable. Il s'était depuis fait la promesse de ne plus abandonner qui que ce soit d'important pour lui. Sa fidélité envers ses amis et sa famille en était un parfait exemple.

— Je ne te garantis pas d'être une petite amie parfaite, mais on peut avancer par palier, veux-tu ? lui murmura-t-elle.

Ethan secoua la tête affirmativement, mais garda son visage caché contre elle.

— Et ne me dis pas « qu'importe ! » ! Que tu prendras tout ce que je veux bien te donner ! le railla-t-elle.

— C'est pourtant la vérité ! lui répondit-il tout en serrant un peu plus.

Tout à coup, il la souleva et la fit tourner dans les airs. Surprise, Kaya poussa un cri, se demandant tout à coup ce qu'il faisait.

— Ethan, qu'est-ce que...

— Je ne te lâcherai pas. Même pas en rêve ! Tant pis pour la signature ! Accepte ma signature oralement : « Je, soussigné, Ethan Abberline, accepte d'être le petit ami de Kaya Levy et promet de... ne rien cacher de mes sentiments. Je promets de tout faire pour être un petit ami exemplaire ! »

— Arrête ! marmonna-t-elle. Tu en fais trop là !

Il la reposa au sol, l'œil plus vif.

— Prépare-toi, Kaya Levy ! Beaucoup de choses vont changer ! Je ne me retiendrai plus ! Tu vas découvrir un autre homme maintenant ! Je risque même de devenir lourd !

Kaya fit un pas en arrière, devant l'avertissement qui sonnait plus comme le glas de son répit. Sans attendre, il recombla la distance entre eux, puis posa ses mains en coupe sur les joues de sa princesse et l'embrassa avec ardeur. Kaya poussa un gémissement, surprise de sa vivacité soudaine, à un point tel qu'ils trébuchèrent et tombèrent dans la neige. Ethan se mit à rire contre ses lèvres tandis que Kaya ne cachait pas son énervement à être au sol.

— C'est comme ça que tu prends soin de ta petite amie ? En la plaquant au sol et en lui laissant le dos contre la neige ?

Ethan lui sourit et la fit basculer sur lui. Elle se retrouva alors à califourchon. Kaya plissa les yeux d'agacement. Ethan ne dévissait plus le sourire heureux de son visage.

— Donc, ta solution est de te sacrifier encore pour mon bien-être en prenant ma place ?

Elle lui asséna un coup dans le ventre qui obligea Ethan à se recroqueviller après avoir poussé un grognement de douleur. Kaya se leva et lui tendit sa main.

— L'ancien contrat disait : « on ne force pas l'autre et on ne devient pas conciliant. ». Tu as oublié ? C'est ainsi que tu as respecté le contrat ? En étant conciliant en cachette ? Tu comptes jouer les conciliants encore longtemps ? C'est ensemble qu'on souffre, ou rien ! J'opte pour le rien ! Je suis déjà à moitié congelée. Et toi ?

Le soleil derrière elle l'éblouissait. Il ne voyait que partiellement son visage, mais l'image d'un ange lui tendant la main lui vint à l'esprit. Il soupira d'aise. Il écarta les bras dans la neige et apprécia simplement ce moment de légèreté où tout allait mieux, où il pouvait respirer à nouveau à plein poumons et où il pouvait fermer les yeux sans craindre que tout se finisse.

— Je t'aime, Kaya Levy. Putain, je suis vraiment fou amoureux de toi ! Dès que tu ouvres ta putain de bouche de Princesse, tu me retournes la tête et le cœur. Tu te rends compte au moins de ce que tu me dis ? Comment veux-tu que je ne craque pas ? Comment veux-tu que je reste hermétique là où tu caresses avec douceur et bienveillance mes failles ?

Les joues rougies devant sa déclaration d'amour, Kaya ne sut plus où se mettre. Elle ne se rendait pas forcément compte de l'impact de ses mots. Pour elle, tout n'était que simple logique, une normalité qui définissait son caractère. Son seul réflexe pour ne pas montrer son trouble fut de ramasser rapidement de la neige et lui jeter la boule dans la figure. Ethan ouvrit soudain les yeux, se demandant ce qui lui était tombé dessus.

— Qu'est-ce que...
— Tu as besoin de te rafraîchir les idées, je pense. Ça chauffe trop !

L'explication de Kaya et son air troublé le firent sourire.

— Oh oui, ça bouillonne ! s'exclama-t-il à ses mots. Je n'en peux plus ! La neige va fondre contre moi tellement mon cœur brûle d'amour pour toi !

Le petit sourire plein de provocation d'Ethan fit rougir davantage les joues de Kaya qui avait du mal à accepter le nouvel homme en face d'elle. Il était heureux de pouvoir enfin lui dire de vrais mots doux.

— Attends ! Je vais t'aider à refroidir tout ça. Je vois que tu débites beaucoup d'âneries !

Ethan haussa un sourcil.

Âneries ? Tu n'as vraiment aucune pitié ! Mais tu vas devoir t'habituer à toutes mes âneries, Kaya !

Elle se mit alors à côté de lui. Ethan la regarda faire, les bras toujours écartés contre le sol. Il ne pouvait s'empêcher de sourire : il savait que la vacherie allait arriver. Il la connaissait suffisamment pour savoir que son réflexe quand elle se sentait acculée, était de contre-attaquer pour faire oublier la première attaque. Kaya lui tourna le dos et lui montra son postérieur en se baissant. Tout à coup, elle se mit à creuser en rabattant la neige sur lui, tel un chien creusant un trou pour déterrer son os. Ethan s'écarta de l'avalanche lui tombant dessus et fonça sur elle pour mieux la plaquer au sol.

— Je pense que toi aussi, ça bouillonne un peu trop en vacheries ! Il faut refroidir tout ça.

Il la bloqua alors de son corps et commença à lui mettre de la neige dans le col de son manteau. Kaya se mit à hurler tout en rigolant et en lui suppliant d'arrêter. Au bout d'une minute de torture, il cessa et fonça à nouveau sur ses lèvres. D'abord emportés, ses baisers devinrent de plus en plus tendres. Ethan finit par s'écraser carrément sur elle. Il lui caressa le front et l'embrassa encore. Son regard devint doux et reconnaissant.

— Je t'aime, Kaya Levy. Je te veux rien qu'à moi ! Toujours.

À suivre...

Je te veux !
-6-
... parce que c'est toi

Ethan et Kaya sont à présent officiellement un couple. Si Kaya doit s'interroger à présent sur la profondeur de ses sentiments pour Ethan, ce dernier s'ouvre un peu plus auprès d'elle et lui montre un nouveau morceau de sa vie. Mais plus il s'investit dans leur vie de couple, plus il réalise que son passé bride leur avenir commun.

Quand les doutes et les désillusions s'accrochent à vos rêves d'une vie meilleure, quelle issue doit-on donner à son avenir ?

JORDANE CASSIDY

Je te veux !

6 – Parce que c'est toi...

Postface

Il s'est passé beaucoup de temps pour moi entre l'écriture des premiers mots de ce T5 et les derniers. Deux ans pour être précise, avec une coupure d'une bonne année au milieu !

Reprendre l'écriture de JTV a été un gros travail psychologique pour moi. Je l'avais abandonnée avec une absence complète de motivation à continuer lorsque j'ai décidé de stopper ma saga, à cause de mes déboires avec mon ex-éditeur. Je l'ai repris avec un nouvel état d'esprit, plus libérée, mais avec l'angoisse des mauvais souvenirs allant avec cette alliance infructueuse. Le redémarrage fut donc long, hésitant, peu convaincant.

Et puis, il y a eu ce déclic. Celui de faire table rase de tout ce qui me parasiter la tête. J'ai commencé par les réseaux sociaux. Sortir des groupes de lecteurs et des blogs, trier mes contacts, revenir à un recentrage de mes activités sur mes pages et profils, ne plus courir après les gens. Rester en veille dans le milieu de l'édition a ses avantages et ses inconvénients. Trop suivre l'actualité bouffe du temps, de l'énergie et pollue souvent l'esprit. On compare, on analyse, on doute, on tombe dans le cercle vicieux de la déprime.

Ce premier travail a été nécessaire pour me concentrer sur mes écrits. J'ai donc fait un second travail : l'organisation. Avec un enfant en bas âge, le temps de travail se réduit drastiquement. Il a donc fallu optimiser mon temps : se caler des plages de travail fixes, se fixer des objectifs, gagner en efficacité. J'ai donc abandonné mon logiciel Word pour une application plus souple, davantage ciblée pour l'écriture de roman, avec des organigrammes simples et des objectifs quantifiables.

JTV5 a pu ainsi s'écrire dans de meilleures conditions. Un peu comme un nouveau départ, j'ai mis à la poubelle mon ancien fonctionnement pour définir mon nouveau moi, avec une autre dynamique d'écriture. J'ai même prolongé cette action dans mon quotidien en adoptant la méthode KonMari !

Écrire autrement pour oublier ce qu'était l'ancienne version était nécessaire. J'avais commencé avec *À votre service !* en écrivant le T1 entièrement sur cahier. Le changement de support me ressourçait. Je récidive plus profondément avec JTV5 avec l'application.

Ce tome m'a été aussi fastidieux à reprendre à cause de son scénario. Vous l'avez remarqué : il est encore plus psychologique que les autres tomes.

Quand on s'attaque aux émotions, on entre dans les méandres de l'esprit. On est dans une planète où plusieurs chemins sont possibles et où on doit faire un choix pour avancer. J'ai avancé ainsi avec Ethan et Kaya.

Je suis entrée dans leur planète spirituelle et j'ai avancé, j'ai dû choisir entre le chemin du doute, de la négation des choses, puis j'ai pris le chemin de l'envie, de la volonté d'approfondir la découverte des émotions. Un peu comme Alice face au Chat du Cheshire, j'avais plein de panneaux devant moi et je devais choisir ma direction. Le chat rigolait. C'était ma conscience qui voyait que le chemin importait peu puisque l'esprit restait un grand bordel et que mes personnages n'ont jamais rien eu de simple en eux. Il fallait toutefois que mon chemin mène à une destination :

mon dernier chapitre. Après des coupures dans mon scénario, j'y suis arrivée. Le but étant quand même de vous présenter que les sentiments, ce n'est jamais simple. Que les convictions, l'aveuglement ou le déni peuvent conduire aussi à des situations opposées à ce qu'on aimerait lire.

Et puis finalement, on s'attache que davantage à leur relation. On finit aussi par les comprendre. J'aime l'idée du chat qui accroche sa griffe au bout de laine et tire, tire et dénoue toute la pelote. JTV, c'est un peu ça. Une pelote de laine que l'on tente de dénouer. Parfois, on avance. Parfois, on crée involontairement de nouveaux nœuds, mais on a toujours cette ambition d'arriver à trouver l'autre extrémité de la pelote. Dans ce T5, Kaya et Ethan ont dénoué de nouveaux nœuds dont deux très gros : l'amour d'Ethan enfin déclaré et son véritable caractère/sa gentillesse derrière son comportement ambigu.

C'était deux points sur lesquels je voulais travailler pour que la relation entre Kaya et Ethan se consolide. C'est ainsi que les deux points se sont retrouvés dans ce dernier chapitre. Je ne sais pas si cette déclaration vous a plu, mais je ne me voyais pas faire quelque chose de trop entendu. Je voulais quelque chose qui leur ressemble : quelque chose de maladroit, cahoteux, où les deux ne savent plus quoi dire ou faire. Je voulais une déclaration d'amour non pas ratée, mais détournée, comme ils font d'habitude pour se dire des choses. C'est ainsi que derrière, de petites phrases mignonnes spontanées confirmant son amour prennent du poids quand Ethan les dit.

Ce tome est un tome-ciment qui va donner du poids sur la suite de l'Arc Ethan dont le T5 en est le début. Restez accrochés ! L'aventure continue !

PS : Ne me remerciez pas pour cette fin heureuse pour une fois ! C'est normal de vous épargner de temps en temps ^^ !

JORDANE CASSIDY
25/09/2019

Bonus

CLAUDIA

Nom : ABBERLINE
Prénom : Claudia

Age : 26 ans
Taille : 1m70
Poids : 63kg
Groupe sanguin : B+

Situation professionnelle : Travaille dans une agence de voyage.

Qualités : fidèle, volontaire, perspicace, franche
Défauts : possessive, franche, têtue
Ce qu'elle aime : sa famille, son job
Ce qu'elle n'aime pas : qu'on puisse faire du mal à sa famille et en particulier à son frère, Ethan. Elle a peur de perdre ceux qu'elle aime. Syndrôme traumatique dû à l'enfance.
Petites manies : achète une paire de chaussures tous les mois.
Dicton : "Le shopping, c'est la vie !"
Objet fétiche : une photo d'Ethan et elle sur sa table de chevet, la même qu'Ethan a dans sa chambre.

CHARLES

Nom : ABBERLINE
Prénom : Charles

Age : 71 ans
Taille : 1m83
Poids : 80kg
Groupe sanguin : AB+

Situation professionnelle : Médecin généraliste à la retraite

Qualités : calme, à l'écoute, toujours là pour les autres, bricoleur
Défauts : bordélique, maladroit
Ce qu'il aime : sa famille, son pick-up, sa routine
Ce qu'il n'aime pas : Aller chez le médecin ! Il s'estime capable de diagnostiquer ses petits bobos, au grand dam de Cindy !
Petites manies : Trouver quelque chose à bricoler
Dicton : "ce qui est vieux n'est pas forcément pourri !"
Objet fétiche : son pick-up ! Il en a rêvé pendant des années, il se l'est offert pour sa retraite.

MAX

Nom : ABBERLINE
Prénom : Maxime, dit Max

Age : 38 ans
Taille : 1m84
Poids : 88kg
Groupe sanguin : O-

Situation professionnelle : travaille pour une assurance

Qualités : ouvert, a bon appétit !
Défauts : ancien drogué, il doit lutter contre la rechute. Torturé, comme son frère. Manque de confiance en lui.
Ce qu'il aime : sa petite amie
Ce qu'il n'aime pas : qu'on lui parle de ses anciens problèmes de drogue
Petites manies : manger des frites en mélangeant la mayonnaise avec le ketchup
Dicton : "Avec du temps et de la patience, on vient à bout de tout." C'est surtout un mantra qu'il se dit pour se redonner confiance.
Objet fétiche : une mini Mirabelle sur son porte-clés de maison pour ne pas oublier qu'il doit rentrer au plus vite parce qu'elle l'attend !

CONFIDENCES

LA PHOTO COMPROMETTANTE
Kaya

Et voilà ! Je m'en doutais ! La photo ne le convainc pas ! Eddy m'a répondu un "whouaou !" que j'ai vite compris comme ironique. Je jette mon téléphone sur le lit et soupire. Ça m'apprendra à faire des promesses ! Quelle idée aussi ! Photographier Ethan dans une situation ridicule pour que le chantage d'Ethan contre Eddy tombe. Au départ, je suis plutôt fière de la photo que j'ai pu faire d'Ethan, alors je l'envoie à Eddy. Puis je doute de son efficacité, de la réponse d'Eddy et de sa déception. Et ça ne rate pas ! Eddy ne me demande rien, mais je comprends vite que je ne serai pas un paparazzi de haut vol. Au fond de moi, je sais que mes photos n'ont rien de très ridicule, pouvant permettre de mettre à mal une personne. La vérité, c'est que je n'ai pas un mauvais fond. Je ne sais pas faire du mal. C'est un cauchemar ! Un cercle vicieux qui me force à être vil, mauvaise contre quelqu'un, pour pouvoir être honorable envers quelqu'un d'autre.

Je repars donc dans ma traque du cliché compromettant et je me confonds dans ma mission. Ma détermination me rend négligente et je pense avoir mis la puce à l'oreille d'Ethan. Je suis persuadée qu'il a compris, qu'il joue avec moi. En même temps, je me sens gauche à chaque fois qu'une occasion s'offre à moi pour voler un de ses instants ridicules.

CONFIDENCES

Ce jeu devient pathétique, mais je n'ai pas le choix : je dois offrir à Eddy un moyen de se sauver du chantage de Monsieur Connard ! C'est mon devoir ! Je peux sauver Eddy…

Ethan

Kaya est mignonne. Je dis mignonne dans sa droiture, dans son intégrité. Elle peut être prête à tout pour tenir parole. Aussi mignonne que maladroite lorsqu'il s'agit de me prendre en photo dans une situation ridicule pour faire honneur à son pacte avec Eddy. Elle tente alors d'user de stratégies pour m'amener à me ridiculiser sans que je ne me rende compte de rien, mais elle n'est pas fine ! Même un éléphant est plus discret et moins prévisible. Par moments, elle oublie à qui elle a affaire. Elle oublie que je peux être son pire ennemi ou pas, selon mon humeur.

Aussi, lorsque je la vois, prête à dégainer son téléphone pour me photographier, tout me semble d'emblée louche et je réponds par la défensive, ou plutôt par la contre-attaque. Comme d'habitude…

Je la sens derrière mon dos, adoptant une attitude faussement détachée et je sais qu'elle est là pour me piéger. Deux solutions s'offrent à moi quand je la sais cachée derrière une porte ou derrière le canapé : jouer son jeu et lui offrir sa photo compromettante ou bien tout faire pour lui compliquer la tâche. Tout cela m'amuse. Je la sens investie par sa mission, mais fébrile,

CONFIDENCES

hésitante, peu convaincue. Pour moi, la gravité de son pacte ne m'affecte pas.

Il ne s'agit que d'un charmant, mais nouveau jeu du chat et de la souris. Tout ce que j'affectionne de faire avec elle ! Or, plus la tâche s'avère compliquée, plus elle se ridiculise et plus le chat a envie de la dévorer !

— Je peux savoir qu'est-ce que tu fabriques, à m'espionner dans ton coin ?

Voilà ! Elle s'agite. Je l'ai captée. Maintenant, elle va nier.

— Rien… Rien du tout ! me dit-elle tout en sortant de sa nouvelle cachette.

Je souris d'avoir deviné chacune de ses réactions. Elle se ronge les doigts et je sais d'emblée par quoi je vais commencer mon repas. Elle s'avance vers moi, me signifiant qu'elle ne comprenait pas mes propos. Enfin, dans la théorie ! Parce que dans la pratique, son malaise depuis que j'ai posé ma question est perceptible et elle le sait.

— Tu veux me prendre en photo pendant que je me cure le nez en lisant mon livre ? À moins que tu préfères que je me gratte le cul ? Très franchement, ça ne sera pas suffisant pour Eddy ; il a déjà tout vu de moi. Il m'a même vu dormir, la bave sur l'oreiller ! Quoi que tu fasses, tu échoueras.

Tu t'es engagée dans une promesse à laquelle tu ne pourras pas répondre. Ignorant d'abord mes conseils, elle finit par s'asseoir à côté de moi, sur le canapé, complètement désespérée.

Elle avoue enfin sa défaite.

— Tu pourrais faire un effort pour moi !

CONFIDENCES

Je m'esclaffe.
— Pourquoi ferai-je cela alors qu'on parle de ma dignité !

Elle réfléchit. C'est encore plus mignon de la voir prête à tout pour sauver quelqu'un. Je dois avouer que je suis jaloux. Pourquoi n'a-t-elle pas un tel comportement avec moi ? Je ne demande que ça ! Je sens finalement un désir de vengeance poindre en moi. Ça m'exaspère d'être le méchant dans sa vie alors qu'au final, je subis bien plus que les autres !

— Parce que… parce que ça peut être un motif à consolation de ma part, si tu es rabaissé ! me répondit-elle alors, sachant très bien que cette parade ne me laisserait pas indifférent.

J'avoue que ça marche et que sa réponse me fait réfléchir également. Elle instille en moi une envie délicieuse d'être consolé pour un sujet autre que mes cicatrices. Une consolation différente. Une promesse contre une autre promesse.

— Une consolation spéciale, donc ? dis-je, muée d'une nouvelle ambition. C'est un sacrifice que tu me demandes après tout !

Elle grimace en réalisant que le sacrifice ne doit pas être unilatéral dans notre affaire.

— En quoi… veux-tu qu'elle soit… spéciale ? me demande-t-elle alors, nerveuse.

Elle blêmit en voyant mon sourire ravi, annonciateur du piège qui se referme malgré elle, sur elle.

— Si je dois paraître ridicule pour une photo, je veux que toi aussi, tu te mettes dans une position ou une situation peu

CONFIDENCES

glorieuse.

Mes nouvelles paroles la refroidissent davantage. Je jubile intérieurement. Monsieur Connard est dans la place ; la sentence peut tomber.

— Je veux une consolation déguisée…, Chaton !

Je lui griffe gentiment l'avant-bras de ma main, grogne et lâche un "miaou" qui l'achève. Elle tire une tête qui vaut tout l'or du monde ! Payer ses dettes valait ce cadeau. Elle se déplace au bout du canapé, effrayée, puis finit par se lever.

— Je ne me déguiserai pas en chat !

Je rampe jusqu'à elle sur le canapé, tel un félin prêt à sauter sur sa proie.

— Préfèrerais-tu être ma petite souris ?

Elle déglutit. Elle garde sa stature droite, fière, pleine d'aplomb, tout en me fixant pour me signifier que je ne gagnerai pas. Pourtant, je vois bien qu'elle n'en mène pas large.

— Je te déteste !

— Ravi de répondre à tes attentes, Chaton !

Eddy

La moto, c'est vraiment la liberté ! Une bonne balade en moto vous reboote en même temps que cela vous épuise. Ce fut le cas d'aujourd'hui. Je pose mes bottes sur la table et m'assois, rassasié de ces sensations merveilleuses. Je m'ouvre une bière. J'attrape mon téléphone mobile dans ma poche pour voir où en est Poulette

CONFIDENCES

dans sa quête de photo. La surprise me saisit en voyant à la place un MMS du Bleu.

Vend.6 Fev.2015 16:12, Ethan
Cher Eddy,
Voici la photo que t'a promise Kaya. C'est finalement moi qui te l'envoie. Quitte à envoyer une photo ridicule, autant que le jeu devienne intéressant !

Je me mets à rigoler. Je reconnais qu'il est fort. Un chat et, dans ses griffes, une charmante souris. Je touche le bout du museau noir de Kaya et ses moustaches de souris.
— Pauvre Poulette ! Tu t'es finalement fait dévorer par le vilain chat. Je dois admettre que les oreilles de chat lui vont bien et que tu as répondu à ta promesse. C'est une exclusivité !
Je tapote alors une réponse à Ethan.
Les oreilles de chat te vont bien, le Bleu. Jolie photo. Jolie couple. Ne t'acharne pas trop sur elle !

CONFIDENCES

LA 1ERE PETITE AMIE D'ETHAN

Parler de ma petite amie à Kaya m'a ramené à de mauvais souvenirs. Une douleur de plus qui n'a fait que renforcer ma conviction que l'amour est une belle merde !

Elle s'appelait Jennifer. Elle habitait à un pâté de maisons de chez les Abberline, à New Haven. À cette époque, je me sentais perdu. Ma mère m'avait abandonné. Les Abberline tentaient de m'amadouer à coup de sourires et propos bienveillants et moi, je me sentais seul, incompris, étranger à tout ce qui m'entourait.

Et puis je l'ai rencontrée. Elle avait un sourire magnifique. C'est sans doute ce sourire qui m'a fait baisser la garde. On s'est recroisé plusieurs fois, puis on a fini par se donner rendez-vous. Nous discutions beaucoup. Nous avons craqué l'un pour l'autre. Du moins, je le croyais. Donner ne veut pas forcément dire recevoir. Ce que j'ai reçu d'elle n'était encore qu'illusions. J'ai eu ses lèvres, son corps. Elle me disait que son cœur m'appartenait. J'ai gobé toutes ses belles paroles, les unes après les autres, avidement et sans exception. Son sourire était finalement un poison. Le poison de l'insouciance, de l'aveuglement, de la confiance inaltérable jusqu'à ce jour de février où je l'ai surprise, embrassant un autre homme. Je suis resté cinq minutes à l'observer sans qu'elle ne me remarque. Elle usait de ce même sourire pour obtenir les faveurs d'un autre.

Il n'y avait pas d'accident ni de malentendu dans son geste. Elle l'embrassait en tout état de cause.

CONFIDENCES

Ce fut lors de ce jour de février que ma résolution fut prise. Ma mère ou n'importe quelle autre femme, il n'y aurait jamais d'amour possible, jamais de sincérité ni même de confiance à gagner. Tout n'était que manipulations, jeux de dupes, entre les hommes et les femmes. Il n'y avait rien que des intérêts, de l'égoïsme et du superficiel. Depuis, je me comporte comme elles : plan cul et manipulations. Rien de plus. Rien de moins.

Enfin ça, c'était jusqu'à ce que je rencontre Kaya…

Vous avez aimé votre lecture, dites-le !

Laissez votre avis soit sur :
- sur les plate-formes de ventes sur internet où vous avez acheté le livre
- sur les sites communautaires de lectures tels que booknode, babelio, goodreads, livraddict
- sur les réseaux sociaux via vos profils ou pages
- sur la page fb, instagram, twitter de l'auteur

Soutenez les auteurs, aidez-les à agrandir leur communauté de fans !

Continuez l'aventure avec mon autre saga !

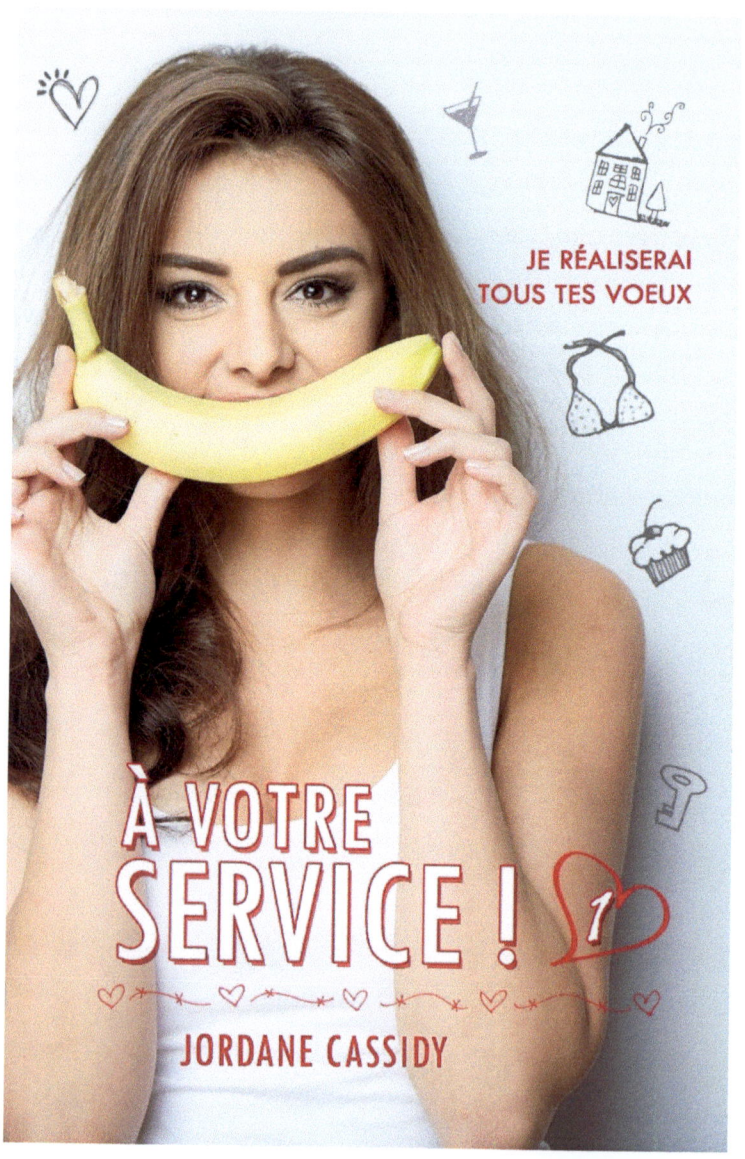

JORDANE CASSIDY

De formation littéraire, c'est en écrivant des fanfictions pour un manga que Jordane Cassidy s'est essayée à l'écriture. Avoir un cadre déjà défini lui permet alors de prendre confiance et d'acquérir l'engouement de lecteurs saluant son style : entre familier et soutenu, mélangeant humour, amour et action.

Après une pause de quelques années, elle revient sur son clavier, mais cette fois-ci pour écrire une histoire sortant entièrement de son imagination. Une comédie sentimentale érotique en 6 tomes : "Je te veux !", où elle prend le temps de développer les sentiments de ses personnages, entre surprises, déceptions, interrogations, joies, colères, culpabilité, égoïsme, etc. C'est une réussite ! Première sur le classement toutes catégories confondues sur le site MonBestseller.com, elle signe en maison d'édition et confirme le succès.

Aujourd'hui, elle continue d'écrire des romances contemporaines en autoédition.

SUIVRE MON ACTUALITÉ :

_____

OÙ LA CONTACTER :
Site web : www.jordanecassidy.fr
Facebook :
https://www.facebook.com/JordaneCassidyAuteur/
Twitter : https://twitter.com/JordaneCassidy
Instagram : https://www.instagram.com/jordane.cassidy/

TABLE DES MATIÈRES

1 - INSTINCTIF _____ 9

2 - EFFRAYANTE _____ 39

3 - COMBLÉ _____ 63

4 - EXCLUSIF _____ 87

5 – BOULEVERSÉS _____ 115

6 - ÉLOIGNÉS _____ 137

7 - SALAUD _____ 155

8 - APAISÉS _____ 179

9 - APPRIVOISÉS _____ 205

10 - EMBOURBÉS _____ 229

11 - CURIEUX _____ 243

12 - SOUCIEUX _____ 259

13 - LIBRE _____ 279

14 - FRAGILE _____ 307

15 - RASSURANT _____ 327

16 - IRRITANT _____ 343

17 - CONCILIANT _____ 363

18 - PERDANT _____ 389

19 - OUVERT _____ 411

20 - GENTIL _____ 429

BONUS _____ 465

Octobre 2019